冬天的柳叶 著

偶天戒 上

重庆出版集团
重庆出版社

图书在版编目（CIP）数据

妙偶天成 / 冬天的柳叶著. — 重庆：重庆出版社，2022.7
ISBN 978-7-229-16639-7

Ⅰ. ①妙… Ⅱ. ①冬… Ⅲ. ①长篇小说—中国—当代 Ⅳ. ①I247.5

中国版本图书馆CIP数据核字（2022）第028428号

妙偶天成
MIAOOU TIANCHENG
冬天的柳叶 著

丛书策划：李　子
责任编辑：李　子　李　雯
责任校对：朱彦谚
封面设计：冰糖珠子

重庆出版集团
重庆出版社　出版
重庆市南岸区南滨路162号1幢　邮政编码：400061　http://www.cqph.com
重庆天旭印务有限责任公司印刷
重庆出版集团图书发行有限公司发行
E-MAIL:fxchu@cqph.com　邮购电话：023-61520646
全国新华书店经销

开本：710 mm×1000 mm　1/16　印张：32　字数：680千
2022年7月第1版　2022年7月第1次印刷
ISBN 978-7-229-16639-7
定价：69.80元

如有印装质量问题，请向本集团图书发行公司调换：023-61520678

版权所有　侵权必究

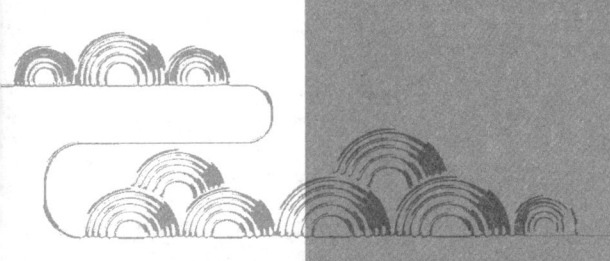

第1章 定亲	1
第2章 夜探	26
第3章 七夕	52
第4章 进宫	78
第5章 情起	103

第6章 遇险	128
第7章 病来	154
第8章 相救	178
第9章 回府	202
第10章 寺中	228

目录

第 1 章 定亲

树密花稠，层层簇簇的梨花堆叠着，像云锦般铺满了天，暖洋洋的春光从疏落的叶子中穿透，映得绿草更加鲜嫩。三三两两的少女缓缓行着，或是轻声谈笑，或是凝眸赏花，为这雪玉堆砌的梨园更添了一抹春色。

只是今日，一些十三四岁的小娘子心思却没有放在赏花上，目光若有若无的透过梨林，虽什么都看不真切，依稀却有男子的谈笑声从对面传来。

昭云长公主府的梨园，是整个京都都闻名的，每年梨花开时就会办一场赏花会，受邀的无不是上流勋贵的家眷。

一个多月前，昭云长公主的次子韩沐宇春闱小试，竟榜上有名，虽只是二甲末尾，以他的年纪不说在勋贵子弟中，就是放在书香门第，也是极为难得了。

借着赏花会的机会，韩二公子邀请了不少同龄好友办了场诗会，与小娘子们只隔着一道梨墙。

大周朝民风开放，对年轻男女的拘束本没有前朝多，又有梨林隔着，倒也不算违例。那些夫人太太更是鼓足了精神，借着花会诗会的机会相看各家小辈，说不定自家儿女的姻缘就落在这里。

"清艳姐姐，这梨园真是美极，满京城再找不出第二份来。"烟粉衫子的少女笑得极甜，看着被小娘子们围在中间的重喜县主。

重喜县主是昭云长公主唯一的女儿，闺名清艳，颇得皇上喜爱，破例封了县主。

旁边杏黄衫子的少女微皱了眉，悄悄拉了粉衫少女一把。两个少女，除了衣衫颜色不同，眉目一模一样。

重喜县主扫了两个少女一眼，一丝不耐飞快闪过，目光落在粉衣少女脸上，淡淡道："甄六姑娘过奖了。"说完就起了身，对围绕在身旁的小娘子们道个歉，独自往前走着。

留下的小娘子们面面相觑，看向粉衣少女的目光就多了丝嘲讽。

谁不知道重喜县主脾气最是喜怒无常，她若是看入眼的人，那是千好万好；她若是不待见的人，哪怕是公主，也懒得多说一句。

这位甄六姑娘真是好笑，不过仗着甄家大姑娘去年嫁给了昭云长公主的长子，就想着和重喜县主称姐道妹了。

甄六姑娘出自建安伯府，单名一个玉字，杏黄衫子的少女是她的孪生姐姐甄冰。

甄玉不过十二岁年纪，城府是没有多少的，感受到小娘子们的奚落，当即红了眼眶，咬着唇想要说什么。

甄冰又捏了捏她的手，压低声音道："六妹，我们和重喜县主不熟，你称呼姐姐确实唐突了，再与她们争辩不过是更落人口实。"

"谁能想到她那么傲，哼，有什么了不起——"

姐妹二人正低声说着，忽听前面一阵喧哗，不由抬头望去。许多小娘子也愣住了。

"作什么这么慌慌张张的！"重喜县主看着惊慌失措奔来的丫鬟，冷喝道。

在重喜县主的威严下，丫鬟说话都有些结巴了："县主，不好了，静远湖那里有人落水了！"

"是谁？"

"婢子还不知，只知道是一位小娘子和一位公子一同落进了水里，就立刻来禀告县主了。"

这一下，众人哗然。

重喜县主面色不太好看，无论如何这是长公主举办的赏花会，大周朝民风再开放，出了年轻男女一同落水的事，也是极难看的。

她当下吩咐贴身丫鬟："碧翠，你去看看。"

穿翠色比甲的丫鬟道声是，步履匆匆向静远湖的方向奔去。

梨林的尽头就是静远湖，湖极大，上面一道九曲廊桥，站在桥上赏风景是极好的。

只是今日韩二公子在梨林另一端办诗会，若是去游湖就有可能撞见男子，懂礼的小娘子不会往那边走。

重喜县主背靠着一棵梨树，半垂的眼帘遮住嘲讽的目光。也不知今日这一出，是成全了哪个。

在场的小娘子自幼在后宅耳濡目染，对这些弯弯绕绕都知道不少，一个个或面带嘲讽，或兴致勃勃地议论着。

"今日真是有好戏看了，也不知落水的公子是哪个，该不会是韩二公子吧？"说话的是吏部右侍郎的孙女张朝华。

"朝华妹妹怎么猜是韩二公子呢？"永嘉侯府的二姑娘杨清压低了声音问。

张朝华嗤笑一声："这还用想，既能用了这不上台面的手段，还不选个最好的？"

一个声音插进来："若说最好的，也不单是韩二公子吧，听说，镇国公世子今日也在呢。"

提到镇国公世子，小娘子们都静了静。一等公爵，门第自是不说，单是镇国公世子的相貌气质，就足以让无数小娘子倾心。

"只是，镇国公世子虽样样都好，命却不算好，自幼没了父母不说，一连两次定亲，小娘子都是没过门就没了。"

遇到这样的事情，又都是同龄的小娘子，言谈间就有点忘了顾忌。

甄玉性子活泛，也和相熟的小娘子议论着。

甄冰却皱了眉四下打量，脸色越来越难看，终于忍不住拉了甄玉悄声道："六妹，你可看见四姐了？"

甄玉一怔，不以为然地道："她先前不是说穿得有些多，觉得闷热，去那边透透气么？"说着冲前方抬了抬下巴，然后一下子僵住。

姐妹二人对视一眼，都从对方眼中看到震惊和惶恐。

坏了，落水的人该不会是——

二人正惊疑不定，就听细碎的脚步声传来。碧翠小步快跑着到了重喜县主身边，附在耳边低语了几句。

重喜县主目光如刀，扫了甄家姐妹一眼，然后冲众人道："各位，请随我去花厅坐坐吧。"

见重喜县主什么也没说，有些心急的小娘子就打发了丫鬟去探听情况。

重喜县主见了也没多言，这种事，本就是瞒不住的，不出明日就会传遍整个京都的上层。

果然在各家离开长公主府时，小娘子们就全都知道了那落水之人，正是建安伯府的甄四姑娘甄妙和镇国公世子罗天琚。

"这个恬不知耻的，真是害我们丢尽了脸面！"甄玉脸色苍白，咬牙切齿道。

甄冰默默无言，脸色同样难看无比。

甄府众人带着还在昏迷的甄四姑娘，灰头土脸地回了府。

日头正好，建安伯府的气氛却很阴沉。

老夫人手中粉彩茶盏啪地摔在地上，抖着唇道："去，把那个孽障给我带过来！"

一旁四十来岁的妇人脸色亦是铁青，想要张口劝劝，却又抿紧了唇。

她是老夫人的长媳，世子夫人，按理说老夫人盛怒，她是当劝劝的，可这四姑娘实在闹得不像样子，如今府中未嫁的小娘子就有五个，被她这一闹，建安伯府的名声扫地，其他姑娘在婚嫁上就得受影响。

她身为世子夫人，府上出了这样的事，虽不是她这一房的，又哪有脸面了？心中暗恨四姑娘没个体统，看向身穿藕色襟子的三夫人，脸色就更冷了。

三夫人温氏扑通一声跪了下来，倒没像寻常妇人那样哭泣，先是重重磕了一个响头，抬起时就见额头青了一片："老夫人，那孽障素来贪玩惯了，惹出这等祸来就是立刻打死也不为过，等她醒了媳妇立马带来受罚。只是她刚落了水，三月水寒，如今人还昏着。"

另一个穿月白色挑线裙的年轻妇人闻言一声冷笑："三弟妹这话说得可不对，什么贪玩，四姑娘今年可都十四岁了，要说是有了旁的心思倒是真的——"

"住嘴！"老夫人冷冷扫了过来。

二夫人李氏拿帕子掩着面，话音就哽咽了："老夫人，今日这事您可要秉公处理，全京城的人都看着呢。要是姑息了，以后咱家小娘子还怎么见人？"

说到这里她心里更恨：建安伯老夫人育有三子，长房的嫡长女已经出嫁，只剩个庶女还是定了亲的；三房两个女儿，长女也定了亲；那自作孽的不提，只可怜她一对双生女儿刚刚十二岁，正是最受此事所累的。她本就是继室，低着旁人一头，费尽心思地教养女儿却让那没脸没皮的害了。

"去，把四姑娘带来。"老夫人吩咐立在身后的王嬷嬷。

不多时，王嬷嬷就返了回来，身后两个婆子架着四姑娘甄妙。

"老夫人，四姑娘过来了。"王嬷嬷说完站到了老夫人身后。

老夫人看了甄妙一眼。

家常水芙色小袄，下面是烟青色马面裙，应是沐浴过，并没有挽发，满头青丝只是用丝带松松系着，衬得一张小脸更加苍白。

"孽障，还不给我跪下！"老夫人见甄妙杵在那里，更是来气。

二夫人李氏掩口而笑："呦，三弟妹不是说四姑娘还昏睡着么，看这样子倒是清醒得很，看来落水一点事儿也没有——"

一个粉彩茶盅砸了过去："李氏，你再开口，就给我出去！"

李氏脸涨得通红，却再不敢开口了。

大夫人嘴角勾了勾。

庶女出身，到底只是小聪明，别看老夫人平日吃斋念佛一脸和善，小辈们争争闹闹的不怎么理会，遇到这种家族名誉受损的事那就是发威的老虎，不躲在一旁还上来捋虎须，那只有两个字：找死！

甄妙还迷糊着呢。她出海来到天朝大周的京城，泛舟湖上时失足落水，怎么一睁眼就被认成了甄四姑娘？

听到坐上首的白发老太太声色俱厉地让她跪下，甄妙决定还是暂时把骨气什么的放一边好了。跪就跪吧，据说在这里要是不听话会被浸猪笼，那可亏死了。只是落过水的身体有点不听使唤，甄妙膝盖弯了弯，有点力不从心。

正焦急，就见跪在一旁的妇人一个箭步起来，抬脚就踹到了她膝盖上。扑通一声，甄妙重重跪到了地上。啪啪，又是两个杯子在她身旁开了花，碎瓷渣溅得到处都是。

三夫人温氏想挡在甄妙前面，身子动了动强自忍住了。

见甄妙跪得笔直，老夫人心中的气倒是缓了缓，暗道这丫头倒是沉得住气，只是今日怎么就做了那糊涂事呢。

"四丫头，你还有什么话说？"声音从上方传来。

甄妙心中一沉。

这话很像死囚临行刑前被问："你还有什么遗言好交代的，没有就上路吧。"

她所在的国家与大周处处不同，女子可以像男儿那样上学堂，靠双手养活自己，对于这种内宅纷争她就是个棒槌。

感受着上方传来的冷气压，甄妙脑子都不转了，只能依着本能磕了几个响头："祖母，孙女知错了，不该贪玩惹出祸事，给家族蒙羞。"

看着五体投地的孙女，老夫人心中五味陈杂，良久吐了口气道："四丫头，你抬起头来说话。"

甄妙缓缓抬了头，一双水润清亮的眼睛望着老夫人："祖母，孙女真的错了，您要打要罚都行，只是别气坏了身子。"

她一双眼睛生得极好，瞳仁又比寻常人大且黑，褪去了复杂的心思这样望着人，就像两汪清泉从人心头缓缓流过。

老夫人心不由一软，暗道莫非四丫头这次落水只是个偶然？可一想甄妙往常也是个争强好胜的，这念头又压了下去："四丫头，你当知道女儿家名节的重要，不管你这事是意外也好，是有意也罢，世人对你的看法已是定了，便是你的姐妹们也要受你连累。"

"是。"甄妙垂了头，有些丧气。这甄四姑娘留给她的简直是条绝路啊，接下来老夫人恐怕要她上吊和沉塘二选一了。

"既如此，那摆在你面前的也没有别的选择——"

"老夫人——"三夫人温氏再顾不得其他，跪着奔了过去抱住老夫人大腿，"儿媳求您开开恩，妙儿她只有十四岁啊，求您给她条活路吧。"

"老三媳妇，你不必替女儿求情，把四姑娘带下去。"

两个婆子上前架着甄妙往外走，其中一个不小心碰到了她的脖颈。

她浑身一阵战栗，寒气从心底冒了出来。她的脑海中不受控制闪出一双手，一直掐着她脖子不放，越掐越紧……

甄妙顿时觉得无法呼吸，只有一个念头：我要逃！她腾地站了起来就往外冲，却冲错了方向，直直往一根柱子上撞去。

"快拦住她！"老夫人站了起来。

三夫人温氏以比刚才踹甄妙还要快的速度冲过去，一把抱住她一条腿。

甄妙学过些功夫，本来眼见自己要撞到柱子上，腰杆一扭腿一抬想在千钧一发之际躲过去，没想到那条没抬起来的腿就被三夫人抱住了。

只听咚的一声，这倒霉孩子就撞到了柱子上。临昏迷前，她脑子中只闪过一个念头：亲娘哎，您确定这不是趁机除害么？

看着一室混乱，老夫人抚了抚额："去，把王大夫请来给四姑娘看看，你们也都下去。"

等众人都退出去，老夫人吩咐王嬷嬷："把老伯爷请来说话。"

王嬷嬷面有难色。

老夫人面色一沉："怎么？"

王嬷嬷不敢隐瞒，忙道："老伯爷今日一早出去斗鸟，此时还未归。"

老夫人一口气差点没上来，忍了又忍才道："世子快下衙了吧，吩咐下去，等他一回就立刻来见我。"

"是。"王嬷嬷应了一声，想了想低声道："老夫人，婢子刚才去请四姑娘，发现……"

"发现什么？这个时候有什么话别吞吞吐吐。"

府中发生了这样的事，实在令一贯冷静的老夫人也有些烦躁了。

四姑娘再不好，也是她嫡亲的孙女，发生这种事虽不至于像前朝那样为了保住家族名誉处死，但也难办。要么是男方认了这门亲事，要么是远远送走，也有家风严苛的人家，直接命女儿绞了头发当姑子的。

镇国公府不是那么好进的，老伯爷不管事，如今也只能等着世子回来，商量一下怎么处置。

"老夫人，老奴发现四姑娘脖颈上……有淤痕。"王嬷嬷狠了狠心，说了出来。

"当真？"老夫人长眉一挑。

王嬷嬷忙道："打死老奴也不敢乱说。"

老夫人长舒一口气："去，看看世子回来没。"

"娘，孩儿回来了。"老夫人喝了一盏茶后，立在门侧的侍女挑开八角珠帘，走进来一个蓄着短须的中年男子，这就是建安伯世子甄建文。

"大郎，今儿个的事，你都知道了吧？"

甄建文点头。

"那你如何看？"

甄建文面沉似水："四丫头已经十四了，再送走避风头恐怕会耽误了姻缘，若是匆匆嫁了，也找不到合适的，可镇国公府也不是好进的——"

他心中暗恼这个侄女糊涂。

甄府六个姑娘里，甄妙容貌是最出挑的，他的长女又嫁进了长公主府，若是谋划得当，这丫头嫁个好人家不是不可能，也给家族添份助力。没想到这丫头平日看着掐尖好强，实则是个蠢的，难道以为这样就能当世子夫人不成？

"那就逼他们娶。"老夫人睁开眼，精光一闪而过。

甄建文一愣。

就见老夫人又半闭了眼，轻声道："四丫头羞愤撞了柱子，她脖颈上有淤痕。"

甄建文再次怔住，随后脸上露了笑："孩儿懂了。"

不到明日，建安伯府四姑娘落水醒来后羞愤撞柱以证清白的事就传遍了满京城。能撞柱以证清白，京城中人对甄妙的印象倒是好了点。只是十三四岁的小娘子，说不准就真是因为贪玩而发生的意外呢。

"意外？她若是意外，我罗字倒过来写！想进门可以，那就当妾从侧门抬进来。"镇国公府怡安堂里，看起来十八九岁的青年一脸薄怒，冷笑道。

镇国公老夫人窦氏早屏退了左右，看着盛怒的孙儿叹了口气，招手让他过来。

镇国公世子罗天珵犹豫了一下，还是走了过去坐在老夫人下首。

老夫人疼惜地看着孙子："明哥儿，没有这样的说法，建安伯府出来的嫡女，哪有当妾的道理。"

端坐的青年修眉如剑，目若朗星，说出的话却带着丝丝寒气："那就随她自便好了，反正孙儿绝不要这样的妻子！"

不久前，他做了一个漫长的梦，梦里也是这样的落水，他的二叔二婶巧舌如簧，劝着他应下了这门亲事。可后来这个女人却红杏出墙，害他不得善终。那个噩梦太真实了，真实到真的发生了与梦中一样的事，他竟不觉奇怪。

老夫人正了脸色："明哥儿，既如此，你当时和甄四姑娘一同落水又何必想置人于死地？"

问出这话，窦氏有些心寒。长子长媳去得早，孙子是她一手带大的，虽宠出些脾气，却是个心善的，万没想到会做出这种事来。

"明哥儿，你前两次婚事都没成，若是这事再传出去，又该如何是好？"

一同落水,名声受损是女方的,可要是传出镇国公世子在水里想把人家姑娘掐死的狠毒名声,就算世子之位安稳,以后想娶什么好人家的姑娘就难了。

罗天珵浑身一震,死死握着拳头。可恨他落水后一睁眼就看见了噩梦中的那个女人,一时控制不住下了杀手⋯⋯祖母说得对,他的名声不能有瑕,他还要当稳了镇国公世子,绝对不要落得噩梦中的下场。

丰神如玉的青年脸上蒙了一层寒霜,缓缓跪下,一字一顿道:"孙儿愿娶。"

整个沉香苑都静悄悄的,只剩一株老桃树花开正艳。

甄妙半靠在秋香色引枕上,小脸煞白,额头还裹着纱布:"紫苏,帮我拿一册书来。"

紫苏是老夫人身边的大丫鬟,最是沉稳,被拨来暂时打理沉香苑。

说着暂时,其实就等于拨给四姑娘作贴身丫鬟了。

不论心里如何想,这丫鬟面上却没露出半分不情愿,听了甄妙的吩咐一扭身去了西屋的小书房,抱着一册书进来递过去。

甄妙伸手接过来就囧了。只见书册上写着两个大大的字:女诫!

瞥一眼,再瞥一眼。

大丫鬟紫苏站得笔直,头微垂,一脸恭敬。

甄妙叹气,老老实实把《女诫》接了过去。

她还属于斩监候阶段,女诫就女诫吧。

正随手翻着,就有小丫鬟禀告:"姑娘,二姑娘、五姑娘、六姑娘来了。"

话音刚落,就进来三个小娘子。

打头的小娘子身量高挑,一张白净鹅蛋脸,正是甄妙嫡亲的姐姐,排行第二的甄妍。她今年已有十六岁,与户部左侍郎的嫡次孙定了亲,正在备嫁,因此这次赏花会没有去。

后面跟着的就是二房的双生姐妹,甄冰、甄玉。

"二姐、五妹、六妹,你们快坐。"甄妙把书放到一侧的案几上。

甄玉瞥一眼书册,笑了:"女诫?呵呵,四姐是该好好读读了。"

甄妙郑重点头:"正读到'择辞而说,不道恶语,时然后言,不厌于人,是谓妇言'。"

甄玉顿时气红了脸:"四姐,你做下那等事,还有脸讽刺别人!"

甄妍脸一板:"六妹慎言,四妹顽皮意外落水,自有父母长辈去教训,哪有做妹妹的指着鼻子骂的道理,难道二伯娘就是这么教导你的?"

甄玉要气死了,这一家子都睁着眼说瞎话。

"什么顽皮落水，分明是——"

"六妹！"甄冰拉了孪生妹妹一把。

甄妍抿了唇，微抬着下巴："五妹，我看六妹有些糊涂了，你且带她回去歇着吧，我再听到她胡言乱语，定要禀告祖母处置。"

"嗯。"甄冰站了起来，冲甄妙道，"四姐，你好好歇着，过几日妹妹再来看你。"说完扯着甄玉往外走。

甄玉甩开她的手，扭头冷笑："四姐，人在做天在看，你倒是凭着低三下四的手段得了好姻缘，三姐可被你害惨了……"

见甄冰、甄玉离开，甄妍扫一眼紫苏："紫苏姐姐，劳烦你带她们下去，我有话对四姑娘说。"

紫苏施了一礼，领着小丫头退下。

甄妙满腹疑问。刚才甄玉的话中，透露的信息可太多了。

"伸手。"

"二姐？"

就见甄妍从袖子里抽出一根戒尺，啪的一声打在甄妙手上。

"这一下，是替娘打的。娘向来好脸面，你做下这等事，生生把她气吐了血，我打你，你服不服？"

见甄妙点头，甄妍又打了一下："这一下，是替三妹打的。她身为庶女，婚嫁本就不易，祖母替她费心寻的亲事就被你给搅黄了，我打你，你服不服？"

甄妍是打定了主意教训妹子一顿，以防日后惹下更大的祸事来，这两下并没留情。

甄妙疼得眼泪汪汪："二姐，你说三姐的亲事黄了？"

三姑娘甄静是大房庶女，也是整个建安伯府唯一的庶女，前不久和礼部尚书杨裕德的孙儿定亲。

"你虽撞柱以证清白挽回了些颜面，却不知杨尚书家风严谨，三妹本就是庶女，出了这种事，退亲也在意料之中。"

甄妙听了很是惭愧。在大周，女子被退亲可是件天大的事。她既然借了甄四姑娘的身份有了安身之处，就该担负起甄四姑娘的责任和错误。

"二姐，我这就去给三姐赔不是。"甄妙撑着身子要起来。

甄妍按住她："行了，等你养好再说，现在三妹心里正难受着，看见你就更难受了。"

甄妙耷拉着个脑袋："知道了。"

看着她这蔫样，甄妍倒是觉得比以往掐尖好强的样子顺眼多了，语气略软了些：

"我打你这两下，是要你记住了，你一时算计什么，是福是祸自己担着就罢了，关键一损俱损一荣俱荣，连累了别人你真就能心安了？至于伯府的名声，且看你日后在镇国公府的表现，能否把这丢了的脸面给挣回来了。"

甄妙刚开始还虚心听着，到后来震惊地抬头："镇国公府？"

甄妍看嫡亲妹子的傻样又觉得不好了，就这呆样，在镇国公府能活下去么？

"不错，镇国公夫人已经派了官媒过来，把你和镇国公世子的亲事定下了，等来年你及笄就嫁过去。"

甄妙傻了："镇国公世子？哪个镇国公世子？"

甄妍狠狠瞪了妹子一眼，这一刻，她忽然有些相信妹子是不小心落水的了！

"自然是和你一起落水的那个，不然这世上还有哪一个镇国公世子？"

轰的一声，甄妙整个人都不好了。

那个人！

她仿佛又回到冰冷刺骨的水中，喉咙中都是水，呛得她喘不过气来。那双冰凉修长的手搭在她脖子上，越掐越紧，越掐越紧。

她尝到了喉咙深处涌上来的血腥味，可更令她胆寒的却是那双明明很美却充满着冰冷恨意的眸子。她丝毫不会怀疑，那个人再出现在她面前，会毫不犹豫地掐死她。

见甄妙两眼发直脸色发白，浑身还不停抖着，甄妍骇了一跳，抓着她手腕喝道："四妹，你怎么了？"

一个软软的身子扑到甄妍怀里："二姐，我怕。"

甄妍身为三房嫡长女，自幼端庄大方，哪被人这样抱过，当下有些手足无措，可不知怎地抱着瑟瑟发抖的妹子心就有些软了，轻拍着她的背安慰道："别怕，镇国公夫人是个明理的，只要你自重自爱，她老人家定会怜惜。世子没有娘，你也不用担心嫁过去有婆婆挑你的理儿。"

甄妙听了身子一僵。她更怕了好么，要是有个婆婆时时在她面前伺候着，好歹还有个躲的地方啊！

为了避免被掐死，甄妙缓缓抬头："二姐，我不想嫁。"

"嗯？"甄妍眉毛挑了挑，慢悠悠道，"四妹再说一遍，刚才我没听清楚。"

看着那来回晃的小戒尺，甄妙眼又开始花了，总觉得端庄美貌的二姐和传说中的容嬷嬷有点像。

见她沉默，甄妍叹口气："妹妹好生养着吧，胡话是不能再说了。"说完不着痕迹地把戒尺收起，转身出去了。

甄妙知道说不嫁只是个笑话，沉默了半天，拿起一旁的引枕蒙在头上，愁得睡着了。

因为她也算好得能见人了，又陆陆续续有人来探望，其中就有大嫂虞氏。虞氏是武将之女，以往姑嫂关系不大好。

虞氏放下礼物寒暄了几句，就要起身告辞。

"大嫂，您能不能再陪我说说话。"

虞氏讶然看了甄妙一眼。这小姑往常见了她都是一副嫌弃神色，今儿个开口留人委实有些稀奇。

虞氏是个爽朗性子，直言道："琴棋书画嫂子都不大懂，只会舞枪弄棒的，恐怕妹妹听了嫌污了耳朵。"

甄妙听了都快激动哭了，她要的就是舞枪弄棒啊。既然婚事没有更改余地了，一年时间把身体练结实点，到时候也禁揍啊。

姑嫂二人，一个愿意听，一个说的是自己擅长的话题，一来二去的倒是聊了小半个时辰。

"大嫂，这么说，要想打好基础就要从蹲马步练起，还要泡特殊的药浴？"

虞氏正要点头，忽然脸色一变，用帕子捂着嘴干呕了一声。

甄妙眨眨眼。大嫂这样子应该是有了。

虞氏脸色一红，见小姑子毫不惊讶，不由愣了。正常小娘子不是这种表现啊！

甄妙回过神来，一脸纯洁地问："大嫂，您怎么了，是不是吃坏了东西？"

"没，没。"虞氏支支吾吾，很快寻了个借口匆匆告辞。

又养了十来天，甄妙把《列女传》也看完了，终于好得差不多了，于是捧着个细口大肚白瓷瓶，里面错落有致地插了几束桃花，去给老夫人请安。

老夫人住在宁寿堂，离甄妙的沉香苑不算近。

"四姑娘来了。"话音一出，里面就静了静。

甄妙抱着花进去，磕头，声音脆生生的："孙女给祖母请安。"

老夫人抬眼看去，见她笔直跪着，敛眉垂首，只有怀中抱着的红桃一颤一颤的，让人说不出的喜欢。老夫人忽然就觉得这个孙女有些不一样了，不由盯着多看了几眼。

"祖母，四妹摘的桃花倒是好看，孙女正缺一朵簪花呢，跟您讨几朵可好？"甄妍开口笑道。

老夫人斜她一眼："你这猴儿，有什么好东西都惦着，现在连你妹妹的桃花也不放过了。"说着扫一眼甄妙，淡淡道："起来吧。"

甄妙站起来，又向大夫人和二夫人问了安，然后就看着甄妍、甄冰、甄玉围着老夫人说笑。

她有些明白甄四姑娘为什么那么争强好胜了。

除了嫁出去的大姑娘外，甄妍端庄大方又懂事，最得老夫人欢心。

二老爷进士出身，一直在外任职，为了尽孝两年前把妻女送了回来。

爹有本事又不在跟前，老夫人对甄冰姐妹自然要怜惜些，更何况双生子本就罕见，更多了一份宠爱。

三姑娘是庶女不提，只剩下甄妙，爹是个混日子的，前面有嫡姐珠玉在前，这姑娘争强好胜也是有迹可循啊。

甄妙一直安静呆着，其间甄妍使了好几个眼色也没反应。一来争宠什么的她不会，二来她还算个戴罪之身，现在上蹿下跳平白惹人笑话。只是一屋子的妇人小娘子，谈论的话题实在有点催眠，甄妙躺得久了还有些体虚，安静着安静着，就安静地睡着了。

老夫人眼角余光扫了甄妙一眼，见她虽不做声，身子还挺得笔直，不由暗暗点头。四丫头经此一事倒是有些样子了。刚想再敲打几句，就发现这货睡着了。

老夫人一口老血差点没喷出来，强压下去，装作心平气和道："你们都下去吧，四丫头留下。"

听到"四丫头"三个字，甄妙一下子惊醒，余光瞥见众人起身忙跟着站起，浑水摸鱼道："孙女告退。"

老夫人咬牙切齿："四丫头留下！"

甄妙坐着能睡着是上学堂练出来的，除了刻意观察她的老夫人和二姑娘甄妍，其他人居然没有发现，只是多看她一眼就纷纷退了出去。

其他人一走，老夫人脸就沉了下来："孽障，还不给我跪下！"

甄妙老老实实跪下，仰着脸，清亮的大眼满是疑问。

老夫人胸口一闷，抬抬手："你们几个都退下。"

几个丫鬟都退了下去，只剩王嬷嬷在老夫人身后站着。

老夫人这才发作："孽障，你居然敢给我坐着睡着了！是不是到了镇国公府也这样？你非要把建安伯府的脸面都丢尽了不成！"

甄妙倒吸一口气。老太太眼神真好！

"孙女错了，孙女这些日子总是睡不好，到了祖母这里不知怎么心一松，就睡着了。"

她说的是实话，自从知道和镇国公世子定了亲，那日的情景就总出现在梦中，睡不好是真的。

"睡不好？"老夫人仔细打量着甄妙，果然发现眼底有淡淡的青色。

"丫鬟们都是怎么伺候的？素月，把紫苏叫进来。"

"不关紫苏姐姐的事，是孙女总是梦到有人掐我脖子。"

老夫人心中一沉，面上却不动声色："四丫头，那日落水后，你还记得发生了什么事么？"

甄妙闻言抿了抿唇。

自从被告知定下了亲事，她就琢磨了一下。

按理，镇国公府那样的门第，遇到这种事就是拒绝了，女方也只能认了。可对方那么快有了行动，实在不像占上风一方的行事。

想想脖颈上的淤痕，还有消失了的丫鬟婆子，她还有什么不明白的。对方爱惜羽毛，既然达成了协议，那么真相无论哪一方都不想再提起。

甄妙垂了头，声音软软的："那日落水孙女早吓得什么都不知道了，哪还记得发生了什么事。只是不知为何总是做梦有人掐我脖子，到了祖母这里心里才算安稳了。"

老夫人松口气，眼神慈爱起来："你这是惊着了。素月，把我常看的那本《妙法莲华经》拿来。四丫头，你婚事已经定下，闺学就不用去了，在家多抄抄经书。现在时辰不早了，去陪陪你娘吧，这些日子她没少操心。"说到这儿她顿了一下："还有三丫头一直病着，你做妹妹的也要去看看。"

等甄妙一走，老夫人就问王嬷嬷："紫苏怎么说？"

王嬷嬷一边给老夫人捏肩一边道："紫苏说四姑娘这些日子话不多，大多时间都在看书。"

"看的什么书？"

"多是《女诫》《列女传》之类。"

"素月，你觉得四姑娘怎么样？"

王嬷嬷忙低了头："姑娘的事，老奴不敢妄议。"

老夫人叹口气："让你说你就说。旁观者清，许是年纪大了，有时候也会看走了眼。"

王嬷嬷头垂得低低的，恭敬道："老奴以前看着四姑娘还有些心浮气躁，自落水后倒如璞玉待琢。"

"璞玉待琢？但愿吧。素月，我让你打听的韩进士一事，如何了？"

老夫人打听韩进士，却是为了被退亲的三姑娘甄静。

韩进士名志远，二十出头，寒门出身，今春新出炉的进士，因着三姑娘被退了亲入了甄家视线。

王嬷嬷把打听来的消息一一道来："是寡母拉扯大的，很是孝顺，人才也是好的，就是底下还有两个弟弟一个妹子……"

老夫人听了就皱了眉："那就再看看吧。"

只是甄妙的亲事已经定了下来，甄静排在前面等不得了，又是退了亲的，这恐怕已经是最好的。

想着那一直安安静静的三姑娘，老夫人叹了口气，到底不再费神。总归是庶女。

甄妙一路碎步，跟在甄妍后面。

"你竟然敢请安睡着了！"甄妍放慢脚步，咬牙切齿地把声音压得极低。

甄妙忙求饶："好姐姐别再恼了，没看妹妹眼圈还是青的么，实是这些日子睡不安稳，总做噩梦来着。"

甄妍仔细看了一眼，到底信了她的话，叹口气："你总要长进些，别让娘操心。"

"娘现在好些了么？"

"被你气得不轻，你说呢？"甄妍翻个白眼。

甄妙小媳妇似的跟在甄妍后面，进了和风苑。

见甄妍进来，温氏脸露喜色，可转眼看到跟在身后的甄妙，立刻变了脸色："谁让你来的？"

"娘——"甄妙甜甜喊了一声，跪下请安。

温氏别过脸："我可没你这样的女儿！"

本就是有错在先，还把娘气吐了血，甄妙认起错来毫无压力。她一把抱住温氏大腿，脑袋在腿上一蹭一蹭的："娘，女儿真的错啦，您要是还气恼就打女儿几下。"

温氏彻底愣住了。这，这话本有点不对啊。一屋子的丫鬟也愣了。以往夫人说这种话，四姑娘不是该摔门出去么？

甄妍大感丢脸，冷脸看着丫鬟们："你们都出去。"

温氏被二姑娘这话提醒了，立刻腿往外抽："没听我说么，你这样的女儿我可不敢要，出去。"

"不出去。"甄妙把温氏大腿抱得更紧，一脸坚定。

"出去。"

"不出去。"

"出去。"

"不出去。"

"出去。"

然后就见甄妙站起来，真的出去了。

温氏脸色由白转红，又由红转青，气得狠狠哭了一场。甄妍也气得心口疼，想冲出去找甄妙算账，又怕娘气出个好歹来，只得在一旁劝解着。没想到小半个时辰后甄妙又返了回来，手中端着个托盘。

温氏正哭着，见二女儿进来差点噎住，一开口说话竟然打起了嗝。

甄妙忙冲到温氏身边坐下，一手按着她大拇指，一手拍着她的背："娘，您深呼吸。"

温氏深呼吸几次，打嗝止住了，恨声道："你不是出去了么，还回来做什么！"只是因为刚才打嗝的狼狈，气势到底没有那么足。

甄妙完全无视温氏的冷脸，捧着玲珑的瓷罐："娘，女儿今早做的红糖桃花粥，最是补血润肤的，您趁热尝尝可好？"说着揭开盖子，只见米粒微粉，桃花瓣掩映其间，衬着白中透绿的小罐煞是好看，还传来一股淡淡的香甜气。

看一眼巴巴看着她的二女儿，温氏到底松动了，用勺子舀了尝一口，居然发现味道极好。一连喝了几口，她问道："这桃花，也能煮粥？"

这就算是原谅了，甄妙松口气。她在家乡练就的一手好厨艺总算派上点用场。

离开和凤苑后，姐妹二人向三姑娘住处走去。

一般来说庶女是没资格单独住一个院子的，但建安伯府只有一个庶女，就暂时占了一个小院，名谢烟阁。

刚行至谢烟阁前，一个身穿银红比甲的丫鬟就和甄妙撞了个满面。这丫鬟是三姑娘的贴身丫鬟红梅。

甄妍沉下脸来："慌慌张张做什么？"

红梅支支吾吾不说，甄妍的贴身丫鬟莲叶冷声道："姑娘问你话，藏着掖着是哪门子道理？"

红梅都快哭了："二姑娘，我们姑娘她，她投缳自缢了！"

甄妍和甄妙脸色顿时变了。

"三姑娘怎么样了？"甄妍厉声问。

"救下来了……"

甄妍脸色恢复了平静，拧眉道："既如此，给我收起你那慌慌张张的样子，悄悄去禀了世子夫人。"

"是！"红梅稍稍恢复了二等丫鬟的一点样子。

"记住，今日碰到我和四姑娘的事不许和旁人提一个字。知道的人越多，越没有你们的好处！"甄妍沉声道，拽着甄妙就走。

穿山绕池，行过竹林丛翠，姐妹二人在一处水榭坐下。

好一会儿，甄妍开口："四妹，你对不住三妹妹。"

甄妙点头。

甄妍却语气一转，冷笑道："可是三妹寻短见，却是把我们架在火上烤。"

15

先是甄妙落水，后是甄静投缳，传出去恐怕建安伯府的姑娘就没有半点名声可言了。特别是已经定亲的甄妍和甄妙，说不定也落得被退亲的下场。可以说三姑娘这是拿自己的死拉两个垫背的，足见她心中之恨。

"四妹，你怎么看？"

甄妙沉默良久，认真道："有因才有果。"

不管三姑娘心中抱着怎样的恶意，一个弱女子如果只能以自己的死为代价来报复，已经足够可悲了。说到底，是甄四姑娘先欠了她。

甄妍长叹口气："四妹，你自落水后通透多了。今日的事老夫人和世子夫人定会瞒得死死的，无论是你、我，还是三妹，这一两年会陆续出阁，将来一笔写不出两个'甄'字。"

若是以往，这话她是懒得说的，二人虽是嫡亲姐妹，自幼总好像隔着什么，现在却轻而易举说出口了。

"行了，这事你也别搁在心里，明日去给祖母请安时别露出端倪来。"

姐妹二人叙了会儿话，各自散了。

明华苑碧梧青青，大夫人正临窗看账，听了丫鬟的禀告命红梅进来。

红梅扑通一声跪下："世子夫人，三姑娘投缳自缢了！"

"什么！"大夫人手中账本掉落，站了起来。

红梅忙补充："三姑娘被救下了，婢子们不敢瞒着，请世子夫人做主。"

听说三姑娘没事，大夫人神情微松，目中闪过冷意："这事儿还有谁知道？"

"就婢子和绿萼，还有张妈妈知道。一救下姑娘，张妈妈就命绿萼守着门，让婢子来禀告夫人了。"

"行了，你回去守着三姑娘吧，记得不要透露半点风声，便是岚姨娘那儿也不成。"

红梅不敢停留，忙退了出去。

"尽是添乱的！"大夫人冷哼一声，起身去了宁寿堂。

甄妙回了沉香苑，想着三姑娘自缢的事越来越烦躁，对紫苏道："我得去看看。"

"姑娘，您应该听二姑娘的。"

甄妙盯着鞋尖："我知道二姐说的都对，但我还是想去看看。"

她取了一块碎银子给紫苏："让小丫头跑趟大厨房，拿些葛粉、白豆沙并砲茶粉来。"

沉香苑没有小厨房，在耳房弄了个小炉子，能够煮茶或者热一些吃食，其他各院也是如此。

三姑娘甄静很喜欢吃甜食。甄妙打算做一种叫翡翠凉果的点心。这种凉果是半透明的，看起来如翡翠般，入口滑凉软糯，甜而不腻。

　　一直忙活到晚膳时分翡翠凉果才算做好，用过膳正好冷却下来。

　　甄妙把翡翠凉果分成十数份，各处都没落下，命小丫鬟一一送过去，自己则带着一份翡翠凉果去了谢烟阁。

　　红梅见到甄妙，惊讶极了。

　　"我来看看三姐。"

　　红梅面露异色，却不敢多问，行礼道："容婢子去禀告。"片刻后红梅折返回来，赧然道："我们姑娘已经睡下了。"甄妙便明白，这是甄静不想见她："三姐病好了么？"

　　这些日子三姑娘都是称病的，老夫人免了她的请安。

　　此时甄妙这样问，红梅心知她问的是什么，忙道："劳四姑娘惦记，我们姑娘已经无碍了，明日就要去给老夫人请安。"

　　"那就好，劳烦把这个带给三姐，是我亲手做的。"甄妙把装有翡翠凉果的食盒递给红梅后离开，路过花园时看到大少爷甄焕带着虞氏散步。

　　见是甄妙，甄焕眼中闪过嫌恶："四妹怎么出来了？"

　　"大哥。"甄妙福了一礼，无视甄焕的眼神对虞氏露出大大的笑脸，"大嫂，出来散步啊。"

　　虞氏察觉丈夫的冷淡有些不安，冲甄妙露出个笑脸，刚要开口却脸色一变，掩口干呕起来。

　　甄妙刚要上前，甄焕伸手把虞氏揽住，冷淡地瞥了她一眼："你大嫂不舒服，我带她回房了。"

　　行至半路，虞氏恶心的感觉稍微缓解，劝道："夫君，您对四妹，有些……有些……"

　　甄焕柔声道："倩娘，以后对四妹远着点就是了。"

　　能做出那种事来，半点女儿家的矜持都不要了，害他被同窗嘲笑，害家族蒙羞，这样的人便是亲妹子也没必要亲近。

　　虞氏性子磊落，自打那次探病和甄妙聊天，就对她改观不少，直言道："我觉得四妹还是挺好的。"

　　甄焕听得直皱眉："三岁看老，她是我妹子，自小什么样子我最清楚不过了。"

　　二人进了房门，近身伺候虞氏的丫鬟玉儿便道："大奶奶，四姑娘之前命丫鬟送了点心来，说是四姑娘亲自做的。"

虞氏自幼习武，身子强健，可这次怀孕却害喜得厉害，整日什么也吃不下，这样一来不但急坏了大少爷甄焕，就连老夫人、三夫人也时不时送吃食过来，虞氏却是吃什么吐什么。

　　此时听玉儿这么说，她虽没胃口，还是出于礼节道："拿过来吧。"

　　就见玉儿端了一个白玉盘来，五个白中透绿、晶莹剔透的点心摆成梅花状，看着就清凉爽口。

　　虞氏忍不住拿起一个尝了一口。淡淡茶香，软糯爽口，不知不觉竟吃完一个。

　　虞氏又拿起一个吃了，再拿第三个就听玉儿说："大奶奶，四姑娘命小丫头叮嘱了，这点心有些凉，您不宜多吃。"

　　虞氏讪讪放下，却忍不住看了好几眼翠绿欲滴的小点心，问道："四姑娘有没有说这点心叫什么名儿？"

　　"说是叫翡翠凉果。"

　　"翡翠凉果？真是好名字，听了就觉得舒坦。夫君，您尝一个。"

　　甄焕见虞氏难得有些精神不忍拒绝，接过来尝了很是意外。

　　没有几个男人喜欢甜腻的点心，这点心的味道却恰到好处，还有些茶香味，难怪妻子能连吃两个。

　　"夫君，我就说四妹还是挺好的吧。"虞氏一笑。

　　甄焕撇嘴，因为嘴里含着点心没顾上反驳。

　　第二日一早，甄妙去了三夫人房里。

　　甄妍已经在了。

　　温氏见面就问："妙儿，听小丫头说，昨日那翡翠凉果是你做的？"

　　甄妙点头："女儿做了孝敬娘的。"

　　"老夫人那里可送了？"

　　"送了，便是两个堂妹那里都送了。"

　　温氏这才放心，笑道："那点心确实好吃，也不知你这丫头怎么琢磨出来的，回头记得再多做些。"并没说把方子教给大厨房什么的。

　　这年代的贵族世家很讲究传承，也包括膳食传承。哪一家有没有拿得出手的膳食方子，或者酿酒方子，都可以体现这一家的底蕴。

　　贵女出嫁，这些秘方也是珍贵的嫁妆之一。

　　建安伯府虽不算没落，在勋贵中却只是中等，女儿要嫁到高门，这些也能为她增彩，正好弥补了之前那事的不足。

　　若是把方子给了大厨房，几个姑娘都会了，就没了这作用了，说到底这还是温氏做娘的私心。

甄妍明白温氏的意思，想着甄妙顶着那样的名声嫁到镇国公府恐怕不好过，并没有相争的心思，转了话题问道："娘，这些日子怎么都没见到父亲？"

"说是最近衙门事忙。"

三老爷既不像大老爷日后能够袭爵，也不像二老爷书读得好，中了进士做官比寻常勋贵还要体面，只在鸿胪寺任了个闲职。

甄妍听了就皱眉，隐晦道："如今不过四月，正旦、上元早过，重午又还未至，外吏朝觐、诸蕃入贡也不是时候，父亲怎地就忙了呢？娘可要多关心一下父亲，别让父亲累坏了身子。"

温氏伸出手指点了一下甄妍额头："你这丫头就爱操心。"

说到这里她心里一动，脸色有些难看起来，当着两个女儿的面不好表露，带着她们前往宁寿堂给老夫人请安。

一进了门，发现大房、二房都到了，大夫人身边坐了个身穿月白裙衫的少女，刘海齐眉，身形单薄，正是许久不曾出门的三姑娘甄静。

甄妙向甄静看去。甄静与她对视，又清又冷，很快别开了眼。

老夫人赐了座，果然又提起翡翠凉果一事，难得给了甄妙一个好脸色，接着问温氏："浩哥儿媳妇怎么样了？"

建安伯府孙辈男丁少，只三房的大少爷甄焕小名浩哥儿和大房的二少爷涵哥儿。因着三房的孙少爷是长孙，尽管三老爷不争气，老夫人平日还是给三房几分抬举。

温氏忙回话："就是吃什么吐什么，别的倒是还好。"

老夫人听了皱眉。

甄妍笑道："祖母，我倒是听说大嫂昨儿个连吃了两个翡翠凉果，因不敢多吃还有些遗憾呢。"

这一下，众人的目光又落到了甄妙身上。

老夫人看了甄妙一眼："四丫头，以前膳食师傅说你好钻研，我还以为是专拣了好话哄我开心的，原来是祖母小瞧你了。日后再研究出好菜，让你大嫂能多吃两口，你可就是咱家的大功臣。"

甄妙笑得极甜："孙女很喜欢研究这些。"没有半点邀功和得意，只有满满的自信和开心。

老夫人一怔，直觉这个孙女自落水后确实不一样了，暗道人逢大难果然会变。

甄妙趁机道："只可惜孙女满腹才华，那小炉子实在难以施展啊。"

看她皱着个眉，一脸嫌弃小炉子的模样，老夫人哈哈大笑："以后祖母这小厨房就借给你了，只是有一样，可别把厨房烧着了。"

老夫人开心，旁人自然赔笑。

二夫人李氏暗自咬碎银牙。她自嫁来，转年就添了一对双生女儿，却伤了身子至今没再怀上。如今二房这一辈一个男丁也没，偏偏二老爷还把她们母女送回来，说是尽孝。没了她的压制，那些狐狸精要是生个儿子——

想到这儿李氏就挖心挖肺地难受，暗暗埋怨老夫人却不敢表现出来，狠狠盯了三夫人一眼。一个破落户娘家，一个没脸没皮的女儿，偏偏还爬到她头上去了。

大夫人面带微笑，心中并没过多想法。她是当家夫人，嫡亲的女儿已经出嫁，只剩个小儿子要操心，姑娘们名声好嫁得好，只有好处没有坏处。

三姑娘甄静始终未发一言，看着甄妙的眼神却格外暗沉。

早膳都是各房回去自用的，老夫人并不留饭，闲聊了一会儿就命众人散了，用过早膳与王嬷嬷闲聊："三丫头那里，都处置妥当了？"

王嬷嬷拿了美人捶给老夫人捶腿："三姑娘跟前的张妈妈是个妥当的，三姑娘的事只她和两个贴身丫头知道，只打发了一个嘴碎的婆子并两个小丫头。只是二姑娘、四姑娘那里，您看——"

老夫人虽已不当家，各院的大事想要瞒她还是不易的，实是因为建安伯属于典型的纨绔子弟，偌大的建安伯府都靠老夫人打理过来的。

老夫人笑笑："二丫头是个沉稳的，将来到了侍郎府应该不会让人操心。倒是四丫头，让我有些出乎意料。"

"四姑娘也是心善。"王嬷嬷忍不住多了句嘴。

老夫人笑起来："四丫头两个翡翠凉果就把你收买了？"

"老夫人！"

老夫人拍拍王嬷嬷的手："行了，我心里有数，她们两个都是好孩子，我只盼她们能一直这样懂事。"

同样一件事，二姑娘避开是处置得当，四姑娘若也避开，却太过自私凉薄。三姑娘寻死和四姑娘有着直接的联系。到了老夫人这个年纪，心中早已有数。

甄妙回去练了一个时辰的字，眼看要到晌午，打算做薄饼卷菜。

想着那不争气的小炉子，早上请安时又得了老夫人的话，甄妙半点都不见外，带着紫苏就去了宁寿堂。

老夫人见甄妙这么快就打算征用自己的小厨房，有些意外的同时又来了几分兴趣。

大周饮食已经开始讲究食不厌精，花样却远不如甄妙家乡那里。

甄妙进了小厨房把食材都看了一遍，见有泡发好的红豆，淘米加水，又放了碎碎的核桃仁，先把红豆粥煮上，这才开始做饼。

莴苣、胡萝卜切成细丝焯水，和黄瓜丝一起用香醋、清酱拌了，点了麻油，又加了些炸过花椒的熟豆油，再配上用甜酱炒过的肉丝，放到摊得像纸一样薄的饼里卷好，薄饼卷菜就做成了。

等都做成，红豆粥正好煮得酥烂。

"祖母，您尝尝。"甄妙一双黑且大的眼睛巴巴看着老夫人，一脸求表扬的模样。

老夫人扑哧一笑，夹起一个尝了尝，酸甜清爽还伴着淡淡花椒香，令人胃口大开。

每个卷饼不过三寸左右，只两口就吃完了。

老夫人又夹起一个，就听到甄妙的肚子发出咕噜声，笑着对王嬷嬷道："看这丫头，晚吃了一口，肚子就向我发脾气了。"

王嬷嬷跟着凑趣："也难怪四姑娘着急，这香味老奴闻着都馋呢。"

甄妙脸微红，却猛点头："嬷嬷说得不错，这饼实在太香了。"

看她说得认真，又一本正经，老夫人脸上的笑容就没消过。

"祖母，这饼您看大嫂可吃得？"

老夫人这才想起来，忙吩咐丫鬟把薄饼和红豆粥装盘分成几份给各房送去。

不一会儿大丫鬟白芍返回来，满脸的笑："回禀老夫人，大奶奶把薄饼都吃了，红豆粥喝了也有小半碗，整个人看起来精神了不少。"

老夫人听了大喜，当场命白芍抱了红木梳妆匣来，取出个白玉手镯赏给甄妙。

甄妙吃得心满意足又得了镯子，开开心心地回了房。

到了落日时分，小丫鬟禀告说大少爷过来了。

"大哥这时过来有事么？"甄妙刚用过晚膳，正喝茶消食。

甄焕有些不自在："不知四妹那薄饼卷菜怎么做的，晚上小厨房也用了那些食材，却调不出那个味来。"

虞氏自从有孕后因为孕吐严重，特设了小厨房。

今日大厨房送去的晚膳果然又没吃下，听丫鬟说中午四姑娘送来的薄饼大奶奶吃了个干净，甄焕忙令小厨房照做了，谁知虞氏只尝一口就放下了。

为了妻子和肚里孩子，甄焕再不待见这个妹子也只得厚颜求了来。

甄妙命丫鬟拿来笔墨，写了做法递过去。

"多谢四妹了。"甄焕僵着脸道。

甄妙端了茶。这是送客的意思，甄焕尴尬离去。

紫苏跟了甄妙这些日子，多少有了些主仆情谊，忍不住道："婢子多嘴说句不该说的，姑娘对大少爷何不软和些，日后总要仰仗娘家兄弟的。"

甄妙眯着眼笑。

她能仰仗谁呢？镇国公府比建安伯府门第高了许多，大哥是三房的不能袭爵，至今还在读书，而镇国公世子已经在亲卫军中任职了。

想起那双满是仇恨厌恶的眼睛，甄妙不自觉打了个寒颤。她也不知道未来会怎样，一想起来心里就怕得不行，只能控制自己不去想，尽量把现在的日子过好。说到底，她谁都仰仗不了，也没人让她仰仗。

之后的日子风平浪静，很快天就热了。

三夫人温氏想着两个女儿许久没出门，就带着姐妹二人去宝华楼看首饰。

宝华楼是京城最好的银楼，母女三人坐在二楼包间里兴致勃勃地挑选首饰。

小半个时辰后，温氏的贴身丫鬟锦屏进来，附在她耳边说了几句。

温氏脸色微变，站起来道："妍儿，你和妙儿先在这里挑选，喜欢的就记下让银楼送到府里去。挑完娘若是还没回，你们就自行回去，可不要在外头多待。"

姐妹二人齐齐称是。

待温氏一走，甄妍支开丫鬟对甄妙道："今日母亲带的画壁出来，锦屏是留在家里的，她这时过来恐怕有什么急事，我不放心母亲跟去看看，你别乱走。"

甄妙刚要点头，却觉脖颈一凉。她下意识向窗外望去。

一个蓝衣青年坐在马上，一动不动地盯着她。那感觉就好像是一把冰冷的匕首逼在脖子上，只要一动，就会血流如注。

是他！甄妙心一紧，猛地关窗。

甄妍骇了一跳："四妹，怎么了？"

甄妙抓住甄妍衣袖，声音有些抖："二姐，带我一起去。"

甄妍答应下来，二人匆匆下楼。街上熙熙攘攘，那清冷如高山白雪的男子早已不见。

甄妙大松一口气，紧跟着甄妍寸步不离。以后再也不出来了，外面太危险了！

温氏七拐八拐进了一个胡同，在一座民宅前停下来。

"给我踢门！"

今日因为带了两个女儿出来，温氏特意带了几个身材壮实的婆子，此时正派上用场。

砰的一声，大门就被个五大三粗的婆子踢开了。温氏冲了进去，不一会儿就传来男女的惊呼声。

接着是男人的怒吼："你这泼妇，不要闹得太过分！"

"我过分？你半点体面都不讲，养个外室在这里是怎么回事？真当我是死人啊！来人，给我把那贱人狠狠打！"

"谁敢，我告诉你温氏，婉娘已经有了我的孩子！"

胡同口渐渐有人围观。

甄妍狠狠跺脚。她早就察觉父亲的异样，怕将来闹出事端这才提醒了母亲，却不想母亲这样沉不住气，把事情闹成这样。

甄妍看围观的人都是小老百姓，应该不知道父亲的身份，微松口气，却也明白不能再拖，拉着甄妙走了进去。

见两个女儿进来，三老爷和温氏同时愣了。随后三老爷更加暴怒，指着温氏骂："泼妇，你竟然还带了——"

甄妍忙道："父亲，您是要让全京城的人都知晓么？"

三老爷如戳破的皮球般没了声。

甄妍扫一眼仆妇们："都愣着干什么，还不请婉姨娘回府！"

一群人来得快去得也快，寻常百姓并不知道这里住了何人，来捉奸的又是哪家贵妇，只是兴致勃勃地议论着，为平淡生活添了点谈资。

可这件事还是很快在上层传开了，速度快得令建安伯府措手不及。

建安伯府的三夫人去捉奸，还带着两个女儿！

老夫人气得心口疼，长叹道："这是有人算计我们伯府啊。"

老夫人招了三老爷的长随甄安问话，只问出那婉姨娘是楚潇阁的清倌人，三老爷去了几回就把她赎身，养了外室。这事其实没什么大不了的，可事情坏就坏在因为三夫人带着女儿去捉奸，三老爷逛青楼的事传得满城风雨。

御史一个折子递上去，三老爷这芝麻大的闲职就被革了，三老爷成了个白丁。

看着跪了满地的人，老夫人气得手抖："来人，给我把这贱人拖下去打死了事！"

"老爷——"婉姨娘小脸煞白，惶恐喊着三老爷。

三老爷眼中闪过心疼，鼓起勇气道："娘，您就看在那未出生的孙儿分上，饶了婉娘吧。"

老夫人啐了一声："畜生，你还敢开口！"

婉姨娘忽然呻吟一声，捂着肚子缓缓蹲下去。

"婉娘！"三老爷吓了一跳，忙扑了过去。

素来泼辣的温氏今日有种反常的安静，几乎是冷笑着看着三老爷的举动。

甄妍脸色一直是白的，和甄妙一起跪在温氏旁边。

"罢了，把她带下去找个大夫看看，别让她出房门一步。"老夫人摆摆手。

见婉姨娘要被带下去，甄妍重重磕了一个头："祖母，请容孙女说几句话。"

老夫人看她一眼："二丫头，你可知自己犯下了大错？"

甄妍抬起头来，声音像冰晶一样："妍儿一时糊涂令伯府蒙羞，祖母无论怎么处置我都心甘情愿，只是有一句话妍儿不得不说。"

"什么话？"

甄妍抿了唇，一字一顿道："婉姨娘不能留！"

"孽障，你知不知道在说什么！"三老爷火冒三丈，几乎是跳了起来。

老夫人抄起小桌子上的碟子就砸过去。切成薄薄一片的西瓜糊了三老爷满头满脸。

"你给我跪下！"老夫人厉声道。

对老夫人的话三老爷不敢不听，一双眼却死盯着甄妍。

甄妍仿佛没有察觉三老爷的目光，继续道："孙女原本以为婉姨娘是清白人家的女儿，这才带回了府，谁想她是青楼妓子。这样的身份进我们伯府的门，还要生儿育女，是要满京城的人都笑话么？"说到这里她轻蔑地扫了婉姨娘一眼，"更何况她这样的身份，孩子到底是不是父亲的还未可知。"

"老夫人，妾跟着老爷时还是清清白白的，姑娘这样污蔑妾身，妾情愿一死以证清白！"婉姨娘挣扎开婆子的束缚，一头向墙壁撞去。

两个婆子自然不敢让她撞墙，忙死死拦住。

甄妍冷笑一声："无论如何，孙女绝不要一个从青楼女子肚中爬出来的弟妹。若是这样，孙女也没脸嫁到侍郎府，情愿青灯古佛一辈子！"

"你！"三老爷恨不得把女儿的嘴堵上，一副要杀人的样子。

在甄府上下印象中，三老爷一直有些懦弱，被泼辣的三夫人管得死死的，这样横眉怒目的样子还是头一次见。

"娘，是媳妇蠢钝，媳妇自请下堂，只求您好好照顾媳妇的三个儿女，别把二丫头的胡言乱语放在心上。"三夫人的眼神都是灰暗的，重重磕了一个头。

老夫人变了脸色："胡闹，你们一个个的，还嫌闹得不够么！"

甄妙看看这个，看看那个。事情有点复杂，她得好好捋一捋。这货一思考就犯了老毛病，把手握成拳头放在嘴边当猪蹄啃着。

老夫人那眼风正四下扫，见到甄妙那模样胸口一窒，斥道："四丫头！"

甄妙忙往前凑了凑："祖母，孙女有件事不懂。"

老夫人挑挑眉。

"祖母，如果孙女把您最喜欢的花瓶打碎了或者丢掉了，您会气得要打死孙女或者把孙女赶出家门么？"

老夫人气笑了："当然不会，一个花瓶而已，祖母再稀罕它也就是个物件，还能为了它这样罚你么？若是如此，祖母成什么人了。"

甄妙看了三老爷一眼，满是不解："所以孙女才纳闷啊。妾通买卖，货物耳，因为她,姐姐要青灯古佛,母亲要自请下堂,这样的麻烦人为何不卖掉呢?难道她腹中的孩儿比大哥、二姐还要稀罕么?"

老夫人心中一凛,突然想通了。婉姨娘就算怀的是男丁又如何?一个青楼女子所生的孩子,白白拖累其他孙子孙女。人丁兴旺,是为了互相扶持,好让家族更加繁盛,而这个孩子的出生带来的只会是耻辱和内斗,是乱家的根源!

"带下去吧。"老夫人看一眼王嬷嬷。

王嬷嬷会意:"是。"

"娘,不能啊,婉娘腹中的是儿子的骨肉,您的孙儿啊!"三老爷紧紧搂着婉姨娘。

老夫人不为所动:"浩哥儿、妍儿、妙儿才是你的骨肉。"

"老爷,老爷救救妾啊——"婉姨娘哭得再婉转哀怨也不顶用,很快被拖了出去。

三老爷脸色铁青,终究没敢忤逆老夫人的意思。

老夫人的处置下来,三老爷与三夫人被禁足,甄妍和甄妙则被罚去跪祠堂。

夜间祠堂阴冷,姐妹二人靠得极近。

"这一切,都是我的错。"自从跪下就一直沉默着的甄妍忽然道。

甄妙眨了眨眼。

甄妍似乎想寻个宣泄的途径,自顾自地说下去:"是我多嘴提醒了娘,娘这才盯着父亲。还是我自作聪明要去跟着娘,还把你带了去,结果把事情弄得不可收拾。我只想着娘容易冲动,却把自己看得太高了,以为自己能解决一切——"

见甄妍整个人都似魔住了,甄妙忙抓住她的手:"二姐,你才比我大两岁呢,已经好厉害了。有心算无心,明枪易躲、暗箭难防呀。"

甄妍回过神来,喃喃道:"不错,你说是谁在算计我们伯府呢?"

第 2 章 夜探

甄妙下意识想到了那日在宝华楼的惊鸿一瞥。

见甄妙神色有异，甄妍问道："四妹，怎么了？"

甄妍犹豫了一下道："那日我们在宝华楼挑选首饰，娘刚走时，我无意中瞥见了镇国公世子。"

甄妍一下子变了脸色："你的意思是？"

"我也并没有什么意思，只是觉得好巧合。"甄妙不敢把话说太满。

她感觉此事和镇国公府有关，毕竟镇国公世子在落水时是想置她于死地的人，想来是极不满这桩亲事的。若是建安伯府事情闹得不可收拾，那边提出退婚也就没人说三道四了。

甄妍瞬间也想到了这些。她虽不知道甄妙曾被镇国公世子掐脖子的事，却也能料到对方对这门亲事不满。

"这件事你先不要和任何人说，我派人查查。"甄妍叮嘱道。

"也不告诉祖母么？"

"无凭无据的，镇国公府和伯府又是这样的关系，事情还没个定论告诉祖母做什么。"

"嗯。"甄妙点点头。

有了一个模糊的方向，再查起来就顺利多了。

甄妍想起两个多月前之所以留意起三老爷，是因为逛园子时无意中听修剪花枝的两个婆子议论了几句。把两个婆子的底细查了个底翻天，发现一个姓赵的婆子有个娘家侄女是在镇国公府厨房做事的。三老爷以前被温氏管得紧，鲜少去喝花酒。甄妍再招来甄安盘问，甄安回忆起三老爷数月前去楚潇阁，是一位同僚的宴请。

甄妍派心腹继续去打探。

京城中对建安伯府的议论还没有消除，更有风声传出来镇国公府打算退亲，下人们看三房的眼神都有些异样。

老夫人那天虽是听进了甄妙的话，事后对三房的两个姑娘却待见不起来，每日请安都是淡淡的，早早就把人打发走。

甄妙却像没事人似的该干吗干吗，天气渐热，她做了些蓑衣黄瓜分盒装好给各房送去，亲自提了一份献给老夫人，接着去了甄妍那儿。

甄妍苦夏，又有心事压着，食欲不佳，却就着甄妙送来的黄瓜连吃了两个小饼子。

甄妙端详着临窗放置的绣架："二姐，你绣的这喜鹊登梅图，是打算做屏风么？"

"嗯。"甄妍饱餐一顿，心情畅快许多。

"二姐的绣活儿越来越精致了，将来往厅里一摆，不知多少人要夸的。"这说的，自然是等甄妍出嫁后的事。

甄妍面上并无多少喜色，只是道："四妹也该绣着了，这不是一朝一夕的事。"

甄妙点头："嗯，绣着呢。"虽然不知道这亲事到底会不会生变故，或者日后过得如何，该做的还是要做的。

姐妹二人正闲聊着，莲叶探头看了甄妍一眼。甄妍会意，起身道："四妹先坐坐，我去去就来。"

到了隔间，莲叶低声道："姑娘，小四回来了，这是给您带的信儿。"

甄妍接过来拆了，里面的内容让她变了脸色。当日宴请三老爷几人的那个同僚，有一个妾是镇国公府去年刚放出来的丫鬟。再想想两个花匠婆子的议论正是甄妙和镇国公世子亲事定下后不久，这还有什么不明白的么！

甄妍满脸怒意回了屋。

"二姐，怎么了？"

甄妍气怒欲言，又生生忍住。

三老爷那事已经发生了几日，镇国公府那边并没有传来什么动静。若这门亲事继续，她说了岂不是白令妹妹懊恼？一旦存了这个心结，等嫁过去心中有了怨气，再想和世子相处好就更难了。便是甄妍也不得不承认，当时是妹妹做得不对，对方此行虽有些不上台面，也是有源头的。

"是两个小丫头子吵起来了，都是不让人省心的。"甄妍无奈笑道。

甄妙便没有多问。

过了会儿，就有沉香苑的小丫头跑来对甄妙道："姑娘，老夫人让您过去。"

"祖母找我有事？紫苏呢？"甄妙站起身往外走。她屋里至今只有一个大丫鬟紫苏，今日出门也只带了两个小丫头。

小丫头期期艾艾道："紫苏姐姐塞给传话的阿绸姐姐一块碎银子，听阿绸姐姐说是镇国公府来人了。紫苏姐姐命婢子来给姑娘传信，她先一步去宁寿堂了。"

听小丫头这么一说，甄妙心中生出果然如此的感觉，抬脚往外走。

"四妹。"甄妍把她叫住，"我跟你一起去。"

"二姐，祖母叫了我，你还是别去了。"

甄妍一脸坚定："不，我跟你去。"

姐妹二人携手去了宁寿堂。

紫苏守在外面，见了甄妙快步迎上来跟在她后面，低声道："姑娘，是镇国公府的教养嬷嬷。"

甄妙听了还没有如何，甄妍却在松了一口气的同时心中怒火上涌。来的是教养嬷嬷，那就没有退亲，可是一个伯府的姑娘却要未来婆家的教养嬷嬷来管教，这实在是太打脸了。

果然一进屋，发现老夫人的脸色极为难看。她下首的小杌子上坐着个穿藏青色衣衫的妇人。那妇人长脸，一副不苟言笑的模样，见姐妹二人进来站了起来。

"孙女给祖母请安。"姐妹二人齐声道。

见甄妍一起过来了，老夫人有些意外，忍着羞恼对妇人道："杨嬷嬷，这是我两个孙女，二丫头妍儿，四丫头妙儿。"

什么时候府中的姑娘让一个婆子说三道四了？可如今人在屋檐下不得不低头，四丫头若是被退了亲，就真的毁了。

听了老夫人的介绍，杨嬷嬷审视的目光就落在了甄妙脸上。

"杨嬷嬷好。"甄妙微微福了福，大大方方地回视。

杨嬷嬷侧身避开，接触到甄妙纯净如水的眼神，心中纳罕。那么多甄四姑娘的传闻，她心中早已对四姑娘什么样有了个勾画，却没想到真人和她想象的有那么点不同。这样一想，心中顿时有了几分好奇。

"四姑娘好，老奴是奉了镇国公老夫人的吩咐来伺候姑娘的，还望四姑娘不要嫌老奴嘴拙手笨。"

面对这种情况，接受了无疑是耻辱，开口拒绝，对方代表着镇国公老夫人，也不合适。甄妙觉得这次没时间让她好好捋一捋了，福至心灵想起一句话：若是有人说的话让你不想回答或者不会回答，那就保持微笑，让会回答的人回答好了。

于是她淡淡一笑："杨嬷嬷客气了，长辈的事，我听祖母的。"

老夫人大奇，心道谁说四丫头落水后没有以前伶俐了啊，简直是有眼无珠！再也没有比这更合适的应对了。

杨嬷嬷亦是深深看了甄妙一眼。

于是甄妙笑得更淡定了。

老夫人接话道："杨嬷嬷太过谦了，京城谁不知道您是曾经伺候过太后的，伺候四丫头这种话万万说不得，太折煞她了。"

"四姑娘到了哪儿都是主子，老奴在哪儿还是奴婢，老夫人这么说才是折煞老奴。"

二人你一言我一语交锋十数回，老夫人渐感无力。这老嬷嬷不愧是在宫里混了那么多年放出来的，说话真是滴水不漏，寸步不让。

步步紧逼之下，老夫人暗叹一声，刚想不情愿点头，就见甄妍对着杨嬷嬷端正一福："杨嬷嬷，请恕我失礼了，母亲那边有点急事要向祖母禀告，就让四妹陪您稍坐片刻。"

老夫人就势道声失礼，由甄妍扶着转进了内室，刚坐定如释重负松了口气，笑道："二丫头，还是你机灵。"

甄妍脸色无比郑重："祖母，孙女是真有事。"说着把字条递了过去。

老夫人纳闷打开，见上面歪歪扭扭一些字，是几个人名和关系图。

"这是？"

"父亲、婉姨娘、楚潇阁、请喝酒的同僚、妾、镇国公府的丫鬟。祖母，孙女觉得这是一条线，连起来的结果就是父亲丢官，伯府名誉受损。"甄妍说着，声音更冷，"这一次若不是祖母快刀斩乱麻把婉姨娘解决了，以后还不知道惹出多少事来。那镇国公府就不是派教养嬷嬷来，而是名正言顺退亲了！"

老夫人敛了笑："这事，你可有证据？"

甄妍摇头："孙女并没有切实证据，却知道很多事过程并不重要，结果才最说明问题。"说着把自己当初怎么无意间听到仆妇谈论三老爷的反常，事发那天甄妙怎么无意间看到世子这些都细细说了。

"冤孽，真是冤孽，镇国公世子就这么嫌弃四丫头？"老夫人连连叹气。

她最担心的是镇国公老夫人会因为这些事挑剔四丫头，却没想到镇国公世子对四丫头厌恶到这种地步。先前在水中想要掐死四丫头还可以说是一时冲动激愤，可这样处心积虑要退亲，实在令人心寒。

"祖母！"甄妍扑通一声跪下，"这门亲，不如不结了吧。"

老夫人神色颓然："这世道，做人难，做女人更难，你四妹经不起这些磋磨了，我们伯府也经不起，她是定要嫁的。"说到这里她嘴角抿了起来，"只是他们镇国公府欺人太甚，这样挖了坑让我们跳，总不能让他们以为我们就是糊涂的。"

"二丫头，扶我出去。"

祖孙二人折返，发现甄妙正兴致勃勃地向杨嬷嬷介绍襄衣黄瓜的做法，杨嬷嬷居然还尝了一口，吃的可不就是甄妙早上刚送过来的？

这是什么情况？老夫人这口气又憋在喉咙里了。转念一想，四丫头无论如何是要嫁过去的，能结个善缘也是好事，又把这口气压下去，咳嗽一声。

　　"祖母，您回来啦。"甄妙听到动静回眸一笑，很是自然地站起快步走去，挽住老夫人另一只胳膊把她扶回座位。

　　杨嬷嬷看着甄妙行事暗暗点头。大方有礼又不失纯真，对长辈的恭敬也是自然流露，这样的小娘子怎么也不像做出那种事情的人啊。莫非这位四姑娘对世子情根深种，才情不自禁做出那番举动？

　　她看向甄妙的眼神多了一丝隐晦的怜悯。见惯了为权力地位使手段的女子，纯粹为了感情虽然于理不容，但在宫中打滚多年的杨嬷嬷却莫名对此多了几分宽容。

　　"杨嬷嬷，我这里还有封信要带给镇国公老夫人，那些小丫头毛毛躁躁的我都不放心，还得劳烦你带回去。"老夫人自衣袖中抽出一封描金信笺。

　　杨嬷嬷敏锐察觉这其中有隐情，不动声色地应下来。

　　等杨嬷嬷一走，甄妙看着老夫人咬了咬唇："祖母，父亲的事，是不是和镇国公府有关？"

　　"没有的事。"老夫人否认。这是她和甄妍心照不宣的决定，孙女知道得少些，将来嫁过去或许能过得更好。

　　甄妙理所当然道："因为镇国公府想退亲呀。"

　　老夫人闻言叹口气，只好把事情细细讲给她听。

　　甄妙越听眼睛睁得越大，心中暗道：原来情况这么复杂，不行了，她得好好挣一挣，顺便给那个混蛋点根蜡！

　　六月的天气已经很热，到了日落时分燥热不减，青雀巷外传来了哒哒的马蹄声。

　　到了高悬镇国公府的鎏金牌匾前，镇国公世子罗天珵翻身下马，大步流星向门口走去。

　　到了世子居所清风堂，一个高挑的俊俏丫鬟迎了出来："世子，您回来了。"

　　罗天珵皱眉，淡淡道："去准备些热水，我要沐浴。"

　　"嗳。"丫鬟转身去准备热水，心思飘得像走在棉花上。

　　她两年前就被世子收用过的，可这几个月不知怎的，世子忽然就不近她的身了。

　　像她这种身份，世子夫人没进门前抬姨娘是不可能的，唯一依仗的就是世子的宠爱，若是这宠爱没了，到时候恐怕就随便被打发了嫁人。

　　令她稍稍安心的是，另两个被世子收用过的丫头也没占先。

　　安排两个小丫头把水抬到净房，亲自试了水温，绮月眉眼含笑地去请世子，却见岫风正给世子递茶，当下来了火："不是受了凉歇着了么，现在跑出来做什么，当心把病气过给世子。"

岫风并不示弱:"妹妹一个奴婢身子哪儿那么娇弱,早就好了。"说着柔若无骨的身子向罗天珵偎去,声音娇软:"世子,让婢子伺候您沐浴吧。"

一双修长如竹的手把她推开:"不必了,出去。"

岫风顿时愣在那里,眼中噙了泪将落未落,煞是惹人怜惜。

罗天珵视而不见,大步向净房走去。

绮月冲岫风无声冷笑,摇摆着身姿快步追去:"世子,婢子服侍您。"

罗天珵背后好像长了眼睛,一个侧身避了过去,绮月一个趔趄额头就撞到了门框上。

"扑哧"刚才还在落泪的岫风笑出声来,触到罗天珵冰寒的目光立刻噤了声。

"我的话你们没听见么,出去!"

两个丫鬟不情不愿地向门口挪去。

"等等。"罗天珵嘴角噙着冷笑,盯着两个丫鬟。二人转过身来,俱是一脸惊喜。

罗天珵凉凉的话却传来:"以后你们两个不许进我的屋子。"

"世子!"二人脸色一白,不可置信睁大了眼睛。

"我不想再说第二次。"罗天珵淡淡道。

绮月指甲嵌在手心里,正想说些什么,就见岫风扑了过去,紧紧抱着罗天珵大腿哀求:"世子,您这是怎么了,您以前还说过会疼惜婢子一辈子的,莫不是外面有狐媚子把您缠住了,这才把姐妹们当成了摆设——"

"够了!"罗天珵一脚把岫风踢开,毫无怜香惜玉之情,"本世子的事,也是你一个奴婢可以管的?既然你不想走,那就让人送你出去。来人,把岫风送出府去!"

看到这些通房,他就会想到噩梦中的他被好二叔引着养成了个只会附庸风雅,吃喝玩乐的废物!

有婆子进来拖岫风。

岫风拼命挣脱:"世子,您不能这样对婢子,婢子今日就是死也不出去。"

罗天珵瞥了一眼在脚下哀求的岫风:"是么,那你就去死好了。"说着头也不回向净房走去。

"世子,世子!"岫风声嘶力竭喊着,见罗天珵的背影消失,挣脱婆子向门外跑去。

两刻钟后,罗天珵穿上干净衣服从净房走出,坐在榻上拿起一本书册看着。

管着清风堂内务的婆子进来,神色有些惶恐:"世子,岫风投井了。"

罗天珵的眼睛都没从书册上移开,淡淡问道:"死了么?"

"救上来时已经没气了。"婆子心中一凛,恭恭敬敬道。

"死了就把人拉出去埋了,赏她老子娘十两银子。"

"是。对了世子,老夫人那边传话来,让您过去一趟。"

"知道了。"罗天珵眼睛盯在书册上,淡淡道。

婆子忙退了出去。

良久,罗天珵才把书册放在一旁,想起岫风的死心情复杂。真没想到,这丫头就这么死了。梦中就是这丫头被二婶买通,在祖母的孝期偷偷换了避子汤,结果有了身孕传扬开来,让他名声扫地。

前不久如梦中一样发生了与甄四姑娘一同落水的事,让他不得不相信那个梦就是警示。

罗天珵嘲讽地笑笑,起身向怡安堂走去。

镇国公老夫人的头发梳得一丝不苟,看起来有些严肃:"明哥儿,来这儿坐。"

罗天珵依言坐下。

"明哥儿,这几个月你经常不在府中,是去做了什么?"

"亲卫军那边最近事情较多,训练也忙了些。"

老夫人把建安伯老夫人的信笺递了过去。

罗天珵打开看了,气恼的同时又觉得古怪。这事和梦中有些不一样。

梦中建安伯家的三夫人去捉奸,当街和三老爷打了起来。那外室因为有了身孕还是进了府,又过了段时日传出外室的孩子被三夫人害得流掉的消息,因为先前三夫人的强势,京中人谈起时大多都会指责几句。

这三夫人也是个烈性的,受了三老爷一巴掌又被建安伯老夫人惩戒后,竟上吊死了。甄四守了三年孝,他们的婚期得以推后。

而现实是三夫人居然带了两个女儿去捉奸,那个外室没有被留下,而是被发卖了。

令他恼火的是甄四因为随母亲去捉奸又成了满京城的笑柄,令他气愤的则是原来这事也和他的好二叔有关!

二叔竟然在这时候就开始算计他了。罗天珵越想越怒,紧紧握了拳。

"明哥儿,明哥儿。"老夫人见他神思恍惚,连喊数声。

罗天珵回过神来:"祖母,您叫孙儿来是——"

老夫人叹口气:"你也别瞒着祖母,祖母知道你对建安伯府四姑娘不满,这事儿是你做下的吧,是不是还打着退亲的主意?"

罗天珵深吸一口气:"祖母,孙儿确实不满甄四,但想退亲也不会使这样下作的手段。"

老夫人指指信："建安伯府都已经查出来了，虽没有切实证据，可这事与咱们府脱不了干系。"

罗天珵平静笑笑："祖母，孙儿一个男人，志在血洒沙场，建功立业，哪有心思琢磨这些后宅妇人惯用的阴私手段。这信上提起的府中放出去的丫鬟，孙儿哪知道她是哪个。对了，府中不是二婶管家么，祖母不若问问二婶。"

老夫人一怔。镇国公老夫人年轻时也算得上女中巾帼，在内宅打理上虽不及一些精明到家的贵妇，却也不是个糊涂的。只是做父母的哪有轻易猜疑自己亲儿子的，何况这些年老二一家对明哥儿哪儿都挑不出错来。

"嗯，祖母回头问问你二婶，可能是她事忙，疏忽了也未可知。"

罗天珵垂眸一笑，声音有些低："祖母说得是，二婶这些年打理国公府，确实太忙了。"

离开了怡安堂，罗天珵缓步向清风堂走去，心中却没表面看起来那么平静。他才确认了梦中经历的事真会发生，为何有些事又有不同呢？细细想想，这些不同似乎都和甄四有关。

至少他知道的，宫内蒋贵妃的小公主前些时日因为调皮，偷偷甩开宫人爬树掏鸟蛋却掉下来摔死这事是发生了的。

蒋贵妃备受皇上宠爱，只有这一女，年方十岁，也是皇上最喜爱的公主。

小公主摔死后，皇上大发雷霆，不但杖毙了伺候小公主的宫女太监，还把当值的近卫军每人杖责了十棍，他也是当值的侍卫之一。

按理说近卫军不进后宫，根本没他们什么事儿，偏偏小公主从树上掉下来，落到了宫墙外，这下子他们没事也有事了。

他按着梦中意外发生的时间特意去那里守着，果然接住了掉下来的小公主。

皇上当时就要擢他为侍卫长，被他以无功为由推辞了。毕竟小公主已经十岁，做出这种出格儿的事有失端仪，要死死瞒着，但他知道以后皇上会更看重他，也算有了依仗。

罗天珵回了清风堂，打定主意找机会去探一探建安伯府，看看甄四到底哪里不一样了。

"四妹，今儿就练到这儿吧。"群花灿烂的园子里，虞氏坐在树荫下藤编的椅子上，有一下没一下地摇着团扇。

甄妙正蹲着马步，虽同样躲在树荫下，鼻尖冒出的汗珠却如珍珠一样不停滚落。

"大嫂，我还不累。"甄妙扬着脸，冲虞氏灿烂地笑。

虞氏看着甄妙认真的模样笑着摇头："四妹，蹲马步是根基功夫，当循序渐进。"

虞氏怀孕已经过了三个月，没了厉害的妊娠反应，双颊丰腴，沐浴着阳光显得气色极好。

甄妙闻言直起了身子，往藤椅那走："大嫂，我先歇歇脚，您要是乏了，就让玉儿扶您回去。"

虞氏笑着走过来坐下："我有了身子不敢用冰，待屋里也是气闷，这树荫下倒是阴凉。"

看着甄妙发红的脸蛋，她忍不住道："四妹，恕我直言，你这个年纪练武有些晚了，再说你是伯府的姑娘，也不必把自己累成这样，要是晒黑了肌肤，娘可会怪我的。"

"我又不指望练成绝世高手，只希望强身健体就行，那些日子一直躺在床上都怕了。"

自从知道镇国公世子那心比想象的还要黑，甄妙就开始琢磨了。她对大周女子宅斗这种天赋技能实在是不大具备，想学总得有个过程吧，估计她还属于事倍功半那一类。既然这样，不如选个实在的，先把身体练好了再说。

"这倒也是。"虞氏认可点点头，"有个强健的身体还是顶重要的，我也幸亏底子好，才熬过前三个月。"说到这里她眉头一皱，迟疑道，"也不知道娘如何了，我和画壁打听了一下，娘似乎很不开怀。"

甄妙听了情绪也有些低落。

老夫人还没解了三老爷和三太太的禁足令，也不许他们这些晚辈去探望。

不用想也知道，温氏的日子是极难熬的。

"今儿个晚上是家宴，大嫂不如和祖母求求情，说不定祖母看在您有了她重孙的面子上，就松口了。"

"这是自然，四妹放心吧。时候不早了，我先回去收拾一下，去迟了不大好。"

甄妙起身相送："大嫂慢走，我再略坐坐。"见玉儿扶着虞氏缓缓远去，甄妙又坐了下来。下午的阳光虽艳，但被浓密的树叶过滤得只剩下淡淡的暖意在肌肤上跳动。

"雀儿，你去采些荷叶来，回头我要做荷叶鸡。"

听到姑娘又要做新菜，小丫头眼睛亮亮的，欢快应了一声就跑着去了。

甄妙笑笑，觉得阳光越发暖人，不知不觉闭了眼，享受着难得的宁静。

就在昏昏欲睡时，她忽然觉得有些不对劲儿，似乎有什么东西在拉扯她的脚。

难道是蛇？甄妙睁开眼，整个人一下子僵住了。一只白白的，看起来很是健壮的大白鹅正欢快啄着她的绣花鞋。

感觉到动静，那大白鹅也抬起脖子，一双黑溜溜的小眼和甄妙对视。甄妙头皮都要炸起来了。谁能告诉她,为何风景这么美丽的伯府大花园里,会有一只鹅!这么绿草葱葱的地方,正常出现的,不应该是一条蛇吗!

甄妙盯着那只鹅不敢动。她小时候被邻居家的大白鹅围追堵截,啄了长达半年之久,从此留下了严重的心理阴影。

大白鹅歪着脖子盯了甄妙一会儿,觉得没有威胁,顿时恶向胆边生,挥着肥短的翅膀窜起来,伸着脖子要啄甄妙的脸。

甄妙连尖叫都忘了,生死关头发挥了惊人潜力,瞬间跳到藤椅上,接着一扑抱住藤椅后面的树干,三两下爬了上去。

大白鹅伸着脖子,气得喔喔叫。

甄妙长舒一口气,有种劫后余生的感觉,然后愤怒了。这畜生简直欺人太甚!

她眼一瞥,发现不远处树杈中间有个鸟窝,里面躺着几颗鸟蛋,抓起一颗鸟蛋就砸了下去。

啪唧一声,鸟蛋砸中大白鹅的头,蛋液顺着鹅嘴往下流。

那凶鹅大叫着往上扑腾。

甄妙一紧张,把几颗鸟蛋全丢了下去。

那鹅性子又凶又狠,剧烈扑腾下鹅毛掉了一地,窜起的速度太快一下子撞到了树干上。

看着大白鹅踱了两步栽倒在地,甄妙总算放了心,正准备下去,忽然听到急急的脚步声传来。

甄妙下意识往后一躲,隐蔽在繁茂的枝叶后面透过缝隙往外看。

一个老者大步流星赶来,嘴里还呼唤着:"阿贵我的乖乖,我听到你的声音了,别调皮了,快出来。"

老者四处张望,忽然脚步一顿,往这边飞奔而来。到了跟前,看着躺在地上被蛋液糊了一身的大白鹅,老者哭嚎道:"阿贵啊,我可怜的阿贵,你这是怎么了!"

老者说着小心翼翼抱起大白鹅,目光像刀子似的来回扫视,咬牙道:"到底哪个混蛋把阿贵弄成这样,让我知道非宰了他!"

看着放狠话的老头儿,甄妙像被雷劈了似的。那大凶鹅,它,它凭什么叫阿贵啊,还是祖父养的!

甄妙蹲在树上,只盼着盛怒的老头儿赶紧走人,却发觉远远的有个小丫头跑了过来。那小丫头被怀里抱着的大片荷叶遮掩了半边脸,可不就是去采荷叶的雀儿?甄妙暗道一声糟。

雀儿抱着荷叶跑来,发觉树荫下的自家姑娘换成了个背对着她的老者,嘴里还不停咒骂着，不由轻咦一声。

建安伯听到动静立刻回头，见是个发愣的小丫头，吼道："小丫头，是不是你打的阿贵？"

"老，老伯爷？"雀儿迷惑眨眨眼。

"说，是不是你打的阿贵？"

雀儿吓得扑通一声跪下："老伯爷，您，您说什么，婢子听不明白。"

看小丫头吓得发抖的模样，建安伯丝毫不为所动，怒道："小丫头别嘴硬，若不是你打的阿贵，怎么会出现在这里？"

雀儿小心翼翼地抬起眼帘，飞快瞥了一眼，试探问道："老伯爷，您说的阿贵是您怀里的白鹅么？"

"正是！看来阿贵确实是你打的，说吧，你是哪里的丫头？"

雀儿忙道："老伯爷误会婢子了，婢子才采了荷叶回来，您看这荷叶上水珠还在呢。"

建安伯瞥了一眼荷叶，果然见到一颗颗的露珠在脉络分明的荷叶上滚动着。

没找到真凶，建安伯有些泄气："这么说不是你？"

雀儿拼命摇头："老伯爷明鉴，真的不是婢子。"

建安伯拧了眉，不做声。

雀儿小心翼翼道："老伯爷，若没有别的吩咐，婢子就退下啦。"

见建安伯半天没回答，似是默认，雀儿慢慢站起来弓着身子小步倒退。

"等等！"建安伯忽然出声。

雀儿骇了一跳。

建安伯眯了眼，盯着垂首的小丫头问："你刚刚说采了荷叶回来，来这里干吗？这么说这里有人等你？"

本来松口气的甄妙差点从树上掉下来。

雀儿也傻了，支支吾吾半天没有说话。

"说，原来谁在这里？"建安伯沉下脸来。他不信一个小丫头能无视他的威严。

雀儿吓得战战兢兢后退一步。甄妙捏着树枝的手不由发紧，树叶沙沙作响，掩埋在风动蝉鸣之中。

"快点说，不然把你卖掉！"

"是，是——"雀儿缓缓直起身子，眼一闭心一横。

看着雀儿的表情，甄妙绝望叹口气。完了，她将会成为大周第一个因为打死了祖父的鹅，被祖父揍死的小娘子！

建安伯满意地翘了翘嘴角。

就在祖孙二人各异的表情中,雀儿低着头站直身子,然后就转了身飞快跑了。

建安伯和甄妙一个树下一个树上,同时瞪大了眼。

甄妙有些不可思议。那丫头哪来这么大的胆子!若是换她——甄妙仔细想了想,换她她也跑……

真正觉得荒谬的是建安伯,他万万没想到一个不入等的小丫头,居然敢不回答他的话,还跑了!许久建安伯才从震惊中回过神来,可雀儿早已跑得不见人影。

他气得直跳脚,这一折腾,怀里的大白鹅发出了微弱的叫声。

"阿贵,你还没死!"建安伯欣喜喊了一声,抱着阿贵匆匆去找大夫去了。

等了好久,甄妙确定建安伯不会再折返了,这才狠狠松口气,小心抱着树干往下挪。这时她才发现因为上树时太干脆利落,腿上被划了不知几道血痕,一动就是钻心地疼。

当甄焕和一位身穿月白直裰的十五六岁少年轻声谈笑着转过假山时,二人同时脚步一顿。

甄焕盯着不远处抱着大树缓缓往下挪的倩影,脸色一下子黑了。他强行收回目光,对白衣少年道:"现在的小丫鬟越来越调皮了。宸表弟,我们走吧。"

白衣少年目光在甄妙的碧色骑装上停了停,笑道:"嗯,焕表哥请。"

二人说话声音很轻,又离着有一段距离,甄妙专心致志地下树并没有听到。

只是人若倒了霉喝凉水都塞牙,正巧她一脚踩在朽了的枝杈上,脚一滑牵扯到伤口,钻心疼痛袭来,手一松扑通摔到了地上。

甄焕二人已经抬起的脚就这么僵在半空中。

甄妙掉下来时已经离地面很近,摔得并不严重,只是当她从倒着的角度看到凭空多出的二人时,脑中嗡的一声,情愿摔昏过去算了。

甄焕大步流星走来,俯下身压低声音道:"回头再找你算账!"

他说着把甄妙背起来,走到白衣少年面前尴尬道:"让宸表弟见笑了,今日之事还望不要外传。"

少年保持着完美的淡笑,微微颔首:"那是自然。"他目光从甄妙脸上一触即走,含着不易察觉的促狭。

甄妙尴尬到极致,反而没了表情。

甄焕背着死猪不怕开水烫的甄妙与少年匆匆告辞,做贼似的专拣着偏僻小径走,所幸这个时候人不多,总算有惊无险把她送回了沉香苑。

自从甄妙落水打发了一院子的丫鬟婆子,沉香苑目前的丫鬟并不多,接甄妙进去的只有紫苏和雀儿。

待甄焕甩袖走后，二人服侍甄妙沐浴更衣，很快就把她从半残收拾得焕然一新。

甄妙疼得龇牙咧嘴。

紫苏面无表情道："姑娘爬树时，怎么不觉着疼呢？"说着转身去隔壁间取药膏。

甄妙讪讪一笑，看着打开妆奁挑拣首饰的雀儿，问道："雀儿，你那时……怎么就跑了？"

雀儿有些惶恐："姑娘，您不会怪婢子吧？"

"没有，我只是纳闷你哪来的胆子。"

雀儿脸微红："婢子胆子小得很，实在不知道怎么回答老伯爷，才吓跑的。"

说到这里她小声补充："反正老伯爷又不认识婢子。"

甄妙默默为老伯爷点了根蜡。

紫苏拿来药膏，挽起甄妙裤腿为她敷药。几条纵横交错的红色划痕落在雪白肌肤上，看着触目惊心。

紫苏拧了眉，一边上药一边道："姑娘这样怕是要落疤的。婢子记得老夫人那里有宫里赐的上好雪肌膏。"

甄妙疼得抿紧了唇，等紫苏上完药才道："算了，没必要惊动老夫人。"比起落疤，她更怕被老伯爷发现她是伤鹅凶手。

收拾妥当，甄妙扶了紫苏的手缓缓向宁寿堂走去，路上遇到了甄冰姐妹。

甄冰性子温和，虽和甄妙关系一般，该有的礼数却不缺："四姐姐好。"

甄妙浑身疼，声音不自觉就柔弱了："五妹、六妹好。"

甄玉一声冷笑："四姐今日怎么弱柳扶风起来了，莫不是又想惹人怜惜来着？"

"六妹这话，我听不大懂。"

甄玉微扬了下巴，正等着甄妙说完再讽刺一番，没想到甄妙只轻飘飘说了这一句，就扶着紫苏更加弱柳扶风地走了。

甄玉像一拳头打在棉花上，盯着渐渐远去的背影狠狠跺了跺脚。

"六妹，你何必总和四姐争执？"

"难道你喜欢她？"

甄冰替甄玉理了理衣裳，淡淡道："谈不上喜不喜欢的，都是一府的姐妹，闹得太厉害了，平白让外人笑话。"

甄玉轻嗤一声："五姐放心，在外面我自然知道分寸。再说，我们顾念着是一府姐妹，她哪里顾念这些了？如今三叔三婶还在禁足呢，就迫不及待装模作样起来了，还不是为了新来的表哥！"

甄冰瞠目结舌:"六妹,这话可不能乱说。"

"且看着吧。"甄玉冷笑。

路上,甄妙又遇到了二姑娘甄妍。

甄妍狐疑看了甄妙几眼,问:"四妹怎么了?"

甄妙不好敷衍,支支吾吾道:"身上不大好。"

甄妍却是误会甄妙天癸来了,脸色一正:"这可是第一次来?"

"啊?"甄妙有些愣了。

甄妍以为她不好意思,安慰道:"四妹别担心,这说明你长大了,回头我把该注意的细细说给你听。"

甄妙反应过来了,虽有些好笑,心下却觉得暖暖的。

进了宁寿堂,屋里的谈笑声缓了缓。

"给祖母请安。"姐妹二人从老夫人开始,对屋里的长辈一一请安。

等给甄焕请过安,看着站在他一旁的白衣少年,姐妹二人反应各异。

甄妍先是一怔,而后冲少年大大方方颔首,以询问的目光看向老夫人。

甄妙面无表情看了少年一眼,平静垂下头,一副我绝对不认识此人的模样。她这样子落在旁人眼里本来是正常的,可少年却震惊了。这姑娘心理素质不是一般的好啊。他不由多看了一眼,正看到一双微微泛红的耳朵被青丝拂弄着。

"这是你们大伯母娘家的侄子,日后要在府中住下,也算是你们的表哥。"老夫人道。

甄妍端庄大方一礼:"见过蒋表哥。"

甄妙跟着照做。

"二位表妹不必多礼。"

少年正客气着,就听大夫人蒋氏道:"老夫人,言哥儿刚十五,比妍儿还小点儿。"

蒋宸冲着甄妍含笑一礼:"二表姐。"

甄妍一贯端庄的表情难得出现裂缝,瞥了一眼老夫人。

收到孙女嗔怪的眼神,老夫人冲蒋氏笑道:"看我,见这孩子稳重,还以为他比二丫头大呢。"

这时二夫人李氏插嘴道:"大嫂,我听说言哥儿前年就考中了秀才。啧啧,十三岁的秀才真是了不得,将来恐怕不比昭云长公主家的二公子差呢。"

虽是夸自己的侄子,但拿长公主家的公子说事儿到底不妥,蒋氏淡淡道:"二弟妹过奖了,言哥儿还差得远,这才来国子监求学。"

蒋氏出身南淮大族,南淮蒋家传承数百年,历代都有出仕的。现今虽没有身居高位者，族中子弟出众的却不少，蒋宸更是其中佼佼者，承载着族人的期望。

南淮读书风气重，十三岁的秀才虽少见，但也不算凤毛麟角，放在京城就有些打眼了。蒋氏可不想侄儿木秀于林，遭人嫉恨。

蒋氏不领情，李氏罕见的没有阴阳怪气，反而看着蒋宸的神情更加温和。见甄冰姐妹携手进来，李氏忙道："冰儿、玉儿，快来拜见你们表哥。"

李氏这话一出口，屋里就是一静。

甄冰看着李氏急切的样子眼都气红了，看也没看那素未谋面的表哥，拉着甄玉就到了老夫人面前："给祖母请安。"

二人一一见礼，等轮到蒋宸这里，一个温和，一个冷淡，全然没有李氏的急切。

老夫人的不悦就压了下去。至少两个孙女的表现没丢了伯府的脸面。

蒋氏意味深长地瞥了一眼李氏，嘴角勾了勾。她当然明白李氏在打什么主意。

其实二老爷一直在外任职，将来仕途应是不错的，给侄儿做亲不是不可以，只是李氏这性子实在上不得台面，到底是庶女出身。

想着那位出身良好，气质高雅，当年处处压她一头的二弟妹，再看看小家子气尽显的李氏，蒋氏一时之间说不出是什么心情。

纱帘晃动，三姑娘甄静走了进来。她整个人都笼罩在深深浅浅的蓝色中，配着厚重的额发，小巧的下巴，整个人显得精致而沉郁。

甄妙视线不由自主随着甄静走。

她已经有些日子没有见过甄静了，只听说她的亲事定下了，是今科进士。

甄静似乎感觉到甄妙的注视，微抬眼帘与她的视线碰了碰，中规中矩地请安。不知为何，甄妙就觉得那目光令人隐隐发凉。

大夫人蒋氏不悦地拧了眉，沉声问："怎么这时候才来？"

甄静低了头："母亲见谅，做绣活忘了时辰。"

蒋氏还待再说，老夫人出声道："好了。"说着扫视一圈，问："老伯爷呢？"

二老爷常年在外，大老爷今日有事未回府，三老爷又被禁足，说起来出席家宴的男性长辈就老伯爷一人。

立在老夫人身后的白芍有些犹豫。

"说吧。"提起老伯爷，老夫人习惯性抚了一下额。

"婢子派人去请老伯爷，回话说……说老伯爷去了太仆寺还没回来。"

"去太仆寺？"

白芍神情更显为难，如实道："说是老伯爷新寻来的白鹅在园子里不知被何人打伤了，老伯爷情急之下去太仆寺找马医医治去了。"

室内明显一静。

老夫人嘴唇抖了抖。这个老混蛋！她心里狠狠骂了一声，明面却不好说什么，问道："谁跟着老伯爷一起去的？"

"是平安。"

"那大家就等等吧。"老夫人转了话题，"言哥儿，你祖母可还好？"

蒋宸的祖母贾氏，是当年京城出名的闺秀，和老夫人交情还不错。

"多谢老夫人关心，祖母身体康健，这次晚辈进京还特意叮嘱晚辈向您问好。"蒋宸从容不迫道。

"那就好，那就好。"

一屋子长辈为了打发时间围着蒋宸问这问那，尤以李氏问得最多。蒋宸未露半点不耐之色。

甄玉恨恨对甄冰低声道："娘这是做什么！"

甄冰无奈叹口气："娘也是为我们操心，算了。"

甄玉气得眼泪都要流下来了："活像我们嫁不出去似的，平白惹人笑话！"

蒋宸这样才华横溢、君子如玉的少年郎，其实没有哪个少女会厌恶，只是李氏这般急切，甄玉又是个心气高的，反而被激起了逆反心理。

甄冰却不一样了，她性子本就温和些，虽不赞同李氏的做法，抵触却没有这么大。再者她心中明白她是姐姐，李氏若是谋划，也是先为了她……想到这里，她用余光悄悄扫了一眼白衣少年，看着他眉眼含笑一派从容的模样心头突然跳了几下。

却又听甄玉低声道："我可没看出好，还不是以貌取人的，我进来时正瞧见那位表哥盯着甄妙不错眼呢！"

甄冰的脸色白了一下。

姐妹二人来得晚，靠墙角站着，离得最近的甄静听到"甄妙"二字，眼珠动了动。

甄妙这时候也无心听众人讲话，一想到老伯爷抱着半死的白鹅去太仆寺看病就有种不妙的预感，心里一直祈祷别再出什么乱子。

谁知好的不灵坏的灵，过了不到一刻钟，跟着老伯爷的小厮平安就面如土色来禀告："老夫人，大事不好了！"

"老伯爷怎么了？"老夫人端着茶盏，见怪不怪问。

平安哽咽道："老伯爷被马踢昏了！"

老夫人手一抖，茶盏中的水洒出来浸湿了衣袖。

她却顾不得，忙问："到底怎么回事，老伯爷人呢！"

"老伯爷去太仆寺病马监找人医治阿贵，正好是牛太医当值，谁知牛太医说他只会医马，不会医鹅。老伯爷不干，非要牛太医治，牛太医就说阿贵那个样子直接宰了吃肉才是正经。老伯爷气坏了，顺脚就踢了牛太医正医治的一匹黑马，谁知那黑马明明半死不活地躺着，居然一下子跳起来给了老伯爷一脚，老伯爷就昏过去了……"

听着这荒唐事，老夫人气得心口疼："老伯爷到底如何了，人怎么样？"

"牛太医把老伯爷抬到马太医家了，马太医说情况不大好，目前不好再挪动，让小的先回来禀告。"

甄妙双手死死抓着裙面。完了，完了，难道真因为她揍了一只鹅，就搭上了祖父的性命？这到底是走了哪辈子霉运啊，她当时只是在树荫下打个盹儿而已！"祖母您先别急，孙儿这就去马太医家守着祖父。"甄焕出声道。

老夫人点点头："好，浩哥儿你去吧，多带些人和银两，有事赶紧派人回来禀告。"

"老夫人，晚辈也和焕表哥同去。"蒋宸道。

眼看着二人出去，室内一片沉默。

良久，老夫人训斥平安："一只鹅受伤了还要去医治，这不是荒唐么，你也不拦着点儿？"

平安觉得无比冤枉，狠了狠心道："老夫人有所不知，阿贵是老伯爷专为了过些日子的斗鹅跑到丰荷淀买的，花了一百两银子。"

听到这句话，整个屋子的人脸色都不好了，特别是李氏都快哭了。

伯府公子娶妻公中出两千两，姑娘出嫁出一千两。这数目在京城勋贵中算不上多的，但也说得过去了。可老伯爷居然花一百两银子买一只鹅！她一双女儿才十二岁，等过个三四年出嫁，照老伯爷这样糟蹋下去，公中到时候连买一只鹅的钱都拿不出来怎么办？这老货干脆被马踢死算了！李氏心里咒骂着。

几个姑娘心情也不大好。她们月钱不过四两，祖父的一只鹅抵她们两年月钱还多！

"老夫人，要媳妇说也该好好整治整治府里了，好好的一只金鹅怎么就被人打伤了？您想想，要不是金鹅被打伤了，老伯爷也不会去太仆寺；不去太仆寺，就不会被马踢昏。要我说，罪魁祸首就是那打伤鹅的人。大嫂，您说是不？"

蒋氏听着心中来气，李氏话里话外就是说她管家不力："二弟妹说得不错，只是当务之急是老伯爷的伤势，别的先放放再说。老夫人，您看呢？"

李氏撇了撇嘴："大嫂这话就不对了，老伯爷的伤势当然要紧，但把事情查明白同样要紧。不然今儿个伤了一只鹅，明儿说不定就伤人了，那些个下人可不能纵着。"

说到这里，她似乎想起来什么："哎呀，说不定是那年纪小不懂事的做的！"

这话一出，蒋氏面色微变。要知道能进内院伺候的下人都是调教好的，有谁敢做出这种事来？而几房主子中只有她的涵哥儿年纪小。李氏这话不是明摆着往涵哥儿身上引么？

蒋氏正待说什么，三姑娘甄静忽然抬了头，轻声道："母亲，女儿一直想给涵哥儿做双鞋，今日还在他那里待了好一会儿呢。"

坐在蒋氏身旁的涵哥儿听不懂大人言语交锋，听了甄静的话随口道："三姐真是的，我今日还想去园子里看四姐练功夫呢，害得我没去成！"

众人不由向甄妙看去。

甄静嘴角含着淡淡笑意，很是自然问："四妹一直在园子里练功，没看到什么情况么？"

甄妙抿紧了唇。

她不知道事情怎么变成了这个样子。如果没有后来的事，她可以装作什么都没发生过，比起一只鹅，虽然是一百两银子买来的，她还是觉得自己皮肉金贵些。可现在建安伯受伤了，很可能会丢了性命。她还能逃避么？甄妙知道一旦承认了，无疑又把自己推到了风口浪尖上，可若是不承认，又有悖做人的原则。

这时虞氏出声道："我身子不便，没练多久就和四妹回房了，我们倒是没看到什么。"

"大嫂和四姐不顺路吧？"甄玉凉凉道。

"好了，老伯爷还没清醒，你们说这些有的没的做什么，难道还要自家给自家定罪么！"老夫人威严尽显，扫视众人一眼。

众人噤声。

"行了，再怎么说饭还是要吃。都沉住气，老伯爷吉人自有天相。"老夫人挥挥手。

一顿饭吃得悄然无声，众人略吃几口就又静静坐着等消息。

"虞氏，你有着身孕，先回去歇着吧。"

虞氏垂下头："孙媳惭愧。"

老夫人慈爱地拍拍虞氏的手："这是什么话，你怀着的是伯府的金孙，保重身体才是顶重要的。"

虞氏不动声色道："如今父亲、母亲都不出屋，大郎又去了祖父那里侍疾，孙媳论理不该独享清闲。"

老夫人闻言顿了顿。

甄妍小心翼翼接话："祖母，不如放母亲出来吧，等祖父回来休养，母亲也要带我们去侍疾啊。"

"是啊，老夫人，三弟妹也能给儿媳搭把手，再说妍儿的亲事也快了。"蒋氏道。

她算看出来了，李氏没事也要挑点事，没了三太太就只盯着跟大房较劲了，还是以前那样好。

沉默半天，老夫人终于点了头。

直到七日后，老伯爷才由一顶软轿抬了回来，轿中跟着一只精神抖擞的大白鹅。

三房人轮流去侍疾。

知道老伯爷性命无碍，甄妙松了口气，极为耐心地熬了鸡汁粥，每日一碗往宁寿堂送。

等老伯爷渐渐精神了，喝光了鸡汁粥，享受咂咂嘴，对老夫人道："咱府里的厨子是不是换了？这鸡汁粥味道又好又养人。"

看着胖了一圈的建安伯，老夫人没好气道："什么厨子，这鸡汁粥是三房的四丫头做的。"

"是四丫头做的啊——"建安伯拉长声音想了想，发现完全想不起几个孙女的模样，讪笑道，"四丫头倒是有孝心，让她过来，我看看是不是赏点什么。"

甄妙接到消息说建安伯想见见她时，心悬了起来。直到见了面，谈起鸡汁粥的做法，祖孙二人围绕着美食好一番畅谈。

甄妙离开时手里多了一只鸟笼子，里面一只白嘴黄脚的八哥，回房后随意挂在了屋檐下，取名锦言。

到了晚上，甄妙穿着一身宽松袍子临窗习字，练了一会儿觉得有些闷热，起身伸手推窗，却发觉没推动。

她不以为意，再次推了一下，窗子被推开了。

带着暖意的风吹进来，吹得人脸颊痒痒的。甄妙趴在窗口望着夜空出神。细碎的星光把她的脸映得有些透明，晶莹如上好美玉。隐在暗处的人盯着那格外清晰的倩影，眸中是晦暗不明的波动。

过了很久很久，久得暗处的人都以为那个倩影睡着了，忽见她起了身，没关窗就折了回去。

罗天瑾收起不耐的神色，轻手轻脚地走过去。到了窗前他刚想探头，忽见那女子又返了回来，手里还多了一个鸟笼子。罗天瑾飞快错身，紧贴着墙壁站好。

二人一个屋里一个屋外，只隔着一面墙的距离，他甚至能听到对方浅浅的呼吸声。

"你好。"

清脆的声音传来，罗天瑾面色微变，以为被发现了。

"你好。"

又是一声，罗天瑾稳了心神看去，才发现甄妙是对着笼中的八哥说话。

"原来你不会说话啊。"甄妙语气中没有多少失望，伸手把鸟笼子挂在了窗前。

于是八哥那双小眼就对上了罗天琭的眼睛。一人一鸟对视，罗天琭嘴角抽了抽。那女人多愁善感赏星星赏月亮也就罢了，为什么又提来一只鸟儿？幸亏这是只不会说话的八哥。

罗天琭刚闪过这个念头，就见八哥嘴一张，尖利喊道："救命啊——"

罗天琭脸都青了，脚尖一点利落窜到了窗边一棵树上。

甄妙同样骇了一跳，发现是八哥开口松口气，惊喜道："锦言，原来你会说话！来，再说一声我听听。"

紫苏从外间走进来："姑娘，怎么了？"

"没事，八哥开口说话呢。"甄妙笑道。

紫苏沉着脸道："姑娘，这么晚了喊救命是要吓死人的！"

甄妙尴尬笑："我教它说'你好'，谁知它说这个，可能是以前学的吧。紫苏，你下去睡吧。"

"那我把八哥放回去吧。"

"不用了，等会儿我自己放。"

等紫苏走了，甄妙兴致盎然地逗八哥说话，八哥又不开口了。

甄妙渐渐失去了兴趣，伏在窗台上有一搭没一搭道："锦言，你看天空是不是很广阔很广阔？"

八哥一双小眼向窗外扫来扫去。

罗天琭心中暗恨：这贼鸟是找他吧？

"母亲一点不快活，祖母也不快活，我也不快活，这大院的女人，有谁是快活的……"甄妙喃喃说着。

自来了这里，一直是人嫌狗厌的身份，和她以前单纯自由的生活完全不一样，这种郁闷却不能对任何一个人说，只能沉甸甸压在心里。也只有面对一只不通人事的鸟儿，她才敢透露一丝半点儿。甄妙托着腮伏在窗前，眉梢眼角有种难言的寂寥。

躲在树上的罗天琭把她的表情看得清清楚楚，不自觉皱了眉。眼前的甄妙和他梦中的甄妙完全不一样……罗天琭有种一探究竟的冲动，而他今日本也是为了这个来的，偏偏那只鸟正堵在窗口！

"我和你一样，都是这笼中鸟。"甄妙喃喃说着，得不到回应。夏夜的暖风醺人欲醉，她渐渐低了头睡着了。

罗天琭见状悄悄下了树，蹑手蹑脚来到窗前，刚想无视那只八哥翻窗而入，就听一声尖利的救命声传来。

甄妙一个激灵清醒过来，拍拍鸟笼子："锦言，你不要吓人。"她下意识探头望望，关了窗提起鸟笼向里走去，随手把鸟笼挂在了堂屋的梁上。

良久，罗天珵确定那个多事的女人真的睡着了，这才悄无声息从窗子翻了进来。

夜深人静，只有甄妙轻浅的呼吸声传来。她满头青丝堆在锦被上，露出白皙的面庞和纤细的脖颈。那脖颈，只要轻轻一折，就会断了。罗天珵不由自主伸出双手，像被蛊惑般搭在那纤细优美的脖颈上。突出的锁骨硌着他的手。

莫名的，罗天珵就想起她刚刚说的话："母亲一点不快活，祖母也不快活，我也不快活，这大院的女人，有谁是快活的……

"我和你一样，都是这笼中鸟。"

这个贪慕虚荣、水性杨花的女人，也知道什么叫不快活么？罗天珵说不出心中什么感觉，手却不由自主收紧。

羽睫掀起，一双眼睛静静看着他。那双眸子还带着蒙眬睡意，却格外清亮。罗天珵一时之间忘了反应，与那灿若明星的眸子对视。

谁知那双眸子只是眨了眨，甄妙伸出手不耐烦地打掉罗天珵的手，嘟囔道："真讨厌，怎么又做噩梦了！"说完皱皱眉闭上眼，一个翻身又睡着了。

罗天珵站在榻前，审视睡着的甄妙，眼底杀意渐渐褪去。他转身翻窗而出，悄然离去。

许久后甄妙才睁了眼，死死盯着已经紧闭的窗户，浑身颤抖着把自己埋进了被子里。这日子真是没法过了！

第二日，甄妙挣扎着起床，眼下黑青吓了紫苏一跳。

"姑娘是不是被那八哥吵得没睡好？"紫苏一面拿了剥了壳的鸡蛋在甄妙眼下敷着一边问。

"天太热了。"甄妙随口找了个理由。

紫苏没再多问，和几个小丫鬟把甄妙收拾好，去给老夫人请安。

甄妙一路昏昏欲睡，头像裂了一样。好在宁寿堂已经放了冰盆，扑面而来的清凉让她头脑一清。

接下来各房陆续来请安，并没什么值得提的，只是温氏苍白的脸色让甄妍和甄妙看得有些担心。

老夫人皱眉："温氏，二丫头的婚事眼看着近了，你虽不当家，也该跟着你大嫂张罗起来。"

在老夫人灼灼目光下，温氏点头："媳妇明白。"

老夫人又看向大夫人："蒋氏，前几个月买来的那批小丫头调教得如何了？"

簪缨世家，仆妇丫鬟大多用的是世仆，从外面买的只是个补充。

但建安伯府在老夫人嫁进来之前很是衰落了一阵子，世仆早就七零八落，直到老夫人当家做主后才逐渐好转，因为底子薄，需要从外面买的仆从就比寻常勋贵家多。

"已经可以使唤了。"蒋氏道。

"几个丫头都大了，你就带她们去亲自挑一挑吧。"老夫人端了茶。

蒋氏带着几个姑娘去了理事的花厅，命人把小丫鬟们带上来。

很快就有两排小丫头鱼贯而入，一排着青，一排着蓝。

蒋氏落了座，指指穿青衣的那排："这排穿青衣的是家生子，穿蓝衣的是采买来的，就从妍儿开始，你们姐妹几个依次挑选吧，每人挑一个，挑完一轮再继续。"

姐妹几人应了声是。

甄妍的丫鬟婆子是齐全的，只是她要出嫁，按惯例除了陪房会再添四个丫头。四个丫头中有两个是专门预备着做通房丫头的，不在此次挑选之列，是以她只需挑两个就行。

甄妍仔细打量一番，从家生子中挑了一个看着就沉稳的小丫头。许多小丫头目露羡慕之色，那丫头却沉稳施了一礼，站在甄妍身后。大夫人暗暗点头。

接下来是甄静。因为上次自缢的事，三姑娘这里打发过人，兼之她的亲事也近了，这次就需要挑四个。

大夫人冷眼看着，轮到甄静挑人时，一些小丫头尤其是家生的就悄悄垂下了头。大夫人不动声色地笑笑。

甄静一步步前移，仔仔细细看了又看，才指了一个家生的丫头。

这丫头样貌平凡，却并不畏缩，被甄静选上短暂的愣神后就规规矩矩站在了她身后。甄妍不由瞥了甄静一眼。三妹可真会挑人。

然后就轮到了甄妙。

甄妙这次要挑五个丫头，想着将来面对的不知是什么龙潭虎穴，被自己挑上的丫头都属于倒霉的，她半点兴致也无，直接排除了家生子，指着一排穿蓝衣的小丫鬟中长得最标致的一个道："就她吧。"

甄妍一愣，冲甄妙使了个眼色。甄静嘴角勾起一抹浅笑。甄玉则明显露出嘲笑的神色，悄悄冲甄冰挑挑眉。

甄冰姐妹本来不缺人，但伺候她们的丫鬟有几个年纪大了，很快要放出去，是以这次一并挑了先使唤着。

她们规规矩矩挑完，很快又是下一轮。

等几个姑娘都挑齐了，甄妙身后也站了四个水葱似的小丫头，清一色的蓝衣。

47

甄妍脸都黑了，频频给甄妙使眼色。

剩了最后一个名额，这一次甄妙终于走向家生子那一排。甄妍微微松口气。就见甄妙冲站在最后面的一个胖丫头指了指。

那丫头一脸不敢置信，呆呆问："姑娘要我么？"

小丫头们都垂了头，强忍着笑意，心道四姑娘真是奇特，怎么选上她了？谁不知道这胖丫头是大厨房王婆子的孙女，一顿吃三个馒头，长了一身肉，脑子还有些不灵光。

大夫人不动声色地看着，也有些纳闷。这胖丫头她也知道，是王婆子托人使了钱，才有的这次机会，这种事在大宅中都常见，她也就睁只眼闭只眼，万没想到还被四丫头选上了。四丫头到底在想什么？蒋氏只觉得自甄妙落水后，越发看不透了。

"嗯，是要你。"甄妙莞尔一笑，无视他人各异的目光。

胖丫头这才眉开眼笑跑到了甄妙身后。

"行了，既然你们选完了，就回房吧，记得差人把丫头们的名字登记入册。"大夫人摆摆手，让等候在外的管事婆子们进来，开始新一天的理事。

"噗，四姐真是好眼光。"甄玉瞥一眼甄妙身后的丫鬟们，笑着离去。

"四妹，你跟我来。"

甄妍带着甄妙去了一处凉亭，命丫鬟们远远站着，这才气道："四妹，你怎么挑的人？"

甄妙因为一夜没睡好，表情就有些呆滞。

甄妍恨铁不成钢地瞪她一眼："你难道不知，那些外头买的不过调教了几个月，就是资质再好也很难赶上家生子么？"

见甄妙还是一副呆样，她再道："更别说家生子在府内盘根错节，你选对了人，就是多了一份助力。"

甄妙垂着眼，心道再大的助力到了镇国公府也成了炮灰，到时候那些家生子的亲人们说不定还要怀恨在心，给温氏使绊子。

甄妍继续道："这也就罢了，可你怎么专挑相貌好的，将来你出嫁，自有选好的通房丫头给你，平日使唤的丫头你选相貌那么好的，能安分么？"

不安分才好，最好都把世子迷住，那杀星就没空找她麻烦了。甄妙心道。

"容貌好的丫头不免心高，镇国公世子又年少，将来若是惹出什么事来，不是戳你的心窝子？"

甄妍越说越恼："唯一挑的一个家生子还是个痴笨的，你说，你到底在想什么呢？"

因为那胖丫头一顿吃三四个馒头，天生神力啊！甄妙回想起有一次去大厨房偶尔见到胖丫头推着磨盘健步如飞的场景，心里就一阵激动。

"四妹——"甄妍声音冷了下来，"你该不是睡着了吧？"

听到甄妍杀气腾腾的声音，甄妙忙道："二姐，你放心，我心里有数呢。"

甄妍见她一脸灿烂笑容，叹口气："你有数就行。"

甄妙松口气，可算过去了。就听甄妍问道："你有什么数？"

甄妙："……"

"四妹，你且留意着，三妹不简单。"甄妍细细讲给甄妙听，"你看她选的那个丫头，看着平凡无奇，但那丫头的祖母是曾经伺候过老夫人的，爹是外院负责采买的小管事，有个哥哥在药房做事。虽都是不起眼的身份，可有时候作用大着呢。"

"三姐确实心细。"甄妙拉拉甄妍的手，"二姐也很厉害啊。"

甄妍无奈点点甄妙的额头："我再厉害也不会算计你，可三妹就不一定了。这些日子我冷眼看着，她心里对你的怨气恐怕一直没消。"

说到这个，甄妙也叹口气。

"行了，你自己当心点就是。不是一房的姐妹，想算计你也不是那么容易的。"

姐妹二人叙完话，相携着离去。

回了沉香苑，甄妙命紫苏把院子里的丫头都叫来，与新来的五人站在一起。

甄妙环视一眼，道："今儿个院子里的人总算齐了，我便说一下。紫苏姐姐原是老夫人身边的一等丫鬟，日后自然是管着你们的。至于其他人的等级，过些天再报上去不迟。"

这话一说，丫鬟们就神色各异，知道到时候定什么等级就看这些日子的表现了。

甄妙给新来的五人起了名字，相貌最好的叫阿鸾，年纪最小的叫小蝉，气质灵秀的叫百灵，看着沉稳些的叫夜莺，胖丫头则叫青鸽，再加上前些日子被她提拔为三等的雀儿，正好齐了。

接下来的日子甄妙过得极为忙碌。除了惯例的习武练字，每日还要去大厨房给温氏做一份补身的吃食，亲自端去看她吃下才算完。又想着甄妍出嫁在即，打算绣几方双面绣的手帕给她。

看着从针线房取来的丝线，甄妙不是很满意。这些线也不是不好，只是颜色太少，又有些发旧了。

"姑娘，您若是不满意，不如从外面买些来？"负责取丝线的百灵提议道。

"从外面买？"甄妙有些迟疑。

百灵忙道："是啊，婢子在针线房打听了，天绣阁出的线是极好的，颜色又多又鲜亮，只是价格比较贵，一般都不采买。"

天绣阁的绣线好且价格高昂，甄妙也是听闻的，想了想点头："既如此，你就去说一声，让采买的管事带些来。"

　　第二日百灵就领了新采买的丝线来。

　　看着鲜亮多彩的丝线，甄妙满意地点点头，开始绣帕子。

　　这一日虞氏过来串门，看到甄妙正坐在树下绣花，两个水葱般的丫鬟轮流替她打着扇，就笑道："四妹，这些时日不见你出门，原来不蹲马步改绣花了，还有这么漂亮的丫头打扇，真是自在。"

　　甄妙正对着光分线，闻言忙把线筐放在一旁，起身迎上去，笑眯眯道："大嫂来了。这不是光线正好么，绣这些玩意儿天暗了伤眼，马步什么时候都可以蹲，等会儿大嫂就再指教指教。"

　　甄妙引着虞氏去树下坐。

　　虞氏瞥了一眼绣绷，不由大为惊奇。

　　洁白的帕子上绣着玫瑰花丛，花朵大多数都是含苞待放的模样，最惊艳的是花红得又正又艳，有种说不出的厚重感，让绣上去的花仿佛活了。

　　虞氏忍不住伸手去摸，叹道："四妹，你这绣工真好，这花绣得活灵活现，仿佛伸手就能摘下来似的。"

　　甄妙拿过线筐笑道："大嫂你看，我这线选得多好，尤其是这红色，我还没见过这样鲜亮的，绣这红玫瑰最合适不过了。"希望她的二姐，那个端庄聪慧的女子，能够拥有徐徐绽放的爱情。

　　虞氏对女红本不擅长，只略微看了看，附和地点点头，又爱不释手地抚摸着玫瑰花，低头嗅了嗅，笑道："我都忍不住闻闻有没有花香了，真可惜不但没有，还不大好闻，四妹该不是绣花时不洗手吧？"

　　甄妙哈哈大笑："大嫂，您要是真喜欢，等绣完这个我也给您绣一方帕子，算是答谢师恩了，保证碰一根针也把手洗得干干净净。"

　　甄妙是鹅蛋脸，这个年纪还有着婴儿肥，身上虽瘦，脸上却肉肉的，这一笑露出一对酒窝来，看着就分外喜人。

　　姑嫂二人数月来关系亲近许多，虞氏忍不住伸出手捏了捏她脸蛋："四妹要说话算话，大嫂可记住了。"

　　这时青鸽端了一盘水灵灵的桃子来："姑娘，大奶奶，吃桃。"

　　看着五大三粗的丫鬟，虞氏直发愣，又忍不住瞥了一眼站在甄妙后花朵似的两个丫头，心道这差别是不是大了点儿。

　　站在甄妙身后的小蝉和百灵心中也有些不是滋味。这些日子冷眼看着，姑娘明显待见这个胖丫头,这到底是为什么啊?

甄妙拿起一个桃子递给虞氏:"大嫂,这桃子是我才从院子里的桃树上摘的,新鲜着呢,你尝尝。"

虞氏现在胃口极好,看到个大粉嫩的桃子早就口舌生津,接过来用帕子托着就咬了一口。

果肉鲜嫩多汁,竟比外面买来的味道还要好。不过她有着身孕,桃子不敢吃太多,吃了一个就住了口,又略坐了坐就告辞离去。

等回了房没多久,虞氏忽然觉得有些不大舒服,喉咙一痒,张口就吐了出来。玉儿吓得脸色煞白,忙跑去了外头书房。

"怎么了?"甄焕正和蒋宸下棋,见状放下棋子。

"大爷,大奶奶吐了,还肚子疼!"

甄焕听了脸色就变了,冲蒋宸告罪一声,匆匆赶了回去。

第3章 七夕

甄妙得到消息时，正低头绣玫瑰花瓣上的露珠儿，神情认真而专注。针尖刺破手指，血珠立刻滚了出来，落在洁白的帕子上，氤氲成一片淡淡的红。她只是愣了愣，忙把绣绷放到一旁，带着阿鸾和小蝉匆匆去了虞氏的院子。

进门时，甄焕正侧坐在榻旁喂虞氏吃药，夫妻间流动着温情。

见甄妙进来，虞氏示意甄焕不要再喂，甄焕却不以为然，直到药碗见底儿才转身淡淡道："四妹来了。"

甄妙屈膝一礼，问候虞氏："大嫂，您怎么样了？"

虞氏脸色倒是还好，笑道："没什么事，可能是昨儿个贪凉开窗，胃口有点受凉，你大哥太大惊小怪了。"

"那就好。"甄妙松了口气。

姑嫂二人又聊了一会儿，甄妙怕打扰虞氏休息，起身告辞。

甄焕站起来道："四妹，我送你吧。"

"多谢大哥。"甄妙灿烂一笑。

路上兄妹二人默默无言，走了好一会儿，甄焕忽然停下来望向甄妙。

甄妙有些不解："大哥有话要说么？"

甄焕迟疑了一下，还是道："四妹，你大嫂怀着身孕，以后指导你练武之类的，就停了吧。"

"好。"甄妙虽不觉得虞氏怀孕和指导她练武有什么冲突，既然人家夫君都这么说了，还是点点头。

见她应得痛快，甄焕微怔。

甄妙就浅笑道："大哥，若是没有旁的事，我就先回了。"

见她转身欲走，甄焕还是把话说了出来："四妹，以后就不要给你大嫂送什么吃食了。"

甄妙霍然转身，脸有异色。原来他是这个意思。她真是后知后觉，甄焕对妹妹根深蒂固的看法从没改变过，只是没有冲突时被深深埋了起来。

在甄妙的静静注视下，甄焕微微偏头："四妹，我要说的就这些，你慢走。"

见甄焕匆匆转身，甄妙开口："大哥请留步，妹妹也有话对你说。"她快步走过去，站在甄焕面前，忽然靠近。

甄焕吓了一跳，后退两步问："四妹，你这是何意？"

甄妙抿唇一笑："大哥，我看你眼睛里有东西呢。"

"什么东西？"甄焕下意识问。

甄妙一双大而黑的眸子璀璨生光，温温柔柔道："大哥的眼睛里，有着偏见。"

她说完干脆利落转身，带着两个丫鬟快步离去。

甄焕半天没有回神。

前来探望蒋氏的蒋宸掩映在花木间，把兄妹二人的谈话尽收耳底，悄悄转身走了。

他和甄妙离去的方向有一段同路，隔着花木，把脚步放得极轻。

甄妙在甄焕面前表现得云淡风轻，其实心里又气又恼，她不是城府深的人，脸上就带了出来。

小蝉快言快语道："大爷真是太过分了，大奶奶不舒服和姑娘有什么关系！"

甄妙沉默着，走得更快了。

小蝉继续道："姑娘可是大爷的亲妹子呢。"

甄妙依然沉默。

小蝉又添油加醋说了一句："哪有怀疑自己亲妹子的，姑娘又不是庶出的。"

甄妙沉默着走得飞快。哥哥什么的，果然最讨厌了！

她狠狠踢了小径上的石子泄愤，那只绣着黄鹂鸟的淡绿色绣鞋就飞了出去，在半空画出一道优美弧线没入了繁茂花树中。

甄妙僵在那里。

花木另一端，蒋宸捧着从天而降、差点砸在他头上的绣鞋目瞪口呆。

那边传来小丫鬟的惊叫声："啊，姑娘，婢子去给你把鞋捡回来！"

"闭嘴，你嚷得那么大声，是恨不得昭告天下么？"甄妙咬牙切齿的声音传来。

"那——"

"那什么，快去啊！"甄妙无奈的声音透过枝叶间隙传来，轻柔又无奈。

传入蒋宸耳中，好像一根羽毛挠得耳廓痒痒的。他呆呆地盯着手中的绣花鞋，忽然觉得鞋面上站在枝头的那对黄鹂鸟说不出的灵动可爱。

窸窸窣窣声传来。蒋宸猛然回神，如烫手山芋般把绣鞋甩出去，迅速躲进草木深处。

一个青衣小丫头蹑手蹑脚钻出来，灵动的眼睛四下张望。绣鞋是淡绿色的，落在草丛里难以发现，小丫头猫着腰耐心找着。眼看小丫头离自己越来越近，蒋宸冷汗都

53

快流下来了。他发誓,这辈子都没这么尴尬过!

"呀,可算找到了。"小蝉眼睛一亮,把绣鞋捡了起来,裙角飞快淹没在花丛里。

欢快而刻意放低的声音传来:"姑娘,可算找到了,您不知道,这鞋飞得可远了,像是长了翅膀。"

"小蝉——"

"姑娘怎么啦?"

甄妙气急败坏道:"你知不知道,你的声音依然很大!"她到底倒了什么霉,挑了个聒噪又大嗓门的丫头!

还好四下无人。甄妙松口气,再也不敢随便泄愤,穿好鞋带着两个丫鬟飞奔离去。

良久,躲在草丛里的蒋宸才敢笑出声来。他拍打了身上、头上的草屑,脸上恢复了淡然笑容,这才施施然离去。

听甄焕说了那番话,甄妙心情不好,于是晚上少吃了一碗饭,挥退丫鬟苦练身体。

敲门声传来。

"姑娘,婢子可以进来么?"

甄妙正把一条腿高抬着贴到床柱上压腿,闻言有些纳闷。是阿鸾的声音。这些日子新来的丫鬟还有院里原本的小丫头为了等级的事都铆足了劲儿在她面前表现,只有阿鸾和青鸽例外。青鸽是只要吃的管够根本没有太多复杂心思,阿鸾则是安静得过分。

"进来吧。"放下腿,甄妙抽出一条帕子拭汗。

阿鸾微低着头走了进来。

"什么事?"

阿鸾没有绕弯子,施了一礼道:"姑娘,今日大奶奶的事,婢子觉得没有那么简单。"

甄妙眨了眨眼:"你是说,大嫂不舒服,真的和我们这边有关?"自回来后,甄妙不是没想过,只是她反复把虞氏进了沉香苑的事想了几遍,也没发觉到底哪里不妥。

"婢子只是觉得,大奶奶如果不是偶然的不舒服,而是有人算计的话,那必然和姑娘有关。若是和姑娘有关,那也许算计的不是大奶奶,而是姑娘。"阿鸾声音无波无澜,说出的话却令人心惊。甄妙有些惊讶阿鸾一个从外面采买来的丫鬟能有这番见识,更惊讶她话中的意思。

见甄妙没吭声,阿鸾道:"婢子多嘴了,只是在这深宅大院里,想得多些总没有坏处。"她不是多言的人,把该说的说了就垂首而立。

甄妙摆手:"容我好好想想,阿鸾,多谢你提醒,你先下去吧。"

阿鸾退出去,轻轻把门掩上。

甄妙虽因阿鸾的话心里起了波澜，还是按自己定好的时间把身体锻炼完，这才转身去了净房沐浴。

洗漱完毕，她披着宽松的袍子坐在窗前提笔写起来，足足写了三大张纸才停笔。

她写的是今日虞氏自从踏进沉香苑后的情景。

院中人所说的每一句话，每一个动作，谁做了什么，谁站在哪里，事无巨细，完全用客观的语气记录了下来。她是不太懂这些算计，但今日的事若不是意外，那些算计再高明也就藏在这三张纸中。她别的不行，好在记性不错。

甄妙仔细看着写下来的话，最终拿起朱笔在绣绷和桃子两处各画了一个圈。

桃子是见虞氏进门才从树上摘下来的，虽是她唯一入口的吃食，但想做手脚几乎是不可能的事。

甄妙的重点放在了绣绷上。可绣绷怎么会引得虞氏不舒服呢？

甄妙把绣绷拿了起来。滴在上面的血珠渗透进洁白的帕子里，只剩淡淡一抹红，和帕子角落里那丛红艳如火的玫瑰花完全不能比。甄妙惋惜叹口气。

这帕子算是废了，送出去给甄妍添妆太不吉利，可惜了上好的绣线。

甄妙目光落在玫瑰花上，想了许久，才宽衣睡了。

虞氏不舒服请大夫的事还是被老夫人知道了。

第二日请安时，老夫人温声叮嘱甄妙："四丫头啊，你还小，不知道有身孕的人在饮食上的一些忌讳。日后再做了什么吃食就便宜我们吧，不用惦记你大嫂了。"

甄妙脸上隐隐发热，屈膝应了声是。

请完安，甄妍和甄妙跟在温氏身后往回走。

"妙儿，今日老夫人说的是什么意思？你大嫂昨日请了大夫我怎么不晓得？"

面对温氏的询问，甄妙有些难受。她总不能说是甄焕怀疑她，然后传到了老夫人耳中。温氏因为三老爷的事已经够糟心了，要是听到儿女不和，恐怕雪上加霜。

"昨日大嫂去我那里坐了坐，吃了个桃子胃有些不舒坦了。"

温氏听甄妙这么说没有多想，点点头道："既如此，就听你祖母的吧。"

"嗯，女儿晓得了。"

知道温氏心情不佳，姐妹二人在和风苑陪了她好一会儿才相携离去。

"四妹，到底怎么回事儿？"停在蜿蜒小径上，甄妍盯着甄妙的眼睛问。

甄妙叹口气："二姐，不如去我那儿坐坐。"

路上甄妙问："二姐，你的喜帕绣好了么？"

"前几日就绣好了，怎么？"

甄妙笑笑："是用的天绣阁的绣线么？若是有剩，能不能给妹妹拿些来？"

喜帕是很重要的物件，勋贵之家的小娘子用最好的绣线绣喜帕再正常不过。

甄妍虽觉得甄妙提的要求有些奇怪，却知道她不会无缘无故说这些，对丫鬟莲叶道："回去把绣喜帕剩下的线拿到沉香苑来。"

莲叶领命而去。

姐妹二人在沉香苑等了一阵子，莲叶带着一个丁香色的香囊匆匆赶来。

"拿给四姑娘。"甄妍示意。

甄妙接过来打开香囊，里面放着七色绣线，以红色居多。她的视线落在大红绣线上许久。

"四妹，到底怎么了？"

甄妙转了身，把从绣绷上取下来的帕子拿来："二姐你看。"

甄妍接过帕子就被那丛玫瑰花吸引了，赞道："四妹的绣工又见长进了。除了三妹，你的绣工在我们姐妹中可是最好的了。"

"二姐，你不觉得这玫瑰花红得太漂亮了？"

甄妍一怔。

甄妙也不卖关子，从香囊中把红色绣线抽出放在帕子上，然后把昨夜写的三大张纸摊放在甄妍面前。

同样是出自天绣阁的红色绣线，却是两种红。

"二姐，我思来想去，若真有问题，恐怕就出在这绣线上，只是绣线到底有什么问题就不知了。"

甄妍一把扯过帕子："这帕子先给我，我查查。"

甄妙从善如流点点头。比起协助温氏打理多年事务的甄妍，她的人脉显然不够看。

不过是半日工夫，甄妍就面色凝重走了进来，一贯冷静的人捏着帕子的指尖却微微抖着。

"四妹，你知道么，这绣线浸了新鲜的血红花汁液！"

"血红花？"甄妙大吃一惊。

甄妍点头："我问过大夫了，这血红花是红花中的一种，极为霸道，用它的新鲜汁液染成绣线绣成物件儿给妇人带在身上，时日久了很难受孕！"

一股凉气从甄妙心底升起。

她知道这深宅大院的斗争很残酷，却只是停留在一种概念上，没想到身临其境后手段如此触目惊心。要知道这方帕子是给甄妍添妆的！

甄妍显然也想到了这点，狠狠把帕子摔在桌上："四妹，这件事情一定要弄个水落石出！"

"二姐,怎么查?"甄妙看着那片刺目的红玫瑰一阵眩晕。这里真的太可怕了!

看着甄妙的呆样,甄妍伸出食指在她额头一点:"呆丫头,我们不查。"

"不查?"甄妙听迷糊了。

"对,我们不查,我们毕竟是女儿家,有的事就算能做到,手也不能伸太长。伯府是大伯母在管家,针线房的管事嬷嬷更是大伯母陪嫁过来的,我们只要把这方帕子交给大伯母就好了。"甄妍耐心讲给甄妙听。

甄妙受教点点头,想着才十六岁的甄妍就有这样的战斗力,还有那一出手就往死里算计人的幕后黑手,加上随时打算要她小命的未婚夫,顿觉活得好艰难。

接下来的两日平静无波,只是七夕前日却不见甄静来给老夫人请安。

大夫人蒋氏是这样说的:"那丫头染了风寒,媳妇就做主让她在屋里歇着了,老夫人不会怪儿媳自作主张吧?"

甄妍和甄妙互视一眼。昨日甄静还是好好的呢。

老夫人听了神色一顿,随后笑道:"看你这张嘴,我是那么不疼孙女的人么?只是三丫头婚事也近了,你可要请个好大夫给她仔细看看。"

"这是自然。"蒋氏面色平静道。

"三姐病得真不是时候,明日可是七夕,她岂不是连出阁前最后一个七夕也过不成了?"甄玉快言快语道。

"那也是她运道不好。"蒋氏淡淡道。

二夫人李氏笑道:"还是大嫂好福气,妾懂事,女儿也听话。你说是吧,三弟妹?哎呀,三弟妹,这些日子你瘦得可太厉害了。"

温氏不是肯吃亏的,平静道:"我院子里没有妾,没体会过妾懂不懂事。"

蒋氏挑了挑眉,她虽知道这话是冲着李氏去的,可听在耳里到底不那么舒服。

李氏最爱和温氏较劲儿,听她这么一说,笑道:"以后三弟妹恐怕就要操心了,我听说三叔已经收了两个通房了。"

这话一出,温氏并甄妙姐妹二人脸色都不怎么好看。

三老爷确实越加荒唐了,虽碍于老夫人没出去乱来,却接连收用了两个丫鬟。

"二伯母,二伯父是要年底才能回京叙职么?可惜喝不到侄女的喜酒了。"甄妍不动声色地还击。

李氏听了脸上一白。二老爷在外任职几年了,她最怕的就是到时候给她带几个庶子回来。

老夫人终于开口:"明儿就是七夕了,你们几个丫头也别在这儿坐着了,赶紧去准备准备,到时候别丢了咱建安伯府的脸面。"

大周女儿节有三个，分别是五月初五、七月初七以及九月初九。

七夕历来最受重视，到了这一日京城中会分成东西两城，举办女儿会。

西城专为了富贵人家的小娘子，东城则是普通百姓家的女儿。身份地位泾渭分明，也是因为这一日是一场盛大的变相相亲会。

未定亲的小娘子期望遇到命中人，定亲的小娘子则祈求婚姻美满顺遂，是以年满十二岁的小娘子不能参加七夕女儿节是件憾事。

"老夫人说得不错，你们早些把巧果花瓜准备好，穿针乞巧也要多练练，尤其是冰儿和玉儿是头一次参加，明日若是有机会当众比试可别露了怯。"蒋氏跟着叮嘱。

她是伯府当家夫人，几个姑娘若是明日表现不好，她也面上无光。

几人齐声应是，起身告辞。

"静儿那里你们这几日就别去探望了，免得过了病气给你们。"蒋氏淡淡道。

姐妹几人心思各异地离去。

建安伯世子夫妇居住的明华苑宽敞明亮，其中一隅分了个小跨院，三姑娘甄静的生母岚姨娘就住在这里。

岚姨娘是在蒋氏生了长女后肚子迟迟没有动静，被老夫人拨给世子的，原是伺候老夫人的丫头。她虽是个美人，世子却并没有对她表现出过多关注，一直安安静静待在跨院里，今日却一反常态冲到了明华苑正屋前，顶着高高的太阳直直跪在青石台阶上。

大丫头雕栏掀了帘子走出来："岚姨娘，请回吧，世子夫人还在理事呢。"

岚姨娘身子挺得笔直："请雕栏姑娘禀告一下夫人，妾在这儿等着。"

"岚姨娘这是让婢子为难了，夫人理事时素来不喜人打扰。"

一个杏衫丫头走了出来："雕栏姐姐，有小丫头要领东西，找你呢。"

她说着走下台阶来拉雕栏，眼尾扫了一眼岚姨娘，轻哼一声："真是不知所谓，一个丫头出身的姨娘，跑来碍夫人的眼！"

两个丫头携手进去，只剩岚姨娘跪在日头底下，盯着晃动不已的水晶帘神情莫名。

不过是一炷香的工夫，就有深沉的声音响起："岚娘，你怎么跪在这里？"

建安伯世子不知何时出现在院里，看着碎发被汗水浸透服贴在额前的纤弱女子，眼底闪过一抹疼惜。

雕栏匆匆走了出来："世子爷，您回来了。"

"夫人呢？"建安伯世子甄建文的声音淡淡的，听不出喜怒。

岚姨娘微微抬了头，脸颊因为日晒而变得红润："世子爷，都是妾不好……"

没待甄建文开口，雕栏就深福一礼："回世子爷，刚刚岚姨娘来了就跪在了院子里，说要见夫人。您知道的，夫人每日这个时候都在理事，素来不喜人打扰。婢子就自作主张没替岚姨娘去禀告，您要罚就罚婢子吧。"

水晶帘一挑，蒋氏走了出来，皱眉问道："这是怎么了？世子爷，您怎么这个时候回了？"

"回来拿点东西。"甄建文似乎不想在这个问题上多说，看也未看岚姨娘一眼，"你有事就先处理，我先去书房了。"

看着甄建文大步流星远去的背影，蒋氏这才不紧不慢地开口："岚姨娘顶着这么大的日头过来，是为了何事？"

岚姨娘态度恭敬道："夫人，妾听说三姑娘她不能参加明日的女儿会了，可是当真？"

大夫人笑笑："静丫头染了风寒，当然是养着身子要紧。"

"可是——"

"行了，这事儿我已经禀告给老夫人了。你到底是静丫头的生母，若是惦记就去看看她吧，她的病又不能立马好了，在我这儿求也无用。"

岚姨娘垂下了头，掩在袖中的手紧紧握着："妾知道了。"

谢烟阁里一片静悄悄，岚姨娘被请进去时就看到甄静神情木然坐在榻上，见她进来也不言语。

"你们都下去吧。"岚姨娘挥退屋里伺候的丫鬟，一把抱住甄静，"静儿，姨娘对不起你！"

大周七夕节的女儿会已经被世人推崇到一定高度，特别是将要出嫁的小娘子，这是她们最后一次参加女儿会的机会，自然珍惜无比。

甄静看着岚姨娘笑了笑："姨娘，您说这个又有什么意思。"

岚姨娘脸色发白："静儿，你是怪姨娘吗？"

甄静一直沉默。

岚姨娘捏着甄静的手，嘶声道："静儿，你可知道，姨娘看着你黄了那门亲事日日垂泪有多心疼！你有好几次扯得帕子都碎了，却奈何不得三房的那个死丫头，你当姨娘看不到？姨娘知道你恨她！"

甄静终于转过身来，看着眼眶发红的岚姨娘叹了口气："所以您就换成浸了血红花的绣线么？您难道不知这样会害了大奶奶，还会害了二姐？"

"她们可都是三房的，都是那死丫头的亲近之人。如今她们一个要生下长子，一个要嫁入侍郎府，你呢？你却要嫁给一个寒门小户！"

"她们毕竟是无辜的。"

"无辜？静儿，难道你忘了你的亲事是怎么被退的？真正无辜的是你啊！"岚姨娘的脸色都有些扭曲了。

甄静怔怔地看着岚姨娘。在她印象中姨娘一直是柔弱善良的,她没想到姨娘会做出这种事。眼看大夫人就要查到姨娘头上,姨娘面对的就是大祸。而她一个要出阁的姑娘认下此事,再怎么罚也不过是禁足罢了。

岚姨娘咬咬唇道:"静儿,你真是个傻丫头,干吗要替姨娘认下此事。便是夫人查到我头上,只要我不认,她也奈何不得。"

"可是夫人会找到人证……"

岚姨娘嗤笑一声:"傻丫头,人证算什么,不过是看主子信不信的事儿。"

"夫人会信的。"

岚姨娘嘴角弯成奇异的弧度:"你父亲不会信。"

接下来岚姨娘给甄静讲了无数心得,甄静默默听着,脸色变换不停。

直到有丫鬟过来说建安伯世子去了小跨院,命岚姨娘去伺候,岚姨娘这才拍拍甄静的肩膀,袅袅婷婷走了。

甄静枯坐半夜寻思着岚姨娘的话,第二日得到消息,她可以出门去参加女儿会了。

得到消息的甄静嘴角勾起一抹嘲讽的笑。在后院一手遮天的大夫人竟然也改变主意了。或许姨娘说得不错,男人的宠爱才是立足的根本。

不提三姑娘心思的转变,甄妙也高高兴兴为女儿会做着准备。

甄妙自那次随温氏去宝华楼后再没出过门,对这场盛会说不期待是假话。

她旁敲侧击打听去年甄四姑娘参加女儿会的事,了解到甄四姑娘因为争强好胜和永王府的小郡主初霞郡主结下了梁子,暗暗打定主意这次就是去吃喝玩乐的,至于才艺比试什么的,还是留给有光明未来的姑娘们吧。

为了出府能吃个痛快,甄妙正盘点着自己可怜巴巴的私房钱,小蝉就跑了进来:"姑娘,夫人遣小丫头给您送荷包来了。"

正在屋内伺候的紫苏瞪了小蝉一眼,小蝉立刻老实了。

这些日子几个丫头定了品级,紫苏还是拿着一等丫头的份例,银子是从老夫人那儿拨的,二等丫头定了阿鸾和百灵,雀儿、青鸽、夜莺和小蝉则是三等。

小蝉把得来的消息讲给甄妙听:"姑娘,三姑娘的病好了,今儿个也和您一块出门呢。"

甄妙一怔,还没把这个消息消化完,小蝉继续道:"听说明华苑的岚姨娘昨儿个顶着日头在正堂门前跪了大半个时辰,岚姨娘是个大美人呢……"

话题明显跑偏了,甄妙听饱了八卦,带着准备好的巧果花瓜等物去寻甄妍。

令她没想到的是,陪她们姐妹去的除了甄焕和大房的涵哥儿,还多了一个蒋宸。

到了时辰，一行人浩浩荡荡出了门。

说是七夕，女儿会却是从下午便开始了。

大周王朝的京城很是繁华，今日更是格外热闹。

马车不疾不徐驶过几条街，就在甄妙晃晃悠悠要睡着时，终于停了。先是莲叶扶甄妍下了车，阿鸾扶着甄妙紧随其后。另一边，甄冰三人也下了车。

入街口站着检查的官兵。

甄焕领着一行人过去，出示了身份牌，依着惯例送了几角银子，就被客客气气请了进去。进了里面随处都可看到五城兵马司的官兵，甚至龙虎卫。若是有人真的闹事，或是因着这特殊日子对小娘子有什么举动，这些人是不会客气的。

此时正是合欢花开的时候，风一吹，一朵朵粉白相间的合欢花就簌簌而落，宛若玲珑的小扇子，还带着幽雅芳香。

"真美。"甄妙伸了手接住一朵，低喃。

一声嗤笑传来："四姐，你可都是第三次来了，妹妹们才是第一次来，怎么倒显得反过来似的？"这话，就是暗讽甄妙眼皮子浅了。

甄妙完全无视甄玉的挑衅，笑盈盈道："这么美丽的地方，无论来多少次我依然觉得很美，就像六妹妹，无论我看多少次，依然觉得是美人。"说完她不再理会，一手提着裙摆，脚步轻盈往前走了。

留下甄玉又气又恼，偏偏寻不出甄妙的错处，只得狠狠揉了帕子。

甄冰拉了拉她："六妹，你又惹四姐作甚？"

"我就是看不惯！凭什么她做了那种事，还活得嬉皮笑脸，反倒是无辜受累的三姐，现在都憔悴成什么样了！"

要说甄玉喜欢甄静，那还真谈不上，嫡女骨子里对庶女总会有一股轻视。但这并不妨碍她同情她，特别是罪魁祸首还是自己讨厌的人。

甄妍不知何时到了二人跟前，声音很轻，却掷地有声："六妹，我倒不知四妹做了哪种事了，让你一个做妹妹的天天横挑鼻子竖挑眼。"

"难道还用我说——"

甄玉还没说完，就被甄冰拉住。

甄妍笑了："是啊，哪种事？有本事你就在这里给我大声说！你是盼着满京城的人忘不掉么，隔上一段时间就要念上一回？那你不如敲锣打鼓，蠢货！"

甄妍拂袖而去，去追甄妙。

甄玉气得发抖，可因为这位二姐自小都端着做姐姐的样子，就是训斥妹妹也占着道理，愣是不敢反驳。

"好啦，别怄气了，我们也快去吧，这么好的日子也就这一天。"甄冰拽着甄玉跟了上去。

甄静提着裙角轻轻跟上，和以往不一样的是齐眉额发早就拢了起来，被一朵绢花别住，露出精致的眉目。

建安伯府的姑娘，个个生得好。

今日本是由着小娘子们嬉笑玩乐的一天，甄焕自然不会多加管束妹妹们，只在后面不紧不慢跟着。

倒是蒋宸，因着甄妙提裙往前快走，目光不由就落在那双淡绿色的绣鞋上，随后像被针扎了似的收回目光。

"宸表弟，怎么了？"

"没事，可能是花香太浓了，不太适应。"

甄焕大笑："哈哈，宸表弟，若是有名花，折一枝也无妨。"

走过栽满合欢树的大道，热闹繁华的气息就扑面而来。波澜宽阔的涟漪河望不到尽头，河岸是琳琅满目的摊子和热闹的人群。现在还没到供巧果花瓜的时候，甄妙直奔小吃摊子而去。

"四姐，等等我！"涵哥儿追了上来。

涵哥儿也不过十一岁，正是贪吃好玩的时候。几个姐姐都去看胭脂水粉了，两个哥哥注意的是古玩字画，难得有个姐姐去吃东西，自然黏了上去。

"那你跟紧了我，可别丢了。"甄妙嘱咐着，从第一个小吃摊逛起。

若是在府中吃过的就算了，若是没吃过的，她就买一份，只分一口吃，便全给了涵哥儿。

刚开始涵哥儿还高兴，可连一半没逛完肚子就吃得滚圆，他的小厮二喜提着个篮子，替甄妙提吃的。

看着还有一小半的摊子没吃过来，甄妙遗憾叹了口气，随后大手一挥："二喜，剩下的摊子一样给我买一份带回去！"

甄妙拉着涵哥儿转身准备返回，蓦地瞪大了眼。怎么又是他！只望了一眼，她便在人群中看到了那个熟悉的蓝色身影。甄妙如坠冰窟。还好，那个人身旁还有个十来岁的小姑娘。那么冷酷的人，竟也会面上带了笑，低头与那小姑娘说着什么。甄妙深吸口气，勉强让自己的理智回笼。她不能返回去了。

"二喜，你带着二爷回去找大爷，我带阿鸾去那边再逛逛。"

甄妙尽量自然转身，缓缓往前走，确定自己被人群遮挡住，才越走越快。

罗天理抬了眼，望着甄妙消失的地方勾了勾嘴角。她这是怕自己么？还以为自己看不到？也说不清心中如何想，他就抬脚向那个方向走去。

小姑娘抬头："天玑表哥，你去哪儿？"

罗天玑停住脚，半蹲了身子："五公主，属下有点事。"

年方十岁的五公主立刻嘟了嘴："天玑表哥，今日你可是要贴身保护我的，不许你去。还有，都说了不要叫我五公主，叫我方柔好了。"

罗天玑心生无奈。眼前这位就是他当初救下的公主，自从那次后就总出现在面前。还因着她母妃和镇国公府有点八竿子打不着的亲戚关系，叫他表哥。今日本轮不到罗天玑当值，也被方柔公主指名道姓要求陪着来玩。

"五公主，属下真的有点急事，很快就会回来了。"

方柔公主不满道："来了这里能有什么急事，难道你还想找个心上人？"

"属下已经有未婚妻了。"罗天玑收了笑，淡淡道。

他这样不怒自威，一贯骄蛮的公主反倒没了脾气，咬咬唇道："那你快去快回，还要给本公主带礼物来。"什么未婚妻，她早听人说了，根本就是个没有体统的女子，才配不上她天玑表哥。

罗天玑应了，吩咐其他人保护好公主，很快淹没在人群中。

甄妙越走越快，却忽然停了下来。吃得太多，走得太急，喘岔气了，肋叉子生疼！

跟在后面的阿鸾差点撞上去，忙问："姑娘怎么了？"

"我这儿有点疼。"

阿鸾四下看看，道："那婢子扶您去那边坐坐吧。"

二人歇脚的是一处凉亭，甄妙刚坐下片刻，又有两个男子进来。

当前的一人一身月白袍子，很有几分风流倜傥的模样，后面跟着的则是小厮打扮，五大三粗的。

来人一看到甄妙眼睛就亮了，抱拳道："姑娘，在下有礼了。"

甄妙暗暗撇了下嘴，肋叉子虽还疼着，只得站起来还了一礼："公子有礼。"说完扶着阿鸾就往外走。

那小厮早知道自家爷打的什么主意，五大三粗的身子有意无意往甄妙的去路方向一站。

甄妙皱了皱眉。

"姑娘，七夕相逢便是缘分，何必急着走？"来人折扇一甩，摆出个自以为潇洒的造型。

甄妙愣了愣，扭头问阿鸾："他是在唱戏吗？"

男子脸色一僵。

阿鸾仔细想了想道:"应该不是。"

男子脸色更僵了。

甄妙笑了:"抱歉,总看到戏台子上有人这么演,说的台词也和你这话差不多,我还以为你是在唱戏呢。"

看着甄妙天真无邪的模样,男子心中暗喜,看来这是个养在深闺不谙事的。他当下露出个潇洒的笑:"姑娘说笑了,在下怎么是唱戏?在下见了姑娘,说的完全是肺腑之言。"

甄妙微微睁大了眼:"这么说,你说的都是真的了?"

被那双水汪汪的眸子这么望着,男子迷迷糊糊就点了点头。

隐在暗处的罗天珵攥了攥拳。

她这是在做什么,和男子调情?他原本要出手的心思淡了下来,只是冷冰冰地盯着,看接下来的发展。

一声低呼传来:"啊,这么说,你真的是登徒子!"

男子困惑了:"姑娘何出此言?"

"因为戏文中说这话的,都是想要非礼小娘子的登徒子啊!"甄妙理直气壮道。

"姑娘误会了,在下只是觉得有缘相见很是难得,想和姑娘闲聊几句,并无旁的心思。"男子竭力保持着洒脱的模样。

"那是我误会了,抱歉。不过我真的要走了,家人该等急了。"甄妙冲阿鸾使了个眼色。

她话都说到这份儿上了,除非这人自认是登徒子才有脸阻拦。其实甄妙想得不错,要是换了别人,男子确实犯不着硬拦着不让人走,毕竟强扭的瓜不甜。可她和阿鸾模样实在太出挑,男子就放不下了。

想着她不谙世事,男子沉了脸吓唬道:"姑娘既是常看戏的,应当明白女子要是被陌生男子抓了手便要做那人的妻子。若是那人不娶,就只得做姑子去。"

甄妙骇了一跳:"你,你要拉我的手?"

偷听的罗天珵差点没气死。这个蠢女人!

男子换上如沐春风的笑:"自然不是,在下只是想和姑娘聊一聊。可若是姑娘执意不肯,那可就说不定了。"

"不知公子是什么人?"

"在下朱明庆,父亲乃是京天府同知。"

甄妙点点头:"既如此,我就放心了。"

"姑娘说什么——"

64

没等男子话问完，甄妙就果断伸出脚，照着他膝盖窝狠狠踢了下去。

她一脚把男子踢了个狗吃屎，随后劈手夺过阿鸾提着的食盒，打开就向呆若木鸡的小厮扬去。瓜果面渣子糊了小厮一脸，甄妙拉着同样呆若木鸡的阿鸾飞快地跑了。

罗天理简直不敢相信自己的眼睛。这，这还是女人吗？

甄妙拽着阿鸾跑到人群中停下来，扶了扶发髻又理了理裙衫，随后迈着优雅的小碎步一脸平静地走了。

罗天理这才出现，未等两个人出声就伸手把二人劈晕，一手提起一个，几个起落消失在原处。

把二人丢在葡萄园里，罗天理选了几串葡萄用来应付公主，返回凉亭悄悄清理了满地狼藉这才往回走。

直到半夜那一主一仆醒来，望着满天星辰和一串串大葡萄眩晕了很久，想起遇到甄妙的事以为是做了一个梦。当然，这就是后话了。

阿鸾看着走在前面的甄妙，嘴角带了笑意。只要她家姑娘想，完全可以当一个最端淑的大家闺秀。

可很快阿鸾的想法就破灭了，死死拉住甄妙："姑娘！"

甄妙心中一跳："莫非追上来了？"

阿鸾声音压得极低："不是的，是您的鞋子破了。"

甄妙神色一僵，缓缓低头。踹人的那只脚，鞋子的大拇指处破了一个洞，露出雪白的袜子。甄妙恨恨地盯着那只淡绿色的绣鞋。这是什么鞋啊，已经坑她两次了！

阿鸾也急了。富贵人家的小娘子出门都会备一套衣衫鞋袜以防意外，甄妙自然带来了，却在马车上。这里离着马车还有好一段距离，若是让姑娘穿着个破洞的绣鞋走回去实在不像话，可要是让姑娘一个人等在这里又放心不下。

阿鸾正为难着，眼睛一亮："姑娘，是蒋公子。"

甄妙看着往她这个方向走来的蒋宸脸都黑了，低声埋怨："你这么高兴作甚，难道想让他看到我穿着一双破鞋？"

"姑娘，您让蒋公子陪您聊聊天，婢子好回去取鞋子啊，蒋公子不会注意到的。"阿鸾解释着。

甄妙觉得阿鸾说得也对，向快到跟前的蒋宸打招呼："蒋表哥，好巧，你也逛到这里来了。"

蒋宸微微一笑："见你们一直不回，焕表哥让我过来找找。"

"哦。"甄妙笑了笑，"那我们随意聊聊吧。"

少年愣了。难道不是该说我们回去吧？

65

看着甄妙笑意盈盈的脸，蒋宸心中一跳。莫非她对自己——想到这里，他不由皱了眉。她已经定亲了，怎么还能这样！

忽略心底深处那抹道不明的喜悦，一贯噙着笑意的蒋宸冷了脸："四表妹，再不回去焕表哥他们该等急了。"

阿鸢突然出声："蒋公子，劳烦您先陪陪我家姑娘，婢子去去就来。"说完生怕蒋宸反悔，阿鸢冲他福了福，匆匆走了。

她连自己的丫鬟都告诉了！蒋宸一张脸顿时红了。他本就气质温和，立在那里犹如一株雪竹，静谧美好。

已经有大胆的小娘子含情脉脉把桃子递过来："公子，要不要吃花瓜？"

今日的瓜果，统称花瓜。

蒋宸恢复了一贯的从容，对那陌生的小娘子客气笑笑："多谢姑娘，在下已经吃过了。"

那小娘子自然不再强求，收回桃子失望离去。

"四表妹，我们走吧。"怕再有小娘子过来，蒋宸向甄妙走近一步。

甄妙指指河边："蒋表哥，我们在那站会儿吧，不聊天也行，我其实走累了。"

她才想起来在这么特别的日子里和陌生男子聊天，容易让对方误会。

蒋宸别扭着随甄妙往河边去了。

罗天珵提着两串葡萄满脸冰霜从人群中转了出来，默默打量了一下站在河边的二人，迅疾消失在人群里。

约莫两刻钟后，阿鸢回来了。随她来的，还有甄焕一行人。

收到甄妙询问的眼神，阿鸢低声道："大爷他们看到婢子，就说一起来找您了。"

"四妹，你怎么耽搁了这么久？"甄焕虽早听阿鸢说了她和蒋宸在一起，还是有些诧异。

甄玉扑哧一笑："大哥，这还用问，没看四姐正和蒋表哥聊天么。"

这一次甄冰忘了制止甄玉，只是静静望着蒋宸，随后垂了眼。

甄妍走过去，冲蒋宸一福："多谢蒋表弟照顾四妹。"

"二表姐客气了。"蒋宸抬脚向甄焕走去。

甄妍以询问的眼神看向甄妙。

甄妙悄悄提了提裙子。

甄妍果断转身："大哥，我有些话和四妹说，你先带妹妹们去供巧果的地方吧，我们随后就去。"

甄焕一行人刚走，阿鸢忙从怀中拿出绣鞋给甄妙换上，又把换下的鞋子收好。

66

甄妍本想问问到底是怎么回事儿，见甄妙没有开口，想想也就算了。

供巧果花瓜的时辰终于到了。甄妙愁得不行。

"姑娘，放心吧，我从马车里拿了两串葡萄放里面了。"阿鸢指着食盒低声道。

甄妙可算松口气。

七夕节摆放巧果花瓜的是一种特质的小木船，脸盆大小。小娘子们会把东西放进去，再把小木船亲手放入涟漪河里随它飘去。据说飘得越远，代表将来的婚姻越美好顺遂。

甄妍领着几个妹妹去了河边。

"妍姐姐，你怎么才来，刚刚我还寻你了呢。"一个穿黄裙的少女迎了上来，亲热地握住甄妍的手。

少女是长乐伯府的姑娘，闺名陶婉，向来和甄妍交好。

甄妍见到好友也很高兴："刚带妹妹们在那边玩呢，一直没过来。"

陶婉听甄妍这么说，这才淡淡地冲甄冰几个打招呼，轮到甄妙时皱眉点了点头。

甄妙大大方方地施了半礼："婉姐姐好。"

甄妍知道好友向来不喜欢甄妙，以往还不觉得如何，可现在却有些别扭，连笑容都淡了几分。

对比自己的冷淡，甄妙的有礼让陶婉也有些不自在，尴尬地对她笑笑，拉着甄妍道："妍姐姐，你这些日子怎么样了……"

二人边说边向河边走去。

甄妙亦去了河边，打开食盒把两串葡萄取出装入雕花的杉木小船，缓缓把小船推入河里。

"呵，这就是你的花瓜？"一个声音突兀响起。

甄妙抬头，看向出声的少女。

穿着七彩缀珠裙的初霞郡主鄙夷地看着甄妙。

周围正放船的小娘子听到初霞郡主的话纷纷看来，嗤笑声此起彼伏。

所谓巧果花瓜，自然是经过雕琢的。

比如巧果，是用蜂蜜、面粉等混在一起炸成的果子，心思灵巧的少女会弄出各种花样，有的捏成花朵，有的捏成瓜果蔬菜，越是样式新奇精致越显出少女的心灵手巧。瓜果蔬菜也不是洗干净就称作花瓜了，有的会在上面刻字作画，有的会把它们雕出造型。

"有的人啊，就空长了一个脑袋，里面全是草。"说话的是沐恩侯府的七姑娘赵飞翠。沐恩侯府是皇后的娘家，赵飞翠是皇后的嫡亲侄女，常被召进宫去，和初霞郡主关系不错。

初霞郡主大笑:"飞翠,这你就不知了,这女子啊就要长个好脑袋,不然怎么攀上高枝呢。至于会不会做事,那就不重要了。"

"确实如此呢。"赵飞翠跟着笑起来。

一时之间,许多人的目光都投过来,不屑、轻视、看热闹,什么情绪都有。

唯有昭云长公主府的三女重喜县主百无聊赖地拨弄着小船,嘴角噙着漫不经心的笑。

也许是为了见证这出好戏,甄妙放入河中的小船一直打着转儿,那两串葡萄就这么清清楚楚摆在众人眼前。

更多人笑起来。

甄妍几人匆匆赶了来。

甄玉冲上去狠狠推了甄妙一把,怒气冲冲道:"四姐,你可真行,三番五次给伯府丢脸!"

甄妙一个踉跄差点跌河里去。

甄妍狠狠瞪了甄玉一眼,随后不急不缓打开自己的食盒,把巧果花瓜放入小船推入水中。

好巧不巧的,甄妍的小船正好停留在初霞郡主和赵飞翠放的小船中间。

她的巧果一个个只有龙眼大小,共七七四十九颗串成一串珠链,更难得的是每个巧果都捏成了含苞待放的玫瑰形状,大小形状还差不多。

再看甄妍放的花瓜,同样是一串葡萄,每颗葡萄上竟然都画了一幅小景。虽然景色只是寥寥几笔勾出,但能在这么小的葡萄上作画,新意和难度远胜旁人。至少她这两样就把初霞郡主和赵飞翠比了下去。

便是一直神情懒懒的重喜县主的目光都被吸引了过来。

甄妍拿出的东西令少女们都噤了声。初霞郡主狠狠盯着甄妍。甄妍站得笔直,只是微微笑着。

"哼,谁知道这是你自己做的,还是怎么来的。"赵飞翠终于想出了反驳的话。

她越想越觉得有理,大声道:"有本事等会儿你去参加比试啊,要是能做出这两样来,我就信了。"

甄妍皱了眉。这巧果花瓜当然是她亲手所做,可是明眼人都知道,这怎么会是一时半会儿能做出来的?七夕的各项比试,制作巧果花瓜给的时间虽最长,也不过一个时辰。

"你这是强人所难!"面对外人,甄玉当然站在甄妍这边。

"呵呵,什么强人所难,我看是你们建安伯府的姑娘上不了台面,一个呢弄虚作假，一个呢干脆拿了两串葡萄充数。要是我啊，羞都羞死了，怎么还有脸出门。"赵飞翠凉凉道。

一些人嬉笑起来，另一些人觉得赵飞翠说得过分没吭声，也抱着看热闹的心思。

重喜县主淡淡扫了赵飞翠一眼。这人嘴未免太臭。

看着一群表情各异的少女，一种厌倦从甄妙心底升起。这样的争端，真的好幼稚，好无聊。可是已经被人指着鼻子嘲笑了，那再无聊的事，咱也干了！

"这么说，你是要和我二姐比试么？"甄妙望着赵飞翠。

赵飞翠得意洋洋的表情一僵。谁都看得出甄妍在制作巧果花瓜上水平不一般，要与她比试就是自取其辱。

"赵七姑娘好奇怪，口口声声说我二姐弄虚作假，可要你和她比试又不敢痛痛快快应下来，这是什么道理？"她声音很大，就连甄焕那些远离河边站着的小郎们都听见了。

甄焕脸色发黑，心道四妹莫不是又惹祸了，忙抬脚往河边走去。

方柔公主一脸兴奋拉着罗天理的衣角："天理表哥，那边是不是打架了，我要去看。"

罗天理早就听出了甄妙的声音，由着方柔公主把他拉了过去。

赵飞翠明显感觉周围异样的目光多了起来，甚至听到了男子的低笑声，脸不由涨得通红："你少胡说八道！"

"我什么都没说啊，只是问你敢不敢和我二姐比试。"甄妙眨眨眼。

被甄妙用那种"你很无理取闹"的目光看着，赵飞翠都快气炸了，恨声道："你得意什么，有本事你和我比啊，老扯着你二姐做什么！"

她可记得清楚，去年七夕甄妙参加了好几场比试，独独没有参加巧果花瓜的制作。

却不想甄妙微微一笑："好。"

甄妙答应得痛快，赵飞翠反倒愣了愣。

"四妹，还是我来吧。"甄妍拍了拍甄妙的手。

她了解甄妙，虽然样样都想占先，厨艺说出去也不错，却没有静心养气的功夫，而制作巧果花瓜少了这份沉稳，心思再巧妙也不成。

见甄妍阻止，赵飞翠那点顾虑立刻烟消云散，强拉着甄妙道："既如此，那我们就去比艺台吧。"

甄妙拍掉赵飞翠的手："你抓疼我了。"

笑声此起彼伏响起。她这话完全把赵飞翠粗鲁的形象展现在众人面前。

赵飞翠气得心肝疼。她怎么不知道甄四这么狡猾了！以往每次见了，在她言语挤对下甄四也会按捺不住针锋相对，可那反而显得争锋好强，完全不像现在明明话没多说一句，倒显得她野蛮了。扫了甄妙一眼，赵飞翠眼中闪过一抹得意："就这么比试多没意思，我们总要来点彩头吧。"

"彩头？"甄妙心里欢腾起来。天，她要赚钱啦，赚钱啦。

"对。"赵飞翠勾起唇角。

沐恩侯府并没什么底蕴，仗着出了个皇后才封爵，府中女眷穿戴上就不像清贵人家讲究个低调内敛。就看赵飞翠这身打扮，明明十三岁的小姑娘，头上却戴了假髻，插了三对明晃晃的金钗。

甄妙正瞄着赵飞翠头上的金钗暗流口水，赵飞翠就不负期待把三对金钗取了下来："喏，这是我的彩头，甄四姑娘，你的呢？"

甄妙头上除了一对小巧的珍珠珠花，就只插了一朵新鲜栀子花，通身上下看起来没什么像样的饰物。

"怎么，建安伯府的姑娘不会连个像样的彩头都拿不出来吧？"赵飞翠掩口笑。

甄妍取下一对赤金扭丝镯子放在托盘上。

甄冰和甄玉对视一眼，默不作声取下各自戴着的八宝璎珞金项圈，和甄妍的金镯子放在一起。

甄静低了头上前，放了一支金镶宝珠的蝴蝶簪。

甄妍很满意妹妹们的表现，望着赵飞翠冷笑："赵七姑娘，你是要和我四妹比试呢，还是炫富？若是炫富，我们建安伯府的确不敢和沐恩侯府相比。"

赵飞翠脸色发黑。她倒是不在意甄妍几个拿出的彩头，可对方直指沐恩侯府炫富，这就不是什么好名声了。

初霞郡主忽然笑道："甄二姑娘这话说得可不对，今日比试就是图个高兴，也是给姐妹们一个展示才艺的机会。什么炫富不炫富的，既然有了彩头，两边总要相称才好，你说是不是这个理儿？"

她说着往托盘上丢了一个蓝水飘花的翠镯子。

初霞郡主虽然骄纵，可经常出入宫闱的人怎么会一点脑子都没有？她这么一来便是把甄妍几个的行为归为和她一样，都是添彩的。也就是说，甄妙还是要拿出东西来。

有几个向来唯初霞郡主马首是瞻的姑娘，见状纷纷取了饰物放上来，都盯着甄妙看。

甄焕早把情况看在眼里，可小娘子之间的争锋没有男子插手的道理，只得默默观望。

蒋宸捏了捏挂在腰间的玉佩，眉宇间有着自己都不曾察觉的担忧。

罗天珵却是双手环抱，好整以暇地看着这一切。

众人灼灼目光下，甄妙不急不缓取下腰间的香囊，拿出一枚小儿巴掌大小的小镜子来。

那小镜子材质非木非石，两片合拢在一起，刻着西番莲的精致花纹。啪的一声，小镜子被甄妙打开，玻璃面的镜子照得人纤毫毕现。

"是西洋镜。"有识货的小娘子低呼出声。

甄妍在见到甄妙拿出小镜子的时候脸色就变了，大步走过去按住她的手："四妹，别胡闹！"

这西洋镜她和甄妙各有一个，是幼时小舅舅给她们的。

小舅舅喜欢天南海北到处跑，后来竟乘船过海跑到海外去了。那一去就是两年，回来满载而归，带回来许多新奇珍贵的玩意儿，大多数都进献上去了。这两面小镜子，听母亲说就是那次带回来的，给了她们姐妹各一个。

只是后来，小舅舅再一次出海就再也没有回来，说是在海上遇到飓风，整船的人都遇难了。

又过了些年，不知什么原因朝廷下了禁海令，昔日流传过来的西洋物品越发珍贵起来。特别是这小小的梳妆镜，多少名门贵族的嫡女想拥有一枚都不可得，也只有皇室公主、郡主才有。

赵飞翠见甄妙居然拿出这等稀罕玩意儿，当下眼睛一亮，有了势在必得的心思。

甄妙给了甄妍一个安抚的眼神，随后淡淡扫了赵飞翠一眼，也不吭声，就把小镜子紧挨着那三对金钗放下了。

赵飞翠生怕拿出的彩头被人瞧不起，咬了咬牙，把皇后娘娘去年赏她的那块玉兔捣药玲珑佩放了上去。

比艺台就设在涟漪河弯曲处的一个高台上，周围是白玉栏杆，因为是七夕，装饰了许多红绸彩缎，还有大簇大簇的鲜花。

众人浩浩荡荡过去，等一报时辰，赵飞翠和甄妙就上了台。

赵飞翠敢拉着甄妙比试，不是全无准备，她这一年在这方面下足了功夫，只等着今日出头。

她上了台，先是把青玉长案上的物品扫了一遍，很快就拿起面团揉捏起来。

由于赵飞翠先行动了，大半目光都被吸引了过去。

只见她手指如飞，熟练捏出一个个长短不一的面条，接着在油锅中翻了个滚儿，特制的面条就膨胀起来。

赵飞翠飞快把开始泛黄的面条捞起，放在一旁晾凉。

这一忙，就是两刻钟过去。

甄妙那边，还是拿了个面团慢条斯理地捏着。掺入了蜂蜜的面团呈淡黄色，也看不出她捏的是什么形状，不过这个时候已经在捏第三个。

众人屏住呼吸观望。

赵飞翠拿起个红艳艳的苹果，用小刀一笔一画雕刻着，神情罕见的认真专注。

初霞郡主微微松了口气，和旁边的人轻声谈笑起来。

她倒不是多待见赵飞翠，二人总在一起玩儿，私下其实也是较着劲的，只是今日若输给甄妙，她面上也无光。

"郡主你放心，飞翠妹妹肯定没问题的，有一次我去侯府做客，亲眼看见她拿苹果雕的小鸭子活灵活现。"吏部侍郎府的张朝华最爱串门八卦，显摆着自己知道的消息。

果不其然，随着时间一点点过去，赵飞翠雕刻的正是一只小鸭子。

小鸭子的头部去了红红的果皮，用发黄的果肉雕出鸭头和鸭嘴，再配上雕成羽状的红色翅膀，形象又鲜活。

赵飞翠看着自己的作品，得意笑笑。今日发挥似乎比往常还要好些。

赵飞翠越看越满意，忽然听到惊呼声传来。

"你们快看甄四，她雕的是什么！"

"天，是牡丹花吗，真是太美太像了！"

赵飞翠脸色一僵，向甄妙望去。

甄妙一手按着西瓜，一手夹着刻刀，如飞般在西瓜上雕琢着。

绿色瓜皮作叶，脉络鲜明，一层层薄如蝉翼的牡丹花瓣绽放开来，内里鲜红，外沿粉白，借助了果肉本身的颜色，如一朵刚绽放的牡丹花，花开正秾。

两人的花果制作都已完成，被并列放在一起，由侍女托着走了一圈请人观看。

赵飞翠用苹果雕出的小鸭子虽然不错，可与甄妙用西瓜雕出的大朵牡丹花比起来，那就像小孩子和大师的差距。不用评委，胜负已然分明。

比赛已经到了尾声，天色开始暗下来，无数的灯笼亮起，映照得台上依然亮如白昼。

灯下美人玉颜生辉，不知晃花了多少儿郎的眼睛。

罗天瑾凝视着台上的甄妙，见她轻轻放下刻刀揉着手指，脸上是明艳的笑。他突然对这份姻缘由原本的抵触厌恶变得有点好奇。

赵飞翠看着甄妙的作品，脸色说不出的难看，更令她难受的是无数赞美那朵牡丹花的言语不停往耳朵里灌。难道她辛辛苦苦准备一年就这么输了吗，还是输在自己最看不上的人手上！

"飞翠，你在想什么，巧果还没制完呢！"初霞郡主冷喝一声。

赵飞翠一个激灵回过神来。对，比赛还没有完。就算花瓜输了，还有巧果，若是能赢，也是打平了。

她忙把已经凉透的细长面条用生面团粘在一起，一朵菊花的样子就显现出来。一连捏了三朵，把它们小心翼翼放入油锅中炸。面条受了热再次膨胀，三朵形态各异的金色菊花便制成了。

赵飞翠看了一眼计时的滴漏，又看向甄妙。

甄妙还在揉捏着手指，她旁边的托盘上是五个看着奇形怪状的面团。

赵飞翠不由松了口气，笑道："甄四，你这是打算认输了吗，时间可快到了。"

"时间已经快到了吗？"甄妙停下捏手指的动作，扫了一眼滴漏，一脸庆幸，"多谢赵七姑娘提醒。"

又有笑声传来，把赵飞翠气得七窍生烟。这个死丫头绝对是故意的！

甄妙还真不是故意的，比赛时间太紧，雕刻牡丹花这样复杂的果雕手都抽筋了，就把这头给忘了。

不敢再耽误时间，甄妙用还有些酸痛的手指捏起面团，一个个下了锅。

小小的面团膨胀起来，个个有巴掌大小。

甄妙把它们捞起，放到早准备好的托盘上，提醒早已目瞪口呆的小丫头："别发呆了，可以拿过去给大家看了。"

小丫头一脸震惊地端着托盘去给众人看。和她并肩的还有另一个小丫头，托着赵飞翠的三朵菊花巧果。

人们早就好奇小丫头为什么是这个表情，只扫了赵飞翠的巧果一眼，忙把视线放在甄妙的巧果上面。托盘上的巧果居然是五只或立或卧，姿态各异的金黄小狐狸！

"天，面团怎么能弄成这么复杂的形状，还不松不散？"对面食有研究的小娘子低呼。

一般来说，面团是能制成各种形状，可这要借助模型，而且是入锅蒸熟，像甄妙这样直接下锅油炸，居然能炸出小狐狸的形状，简直闻所未闻。这样相比，甚至连她刚刚雕出来的牡丹花都不算什么了。毫无疑问甄妙赢了，赢得相当漂亮。

二人的成果已经送到了评委那里。

评委中有出自宫里的膳房女官，也有几个素有才名的夫人，领头的是国子监祭酒的夫人。

这位夫人姓骆，年轻时号称京城第一才女，是大周朝举办七夕女儿会以来唯一一个把所有才艺比试的魁首收入囊中的人物。

骆夫人看着甄妙雕出的牡丹花，又看向五个栩栩如生的小狐狸，吐出两个字："绝品。"

此话一出，全场哗然。有多少年在制作巧果花瓜上没有评出过绝品了！

一贯沉稳的甄妍，指尖都微微抖着，一把握住甄妙的手："四妹，你听到么，你被评了绝品！"

甄妙对评定什么品级兴趣不大，但对那堆作为彩头的金银首饰就相当有兴趣了。

她几步走过去，示意阿鸾把东西都收起来，对着脸色发白的赵飞翠笑道："赵七姑娘，多谢了。"

"你——"赵飞翠忍不住扬手，看看四周，又恨恨把手放下。这么多人在，她可不能背上打人的刁蛮名声。

"阿鸾，带上我做的巧果花瓜，我们回府。"

"嗳，你等等。"方柔公主拨开人群走了过来。

对于忽然出现的漂亮小姑娘，甄妙好脾气笑笑："小妹妹，怎么啦？"

方柔公主嫌恶皱眉："谁是你妹妹，别乱攀亲！"

甄妙收了笑意，问道："那姑娘喊住我做什么？"

有认识方柔公主的贵女先是吃了一惊，随后眼中闪过玩味的光芒。若是甄四得罪了公主，不知道会怎么样。

"方柔，你怎么来了？"一个冷冷清清的声音响起。

看着走出来的重喜县主，方柔公主不满地喊了声表姐。

甄妙这时候已经知道出现的小姑娘是谁了。老建安伯有个妹子早年进了宫，现在是老太妃了，她们建安伯府的姑娘偶尔也有机会去皇宫探望。当然，这种被恩赐的机会极少，但对宫中一些重要人物家里特意提点过。

甄妙看了重喜县主一眼。她忽然出现点出方柔公主的身份，是在帮自己吗？可是她们素无交集。重喜县主见甄妙看来，淡淡点了点头。

方柔公主觉得有些没趣了。知道这人是天珵表哥的未婚妻，她很不喜欢，不表明身份就是想着她若是怠慢了，就有借口责罚一顿，没想到被表姐把身份给挑明了。

方柔公主无意多留，指着甄妙制作的巧果花瓜道："这个，我买下了。"然后抬着下巴等着甄妙回答。

没想到甄妙相当痛快点头："好。"

许多人在愣住的同时暗暗叹气，好戏看不到了。甄四姑娘怎么一点骨气都没有，被评为绝品的巧果花瓜公主说买就应下了，你好歹反抗一下啊。

甄妙这时贼精贼精的，领会到众人的期待，面上一副老实模样，心道别开玩笑了好嘛，这巧果花瓜做得再好放不了两天也要坏了，能卖出去她笑死了。

方柔公主也没想到甄妙这么痛快应下，愣了愣从腕间脱下一个镯子。

罗天珵走过来，淡淡扫了甄妙一眼，低声对方柔公主道："公主，这样不妥。"

罗天珵一出现，场面就是一静。甄妙下意识打了个寒颤，明媚笑容黯淡几分。

"天珵表哥，怎么不妥了？"

罗天珵温声道："公主的饰物不能流传在外。若是公主想要，用银子买下来就是了。"

"那你带了银子吗？"

"带的不多，可以稍后把银子送到建安伯府上。"罗天珵说着看向甄妙，"不知甄四姑娘这巧果花瓜，售价多少？"

甄妙每次见了罗天珵都会条件反射地害怕，可现在看着他对方柔公主一派温和的模样，却有些愤怒了。这个混蛋对着公主就装温润如玉，对自己却几次下杀手，真是欺软怕硬的小人一个！

她心里有了怒气，语气就硬了："罗世子要替公主买下来吗？"

罗天珵看着甄妙冷冰冰的模样，心中来气。这女人刚才还和别的男人谈笑甚欢，怎么，她还有理了不成？而且她这么问是什么意思，是要他承认给公主买礼物？方柔公主虽然年幼，但男女有别，七夕这种特别日子他再怎么样也不会买礼物送给公主。

罗天珵虽恼怒，还是深吸口气平复了情绪，不带任何感情道："这个就不劳甄四姑娘操心了，甄四姑娘请说个价钱，稍后在下会派人把银子送到贵府。"

围观的人看着罗天珵对甄妙冷淡有礼的样子，个个像打了鸡血。镇国公世子果然不待见他的未婚妻啊。凭那种下作手段攀上人家，若是还能受待见，那镇国公世子才是瞎了眼。

不知多少小娘子这样想着，看着罗天珵清俊卓绝的模样，望向甄妙的目光更加不善。真是好白菜让猪拱了！

感受到众女深深的恶意，甄妙心中一酸。她是被人欺上头来应下了这场比试，凭什么像个小丑似的站在这里让人们看笑话？

甄妙深深瞥了罗天珵一眼，嘲弄和蔑视一闪而过。好一个嫉恶如仇的镇国公世子。那一日，甄四姑娘行为固然失当，可你堂堂镇国公世子就问心无愧？那首暗示思慕佳人的诗句，又是什么？想着被甄四姑娘珍而重之放在首饰盒最深处的信笺，甄妙凉凉一笑。若是没有那首诗，想来甄四姑娘胆子再大，再不知羞耻，也不敢拉着你一同落水吧？她不过是以为你襄王有意才用了非常手段，想拉平二人之间身份地位的鸿沟而已。

"罗世子觉得值多少就送多少吧。"甄妙欠身施礼,"公主,世子,告辞了。"

女儿会虽会持续到夜晚,她却片刻不想待了。

罗天珵被甄妙那一眼看得气炸了,若不是这么多人看着,真想拎着她问问,到底知不知道什么叫心虚,什么叫悔过!

眼睁睁地看着甄妙离开,罗天珵一张脸都是黑的。

方柔公主却眉开眼笑地拉着罗天珵衣角:"天珵表哥,多谢你啦。"

甄妍盯着方柔公主的手眉头一皱,转身去追甄妙。

"二姐,你怎么跟来了?"离开了是非之地,甄妙觉得呼吸都顺畅了,脸上又有了笑意。

"不是要回去吗?一起走吧。"

"二姐不参加接下来的才艺比试了?"

"我马上就要出阁了,参加这些本来也没什么意思。"

甄焕几人跟了上来。

因为上次虞氏的事,甄焕和甄妙之间还有点别扭,他就看着甄妍道:"二妹,你们若是先回去,就让宸表弟送你们吧。"

"那不是扫了蒋表弟的雅兴?"甄妍道。

华灯初上,皎皎月光下蒋宸的笑容显得格外温柔:"二表姐哪里话,是我有些累了,正好和二表姐——"他说到这里轻瞥了甄妙一眼,"还有四表妹,一起回去。"

甄妍眼神一紧。蒋表弟看四妹的目光怎么有些不对劲儿?想到这里她瞥了甄妙一眼,见甄妙毫无反应才松了口气,再看蒋宸,脸上还是挂着温雅的笑。甄妍摇头失笑,暗道自己多心。他们两个连话都没说过几次,蒋表弟明知四妹已经定亲,又怎么会生出旁的心思?

姐妹二人上了马车,蒋宸骑马跟在旁边,缓缓向建安伯府行去。

车轴发出吱吱呀呀的声音,单调枯燥。蒋宸望着夜空中的半月轻吁了口气。为什么表妹露出来的那抹白袜子在脑海中挥之不去?少年陷入了不能对外人道的苦恼。

女儿会各项才艺比试一结束就会有专人向取得好名次的小娘子府上报喜,建安伯府早得了甄妙制作巧果花瓜评了绝品的消息,甄妙一进府就被老夫人请了过去。

宁寿堂中,一屋子女眷都到齐了。

"好,好,好,祖母没看错你。"老夫人一连说了三个好,表达喜悦之情。

由不得她不激动,绝品已经许多年没出现过了,如今落在建安伯府,那是极好的名声。

大夫人也是笑容满面地夸赞着甄妙,就连一贯爱拈酸吃醋的二夫人李氏今日都给了个笑脸。虽然绝品不是她一对女儿拿的有些可惜,但出在建安伯府,证明伯府对小娘子教养得好,对今后女儿婚嫁有利。

"哎呦,妙丫头,你那被评为绝品的巧果花瓜呢,快拿出来让我们都瞧瞧。"李氏眼睛来回扫着。

老夫人连连点头:"对,对,四丫头,东西放哪儿了?今日祖母便去给你供上,也让祖宗看看,伯府的女儿有出息了。"

温氏并没有催促,却一扫往日阴郁,笑容满面地望着甄妙。

甄妙求救地看向甄妍。甄妍给了她个爱莫能助的眼神。甄妙勾了勾有些僵硬的嘴角:"祖母,巧果花瓜被我卖了……"

第4章　进宫

"什么，卖了！"老夫人眉头直跳。她觉得又被甄妙刺激得不大好了。

李氏的声音格外尖细："哎呦，这是怎么说的，咱们伯府再缺钱，可没亏待过姑娘们。妙丫头，被评为绝品的巧果花瓜你不说拿回来让咱们开开眼，怎么就给卖了？"

说到这儿她帕子一甩，瞟了温氏一眼，意有所指道："三弟妹，该不是温府又写信来了吧？"

李氏所指的温府，就是温氏的娘家。

温家当年在京城也是混得不错的，特别是温氏的三弟早年出海满载而归后，进献了许多奇珍异宝给皇家，一时名噪京城。

后来温家三爷命陨海上，温家大爷又牵连进一桩旧事成了常年卧床的药罐子，官自然当不成了，整个温家迅速衰败下去。撑不了几年，干脆举家搬回了祖居。

"二嫂，你这是什么意思！"温氏气红了眼睛。日益没落的娘家，是温氏心底不可言说的痛。

甄妍忙悄悄拉了温氏一把，笑道："娘，二伯娘是羡慕您呢，经常能收到外祖母的信。"

一句话把李氏堵得半死。李氏是庶女，娘家对她不过是面上情，这么些年自然是一封信都没有的。李氏剜了甄妍一眼，心里呕得慌却无可奈何。谁让人家半点不恭敬的话都没说呢！

大夫人蒋氏眼中闪过赞赏。说起来，除了自己的长女，满府的姑娘她最待见的就是甄妍。这个样子才是最适合做当家主母的。也不知道棒槌似的温氏走了什么运，生出这样玲珑心肝的女儿来。

感叹完甄妍，蒋氏看向甄妙。心道这丫头也是个出众的，容貌自不必说了，七夕女儿会上又大放异彩，以往名声上的一些瑕疵差不多就遮掩过去了。就是这性子——蒋氏想了想，发觉还真说不出如今的四丫头到底是个什么性子。罢了，且看将来吧。

李氏不甘心被甄妍堵了，眼珠一转冲甄妙道："妙丫头，你也别怪你娘，她也是没法子……"以前妙丫头可最反感温氏的娘家人，提起那一家子就像踩着猫尾巴似的。

甄妙冲李氏露出个娇憨的笑："二伯娘说笑了，出身又不是自己能决定的，再说我外祖家虽然不如往日了，那也是我娘还有我们的至亲呢。"

李氏被噎了个半死，脸上一阵红一阵白。这个死丫头，什么出身不是自己决定的，什么至亲，这是讽刺自己是庶女吗？

老夫人觉得再任由二儿媳妇聒噪下去，就会忍不住把放在炕上的小桌子砸过去了。拿小桌子砸儿媳妇，这可不是一心向善的老太太该干的事儿。老夫人默默给自己做好了心理辅导，这才心平气和出声："四丫头，评了绝品的巧果花瓜怎么说卖就卖了？卖到哪家府上了，回头我派人去买回来，咱们伯府再怎么说也不差这点银子。"

"是方柔公主买下了。"甄妙脸色有些不大好。一提方柔公主，她就想到那人；一想到那人，她心情就不好了。

"方柔公主？那就难怪了。"老夫人看着甄妙难看的脸色想偏了，招手唤她上前，"祖母知道你受委屈了，可既然是公主想要，那断没有拒绝的道理，这事你做得对。"

她说着冲站在身后的王嬷嬷示意："素月，回头把我匣子里那套金镶玉的头面给四姑娘送去，就是放在第三层的那套。"

"是。"王嬷嬷应着，暗吃一惊。那套金镶玉的头面可是当年老夫人的陪嫁，这么些年一连娶了四个儿媳妇、一个孙媳妇都没拿出来赏过人，没想到今日给了四姑娘。

李氏差点咬碎一口银牙。那套头面她曾见老夫人戴过的，真真是顶好的东西，怎就便宜四丫头了！她记得前两个月，老夫人还赏过四丫头一个白玉镯子，再这样下去，她的冰儿和玉儿不是什么都没份儿了。瞅甄妙那张如花笑脸，李氏心里越来越酸。真是个祸害，好事都她占了，倒霉事全是别人背了。

大夫人蒋氏看着李氏牙疼的模样微微一笑，从手上褪下个碧玺镯子给甄妙套在手腕上："妙丫头今日为伯府争了光，我这做伯娘的拿出来的东西不敢跟老夫人比，且戴着玩吧。"

"多谢大伯娘。"甄妙脆生生道谢。

李氏一口血差点没吐出来。敢情她不但捞不着，还要出血！李氏肉痛地拔下一根金钗递给甄妙，连话都懒得说了。

"行了，天已经晚了，你们都回去安置吧。"老夫人挥退众人，特意嘱咐一句，"四丫头明日早点过来，陪祖母用饭。哦，二丫头也来。"

"谢祖母。"姐妹二人齐声道谢，退了出去。

甄妙回了沉香苑，一进院门骇了一跳。石阶上跪了一个人，仔细一看是小蝉。

"姑娘，您回来了。"见到甄妙，小蝉都快哭了。

"这是怎么了？"甄妙看向闻声走出来的紫苏。

紫苏沉着一张脸，扫了小蝉一眼，解释道："姑娘，您临出门前不是交代小蝉喂锦言吗？她喂完锦言忘了锁笼子了。"

"锦言丢了？"甄妙抿了唇。

没有人知道，那一晚夜深人静，面对着那个充满杀意的男人，她心底的恐惧是多么强烈。只有锦言，那只小小的八哥，用它平静的声音提醒着她，保护着她。

看着甄妙突然难看的脸色，紫苏忙道："姑娘莫急，锦言没有丢，它跑到老伯爷那儿去了。"

甄妙松了口气："既然没丢，去祖父那里带回来就是了。"

紫苏神色变得古怪："锦言和阿贵打起来了，老伯爷说，让您明日亲自过去一趟。"

"什么？"甄妙觉得一个晴天霹雳就这么落在了她头上。她不过是逛了一次七夕女儿会，惹了一身麻烦不说，回家了还要面对如此艰难的局面。

见甄妙发愣，紫苏以为她忘了阿贵是哪个，隐晦提醒着："阿贵就是老伯爷花一百两银子买来的那只白鹅，在花园子里不知被谁揍晕的那个……"

甄妙狠狠抽动了一下嘴角。她能忘了么，阿贵就是她揍晕的！

看着一脸茫然的小蝉，甄妙气急败坏："小蝉，你怎么行事如此毛躁，一只八哥都看不好，今晚，今晚你别吃饭了，回屋好好反省一下！"对甄妙来说，不给饭吃是很严重的惩罚了。

跟了甄妙有一段时间的小蝉从没见甄妙发这么大的火，一害怕把实话说了："姑……姑娘，婢子已经吃过了……"

甄妙一口老血闷在心里，拂袖进门："紫苏，让小蝉回屋反省去，别跪在这儿碍眼！"

紫苏听了，一贯没有表情的脸柔和了一下，心道四姑娘心地倒是好，若是这样就这么一直跟着她也不错。

不提紫苏心思的微妙转变，甄妙洗漱一番，扑到榻上不动了。这一天，太累了！

不知过了多久，甄妙被人唤醒。

"紫苏？"甄妙揉了揉眼睛，"这都什么时辰了，有事么？"

紫苏眉宇间虽有焦灼，怕惊吓了甄妙却没有急着说，而是扶她起来半靠在秋香色的靠枕上，待甄妙眼中朦胧渐渐退了，这才压低声音道："姑娘，出事了。"

甄妙心中一沉，这才真正清醒了。

紫苏低声道："三姑娘失踪了。"

"什么！"甄妙骇了一跳，"到底怎么回事儿？三姑娘怎么会不见了？"

紫苏摇摇头："具体的婢子也不清楚,这事儿老夫人定会死死瞒住各院,只叫了各房太太过去商议。"

甄妙明白,府上姑娘失踪是天大的事,比起她当初落水那事,对府上名誉损害还要大得多。这事她能得到一星半点的消息,还是紫苏的功劳,毕竟紫苏是从老夫人院子里出来的,有自己打听消息的渠道,没想到第一时间就和她说了。这个样子,倒不像是被老夫人派来监督管制她的了。

甄妙有点困惑。

"说是三姑娘在穿针乞巧的才艺比试上得了上品中等,之后大爷带着姑娘们去葡萄园,不知怎的,三姑娘就不见了。"

七夕有躲在葡萄架下偷听牛郎织女约会的习俗。

"姑娘心里有数就行。"

甄妙点点头："那三姑娘有消息了么?老夫人那边派人去寻了吗?"

紫苏神色凝重："好像还没消息,世子那边也不敢派太多人去找,怕走漏了风声。"

"好,这事儿我知道了,紫苏,多谢你提醒了。"甄妙示意紫苏退下,想着府内这些乱糟糟的事,叹了口气。

明华苑梧桐叶子飒飒有声,主室一派灯火通明。

建安伯世子甄建文神情阴郁地走来走去。

大夫人蒋氏看着甄建文面沉似水的样子,心中冷笑。真当她是傻的,看不出为了个庶女巴巴跑到她房里来是打着让他宝贝庶女今日出门的主意。某些机灵人以为她不知道世子宠爱小妾庶女,对她的尊重是为了给小妾庶女谋好处。

真是笑话,她好歹是名门望族出来的,男人这点伎俩还看不出来?既然他愿意给她尊重,给她体面,她干吗不接着?不过是个庶女,又没记在她名下,再怎么谋好处,不过是想嫁得体面点罢了,她何必为了这点小事和世子硬着来。至于岚姨娘,一个奴才罢了,平日当个玩意儿摆着,若是真的给她添堵,就是提手卖了又能怎么样?这下好了,他的宝贝庶女一出门就捅出天大的窟窿来,把世子的脸打得啪啪响。真是……解气。蒋氏莞尔一笑,端起花梨木桌案上的热茶抿了一口。

甄建文回头见到蒋氏在喝茶,有些郁闷。他这里急得跳脚,蒋氏倒沉得住气!

"蒋氏,今儿个这事你想好了章程没有,静儿若是找不回来传了出去,那就完了!"

蒋氏亲自倒了一杯茶递给甄建文,柔声道："世子莫急。静儿失踪一事是在去了葡萄园后。浩哥儿是个稳妥的,悄悄寻人不成立刻就回来了,消息一时半会儿的还传不出去。"

甄建文听了，悬着的心稍微好受些。

蒋氏接着道："世子放心，随浩哥儿出去的几个家丁小厮，妾身早已派人堵了他们的嘴，等事情过去就远远打发到庄子里去。再者他们的老子娘都在府里，轻重他们是明白的。"

听着蒋氏不急不缓地道来，甄建文不由想到岚姨娘知道这事后哭得梨花带雨的脸。到底是丫头出身，平日觉得是千伶百俐的解语花，真的遇到大事就远远不及蒋氏了。甄建文不由握住蒋氏的手。以往是他想错了。丫头再美再俏也是上不得台面的东西，他若是太上心就糊涂了。

蒋氏语气越发温柔："世子也不必着急，静丫头一个大活人不会丢了的，说不准明儿就回来了。"

甄建文脸色依然不好："她一个姑娘家，明日就是回来，这辈子也算是毁了。"

为了庶女的婚事，他没少费心谋划，之前说的礼部尚书家因为意外黄了，好不容易选了个青年俊才，没想到又出了这变故。

那韩姓进士虽出自寒门，却是有真才实学的，更难得的是为人处事没有读书人的酸臭脾气，很对他胃口。且是丧父的，将来不指望他这个老丈人行么？甄建文非常后悔禁不住小妾的柔情蜜意，让甄静出门。

看着甄建文变幻莫测的脸色，蒋氏暗暗发笑。一辈子毁了？关她何事？好端端的一个大姑娘家失踪了，到底怎么回事儿还用说吗？要不就是碰到了风流浪荡子，让人给强了。不过这事概率还真不大。每年这时候不知多少官兵巡逻，遇到不着调的，只要大喊一声还怕不来人？女儿会举办这么多年，还没闹出那种腌臜事呢。剩下的可能嘛——蒋氏心中冷笑。就是三姑娘心思大了，看不上寒门出身的进士，要攀高枝呢。至于能否攀上，她才不操心。蒋氏因为半点不在意，表现出来就是异常沉得住气。

甄建文暗赞蒋氏沉稳，温声道："你早点歇了吧，我去问问情况如何了。"

"嗯。"蒋氏温柔体贴地应了一声。

世子走后，明华苑的灯光利落地熄了。

第二日甄妙起了个大早。

她打算带着前几日腌的酸菜过去。

大周果蔬丰富，辣椒也是早就有的，只是吃法有些单调，比如酸菜，就只有常见的萝卜、白菜、豆角这些。

甄妙腌了辣椒和茄子。

她把茄子从酸菜坛子中捞出装盘放入蒸笼，等蒸到一半取出，把剁得碎碎的红辣椒撒在上面继续蒸至全熟，然后点了少许麻油，待热气散得差不多了才放入食盒，这才向宁寿堂赶去。

甄妍早在路上等着，一见面就打趣甄妙昨日的大丰收，显然不知道甄静的事。

甄妙附在甄妍耳边，把事情悄悄说了。

甄妍比甄妙想象的沉得住气，听了只是一怔，而后淡淡道："天要下雨娘要嫁人，该来的事儿拦也拦不住。"若说早先她对甄静还有一些姐妹情谊，随着血红花那事，早就烟消云散了。

"四妹，以后遇到三妹的事，你也不必过于自责。一个人性子坏了，别人怎么样，不过是给了她一个行事的由头罢了。"

甄妍早就看出来，甄妙因着甄静被退婚的事心存内疚。若是以往，她不打算多言，可冷眼看着甄静行事越来越不像话，她却不能任由甄妙那样了。一个人对另一个人心存了愧疚，若是对方想害人，就很容易被利用。她不能想象，已经迷失本性的甄静若是再出手，会是怎么样。

"嗯，我明白。"甄妙点点头。

姐妹二人进了宁寿堂，果然发现老夫人精神不大好。

也许是为了掩饰，老夫人热情招呼："二丫头、四丫头来了，快来坐。"

姐妹二人装作不知，围着老夫人说话逗趣。

陆陆续续的，各房人前来请安。蒋氏面上平静，看不出什么来。李氏沉着一张脸，像别人欠了她八百吊钱似的。温氏则是完全不知情。

在老夫人心里，温氏心直口快，知道了帮不上忙不说，没准还惹事。若不是因为甄冰姐妹知道，她连李氏都打算瞒着。老夫人看了一眼蒋氏，暗暗点头。还是长媳最沉得住气，不枉她当年费心为长子求娶。

"二丫头，带着你几个妹妹去隔间玩吧，等会儿都留下用饭。"老夫人打发走了甄妍几人。

姐妹几人进了隔间，一时间有些冷场。

还是甄妍先开了口："五妹、六妹昨儿个什么时候回的？"

一提这话，甄冰姐妹神色都怪怪的。好一会儿甄冰才道："昨儿回得有些晚，比试才艺后又去了葡萄园。"甄冰姐妹不动声色地交换了个眼神，生怕甄妍问起甄静的事。可今日甄静不在，若是甄妍不问，那才反常。

甄妍随手捏了食盘子里放着的杏仁吃，问："今日三妹怎么没来请安，莫不是昨夜玩得太晚，风寒又加重了？"

甄冰、甄玉暗松口气，齐齐点头。

甄妍淡淡笑了。

"五妹、六妹，昨日你们添的彩头还在我那里收着，等会儿一起去沉香苑拿吧，再一人挑一件首饰回去。"甄妙开口道。

也许是因为甄静的事情震撼了才满十二岁的两个小姑娘，这次甄玉罕见没和甄妙抬杠，一起答应下来。

姐妹四个窝在隔间闲聊着，明知长辈们商议什么，偏偏个个装作不清楚的样子。

约莫一炷香的工夫，丫鬟阿绸挑帘进来，唤姑娘几个出去用饭。

甄妙出去时，发现温氏几人都已经离去。饭桌上摆满了吃食。

"都吃吧，你们正是长身体的时候。"老夫人动了筷子。

年纪大了本就食欲不佳，又是正热的时候，添了甄静那桩糟心事，老夫人哪里吃得下，不过是喝了半盏冰糖燕窝就不想动了。

甄妙忙把带来的食盒拿过来："祖母，孙女带了些酸菜来，您和姐妹们尝尝。"

她说着就从黑漆盒子里把酸茄子端了出来。一股奇特的酸香味传来。

老夫人有些惊讶："茄子还能做成酸菜？这上面撒的是辣椒？"

紫苏把蒸得酥烂的酸茄子分成了五份，一旁的白芷把分好的菜端到几人面前。

甄妙笑盈盈解释："祖母不知道吧，许多菜蔬都能做成酸菜的，花卷、馒头、稀饭配酸茄子吃再好不过了，祖母您试试。"

老夫人虽没胃口，还是不忍拂了孙女面子，夹了一筷子酸茄子放入口中。

酸茄子酥烂，正适合老人，碎碎的酸辣椒减淡了辛辣味，两种不同的酸混合在一起，混着麻油的淡淡香味，瞬间就把人的食欲勾了起来。

老夫人忙夹起一个花卷吃了一口，再喝一口小米粥，觉得胸中浊气都出来了。

"四丫头，真难为你怎么想出来的。"老夫人就着酸茄子把一个花卷吃完，赞道。

甄妍几人也忍不住吃了。

天热，本来胃口都不佳，这酸茄子正对了口味，一个个都吃得香。

吃舒坦了，老夫人心情好了点，并没有吃完就让几人离去，而是吩咐丫头上了茶水，祖孙几人坐在一起闲谈消食。

不大会儿蒋氏那边的丫头玉砌过来了。

老夫人面上不动声色，心却提着："是不是有事？二丫头，带你几个妹妹下去吧。"

见甄妍几个要退下，玉砌忙道："回老夫人，是沐恩侯府往府上递了消息，大夫人觉得此事应该四姑娘自己拿主意，就命婢子过来问问。"

老夫人有些惊诧："沐恩侯府有什么事？"

四丫头昨日被国子监祭酒夫人骆夫人评了绝品，今日定会传遍京城，但这和沐恩侯府打不着关系啊。

玉砌看了甄妙一眼，才道："回老夫人，沐恩侯府说想买回那块玉兔捣药的玲珑佩，因是皇后娘娘赐的，不好流落在外。"

买回？皇后娘娘赐的？

"四丫头，这到底是怎么回事儿？"

甄妙便把昨日的具体情况说了一遍。

老夫人听了劝道："四丫头，既然沐恩侯府那边想要回玉佩，你就给他们吧，毕竟是皇后娘娘赐的，在你这也不合适。"

又委屈四丫头了，回头再赏她些什么吧。

甄妙可一点不觉得委屈，痛快应了下来。

回到沉香苑不过半个时辰，她就收到了一百两银子面额的六张银票并老夫人送来的一对玉兔翡翠耳坠。

甄妙数着银票快笑晕了，雀儿冲了进来："姑娘，快，快，前面说有圣旨来了，宣您去接旨。"

这话一出，满屋子的丫鬟都愣了，包括向来沉稳的紫苏。要知道，这可是接圣旨啊！

甄妙也有点蒙了。她有点慢半拍，脑子还发蒙时，手已经动了起来，利落把银票放到小匣子里，还下意识摩挲了几下。

一众丫鬟栽倒。姑娘，这种时候您流露出对银票恋恋不舍的神情合适吗？

甄妙面上一派平静，实则深一脚浅一脚地到了前院。

院前已经黑压压地跪了一群人，包括向来神龙见首不见尾的老伯爷。无数目光向她看来。

甄妙提着裙角在一个角落低调跪了下来。

一道尖厉的声音响起，在针落可闻的院中显得极为刺耳："建安伯府甄四姑娘接旨。"

建安伯府一众人跪着，虽不敢抬头，却都向甄妙的方向偏去。

老夫人心悬了起来。

四丫头再机灵也不过十四岁，万一接旨时失仪，七夕女儿会上博来的才名可就要付诸东流了。

甄妙的震惊劲已经过去了，对皇家的畏惧没有大周人这么深刻。

她双手伏地行了个任谁都挑不出毛病来的大礼，声音娇软甜美："民女接旨。"

老夫人大大松了口气。

甄妙垂着头,瞥见那蓝色绣狰狞蟒蛇的袍子被风吹得动了动,一大段花团锦簇的话抑扬顿挫响了起来。

还好大意她是听明白了,总之就是因着七夕女儿会巧果花瓜被评了绝品的事,皇上好奇,想见她一见。是因为这个见她,甄妙的心就更安稳了。所谓真金不怕火炼,在吃食这方面,她还真不怕什么。"谢主隆恩。"脸色更加平静的甄妙把圣旨接过来。

宣旨太监姓魏,不过二十出头,算是混得很不错的,见甄妙接圣旨如此平静,脸上闪过异色。他奉命传旨的次数多了,那些双手打颤接圣旨的老臣不知多少,像甄四这个年纪能做到这点,很是难得了。

"甄四姑娘,请跟咱家走吧。"

大夫人蒋氏命人把准备好的银封塞进魏公公手里:"我家四姑娘,烦请魏公公多加关照了。"

魏公公也没拒绝,淡淡道:"世子夫人太客气了。"说完带着甄妙就走了。

温氏难掩忧心:"老夫人,妙儿年纪还小,都没来得及叮嘱几句就被带进宫去了,万一——"

李氏哎呀一声:"三弟妹说得是啊,万一妙丫头惹了祸,岂不是连累伯府——"

老夫人沉了脸:"你们两个都住嘴!李氏,你是嫌伯府日子过得太好吗,好端端说丧气话?"

然后看向温氏:"你是四丫头的母亲,却还没四丫头沉得住气,你能叮嘱什么?"

一番话,说得温氏面红耳赤。

老夫人叹口气:"三郎近来越发胡闹了,我听说他已经半个月没回府了,一直在楚潇阁,是不是?"

提起三老爷,温氏冷淡点了点头。对那个男人,她是死心了。

老夫人摇摇头:"这样吧,我做主为三郎纳一房良妾,让他收收性子,任由他在外面胡闹下去迟早惹出祸来。"

温氏面无表情:"但凭老夫人做主。"

老夫人长长叹了口气,扶着白芷的手离去。

甄妙下了轿,被魏公公领着向内宫行去。红瓦青墙,飞檐雕壁,琉璃瓦在艳阳下闪烁着点点金辉。甄妙老老实实低着头往前走。

"魏公公,带着小丫头这是去哪儿呢?"一个略显轻佻的声音响起,音色却格外好听。

甄妙今日进宫没来得及重新妆扮,照常梳了百花分髾髻,除了一根金钗固定,只缀了一圈茉莉花。尽管裙衫料子不错，进了这金碧辉煌的皇宫，被认成小丫头一点不奇怪。只是她有些好奇，哪个说话这般大胆随意。

"回六皇子，是皇上宣建安伯府四姑娘觐见。"

来人脚步明显一顿，语气有些奇异："建安伯府？"

"是，甄四姑娘在七夕女儿会上制作巧果花瓜，被评了绝品。"魏公公想着这不是什么秘密，六皇子又是皇上比较宠爱的一位皇子，就解释道。

"七夕女儿会啊——"六皇子语气更加奇异了，走近了一步，"抬头我瞧瞧。"

甄妙简直要捶地了。这到底是为什么，女儿会上遇到登徒子也就罢了，怎么堂堂六皇子也是一副流氓语气？对六皇子她没胆子一脚踹过去，只得行了一礼："民女拜见六皇子。"

"抬头我瞧瞧。"六皇子语气不耐烦起来。

甄妙悄悄握了握拳。她正要抬头，一个熟悉的声音传来："六皇子，龙卫那边已经准备好了，您现在要不要过去看看？"

"这么快就准备好了？"六皇子抬脚从甄妙身侧走了过去。

罗天珵目光从甄妙身上掠过，扫了魏公公一眼。

魏公公想起甄四姑娘和罗世子的关系，明白了什么，也怕横生枝节，忙道："六皇子，罗世子，奴才先去复命了。"

六皇子回头看了一眼甄妙远去的背影，冲罗天珵笑道："天珵，我才想起来，甄四姑娘是你的未婚妻吧？"

"是。"罗天珵语气淡淡道。

"呵呵，建安伯府的姑娘倒是个个有才。"六皇子拍了拍罗天珵的肩膀，甩下一句不着边际的话，抬脚往前走了。

罗天珵看着六皇子的背影，眼神格外幽深。梦里，风流倜傥、看起来狂放不羁的六皇子，将来在废太子后竟脱颖而出……罗天珵默不作声跟了上去。

魏公公把甄妙带到了御花园的听风轩："皇上，甄四姑娘到了。"

甄妙跪下，头垂得很低："民女参见皇上。"

银铃般的笑声传来："皇上，您瞧瞧，这位甄四姑娘倒是个懂礼的。"

这声音慵懒中又有几分活力，甄妙不敢随意抬头，只看到一丈开外绣着紫色鸢尾的长裙逶迤落地。

"起来吧。"低沉的男子声音响起。

"谢皇上。"甄妙直起身子，依旧垂着头。未经允许直视天颜，是极为失礼的。她自然牢牢记得这一点。

昭丰帝看着垂首而立，犹如初开小荷般的纤纤少女，眼中闪过兴味："甄四姑娘是吧，叫什么名字？"

"民女单名一个妙字。"

"甄妙？"昭丰帝喃喃念着，哈哈大笑，"阿云，你听这名字，是不是很妙？"

被唤作阿云的女子跟着轻笑："确实是妙，甄四姑娘倒是人如其名，能雕刻烹炸出那样精妙绝伦的巧果花瓜来。"

甄妙知道这女子是何人了。最受今上宠爱的蒋贵妃，闺名中便有一个云字。蒋贵妃是方柔公主的生母。甄妙这才明白这趟进宫之旅是怎么来的。

"抬起头说话吧。"昭丰帝脸上带着笑意。

甄妙乖巧抬头，总算看到了昭丰帝的模样。昭丰帝不过四十出头，身材没有走形，龙章凤目，自有一股气势。他身侧坐着的女子容貌极艳，目光落在甄妙脸上，看不出真切情绪。

昭丰帝看清甄妙的脸，却怔了怔。好一会儿，昭丰帝才开口："阿云，朕看着甄四姑娘怎么有些眼熟？"

甄妙大大松了口气。吓死她了，还以为皇上对她一见钟情了。

蒋贵妃娇笑一声："皇上莫不是忘了，丽太妃就是出自建安伯府，说起来，还是甄四姑娘嫡亲的姑奶奶。"

蒋贵妃口中的丽太妃，是老建安伯的幼妹，早年便进了宫的。可哪个侯门将府三代以内没有女儿进宫，建安伯府又不是什么显赫门第，蒋贵妃连这个都一清二楚，足见心思缜密。

"难怪。"昭丰帝点点头，随手指着玉石桌上的果盘，"甄四，你可否当场制作一个巧果，让朕看看？"

"是。"甄妙施了一礼，没有犹豫地走到玉石桌前，仔细看了看果盘中的水果。果盘里有切好的西瓜，成串的葡萄，还有桃子、杏子之类的应季水果。

甄妙沉吟了一下。皇上虽然表达了一定的好奇心，但是圣心难测，谁知道有没有耐心等着她雕完，那还是雕个既简单看起来又赏心悦目的玫瑰花好了。

甄妙有了主意，看向昭丰帝："皇上，民女需要一个刻刀，还要净手。"

昭丰帝暗暗点头。小姑娘年纪不大，在他面前如此沉稳倒是不简单，更难得的是人很纯粹，一点心思花样都没出。昭丰帝觉得这种感受很新奇，对甄妙接下来的表演兴趣更浓了些。

宫女在昭丰帝示意下把甄妙需要的物件捧了过来。甄妙净了手，挑了个硬度适中的桃子雕刻起来。每当做吃食时，甄妙就会全身心投入，神情显得格外认真。

昭丰帝不自觉点头。身为一个勤政自律的帝王，他对认真的人天然有好感。

蒋贵妃在一旁冷眼看着，笑意渐渐淡了，出声问道："甄四姑娘打算雕刻什么？"没有人回答，只有风过蝉鸣的声音，让蒋贵妃觉得挂不住脸。这丫头是不是故意给她难堪？蒋贵妃不满地咳嗽了几声。

甄妙依然低着头，专注雕刻着。

"阿云，莫要急躁，甄四心神专注，在她这个年纪倒是难得。"昭丰帝安抚地拍了拍蒋贵妃的手。

蒋贵妃听了展颜一笑，捏起一个葡萄剥了，塞入昭丰帝口中，柔情款款道："皇上说的是。"

她心中却依然不满。

早前见了女儿带回的巧果花瓜，她无疑是惊艳的，可听女儿讲了这位甄四姑娘的事，她就没了好感。不巧那巧果花瓜被皇上看见了，竟起了见一见甄四的兴趣。若不是知道甄四亲事已经定下，她还以为这宫里又要多一个花骨朵似的姐妹了。昭丰帝虽然勤政自律，女色上却不克制，除了寥寥几人外，对哪个的宠爱都不长久，也因此，看哪个顺眼随意就收用了。

蒋贵妃这边心思百转，甄妙那边运刀如飞，已经刻到桃子内部。一刀进去再出来，甄妙怔住。刻刀上为什么有半个虫子！

看到甄妙怔住的动作，蒋贵妃唇角的笑意一闪而逝。那些水果里，西瓜已经切好，葡萄也不适合，杏子之类的又太小，最适合雕刻的就是桃子了，而这就给了她谋划的机会。一个小姑娘见到突然钻出的虫子，表现一定会很有趣吧？

昭丰帝也发现了甄妙的失神，身子不由前倾，想看清到底发生了什么事。

甄妙瞅着还在扭动的半个虫子皱了皱眉，已经雕刻到现在，难道要换一个桃子不成？

看着桃肉上小小的虫眼，甄妙用刀尖小心拨拉了一下，里面的果肉并没有被虫子吃透，且范围不大。甄妙眼睛一亮。

"麻烦把刀子给我清洗干净。"甄妙随手招了立在不远处刚刚给她递了帕子的宫女。

宫女看了昭丰帝一眼。

"照甄四姑娘说的做。"

宫女规规矩矩走到甄妙跟前，把刻刀接过，然后就看到了欢快扭动的半个虫子。

她手一哆嗦，刻刀掉在了地上。

金属与青砖相击的清脆声响起，宫女立刻白了脸，扑通跪下："皇上饶命，皇上饶命！"

到了昭丰帝这个年纪，早有了不动如山的沉稳，只是心中好奇却越发强烈了："到底怎么回事儿？"

"是，是刀子上有半个虫子……"宫女深深低头，身子筛糠般抖着。

甄妙看着由稳重大方变得花容失色的宫女，有些蒙了。小虫子而已，还是半个，又不会咬人，怎么吓成这个样子？

看到甄妙满脸疑惑，蒋贵妃嘴角都僵硬了，心道这是哪里来的奇葩啊，正常的姑娘猛然看到一个虫子不该吓得把手中之物甩出去么？就像……就像这该死的宫女一样！

蒋贵妃眼风凌厉地扫了跪在地上的宫女一眼。宫女吓得脸色更白，不停磕头。

昭丰帝同样不痛快。本来心情好好的，就被这宫女给搅和了。这是哪里来的奇葩宫女，因为一个小虫子，就敢御前失仪！

"阿云，这宫女这么怕虫子，朕看不适合在你身旁伺候，就去浣衣局吧。"昭丰帝一锤定音，把面若死灰的宫女打发了。

"但凭皇上做主。"蒋贵妃看都没看地上的宫女一眼。

"去，换新的刻刀上来。"昭丰帝吩咐完，问甄妙，"要重新换一个桃子吗？"

甄妙忙摇头："不用换，民女把剩下的半条虫子挑出来就能继续雕刻了，就是不能吃了。"在她看来，做得多么精巧绝伦的美食，也是为了让人吃得更愉悦，否则就失去了意义。

昭丰帝抽动了一下嘴角，问："甄四，刚才那个小宫女见了虫子怕成那样，你怎么不怕呢？"

甄妙老老实实道："民女不怕虫子，除非——"

"除非什么？"

"除非吃桃子的时候发现是半个。"甄妙认真道。

昭丰帝听了这个答案，哈哈大笑。

听着昭丰帝开怀的笑声，蒋贵妃眼中不悦一闪而逝，动作优雅剥着葡萄："甄四姑娘倒是胆大，寻常女子哪有不怕虫蛇的。说起来那小宫女却是运气不好，偏轮上给甄四姑娘洗刀子了。"

这话便是暗指甄妙冷漠了。小宫女因为要给她洗刻刀才被罚，她却没有开口求一句情。

甄妙其实挺同情小宫女，但不认为现在的自己有随意向一国之君求情的资格。说白了，在皇上眼里，她和那个小宫女又有什么区别呢？再者说，小宫女是伺候蒋贵妃的，她身为主人怎么不求情？甄妙虽心计不多，逻辑却是清楚的，对小宫女只是同情，愧疚却没有。

"能伺候贵妃娘娘，运气都是顶好的。"甄妙说着接过宫女递过来的刻刀，小心挑出剩下的半条虫子，又开始雕刻起来。

蒋贵妃气得握了握拳。

不过片刻，一朵玫瑰花已经成形，甄妙把它放到托盘里，由小宫女端着去给昭丰帝看。

昭丰帝打量着呈上来的花瓜。粉白相间，花瓣层叠，偏偏到了花心处的两片花瓣上，有被虫子啃噬过的痕迹。有了这些痕迹，这朵玫瑰花一下子活了起来。昭丰帝深深看了甄妙一眼。能把原本的劣处变成点睛之笔，这小姑娘不简单！

"好，好，雕得很不错。"

"皇上看到什么宝贝了，可否让妾开开眼？"一个女子声音传来。

甄妙悄悄扫了一眼。来人身穿明黄色曳地宫装，上面别出心裁地绣着大朵绿牡丹，尽显国色芳华。能穿这个颜色的女子，非皇后莫属。

"姐姐来了。"蒋贵妃起身行了一礼，又挨着皇上坐下。

赵皇后收了笑："妹妹真是多礼了。"

甄妙再次跪下来行礼。

"这是哪家的姑娘？快起来吧。"

蒋贵妃掩口一笑："姐姐不知道吗，这是建安伯府的四姑娘，就是七夕女儿会制作巧果花瓜的比试上大放异彩的那个。"

听了这话，赵皇后看甄妙的目光冷了下来，更是暗恨蒋贵妃的话。

如今谁不知道建安伯府四姑娘制成的巧果花瓜被评了绝品，而踏脚石就是沐恩侯府的七姑娘，她的嫡亲侄女！

"皇后来看，甄四确实名不虚传。"昭丰帝才懒得理会后宫女人言语上的明刀暗枪，示意皇后一起欣赏。

赵皇后看了一眼，虽心生惊艳，郁气却没消，眸光一闪笑道："皇上这么喜欢甄四的花瓜，不若让她把这门手艺教给宫中御厨吧。"

"姐姐，甄四姑娘好歹是大家闺秀，去给厨子当师傅恐怕不好吧？"蒋贵妃貌似解围道。

赵皇后扫了蒋贵妃一眼，暗自咬牙。这个狐媚子，仗着自己长得好，娘家又得势，就不把她这个皇后放在眼里，真是可恶！

皇后忍气问规规矩矩立在一旁的甄妙："甄四，不知你可否愿意？"

蒋贵妃笑道："姐姐，您都开口了，她一个小丫头有什么愿意不愿意的。您说是吧，皇上？"

一个暴发户的女儿，因缘际会当了皇后，真以为能一直做下去？没见皇上除了祖宗定下的日子，都不踏入长宁宫一步？便是她不待见甄四，也只是暗暗做点手脚，因势利导罢了，哪有这样明面上给人难堪的？

　　让一个勋贵家的女儿教御厨做饭，皇上能同意才怪。

　　感觉出赵皇后和蒋贵妃二人之间的暗潮涌动，甄妙暗叹口气，优雅施了一礼："贵妃娘娘说得是，能够为皇上和皇后做事，是民女的荣幸，但请皇上吩咐就是。"

　　赵皇后微怔。没想到这丫头如此沉得住气，一点没有恼羞成怒的样子。

　　昭丰帝出声道："皇后和你开玩笑呢，不必当真，起来吧。"

　　赵皇后暗暗揉着帕子。谁开玩笑了！

　　蒋贵妃看在眼里，心情舒畅。看她这做派，哪有半点皇后的样子！

　　蒋贵妃随意往外面瞟了一眼，嘴角的笑意顿时僵住。

　　本来就时刻注意蒋贵妃的赵皇后立刻发现了异常，顺着蒋贵妃目光望去，只见一个小太监本来正往这个方向走，似是发现了什么，立刻转身要跑。

　　小太监俊秀的面庞被赵皇后看个清楚，短暂迷茫后猛然想起这是谁，立刻喊道："站住！"

　　小太监干脆跑了起来。

　　"给本宫把那鬼鬼祟祟的小太监拦下！"赵皇后冷喝道。

　　蒋贵妃虽仗着皇上的宠爱和强硬的娘家不把赵皇后放在眼里，那些侍卫可不敢，更何况皇上还在这里，万一放跑了刺客可怎么办？

　　哗啦一大堆侍卫冲去，把小太监揪住。

　　"放肆，快把我放开！"小太监猛烈挣扎。

　　熟悉的声音令昭丰帝猛地站了起来，大步走了过去，沉声问："这是怎么回事儿？"

　　小太监挣扎之下帽子掉下来，露出一头乌发，闻言死命低着头。

　　昭丰帝挥手："你们都退下。"

　　一群侍卫各自散开，只剩下小太监孤零零地站着。

　　小太监抬头，露出个讨好的笑："父皇——"竟是方柔公主。

　　赵皇后一脸惊讶："怎么是方柔啊，你打扮成这个样子是要去哪儿？"

　　蒋贵妃也赶了过来，狠狠瞪了方柔公主一眼，转头对昭丰帝道："皇上——"

　　昭丰帝抬手："你们都别说话，让方柔自己说。"

　　方柔公主自幼受昭丰帝宠爱，面对着龙颜震怒也没有多少畏惧，又明白父皇一向不喜欢人说谎，就老实交代道："儿臣想出宫逛逛。"

昭丰帝沉了脸："胡闹，你堂堂一个公主扮成小太监的样子出去逛？不成体统不说，若是遇到危险又怎么办？"

方柔公主凑上来，拉拉昭丰帝衣袖："父皇，您别生气嘛，儿臣又不是一个人出去。"

"还有谁？"

方柔公主一双水杏眼转了转，娇声道："儿臣去找天理表哥啦，今日他交了班不就休息么，让他陪儿臣去。父皇不是说天理表哥身手好得很嘛，有他保护儿臣，您还不放心么？"

昭丰帝沉下脸："胡闹，这是放不放心的问题么？你一个公主，总是找侍卫偷溜出去像什么样子！"

方柔公主眨眨眼，泪珠就滚了下来："父皇，姐姐们都出嫁了，儿臣连个玩伴都没有，您不知道儿臣一个人多无聊。"

方柔公主不过十岁，昭丰帝又一直对其疼宠有加，她这样一哭求，昭丰帝神色就软了。

"皇上，臣妾说句不中听的话，方柔说是还小，可再有一两年的工夫都该相看驸马了，您可不能再由着她性子来了。"赵皇后出声道。

昭丰帝本来要再说方柔公主几句，赵皇后这一开口，反倒不满了，淡淡道："方柔的事，朕自有分寸。"

赵皇后被昭丰帝噎了一句，又是当着蒋贵妃和她闺女的面，面子也挂不住了："皇上，方柔既然喊妾一身母后，做出这不得体的事儿妾就该管教她。且不说别的，方柔总找镇国公世子，这就不像话！"

方柔公主听了赵皇后的话，哇的一声哭了，扑到昭丰帝怀中："父皇，儿臣找天理表哥玩为什么不像话，儿臣哪里错了？"

昭丰帝拍着方柔公主的背，脸色沉了下来："皇后，方柔今年才十岁，你要慎言！"

赵皇后见昭丰帝不分青红皂白地维护这对母女，脸都气白了，眼风一扫看到甄妙，道："皇上，臣妾听说甄四姑娘是镇国公世子的未婚妻子，您问问看，她可有经常与镇国公世子来往？"

甄妙差点翻个白眼。她不过一个看戏的，这把火怎么烧到她头上来了。

方柔公主这才发现甄妙，问道："你怎么在这儿？"语气中是说不出的厌烦。

一直没做声的蒋贵妃一怔。方柔怎么有些不对劲？

"皇后，方柔的事朕会令贵妃好好管教的，你退下吧。"昭丰帝面无表情道。

赵皇后忍怒施了一礼："臣妾告退。"

赵皇后一走，昭丰帝沉下脸来："贵妃，方柔性子越来越放纵了，日后你要多加约束。"

"妾明白。"

"父皇，您生儿臣的气啦？"

昭丰帝看着方柔公主脸色柔和下来："只要你以后乖乖的，父皇就不生气了。"

方柔公主猛点头："父皇放心，儿臣以后一定听您的话。"

见昭丰帝脸色好转，她眨眨眼："儿臣还有一个请求，看在儿臣以后都乖乖听话的分上，您一定要答应啊。"

"什么请求？"

"儿臣想要天珵表哥当贴身侍卫。"

昭丰帝皱了眉，打量着方柔公主。

方柔公主被昭丰帝看得不自在，拉着他的手撒娇："父皇，您就答应儿臣嘛。"

"方柔，你怎么有这种想法？"

"儿臣觉得无聊啊，天珵表哥功夫厉害，能保护我，还能陪我玩。"

"他一个男子，能陪你玩什么？"昭丰帝打断方柔公主的话，看向蒋贵妃，"阿云，方柔已经十岁了，也该招伴读了，早点收收性子也好。"

罗天珵年纪虽不大，却是个可造之材，他留着还有用的，怎么能给女儿当贴身侍卫？

"妾明白。"

"伴读？"方柔公主很是意外。

她前面几个姐姐都是自八岁时就招了伴读，她八岁那年生了场病，伴读的事就耽搁下来，没想到父皇今日提出来了。

有了伴读，就不能随便溜出宫了，也不能常去找天珵表哥了吧？

方柔公主想到这里满肚子怨气，迁怒地瞪了甄妙一眼。

甄妙垂下眼皮，隔绝了公主愤怒的视线。刁蛮任性的小破孩！

甄妙正腹诽着，就听方柔公主道："父皇，儿臣要她当我的伴读。"

昭丰帝和蒋贵妃顺着方柔公主的手指望去，看到了垂眸而立的甄妙。

甄妙错愕抬头。这到底是什么情况，她好端端站着，就祸从天降？

"父皇，您看，她还不愿意呢！"

其实甄妙只表现出了错愕，嫌弃之类的表情还没来得及表现，却禁不住方柔公主有意找茬。

"甄四,你不愿意?"昭丰帝声音听起来云淡风轻,却有一种迫人的压力。

他当然知道甄四这个年纪当伴读不合适,但不愿意给自己最宠爱的女儿当伴读,他也不痛快。

"民女明年就嫁人了。"甄妙说了句傻话。

昭丰帝差点笑出声来,心里的不快烟消云散,面上又拼命端着严肃表情,意味深长道:"看来甄四姑娘很着急嫁人啊。"

"婚期是家中长辈定下的。"甄妙没揣测昭丰帝言语中有什么深意,一脸郁闷道。

若是昭丰帝出言解了这桩婚事,那正好。

看甄妙一脸郁闷的模样,罗天珵偏偏又是昭丰帝重视的,昭丰帝起了促狭之心,笑吟吟道:"既然这样,那也不能强人所难。今日是罗天珵当值吧,交了班么?"

"回皇上,是罗卫长当值。"侍立一旁的魏公公道。

"传他过来,正好送甄四姑娘回去。"昭丰帝笑呵呵道。

甄妙脸色一僵,心道什么,要那杀星送她回去?

就听一个声音道:"什么!"

甄妙吓一跳,还以为自己抱怨出声了。

紧接着方柔公主的声音响起:"父皇,您不是说给儿臣选伴读吗,儿臣想要甄四当我的伴读,您怎么还让天珵表哥送她回去?"

昭丰帝脸一板:"方柔,不要再胡闹了。"

"父皇——"

"你没听到吗,甄四已经十四岁了,转年便要出阁。天家自来的规矩,公主伴读年纪在八岁至十二岁之间。"

"父皇,儿臣真的想要甄四当伴读嘛——"方柔公主不甘心,做最后的挣扎。

她微微睁大了水杏眼,一脸哀求。

昭丰帝有些心软,沉吟一番道:"这样吧,伴读自是要选的。你想要甄四陪你,那甄四便每十日进宫一日,直到她出阁为止。"

昭丰帝一锤定音,方柔公主得意地扫了甄妙一眼。伴不伴读无所谓,只要你能常常进宫,让本公主出得了气,那就够了。

甄妙表情僵硬,好半天没回神。

"臣参见皇上、贵妃娘娘。"一道低沉声音响起。

"起来吧。"

罗天珵起身,站得笔直,一副规矩又沉稳的模样。

昭丰帝暗自点头,含笑指向甄妙:"罗卫长,朕招了甄四问话,听说她是你的未婚妻，正好便由你送她回府吧。"

罗天理看了甄妙一眼，垂首应了一声是。二人一起给昭丰帝、蒋贵妃行了礼，躬身退下。

方柔公主看着二人相携而去的背影，心里说不出的难受，又不明白到底是为什么，重重冷哼一声。等甄妙下次进宫，再找她算账！

甄妙迈着小碎步走在光滑如镜的金砖上，鼻子发痒，狠狠打了个喷嚏。

走在前侧的罗天理骤然转身，冰冷的视线落在甄妙脸上，未等她有什么表情又转了身，步子迈得更大。

甄妙翻了个白眼，也不理他，自顾自地慢慢往外走。

罗天理没听到脚步声，再一回头，嘴角不由猛抽。那女人已经落在十丈开外了。看着甄妙迈着小碎步，罗天理心底升起一股厌烦。真是矫揉造作！

"甄四姑娘，能否走快点？"

也许是心存畏惧，甄妙对罗天理的情绪变化格外敏感，听出那股不耐烦之意，也怒了。奶奶的，真以为本姑娘乐意跟你待在一起，快走就快走，早点上了轿子，眼不见心不烦。甄妙一时忘了这光滑的路面不是她走惯的，甩开步子大步流星向罗天理走去。走出一段距离，她脚下一滑，一个哧溜蹿出老远，反倒冲到了罗天理前面。

哪个缺德的在金砖上洒了水啊！甄妙在心中破口大骂。

罗天理看得目瞪口呆，心中浮现一个念头：真丢人，他都不忍心看了。

谁知甄妙站直了身子，理理微乱的鬓发衣衫，回头一脸嫌弃道："罗世子，能否走快点？"

罗天理紧抿着嘴角大步向甄妙走去。山雨欲来的气势令甄妙不由自主后退一步。

转眼罗天理到了跟前，一把抓住她手腕，声音低沉压抑："说，你到底是谁？"梦中的甄四，才没有这么可笑又……可爱。罗天理一双寒星般的眸子紧盯着甄妙。

甄妙心不受控制地狂跳，面上却吃惊问道："你不知道我是谁？"

罗天理气结："我当然知道你是谁——"

甄妙已经用看神经病的眼神看他了。

罗天理胸口发闷。他问这话的意思，恐怕这个世上只有自己知道了，偏偏不能说个清楚。

"你为什么紧张？"听见甄妙越来越剧烈的心跳声，罗天理似乎摸到了什么。

甄妙手腕被捏得生疼，挣扎了一下，问："你真的想知道？"

罗天理松开甄妙手腕没有回答，却一副非知道不可的表情。

甄妙揉了揉手腕，不想看这张杀气腾腾的脸，把目光投向远方："我幼时很贪玩，喜欢到处逛，祖父偏偏又喜欢养些善斗的动物。有一次从花园路口经过，猛然蹿出一只狗。那狗张大了嘴露出尖利的牙冲过来，我被追着跑了一路，虽然最终没被咬到，可后来好一段日子只要路过那个路口，心就不由自主狂跳。"说到这里她看罗天理一眼，淡淡道，"现在也是一样。"

罗天理本来听得入神，好一会儿才反应过来，脸色铁青道："你在指桑骂槐？"

甄妙抚了一下额头，没好气道："我是实话实说，罗世子非要往自己身上安，我也没办法。只是我不明白罗世子到底想怎么样。"

她说着把垂落的发丝往后一抒，语气中是掩不住的嘲弄："那日落水，罗世子做下的事情甄四不敢忘，也明白了不属于自己的偏要强求，不过是自作自受，自讨苦吃罢了。罗世子呢，为何会应下这门亲事？"

甄妙也很奇怪，这段时间以来她的一番变化，建安伯府的人都自发替她找了缘由，不过几面之缘的镇国公世子却死抓着不放。而且这人心态极度扭曲啊，就算甄四姑娘算计了他一次，也不至于每次见了都喊打喊杀吧？甄妙对罗天理的印象更差了。

罗天理微微一怔，寻思着甄妙的话。莫非是他忍不住痛下杀手那次让她在生死间想明白了，所以才改了行事风格，变得与梦中不一样了？罗天理怀疑的念头压了下去，看着这张熟悉且带着嘲弄之色的脸非常不顺眼，当下嘲讽技能全开："难道不是建安伯府强买强卖么？"

甄妙凉凉扫了罗天理一眼，甩下一句话转身就走："牛不喝水，谁能硬按着低头？"

坐在小轿子里，甄妙按了按肚子。饿了。

罗天理骑马走在轿子一侧，街上人来人往，不时有好奇的目光落在他身上。他不在意这些，视线时不时落在轿帘上，总有种甄妙会掀了帘子继续和他吵架的错觉。她怎么还不掀帘子呢？罗天理摩挲着微微泛出青茬的下巴，暗暗想着。

在他目光注视下，帘子微微晃动，两根白嫩嫩的手指搭在上面轻轻掀起个缝隙，露出娇若桃花的一张侧脸。

那一刻，罗天理莫名有种摩拳擦掌的冲动。

另一只皓腕伸出来，上面摆着几钱碎银子："麻烦你，给我买两个肉包子好么？"

战意高涨的罗天理如同一个皮球，被细针骤然戳破，差点从马上栽下来。黑马长嘶，罗天理勒紧缰绳，恼羞成怒地问："什么？"

"帮我买两个肉包子！"甄妙咬牙放大了音量。

几个书生装束的青年男子路过轿子，见轿帘半掀，佳人乍现，不由放慢了脚步，听到飘出的话其中一人爆笑出声，拍着一位身穿淡青色直裰的男子道："笑死我了，甄兄，也不知道这是哪家的小娘子啊？"

听到"甄兄"二字，甄妙猛地把帘子放下了。她就是想吃个东西，居然撞上了哥哥的同窗，还被嘲笑了。果然，遇到大哥和罗天瑆都没好事！

站在街头的甄焕脸黑得跟锅底似的，气得半天说不出话来。伯府是饿着她还是亏着她了，她居然在大街上和未婚夫要肉包子吃。

站在甄焕旁边的蒋宸盯着犹在晃动的轿帘有些出神。

罗天瑆同样黑着脸，冲甄焕勉强抱拳点头，呵斥抬轿的人："快走。"

他夹紧马腹当先冲出去，路过热气腾腾叫卖的包子摊，鬼使神差停下来买了两个肉包子，驾马返回轿子旁，一声不吭从轿帘丢了进去。

甄妙正托着肚子饿得难受，热气腾腾的包子就落到了怀里。她吓了一跳，瞪了晃动不止的轿帘一眼，迫不及待地吃起来。

没听到尖叫声，罗天瑆莫名有些失望，思绪又飘向了远方。忽然有物事直冲面门袭来，罗天瑆猛然回神，闪电般伸出手指夹住。没想到紧跟着还有一物，因为才回神，罗天瑆来不及动作，那物直直砸在了鼻梁上。

钝痛传来，鼻血蜿蜒流下，滴落在手指夹着的碎银子上，另一个碎银子则落到地上，咕噜噜滚远了。

罗天瑆看着指尖滴落的鼻血，气得手都抖了。她怎么敢！带着血的手伸向轿帘，又愤怒收了回去。他可不想再被人围观了。还有他流鼻血的样子被这个死女人看到，一定会嘲笑他！罗天瑆把一口气忍了下去，擦一把鼻血，加快了速度。

甄妙吃得心满意足，身子歪了歪，一路睡到了建安伯府。

建安伯府一直笼罩在惴惴不安的氛围中，轿子刚到就有机灵的小厮奔跑着进去报信。

甄妙刚下轿，就见罗天瑆猛地转身，竟头也不回骑马走了。看着被远远甩在后面的宫轿，还有那一路的扬尘，甄妙揉了揉眼睛。糟了，她的未婚夫的神经病更严重了。

甄妙从角门进入，老夫人竟率着众人迎了出来，见到甄妙的样子骇了一跳，上前几步一把握住她的手："四丫头，这是怎么了？"

"祖母，咱们进屋再说吧。"

一行人刚进了宁寿堂，李氏率先发难："妙丫头，你以前惹出乱子来令伯府蒙了羞，但你能嫁进个好人家也算是好事。便是对你妹妹们有些影响吧，我这做伯娘的也只有替你高兴的份儿。可你这次进宫一趟惹出祸来，不是祸害了全府老老小小一百多口么！"

"二嫂，你说什么话，妙儿到底惹什么乱子了？"听李氏这么说甄妙，温氏气得不行。

老夫人把拐杖重重往地上一按："好了，你们两个都别吵了，四丫头，你说，到底发生了什么事？"

"祖母，真的没有发生什么事啊，皇上只是看孙女用桃子雕刻了朵玫瑰花，就让孙女回来了。"

老夫人看甄妙灰头土脸的样子怎么也不像没事："你这是怎么弄的？"难道是被哪个贵人责罚了，姑娘家面皮薄不好说？

"出宫时不小心摔了一跤。"

"就没别的了？"老夫人大喘口气。

甄妙想了想，道："对了，皇上说要为方柔公主选伴读了。"

"什么，公主要选伴读？"李氏一声尖叫。

上流勋贵们都知道，公主伴读年纪在八岁至十二岁之间，她的一对孪生女儿正在当选的年纪！李氏眼神热烈地看着甄妙，心都快乐起来。

老夫人知道甄妙没惹祸就放心了，至于对公主选伴读的事儿，兴趣却不大。建安伯府在勋贵中不过中等，这伴读一共四人，一般来说是勋贵家两人，清流重臣家两人，怎么也轮不到建安伯府的姑娘。

"没事就好，你奔波大半日也累了，就回去先歇歇吧。对了，之前罗世子差人送了银票来，说是方柔公主买巧果花瓜的钱，我已经命人送到沉香苑了，紫苏丫头给你收着呢。"老夫人缓缓道。

李氏脸上闪过嫉妒之色。那可是一千两银子！伯府给姑娘们操办婚事也不过是这个数目。这个死丫头，时不时惹祸让人跟着担惊受怕，自己却左一笔银子右一笔银子收入囊中。李氏越想越酸，忍不住白了甄妙一眼。

收到李氏的白眼，甄妙不由心花怒放。

"你们跟着挂心半天，想必也累了，都退下吧。"老夫人挥挥手。

见甄妙没动，问："四丫头，还有什么事儿？"

"也不是什么大事儿，皇上吩咐说，要孙女以后每十日进宫一趟，去陪方柔公主。"

"什么，皇上选了你当伴读？"李氏声音拔得极高，看向甄妙的脸色更不善了。大周朝还没出过一家的两个小娘子都当公主伴读的先例。她这是把冰儿、玉儿的名额给占了？这个祸害！

其他人也惊呆了，都望着甄妙。

甄妙脸色淡淡："二伯娘说笑了，侄女都满了十四岁，哪有资格当伴读？只是每隔十日去陪陪公主罢了。"

听到这话，不少人眼神亮了起来。

老夫人拉住甄妙的手："好，好，妙丫头，祖母就知道你是个好样的。方柔公主是今上最疼爱的公主，你只要把公主陪好了，日后享不尽的好处。"

蒋氏则是含笑道："妙丫头，公主还小，日后你进宫恐怕有受委屈的时候，到时候万不要和公主对着来，且忍耐一年半载就是了。将来你到了镇国公府，有这层身份也能直得起腰来。"

李氏没做声，心里却琢磨开了。妙丫头得了皇上青眼，那是不是能在冰儿玉儿选伴读时出把力……

一屋子人心情都好了起来，只有温氏面色淡淡。

等出了宁寿堂，温氏拉着甄妙低声道："妙儿，娘不求你得公主看重，只要别惹了公主就好。就熬一年吧，你出阁就好了。"这便是母亲和其他人的区别。

甄妙低低嗯了一声，真心实意道："女儿知道了，您放心。"

甄妙辞了温氏，带着紫苏往沉香苑走，快到沉香苑时紫苏终于忍不住问："姑娘，刚才二夫人那样看您，您怎么反倒喜笑颜开？"

甄妙怔了怔才道："二伯娘越恼，我估摸着银票越多吧。"

紫苏："……"

甄妙一进院子，丫鬟们就围了上来，端水的、递帕子的、捧钗环衣衫的，有条不紊忙碌着，不一会儿把甄妙收拾得焕然一新。

阿鸾绕到甄妙背后，默不作声地替她揉肩。胖丫鬟青鸽捧着个五彩琉璃碗进来，奉到甄妙跟前："姑娘，请用羹汤。"

甄妙接过来小口小口喝着，长舒口气。这日子过得可太舒坦了，还是她的宝贝丫鬟们好。不说紫苏的沉稳，阿鸾的贴心，百灵的机灵，就说这青鸽，当时是看她力气大才要了的，没想到在做饭上甚有天赋，倒是意外之喜了。

"行了，你们都下去吧，紫苏留下。"

众丫鬟鱼贯退下，紫苏从妆台上拿起梳子替甄妙顺头发。

"紫苏，三姑娘那边可有什么消息？"许久，甄妙开口问道。

紫苏迟疑了一下，轻声道："三姑娘回来了。"

甄妙豁然转头，直望着紫苏："那——"

紫苏摇了摇头："具体的婢子实在打听不出来了，府里绝大多数下人都不知晓三姑娘失踪了一夜的消息。如今主子们对外说的，就是三姑娘昨儿个游七夕会受了凉，风寒更重了，得静养。世子夫人特意嘱咐几位姑娘们，不要去打扰三姑娘养病。岚姨娘……好像也病了。"

"这样么？"甄妙叹口气，由着紫苏替她梳发。甄静这样，婚事会不会再起波折呢？长辈们会不会让她一直病下去，甚至病死……甄妙微闭双目，心情有些沉重。

紫苏想了想，还是提醒道："姑娘，您打算什么时候去接锦言？"

甄妙回了神，随手拿起团扇遮住自己的脸。这个问题太残酷了。好半天，她有气无力道："等用过晚膳。"但愿天色晚点，那凶鹅回笼歇着了。

"紫苏，把我首饰匣子抱来，叫雀儿和小蝉去请二姑娘、五姑娘、六姑娘过来。"

没多久，甄妍就进来了。

"二姐，你快坐。"甄妙拉着甄妍坐下，让她看那些首饰。

甄妍伸手点了一下甄妙额头，取笑道："我的好妹妹，快收起你那暴发户的样子。"

甄妙笑眯眯没回嘴，把那对赤金扭丝镯子塞到甄妍手里。

甄妍笑道："四妹，幸亏你争气，我还以为这对镯子肉包子打狗了。"

"打的是狗，只是这镯子不是肉包子。"甄妙眨眨眼。

甄妍掩口笑了起来。

"四妹，你给我说说这次进宫到底遇到了什么情况，每隔十日进一趟宫，又是怎么回事儿？"

甄妙没有瞒着甄妍的打算，把进宫的事说了一遍。

甄妍听了脸色微沉："这么说，皇后娘娘、蒋贵妃、方柔公主，都对你隐隐有些敌意了？那六皇子举止还有些轻浮？"

"是吧。"甄妙耷拉着脑袋道。这次进宫总共遇见五个天家贵人，居然有四个都看她不顺眼，难道是当时忘了把人品一起带去？

甄妍忍不住揉了揉甄妙的脑袋，给她分析："皇后娘娘对你有敌意，倒是好理解。赵皇后疼侄女是出了名的，七夕女儿会上你相当于踩着赵飞翠扬名，她不记恨才怪。"

赵皇后无子，原本有个女儿和赵飞翠一日生的，养到三岁连封号还没来得及有就殁了，自此就移情到赵飞翠身上，赵飞翠算是自幼在皇宫长大的。

"倒是蒋贵妃为难你，难道是方柔公主的原因？那日我也看出来了，方柔公主对你隐隐抱着敌意，可你们素未谋面，这没道理啊。"

甄妍说着，耳畔忽然响起方柔公主那声"天珵表哥"，心头惊雷乍响，一脸不可置信："难道——"

见一贯沉稳的甄妍猛然变了神色，甄妙吓了一跳："二姐，怎么了？"

甄妍没有理会甄妙，低着头想着此事，那个念头却越来越清晰。十岁，很快就能谈婚论嫁了呢。

"二姐,到底怎么了?"

甄妍挣扎了一下。不行,她不能说。若是四妹知道方柔公主的心思,进宫露出端倪来,说不定会惹来大祸。只盼着方柔公主年纪小,心血来潮罢了,过个三五年也就忘了。

"我听说蒋贵妃是个绝色美人,方柔公主虽未长开,日后想必也不会逊色。我估摸着她见你生得好,有些不满吧。"

"就因为这个?"甄妙目瞪口呆。

甄妍咳嗽一声:"咳咳,小姑娘嘛,讨厌一个人有时候说不出理由的。"

甄妙捂脸。

甄妍忙把这段岔过去:"四妹,六皇子当时说,伯府的姑娘个个有才?"

"是啊,这话实在古怪,倒好像他还认识我们府的哪个姐妹似的。"甄妙说着身子一震,和甄妍缓缓对视一眼。姐妹二人的心同时狂跳起来,谁都不敢开口证实。

"二姐,四姐,你们大眼瞪小眼的做什么呢?"甄冰和甄玉携手走了进来,打断了室内的静默。

甄妍迅速调整了神色,笑道:"是见着这么多首饰愣住了,你们快来挑,难得四妹今日大方。"

甄玉也不客气,直接把两个八宝璎珞金项圈挑出来,其中一个递给甄冰,然后眸光一扫,拿了支金钗。甄冰见状,也拿起一支金钗。

"五妹、六妹倒是心疼四妹。"甄妍说着也拿起一支同样的金钗。

金钗是赵飞翠的,共六支,如今三人拿了,还剩下三支。

"谁心疼她了,我们当时是为了伯府,可不是为了她一个人。本来就不是为了赚什么,一支金钗顶够了,难道我们眼皮子那么浅吗?"甄玉没好气道。

甄妙忽然发觉甄玉别扭的性子没那么讨厌了,拿起一对镶钻的月牙儿耳坠并镂空鎏金香球分别塞到二人手上,笑眯眯道:"既然不心疼我,你们就拿着呗。"

看着一脸甜笑的甄妙,甄玉罕见地忘了还嘴。

到底是有些间隙,甄冰二人略坐了坐,就告辞离去了。

甄妍、甄妙对坐好一会儿,甄妍艰难开口:"四妹,若是,若是三妹真的和……那人有关,她的亲事恐怕又黄了。"

"那三姐会如何?"

甄妍一声冷笑:"且看着吧,她现在病着呢,亲事肯定要退的。若是那人无意,约莫着就是病死或到庄子上一直静养了。若是那人有意,我们恐怕要有一个当妾的姐妹了。"

第 5 章　情起

甄妙默默地把那支金镶宝珠的蝴蝶簪拣出来，又添上一根和姐妹们一样的金钗，道："等会儿我遣小丫头给三姐送去。"

甄妍扫一眼，淡淡道："本就是她应得的，送去就送去吧，只是有一点，四妹，日后你可离她远着点，我下个月就要出阁了，再顾不上你。"

甄妙点头："二姐放心吧，无论长辈们打算如何安置三姐，近来定不会让她踏出房门，我就是想去探望也没门儿。"

甄妍抿了唇角："你想都别想，只要一想到我们府上出了个当妾的姐妹，我就呕得不行。"

"是，是。"甄妙忙点头，想到甄妍很快要出阁，从手腕上把白玉镯子褪了下来，"二姐，你马上要出阁了，妹妹也没什么好东西，这镯子你拿着吧。"

甄妍推拒不收："这镯子是祖母赏给你的，哪有转手送给我的道理。我这不是已经得了一支金钗吗。若是你还嫌不够，等给我添妆那日做些香囊帕子之类的就成了，你的手艺可比我强多了。"

甄妙吐吐舌头："我可不敢再做帕子了。"

依着惯例，给姐妹添妆，未出阁的姐妹们都是送香囊帕子这些算不上贵重的小玩意儿。她提前把东西给甄妍，就是想着添妆那日若是出手太贵重了，既让长辈难做，又让平辈不痛快。

见甄妍执意不收，甄妙也没强求，心道过几日去宝华楼挑几件首饰就是了，到时甄妍总没有再推辞的理由。

甄妙吩咐小蝉把首饰给甄静送去。

小蝉蹦蹦跳跳去了谢烟阁，拦着的竟是老夫人院子里的刘嬷嬷。

"是四姑娘院里的小蝉啊，可是有什么事？三姑娘病了，不能见客。"

小蝉捧着小匣子道："刘嬷嬷，是七夕那日我家姑娘参加比试，有人和姑娘打赌，几位姑娘都添了彩头，二姑娘、五姑娘、六姑娘她们都把首饰拿回去了。这是三姑娘的，我家姑娘让我送来。"

103

"是这样啊，那交给我吧，我替你拿给三姑娘。""那多谢刘嬷嬷了。"小蝉甜笑着把小匣子递给刘嬷嬷，见她进去，眼珠子转了转。三姑娘七夕那日还好好的，怎么就病得见不了人了呢，莫非有秘密？想着把锦言搞丢了，要在姑娘那儿将功补过，小蝉四下看看，悄悄溜到了谢烟阁后面。那里，她记得有个狗洞来着。

刘嬷嬷托着匣子开门进去，甄静正坐在梳妆台前，一遍一遍地细细描绘着眉毛。看她一身红衣，细细描眉的样子，刘嬷嬷心底就升起一股寒气。

"怎么了？"甄静缓缓回了头，望着刘嬷嬷。

夏日天热，窗子是支起来的，躲在窗下的小蝉悄悄探了头，看清甄静的模样死死捂住嘴，差点惊呼出声。

三姑娘把额发全梳拢上去，露出光洁的额头，额头正中点了梅花妆，眼尾带着淡淡嫣红，配着一身大红衣裳，有种妖艳的美感。

活脱脱换了个人！

刘嬷嬷短暂失神后，把匣子捧到甄静面前："三姑娘，是四姑娘遣小丫头给您送首饰来了，说是彩头。"

"放着吧。"甄静说完背过身去。

刘嬷嬷把匣子放下，看了甄静挺直的后背一眼，悄悄退了出去。

甄静打开匣子，见除了自己的蝴蝶簪还多了一支分量十足的金钗，把它拣了出来。甄妙，你真好，一次次压着我出风头。那种时候，那人居然还问被评了绝品的那个是不是她的姐妹！甄静越想越恨，手一扬把金钗向着窗子丢去。

变故突如其来，小蝉吓得惊叫一声。

"谁！"

小蝉吓得脸色煞白，迅速矮下身子。

甄静大步向窗口走来。

小蝉想跑根本来不及，急中生智下直接把身子缩成一团，躲在了外侧的窗沿底下。

甄静探着头四下看看，并没有任何发现，只有栽在小径旁的几棵柳树迎风摇曳着枝条。不可能，刚才她绝对没有听错，是女子的叫声！怎么一下子就不见了？甄静寻思片刻，冷笑出声。难道一个明面上的刘嬷嬷还不够，又派了人暗中监视她的一举一动吗？

重重把窗子放下，甄静上了床榻，把床帐放下了。

小蝉大气都不敢喘，又等了片刻，见确实没有动静了，这才蹑手蹑脚离开了。

一进了沉香苑，百灵就啐道："你个小蹄子，姑娘让你去送个东西，居然去了这么久，是不是躲哪里偷懒了？"

小蝉双手合十，连连讨饶："好姐姐，以后再不敢了，就饶了我吧。"

百灵又说了几句，便把小蝉放过。

小蝉进了门做着事，却心神不安。到底告不告诉姑娘呢？良久，小蝉终于敲响了甄妙的房门。

"进来吧。"

小蝉推门而入，见紫苏也在里面，下意识缩了缩脖子。

"小蝉，你这是什么样子，畏畏缩缩不是丢了姑娘的脸面！"紫苏斥道。

"紫苏姐姐，我错了……"小蝉其实性子很跳脱，只是面对一手把她们教导出来的紫苏，却免不了心存敬畏。

"姑娘，东西婢子已经送过去了，只是婢子还有事想向您禀告。"小蝉鼓足勇气道。

"什么事，说吧。"

小蝉瞄一眼紫苏，不吭声。

"有什么事就直说吧。"甄妙道。

小蝉犹豫了一下，狠了狠心跪下："姑娘，婢子又犯错了。"

甄妙一惊，看着低垂着头跪地的小蝉，太阳穴突突直跳。

"到底怎么了，别吞吞吐吐的让姑娘着急。"紫苏沉着脸道。

小蝉吸了口气，连珠炮似的说了出来："婢子把东西给三姑娘送去，发觉是宁寿堂的刘嬷嬷守在那里，觉得有些奇怪，就，就去听墙角了。"

甄妙来了疑问："听墙角？刘嬷嬷既然守在那里，你怎么进得去？"

"婢子前段时间闲逛，无意间发现谢烟阁后面的院墙上有个狗洞，就从那里溜进去了。"

甄妙扶额，良久才道："看不出你还是个人才啊。"

"婢子可不敢当！"小蝉连连摆手。

甄妙气乐了："我说的是反话，你千万别当真。"

小蝉室了室，道："婢子溜到三姑娘房外，发觉窗子是开着的，就探头看了看，结果正看到三姑娘把您送去的金钗扔了。婢子琢磨着三姑娘恐怕很不喜姑娘，怕姑娘没有防备，就来告诉您了。"

甄妙冷了脸："你好奇心未免太重了些。紫苏，你告诉她，像她这样的行为，主子会怎么惩治？"

紫苏面无表情道："偷窥主子隐私，自是打杀一通再卖了。"

"姑娘！"小蝉身子晃了晃。

甄妙看也不看小蝉，淡淡问道："还有旁的么？你可不能瞒着，不然就按紫苏说的去办！"这丫头有可用之处，却太不知分寸。

"还有……还有三姑娘是把金钗从窗子扔出去的，婢子当时受惊，忍不住叫了一声。"

"什么，你被三姑娘发现了！"甄妙脸色真正难看了。

"没有，婢子及时躲了起来，三姑娘并没发现婢子，只是她肯定知道有人在偷听了。"见甄妙脸色难看，小蝉老实道。

甄妙心下微松，沉默了许久。

小蝉垂着头，觉得时间仿佛凝固了，格外难挨。

良久，甄妙出声："紫苏，你把小蝉带下去，重新教导她，什么时候懂得规矩了什么时候再出来做事，再扣半年的例银。"

紫苏眼底闪过异色，却规矩应了声是。

小蝉深一脚浅一脚跟着紫苏走出房门，只觉做梦似的。姑娘居然就这样放过她了！

紫苏安排好小蝉后返回："姑娘，婢子不太明白，像小蝉犯下这样的错，最好的下场也是打发出去，您怎么——"

紫苏那眼神，完全是在看一朵硕大的白莲花。

甄妙露出悲天悯人的表情："唉，得饶人处且饶人嘛。"

一阵静默，紫苏面瘫着脸道："姑娘，您在开玩笑吧？"

甄妙讪笑两声，这才解释："把小蝉从轻发落，有几个原因。其一，她前脚去给三姑娘送了东西，后脚就被打杀了，本来三姑娘想不到是咱们的人也会想到了。其二，她能主动说出这事，本性还是不错的。其三，人这一生难免犯错，有的错犯下就再无挽救的机会。小蝉比较幸运，既然没被发现，我身为主子干吗不给她一个机会呢？犯过错而磨练成长出来的丫鬟，总比一张白纸的丫鬟要好用得多。"

说到这，甄妙笑看着紫苏："当然，这些原因都没有最后一个原因重要啦。"

"什么原因？"

"因为紫苏姐姐能力强啊，你用心调教后，我可不是又多了一个好丫头了。"

"姑娘！"一贯沉稳的紫苏忍不住跺跺脚，扭身出去了。

不大会儿，阿鸾进来，福身道："姑娘，婢子伺候您歇息一下吧。"

甄妙点头，这一日事多，她确实有些乏了。阿鸾默默给甄妙卸了钗环首饰，解了头发，扶她躺下了。

日头已经悄然滑到了西边，小丫头们坐在石阶上闲嗑着瓜子。

"你们听说没，姑娘让百灵姐姐打花钗戒指去了，姑娘亲口说了，到时候啊，那些姐姐们都有份儿呢。"说话的是个没等级的小丫头。

其他小丫头俱是一脸兴奋之色。只一个眉心有痣的丫头懒懒道:"都兴奋什么,那些花钗戒指是赏给姐姐们的,可没我们的份儿。"一番话,说得几个小丫头脸色垮了下来。

良久,一个小丫头艳羡道:"姐姐们可真有福气,姑娘性子好,除了那次责罚小蝉姐姐闭门思过,鲜少发落人的,平日有什么好吃的都会赏给姐姐们。如今姑娘手里宽裕了,连首饰都打赏了。"

小丫头们齐齐点头。

"你们听说没,小蝉姐姐好像又被责罚了。"一个小丫头神神秘秘道。

"啊,她又犯了什么错啊?"

"那就不知了,你们说小蝉姐姐屡次犯错,会不会被革了差事,到时候那三等丫头的名额不就空出来了一个……"

眉心有痣的丫头冷笑道:"你们胆子真大,姑娘和姐姐们的事儿岂是我们可议论的。再者说,我们好好做事,天长日久的姑娘和管事姐姐自然看在眼里,总有出头的时候,现在想这些有的没的做什么。"

有小丫头不服气道:"我可没你那么心宽,就是艳羡姐姐们的好待遇嘞!"

"你们这些小蹄子,不好好做事都在嚼舌什么!"紫苏站在台阶上,呵斥道。

"紫苏姐姐好。"紫苏积威日重,小丫头们立刻噤若寒蝉。

紫苏看了眉心有痣的丫头一眼,淡淡道:"都散了吧,该做什么做什么去,你留下。"

小丫头们一哄而散。

眉心有痣的丫头福了一福:"紫苏姐姐有什么吩咐?"

"你叫什么名字?"

"绛珠。"

紫苏沉思了一下,才道:"我想起来了,是前不久替了青草进来的吧?"

青草是浆洗房李婆子的孙女,前些日子出痘了,一个连等级都还没入的小丫头自然是被送了回去,不过出于照顾,又让她家送了个人进来。

紫苏细细看了绛珠一眼,见她眉目精致,暗暗点头。这丫头倒有几分资质,放在身边带两年就能独当一面了,姑娘也多个可用的人。

"李婆子是你什么人?"

"是我姨姥姥。"绛珠道。

"姨姥姥?你家里人呢?"

107

绛珠半垂首，轻声道："家里没人了，姨姥姥心善，把我接过来养着。"

"以后你就跟在我身边，打个下手吧。"

"多谢紫苏姐姐。"

"紫苏姐姐，二夫人过来了，姑娘起了没？"雀儿走过来问。

"二夫人？"紫苏蹙眉。好端端的，二夫人过来做什么？

"二夫人呢？"

雀儿指指外面："在外面呢。"

紫苏拍了雀儿一下："胡闹，哪有让二夫人在外面候着的道理，快请到厅里去坐着，我去唤姑娘起来。"

雀儿吐了吐舌头："晓得啦。"

甄妙睡得还有些晕乎乎的，因是散了头发，梳妆打扮又花了点时间，这才被紫苏扶着去了厅里。

二夫人李氏正沉着脸在那坐着，见甄妙进来，想摆出个笑脸，又因为先是被拦在门外，又被晾在厅里，心里窝火，最终皮笑肉不笑道："妙丫头，青天白日的，怎么睡这么久？"

甄妙眨眨眼："今日进宫大气都不敢喘，实是有些累了。二伯娘找我可是有事？"

听到进宫二字，李氏忙摆出个笑脸："妙儿啊，你今日说的公主招伴读的事，可是真的？"

"皇上说的，应该不会有假吧？"

"是是是，看我这张嘴。对了，你两个堂妹今年十二岁，岁数刚好符合要求。"

甄妙有些吃惊："二伯娘想要五妹、六妹去给公主当伴读？"那么刁蛮的公主，二伯娘这是把亲闺女往火坑推啊。

见甄妙语气不太好，李氏扶了扶鬓角："妙丫头，你已经过了年纪了，与其便宜了别人，还不如帮帮你堂妹们。"

"怎么帮？"甄妙觉得李氏这话有些莫名其妙。

"你不是每隔十日要进宫么，下次进宫就和公主说说你堂妹们的好话呗。听说方柔公主最得皇上疼爱，若是她指名要的人，皇上定会同意。"

甄妙摇摇头："二伯娘，我在公主面前说不上话。"

"妙丫头，你若不是得公主喜欢，公主怎么会要你每隔十日进一趟宫呢？"李氏不满道。

听着李氏那尖厉的声音，甄妙就觉得脑仁疼："二伯娘，我真的说不上话。"

李氏不死心："你这孩子，试都没试过，怎么就说这种话，是不是平日玉儿心直口快说了什么话让你不痛快了？你可别往心里去，她还是个孩子呢。"

"真的说不上话。"甄妙依然摇头。

李氏急了："妙丫头，你这样子未免太凉薄了，要知道咱们伯府可是一损俱损、一荣俱荣，你两个妹妹出息了，不也有你的好处？"

甄妙还是摇头。

李氏终于怒了："妙丫头，今儿个伯娘就问你一句话，这个忙你到底帮是不帮吧？"

"说不上话。"甄妙回答更简洁了。

李氏狠狠吸了一口气，指着甄妙道："好，你好得很！"

直到回了房，李氏还气得手抖。

"娘，您这是怎么了？"甄冰二人进来，看李氏铁青着脸，问道。

李氏立刻寻到了宣泄途径："还不是甄妙那个死丫头，今儿个我去求她帮忙，她竟是半点不给面子！真是气死我了。"

甄玉不满皱眉："四姐能帮您什么忙？"

李氏白了甄玉一眼，嗔道："你这个傻丫头，没听说要给公主招伴读了，甄妙以后能时时进宫，若是替你们说上几句话，不比什么都强！"

甄玉笑了："四姐能说上什么话，再说了，我还不想进宫当伴读呢。"那日她可是见了方柔公主的，明显不是个好相与的。

李氏更气了："要不说你是个傻的，你可知道当了伴读有多少好处，不说别的，我们建安伯府地位不上不下，将来你们婚嫁该如何？若是当了公主伴读就不一样了，能嫁入高门不说，婆家也会高看一眼。"

甄玉别过头去，嘀咕道："那也不是四姐能帮上忙的，她哪有那个本事？"

甄冰却面容微动。若是她成了公主伴读，大伯娘是不是从此会高看她一眼？说不定——想到那个清风朗月的少年，甄冰脸微微红了。

姐妹二人离开李氏院子，甄冰拉着甄玉劝："六妹，你就别和娘置气了，她也是为了我们好……"

"什么为了我们好，她知道什么是好吗？"

甄冰悄悄捏了捏衣角："能当上公主伴读，确实是光耀门楣的事。"

甄玉盯着甄冰微红的脸，一声冷笑："光耀门楣？有哥哥们去光耀门楣就够了，什么时候轮到我们了？五姐，娘说我想不明白，我看到底谁想不明白，还不一定。"

"六妹，你这话是什么意思？"

甄玉冷笑："五姐，你的心思别以为我不懂，咱们可是双生子。他眼睛都放在四姐身上，你没看出来么？我们也是金尊玉贵养大的，干吗等着别人挑拣？大伯娘若是

109

看我们好，自会替姐姐说合；若是看不上我们，我们何必把脸凑上去让人打？"

一番话说得甄冰无地自容，别过脸去不理甄玉。

"你还生我的气？"甄玉委屈抿唇。

甄冰依然不做声。

甄玉跺跺脚："好，好，我再也不管啦，都爱怎么折腾怎么折腾吧。"

说完一溜烟跑了出去，留下甄冰孤零零站在抄手游廊悄悄拭泪。她不过是见了他便心生欢喜，想要和他一直在一起罢了。这样子，真的是不要脸面么？甄冰仰着头，看着漫天霞光痴痴想着。

甄妙被李氏一闹，没了好心情，吩咐青鸽拎着早先蒸得酥烂的豆豉排骨往老伯爷住处去了。路上，遇到了甄冰。

"四姐，我想找你说说话。"

"我要去祖父那里一趟，不如你先回沉香苑等我？"

甄冰微微抬了头："四姐，我就想现在和你说说话，就一会儿，成么？"

看着眼圈微红的少女，甄妙吩咐青鸽："青鸽，你先在这儿等我，我陪五姑娘去那边走走。"

姐妹二人携手走进竹林深处，甄妙望着甄冰微笑："五妹想说些什么？"霞光下，她的笑容格外温柔。

盘旋在甄冰心头许久的疑问脱口而出："四姐，你那日和镇国公世子一同落水，真的像外面传的那样，是有意的吗？"

少女的嗓音清清脆脆，被清风传到竹林更深处。

身穿月白衣衫的少年正盘膝而坐，面前是矮石桌子，上面铺着宣纸。

听到那清清脆脆的声音他手腕一顿，一滴墨汁从笔尖滴落下来。

"那日啊……"

少女的声音轻得如微风呢喃，少年忍不住站了起来，靠近一些去听。

"五妹为什么会问这个？"

"我就是好奇……"

在甄妙目不转睛地注视下，甄冰脸上飞起一抹红霞。

这孩子，该不会春心萌动了吧？甄妙脑海中闪过这个念头，忽然觉得有些糟糕。她算是看明白了这个地方，一个女孩子先动了心，有几个能有好结局？甄四姑娘就是活生生的例子。

甄妙迟迟不语，少年忍不住更靠近一步。

甄冰脸色由红转白，就要落荒而逃时，甄妙开口了："是有意的啊。"

甄冰脚步牢牢钉在了原地。

少年更是不自觉屏住了呼吸。

"四姐,你是有意的,是因为,是因为——"甄冰有些说不下去。

她不知道该问甄妙是像外面传说的那样想攀上高枝,还是如她隐秘期盼的那样,是因为和她同样的心情。无论哪一个答案,四姐都不会愿意承认吧。甄冰忽然有些后悔自己的莽撞了。甄妙抿唇一笑,颊边荡起一对酒窝:"是因为我想长长久久和他在一起啊。"

少女的声音是少年从未听过的温柔,他心底却悄悄生了几分酸涩。

甄冰眼睛猛然一亮,目光灼灼地望着甄妙。她猜得不错,四姐和她是一样的。四姐大胆做出了那件事,如愿以偿得到了想要的姻缘,那——她是不是也可以?甄冰正心情雀跃着,就听甄妙话锋一转:"不过,我后悔啦。"

"四姐?"

"如果我知道做了那件事后,他会越来越讨厌我,那我绝对不会去做的。他眼中的我一点都不好,他也不快活,这样长久的在一起又有什么趣味呢?"甄妙神情有些怅然,心道,妹子,赶快醒悟吧。

见甄冰有些发愣,甄妙接道:"五妹我跟你说哦,男子是最奇怪的了,他不喜欢你,你怎么做都是错的,尤其是你不小心喜欢了他,那更是错上加错!"

甄冰眼睛直直盯着甄妙,浑身颤抖。

甄妙纳闷眨眨眼,这妹子心理承受能力太差了吧?

"四……四姐,有……有……"甄冰伸出手指着甄妙,声音抖得不成样子。

不远处的少年眼睛也直了。

竹林繁茂,枝叶横斜,一条青花蛇,蛇尾勾在竹枝上,蛇身则垂直而下,正吐着信子对着甄妙的肩膀。

少年手脚冰凉,无法动弹。他最怕蛇了!青花蛇在半空晃荡着,身子一动,就要爬落到甄妙肩头。"有蛇!"甄冰吓得魂飞魄散,崩溃尖叫道。

同时间,看到青花蛇动作的少年蓦然惊醒,跟着喊了一声:"表妹,小心!"

然后就飞扑过来。

甄冰示警在先,甄妙反应极快,一侧头看见一条拇指粗细的青花蛇就要落到肩上,说时迟那时快,她食指和中指并拢准确夹住蛇头,然后甩了出去。再然后,就甩到了扑过来的蒋宸脸上。

一声比甄冰的尖叫还要惨烈的叫声传来,蒋宸直挺挺摔倒在地。

"蒋表哥!"甄妙和甄冰的惊呼声随之传来。

甄妙一个箭步冲过去，抓住蛇尾巴把它倒提起来，然后照着蛇头狠狠一踩。脚底软软的，能明显感觉出冷血动物滑腻的触感。这坑爹的绣花鞋！甄妙暗骂一声，脚尖碾着蛇头，眼光四下一扫，指着一丛青竹下方道："五妹，快，把那块石头给我！"

甄冰腿脚都是软的，带着哭腔道："四姐，我不成……"

"姑娘，怎么啦！"竹枝被分开，青鸽急匆匆闯了进来。

"青鸽，快给我捡块石头来。"甄妙急声道。

青鸽眼风一扫，直接抱起一块足有五十斤的大石头就过来了。

甄妙嘴角一抽："我放开脚，你就直接砸上去吧，千万别砸到自己的脚。"

甄妙软软的绣花鞋已经有些治不住不停扭动挣扎的青花蛇了，迅速把脚抬起，提着裙角向蒋宸跑去。只听背后哐当一声，她扭头一看，青花蛇被大石头端端正正砸在下面，只剩下脑袋和尾巴在石头两端各露出一个小尖。

青鸽心满意足地拍拍手，笑着向甄妙邀功道："姑娘，这蛇死得不能再死了！"

哇的一声，甄冰双手撑地，狂吐起来。

"青鸽，你先送五姑娘回去，给五姑娘做碗安神汤。"

青鸽应了一声，抱起甄冰旋风似的跑了。

"蒋表哥，你怎么样？"

蒋宸脸颊已经肿成猪头，抖着香肠嘴，虚弱无比道："你说呢？"早知道表妹这么勇猛，他为什么不由自主扑过去啊。还要让表妹看到他这副模样！少年满心懊恼，昏了过去。

"蒋表哥——"甄妙唤了一声，见蒋宸脸肿得不成样子，心道糟了，这蛇毒性挺重。看着和猪头没有多大区别的脸，甄妙抿抿唇。实在有些下不去嘴啊！她懊恼着，还是头一低吸起毒液来，正吐掉毒汁，突然对上一双满含震惊的眸子。

"蒋表哥，你醒了。"甄妙擦擦嘴。

"四表妹，你，你——"少年脸颊通红，不知是羞涩还是蛇毒的缘故。

甄妙擦擦嘴角，慢条斯理道："蒋表哥，不把毒汁都吸出来，你会再昏过去的。"说到这里她看看四周，"我可抱不动你，这里青花蛇又多，到时候也不知道怎么办才好。"

蒋宸神情一僵，肿着嘴道："那……冒犯表妹了……"

甄妙扫了扫四周，暗暗皱眉。糟了，情急之下忘了告诉青鸽回来接她。那丫头太实诚，她没吩咐，就真的想不到回来接人。甄妙无奈扶着蒋宸胳膊："蒋表哥，我扶你回去歇着吧，再叫个大夫给你看看。"

"多谢四表妹了。"蒋宸用力想站起来，却猛然跌倒，狼狈苦笑道，"四表妹，我浑身发麻，动弹不了。"

眼见天色渐晚，甄妙有些迟疑："蒋表哥，要不……我回去喊人来？"

"这里还有蛇吗？"听甄妙说要走，蒋宸忐忑问。

甄妙扫了扫茂密的竹林草丛，实话实说："应该有不少吧。"

蒋宸脸猛地白了，碍于男子尊严虽然说不出挽留的话，眼神却强烈流露出这个意思：表妹，把我一个人留在这里，你是要我死吗？

甄妙默默低头。她看懂了。她抬头看看天色，暗暗祈祷甄冰还记得打发个人来接他们。甄妙的祈祷注定落空了。

甄冰被青鸽抱着回了房，就瘫软在床上。

青鸽跑去大厨房，足足花了半个多时辰做了安神定心汤给甄冰端去，看着她喝得一滴不剩，这才心满意足收起碗走了。

甄冰见青鸽淡定的样子以为她早唤人去接甄妙他们了，虽惦记着蒋宸的伤势，可正因为存了那份少女心事反而不敢多问，放心睡着了。

等青鸽回大厨房还了食盒回到沉香苑，把晚膳热了一遍又一遍，翘首等着甄妙回来的丫鬟们围上来。

紫苏心底升起不妙的预感，不动声色地问："青鸽，怎么你一个人回来了？"该不会是姑娘得罪了老伯爷，被老伯爷处罚了？以紫苏严谨的脑子，实在想不出更离奇的事了。

青鸽道："我奉姑娘的命令，把五姑娘送回去了。"

"这关五姑娘什么事？"紫苏更听不明白了。

百灵骂道："你这傻丫说什么浑话，我们姑娘呢？好好的怎么又扯到五姑娘了？"

"姑娘路上遇到五姑娘了，然后一起去竹林说话。我听到惊叫声跑过去，发现蒋公子被毒蛇咬了，五姑娘吓坏了，姑娘就吩咐我送五姑娘回去了。"

紫苏和百灵对视一眼，异口同声问："那姑娘呢！"

"姑娘，姑娘还在竹林里啊。"青鸽理所当然道。

"什么！"众丫鬟脸色大变。特别是几个年纪大点的，脸色更是难看。这个时辰了姑娘还在竹林里与一个男子在一起，被人发现了简直要命啊！

"你这个傻子！"百灵气得打了青鸽一下，抬脚就要往外跑。

"站住！"紫苏喝道。

"紫苏姐姐？"

"青鸽，你送五姑娘回去，五姑娘可说了什么？"

青鸽摇头："五姑娘吓坏了，一句话都没说，喝完安神汤就睡下了。"

紫苏微松口气，扫一眼院中丫鬟们："百灵，明日一大早你就去五姑娘院子那守着。五姑娘一醒就去拜见，务必提醒她不能把今日的事传扬出去。她当时也在现场，想必是明白的。"

"嗳。"

"阿鸾，你盯好我们院子的人，有嘴碎的，赶明儿就打发出去。"

"嗯。"

"青鸽，你带我去找姑娘。雀儿，我们走后约莫一刻钟，你再去前面唤人去竹林寻蒋公子。都听明白了吗？"

"是。"一院子丫鬟心情沉重道。

竹林里，风渐起，甄妙觉得蒋宸脸上浮肿消了点，满怀期望问："蒋表哥，你可以动弹了么？"

好吧，他又用那种眼神看她了！甄妙恨恨别过头去，肚子忽然响了一声。

她四处瞄瞄，发现青鸽放在大石头边盛放清蒸豆豉排骨的食盒子，忙跑过去把食盒提过来。

"蒋表哥，吃点东西么？"

蒋宸嘴唇抖动一下，看着溅到食盒上的蛇泥碎肉，张嘴吐了。

看着飞溅到食盒上的污物，甄妙脸都绿了，恨声道："蒋表哥！"

蒋宸大为羞愧，虚弱道："四表妹，对不住。"今日真是太丢人了，这是风水轮流转？看着甄妙气鼓鼓的脸，蒋宸心中划过这个念头，忍不住轻笑出声。

甄妙不由瞪大了眼睛。糟了，蛇毒难道还会作用在脑子上？

蒋宸忙收敛了笑意，问："四表妹，半个多时辰了，你的丫鬟怎么还没唤人来？"天色已经晚了，二人一同待在竹林里传扬出去，恐对她名声有碍。

"四表妹，要不你先回吧。"他之前不愿她走，是因为全身发麻无法动弹，想着用不了多久自会有人前来接他们。可人迟迟不来，天若是黑下去，就算他一个人留在这里有什么危险，也不能把四表妹拖在这里了。他不能害了她。

"你不怕蛇了？"甄妙问。

"我什么时候怕蛇了？"少年恼羞成怒。

甄妙忙点头："是我误会了，蒋表哥刚才还奋力救我，怎么会怕蛇呢？只是这竹林里蛇多，且有些是有毒的。"

看看天色，她狠狠心道："要不我先把你拖出去再走？"

拖出去？听到这三个字，蒋宸脸色不大好看，但对蛇的恐惧心更甚，咬牙吐出一个字："好。"

"那得罪了。"甄妙伸手抓住蒋宸胳膊，正要用劲，忽然听到窸窸窣窣的脚步声。

那声音很轻很稳，却如千斤重锤砸在心头。蒋宸和甄妙同时变了脸色。甄妙一个箭步冲到蒋宸背后，矮下身子平躺下去。

竹影重重，青草繁茂，天色又暗了，她穿了一身青衣，只要蒋宸沉得住气，来人不见得会发现。

蒋宸短暂的错愕后，勉强挪动了下身子，把甄妙遮挡得更严实些。

脚步声渐渐近了，天色昏暗下，现出一抹紫色身影。

看清只有蒋宸一个人，紫苏心中一沉，余光扫到地上被青草半掩的黑漆木食盒子，冷声问："蒋公子，我家姑娘呢？"

听到是紫苏的声音，甄妙松了口气，爬起来喊："紫苏，我在这儿呢。"

看着满身竹叶杂草的甄妙冲她招手，紫苏猛抽嘴角，冲蒋宸福了福："婢子先带我家姑娘回去了，过不了多久自会有人来带您回去。"

"多谢紫苏姑娘。"蒋宸尽管还肿着一张脸，举止却恢复了平日的从容。

甄妙冲蒋宸微微欠身："蒋表哥，我就先回了。"

甄妙回了沉香苑，用过晚膳就早早洗漱歇着了。

第二日一大早，没等她去请安，一个面生的丫头来求见："四姑娘，婢子叫阿缎，奉老伯爷的吩咐把锦言给您送回来。"

甄妙大喜，冲紫苏使了个眼色。

紫苏会意，塞了个五分银子的银封给阿缎。

阿缎收下打赏，笑得极甜，脆声道："四姑娘，老伯爷说想吃您做的鸡汁粥了，请您随婢子过去。"

甄妙老老实实做了鸡汁粥带过去。

老伯爷眯着眼睛喝了一口粥，露出享受的表情："四丫头，这鸡汁粥啊，我就喜欢你做的。"

甄妙露出个灿烂的笑脸："祖父喜欢，以后孙女经常给您做。"

老伯爷摆摆手："非也非也，这好东西啊，尤其是吃食，那不能多吃。一次吃够了，以后就没有美食可吃了，岂不可惜？"

老伯爷的话听着虽有几分怪诞，仔细一想又有些道理。相处久了，甄妙对这位祖父倒是真的喜欢，点头道："祖父说得是，那以后祖父什么时候想吃了，就差丫鬟去跟孙女说一声。"

老伯爷听得高兴，看甄妙越发顺眼起来。这么多孙女，可没一个跟他谈论吃喝。

老伯爷感慨着，忽然来了个想法，神神秘秘道："四丫头，来祖父身边坐，祖父和你说点事儿。"

"祖父，什么事？"

老伯爷压低了声音："我告诉你的事儿，你可千万别跟别人说，尤其是别和你祖母说，知道么？"

"祖父您放心吧，孙女肯定守口如瓶。"

"过两天啊，在明馨庄举办一场斗鹅比赛，祖父带着阿贵参加，到时候祖父带你去开开眼界。"老伯爷露出一种"你走运了"的表情。

甄妙差点当场哭了。祖母，您在哪儿，孙女要去告密！

"你这孩子，怎么还高兴成这样？"

"祖……祖父，您去斗鹅比赛，孙女一个女孩家，跟着去不合适吧。"甄妙垂死挣扎。

老伯爷一拍甄妙肩膀："没事儿，祖父到时候给你准备一套男子衣衫就行了。那些人也没少带自己闺女、孙女去过，都是这么办的。如今又不像前朝了，女儿家多见见世面有好处，省得将来到了婆家畏手畏脚。"

"祖父，您知道的，孙女以后每隔十日就要进宫，这日子万一撞在一起……"

"你进宫是哪一日？"

"也说不好，只说让孙女每隔十日进一趟宫去陪方柔公主，至于这第一次是从哪一日算起，还得等着宫里传话。"

老伯爷摆摆手："那肯定早不了。公主不是要招伴读了吗？总要等几个伴读招好了才会传你。行了，时辰也不早了，快去你祖母那边请安吧，记着可千万别说漏了嘴，不然咱俩都去不成了。"

"孙女知道了。"甄妙有气无力道。

进了宁寿堂，请安的人早都到了，蒋氏正用帕子拭着眼角对老夫人说话："好端端的就被蛇咬了，老夫人您是没看见言哥儿那张脸肿成什么样子了。"

坐在李氏身边的甄冰把头压得低低的，纹丝不动。

甄妙请了安，挨着甄妍坐到温氏下首。

老夫人露出忧心的表情："言哥儿被蛇咬了你怎么不早说？人现今如何了？可请了大夫？"

蒋氏放下帕子："请了乐仁堂的伍大夫，大夫说幸亏毒吸出得早，人倒是没什么大碍了。"

老夫人点点头："乐仁堂的伍大夫最擅长治偏科杂症了，他说无大碍那定会无事的。照这么说，言哥儿是被蛇咬在脸上？好好的这是怎么弄的，又是谁及时帮他吸出毒液啊？"

蒋氏露出得意又懊恼的表情："那孩子调皮，非要跑到竹林里去作画，说是那样才能画出竹子的韵致来。他一旦读书作画最是心无旁骛，被蛇咬了脸一点不奇怪。亏得吉祥机灵帮他吸了蛇毒，不然……我可怎么和哥嫂交代！"

甄冰低了头，用手绞着帕子。蒋表哥作画既是心无旁骛，怎么那时偏巧就出现了，还为了救四姐被毒蛇咬伤？真的是吉祥替他吸出的蛇毒么？

表哥……是心悦四姐的吧……敏感的少女得出这个结论，心尖像是被什么突然扎了一下，疼得突然又迅疾，再深究却又了无踪迹。

蒋宸被蛇咬的风波算是过去。

如此风平浪静过了两日，甄妙没等到进宫的传唤，也没有老伯爷的邀请，心情陡然好了不少，得了温氏的同意，带着两个丫头出门给甄妍挑首饰去了。

在宝华楼挑选了半日，甄妙出门后向停在路旁的马车走去，就听一个女子娇嗔道："讨厌，我要的才不是这嵌东珠的金钗，是上次看的那支点翠簪！"

"好妹妹，这东珠金钗比那点翠簪还好看些。"

甄妙脚一顿。这男子声音听着怎么有那么一点耳熟？抬眼看到一张有点眼熟的脸，甄妙凝眉思索。

阿鸾忙拉了她一把，低声道："姑娘，快走，七夕会您忘了！"

甄妙猛然回神。可想起来了，这不是那个登徒子么！她当下提着裙角加快脚步。

奈何她们本就是路过男子那里，甄妙又往那边看了一眼，男子一眼看到甄妙神情巨震，呆呆道："梦中人？"

见甄妙提着裙角快走，他如梦初醒，一个箭步冲过去拦在前面，喝道："站住！"

阿鸾急忙挡在甄妙前面，看着男子警惕问："你要做什么？"

男子没有回答阿鸾的话，揪着身边的小厮问："阿旺，你看，她们是真的吧？是真的吧？两个人都和梦里一模一样的！"

"公子，是真的，那日根本不是做梦！"阿旺激动道。

甄妙不解看了小厮一眼，冷眼看着男子。在大街上，不到万不得已她可不想和一个男子拉扯起来。

男子回了头，对阿鸾道："小丫头，你一边去。"

阿鸾一动不动地站着。

"呵呵，你若是不怕我当街拉扯起来，让大家都看到我调戏你家姑娘，你就拦着。"

"你无耻！"阿鸾恨声骂道，得了甄妙示意，这才移开身子。

甄妙板着个脸，露出鄙夷的神情。

"庆哥哥，她是谁？"手拿东珠金钗的女子走了过来，皱眉看着甄妙。

"好妹妹，你等会儿，哥哥办完正事再说。"

他说着冲甄妙冷笑："姑娘，你不觉得在下有些眼熟吗？"

青鸽挤了过来："姑娘，要揍人么？"

男子脸色一僵，怒道："我就说上梁不正下梁歪，阿旺，过来！"

叫阿旺的小厮往前一凑。

一个五大三粗，一个三粗五大，两个人倒是瞬间把方向堵死了，也遮住了路人视线。

"就站那儿吧，不用揍人。"甄妙吩咐完青鸽，冲男子笑笑，"公子是不是认错人了？"

男子不可思议指着甄妙："你，你竟然睁眼说瞎话！"

甄妙扑哧一笑："公子说笑了，这怎么能叫睁眼说瞎话？那你肯定是没见过真正的睁眼说瞎话是什么样的。"

"真正的睁眼说瞎话？"男子困惑眨眨眼。

他觉得又被这个丫头片子带到沟里去了。心中有个声音提醒他不能顺着她的话说，这丫头一肚子的鬼心眼，可一眼望去，正看到甄妙露出不屑的、果然如此的表情。男子头脑一热，问："什么叫真正的睁眼说瞎话？"

"真正的睁眼说瞎话啊——"甄妙向男子靠近。

"你要干吗？"女子一脸警惕凑过来，语气里满是醋意。

甄妙靠近二人，在十分淡定的表情中，猛然伸手揪了女子辫子一下，放开喉咙大喊："快来人啊，有登徒子非礼小娘子啦！"她喊完拔腿狂奔，还不忘提醒阿鸾和青鸽。女子惨烈的尖叫声响起。

刚才几人围在一起，本就有行人目光不时飘过来，只是碍于青鸽和那叫阿旺的小厮块头太大，看不清里面状况。听到甄妙这么一喊，八卦之心高涨的人们呼啦一下围了上来。见女子鬓发散乱，痛哭流涕，旁边还站着个一看就有些轻浮的年轻男子，当下就认定了真相。

几个正直汉子立刻抡起拳头向男子打去。

男子被甄妙这一举动气得要背过气去，雨点般的拳头落下来，护着脸大声喊："别打，别打，你们误会了——"我的亲娘，终于明白什么叫真正的睁眼说瞎话了。

被揍成猪头脸的男子临昏迷前，迷迷糊糊想。

"怎么回事儿？"官兵赶过来，为首的是一名蓝衣青年，面容清冷刚毅，正是镇国公世子罗天瑆。他已经是龙卫的一名卫长。

西城副指挥使因为渎职被革后,不知昭丰帝是什么心思,一直没有任命新的副指挥使,反而是从上月起,他们几个龙卫的卫长每月都会轮流担任几日副指挥使,这几日正是他当值。

人群一哄而散,有好事的道:"大人,这人非礼小娘子。"

到底是官兵来了,人群都远远散开站着不再靠近,只留下被揍得鼻青眼肿的男子躺在地上,旁边还有一个哭哭啼啼的女子,外加一个同样鼻青眼肿的小厮。

尽管男子已经成了那副模样,罗天珵还是一眼把他认了出来。他一勒缰绳上前几步,打量着三人。为什么看到这人的倒霉模样,就不由自主想起她了呢?

挥走诡异的想法,罗天珵冷声问女子:"他非礼你?"

女子跌坐在地上仰着头,满脸泪痕的样子颇有几分动人。

罗天珵便扫了男子一眼,心道果然是江山易改本性难移。

女子骤然看清罗天珵清冷矜贵的模样,不由怔住。

见女子不答,罗天珵以为就是如此,当下手一挥:"把人带走!"

女子这才清醒,急忙道:"大人,不是这样的,不是他非礼我,是……人们误会了……"

"这么说,你们是你情我愿?"罗天珵皱眉,觉得没必要管了。

见罗天珵骑马欲走,女子忙道:"不是不是,大人您误会了,是庆哥哥刚才遇到个小娘子。那小娘子莫名其妙就拉了奴家辫子,奴家吃痛这才叫出声来,害得大家误会了。大人,都是那小娘子的错,您可要为我和庆哥哥主持公道!"

听了女子的话,罗天珵嘴角狠狠一抽。那个小娘子绝对是甄四!

"那小娘子人呢?"

女子往一个方向一指:"往那边去了,乘着油壁车。"

"驾!"罗天珵双腿一夹马腹,调转马头向那个方向追去。

女子凝视着罗天珵离去的方向,心道这位大人年纪轻轻的,也不知是哪家公子,真是心地又好又公正。人也好看……

罗天珵淡淡的声音传来:"把那男子先关牢里去,女子直接送回家,不许她乱说话。"

"是。"一众官差围上来,拖起昏迷的男子和傻愣的小厮就走。

女子呆住。这,这不对啊!还没想明白到底哪里不对,就被官差拖着送走了。

闹事的和抓人的都走了,没有热闹可看的人群这才散去。

罗天珵骑马追上甄妙乘坐的油壁车,甄妙听到马蹄声掀开了车窗帘。

"怎么是罗世子?"甄妙心情又不好了。

罗天珵盯着甄妙的表情似笑非笑:"甄四姑娘以为我是谁?追捕你的官差?"

"你——"甄妙扫一眼,看清罗天珵的穿着才道,"原来罗世子到五城兵马司当差了。"总算是有了件好事,以后进宫不用担心会碰到这讨厌的人了。

仿佛猜出甄妙的心思,罗天珵淡淡道:"一个月当差几日,平素还是在宫里的,没准下次甄四姑娘进宫就能看到在下了。"

你是故意的吧?甄妙瞪了罗天珵一眼,恨恨放下帘子。

罗天珵犹如一拳头打在了棉花上,盯着犹在晃动的帘子很不甘心。可马车吱吱呀呀走了好一会儿,那帘子再没被掀起过。

"甄四姑娘真不简单,每次见你都能惹事。"

坐在马车里正吃葡萄的甄妙撇了撇嘴。这人一直骑马跟着自己,就为了讽刺她?她丢了一颗葡萄放进嘴里,把帘子掀开一个小角。

见帘子晃动,罗天珵顿时来了精神,眼睛紧紧盯着那里看。就见一个葡萄皮飞了出来。罗天珵条件反射伸手一抓,看着掌心的葡萄皮猛然一拉缰绳。

"嘶——"青骢马高高扬起前蹄骤然停住,发出悠长的嘶叫声,鼻孔喷出的白气冲得帘子飞起,露出那张熟悉又气人的芙蓉面。

甄妙被这突如其来的变故怔住,好一会儿才记得把葡萄皮吐出来,不屑道:"无耻,想看见我也不能使出这种手段!"她说完把帘子拉下,马车不紧不慢往前走了。

留下罗天珵呆在原地,肺都快气炸了。他什么时候想看见她了,每次见她都堵得睡不好觉!他越想越气,夹紧马腹又跟了上去,压低了声音怒气冲冲道:"甄四,你到底还是不是一个姑娘家,说的什么话!"

甄妙抚了抚额头,觉得葡萄也吃不下了,一边擦手一边道:"那罗世子能否告诉我,你一直骑马跟着我的马车,想做什么?"说到这儿她轻笑出声,"别告诉我,是你这青骢马稀罕我们伯府的白马了。"

青骢马长嘶一声,白气又把帘子冲得飞起来了。

甄妙看着凑过来的马头,呆呆问:"它听得懂我说话?"

罗天珵这才觉得解气几分,凉凉道:"你以为呢?"

就见甄妙怜悯看了青骢马一眼,温声劝道:"既然你听得懂,就该知道都是你主人不对啊,若不是他,我和我家白马也不会误会你了。"说完又放下了帘子。

青骢马扭了头,一双水润马眼看着罗天珵。

罗天珵气得快吐血了,怒道:"甄四,若不是你在大街上惹了祸,你以为我会跟着你?"

甄妙也怒了,掀起帘子问:"这么说罗世子是打算将我捉拿归案了?敢问我犯了何错？"

"揪人家辫子，无故伤人还不算？"罗天珵说完，心里有些唾弃自己。他不知道中了什么邪，跟她在这儿较劲。

甄妙一动不动地盯着罗天珵，心里渐渐冷了。这人的心到底是什么做的，便是再不待见自己，那她的身份也是他未婚妻。不问她怎么和那两人牵扯上，只问她为何伤人。揪人辫子就是伤人了，那她还伤心呢！甄妙忽然觉得难过起来。如今在伯府的生活无论多么悠闲自在，那也不过是水中月镜中花罢了，她一辈子的归宿在镇国公府，在这个死活看她不顺眼的男子身上。甄妙心灰意冷地放下帘子，不再说话。

罗天珵被甄妙那一眼看得说不出什么感觉，只觉心里茫茫然的，竟不知不觉骑马跟着甄妙的油壁车到了建安伯府才惊醒。

看着甄妙扶着丫鬟的手下了马车，头也不回向伯府走去，罗天珵默立了片刻，同样头也不回地离去了。

接下来两日天气格外热，便是屋里放着冰，也觉得心里发燥，甄妙决定做些冰碗来吃。

这个季节府里不供应牛乳羊乳，只得差人去外面买。

"姑娘，只得了这一小罐，还是那家新生了牛崽子，现挤出来的。"百灵捧着一个小瓷坛子进来。

"够用了。"甄妙把牛乳放到小炉子上去煮，吩咐青鸽搅拌白砂糖和蛋黄液。

等火候差不多了，开始做细乳沙冰，等成了放上切好的西瓜块。

"百灵，把这些分好，用冰镇着给老夫人和各房送去。"

甄妙是想让温氏和甄妍尝尝，只是都在一处住着，别处不送会被说闲话，她自然不愿落下这种把柄。

第二日去宁寿堂请安，老夫人满脸笑意："四丫头，你昨儿那冰碗是怎么做的，又细腻又滑爽，味道极好。"

"放了蛋黄和牛乳。"

"难怪有股奶香味，难得没有腥膻气。"老夫人年纪大了，不敢吃太多冰，昨儿却忍不住尝了好几口。

大夫人蒋氏跟着笑道："可不是嘛，昨儿妙丫头送去的冰碗都让涵哥儿吃了，今个一早他去念书，还千叮万嘱等下了学去四姐那儿讨冰碗吃呢，让我一顿好打。"

等到了下午，涵哥儿居然跑到沉香苑来，拉着甄妙衣袖不放："四姐，我想吃冰碗。"

甄妙哭笑不得："你昨日吃的冰碗里是放了牛乳的，如今天热存不住，牛乳非要大清早去买才成,还不一定买得到呢。"

"四姐,我真的好想吃,我去看宸表哥,还答应分给他一些呢。"

"蒋表哥如何了?"提起蒋宸,甄妙有点心虚。怎么说蒋宸都是因为想救她才被蛇咬的。

"宸表哥好可怜,一边脸还肿着呢,东西都吃不下,所以我才要把冰碗分给宸表哥吃。"涵哥儿说得非常认真。

"吃不下东西么?"甄妙想了想,对涵哥儿道,"涵哥儿,你先在四姐这儿坐坐,我给你和蒋表哥做好吃的。"

她说着喊来百灵:"百灵,拿些碎银子去找外院的小厮,让他买些新鲜山楂来。多花些银钱无妨,一定要买新鲜的。"

京城地处偏北,这个时节山楂还没上市,但大周商贸繁华,山楂这种易放的果子会从南边贩过来卖,当然价钱要贵上不少。

百灵极会办事,不多时就带了一篮子新鲜山楂来。

甄妙已经把别的准备好了,吩咐几个丫鬟一起动手,把山楂去籽洗净,然后放入锅里与冰糖一起熬煮,等凉透了做成山楂糕,又做了一道藕夹。

"把这些给蒋表哥送去吧,你们一起吃。记着,藕夹能多吃,这山楂糕不要吃多了。"甄妙吩咐百灵把山楂糕装好,遣小丫头跟着涵哥儿送过去。

涵哥儿眉开眼笑去了蒋宸那儿。

"宸表哥,我来看你了。"

蒋宸头发只拿一块青色方巾罩着,斜倚在榻上,见涵哥儿进来忙撑起身子,笑道:"涵哥儿这个时候来,吃了么?"

"没呢。"涵哥儿摇摇头,炫耀指指食盒子,"这不是带来和宸表哥一起吃么?"

蒋宸性子温和,还耐心教他读书写字,比凶巴巴的先生强多了,涵哥儿极喜欢这位表哥。

"涵哥儿先吃吧。"蒋宸笑道。

自从那日被蛇咬,一方面蛇毒虽清除了,身体却还有些不适,另一方面是那日太过丢脸,心中郁结,这几日他一点食欲都没。

"宸表哥还是不想吃东西啊,那明日我带冰碗来给你吃吧,四姐答应明早去买牛乳给我做呢。"

听到是甄妙做的冰碗,明知身体不适,蒋宸还是忍不住点头:"好。"

看涵哥儿把金黄的藕夹、红得晶莹剔透的不知名糕点拿出来,蒋宸有些纳闷。

"这菜式不像大厨房那边做出来的。"

涵哥儿得意地笑道："当然不是，这是四姐做的呢。宸表哥你看，这金黄的是藕夹，里面还有肉。"他说着夹起一个藕夹咬了一口，欢呼道，"太好吃了。"

蒋宸忽然就有食欲了，忍不住咳嗽一声。

涵哥儿还是个孩子，哪明白这些意思，之前听蒋宸说没食欲，这藕夹又实在好吃，当下甩开腮帮子吃起来，片刻工夫小半盘子藕夹就没了。

蒋宸脸都黑了，以拳抵唇咳嗽一声道："涵哥儿，吃饱了没？"

涵哥儿筷子都没停："四姐做的菜真好吃，再有一盘我也能吃下。"

蒋宸："……"

"涵哥儿，那个，我尝尝。"

"哦。"涵哥儿点点头，随后才反应过来，"啊？宸表哥，你不是没食欲吗？"

蒋宸脸上笑容快挂不住了，干脆不再和个半大孩子多说，拿起筷子夹了藕夹吃起来。

"果然不错。"细嚼慢咽把藕夹吃完，蒋宸满心舒适叹道。

"那是，四姐特意做给我们吃的呢。"

蒋宸筷子一停，看向涵哥儿："四表妹特意做的？特意做给我……我们吃的？"

说出这话，他耳根不知不觉红了。

涵哥儿完全不理解少年情怀，筷子不停："对啊，我跟四姐说你没食欲，她就给我们做了这些。"

这熊孩子！见涵哥儿吃个不停，盘子都快见底了，蒋宸心都疼了，忙夹了一块放入口中。心道什么我们，明明是我……少年耳根发热，不敢再想下去，专注吃起来。

等藕夹一扫而光，涵哥儿指着山楂糕道："宸表哥，你猜这是什么做的？"

蒋宸看了看晶莹剔透还颤巍巍的不知名糕点，深吸一口气道："如果我没猜错，是山楂吧？"

涵哥儿瞪大了眼："这你都能猜出来？我亲眼看着四姐做山楂糕，都不敢相信山楂能变成这个样子呢。你看，跟水晶似的，多透亮。"

凝视着水晶般的山楂糕，蒋宸叹口气："是啊，我也没想到，不过这股山楂味是骗不了人的。"

"原来这样啊。"涵哥儿挠挠脑袋，憨憨道。

"涵哥儿，明日你还去你四姐那儿？"

"对呀。"

蒋宸起了身，转去博古架那抽出一管画卷："把这个交给你四姐好不好？"

"嗯？"涵哥儿有些不解。

蒋宸忍着脸热道："我们吃了你四姐亲手做的饭，总要答谢啊。这是我画的画，送给你四姐当谢礼。"

涵哥儿恍然大悟："宸表哥放心,我一定会送给四姐,母亲也常常教育涵哥儿,来而不往非礼也。"

蒋宸脸更红了,忙把涵哥儿打发走了。

等涵哥儿出了门,屋里冷清下来,蒋宸陡然清醒,立刻后悔了。他,他怎么能送她画卷呢,这不成私相授受了么?别人若是知道,该怎么想她?

蒋宸在屋里来回走着,又安慰自己。还好,那画上又没落款,应该……不打紧吧?猛然又想起画完后随笔提的一行字,他脸色更不好了。自己胡乱写的,她会不会误会了?对有婚约的女子有非分之想,她会不会觉得自己是个轻浮无耻之人?蒋宸来来回回走着,烦躁得想撞墙。他才不喜欢表妹呢!不喜欢……有婚约的表妹。少年只觉心头滋味如那山楂糕般酸酸甜甜,最终记在心头的,还是那萦绕不去的酸。

"吉祥,去找二爷把画要回来,我拿错了。"

"是。"吉祥出门往明华苑去了。

蒋宸没想到涵哥儿是个急性子,从他这里离开后就直接去了沉香苑。

甄妙有些奇怪:"涵哥儿,怎么这个时候又来了,再不回去大伯娘该担心你了。"

"四姐,我这就走啦,这是我和宸表哥给你的谢礼。"涵哥儿说着把画卷往甄妙手里一塞,转身跑了。

"百灵,去送一送涵哥儿。"甄妙吩咐着,抱着画卷转身坐下,冲紫苏笑道,"蒋表哥不愧是读书人,真是多礼。"她说着解开带子把画卷慢慢展开,一幅风吹竹林动的画面呈现在眼前。

"咦,这就是园子里的那片竹林啊,画得可真像。"甄妙感慨着,目光移到那行清秀挺拔的小字上。

"山有木兮木有枝……"短短的一行字,便再没了下文。

甄妙呆住了。

她就算不是这里土生土长的,也知道这首著名的诗句:"山有木兮木有枝。心悦君兮君不知。"

那画卷拿在手里顿觉火烧火燎,啪嗒一声掉在了地上。

甄妙还在发傻。"心悦君兮君不知",蒋表哥是什么意思?紫苏俯身把画卷捡了起来。

"我自己来!"甄妙急忙把画卷夺了过来,脸色通红。

紫苏已经看清了那行小字,人也怔住了。蒋公子他,他竟然喜欢姑娘!他怎么能!看一眼甄妙满脸羞红的模样,紫苏阵阵眩晕。老天,难道姑娘也心悦蒋公子?那一日他们在竹林，该不会私定终身了吧？

"咳咳。"甄妙打起呛来，慌乱道，"蒋表哥，他，他定是拿错了……"

她说着把画卷扔得远远的，爬上床榻用枕头盖着脸装睡。

紫苏反倒乐了："大热的天您这是做什么，别捂出痱子来。"

甄妙真的茫然无措，被紫苏从床榻上拉起来，一抬脚居然顺拐了。

紫苏一贯严肃的面皮抖了抖，扑哧一声笑出来。

"紫苏！"甄妙恼了。

紫苏总算放下心来。看姑娘这样子还没开窍呢，这分明是又羞又怕，半点没有两情相悦的模样。

"紫苏，你不要笑了，好丢人。"

紫苏收起笑脸，严肃道："姑娘，这可不是丢人不丢人的事，您有婚约在身，万一传扬出去，那就麻烦了。"

"只有你知道。"甄妙说着，觉得脸烫得不行。

"没有不透风的墙，姑娘，这画万万不能留着，还是烧了吧。"

"烧了？"

见甄妙一脸犹豫，紫苏又觉得不好了。难道姑娘真的对蒋公子有意？

"可能是蒋表哥拿错了，要是烧了，他来要怎么办？"甄妙实在想不通蒋宸怎么就喜欢她了。那天她把蛇扔他脸上了，邀请他一起吃东西，他还吐了……她要是蒋宸，估计一辈子不想看见她！

"这怎么能拿错了呢？"

紫苏正说着，就有小丫鬟进来，手里还捧着一个卷轴："姑娘，蒋公子那边的吉祥过来，说是二爷给姑娘带来的画卷当时拿错了，应该是这个。"

甄妙和紫苏面面相觑。

真的拿错了，甄妙露出果然如此的表情。

居然拿错了，紫苏露出不可思议的表情。

见姑娘不说话，小丫鬟提醒道："姑娘，吉祥还在角门等着呢。"

没等甄妙回答，紫苏忙把那要命的画卷塞给小丫鬟："快给吉祥送去。"

她把接过来的画卷打开给甄妙看，是一幅雨打芭蕉图，提的也是应景的诗句，半点旁的含义也无。这画卷和之前的用的同一种画轴，系的带子也是一模一样的，说是拿错了，倒是可能的。

紫苏稍微放下心，见甄妙脸色不好，心又悬了起来："姑娘？"姑娘这表情是失望？难道姑娘还盼着蒋公子——

"紫苏，你想太多了，我只是觉得有点丢人……"甄妙愤愤地靠到床榻上去了。

没想到长这么大收到第一封寓意着爱慕之心的画卷，居然是送错了！

怀恨在心的甄妙第二日只做了一小份冰碗给涵哥儿，半点多的都没。

"四姐，你怎么只做了这么点，我还答应宸表哥给他送去呢。"

甄妙翻个白眼："那把你这份送去吧。"

涵哥儿忙摇头："不行不行，好姐姐，你就再做些吧。"

"别求了，求也没用，你再不吃冰碗就该化了。蒋表哥前几日受了伤，身子弱，吃不得冰碗。你过去跟他这么说，他定不会怪你。"

"真的？"

甄妙重重点头："真的。他受了凉要是更严重了，那就是我们的不是了。"

涵哥儿把这话传到蒋宸那里，蒋宸枯坐良久，无声苦笑。

吉祥是自幼跟惯蒋宸的，见他这样，劝道："公子，您这是何必呢？"

蒋宸一愣，见吉祥一副了然的样子，叹道："这样最好。"

吉祥一边给蒋宸倒茶一边念叨着："就是一幅画，您还要回来，也难怪四姑娘恼了。不是小的说，您哪年不画个百八十幅……"

"出去。"蒋宸有气无力道。被窥破心事固然令人羞恼，无人理解才更寂寞。

这一日甄妙午休醒来，正琢磨等甄妍添妆时该送些什么好，就有小丫头进来请示："姑娘，老伯爷院子的阿缎姐姐过来了，说是老伯爷请您过去。"

甄妙脑子嗡了一声，差点哭了。真是躲得过初一躲不过十五啊。

这位祖父就是小孩子脾气，想要干的事，想方设法也要干了。这一次她要是推了，以后不定还有什么事等着。与其整日提心吊胆，不如伸出脖子一刀。

进了门没看到阿贵，甄妙松了口气，冲坐在床上喝茶的老伯爷施了一礼："孙女给祖父请安。"

扑啦啦几声响，紧挨着老伯爷蹲着的大白鹅阿贵飞了起来，冲过床上矮桌向甄妙扑来。大概是仇人相见分外眼红，阿贵死命扑腾着翅膀，好几根鹅毛飘飘荡荡落下来，有一根还落到了老伯爷头上。

甄妙吓得一声尖叫，猛地躲在青鸽身后。青鸽宽大的身子把甄妙一挡，阿贵就撞到了她身上。一个反弹落地，不死心的阿贵死命往上蹦，凶气十足。

老伯爷激动从罗汉床上跳下来，高声道："阿贵，好样的！"

看着头顶鹅毛给大白鹅加油的老伯爷，甄妙差点没昏过去。

"祖父！"

听着小孙女娇滴滴的喊声，老伯爷才回过神来，一把把阿贵捞起抱在怀里，安抚道:"好了,阿贵,留着劲儿一会儿用,别吓坏了我孙女。"

见甄妙还躲在胖丫鬟身后不出来,他道:"四丫头,快去把衣衫换了,祖父带你出门。"

"祖父,我怕阿贵。"甄妙实话实说。

"哈哈哈,你们这些丫头就是娇滴滴的,别怕,阿贵经过训练,不会乱咬人的。"老伯爷不以为然道。

甄妙深以为然。它当然不乱咬人了,它只咬她!无论如何,打死她也不会从青鸽身后出来。

老伯爷无奈了:"四丫头,你再磨蹭,我可不带你去了!"

"真的?"甄妙探出半个头,一脸惊喜。

"嗯?"老伯爷不满拧眉。

甄妙忙调整表情,一脸遗憾:"真的吗?那太可惜了,祖父,实在是孙女不争气,很怕这些动物。"

非常老实的青鸽都忍不住翻个白眼。姑娘,您说这话,那条蛇冤不冤啊?

老伯爷摆摆手:"罢了罢了,哎,我怎么就没个机灵贴心的孙子,一个太古板,一个年岁又小。四丫头,快去换衣裳吧,你怕阿贵,我让平安抱着它,离你远点儿。"

甄妙欲哭无泪。祖父怎么就死抓着她不放了呢,她到底哪里吸引了祖父,她改还不成么?

明馨庄是永王的别院,永王是昭丰帝的亲兄弟,初霞郡主的父亲。一副少年打扮的甄妙不出意料又遇到了初霞郡主和赵飞翠。

甄妙在同龄女子中已经算高的,初霞郡主比她小一岁,居然还要高出一寸来。

穿着彩裙的初霞郡主斜睨着甄妙哧笑:"我道是谁呢,原来是甄四啊,这么矮的个子,有脸穿男装。"

甄妙也不反驳,笑眯眯往赵飞翠的方向靠了靠。

满京城谁不知道,沐恩侯世子是出了名的五短身材。

赵飞翠最忌讳别人说她父亲矮,她也是皇后宠着长大的,平日和初霞郡主玩在一起,其实也互别着苗头,当下就有些恼了,瞪了初霞郡主一眼。

"你那样看我做什么?"在不喜的人面前被同伴落了面子,初霞郡主也恼了。

两个小姑娘吵了起来,甄妙心满意足地回祖父身边坐着去了。

第6章 遇险

罗天琟近日有些心烦。

梦里，大概就是这个时候，靖北厉王派蛰伏的杀手混入明馨庄，把一干玩乐的勋贵子弟屠了个干净，唯有建安伯因为心脏长偏了逃过一劫。

这些勋贵子弟个个身份不低，再加上还有昭丰帝的胞弟永王在内，引起了轩然大波。

昭丰帝对唯一的胞弟还是有感情的，龙颜大怒之下严查此事，但被早就谋划多年的厉王暗中引导着，反倒清理了不少可用之臣。

这一年血雨腥风，人心惶惶，也是大周动乱的伊始。

这几日他派了人守在建安伯府附近，只要建安伯出门便会回报，只是他在宫中当值，消息是递不进来的，只能等到交班出宫。这种等待的滋味，实在熬人。

罗天琟烦躁地走来走去，忽觉有人靠近，忙避开身子转向来人。

方柔公主嘟着嘴，两手还是张开的姿势，跺脚道："天琟表哥，真讨厌，人家本来想蒙住你的眼睛，让你猜猜看的。"

罗天琟很是无奈，对小公主偏偏得罪不得，只得客气道："抱歉，只是公主以后不可如此，万一属下失手伤了您可怎么办？"

"你要伤了本公主，就一直照顾我好了。"方柔公主理直气壮道。

罗天琟皱眉。

"天琟表哥，你这是什么表情，本公主已经够心烦了。"

"公主心烦什么？"罗天琟觉得忍耐快到极限，偏偏又无法发作，暗下决心定要早日建功立业，不在这等级森严的皇宫里当一个小小卫长。

"还不是父皇要给我选伴读的事儿，选来选去，没一个看得顺眼的。"方柔公主眼珠一转，"天琟表哥，不如你带我出宫去玩吧。"

罗天琟果断拒绝。别说昭丰帝已经明确说过方柔公主年纪不小，不能再出去疯跑了，就是目前这个特殊时候，他也不能带方柔公主出宫。

方柔公主拉下脸："本公主的话你都不听？你就不怕我让父皇罚你？"

罗天琟淡淡看方柔公主一眼："属下不敢，愿意领罚。"

"我，我再也不要见你了！"方柔公主小性子上来，扭身就跑。

昭丰帝深沉的声音传来："方柔，你又来缠着罗卫长胡闹了？"

"父皇，人家才没胡闹，都是罗卫长，不听儿臣的话。"

"是么？"昭丰帝沉下脸来，"那要不要朕处置罗卫长，替你出气？"

看昭丰帝严肃的模样，方柔公主吓了一跳，连忙摆手："不用不用，儿臣说笑的。"

瞥一眼处事不惊的罗天珵，昭丰帝收回目光，不赞同道："你是公主，说话做事要有分寸，下次你再说罗卫长的不是，那朕就依你的意思重重责罚罗卫长。记住了吗？"

方柔公主委屈道："儿臣记下了。"

"那你去你母妃那儿吧，伴读已经定下来了，明日开始就进学。"

方柔公主不情不愿离去，昭丰帝微笑道："罗卫长，随朕走一走。"

"是。"

二人一前一后，缓缓踱步。

嶙峋的山石旁栽了几株桂花，零零落落开了几朵，幽香扑鼻。

昭丰帝停下来："朕看你这几日有些心神不属。"

罗天珵一惊，面上却半点不露，恭敬道："回皇上，臣近来在五城兵马司轮值，觉得西城并不安定。西城乃达官显贵居住之地，若是不太平，恐生乱子。因想着这事，心里有些不安，没想到皇上慧眼如炬。"

最后一句话令昭丰帝龙心大悦，笑道："哈哈哈，从前朝到如今，历代都是五城兵马司护卫京城治安，又有六大营镇守京城周边。罗卫长，你多虑了。"

昭丰帝又鼓励道："不过为国为朝多一份忧心是好的。五城兵马司历来事多又杂，最是磨练人，你且好好干着。"

罗天珵低了头："是。"

刺杀的事如果真如梦中那般发生，昭丰帝就该笑不出来了。

事发后昭丰帝从龙虎卫并各地卫所抽调出精英，另设一卫，一明一暗，暗卫负责刺探情报，收集罪证，明卫负责缉拿。见官大一级，直接听候昭丰帝吩咐，称作锦鳞卫。

"皇上，臣有一个想法。"

"说吧。"

对罗天珵，昭丰帝非常有好感，救护公主之事放在一旁，像他这样出身好又上进的年轻人可不多。

"臣想着，五城兵马司负责的事情繁多琐碎，龙虎卫守在皇宫，若是再成立一个特别卫队负责各处非常事宜,直达天听,岂不是更好?"

"特别卫队?"昭丰帝来了兴趣,略一细想,看向罗天理的眼神深沉起来。

罗天理坦然垂手而立。

"你说的事,朕要好好想一想。"昭丰帝没有心思再闲聊,挥挥手命罗天理退下。

罗天理默默退下。

锦鳞卫的成立是必然的,他率先提起来便能占个先机。等将来成立锦鳞卫时,昭丰帝对他这个提议人必然会安排个位置,他就不会被拘在宫里了。

明馨庄那边,斗鹅已经进行到了如火如荼的时候。

"阿贵,加油,跳起来,跳起来啄!"老建安伯激动得手舞足蹈,见阿贵被沐恩侯世子养的那只鹅死死压着,又急得不行。

"老伯爷,您还是歇歇吧,这一百两银子买来的鹅,怎么能跟我五百两买来的鹅王比?"沐恩侯世子踩在小杌子上踮脚看着场里情景,喜得合不拢嘴。

"胡说,我家阿贵厉害着呢!"老建安伯气得吹胡子瞪眼,左右看看灵光一闪,把甄妙拉到身前,"阿贵,看这里,看这里。"

甄妙已经无言了。

不得不说,阿贵颇有灵性,听到老建安伯的喊声抬头一看,见是甄妙立刻来了精神,猛使劲一窜,压在它身上的白鹅竟然被甩了下来。

老建安伯激动得语无伦次,只要阿贵一松懈,就猛喊看这里。到最后,已经没有多少人看斗鹅,全盯着被老建安伯猛摇的甄妙看了。

老建安伯太激动,把甄妙藏头发的帽子摇掉了。三千青丝瀑布般倾泻而下,甄妙无语地看着老伯爷。

永王爆笑出声:"建安伯,原来你带来的不是孙子,是孙女啊!"

老建安伯全心投入盯着场内,突然大笑道:"哈哈,阿贵赢啦!"

众人一阵静默,给了还在发呆的小姑娘一个同情的眼神。

老建安伯冲上去把阿贵抱下来,累得筋疲力尽的阿贵居然还冲甄妙挑衅地抬抬嘴。甄妙又气又怕,往旁边挪了挪。

老伯爷一把把甄妙拉过来,喜气洋洋道:"四丫头,等回去祖父给你封个大红包,今日多亏了你。"

"都是阿贵的功劳。"甄妙有气无力道。

斗鹅完毕,便到了用餐的时候。

明馨庄格外巧妙,庄内一条河蜿蜒环绕,水清且浅,众人饮用的酒和瓜果就被放入一条条小木船里顺水漂荡。

一个个平日华服盛装的勋贵，此时却放荡不羁坐在河边饮酒吃菜，还有的居然打着拍子放声高歌。甄妙很有些震惊，初霞郡主她们却早已见怪不怪。

不一会儿，小厮们抬着整羊整鹿上来，利落熟练地生起了火堆。一个个年轻貌美的侍女立在勋贵旁边，或是托着水盆，或是举着帕子，还有的布置好长长的桌案，放好碗碟筷子。

甄妙顿时恢复了精神，接过老伯爷手里的刀子道："祖父，我来烤肉吧。"

"行，我等着吃乖孙女的烤肉。"阿贵斗赢了，老伯爷心情极好，看什么都是顺眼的，更遑论甄妙本来就手艺好。

"你这娇滴滴的小孙女还会烤肉？"沐恩侯世子举着酒壶凑过来，忽然想起来，"对了，就是你这个孙女，在七夕女儿会上赢了我闺女吧？"

"似乎有这么回事儿。"建安伯挠挠头。

沐恩侯世子冲赵飞翠招手："飞翠，来爹这里坐。"

"父亲，您唤女儿做什么，熏死人了！"赵飞翠用帕子掩着口鼻道。

"这烟味多香，哪里熏了，来来，爹给你烤肉吃。"沐恩侯世子虽然个子矮，手掌却厚重宽大，宠爱地摸着赵飞翠的头。

"我又不是小孩子了！"赵飞翠在外人面前最不愿意丢面子，拨开沐恩侯世子的手。

甄妙却羡慕地看了赵飞翠一眼。没想到沐恩侯世子如此疼爱女儿。再想想她那个爹——甄妙紧握着刀子，狠狠割下一块羊肉。

赵飞翠时刻盯着甄妙的举动，见她这样不由取笑："喂，你到底懂不懂烤肉啊？"

甄妙抬眼看看她，又开始忙自己的。

"飞翠，你们在说什么呢？"初霞郡主走过来。

赵飞翠指指甄妙："我就说她是个没见过世面的，恐怕都没见过烤肉吧，也难怪刚才见了曲水流觞眼睛都要瞪出来了。"

初霞郡主顺着看去，见甄妙正摆弄着一块方砖似的羊肉，不由笑了。烤肉讲究薄、透，才会香而不腻，可没见过哪里的烤肉跟砖头似的。

"行啦，总要想想人家的身份。"初霞郡主轻笑道。

"郡主说说，我是什么身份！"甄妙把刀子往羊肉上一甩，刀子噗的一声没了进去。

看着笑眯眯却不带半点暖意的甄妙，还有仍在打颤的刀子，初霞郡主嘴角笑意一僵，好半天才道："你这话什么意思？"

甄妙抬起眼帘，淡淡道："就是听了郡主的话不明白，问一问，郡主说不出答案就算了。"

"你分明是吓唬我！"初霞郡主指着那柄刀子。

"不敢,我只是在做烤肉罢了。"

"初霞,别听她胡说,她这哪是烤肉,分明是故意吓你呢。"赵飞翠凉凉道。

甄妙斜睨赵飞翠一眼,又把刀子拔起来。

"你,你干吗?"赵飞翠不由后退一步。

"不干吗。"甄妙用布抹了抹刀子,"上次七夕会,我赢了,今日我还能做出最好吃的烤肉来。你们呢,要是抛开身份,你们拿什么赢我?"

甄妙本不是争强好胜的人,平日这话也不会说,只是一次又一次被挑衅,实在不胜其烦。

"你大言不惭!"赵飞翠抬高了声音。

"怎么了,闺女?"

沐恩侯世子一出声,就有人看了过来。

初霞郡主瞪了赵飞翠一眼,心道暴发户就是暴发户,关键时刻就上不了台面。

赵飞翠也意识到失态,忙道:"没什么,是甄四说能做出最好吃的烤肉来,女儿才忍不住开口。好啦,您快喝您的酒去吧。"

"最好吃的烤肉?"沐恩侯世子来了兴趣,站着不动了。

其他人靠了过来。这群人都是好吃好玩的,听说甄妙放话能做出最好吃的烤肉,都来了兴趣。

"建安伯,你孙女真的会烤肉?"永王也凑过来,看一眼甄妙手中的肉块笑了。

"那当然了。"建安伯拍着胸脯道。他可是吃过孙女做的饭的,府里的厨子都比不了。

"哈哈,建安伯,你孙女要真能做出不错的烤肉来,回头我把新弄来的一对熊掌给你送去。"永王道。

"四丫头,听见没,你可得好好做。"建安伯兴奋道。熊掌难得,他可有年头没吃过了。

甄妙无奈地看了建安伯一眼,专心处理手中的羊肉。她用刀反复把整块羊肉拍松,拿起一根筷子在羊肉上扎出数十个小孔。越来越多的人围过来,看得一头雾水。

"劳烦取些蜂蜜、鸡蛋来。"甄妙对站在旁边的侍女道。

等蜂蜜和鸡蛋来了,甄妙打出蛋清,把羊肉块浸了片刻,才拿出来放到火上烤,一边翻烤一边刷着食盐之类的调味料。甄妙不停翻着羊肉,火候掌握极好,见是时候了,立刻刷上蜂蜜。不多时,整块羊肉变得金黄,散发着诱人的香甜味。

"取个大盘子来。"

侍女把大盘子放到桌案上,甄妙已经烤好了羊肉,小心夹着整块放到大盘子里。

"这就成了？"不少人好奇地问。闻着味道确实不错，可这么大一块真的入味了么？

甄妙笑笑，也不说话，取了一柄又快又亮的新刀，片刻把整块羊肉切成了许多大大的薄片。

一片片羊肉倒在盘子里，每一片都是表层微焦，内里是蜜色的金黄，上面还有数十个小孔。

"祖父，您尝尝？"甄妙放下刀子净手。

永王咳嗽一声："来人，把这些羊肉分了，大家都尝尝。"

"就是，我也尝尝这最好吃的烤肉。"有人调笑道。

等夹起烤肉放入口中，众人顿时噤声。

甄妙选择的是肥瘦相间的后腿肉，又扎出了许多小孔，调料和蜂蜜早已通过小孔融入了内部，是以每一片烤肉都酥嫩鲜香，还带着淡淡蜂蜜的甜味，半点腥膻之气都无。

"哈哈哈，建安伯，你孙女没说错，这果然是本王吃过的最好吃的烤肉了！"永王吃完自己盘中那片烤肉，忽然后悔之前吩咐把烤肉都分下去了。

"确实好吃。我想起来了，你孙女是七夕会上制作巧果花瓜，被评了绝品的那个吧？"有人恍然大悟。

"不错！"建安伯得意道，见一群人盯着他盘子里的烤肉虎视眈眈，忙夹起来吞掉，摆摆手道，"别看了，我孙女可不是专门烤肉的，这是她孝敬我的。"

一群人讪讪地散了。

这些人里虽有不少身份比建安伯高，但建安伯年纪大，又是出名爱玩会玩的，平日相聚倒是挺受尊重。便是永王，虽然想吃，也知道让一个伯府的姑娘给一群人烤肉不像话，只得悄悄嘱咐初霞郡主："你和甄家丫头玩得好，等会儿别忘了让她给你们多烤些肉啊，到时候给父王送来。"

初霞郡主翻了个白眼。父王，您哪只眼睛看到我和她玩得好了。

"怎么样，我做的烤肉是不是最好的？"甄妙望着初霞郡主和赵飞翠微笑。

"是又怎么样？"赵飞翠有些难堪。

"那你们就输啦，以后别有事没事找茬了。要是实在看我不顺眼，大不了我们就当不认识好了。"

"谁说我输了？"好一会儿，初霞郡主似乎想起什么来，拉着甄妙道，"你跟我来。"

"啊？"

赵飞翠忙追了上去："初霞，你带甄四去哪儿？"

"你们跟我来就是了。"

初霞郡主带着二人走走绕绕，进了一处小院子。

院中几株梨树已经结了果子，个头儿还不大。走到第三棵树下，初霞郡主不知从哪里翻出一把锄头，对着树根旁挖了起来。

"初霞，你到底在挖什么啊？"

"等着就是了。"

不多时，初霞郡主脸上见汗，把锄头递给甄妙："我累了，你来，小心着点，别弄破了。"

甄妙无奈接过来继续挖。

看到一抹红色，初霞郡主忙叫停手，小心翼翼抱出一个系着红绳的黑坛子来，得意冲甄妙道："谁说我什么都不会，这是本郡主五年前采花瓣上的露珠亲自酿的酒，今天让你们尝尝。"

初霞郡主直接把酒坛开了封，浓郁的酒香味传来。

甄妙和赵飞翠不由自主深吸一口气。

初霞郡主跑进屋子，片刻后托着三个白玉杯出来了。

赵飞翠笑道："初霞，这是放多久的了，你洗了么？"

初霞郡主白她一眼："这里每日都有人清理。"说着把托盘放在石桌上，一一倒入美酒。酒居然是绛红色的，散发着诱人的香味。

"尝尝吧。"也不知道是不是初霞郡主在跟甄妙较劲，她首先把酒杯递给甄妙。

甄妙接过酒杯，先是晃了晃浓稠的酒液，这才凑到唇边喝了一小口。入口香醇清爽，还带着淡淡的梅子味道。

"是放了杨梅吗？"甄妙真心赞道，"很不错。"

"真的？"初霞郡主扬了眉想笑，想到这是向来看不顺眼的人，收了笑意，别扭道，"比起你的烤肉如何？"

"都很好，要是梅子酒配烤肉，那就更好了。"甄妙笑眯眯道。

瞧着甄妙的笑脸，初霞郡主本能皱眉，可想起那美妙的烤肉味道，暗暗咽了口水，别别扭扭冷哼一声："行，我们这就回去吃烤肉，喝梅子酒。飞翠你来评判，看到底是她的烤肉好，还是我的梅子酒好。"

"没问题。"赵飞翠答应得飞快。

甄妙暗暗翻个白眼，心道这有可比性吗？

"快点。"初霞郡主一手抱着酒坛子，一手拖甄妙。

"郡主，我自己走。"

三人拉拉扯扯走了一会儿，甄妙猛然停住脚步。

"哎，你干吗？"初霞郡主差点撞上甄妙，收住脚不满道。

"就是，冒冒失失的！"赵飞翠瞪了甄妙一眼。她隐隐觉得初霞郡主对甄妙不一样了，而这种改变，让她本能感到不快。

"都噤声。"甄妙紧蹙眉头，"你们难道没听到什么声音吗？"

"哪有什么声音啊，你少故弄玄虚！"赵飞翠推了甄妙一把。

甄妙反手抓住赵飞翠手腕。

"你放开，痛死啦！"

"甄四，你想做什么？"初霞郡主警惕问。这里就她们三个，她该不会想打她们一顿吧？初霞郡主的脸色彻底冷了下来。

甄妙却顾不得这些，压低声音道："有什么事以后再说，你们难道听不见，前边声音有些不对劲？"

初霞郡主被甄妙严肃的模样弄蒙了，仔细听了听。

赵飞翠却拍向甄妙手臂："初霞，别听她的，她就是故意找我们麻烦！"

初霞郡主神情严肃起来："好像是有些不对劲，飞翠你听，前面声音好乱，似乎还有哭声。"

"有哭声有什么奇怪的？那些人喝醉了，放声大哭算什么，还有打架的呢。"赵飞翠不以为然道。

听她这么一说，初霞郡主稍微放了心。

甄妙忽然蹲了下来，把耳朵贴在地上。

"你这是做什么？"二人大为惊讶。这姿势，未免太不雅了！

甄妙站起来，脸色相当难看："你们在这儿等等，我去看一下。"

赵飞翠拉住她："你这人到底怎么回事啊，先说不对劲，现在又让我们留下来，你到底有什么企图？"

赵飞翠拉着她不让走，甄妙看向初霞郡主。

初霞郡主淡淡道："甄四，你还是把话说清楚。"

甄妙叹口气："不是我不想说清楚，我们离那儿甚远，我也不知道到底发生了什么事，只是听声音觉得不大对劲，那分明是打斗和哀嚎的声音，这恐怕不是纯粹为了宣泄情绪发出来的。倒像是——"

"倒像是什么？"初霞郡主紧盯着甄妙问，不知不觉也紧张起来。

"倒像是厮杀！"

"什么？不可能！"初霞郡主先是满脸震惊，随后勃然大怒，"甄四，你知不知道这是哪里？这可是我父王的别庄！"

"郡主，争论这些做什么呢，到底什么情况去看看就知道了，你们在这里等我——"

"不，要去一起去，难道你觉得你比我们强？"初霞郡主扬起了下巴。

甄妙只得叹气："好吧。"她本来想探查一下情况，若是不对劲，就小心退回来，有初霞郡主这位主人在，好歹能寻个地方躲起来。可若是她们也去，谁知道会不会保持冷静？但看这架势，不让她们去显然不可能。

"那要是有什么情况，你们一定要冷静。"甄妙还是忍不住提醒道。

"这个不用你说。"初霞郡主绷着脸走了过去。

随着渐渐靠近，声音越来越大了。三人互相看看，脸色变得凝重。

"我，我们……"赵飞翠哆哆嗦嗦张口，已经带了哭腔。

"赵七姑娘，你在这儿等我们吧。"甄妙见她怕得不像样子，开口道。

"飞翠，你留下。"初霞郡主强自镇定道。

赵飞翠眼泪流下来，猛摇头："我……我父亲还在那里……"

一只带着暖意的手握住了赵飞翠，另一只手拉住初霞郡主："那我们一起去看看。记住，等会儿无论见到什么，千万别发出声音。"

"嗯。"

这一刻，无论是身份高贵的郡主，还是骄纵跋扈的赵飞翠，都只是一个六神无主的小姑娘，而那双带着暖意的手，让她们心底安定了些。

三人脚步放得极轻，一步步靠近，隔着丛花疏木终于看清了那一边地狱般的惨象。

几个黑衣蒙面人穿梭于人群中，每经过一处就是血花飞溅。幸存的人还在惊慌逃窜，处处是断臂残肢，高雅的曲水流觞，早已成了血河一片。

"爹——"赵飞翠的声音憋在了喉咙里。

甄妙惊得看过去，就见初霞郡主用手死死捂住赵飞翠的嘴。被捂住口的赵飞翠直直看着前方，泪水如珠子般滚落。

突然咣当一声响，初霞郡主抱着的酒坛子跌落在地，瞬间酒香四溢。初霞郡主脸上没了血色。她忘了自己还抱着酒！

"快走！"甄妙猛然拉了初霞郡主一把，眼泪落下来。她看到老建安伯仰倒在地，怀中还抱着已经变成红毛的阿贵。

"他们是杀手，我们快走。"甄妙根本控制不住汹涌而出的眼泪。

也许是场面太混乱，各种惨呼声此起彼伏，酒坛跌落的声音居然没惊动那些杀手。

初霞郡主绝望地寻觅着永王的身影，听了甄妙的话手不自觉捂得更紧。赵飞翠拼命挣扎起来。

"郡主，再不放手她要闷死了！"甄妙提醒道。

初霞郡主猛然回神，同样带着哭腔："我，我放手，你千万别出声！"

赵飞翠拼命点头。

初霞郡主手一松。赵飞翠推开她，大口喘着气。

"我们快走，刚才那些杀手虽然没听到动静，但酒香味瞒不住的！"甄妙心跳如雷，脑子却异常冷静。

三人正要悄然退走，忽见一个黑影飞来，抬头一看，竟是一颗双目圆睁的头颅。

"啊——"赵飞翠控制不住尖叫出声。初霞郡主把手放在唇边死死咬着。甄妙也吓蒙了，一脸呆滞地看着在脚下打转的那颗人头。

一个黑衣人目光冰凉地往三人藏身的地方看了一眼。

糟了，被发现了！甄妙陡然回神，推一把瘫软的二人："快，快走！"

初霞郡主双手撑地，想要站起来。

赵飞翠如被抽去骨头般软倒在地："没用的，他看到了，他看到了……"

啪的一声，甄妙打了赵飞翠一个耳光："他是看到了，可他现在顾不上杀我们，怎么，你要在这里等着他吗？"说完也不理她，向初霞郡主伸出手。

初霞郡主颤抖着握住甄妙冰凉的手，使劲站了起来。

赵飞翠张了张口："带着我……"

二人一左一右，把赵飞翠拽了起来。三人互相扶持着，深一脚浅一脚向花丛深处跑去。

"初霞，我们躲到哪里？"赵飞翠一副再受刺激就要崩溃的样子。

"你还记不记得我们小时候捉迷藏，不小心掉进去的那个废井？我们去那里。"初霞郡主一时紧张，忘了路。

"那边。"赵飞翠哆嗦着伸出手指。

三人顺着赵飞翠指的方向狂奔，不知是哪个突然绊了一脚，一起跌倒了。这个时候，甄妙强悍的身体素质就体现出来了。她手一撑地跳了起来，一手拉着一个往上提。

初霞郡主气喘吁吁地站了起来。赵飞翠哭道："我不行了，我脚崴了！"

"你想死吗！"初霞郡主又气又怕，伸手死命拽她。

"别碰我，疼，就让我死在这里好了，不然也要疼死了！"赵飞翠断断续续哭着，大滴汗珠儿从额头滚落。

甄妙焦灼地看了后面一眼，牙一咬，俯下身子把赵飞翠背了起来。

"你——"初霞郡主与赵飞翠都愣住了。

"带路。"甄妙喘着大气。

"好。"初霞郡主神色凝重地点点头。

"注意别折了花枝草茎，那些杀手发现痕迹会追上来的。"甄妙叮嘱道。

"嗯。"初霞郡主走在前面带路。

多了一个人，甄妙吃力起来，浑浊沉重的呼吸声萦绕在耳畔，赵飞翠神色怔怔的。

"你还坚持得住么？"不知走了多久，看着脸色发白的甄妙，初霞郡主气喘吁吁问。

甄妙平缓着呼吸，没有做声。

赵飞翠一脸惊恐："不要丢下我！"

"你闭嘴！"初霞郡主狠狠瞪了赵飞翠一眼，这才看向甄妙，咬唇道，"你要是累了，就换我来。"

"初霞——"赵飞翠再次怔住了。

初霞郡主像是没听到赵飞翠的话，只是盯着甄妙。

甄妙摇摇头："还是我来吧，郡主带路就好。"一个同龄人的重量，又是体力已经耗了大半的情况下，不是小郡主想的那么简单。她若不是每日坚持锻炼，又懂得一些呼吸的技巧，早就吃不消了。

"坚持不住了你就说话，别嘴硬！"初霞郡主硬邦邦地说了一句，继续往前走。

穿过一片桂树林，初霞郡主跑到一棵足有两人手臂粗的老榕树下，绕到它后面把爬满井口的杂草蔓藤拨开，指着下面道："就是这里。"

废井不深，能一眼看到井底，里面铺着枯叶杂草，看起来倒是干燥的，但气味并不好闻。初霞郡主和赵飞翠不由犹豫起来。

"不能犹豫了，要是杀手追来，我们想躲进去也来不及了。"甄妙劝道。

回头看一眼桂树林，初霞郡主下定了决心："好，我们下去。"

见她往里面跳，赵飞翠忍不住喊："初霞——"

"嗯？"初霞郡主拧眉。

赵飞翠悄悄瞥了甄妙一眼。

初霞郡主一怔，随后大怒："这是我家，我最熟悉，要是下去自然是我先下去！"

赵飞翠变了脸色，讷讷道："我，我不是这个意思。"

初霞郡主跳了下去。

甄妙放下赵飞翠，紧跟着跳下去。赵飞翠慌了，哭道："你们都跳下去了，我怎么办？"

初霞郡主凉凉的声音传来："你脚崴了，难道没有手吗？跳下来又不用脚！"

"你跳吧，我们两个在下面，可以接住你。"甄妙淡淡道。

赵飞翠果然自私凉薄，倒是初霞郡主令她大为意外。不过这种时候三人是一体的，也不能不管赵飞翠。

赵飞翠狠狠心，双手并用扒着井沿儿翻了下去。甄妙和初霞郡主伸手接住她，三人一起跌坐到地上。

"我们，我们会被发现么？"赵飞翠怯怯问。那般惨象，把这个飞扬跋扈的女孩子的胆气都吓没了。

沉默许久，初霞郡主从腰间掏出一把匕首，脸色苍白看二人一眼，道："听天由命吧，若是发现了，我有这个！"

"这个有什么用，他们可是杀手！"赵飞翠反驳着，猛然明白了初霞郡主的意思，一脸惊惧地看着她。

初霞郡主微抬下巴："被人发现你还想活？不怕被人凌辱？"

"我……"赵飞翠不知道怎么回答。她不想死，她才十三岁呢！

初霞郡主收回目光："随你好了。"然后看向甄妙："你呢？"平日她再怎么骄纵也是堂堂郡主，怎能被贼人凌辱？

甄妙伸出手，手心上竟然是一块碎瓷片："我本来准备了这个，没想到郡主有匕首。"

碎瓷片是酒坛子跌落碎裂时她趁乱收起来的，她没想着像初霞郡主那样为了避免被凌辱而自杀，而是想寻最好的时机拼一拼。若是走运捞个垫背的，死得也没那么憋屈。

初霞郡主却误会了甄妙的意思，露出赞许的目光，瞥一眼赵飞翠道："传承几代的勋贵之家到底不同。"

赵飞翠脸涨得通红，可现在的她完全没有顶嘴的底气，只得默默低了头。

"我们还是都安静地休息会儿吧，若是有人追来，听到我们说话就糟了。"甄妙提醒道。三人都不再言语，时间仿佛停滞了。

"卫长，这几个人都是高手，兄弟们快顶不住了！"

举办酒宴的地方，一个满脸是血的年轻男子对正舞着刀和一个黑衣人交手的蓝衣青年喊道。

蓝衣男子刀一扬，震飞了对手的刀，随后刺入对方小腹。刀利落拔出，他顺势抬脚，踹中正和满脸是血的男子缠斗的黑衣人手臂。

黑衣人一个个倒下。不知过了多久，形势终于被彻底掌控。

蓝衣男子看着站成一排的年轻男子，沉声道："龙三去送信，龙四看好俘虏，剩下的都去看一看，把受伤的人集中起来。"

"是！"

几个年轻男子领命散开，蓝衣男子走到肩膀被血浸透了的永王面前，抱拳道："王爷受惊了。"

"你是？"永王有些迟疑。

罗天珵虽然是镇国公世子，又是宫中侍卫，可永王的心思都放在了玩乐上，加之站在面前的男子浑身浴血，一时竟没认出来。

"卑职乃龙卫第七卫长，罗天珵。"

"镇国公世子？"永王总算反应了过来，心下一松，身子不由软倒。

罗天珵忙把永王扶住："卑职送您回府。"

"好，好。"永王连连点头，抬脚欲走忽然僵住，脸色难看道，"本王的女儿还不知去向！"

"郡主也在这里？"

"对，还有沐恩侯世子的闺女和建安伯的孙女！"永王有些急了，"罗世子，烦请你快点找一找！"

罗天珵也怔了，不由自主问："还有谁？"

"罗世子，你发什么呆啊，快去找她们！"

罗天珵深吸一口气："建安伯哪个孙女？"

"什么哪一个？哦，就是做烤肉特别好吃的那一个！本王听沐恩侯世子的闺女喊她甄四。"

听到这话，罗天珵心狂跳了一下，手指放到唇边吹了个响亮的口哨。呼啦一声，几个年轻男子站到他面前。

罗天珵指着一人道："去看一下死去的女子中有没有不是侍女打扮的。"然后问剩下的人："所有受伤的人都集中在一起了么？"

"卫长，受伤的人在这边。"

罗天珵快步走过去，看着受伤的男男女女。这些男子虽都一身狼狈，仍可以看出穿着锦衣华服，女子则通通是侍女打扮。

"你们谁看到郡主了？"

惊吓过度的人全都茫然摇头。

"卫长，死去的女子皆是侍女打扮。"前去查验的侍卫来报。

罗天珵看向幸存的侍女："你们身为侍女，居然不知道郡主去向？"良久，一个侍女怯怯道："婢子看到一个黑衣人往那个方向去了。"

"你们在这里保护王爷，我去那边看一看。"

罗天珵几个起落消失在众人眼前。

另一边，甄妙三人背靠背无声坐着，只觉度日如年。忽然有细微的声音传来，三人同时身子一僵。那是脚步声！三人紧张得大气不敢出，仰头死死盯着井口。

不多时，一个蒙面人缓缓往井底探头。赵飞翠吓得尖叫起来。初霞郡主颤巍巍握着匕首，举到胸前。

"千万别站起来！"甄妙低喝一声，身子往井壁靠去。二人忙照做。

蒙面人探头俯视着她们，声音充满杀气："哪个是郡主？"

三人互视一眼，时间有短暂的凝滞。

不耐烦且充满杀意的声音再次响起："哪个是郡主？"

三人依然沉默。

黑衣人忽然举起尖刀往井口刺下："若是不说，那你们就一起做伴吧！"

"不要！"赵飞翠大喊起来，手胡乱指着，"是她，她是郡主！"

气氛一片死寂，赵飞翠指的刚好是甄妙和初霞郡主中间的方向。

"到底是哪个？"蒙面人追问。

赵飞翠手指不停抖着，最终指向甄妙："是她。"

初霞郡主蓦地瞪大了眼睛，不可思议喊道："你，你，我……"

甄妙身子腾空而起，再回神已经到了上面。

"我才是郡主。"初霞郡主后面的话终于磕磕绊绊地说了出来。可是上面已经没有了动静。

初霞郡主死死瞪着赵飞翠，扬手打了她一耳光。

随着蒙面人离开，那股令人窒息的杀意跟着褪去，赵飞翠恢复了胆子，捂着脸大叫："初霞，你为什么打我，要知道是我救了你！"

啪的一声，她另一边脸也肿了起来。

初霞郡主冷笑："对，是你救了我。可你让我觉得自己很无耻！"

赵飞翠听了初霞郡主的话，双手猛摇她肩膀："初霞，你醒醒吧，什么无耻，能活着才最重要！"

"可是我们活着，她却死了！"

赵飞翠眼中飞快闪过羞愧，硬着头皮道："不是她死，就是你死。难道你不想活着吗？况且，你不是一直讨厌她吗？"

初霞郡主盯着赵飞翠，直到她心虚低下头去，才一字一顿道："赵飞翠，她救了你。"

赵飞翠头垂得更低了，手死死绞着衣服不说话。

初霞郡主气势一松，忍不住哭了起来："我是讨厌她，可我从没想过要她死啊——"

"郡主。"一个清冷声音传来。

"啊！"赵飞翠吓得抱住初霞郡主。初霞郡主同样吓得僵住。

"郡主，在下是龙卫第七卫长罗天珵，现在救您上去。"

这话落入二人耳中，无疑是一阵仙乐。

二人同时抬头，就看到一个眉目清绝的蓝衣男子纵身跃了下来，随后各自手腕一紧，整个身子腾空而起。

很快三人就到了上面。乍然被救，二人还有些发呆。

"在下听说甄四姑娘也和郡主二人在一起，不知——"

初霞郡主和赵飞翠对视一眼。

"刚才有个蒙面人发现了我们，以为甄妙是我，把她带走了！"

初霞郡主这话一出，顿觉周身一冷，咬咬牙道："罗卫长，你快去救她吧！"

罗天珵紧绷了脸没有理会二人，扫视一番道："郡主，前面已经被在下带来的人控制了，救援的队伍很快就到，你们先过去吧，在下去寻甄四姑娘。"

话音刚落，人就如矫健的豹子奔出，很快消失在二人视线里。

良久，赵飞翠喃喃道："他能找到甄四吗？"

"不知道。"初霞郡主懒得理会赵飞翠，抬脚往回走。

赵飞翠脚踝肿得老高，一动弹就疼得死去活来，喊道："初霞，扶一扶我啊，我走不了路。"

"我可不敢。"好一会儿，传来初霞郡主凉凉的回答。

赵飞翠跌坐在地上，想着一连串的变故，捂脸大哭起来。

"父王！"初霞郡主返回，见许多身穿龙甲的侍卫围着永王，声音哽咽着扑了上去。

"初霞，你没事太好了！"永王见初霞郡主回来，心总算落了地。

初霞郡主抬起头："父王，您快派人去追，有一个杀手把甄四截走了！"

"什么，还有漏网之鱼？"永王一听这话站了起来，吩咐道，"你们务必把人寻回来，杀手留活口！"

说到这里永王有些心虚。那些见人就杀的蒙面人一失手就自杀了，只有罗世子先前逮住的那人还活着，他因为愤怒提来审问，结果那人也咬破毒牙自尽了。要是最后一个杀手也死了，那他这场祸事算是白遭了，更无法向皇兄交代！

"王爷，死者名单出来了，皇上召您速速进宫。"

永王站起来，吩咐道："好生护送郡主回王府。初霞，沐恩侯世子的闺女呢？"

初霞郡主垂着眼皮，不冷不热道："她脚崴了，可能还在来这儿的路上。"

永王忙吩咐两个侍卫去接赵飞翠，对初霞郡主道："那丫头可怜，她父亲没了。"

听了这话，初霞郡主怔怔的，一时说不出是讨厌赵飞翠，还是可怜她了。

甄妙被蒙面人夹在腰间，耳边的风呼呼响。她悄悄把手缩回衣袖，摸到装有碎瓷片的暗袋里，又停了下来。

不行，现在还不是时候！这人没有马，又是见人就杀，应该是特意培养出来的杀手，潜入明馨庄进行刺杀。可他居然留下活口，带着自己逃跑，这说明什么？甄妙快速思考着，心中一喜。是不是说明有人发现明馨庄被袭，且控制住了局面，所以他需要一个活口当人质！随后，甄妙又沮丧起来。就算如此，若是没有追兵，他恐怕不会带着自己这个累赘。

正想着，忽听一个声音道："站住！"这声音似乎有些熟悉。

蒙面人身子一顿，随后奔得更急。破空声传来，蒙面人揽着甄妙迅速避开，继续飞奔。又是破空声传来，这次蒙面人没有躲避，手往外一推用甄妙挡住了暗器袭来的方向。

罗天珵脸色都变了，手一扬又是一物射出，叮咚一声响，撞飞了先前那物。

蒙面人带着甄妙又拉开了一段距离。

罗天珵不敢再使用暗器，加快了脚步。

蒙面人多带了一个人，渐渐被罗天珵追上。

"你看看前面，还要跑吗？"罗天珵喝道。

蒙面人看一眼前方的悬崖，再看一眼罗天珵，把甄妙拉在身前。

"放了她，我留你个全尸。"罗天珵看也不看甄妙，步步逼近。

蒙面人忽然一声冷笑，竟抱着甄妙纵身往下跳去。

罗天珵跟着跳了下去。

甄妙紧闭双眼，以为这次要粉身碎骨，却发觉自己悬在了半空中。她睁开眼往上一看，才发觉罗天珵伸手拉住她的脚，以倒挂的姿势双腿缠在悬崖侧壁伸出的树干上。下方蒙面人一只手死死抓着她的手在空中晃荡，另一只手握着尖刀，趁着身体晃动的机会想刺入悬崖侧壁的缝隙里。

甄妙怒了。这个杀人魔，拉着她垫背不说，居然还想借着机会逃跑。休想！甄妙使劲掰蒙面人那只手。

蒙面人冷笑一声，手上一用力，甄妙顿时疼得落泪。

甄妙狠狠瞪着蒙面人露出来的一双眼睛。那眼睛里居然有嘲笑和得意，似乎在说就你这力气，能拿我怎么样？

甄妙冷笑一声，从衣袖里掏出那块碎瓷片。蒙面人的眼神顿时变了。

甄妙毫不犹豫拿小瓷片在蒙面人手背上一划。

蒙面人闷哼声传来时，就听罗天珵喝道："不要，留活的！"

蒙面人松开手直直掉了下去，在二人视线中身影渐渐变成一个小黑点，最终消失。

甄妙捏着小瓷片，艰难地回头看看罗天珵。

罗天珵寒着脸："你能不能不要这么自作主张？"

这话一出，甄妙心中生的感激之情顿时散了不少，气喘吁吁道："你觉得这棵歪脖子树能久久支撑住我们三个人？"

她也知道要想查个水落石出必须留活口，可总要在自身安全能保证的前提下。这场刺杀绝对不是针对建安伯府的，更和她无关，他们只是被殃及的池鱼罢了，难道为了旁人的真相大白，搭上自己性命？

见甄妙理直气壮的样子，罗天珵就来火，薄唇紧抿看了她一眼，冷冷道："谁说要久久支撑？"

没等甄妙再开口，拉住她脚踝的双手忽然一使劲，她整个人就被抛了起来。罗天珵缠住树干的双腿一蹬，借着反冲之力整个人也跳了上去。甄妙都没来得及尖叫，就落入一个带着淡淡皂荚香的怀抱里。罗天珵揽着甄妙在空中一个旋身，二人同时落地。

脚踩了实地，甄妙想起刚才的惊心动魄，这才后怕起来，瞪着罗天珵道："你，你就不怕失手？"

"不会失手。"罗天珵淡淡道，"走吧。"

见他云淡风轻的样子，甄妙抿抿唇，默默跟上。

走了几步罗天珵忽然停住，甄妙不解地问："好端端的停下来做什么？"

"我还没问，你跟着建安伯来明馨庄做什么？"

甄妙被问得愣了愣。见她不做声，罗天珵脸上带了怒色："身为女子，最好安分些！"他说完转身就走，速度比之前快了不少。

甄妙这个气啊，想反唇相讥，偏偏人家救了她一命，这样显得不懂感恩。任他乱说，又实在咽不下这口气。甄妙想了想，救命之恩还是更重些，没志气追上去，有些忐忑问："罗世子，你知不知道我祖父如何了？"

问到这儿，她整个心都提了起来。建安伯抱着染血的阿贵倒地的样子犹在眼前，可因为罗天珵半点没提，她觉得反而是个好消息。

就在甄妙心里七上八下时，罗天珵才不紧不慢道："建安伯被利刃刺入了心口。"

甄妙脸上血色褪去。

罗天珵不动声色打量甄妙，心道她倒是比寻常女子胆子大，遇到被劫杀又差点掉下悬崖这种事没被吓晕，甚至不哭不闹还能记得问祖父的情况，也算难得了。

"你是说，我祖父他，他死掉了？"甄妙一直高度紧绷的精神一松，终于忍不住哭了出来。她伸手摸摸，发现帕子早不知道掉到哪里去了，一边用袖子擦眼泪，一边仰头看着他。

罗天珵下意识避开那双被泪水洗过显得更加清亮透彻的眸子，道："建安伯心脏长偏了。"

"啊？"甄妙顿时止住了哭声。

"他伤势比较严重，不过应该没有性命之忧。"

甄妙松口气，破涕而笑："太好了！"随后她擦擦眼泪，皱眉道，"你怎么不一次把话说完？"

罗天珵淡淡扫她一眼，转身继续往前走。

甄妙猛然明白过来。这个混蛋，他是故意的！甄妙气不过追上去，咬牙问道："罗世子，你既然这么讨厌我，还跑来救我做什么？"

罗天珵脚步一顿，转头看了她一眼，面无表情道："职责所在，换谁我都会救的。"

"御前侍卫的职责，不包括这个吧？"甄妙忍不住反驳。

他那嫌弃她自作多情的眼神是怎么回事儿？她纯粹是好奇他救人的目的而已！既然厌烦她，不是完全可以置之不理吗？前段时间还偷偷潜入她房里，想杀了她呢。甄妙苦苦思索着，忽然想到罗天珵那句"留活口"，顿时恍然大悟："我明白了，罗世子追来，是为了那杀手吧？"

罗天珵深深看她一眼，气极反笑："甄四姑娘好聪明，你说得一点不错！"说完这话，他掉头就走。

甄妙眨眨眼。这男人简直莫名其妙，就算她猜对了，也不必恼羞成怒呀。她小跑着追上去，真心实意道："罗世子，就算如此，我也很感谢你顺带的救命之恩。"

罗天珵没说话，就这么看着她。

"真的。"甄妙再次表达谢意。别人虽是举手之劳，那也是救了她一命，就算人家不在意，她也会把这救命之恩放在心上的。

罗天珵嘴唇一抖，吐出一个字："滚。"说完扭头大步流星往前走。

这话相当伤人，放到平时甄妙定会怒了，可眼看着走得飞快像炸毛的猫一样的罗天珵，她居然觉得有些好笑。

而且他……流血了。

罗天珵听着后面没有动静，回头一看甄妙还在原地，冷着脸返了回来："你到底走不走，若是再有杀手，我可没有耐心顺手救你了。"

"噢，你的腿流血了。"甄妙没有理他的话，伸手指指。

罗天珵嘴角翘起："这还用你说？"

甄妙气得抿了抿唇。这人是怎么了，像个刺猬似的见人就扎？不，是见她就扎！对别人他温文有礼着呢！甄妙也不说话了，人家流血自己都不疼，她多嘴做什么。

又走了一会儿，甄妙还是忍不住道："你腿一直在流血，会失血过多昏倒的。"在罗天珵开口前，她抢先道，"我知道这不用我说，你知道，可你好歹处理一下伤口啊，不然等你失血昏倒了，我没有力气拖你回去。"

罗天珵看甄妙一眼，伸手把衣衫撕下一块来，按了按腿上被树枝划得纵横交错的几道伤痕，把沾了血的布丢到一旁："伤口都不深，血一会儿就止住了。放心，不会让你拖我回去的。"

甄妙不再多话，默默加快了速度。

小半个时辰后，二人才回了明馨庄。

永王一众人早已离开了，只剩下几个年轻侍卫守在那里，见罗天珵回来了齐齐施礼。

"卫长，永王进宫了，其他死伤者也送回了各自府中。皇上宣您进宫觐见。"

"知道了。"

一个侍卫道："卫长，永王离开前派了许多人去寻您和漏网的杀手。"

"那人已经摔落悬崖了。"

这话一出，场面静了静。

那侍卫小心翼翼道："卫长，先前您要留的活口，自尽了！"

罗天珵脸色一变，清淡的气质陡然变得冷硬："怎么回事，不是要你们仔细看好吗？"

梦中那些杀手全身而退，等人们发现时，除了只剩半口气的建安伯，其余人都死绝了。人证物证什么都没留下，后来的调查就渐渐偏离了方向。直到后来厉王起事，一些事才渐渐浮出水面，可那时候已经太晚了。他之所以坚持要留活口，就是想现在查出点和厉王有关的线索，给皇帝提个醒。昭丰帝不是庸君，若是早有防备，将来的事还不定如何呢。

"卫长，是永王想要审讯那杀手，我们实在不敢拦着。那杀手就趁机咬碎毒牙自尽了。"年轻的侍卫说着，也觉得委屈。

听说是永王的吩咐，罗天珵再恼怒也不便说什么，暗叹一声天意。

"你们今日都辛苦了。龙三，带兄弟们去喝酒，好好犒劳一下。"罗天珵掏出一块银子丢向一个年轻侍卫。

"多谢卫长。"

"走吧。"罗天珵看一眼甄妙。

"卫长，您去哪里？"龙三忍不住提醒，"皇上召您进宫。"

"你们都散了吧，其余的不用多问。"

眼见着罗天珵带甄妙走了，年轻的侍卫们炸开了锅。

"那位姑娘是谁啊，卫长这是英雄救美了吗？"

"这还用问，没看卫长都要亲自送那位姑娘回府吗？我看啊，卫长这次不但名利双收，还要抱得美人归了。"

"这话不能乱说，卫长不是定亲了吗？那位姑娘能出现在这里，定是勋贵家的小娘子，总不能做妾吧？"

"这么说，卫长和那位姑娘只能是'恨不相逢未嫁时'了？"

也许是立了功心情大好的缘故，年轻的侍卫们都拿罗天珵说笑起来。

"行了，你们还没喝酒就醉了么，都胡乱说什么！"龙三开口喝止。

年轻侍卫们都嘻嘻笑起来。

一个侍卫忍不住道："你们有没有觉得，卫长比我们想象的还厉害？"

有人踹他一脚："废话，卫长不厉害，怎么当卫长？"

那人猛摇头："不是，你们想想，那几个杀手身手分明比我们高出不少，虽然远不如我们人多，但我们居然没有人死，这说明了什么？"

他这么一提醒，有人恍然大悟："不错，那几个杀手实力高强，我们几个合围一个还危机重重，每一次遇险都是卫长恰恰赶到解了危机。"

说到这里几人互相看看，得出一个惊人结论：那几个杀手与其说是被众人合力拿下的，还不如说是罗天珵一个人的功劳！

众人不再作声，心中隐隐对罗天珵多了一层敬畏。

罗天珵赶着马车把甄妙送回了建安伯府。

甄妙下了马车，心中五味杂陈。他亲自送她回府，还是顾及她的名声吧？哦，她似乎没什么好名声可言。甄妙暗暗叹口气，对罗天珵诚心道谢："多谢罗世子送我回来。你的伤口还是早点处置一下吧，虽然不深，但天热容易感染。"

罗天珵淡淡点头："我还有事，告辞了。"他翻身上马，头也不回，扬长而去。

甄妙吃了一鼻子的灰，咳嗽两声，心道救命之恩什么的，果然最难还了。

"四姑娘，您可算回来了！"一个门房听到声音跑了出来。

"老伯爷回来了么？"

"回了，老伯爷先前被人抬回来，府里都炸开锅了。四姑娘，老奴多句嘴，老夫人心情恐怕不大好。"

"我知道了,多谢安伯。对了,把这马车寻个地方安置好。"甄妙从侧门进了府,匆匆赶到宁寿堂。

大丫鬟白芍为她挑起水晶帘:"四姑娘来了。"

"让她进来吧。"

听着老夫人平静无波的声音,甄妙硬着头皮走进去缓缓跪下:"祖母,孙女回来了。"

"妙儿——"一直候在宁寿堂,眼睛都快哭肿的温氏忍不住冲过来,拉住甄妙左看看右看看,"妙儿,你没事吧?"

"娘,我没事。"甄妙悄悄抬了眼睛,见满屋子的人,包括挺着肚子的虞氏,只少了李氏。

"温氏,你坐到一旁去。"老夫人开口。

见甄妙虽然狼狈些,却没有受伤,温氏放了心,默默退到一旁。

"虞氏,你月份大了,四丫头也平安归来,且去歇着吧。"

老夫人格外严肃,虞氏不敢反驳,站起来应了声是,担忧看了甄妙一眼这才离去。

老夫人扫一眼屋里人,看向甄妍:"你们几个也下去吧。"

转眼打发不少人出去,屋内只留了蒋氏和温氏。

老夫人目光这才落在甄妙身上,良久叹口气:"四丫头,这些日子以来,你算算你惹了多少麻烦,让祖母怎么说你!"

甄妙本来身子绷得直直的,做好了被老夫人痛骂训斥的准备,听到这番话,不由脸红道:"都是孙女的不是。"

老夫人站了起来:"当然是你的不是,你明明知道你祖父,你祖父是个——"到底不好在晚辈面前说建安伯的不是,继续道,"你还跟着添乱!"老夫人想想也明白甄妙是倒霉,定是被那老家伙强拉着去的。可就这么原谅她,心里又顺不下这口气!

"便是长辈的话不得不听,你一个姑娘家也该知道什么是可以做的,什么是不可以做的。实在推辞不了,你来这儿陪我说话,谁还能强行把你带走不成?"老夫人恨铁不成钢。

"孙女愚钝。"甄妙低下头,"不知道祖父如何了?"

"你祖父命大,御医说已经无碍了,只是要仔细调养着。四丫头,这次的事我也不再多说,以后除了去宫里陪方柔公主你就不要出门了,留在宁寿堂给你祖父侍疾吧。"

"祖母?"甄妙大为意外。她没想到老夫人竟然就这么算了,连惩戒都没有!

老夫人沉了脸:"怎么,你有意见?"

甄妙忙摇头:"没,没,孙女十分愿意的。"老夫人这里的小厨房比大厨房用起来还顺手呢,而且给老伯爷侍疾也是她应该做的,哪有不情愿的道理?

"那就这么定下了,你先回去收拾一下,今晚就搬到宁寿堂来。"

"是。"甄妙起了身准备退下,忽见阿绸匆匆进来。

"老夫人,宫里来人了,宣四姑娘即刻进宫觐见。"

众人一怔。还是蒋氏最先反应过来,高声道:"快去把先前大姑娘留在宁寿堂还未上过身的衣裳拿出来给四姑娘换上,给四姑娘简单梳洗一下,快!"

即刻进宫觐见,可是半点耽误不得的,可甄妙这样子进宫实在不妥,总要稍微收拾一下。

早先蒋氏所出的大姑娘甄宁,最得老夫人宠爱,常在宁寿堂小住,如今还留着不少东西。甄妙要住进去的正是甄宁曾住过的碧纱橱。

几个丫鬟把甄妙推进碧纱橱,手脚利落地把她收拾好。

甄妙辞别了老夫人几人,随宫人再次进了宫。

"温氏,二丫头马上要出阁了,近日事情多,你这做母亲的好生看顾着,别有什么疏漏。"

"媳妇知道了。"温氏为甄妙又进宫去悬着心,听了老夫人的话忧心忡忡走了出去。

屋中除了老夫人便只剩了蒋氏。

良久,老夫人才开口:"你说对四丫头,我是不是太宽容了?"

蒋氏笑道:"妙丫头聪慧又孝顺,虽惹了些麻烦,可有时也是身不由己,老夫人看得明白,也是她们这些做晚辈的福气。"

老夫人叹气:"还是你通透。四丫头这次牵连进的祸事虽不小,但她不过是跟着祖父去玩,本就不算什么大事,现今各家乱糟糟的谁还记得她一个小丫头。要是我们府里大张旗鼓处置,反而是自揭其短。"

"老夫人说得极是。"蒋氏深以为然。

老夫人暗暗点头,心道幸亏李氏不在,不然依她的性子不定怎么添油加醋,没事也要搅出点事来。这事四丫头确实有错,李氏要抓着不放,她也不好就这么轻轻放下。

"李氏那里你也看着点,别惹出笑话来。"老夫人又叮嘱了一句,想着李氏有些头疼。谁想到她为了让五丫头、六丫头进宫当伴读,竟求到嫡姐那里去了呢。结果掏空了多年积蓄不说,还落了个一场空!这也就罢了,居然跑回娘家闹起来,平白吃了一顿挂落。见过蠢的,没见过这么蠢的!

老夫人再次后悔,当初不该因为老二丧妻就急着给他续娶了勋贵家的庶女。

149

"蒋氏,等二丫头亲事过了,府里的事务半点都不要李氏再沾手。"

李氏积蓄被娘家人掏空了,心思就会打到伯府银钱上来,这是人性。依着她那只有小聪明的性子,还不知要弄出什么事来。

老夫人有三个嫡子,将来二子、三子分出去单过,主母要能撑起家来。所以这些年虽是蒋氏住持中馈,李氏和温氏也各管着一些无关紧要的事务,逢大事亦会跟着料理。一是想让两个儿媳锻炼管家能力,二是睁只眼闭只眼,默许她们填补一点。

"媳妇知道了。"蒋氏面上不动声色,心中却一喜。

昭丰帝此次召见甄妙的地方设在御书房,除了他本人,还有永王父女、赵飞翠以及罗天琿。

甄妙行了礼,魏公公替昭丰帝问话:"甄四姑娘,今日你和初霞郡主、赵七姑娘遇到杀手的情况,能否说一遍?"

甄妙组织了一下语言,把经过说了一遍。

昭丰帝听着拧了眉。

甄妙说得虽比初霞郡主二人详细些,可也没什么出入。一个活口都没有,线索难道就这么断了?

昭丰帝最想知道的,是这批杀手到底是谁派出的,究竟是永王结下的仇家,还是有人不安分了,想搅乱京城这潭水。而后者,是昭丰帝最不能容忍的。

昭丰帝发觉对京城的掌控没有他想象的有力,天子脚下,光天化日,就敢行刺永王,屠杀勋贵,下一次是不是就敢刺杀他这个天子了?

帝王多疑又惜命,昭丰帝越想越不安,自然想起了罗天琿的提议。在龙虎卫之外再建立一个特别卫队,一明一暗,直接归他管控。

昭丰帝看了垂首立在一旁的罗天琿一眼,心道这小子倒是个不可多得的人才,真难为他怎么想出来的。若是有适龄的公主——

瞥一眼俏生生立着的甄妙,昭丰帝摇了摇头,心下又有些惋惜。大周朝没有驸马不得担当要职的规矩,若是早日发现这小子的潜力,他可不会任由镇国公府和建安伯府结了亲。奈何人已经定亲,他身为天子也做不出夺人姻缘的事来。

甄妙可不知道她那未婚夫君在昭丰帝一个念头中差点就没了,眼见昭丰帝来回踱步,气氛越来越压抑,只得仔细回想当时的细节。

"皇伯父,真的没有了,当时那蒙面人只是问谁是郡主,然后错把甄四当成侄女给抓走了,甄四替侄女挡了一劫。"初霞郡主向来得昭丰帝疼爱,说话自然随意不少。

"皇上,那蒙面人根本认不出我们三个哪个是郡主,民女想着,他们会不会对京城不熟悉,说不准是才从外地来的呢?"赵飞翠声音沙哑,眼睛也是肿的,可是皇上召见，就算刚没了父亲也不得不来。她恨极了那些杀手，绞尽脑汁地想着线索。

初霞郡主白她一眼："你以为是经常参加花会、诗会的那些夫人小姐啊，谁都认识我们？"

赵飞翠讪讪低下头，心中很难过。也许六姐说得对，她除了哭什么都不会，如今没了父亲，她就更什么都不是了。

二人的对话谁都没有在意。初霞郡主说得不错，像她们这些贵女虽常常参加一些聚会，也只限于小圈子里，见外男的机会并不多，熟识的不过那些人而已，以此来推断那些杀手是外地人太牵强了。

可这话就如一道闪电，劈开了甄妙脑中混沌。她终于明白哪里不对劲了！

甄妙再次行了个礼，道："皇上，民女也认为那些人是外地人，或者说，至少幼时不是在京城长大的。"

听着甄妙坚定不移的话，在场人都吃了一惊。

初霞郡主更是提醒道："甄四，皇上面前，话可不能乱说！"

昭丰帝对甄妙印象不错，便多了点耐心，淡淡道："甄四，你起来回话。"

"是。"甄妙站了起来。

察觉有视线紧紧盯着自己，她余光飞快一扫，便触到了罗天理有些复杂的眼神。

"说吧，你为什么这么认为？"

甄妙忙收回目光，垂眼道："皇上有所不知，民女擅厨艺，除了花费的心思多，还有一个算不上天赋的特长。"

"什么特长？"包括昭丰帝在内的所有人都来了兴趣。

"民女的嗅觉很灵敏，许多做好的吃食闻一下，便能大致猜出里面放了些什么，对各种气味的变化也很敏感。"

昭丰帝皱眉："这个和你的推断有什么关系？"

甄妙微微抬了头，显得很是自信："当时那蒙面人挟着民女逃命，民女闻到了一股淡淡的膻味，那膻味应该是羊肉、牛乳之类的味道。民女那时就有一种违和感，只是太紧张了，没有往深处想。现在听赵七姑娘提醒，才想通怎么回事。"

说到这里她半抬眼帘，看向昭丰帝："如今天热，京中人少有吃羊肉的，而牛羊乳哪怕是在冬天，吃得惯的人也不多，顶多是掺在一些点心中。那蒙面人一个男子身上有这种味道，证明他是习惯吃这些的，而这种饮食习惯绝不是京城人有的，倒像是北边的人……"

这话一出，一直淡然而立的罗天理猛然看向她，眼中是说不出来的震惊。

昭丰帝听到"北边"二字，同样心中一动，目光深沉盯着甄妙："或许是他们刺杀前，正好吃了羊肉和牛乳呢？就好像我们兴致来了，也可能吃一次两次的羊肉锅子。"

其实昭丰帝已经起了疑心，只是越是严重的事越不愿轻易下结论，他需要一个可靠的理由。

甄妙不知道自己猜中了怎样的真相，就事论事道："不是啊，那味道是从他身上散发出来的，不是口鼻中。这说明他是长期这样饮食，才会形成这种体味。"

罗天玾听完甄妙的话，脸不由黑了。她居然，居然在被劫持的情况下还有心思闻男人的体味！罗天玾狠狠瞪了甄妙一眼。

接收到罗天玾的眼刀，甄妙很有些莫名其妙，悄悄把脸侧到了一边。

"好了，你们都下去吧，这事不得对他人再提起。罗卫长留下。"昭丰帝挥了挥手。

甄妙跟着永王等人退了出去。

罗天玾盯着甄妙的背影看。她居然没有回头！怒气没被对方收到，罗天玾有些窝火。

昭丰帝的轻笑声传来："罗卫长，人都走了，还没看够么？"

罗天玾狼狈收回视线，脸涨红了。

昭丰帝哈哈大笑起来，心中那股郁气竟然散了不少。原来这小子这么好玩。

"罗卫长，看来朕要提前给你们准备贺礼了。"

罗天玾有口难言，既不好说昭丰帝误会了，他其实和那个女人不对盘，又不愿赞同昭丰帝的话，憋了半天憋出几个字："谢皇上。"

"罗卫长，对建立特别卫队的事，你有没有更具体的想法？"昭丰帝状似不经意问道。

罗天玾却明白这才是昭丰帝留下他的真正用意，当下把锦鳞卫的设置、职权等情况细细说了起来。

甄妙几人出了御书房，永王便带着初霞郡主去给皇太后请安。

甄妙跟着宫人低眉垂首往外走，没想到赵飞翠追了上来，喊了声甄四。甄妙转头，冷淡地看着她。

赵飞翠张了张嘴，最终一句话也没说出来，越过她飞快地跑了，差点撞到一个人身上。

那人避开身子："赵七姑娘？"

赵飞翠抬了头，见是六皇子，脸色沉了下来："抱歉。"她说完绕开六皇子，匆匆跑了。

六皇子那么风流多情，姑母竟流露出撮合她和六皇子的意思，真是太讨厌了！

六皇子也觉得有些莫名其妙，他虽不是最得宠的皇子，但也不是坐冷板凳的，赵飞翠好端端给他脸色做什么?

　　换做寻常人,恐怕只想着赵飞翠因为丧父心情不好,可身为一个没了生母还平平安安长大的皇子,六皇子心思哪有这么简单?他转念一想,就隐隐猜到了真相。

　　沐恩侯府么?

　　沐恩侯世子虽然没了,但有儿子,这爵位依然不会落到旁人手上。再者说,恩封得来的爵位六皇子并不看重,关键是沐恩侯府很有钱。当初的昭丰帝也是因为这个,才在元后逝去后立了他家的女儿为后。那一场战乱,若是没有沐恩侯府的银钱支持,恐怕不会那么顺利以胜利告终。

　　无子的皇后,说起来对他倒是有利。六皇子想得远了,嘴角翘起,目光投向远处。

　　甄妙想了又想,决定还是不要打扰这位正在沉思的皇子,默默走过去算了。

　　她低着头从六皇子旁边经过,忽听一个含着隐隐笑意的声音道:"甄四姑娘?"

　　"给六皇子请安。"甄妙僵在原地。

　　还好这一次六皇子没有什么反常举动,只是深深看了她一眼,就施施然走了。

　　甄妙回了府,前脚进了宁寿堂,长辈们还没问话,后脚皇上的赏赐就来了:绫罗绸缎十匹,南珠一匣子,蜜蜡手串一对,珊瑚盆景一对,白银一百两。

　　宣旨的太监念到这里停了一下,继续道:"冰绡碧罗一匹。"

　　这话一出,那些下人还不觉得如何,老夫人这些主子却是倒吸了口冷气。

　　冰绡碧罗乃是极北之地的一种冰蚕吐丝织成,阳光下白中透绿,若是制成衣衫穿在身上,随着人走动会呈现深深浅浅的碧色,如一汪流动的清泉美不胜收。更稀奇的是,夏日穿上这样的裙衫就会通体清凉无汗,暑气自消,真正是万金难求。

　　直到宣旨太监走了,人们还在发愣。

　　良久,老夫人才回过神:"四丫头,你跟我来。"

第7章 病来

"祖母。"跟着老夫人进了屋,甄妙就唤了一声。尾音带着这个年纪的少女特有的娇憨,老夫人忍不住叹气:"你这丫头啊,怎么就不知愁?"

"祖母。"甄妙又喊了一声,没有辩驳。

她当然知道愁,可日子怎么都要过,总不能因为愁就天天摆在脸上,别人看了晦气,自己也不欢喜。甄妙虽然不信神佛,却信一点,人的气运是跟着人的心境相关的。若是一个人悲观沮丧,总觉得自己倒霉,那他就会发觉在自己身上发生的,十有八九都是倒霉事。她才不想总倒霉呢,她希望将来能把日子过好,哪怕机会渺茫。

"四丫头?"见甄妙有些神游天外,老夫人喊了一声。

甄妙回了神。

见她这呆呆的样子,老夫人再次叹气,问:"今儿进宫发生了什么事,怎么皇上赏了这么多东西给你?"

"皇上叫孙女进宫,就是问了问明馨庄当时进了杀手的事,具体的,皇上不让再多讲,给这些赏赐是皇上仁慈,想给孙女压惊吧。"

老夫人听了点点头:"那便好。"

那些赏赐,别的倒也罢了,难得的是那匹冰绡碧罗,就是寻常妃子一辈子都不见得能得到一套做衣裙的,皇上居然赐了一匹给甄妙。

这是多大的恩宠!害得她还以为昭丰帝是不是对甄妙起了别的心思。要知道当年的太妃,也是得先皇宠信过的。四丫头和太妃面容有些相像,谁知道他们父子是不是一样的眼光?

看着甄妙有些茫然的眼神,老夫人觉得自己想太多了。四丫头还没及笄呢,且与镇国公世子订了婚,再怎么样,昭丰帝也不会做出这等事来。这样一想她心里一惊,若是昭丰帝没有旁的意思,那这赏赐就纯粹是因为明馨庄的事了。压惊,不可能会赐一匹冰绡碧罗!这么说,四丫头定是提供了某些线索,立下了了不得的功劳!

老夫人忽然有些激动,她虽不是卖女求荣的人,可若是四丫头得了皇上青眼,将来嫁到镇国公府,家世的不足便不算什么了。她在婆家站得住脚,对建安伯府的好处不言而喻。

换做老夫人开始神游天外，甄妙笑眯眯拉了老夫人的手："祖母，您喜欢什么样式的裙衫，孙女用冰绡碧罗给您做一套好不好？"

老夫人收回思绪，见甄妙半点不似客套，拍了拍她的手："傻丫头，那可是冰绡碧罗。"

"孙女知道呀，冰绡碧罗做的衣衫夏日穿着不是清凉无汗吗，正好给祖母做一套，然后再给母亲和二姐各做一套，一匹布能做五六套裙衫呢，顶够了。"

老夫人听了既感动又无奈："傻丫头，便是手松，也没有这样的。你孝敬祖母的心，祖母领了，但那冰绡碧罗颜色嫩，祖母这个年纪哪能穿。倒是你二姐，眼看就要出嫁了，若是有一身冰绡碧罗的衣衫撑着也有底气。这样吧，回头请天绣阁的绣娘来给你和你二姐各做一套裙衫，剩下半匹当作嫁妆。冰绡碧罗经久不坏，留着给你闺女用都行。"

甄妙愕然："祖母，您想得也太远了。"

老夫人拍拍她，嗔道："什么远不远的，你父亲这么大跟我要糖吃的模样还在眼前，一晃你都这么大了。"

甄妙摇摇头。想想罗天琟每见到自己就一脸嫌恶的模样，实在不敢想她和他还能……有孩子。

老夫人解了担忧，和甄妙说起了家常："碧纱橱已经命丫头们收拾好了，你惯用的东西也送了过来，你自己有什么主意？是到时候拨两个丫头给你用着，还是叫沉香苑那边的丫头过来两个？"

甄妙才想起来今天她就要搬家了，想了想道："祖母若是拨丫头给我，到时难免短人用，且沉香苑的丫头都是孙女用惯了的，还是从那边带两个过来吧。紫苏是祖母给的大丫头，做事最是周全，就留在沉香苑打理事务，让阿鸢和青鸽过来伺候孙女好了。"

阿鸢管她衣衫首饰，心细又安静，青鸽力气大，做吃食时还能给她打打下手，她们两个最合适不过。

"祖母，孙女去祖父那里看看吧。"甄妙起了身。

老夫人喊住她："你大伯娘她们都过去了，太医说了，人多了也不好，晚上有你伯父、父亲和你大哥他们轮流着。你先安置好自己，养好精神明天还要进宫去陪方柔公主，侍疾的事从后天再开始吧。"

"是，祖母，那孙女先下去收拾一下。"

"白芍，领四姑娘去安置一下。"

门外伺候的白芍走进来，笑盈盈福了一礼："四姑娘，请随婢子来。"

甄妙要住进去的碧纱橱是西间一间大屋隔出来的，外头摆着两椅一几，临窗一个书案，笔墨纸砚一应俱全，窗台放着一个鱼缸，里面五彩斑斓的小鱼儿游得欢快。

见甄妙盯着鱼缸看，白芍笑道："以前大姑娘住时，练字累了就喜欢看着鱼儿游动，说是这样对眼睛好。"

"大姐姐懂得真多。"甄妙微笑道。

大姑娘甄宁没有出阁时，优秀如甄妍都被衬得黯淡无光，且在建安伯府式微的情形下，能成为京都名媛嫁入长公主府，又岂是寻常女子？

甄妙见自己惯用的东西都布置得妥妥当当，对白芍道："烦请白芍姐姐带我去沐浴吧。"

"姑娘客气了。"

甄妙沐浴完毕，总算能躺在床榻上歇口气。想着明天还要再进宫陪那位处处看她不顺眼的公主，一阵头疼，干脆不再多想，昏昏沉沉睡着了。

"阿鸾，到了晚膳的时候了，四姑娘还没醒吗？"白芍进来问。

阿鸾一直守在外间，闻言道："白芍姐姐稍等，我进去看看，今儿姑娘确实累坏了。"

进了碧纱橱里，见甄妙睡在雕着芙蓉花的床上，青丝遮了半边脸，露出的另半边脸红扑扑的。

阿鸾轻轻喊了声姑娘，见甄妙没有动静，又喊了一声。

甄妙还是没有反应。

阿鸾心下有些不安，俯下身子握了甄妙的手，这一碰，顿时骇了一跳，忙把手贴在甄妙额头上。阿鸾变了脸色，忙推了推甄妙："姑娘，您醒醒。"

甄妙下意识拨开阿鸾的手，嘟嘟囔囔道："别吵，我要睡觉……"

"四姑娘怎么了？"见甄妙这边迟迟没有动静，白芍忍不住问。

阿鸾匆匆走了出去，脸色相当难看："白芍姐姐，我家姑娘发烧了，浑身烫得不行。"

白芍也吓了一跳。四姑娘才搬来宁寿堂，连顿饭还没吃的工夫竟然发热了，老夫人要是知道了，还不定怎么怪罪！

"你先照顾好四姑娘，我去禀告老夫人。"白芍说完匆匆走了。

阿鸾心里虽慌，面上还算沉稳，吩咐小丫头道："快去拿条冷水浸过的湿帕子来。"

把拧过水的湿帕子敷在甄妙额头上，看着甄妙烧得火红的脸颊，阿鸾眼圈有些红了，喃喃道："好端端的，姑娘您怎么就发热了？"

那边老夫人听了白芍的禀告，也是一惊，亲自过来看了看，忙吩咐人去请大夫："王大夫，我孙女到底怎么了？"

王大夫起了身，面色凝重："看姑娘面相和脉象，应是中了暑温，老夫开一服清热宣泄的方子，吃上两服应该就好了。"

"有劳王大夫了。"老夫人连连道谢。

王大夫是京城乐仁堂小有名气的大夫，他说的话老夫人自然深信不疑。

可没想到一服方子下去，甄妙宣泄不止，到了第二日，竟有些奄奄一息了。

这边建安伯府众人又成了热锅上的蚂蚁，另一边，方柔公主得到甄妙称病不来的消息，狠狠发了一顿脾气。

"什么病了，分明就是不想进宫来陪我！"方柔公主气得把笔掷到了青玉桌案上。

"公主说的可是建安伯府的四姑娘？"说话的小娘子不过十来岁年纪，是出自永嘉侯府的五姑娘杨涟。

"嗯。"方柔公主应了一声。

杨涟正是心直口快的年纪，皱着眉道："我听二姐说过呢，这位甄四姑娘可不怎么好。"

"嗯？怎么个不好？"听杨涟这么说，方柔公主来了兴趣。

杨涟眨眨眼睛："公主知道昭云长公主今春举办的梨园赏花会吧？当时我二姐姐也去了。"

杨涟说的，是她一母同胞的胞姐杨清。当时甄妙一招落水，成功绑上了镇国公世子，京中不知多少小娘子深闺梦碎。她们那些在场看着的更是觉得憋屈，能对甄妙有好印象才怪了。

"这事儿啊，我早听说了。"方柔公主没有听到什么新鲜的，神色淡淡道。

"公主，这样的人您怎么喜欢让她进宫啊？"一个身穿大红衣衫的小娘子开口。

此女身材高挑，看着都有十四五岁模样了，实则才十二岁，复姓欧阳，闺名一个桃字。欧阳桃出身将门，本身也是会几招功夫的，最是看不过那些心思多的贵女。

方柔公主对欧阳桃态度倒是不错，眨眨眼道："并不是只有喜欢，才经常召进宫来。"

欧阳桃一怔。她并不是不懂方柔公主的意思，只是惊讶方柔公主年纪小小，竟已学会了这些弯弯绕绕，惊讶的同时心里升起厌烦。可对方毕竟是公主，她虽直率，又不是傻，自然不能表现不满，只得保持着发愣的样子。

杨涟却咯咯笑了起来："公主真是聪明。"

方柔公主总算勉强笑了笑。

"我听说，七夕会上甄四姑娘制作的巧果花瓜被国子监祭酒夫人评了绝品。能把一项才艺学到这种地步的人，想来不会差到哪里去吧？"开口的是一直沉默的一位黄衫小娘子。她是出自镇国公府三房的二姑娘罗知慧，乃是罗天理的堂妹，自幼痴迷画艺。

杨涟就笑道："我想起来了，那甄四姑娘可不就是你未来的堂嫂吗，也难怪你向着她说话呢。"

罗知慧素来不爱开口，却是什么话都敢说的，当下斜睨杨涟一眼："可不是，谁想到偏偏甄四姑娘成了我未来堂嫂呢。"

这话便是说，你们瞧不上甄妙又怎么样，多少京城小娘子想嫁给她那位气质清绝的堂兄，却被一个你们看不上的人捷足先登了呢。

"你这是什么意思？"杨涟有些恼羞成怒。她年纪小，还不大懂男女之情，但偶尔姐妹谈心，却多少明白一点她二姐的心思。

罗知慧恢复了不言不语的模样，收回目光正襟危坐。

"公主——"杨涟气不过，想找方柔公主替她教训一下罗知慧。

"好啦，叫你们来给我当伴读，不是让你们挑事斗嘴的。"方柔公主这么说着，却看着杨涟。

杨涟脸立刻涨红了，满腹委屈。她想不通公主怎么站在罗知慧那一边了，明明不是讨厌甄妙吗？小姑娘却不知罗天理在方柔公主心中有着特别的分量，方柔公主又怎么会给他堂妹难堪呢？当然，这点玄妙任四个小伴读如何想都想不通了。

"行了，今儿本公主不大舒服，就先散了吧。"

方柔公主跑到玉堂宫蒋贵妃处哭诉一通，撒娇道："母妃，我不管，我就要甄四进宫陪我！"

"她不是病了吗？"蒋贵妃皱眉，心里对甄妙越发不满。莫名其妙的，昨儿进宫就得了皇上的赏赐，竟然还包括一匹冰绡碧罗！她这是要做什么，狐媚惑主吗？

蒋贵妃心中一动。她了解昭丰帝，昭丰帝平日里勤奋自律，那是在处理政务时，在女色上却有些没下限。这天下最乱的就是皇室，以前当朝天子夺大臣妻子甚至自己儿媳的事都有过，更别提甄妙只是定了亲。

蒋贵妃有了危机感，对甄妙进宫陪方柔公主的事就有了别的看法，道："既然她突然病了，说明没这个福气进宫陪你，依母妃看，以后她进宫的事就这么算了吧。这样福薄的人进宫，没得晦气。"

方柔公主一心想等着甄妙进宫好出气，先是选伴读的事情耽误了，现在又说她病了，哪咽得下这口气，扯着蒋贵妃衣袖道："她昨日还进宫呢，今日怎么就病得起不来床了？分明是不把您和我放在眼里！不成，我非要她进宫来，看一看她到底是不是病得不行了！"

听到这里蒋贵妃心里一动，女儿说得不错，若是那甄四为了避开公主称病，这倒是一个好机会。皇上可不喜谎话连篇，不敬天家的女子。

"传我的话，方柔公主甚是想见甄四姑娘。甄四姑娘若是身体不适，宫中太医想来能诊治得更好些。"蒋贵妃吩咐侍立一旁的宫人。

建安伯府，此时气氛压抑到了极点。老伯爷还未清醒，甄妙又忽然病成这个样子，简直是祸不单行。

"王大夫，您倒是看看，我孙女到底如何了，怎么两服药下去不但不见好，反而宣泄不止，整个人都快不成了？"

王大夫眉头紧锁，额头满是冷汗："怪哉怪哉，姑娘身体大燥，分明是热病，吃了对症的药怎会不见好呢？"像他这种坐镇医馆又经常出入大户人家问诊的大夫，对名声爱惜得很，要是医死了人，往后谁还敢请？

王大夫又急又悔，面诊了一次还是看不出异处，长叹道："老夫人，姑娘这病请恕老夫无能为力。"

一番话说得满屋子人一静，随后温氏痛哭出声。

"娘，您先别哭，四妹一定会吉人天相的。"甄妍扶着温氏，脸色同样惨白。

蒋氏冲老夫人道："老夫人，依儿媳看，先把京中有名的大夫都请来，王大夫也留下，一起给妙丫头会诊一番，您看如何？"

"好，好，你快去。"老夫人眼睛有些红了。

一想到昨日还言笑晏晏说要用冰绡碧罗给她做一套裙衫，今儿却被京中颇有名气的大夫说无能为力的小孙女，老夫人就觉得心口闷闷的。

"娘，四姐姐怎么了？"涵哥儿牵着蒋氏的手，仰着头问。

自从昨日老伯爷被抬回来，上到建安伯世子，下到涵哥儿，上衙的上学的都停了，全都留在府里侍疾。涵哥儿年纪小倒是不用，出入都跟着蒋氏。

蒋氏勉强笑笑："你四姐姐没事，涵哥儿，娘还有事要做，你自个儿去玩会儿吧。"

"嗯。"涵哥儿听话地点点头。待与蒋氏分开，涵哥儿直接跑去找蒋宸。

蒋宸正坐在案前习字，说是习字，可捏着毛笔的手却久久不落，一副心不在焉的样子。四表妹病了，听说还病得挺重！可惜他虽有表哥的名分，说到底还是外男，一个姑娘家又是病重的时候，他不好过去探望。

"宸表哥，我来了。"

听到涵哥儿的声音，蒋宸立刻把毛笔丢在了桌案上，起身匆匆走过去："涵哥儿，你四姐姐如何了？"

蒋宸有些惭愧，他只敢托涵哥儿打听一下表妹的情况。

"宸表哥，我听那个王大夫说，说——"

"说什么？"蒋宸有些着急。

"说他无能为力！"涵哥儿终于把这个词给想了起来。

蒋宸只觉脑海中一片空白，抓着涵哥儿的手瞬间冰凉。

"宸表哥，大夫的意思，是不是说四姐姐要死掉了？"涵哥儿见蒋宸脸色大变，眼圈也有些红了。他年纪虽小，多少也懂得一些事理了。

听到这个"死"字，蒋宸脸色更加难看。

"娘说要找好多好多大夫来给四姐姐会诊呢。宸表哥，你说四姐姐真的会死吗？"

涵哥儿天真无邪又满含担忧的话，好似最后一根稻草，压垮了蒋宸心头那根不断绞痛的心弦。他身子微晃，一张口想说什么，竟咳了一口血出来。

涵哥儿顿时吓傻了："宸……宸表哥，你吐血了，你也要死了吗？"涵哥儿愣了一下，吓哭了。

蒋宸也骇了一跳，那隐秘的心思直接坦露在旁人面前，哪怕只是个孩子，也足够他羞愧无措。从没经历过情事的少年慌乱用袖子擦掉嘴角血迹，勉强冲涵哥儿笑道："涵哥儿，我没事。"

"可是你吐血了啊，我要去告诉娘，娘不是要找好多好多大夫来吗，正好给宸表哥分一个。"涵哥儿说着转身就要往外跑。

蒋宸羞得脸通红，一把抓住涵哥儿："涵哥儿，我真的没事！之所以吐血，是因为……是因为前些日子中了蛇毒，身体还有些虚弱，把淤血吐出来反倒是好事。"

"真的？"涵哥儿不解瞪大了眼睛。他不明白怎么吐血了反倒是好事了。

"真的。"蒋宸强自恢复了镇定，"所以涵哥儿千万不要告诉你母亲。你祖父和四姐姐都病着，我再添乱，到时候你母亲该累坏了。"

"真的不告诉我娘吗？"涵哥儿还是有些迟疑。

"真的不能告诉，涵哥儿答应我，这事谁都不能说好不好，不然让别人担心，表哥会心里不安。心里不安，说不定就又会吐血了。"蒋宸温柔哄着涵哥儿。

涵哥儿总算点头："好吧，那宸表哥你要答应涵哥儿，千万千万不能死。"

"当然。"蒋宸笑了笑，等涵哥儿走了，这才收了笑意，整个人倚在门框上失去了力气。

好端端的，她怎么就病重了？那日还做了藕夹和山楂糕给他吃，转眼间，大夫竟然会说出无能为力这种话！他不是涵哥儿那个半大孩子，当然明白这话代表了什么意思。可是——他却连难过的资格都没有，便是伤心的样子都不能被人看到！蒋宸看着衣袖上的淡淡血迹，自嘲地笑了笑。他才不喜欢定了亲的表妹呢。

他喜欢的……只是表妹啊。无论她定没定亲，他都不小心喜欢了，怎么办？

蒋宸还是忍不住，抬脚向老伯爷休养的地方走去。

到了门口，他深吸一口气，暗暗告诫自己千万不要露出异样神色。

自幼成名，十三岁中秀才，他一直活在族人的期待、世人的赞叹中，但他其实从不在乎这些目光和评价。他不怕世人异样的目光，但他怕那份目光投注在他在乎的人身上，给她带来不必要的麻烦。

甄焕正在给老伯爷擦身，见蒋宸站在门口，有些讶然："宸表弟，你怎么来了？"

老伯爷这次遇刺伤得不轻，又一直昏睡着，如今天热，片刻都离不开人伺候，擦身翻身更是少不了。

蒋宸虽是亲戚，但住在建安伯府久了，不好置身事外，之前一直和甄焕一起伺候着，才离开不久。是以甄焕有此一问。

"我听涵哥儿说，四表妹病得挺重的。"蒋宸开了口，声音有些喑哑。

甄焕却没注意，道："是啊，昨日下午四妹突然发了伤寒，也不知道今日再请王大夫来问诊，到底如何了。"

蒋宸暗暗吸口气，才控制住情绪，表现出恰到好处的关心："我听涵哥儿说，大夫诊治后说无能为力——"

"什么！"甄焕手中布巾掉落，整个人都愣了。

蒋宸没再说话。他怕一开口，便控制不住那份忧心了。

甄焕回过神来："怎么会这样？四妹年轻，又一直好端端的，那大夫定然是看错了！"

直到此时甄焕才发现，那个他一直冷淡疏远的，总以审视目光打量的小丫头，是他嫡亲的妹妹。他们的血缘是割舍不断的。不然为什么听到这个消息，他心里是钝钝的疼和懊悔呢。

"走，我们去看看四妹。"甄焕霍然起身，不忘叮嘱一旁伺候的丫头，"等会儿世子该过来了，在这之前小心伺候着老伯爷。"

"是，大爷。"

"宸表弟，我们走。"

"浩哥儿、言哥儿，你们怎么来了？"老夫人颓然坐在贵妃椅上，看起来老了数岁。

下首坐着的温氏眼睛哭得通红，甄妍立在身后，同样是刚哭过的样子。再看蒋氏，一脸凝重，李氏也在，只是神色看不出悲喜。甄冰、甄玉姐妹站在李氏身后，头都垂得低低的，半点不惹人眼。

甄焕觉得不妙，问："祖母，孙儿听说四妹的病加重了，如今究竟如何了？"

老夫人叹口气，没有力气言语。

蒋氏接口道："把京中医馆有些名气的大夫都请过来了，看了妙丫头的病争论不休，最后谁都不敢下结论，只是摇头。妙丫头她——"

后面的话说不下去，话中意思却不言而喻。

"咳咳。"死寂的室内，传来蒋宸压抑不住的咳嗽声。

蒋氏不由向蒋宸看去，目光中有些忧心："言哥儿怎么咳嗽了，莫不是也染了风寒？"

蒋宸把手缩回衣袖中，冲蒋氏笑了笑："侄儿没事，是刚才走得有些急了，气没喘顺。"

甄妙如今生死不明，蒋氏再关心侄子也不好过分表露出来，便收回了目光。

"祖母，孙儿想进去看看妹妹。"甄焕道。

"你四妹现在的样子不大好，你做哥哥的就别看了吧。"老夫人叹道。

蒋宸缩在衣袖中的手握成了拳。他跟着甄焕来，就是想不落人口舌地见一见她。若是甄焕都不能见，那他也不可能见到了。

甄焕微微红了眼："祖母，四妹和孙儿是一母同胞的兄妹。"说到这里他停顿一下，有些艰难道："总要，总要让孙儿见一见。"

这话一出，温氏突然痛哭出声："老夫人，浩哥儿说得对，就让他见一见吧。"

"罢了，你去吧。"老夫人摆摆手。

拦着不让他们兄妹见面，倒不是顾忌男女大防，毕竟什么礼数终究抵不过一个情字，更何况是嫡亲的兄妹。只是想着四丫头是女儿家，现在仪容不佳，被男子见了，将来恐要羞恼。可如今一想，四丫头有没有将来还不一定了，若是拦着不让他们兄妹见面，万一一天人永隔——

老夫人不敢深想下去，冲甄焕连连摆手示意他进去。蒋宸默不作声地跟在了甄焕身后。

甄冰霍然抬头，看着蒋宸的动作欲言又止。

甄玉拧了眉，心道大哥进去见四姐理所当然，怎么蒋表哥也跟着进去了？如今四姐正病得厉害，仪容不整，被蒋表哥见到那成什么样子？家里长辈都被四姐来势汹汹的病弄得有些糊涂了，竟忘了拦一拦蒋表哥。

甄玉刚要开口提醒，却被甄冰拉了一下。她不解地看过去，甄冰缓缓摇头。

"为什么？"甄玉虽然没有说话，眼里却明白流露了这个意思。

甄冰眼中有些哀伤，又带了说不出来的怅然，拉过甄玉的手在她手心悄悄写字："就让他见见吧。"

甄玉愣了愣，随后像是猛然懂了甄冰的意思，说不清是气是叹，紧紧抿了唇。

"大爷，蒋公子？"侧坐在床边伺候甄妙的紫苏起了身出来，看到来人有些惊讶。

甄焕脸色阴沉："我看一看四姑娘。"

"是。"紫苏悄悄瞥了跟在身后的蒋宸一眼，虽觉得有些不合适，因是跟着大爷一起进来的，且外面还有一屋子主子，断没有她一个丫鬟多嘴的道理。

青纱糊扇，四柱雕花，甄焕走进去，就看到甄妙散了头发在床榻上沉沉睡着，露出巴掌大的脸。本来是有些婴儿肥的脸，如今却瘦得只剩了尖尖的下巴，看着令人发慌。

"四妹！"甄焕一个箭步走过去，紧紧握住了甄妙的手。

甄妙睫毛颤了颤，没有睁开。

蒋宸默默走到甄焕身边，视线牢牢落在甄妙脸上。

"姑娘她，醒来过吗？"

"夜间时睡时醒的，今儿白天却一直未醒。"

甄焕问着甄妙的病情，忽听外边传来哗然声，还有隐隐的哭声。

"怎么了？"甄焕起了身向外走去。

紫苏送甄焕到门口。

留下蒋宸看着甄妙，伸手想摸摸她红得有些骇人的脸颊，终究是没有动作，只是低低说了一句话："表妹，那日的画没有拿错。你快点好起来，我重新送给你，好不好？"

蒋宸没有理由再多待，深深看了甄妙一眼，脚步沉重地走了出去。

"什么，蒋贵妃要召我家四丫头进宫？"老夫人脸上掩不住的怒气，"这位公公，我家四丫头病重，今早已经去禀告过了。"

传话的太监一声冷笑："我家娘娘说了，就算是病了，也得把甄四姑娘请进宫里！老夫人就别难为咱家了。"

老夫人手微微颤着握紧雕刻着仙鹤图案的桃木拐杖，强行压下了怒火，再次求道："这位公公，我家四丫头实在病得太重，若是再挪动恐怕会不成的，求公公抬手，回去好生跟贵妃娘娘说说。"

蒋氏忙把一个荷包塞给传话太监："公公的情，我们建安伯府定会铭记于心的。"

传话太监拿惯了的，一入手掂量重重，再看这荷包大小，就知道里面放的是金子没错。他暗暗惋惜，把荷包往外一推，皮笑肉不笑道："咱家可不敢当。老夫人，世子夫人，想来你们也是知道贵妃娘娘的分量的，且甄四姑娘本就定好了进宫去陪方柔公主，今儿是头一天，怎么就称病不去了？方柔公主可是皇上最疼爱的公主，惹她不开心，将来——"

蒋氏暗暗咬牙，面上却没有反应，只悄悄瞥了老夫人一眼。

老夫人眼帘微抬，给了她一个隐晦的眼神。

蒋氏先是一怔，心念急转，随后脸色一变，冷声道："公公这话我们伯府却是不敢当了。让我们四姑娘定期进宫，是皇上定下的，我们伯府就是有一千个胆子，也不敢让她称病不去。公公这话是说我们建安伯府藐视皇权，欺瞒皇上吗？这个罪名，我们伯府可不敢当！"

传话公公见惯了笑脸，哪被当家的夫人这样说过，当下就恼了，一拂衣袖，声音由于激动显得格外尖利："哟，这话咱家可没说过，至于贵府到底有没有这么做，咱家就不知道了，只好让皇上和贵妃娘娘定夺。"

"我家四姑娘真的病得起不来床，公公就没有一点怜悯之心吗？"蒋氏怒道。

传话太监一声冷笑："怜悯？咱家一个奴才，哪敢怜悯贵府姑娘？世子夫人，把甄四姑娘请出来吧。"

一直扶着温氏的甄妍悄悄攥了拳头。皇室之人，实在是欺人太甚！

"你们这是要我闺女的命啊！我跟你拼了！"温氏挣开甄妍的手，往传话公公的方向撞去。

甄妍死死把温氏抱住，低声道："娘，您冷静点。"

"冷静，我怎么冷静，你四妹都那样了，还要她进宫，不是要她命是做什么！呜呜，反正你四妹若是有事我也不活了，那还不如今天拼了，一命抵一命，也算赚了！"温氏使劲往传话太监的方向挣扎。

传话太监皱着眉往后退两步，讽刺道："哟，这是贵府的哪位夫人，竟是一副泼妇样子，咱家真是长见识了。"

蒋氏目光深沉地瞥了甄妍一眼。

甄妍心里一动，拼命抱住温氏，贴着温氏耳朵道："娘，大伯娘那样做定有深意，您别一时冲动坏了她的谋算。"

温氏挣扎的手一顿，甄妍继续道："您想，大伯娘平时何等稳重，怎么会这样不管不顾和宫中太监吵起来呢？"

温氏渐渐停止了挣扎，只是胸脯起伏不定，死命压抑着情绪。

传话太监见温氏老实了，得意一笑，高抬着下巴道："今儿咱家不妨说实话，甄四姑娘就算是爬，也得爬到皇宫去见贵妃和公主！"

"你们欺人太甚！"甄焕冷着脸，大步流星走过来。

老夫人突然出声："浩哥儿，回来。"

"祖母？"

"我让你回来，贵妃娘娘宣四丫头进宫，你一个小郎掺和什么？"老夫人威严尽显。

甄焕不得已收回脚步，回到了老夫人身后。

老夫人拄着拐杖站到传话太监面前，眼中有种说不出的决绝："既然公公这么说，那我们伯府遵命就是。请公公稍作休息，老身亲自带我那孙女进宫给贵妃娘娘赔礼！"

"老夫人！"

"祖母！"

数人愕然抬头，不可置信惊呼。唯有蒋氏似是早有准备，神色依旧平静。

"怎么，老伯爷还没死，你们就连我的话都不听了吗？"老夫人拿拐杖重重杵地。众人都噤了声。

"都跟我来，白芍，给公公上茶，别怠慢了！"老夫人转了身，头也不回离去。

其他人见状，或是担心，或是疑虑，忙跟了上去。

转眼间厅里就只剩了传话太监傻站着，并几个低眉顺眼的小丫头。

"公公请喝茶。"白芍双手奉茶，看似恭敬，可眼中流露的却是冷然。

传话公公劈手把茶打翻："好，好，这就是建安伯府的待客之道，咱家记下了！"

白芍低呼一声，用帕子按了按手上迅速起来的水泡，俯下身默不作声地收拾碎瓷片。

太监之流心态本就有些扭曲，见这丫头处变不惊，仿佛眼前没他这个人一样。那种被轻视忽略的感觉令他一下子暴怒，抬脚就踹向白芍。

另一边，老夫人进了内室站定，示意众人别说话，深沉目光扫视众人一眼，缓缓开口道："我知道你们想的是什么，可如今看来，四丫头不进这趟宫，是不行了。"

"老夫人，妙儿都病成这样了，再进宫绝对会没命的！"温氏忍不住哭道。

老夫人看她一眼，淡淡道："那温氏你说，四丫头现在这个样子，不进宫就能活命吗？"

满屋子人默然。建安伯府已经请遍了京城医馆有些名气的大夫，这些人如今大半还在府里未走。可那些人得出的结论，和乐仁堂王大夫的如出一辙。病症确定，药方没错，偏偏这四姑娘就病得不好了。一帮大夫百思不得其解。

"说不得，进宫反而是四丫头唯一的机会。"老夫人一字一顿道。

"老夫人？"温氏有些傻了。

蒋氏却是立刻明白了过来。早前老夫人对她使眼色,她虽明白该如何配合,但对于老夫人为什么要如此却没想通,此刻老夫人这么一说,却是立刻想到了。甄妙这病来得蹊跷,大夫们束手无策,若是能进宫——还有哪里的名医比皇宫多呢。

老夫人把缘由一说,果然和蒋氏想的一样。

"只是这进宫,也要分怎么进。"老夫人抬了抬眉毛。

就这样悄悄抬甄妙进去,她病得这么重,说不定连蒋贵妃的面都见不着就被打发回来了,将来提起,蒋贵妃还能得个体恤人的好名声。

老夫人一声冷笑:"蒋氏,去给我准备进宫的衣裳,马车要安排妥当,就用那辆八轮双马、刻有我伯府标志的香樟木华盖马车。温氏,你随我带四丫头进宫。"

老夫人正安排着,忽听外面喧哗声传来,刚要命人去问,就见阿绸匆匆走到门口:"老夫人,白芍姐姐出事了。"

"什么事?"

阿绸脸色惨白,带着哭腔:"白芍姐姐给那位公公上茶,结果那位公公劈手把茶水打落,烫得白芍姐姐手上起了水泡。白芍姐姐一声未吭蹲下收拾,那位公公竟然踹了白芍姐姐一脚。白芍姐姐摔倒在地,脸正好摔在了碎瓷片上!"

这话一出,满屋子人脸色一变。伯府历来没有苛待过下人,尤其白芍这样在老夫人身边的贴身大丫头,和寻常人家的姑娘也差不多了。再者说,哪怕只是一个小丫鬟,身为女子被毁了脸,也太残忍了!

"好,好!"老夫人怒极反笑。

"蒋氏,你来。"老夫人把蒋氏叫到一旁,细细叮嘱了几句。

蒋氏连连点头:"老夫人放心,儿媳知道怎么做。"

"那好,其他人都各自去忙,温氏,你随我出去。"

老夫人带着温氏返回厅里,白芍正好被几个丫头婆子抬着出去。

见到白芍脸上触目惊心的血痕,老夫人面上一派平静。

传话太监见状暗松口气。他虽是宫里出来的,可因为泄愤把一个女子弄成这个模样确实有些过了,本来还有些心虚,见老夫人这样又暗自得意。是他多虑了,不过一个丫鬟,建安伯府还敢为此难为他不成?就是他们堂堂的四姑娘,不也得乖乖进宫去?

"公公再稍等片刻,府里正准备马车。"

"准备什么马车,宫轿在外面等着呢。"传话太监皱眉。

老夫人解释道:"老身和三儿媳,要陪四丫头一起进宫。"

传话太监本想再说什么,见到老夫人面无表情的神色,这才作罢。

又等了一会儿,温氏护着甄妙上了软轿,接着从伯府大门走了出去,上了停在外面的八轮双马马车。

　　传话太监有些不解，转念一想，能从大门出去定是建安伯府向自己服软了，得意之下那点不解又丢到了脑后。

　　随着华丽的马车缓缓启动，看着大开的建安伯府大门，来往行人不由驻足，纷纷打听建安伯府到底发生了什么事。

　　"这建安伯府正门大开，是有什么嫁娶之事吗？"

　　"我听说他家有位姑娘近日出嫁，难不成就是今日？也没张灯结彩，看着不像啊。"

　　"哟，你连他家有姑娘出阁都晓得啊？"

　　"那是，我隔壁邻居家的二狗子的闺女在伯府当差，说是有位姑娘要出嫁，她的姐妹还打了许多银钗戒指之类的打赏院子里的小丫头，把她羡慕得不行，回家说了好几次，我看十有八九是因为这个。"

　　聚在一起听八卦的人越来越多，有一个人压低了声音，神神秘秘道："我跟你们说，今儿这事倒是不寻常。"

　　"怎么个不寻常法？"

　　"你们来得晚，没看到，不久前伯府出来一辆八轮双马的马车。你们猜拉的是谁？"

　　"快别卖关子了，赶紧说说。"

　　"是伯府的四姑娘，说是宫里的贵妃娘娘传唤她。"

　　"被天家贵人召见，难怪呢，可也不对啊，伯府那位姑娘坐这样的马车，不合规矩啊。"

　　"这你们就有所不知了。那位姑娘已经病得出气多进气少了。"

　　众人哗然。

　　"这不可能吧，病成那样能进宫？"

　　"嘘——"那人伸出一只手指吹了吹，指指上面，"说是上面发话了，甄四姑娘就算爬也要爬到那儿去。这可是掉脑袋的话，你们千万别胡乱说出去。"

　　"是，是。"许多人点头。

　　少数人质疑："不对啊，这种事你是怎么知晓的？"

　　那人笑笑："甄四姑娘的病不知请了京城多少名医汇聚府中，我是一位大夫的药童，当时亲眼看着呢。"

　　这下人们深信不疑，无人细想一个药童怎么能见到宫里来的人。人，都是愿意相信自己想相信的。人们聚在一起议论纷纷，那人不知何时悄无声息离去。

府内。

"各位大夫辛苦了。"蒋氏冲一众大夫点点头。雕栏和玉砌把装有诊资的荷包一一送给各人。

"在下惭愧。"一个中年男子收下荷包,面带惭色。其他人纷纷附和。

蒋氏微微一笑:"赵大夫这样说就太自谦了,有的事非人力可为。"

这话一出,众人脸色好看不少。

蒋氏又道:"何况赵大夫还帮我家丫鬟看了脸上的伤。那丫鬟是伺候老夫人的,老夫人素来当孙女疼着,没想到——"

赵大夫皱着眉:"夫人,在下虽尽力救治,但那姑娘脸上有道伤口太深,恐要落下疤。"

"谁说不是呢?"蒋氏叹口气。

"那位姑娘怎么——"赵大夫问到这儿,忽然停住。

蒋氏脸上微微变色,勉强遮掩了过去:"玉砌,送几位大夫出府。"

"是。"玉砌带着众位大夫走了出去。

随着大门缓缓合拢,一名大夫道:"那位四姑娘真是可怜,本就命悬一线,还折腾着进宫,恐怕——"

"还有那位丫鬟,脸上居然被碎瓷片扎满了,可怜一副花容月貌啊,啧啧。"年轻点的大夫摇头。

"这些话各位还是烂在肚子里吧。"赵大夫淡淡道。

众人闭口不言,各自离去。但建安伯府家的姑娘命悬一线被强令进宫,丫鬟无故被传话太监毁容的传言还是传了出去。至于从谁那开始传开的,当日的大夫这么多,谁知道呢?

青雀街人流如梭,车水马龙,这个时辰有一处最为热闹,乃是悦来小栈。

这悦来小栈是个茶馆,除了室内的雅间,外面还有一座四面敞开、顶部爬满牵牛花的凉亭。凉亭并不大,里面摆着木桌木椅,椅上铺着竹编的凉席。

悦来小栈有一道点心味道极好,凭着这道点心和这份雅致日日座满,除了凉亭另竖了数个青绸大伞遮阳,下面还放了桌椅招待坐不下的客人。

"鲁御史,石御史,二位来了,凉亭已经坐满了,您二位看——"茶博士笑着。

"行了,照例上一壶茉莉花茶,两碟点心。"说话的是鲁御史,身材微胖,一脸笑眯眯的样子。

另一位石御史身材偏瘦,脸上线条冷硬,看着就有些孤傲。

"石老弟,别摆着这张臭脸,生怕别人不知道你是御史似的。"

石御史这才开口:"鲁兄,像你这样,别人就不知道了吗?"

都察院就在青雀街,御史说来是监察百官,可大多时候清闲得骨头发痒,跑来这里打发时间的不在少数。

"当御史难啊。"鲁御史捏着点心吃了一口,笑眯眯道。在这七品大的御史位置上他已经待了数年,至今就是喝茶混日子,实在令人憋闷。

石御史深以为然。

二人有一搭没一搭闲聊着,忽见前面人群堵了起来。

"怎么回事儿?去看看。"二人付了茶钱,起身走过去。

一辆八轮双马的马车占据了道路大半,迎面来的马车过不去,似乎起了争执。

二人再凑近了些。

"我道是谁家乘着这样的马车走在青雀街上,原来是建安伯府啊。"说话的是永嘉侯府的世子夫人。

昨日一场惊变,她娘家胞弟受了重伤,因为脱不开身,今日才腾出空来回去看看,没想到被建安伯府的马车堵在了这里。里面坐的难道是建安伯世子夫人?永嘉侯世子夫人和蒋氏是泛泛之交,但印象中,蒋氏还算识大体懂规矩,今日怎么如此行事?

帘子掀开一角,露出了老夫人的脸。

"老夫人?"永嘉侯世子夫人愣住。

面对长辈到底不好失礼,她缓了脸色道:"不知老夫人有什么急事,今日乘着八轮马车出门?"

老夫人脸色愁苦:"老身失礼了。因着宫中贵人召见我家四丫头,她又病得起不来身,大夫说若是颠簸晃动性命恐就……实在无法,才乘了这稳当些的马车。"

"贵府四姑娘病重?这是怎么说的?"

老夫人侧身,露出了车内躺着的甄妙。虽有一点距离,永嘉侯世子夫人还是清楚看到甄妙死人般的脸色和脱了形的尖下巴。

"甄四姑娘这个样子怎么能进宫?"本以为建安伯老夫人说得有些夸大了,没想到甄妙看着更令人触目惊心,永嘉侯世子夫人不由打了个冷战。

一直紧偎着甄妙的温氏一边拭泪一边扬声道:"贵妃娘娘发话,我家姑娘哪有推托的道理。给夫人造成不便,改日定去赔罪。"

听到是贵妃的吩咐,永嘉侯世子夫人不愿多说,欠欠身道:"既如此,老夫人和妹妹快过去吧。"说着怜悯地扫了甄妙一眼。

前边传话太监乘着轿子又返了回来,拉着脸道:"咱家早说了,不能乘这马车,老夫人偏不听,要是耽误了时间,贵妃娘娘恼了,咱家可要平白受连累!"

永嘉侯世子夫人不愿意和太监打交道，回了车里低低吩咐了一声。

轻便灵巧的油壁车退了出去。八轮双马的马车又开始前行。

老夫人隔着帘子瞟了不远处的悦来小栈一眼。她老了，出门的时候不多，但这悦来小栈可是自她年轻的时候就有了。若是记得不错，不远处就是都察院吧。这个时候，总该有个把御史在那里喝茶才是。

等马车不见了踪影，人群顿时议论纷纷起来。

他们虽听不清两辆车里的贵人都说了什么，可是这种冲突本就勾人好奇，更何况最后开口的居然是位公公，事情一旦和天家有关，就更吸引人注意了。

随着打听的人渐多，就有人问到了碰巧知道内情的人。

"什么，你说那马车里是建安伯府四姑娘，已经病得要死了，还要进宫去见贵妃娘娘？"

"这不能吧，便是天家也要讲究人情。甄四姑娘病成那样，就没请假吗？"

"怎么没请呢，可上面发话了，要那姑娘爬也要爬过去。"

"啧啧，这也太——"

"不止呢，我还听说，那传话的公公因为人家求情，直接把那老夫人的贴身丫头给打毁容了，可怜一个如花似玉的小娘子啊。"

鲁御史和石御史互视一眼。

石御史二话不说，扭头就走。

鲁御史一把拉住石御史衣袖，笑眯眯问："石老弟，去哪儿啊？"

"茶水喝多了，去茅厕。"石御史硬邦邦道。

"嘿嘿，一起啊。"

石御史瞪着鲁御史半天，见他还是那副笑眯眯的模样，吐出两个字："联名。"

鲁御史笑得无比灿烂："成。"

太好了，老子终于不用再天天闲得聊天打屁了，想一想慷慨陈词，一头碰死在金銮殿上的人生，该是多么美妙啊！

两位御史脚步匆匆，调查情况去了。

"妙儿，你一定要坚持住啊。"温氏替甄妙擦擦嘴角。

"温氏，你给我沉住气，四丫头口中含着百年的老参片，她一定能撑住的。"

马车停了下来，传话太监声音传来："老夫人，到了这儿可不能乘车了，换轿子吧。"

长宁宫金箔贴壁，玉柱雕凤。

赵皇后今日穿了一身月白宫装，看着和她的气质有些相左，眉宇间的疲惫哀伤更是令姿容黯淡了几分。大宫女初雪站在赵皇后身后，替她按摩着眉骨。

"初雪，别按了，把镜子拿来。"

初雪捧来一面一尺长短，背面镀着玫瑰藤的西洋镜。

赵皇后睁了眼，对着镜子打量自己的脸。雪白无瑕的肌肤，明艳的五官，眼角的纹路淡得几乎看不见。她看着并不比蒋贵妃显老，可是皇上为什么就是不愿意在长宁宫多留宿呢？如今哥哥突然去了，她能否帮侄儿撑起来？

纤细的手指缓缓滑过镜面，赵皇后叹了口气："收起来吧。"

"娘娘，您节哀。"初雪收起西洋镜，轻声劝道。

赵皇后抚了抚额："本宫明白，这个时候谁都能倒，本宫不能！"

"娘娘，甄太妃求见。"水晶宫帘挑起，大宫女晚霜走了进来。

"甄太妃？"赵皇后一时有些没反应过来，想了想，还是道，"请她进来。"

对建安伯府她并没有什么好感，但是甄太妃的脸面还是要给的。宫中的老太妃不多了，甄太妃和太后相处不错，且对六皇子有过救助之恩。六皇子虽没有母族支持，但皇上对他还是可以的，封王是迟早的事。

一个深衣宽袖的女子款款走了进来。说是女子，是因为乍一看，根本看不出来人的实际年纪，只觉得容光逼人，令人望之生惭。她走起路来环佩不响，步履从容，明明是端庄大气的风度，却偏偏给人步步生莲的美感。待走近了，才看到女子的眉梢眼角已经有了岁月的痕迹，并不显老，反而多了种年轻女子没有的韵味。每见一次甄太妃，赵皇后就会感慨一次。若是甄太妃生在这个时候，哪还有蒋贵妃什么事！

"太妃怎么得空过来了？"赵皇后起身迎了上去。

"我是有事来求皇后了。"甄太妃笑道。

"太妃快请坐，说什么求不求的，不知是何事？"

甄太妃敛了笑，神情有些萧索："我听说昨儿个京城不太平，家兄至今重伤昏迷，心里实在忧心，想找皇后娘娘讨个情，传建安伯老夫人进宫来见一面。"

太妃虽是长辈，想传召宫外的人却不能。整个皇宫除了太后，就是皇后和蒋贵妃有这个权力了。蒋贵妃是昭丰帝特许的。

听甄太妃这么说，赵皇后面露凄容："太妃说得是，是该召来见见。"

她身为皇后，胞兄去世也只能召来母亲和嫂嫂痛哭一场，出宫拜祭却是不能了。

"晚霜，去取牌子，传建安伯老夫人进宫。"

"是，娘娘。"

晚霜出去不多久又折返，神情有些怪异。

"怎么了？"赵皇后抬了抬眼。

"娘娘，太玄门当值的公公说，建安伯老夫人刚刚已经进宫了，进出宫名录上有记呢。"

"竟有此事？"赵皇后不解蹙眉。

晚霜迟疑了一下道："是去了玉堂宫。"

一听这三个字，赵皇后火冒三丈，凌厉扫了甄太妃一眼："太妃，您若是找了蒋贵妃传召家人，又何必再来找本宫？"一拂衣袖，竟是要送客了。

"娘娘。"晚霜忙唤了一声，语气有些无奈。他家娘娘平日什么都好，就是一遇到有关玉堂宫那位的事，就成了炮仗性子。这事还没禀告完呢，就摆脸子，把甄太妃也得罪了。

她忙道："娘娘，蒋贵妃传唤的是甄四姑娘，建安伯老夫人是陪着来的。"

赵皇后拧了眉："晚霜，你都把本宫说糊涂了。怎么蒋贵妃无缘无故就召唤甄四姑娘？便是如此，建安伯老夫人怎么还陪着来了？"

晚霜看甄太妃一眼，附在赵皇后耳边低语了几句。

赵皇后眼睛蓦地亮了："果真？"

"嗯。"晚霜郑重点头。

赵皇后冷笑一声，对甄太妃缓了脸色："太妃，请随本宫去玉堂宫走一趟。"

甄太妃面色淡淡拒绝："如今太后不在宫中，我一个太妃有事求到皇后这里来也就罢了，若是还到处乱走，被皇上知道岂不是给太后丢脸，等太后回来定会怪罪的。"

"皇上？"赵皇后似乎只听到了这两个字，随后脸色变得兴奋，"对，对，太妃说得不错，本宫应该先去皇上那里一趟！太妃若是觉得不便就先在长宁宫等着，本宫到时领着建安伯老夫人来见你。"

"那就多谢皇后了，我先回去等着就是。"

赵皇后满脑子都是晚霜刚才说过的话，对甄太妃说什么已经不上心了，随便点点头，带着两个大宫女、一个老嬷嬷直奔御书房。

玉堂宫。

蒋贵妃看着被抬进来、看不出死活的甄妙，脸色陡然变了。

方柔公主也是吓了一跳，不由握住蒋贵妃的手。

传话太监还一脸邀功的表情："娘娘，甄四姑娘奴婢给您带来了。您是不知道，他们伯府架子大得很，死活不想来——"

啪的一声，传话太监被蒋贵妃扇了一耳光，因为力气过大，被扇得原地打了两转。

"哎呦，娘娘，您——"

蒋贵妃面若冰霜，怒斥道："蠢货，你抬一个半死不活的人进来，是给我添晦气吗？"

传话太监捂着脸讷讷不语，心道不是您交代，就算甄四姑娘病着也要请进宫吗？

蒋贵妃深吸一口气，压下怒火对建安伯老夫人露出个笑脸："老夫人，本宫实在不知贵府四姑娘病得这么重，都是这奴才自作主张。您快带四姑娘回去好好治病吧。"

建安伯老夫人本是低眉顺眼站着，听了蒋贵妃的话慢慢抬头，语气沉缓："娘娘这话老身不大明白，这么说让我们伯府嫡出的姑娘病成这个样子进宫，是这位公公自作主张，娘娘不知情了？"

听着老夫人带刺的话，蒋贵妃有些恼了。哪家命妇敢这样对她说话！可看一眼甄妙要死不活的样子，她又有些忐忑。就这么留在她宫里，万一有个好歹，传扬出去还真的不好听。

蒋贵妃缓口气把怒火压下，道："本宫是传甄四姑娘进宫没错，因着今日本来就是定好的日子。只是这奴才不懂事，分不清轻重，曲解了本宫的意思。"

"娘娘——"传话太监脸色煞白，欲言又止。触到蒋贵妃凌厉的目光，他深深低下了头，双腿却筛糠般抖着。完了，完了，娘娘若是把这事怪罪在他身上，推他出去当替罪羊，那他这条小命可就交待了！

老夫人笑了："老身听闻贵妃娘娘还替皇后娘娘分担着宫中事务，却原来连一个奴才都管不住？"

这话噎得蒋贵妃脸色发青，见老夫人那笑容分明有嘲弄的意思，不由着恼："老夫人是在质疑本宫的能力，羞辱本宫吗？"

"老身不敢，只是实在不解罢了。"

"你！"蒋贵妃气得说不出话来。

若是承认传话公公自作主张，那就是她无能，传扬出去她还怎么打理宫务，和皇后一较长短？那些眼皮浅的宫妃觉得她连一个太监都管不住，私下里定会小动作不断，说不得还会站到皇后那边去。可若是否认，那让重病的伯府姑娘进宫，就是她的意思了。略一思索，即便是她的意思，现在赶紧打发出去也无妨，他们总不敢四处宣扬她的不是吧？

"本宫虽传了甄四姑娘进宫，却不知她病得这么重，老夫人是要本宫向您赔罪吗？"

"老身不敢当。只是我们早已把我孙女的病情说明白了，这位公公却说娘娘吩咐了，便是病了，爬也要爬进宫里来！我们不敢违命，只得抬着进来了。"

"老夫人，你这是敬酒不吃吃罚酒了？"蒋贵妃彻底恼了。她本以为建安伯老夫人总要顾忌一下，没想到对方这是要撕破脸了。

一直挨着蒋贵妃坐的方柔公主突然出声："哼，就算是要她爬着进来怎么了？君要臣死臣不得不死，她没照做，本来就是你们的不是。我母妃没怪罪，你们不但不知恩，还要气我母妃，你们哪来的胆子，不怕我禀告父皇？"

她说着扭头对蒋贵妃道："母妃，您理她作甚，直接赶出去不就得了，病得那么重，谁知道传不传染！"

这话一出，蒋贵妃顿时色变："本宫还纳闷好端端的你怎么不把令孙女抬回去，原来是打着这个主意。怎么，建安伯府是要谋害皇室？"

"哦，朕不知建安伯府如何谋害皇室？"昭丰帝淡淡的声音传来。

站在一旁的小太监这才苦着脸扬声道："皇上驾到，皇后娘娘驾到——"

蒋贵妃脸色顿时变了，狠狠剜了小太监一眼，又换了笑脸快步迎上去，优雅施礼："给皇上请安，给皇后请安。"

往日不等皇上吩咐，蒋贵妃便可以起身了，今日她心中打鼓，不知刚才情形昭丰帝听进去了多少，便一直维持着半蹲的姿势不动。

赵皇后悄悄翘起了嘴角。

昭丰帝定定地看着蒋贵妃发顶那朵耀眼的粉宝石攒珍珠米牡丹花，许久才缓缓道："起身吧。"

蒋贵妃起了身："今儿怎么皇上和皇后一起来了？"

这不过是一句家常话，昭丰帝却看她一眼："怎么，朕来不来，还要跟你打招呼吗？还是说，朕不能跟皇后一起来？"

"皇上！"蒋贵妃霍然抬头，不可置信瞪大了眼睛，"妾没有那个意思，您误会了。"

赵皇后紧紧抿着唇，恨不得大笑出声。蒋贵妃啊蒋贵妃，你也有今天！让你优雅，让你妩媚，蛇蝎面孔被皇上看到了，你便是个天仙又如何？后宫里，最不缺的就是美人啊。

"父皇，您怎么一来就训母妃嘛——"方柔公主跑过来，撒娇般拉着昭丰帝的手，然后瞪了赵皇后一眼。

昭丰帝皱了眉。

若是以往，他不过觉得方柔公主有些任性，可生在天家，任性也是一种难得的天真。身为一国之君，高处不胜寒，那些儿女哪一个会纯粹把他当成父亲？方柔是他的女儿，若是不能护着最疼爱的小女儿保留这份天真，又有什么意思？这是昭丰帝内心深处的一点执念，更是他对方柔公主疼爱纵容的原因。可看着生死不知的甄妙，怒而不发的建安伯老夫人，哭肿了眼睛的温氏，昭丰帝忽然明白，生在天家，无论是谁都不需要这种天真，也没有资格拥有，包括他的女儿。

昭丰帝第一次挥开了方柔公主的手。

"父皇？"方柔公主怔住了，随即泫然欲泣。

昭丰帝没有理会，大步走到甄妙面前看了看。那一次进宫还是机灵纯真，带着股子生机勃勃劲头的少女，如今竟有种油尽灯枯的感觉。

见惯了生死的昭丰帝心底都忍不住生了一丝怜惜，扬声道："传太医！"

随后走到老夫人面前，面带歉意："老夫人，你放心，朕定会命太医全力医治甄四。今日的事，还望勿怪。"

"老身不敢。"

昭丰帝嘴角翘了翘："老夫人是不敢，不是不怪，是不是？"

老夫人抬头，视线落在昭丰帝鼻梁处，好一会儿吐出一个字："是。"

"老夫人放心，今日的事，朕定会给建安伯府一个交代。"

"谢皇上。"老夫人跪地施礼，低垂的眼帘遮蔽了眸中情绪。昭丰帝的脾气……果然如太妃说的那样。

昭丰帝负手而立，君王威严尽显。室内一片静默，谁都不敢出声，便是方柔公主都察觉到今日昭丰帝对她的不同。虽然委屈，可不知为何，她竟不敢胡乱撒娇了。

不多时一个御医匆匆赶来，打破了沉默："臣参见皇上，皇上万岁万岁万万岁——"

"啰嗦什么，快去给甄四姑娘看一看。"

甄四姑娘？那太医一时没反应过来。像建安伯府这种门第，平日是请不动御医的，这太医根本不知道甄四姑娘是谁家的，但听皇上这么说，却明白这一次必须拿出看家的本事来。

他匆匆走到甄妙面前，看清她的样子吓了一跳，忙伸手把脉，又翻看了一下舌苔："回皇上，这位姑娘应是中了温毒，臣这就开一个清燥祛热的方子来。"

昭丰帝眼皮不抬："怎么治由太医定夺，但必须把甄四姑娘给朕治好。"

太医眼皮子跳了跳："遵命。"

老夫人忽然出声："皇上，老身还有话说。"

"老夫人但讲无妨。"

"回皇上，太医刚才说出的情况，和伯府请去的十数位大夫所说别无二致。我家四丫头吃的方子也是清燥祛热的，可她偏偏病情急转直下，成了如今这副模样。"

"哦？"昭丰帝脸色微沉，看向太医。

太医额头冷汗流了下来，硬着头皮道："皇上，臣看甄四姑娘的病况，确实如此啊。"

盯着神色忐忑的太医，昭丰帝不悦拧眉："把甄四姑娘移到清心殿，传众太医会诊。"

老夫人眼中多了些光亮。太医会诊，想来四丫头有救了吧。

"贵妃，从今日起你的对牌便交给皇后吧，今后少见外人，修身养性！"

"皇上！"蒋贵妃脸色迅速变得惨白，身子晃了晃。

赵皇后忙低下头，用尖利的指甲死死掐着手背，才克制住大笑出声的冲动。

交出对牌，意味着蒋贵妃没有了插手宫中事务的权力，也不能再随意传召宫外的人。失去了这两样权力，蒋贵妃的超然地位就不复存在了。这一局虽不是有意为之，她实在赢得漂亮啊！赵皇后只觉胸口浊气都吐了出来，再想到甄妙，原本的恶感淡了不少。这丫头实在是她的福星！要知道她好久没这么扬眉吐气了！

"父皇——"方柔公主不大不小的年纪，虽不大懂昭丰帝的话意味着什么，可看母妃脸色也知道事情不好。她把之前的那点畏惧抛开，拉住昭丰帝的衣袖，"您不理会儿臣了么？"

人的疼爱和厌恶都是有惯性的，会下意识保持下去。像昭丰帝，虽下定决心改变方柔公主，可见她这样娇滴滴地唤着父皇，还是有一瞬间的心软。不过帝王之心，非常人可比，他很快压下那丝疼惜，冷着脸道："方柔，君要臣死臣不得不死，这话是你说的？"

方柔公主咬了唇："父皇，儿臣说的有什么不对吗？"

昭丰帝笑了："单论这话，当然没有什么不对。可是你年纪还小，还分不清什么是君，什么是臣。"

蒋贵妃听了，脸色变得更难看了。

方柔公主却依然懵懂："父皇，儿臣不明白您的意思。"

"呵呵，方柔，所以父皇才给你找了伴读，命你好生读书。读书明理，你要学的还很多，若是还有不懂的，也可以让你母妃教你，今后少出去。"昭丰帝淡淡看蒋贵妃一眼，大步离去。

片刻后人都走得干干净净，空荡荡的玉堂宫只剩下蒋贵妃母女二人。

"母妃，父皇到底是什么意思啊？"

蒋贵妃花容惨淡，紧紧搂着方柔公主："方柔，你个傻孩子，面对你父皇，你怎么自称？"

"儿臣呀，皇兄皇姐们不都这么叫么？"

蒋贵妃惨淡笑笑："是啊，儿臣。你是公主，可在你父皇面前，依然是臣啊！"

从此以后，方柔公主从皇上那里得来的特权，恐怕都不在了！君臣君臣，这世上，除了皇上，谁不是臣呢！蒋贵妃深深懊悔起来。她不应该太过宠爱方柔，失了分寸的。

若是没有传召甄四进宫，就没有这场无妄之灾了！甄四，建安伯府，本宫不会放过你们的！

第 8 章　相救

传旨太监从玉堂宫离开后，快步奔向太医院，带着几位当值的太医匆匆赶向清心殿。

从太医院到清心殿有一段距离，来来往往自然不少人，见到这么多太医一同出现，个个心生好奇，悄悄议论着。

"这是怎么了，莫不是哪位贵人病了？"

"不知道啊，这么多太医，估计是病得厉害。"

两个侍卫闲聊着，心里都有些打鼓。能让这么多太医同时去诊治，事情有些不同寻常。他们这些值班的侍卫，可是最不愿意遇到不寻常的事了，特别是昨日还发生了明馨庄刺杀的事。

"都在瞎议论什么？"巡视过来的罗天珵冷着脸问。

经历了昨日的事，罗天珵在龙卫中威望高了许多，两名侍卫忙站直身子，把情况说了一下。

"皇上并没有吩咐什么，做好自己的事就好。"罗天珵听了，面无表情道。宫闱之事最是难说，他们这些侍卫负责保护贵人们的安全，至于其他的，就轮不到他们操心了。

罗天珵正这么想，就见一个太监匆匆奔来，急喘着道："罗，罗卫长，皇上宣您去清心殿。"

罗天珵有心问问皇上突然宣召是何事，但不合规矩，只得默默跟着传话的太监走。

反倒是那太监走在罗天珵身边，压低声音道："罗卫长，您知道么，皇上宣您去，是因为甄四姑娘在清心殿。"

罗天珵微怔，莫名想到两个侍卫说的话，心不由一沉。

果然就听传话太监道："甄四姑娘病情危急，许多太医都束手无策，甄四姑娘的母亲已经哭昏了过去，老夫人也有些受惊了。皇上想起您是甄四姑娘的未婚夫婿，宣您过去见见。"

罗天珵脚步一软，身子晃了晃。

"罗卫长？"

罗天瑆恢复了从容神色，脸上看不出端倪，淡淡道："无事，多谢公公告知了。"

罗天瑆跟着传话太监一路飞奔到清心殿，一眼看到了躺在榻上的甄妙。

罗天瑆看着甄妙有些傻了。曾经那么鲜活，几次把他气得七窍生烟的人，怎么就成这样了？

他忍不住向前走了几步，想看个究竟，直到昭丰帝咳嗽声传来才陡然惊醒："臣参见皇上。"

昭丰帝脸色也不大好看。他发了话要全力医治好甄妙，谁知这帮太医如此不顶用！只有一个太医壮着胆子开了维持生机吊命的方子，可这也不是长久之计。太医们无能，总不能让甄四死在宫里。昭丰帝被打了脸，暗下决心要狠狠惩戒太医院一番，再好好补偿一下建安伯府。当务之急却是赶紧把人送回去。这个小姑娘，可惜了。

"罗卫长，等下你把建安伯老夫人一行送回去吧，好生护持着甄四姑娘。"

罗天瑆庄生晓梦算是经历了一次生死，对帝王的敬畏之心早没那么重，起身道："皇上，不知甄四姑娘怎么突然病重了？"

说起对甄妙的感觉，虽然梦中的事情困扰着他，不知为何，对她的反感没有那么强烈了，至于说喜欢么——罗天瑆深思了一下，似乎还谈不上。但想着她劲头十足气他的话，大言不惭找他要包子吃的模样，还有那经常流露的灿烂笑容，罗天瑆可以肯定，至少现在，他不希望她死。

"皇上，甄四姑娘年纪轻轻，身体底子好，忽然病成这样不合常理，会不会是——中了毒？"罗天瑆说出了自己的猜疑。

昭丰帝扫众太医一眼。

一位太医忙道："回禀皇上，臣等已经研究过了，甄四姑娘并没中毒，就是病情凶猛，宣泄太过导致身体极度衰弱，各处器官难以承受出现了衰竭之象，这才如此凶险。"

"皇上，臣想请太医把对甄四姑娘的诊断再说一遍。"

这话一出，有几位太医都面露不虞之色。心道你虽然是镇国公世子，龙卫卫长，可隔行如隔山，问这些有什么用？难道还想在他们面前指手画脚？

"陈太医，把甄四姑娘的诊断对罗卫长说一下。"昭丰帝并没有责怪罗天瑆的意思。且不说原本就对罗天瑆印象颇好，单说他昨日立下的功劳，昭丰帝也不可能连这点要求都驳了。

几位太医暗暗心惊，看来这位罗卫长在皇上心中的分量不轻啊。

听陈太医把情况说了一遍，罗天瑆心中一跳。温毒、燥热、宣泄……梦中，靖北厉王的幼子便是这个病症，大夫也是按着温毒的病因治疗的，后来的发展和太医所述的甄四情况极为类似。这些太医可能误诊了，甄四不是温毒，而是真寒假热！病因诊断错了，用了相反的药方，病情当然会迅速恶化。因为她喝下的不是治病良药，而是催命汤！

罗天珵随后犯了难。即便有这种可能，又该怎么说？他可不是大夫！

"罗卫长，送甄四姑娘回去吧。"昭丰帝见罗天珵发愣，心中叹息。到底是小儿女，甄四性子讨喜，容貌出众，两人接触了几次，动了心再正常不过。

罗天珵正思索着对策，忽听皇上发话，急切之下反倒想通了。

他怎么糊涂了，他不能说，让太医来说不就成了！

靖北厉王幼子病情垂危，大夫云集，最终却是被战场俘虏来的一名年轻御医治好的。那年轻御医医术高明，对自己的恩师却推崇备至，并说之所以治好靖北厉王幼子的病，全是因为继承了恩师的《伤寒杂病论经》。他的恩师，正是当今太医院院判之一——张仲寒。

"皇上。"罗天珵单膝跪了下来。

"罗卫长这是何意？"

"皇上，臣听闻太医院张院判医术高明，尤擅伤寒温病，既然众太医一致认为甄四姑娘是中了温毒，偏偏束手无策，臣斗胆请求皇上命张院判前来诊断。"

"张院判？"昭丰帝皱了皱眉，"朕记得他随太后去五德山避暑了。"说着看向侍立一旁的魏公公。

魏公公弯了腰："回皇上，张院判确实随太后娘娘去了五德山。"

罗天珵跪立不起，沉声道："皇上，臣实不忍看甄四姑娘如此年轻就香消玉殒，恳请皇上允了臣的请求。"

罗天珵虽是单膝跪地，上身却挺得笔直，显示出他对此事的决心和毅然。

温氏不由拿帕子死死捂住了唇角。

老夫人亦是有些动容。她本以为镇国公世子对四丫头存了偏见，将来四丫头嫁过去恐怕不好过，没想到竟料错了。一想到甄妙若是好起来，健健康康嫁到镇国公府去，有个疼惜她的夫君，加上显赫的婆家，岂不是天大的福分？这样一想，对比甄妙的情形，老夫人更是惋惜心痛。

昭丰帝沉默良久，问："若是张院判依然治不好呢？"

罗天珵似乎早料到昭丰帝会这么问，道："那便是她命该如此。可若是有一线机会没有抓住，臣身为甄四姑娘的未婚夫婿，实在愧对于她，愧对于己，往后心中恐难安宁。"

"罗卫长，你可知道五德山远在数百里之外，一来一回，恐怕要七八日工夫，便是即刻传唤，她也不见得撑得到张院判回来。"

"三日之内，臣定会接张院判回来。"罗天珵说出一句让在场之人都大吃一惊的话。

看着罗天珵坚定的神情，昭丰帝忽然笑了："好，诸位太医，朕命你们三日内必须保住甄四姑娘性命，不然——"

后面的话没有说出来，众太医却心中一凛，齐声道："臣定当全力以赴，竭尽所能！"

"罗卫长，朕赐一块令牌给你，三十里驿站马匹，随你调用。"

"多谢皇上。"罗天珵看向昭丰帝的眼中带了感激。

昭丰帝暗暗满意。至情至性，倒是难得。关键是数百里路来回，还要带着一人，若是真能三日之内赶回，说明此子性情坚毅，能忍常人不能忍之苦，说不定是个难得的将才。

想到昨日那场石破天惊的刺杀，昭丰帝心中划过一丝阴霾。如今虽没有明确证据，却隐隐有了些方向，至少给他提了个醒。若是果然如此，将来恐怕少不了战事。

"老夫人先回去吧。甄四姑娘就先留在清心殿，甄四姑娘的母亲可以留下来照顾她。"

"多谢皇上。老身还有一个请求，想去见甄太妃一面。昨日老伯爷遇刺，太妃心里恐怕很是惦念。"老夫人满脸感激，心中却冷笑。昭丰帝的明理在意料中，可是仅仅夺了蒋贵妃的特权，淡薄了些对方柔公主的宠爱就够了么？不，事情还没有结束呢！

罗天珵离开皇宫后，带足干粮直奔驿站，骑上一匹骏马跑上了官道。

马不停蹄到了下一个驿站，他把累瘫的骏马撇在一旁，翻身上了另一匹精神十足的骏马继续赶路。一个接一个驿站掠过，一匹匹骏马倒下，唯有那个蓝色身影仿佛生在马背上，不懂得疲倦为何物。

"大人，您要不要喝些水？"不知是哪一处驿站了，驿丞见罗天珵嘴唇干裂出数道血痕，讨好问道。

"少废话，牵马！"罗天珵半句话都不想多说，见骏马来了立刻翻身而上，一骑绝尘而去。不是他不想喝水，吃干粮还能在马背上解决，可是他哪有方便的时间？罗天珵已经说不清自己到底有什么执念了，只觉一定要救回甄妙。

第二日，本是再寻常不过的听朝之日，昭丰帝处理完日常朝政，一旁太监照例喊道："有本上奏，无本退朝——"

就见两个小御史精神抖擞站了出来，双手执笏，声音大得令满朝文武一震："臣有本奏。"

"呈上来。"

昭丰帝打开奏折看了一眼，啪的一声合上，脸色沉了下来。

朝堂上一静，显得两个小御史声音更大了，滔滔不绝就把蒋贵妃的事说了出来，且比昭丰帝了解的还要多得多；比如传话太监怎么趾高气扬，扬言"贵妃娘娘发话，爬也要爬进宫里去"啊，传话太监无故打伤伯府丫鬟，致使人家容颜尽毁啊，啪啦啪啦说了一大堆。

昭丰帝脸色越来越青。甄妙的事，他虽然对蒋贵妃产生了不满，但夺了她的特权并责令闭门思过，已经是作出了告诫。毕竟她是方柔公主的生母，且其父正在东凌剿匪。

退一步说，昭丰帝对蒋贵妃到底有情分，非寻常宫妃可比。要是照着两个御史再说下去，蒋贵妃的性命都堪忧！

昭丰帝张了张口，余光就瞄到侍立殿中的左右史同样正瞄着他。

昭丰帝顿时闭嘴。即便他是皇上，对待这些刺头的御史也不能随心所欲，历来御史上奏时没有打断的规矩。他要是一开口，那两个左右史立刻就要记录下来了！

昭丰帝觉得憋屈，没好脸色地盯着两个小御史。偏偏两个御史不看眼色，一唱一搭足足说了一刻钟，这才意犹未尽地停了下来。昭丰帝嘴角已经僵硬了，心道以后再选御史，话痨的绝对不能要！

"皇上，臣等恳请严惩蒋贵妃，以肃内宫正气！"

昭丰帝暗暗顺了口气，这才开口："二位爱卿所奏之事，朕已经知晓了，且对蒋贵妃做出了惩戒，此事就此作罢。"

"臣斗胆，敢问皇上如何惩戒的贵妃娘娘？"鲁御史看着倒是笑眯眯的，可话说得一点不客气。

昭丰帝冷下脸来："处置蒋贵妃乃内宫之事，怎么，这些还要朝上议论？"

石御史再次跪了下来："皇上此言差矣。贵妃娘娘强令勋贵之女以病危之身入宫，是为不慈；无视建安伯府满府哀求之声，是为不仁；纵奴行凶，致使韶华女子容颜尽毁，却无任何抚恤之举，是为不义！内宫娘娘乃是选取天下端良淑惠之女充任。如此不慈、不仁、不义之人，怎堪当贵妃之位！又怎能成为天下女子表率！"

昭丰帝嘴角不停抽搐着，他很想说一句，他拿蒋贵妃当宠妃不成么？又不是皇后，天下女子表率什么的，用不着吧？他是皇上，对她都没这个要求。昭丰帝腹诽着，可看石御史硬邦邦的模样，愣是没敢吱声，暗暗扫了左右史一眼。

这个石御史，长得就是一副死谏的模样，他要是一开口就一头碰死在金銮殿上，那他这个皇帝非憋屈死不可！不管怎么勤政爱民，英明神武，将来史上记上一笔御史碰死在金銮殿上，这是抹不去的污点啊！昭丰帝在臣子面前算是强势的，偏偏对御史有些无可奈何。

他心中郁闷，还要用和煦的语气问："那依爱卿之见，该如何处置此事？"

两位御史对视一眼，道："蒋贵妃品行不端，应废之。传话太监仗势欺人，伤害无辜，应处以极刑以儆效尤！"

这话一出，昭丰帝脸色微变，扫了群臣一眼。

有懂眼色的大臣忙站了出来："皇上，蒋贵妃乃龙虎将军之女，而今龙虎将军正率兵在东凌剿匪。若是废除贵妃娘娘，恐令将士寒心，于剿匪不利！"

昭丰帝微微点头，刚要说张侍郎所说有理，就见石御史腾地站了起来，就差指着张侍郎鼻子骂了："张侍郎此言差矣！蒋贵妃失德，若是不处置，才会让天下子民寒心，于朝廷社稷不利！"

鲁御史更是不紧不慢来了一句："张侍郎难道是说，龙虎将军会因为皇上的秉公处置，而心存不满么？"

"龙虎将军当然不会如此……"张侍郎无力道，暗恨那些又把脚缩回去的同仁。

"既然不会如此，又哪来的将士寒心？再说皇上仁慈，没有追究龙虎将军教女不严之过，龙虎将军对皇上感恩还来不及呢！"鲁御史步步紧跟道。

昭丰帝咳嗽一声，原本的话也不能说了。再扯下去，恐怕连龙虎将军也要被这两个小御史参上一本。目前，他可没有动龙虎将军的打算。

知道不拿出点实际的惩治，这事就没完没了了，昭丰帝只好道："蒋贵妃处事不当，难当四夫人之首，降为昭仪，传话太监杖毙，去传旨吧。"

见两位御史还待再说，他冷了脸："后宫之事不必多谈，此事不得再议！"

罚也罚了，名也扬了，两个御史见好就收站了回去。

蒋贵妃本来就在郁闷，心想等来日皇上再来，定要想个法子哄得他服服帖帖，早晚出了那口恶气才是，没想到皇上的旨意就来了。

蒋贵妃瘫倒在地，对拖出去的传话太监的哭嚎声恍若未闻，长长的指甲深深陷入肉里。建安伯府，我蒋玉环和你们势不两立！

"母妃，儿臣去找父皇！"方柔公主哭着道。

"方柔，你给我站住！"

"母妃——"

蒋贵妃神情变得冰冷："方柔，你记着，你的父皇不再是以前那样对你的父皇了，你也该长大了！"

"母妃——"方柔公主毕竟才十岁，被蒋贵妃说的话弄得不知所措。

"方柔，你若是再不懂事，去找你父皇歪缠，恐怕连这玉堂宫我们都不能住了。"

九嫔虽然能入主一宫，但玉堂宫这样的规格显然超了。唯一庆幸的是，昭丰帝并没有提搬离玉堂宫的事，蒋贵妃心里仍隐隐存了几分希望。

长宁宫那边赵皇后听说了，抚掌大笑，对引发此事的源头甄妙的好感度那是嗖嗖往上涨，带着嬷嬷宫女亲自去了清心殿探望一番。

得知昭丰帝赏了不少东西给建安伯府和甄妙，赵皇后很是大方地手一挥，又赏了无数东西过去。要知道赵皇后出身沐恩侯府，沐恩侯府别的不多，就是钱多，皇后的小私库连皇上看了都眼红。蒋贵妃倒了霉，她心里痛快了，哪里还在乎这点身外之物？

更别提当晚，昭丰帝罕有的不是初一，也不是十五，却踏进了长宁宫的门口。后宫的妃子们便知道，皇后得势了。

另一边建安伯老夫人前脚回府，后脚就得知了蒋贵妃被免了妃位的事，同样是心中大快，对皇上和皇后娘娘流水般的赏赐反倒波澜不惊了。

老夫人出身不错，富贵是自小见惯了的，建安伯府这些年虽一直不上不下，眼皮子却没那么浅。

跟着接旨的李氏却被一连串的赏赐给砸晕了。老天，这么多赏赐，将来伯府分家，他们二房也能占上一份，等将来冰儿、玉儿出阁时，还能有御赐之物压箱底，该是多么风光！李氏连日来因为被嫡姐坑得多年积蓄都打了水漂的心结登时解了。

"蒋氏，把金银玉器登记入库，那些人参燕窝、阿胶灵芝并珠宝首饰、绫罗绸缎等物，一并送到沉香苑去。"等传旨太监走了，老夫人淡淡吩咐道。

"老夫人！"李氏忍不住叫起来。

"嗯？"老夫人扫她一眼。

李氏急得脸发红："那些，那些您怎么能都送到沉香苑去？"金银什么的当然好，可是那些极品的人参燕窝才是真正的有价无市，价值千金。

老夫人气极反笑："不送到沉香苑去送到哪里，芳菲苑么？"

"儿媳可没这么想，这些御赐之物当然是放到公库里去呀！"李氏理所当然道。

老夫人懒得再理会李氏，看了蒋氏一眼。

蒋氏嘲弄地勾勾嘴角，才道："二弟媳，皇上赐给伯府的物品当然是归到公库里去，但那人参燕窝等物是指明了给妙丫头调养身子的，当然要送到沉香苑那边。至于那些珠宝首饰并绫罗绸缎，皇后娘娘是直接点了名赏赐给妙丫头的。"

"是，是么？"李氏有些尴尬地问。她当时听了那些赏赐激动不已，其他的话压根没听进去。这么说，那些赏赐岂不大半都归了四丫头一个人？

这样一想，李氏又是嫉妒又是不甘。若是四丫头不在了——李氏忙收回这个骇人的念头，可人的贪念一起，就像心中住进了一个魔鬼，压都压不住了。

"老夫人，四丫头什么时候回府啊？"

老夫人扫她一眼，淡淡道："皇上说了，命四丫头在宫中养病，估计近几日都不会回府的，或许等病好了大半再回也不一定。你当伯娘的，四丫头还生死不知，别总惦记些有的没的。"

"儿媳知道了。"李氏悻悻道。

两日后的黄昏，马蹄声打破了皇城的寂静。

一个衣服已经看不出颜色的青年男子扬着马鞭赶着车疾行，到了不能乘车的地方翻身下来，挑开车帘背起一个年过半百的男子向着清心殿狂奔而去。

"皇上，罗卫长回来了。"

"摆驾清心殿！"

"臣失仪，请皇上恕罪。"罗天珵单膝跪地，虽是满身狼狈，身姿依然笔挺。

昭丰帝暗暗点头："平身，罗卫长能三日内带张院判回来，非常人能及。"

长时间的缺水，罗天珵说话已经有些困难，声音喑哑："多谢皇上夸赞，臣不敢当。"

另一边，张院判摇摇晃晃地进了安置甄妙的屋子，给她把了脉，又看了舌苔和眼底，沉思了许久，得出的结论果然是真寒假热之症。

罗天珵松了口气，人一放松，就有些摇摇欲坠了。

昭丰帝见状忙道："罗卫长，朕给你三日假期，回去好好休息吧。"

他说着扫一眼甄妙的方向，含笑道："甄四姑娘这边，你放心就是了。"

"谢皇上。"罗天珵退了出去。

找对了病因，治疗就好说了。先是开了对症下药的方子，不过两服下去甄妙的真寒假热之症就退了，只是身体衰弱，需要好好调养。

她身子虚，禁不起颠簸，昭丰帝便允许她留在宫中休养几日，待元气恢复了再回府。

温氏身为民妇不适宜长时间待在宫中，之前已经是违了例，只是甄妙这个样子她怎么放心得下，面上就带了出来。

这时候赵皇后过来了，对昭丰帝道："皇上，妾听说甄四姑娘要留在宫中休养几日？"

昭丰帝看她一眼，心道皇后这几日行事总算有点章程了，难道刚抬举了几分，就故态复萌了？

他又想到了蒋贵妃。蒋贵妃性子是跋扈了些，这他也是知道的，但在他面前却温顺得像猫似的，偶尔亮出爪子，反而添了几分情趣。

185

见昭丰帝有些出神，赵皇后皱了皱眉，很快笑着道："皇上，妾是想着甄四姑娘留在这清心殿，虽有宫人伺候着，到底没有个主事的。妾有个提议，不如把甄四姑娘安置到甄太妃那里。"

"甄太妃？"

"是啊，甄太妃是甄四姑娘嫡亲的姑祖奶奶，由她照应甄四姑娘再合适不过了。"

昭丰帝一听确实有理，点头允了此事。

经过两日调养，甄妙终于清醒过来，眼睛直直盯着悬于上方的白鹤金钩。那金钩是白鹤之喙，衔着数颗夜明珠，明珠四分，垂挂着烟青色的纱幔。难道是做梦？头脑还有些混沌的甄妙闪过这个念头，把手凑到嘴边咬了一口。

甄太妃进来时，正看到甄妙一副呆呆的表情，把手放到嘴边像啃猪蹄一样啃了一口，随后哎呦一声，疼得叫唤起来。

一贯优雅的甄太妃当场就愣住了。

还是甄妙先发现了她："您——"

甄太妃这才回过神，带着浅笑走到甄妙身边，柔声道："妙丫头醒了，还记得姑祖奶奶吗？"

甄妙露出个笑脸，声音还有些虚弱："妙儿给您见礼了。我怎么会在这里？"

甄太妃在一旁坐了下来，解释道："妙丫头你恐怕不知，自己病得命悬一线了吧？"

"啊？"甄妙惊异瞪大了眼睛。这几日，她一直昏昏沉沉的在做梦，一会儿梦到掉进了冰窟窿里，一会儿梦到烈火焚身，还有时一半是严冰一半是烈火，弄得她苦不堪言。原来，是患了重病吗？

"是太妃给我请了御医，才治好的吗？"

甄妙一双清澈的眸子蕴含了感激，望着甄太妃。

甄太妃心中微动。她这一生，总共生了一子二女，最终活下来的只有一个女儿，成年后远嫁到番邦，此生恐怕是不得见了。

这么些年膝下空虚，唯一和她血缘近的便是建安伯府的晚辈们，只是对甄四却有些不喜。这丫头太好强，且虚荣心重。住惯了冰冷皇宫的人，最烦的便是这一点。只是今日一见，四丫头倒是有些不同了。看人看眼，一个眼神如此清明的人，心思不会浑浊到哪里去。

"说起来，妙丫头你要感谢皇上，还有镇国公世子。"

见甄妙满是困惑，甄太妃把事情经过娓娓道来。

甄妙彻底愣住了。皇上也就罢了，被蒋贵妃强召入宫，说起来只要当权者不是太昏庸，总要给她个交代。只是罗天珵……他怎么会为了自己做到如此地步？便是未婚夫婿，那也太令人意外了，何况还是一直讨厌她的人。

甄妙虽然困惑，到底不可能找罗天珵问个明白，就安心待在甄太妃处养身体。

养了两日，到了早上，有宫女端上了一盏羊乳。闻着膻腥味，甄妙眉头都皱在一起了。

经过这几日的相处，甄太妃对甄妙的那点成见淡了许多，说话便亲近了些："妙丫头，你可别皱眉，这羊乳最滋补。前两日怕你肠胃太虚弱消化不了，现在你恢复了不少，从今日起，早晚要喝一盏羊乳补身。"

"好膻！"甄妙抿了抿唇。

甄太妃总是一副温雅的样子，语气却不容置喙："妙丫头，羊乳润心肺、补肾气，对恢复体能大有好处，最适合现在的你吃。也就是宫内这个时节才有羊乳，你可别耍孩子脾气，就当是吃药好了，良药苦口。"

甄妙笑笑："太妃，我不是不喝，是觉得它太膻了。"

"羊乳可不就是膻的么？"甄太妃有些头疼了，训道，"一个女儿家，该娇气的地方要娇气，不该娇气的地方，半点也娇气不得。"

甄妙听得云里雾里。

甄太妃继续道："什么时候该娇气呢？比如出阁了，这男人啊，天生就不懂女儿的心，有的事他做得让你不痛快了，不代表他就想让你不痛快。这个时候，你就要娇气点，觉得不痛快的地方要表达出来，只要这个男人是有点心的，时日久了那些让你不痛快的地方自然就慢慢改了。你若是不说，他自然觉得没什么，等新婚的新鲜日子过去了，以后只会做得让你越来越不痛快。到最后爆发了，你觉得委屈，他觉得你无理取闹，可不就成了怨偶。"

"那什么时候不能娇气呢？"

"不该娇气的地方，便是事关一个女子的容貌、衣着、举止了。该学的规矩礼仪，再苦再累，这个懒也偷不得。你现在偷懒，那后面受罪的事等着呢。再有容貌，虽是父母给的，可也看怎么养。头发、眼睛、牙齿、肌肤，各处怎么护理都是有讲究的，这个时候娇气犯懒，等二十年后你且看看，不比同龄的老好几岁才怪呢。"

甄妙默然。

"羊乳膻腥难以入口，我已经喝了几十年。到如今依然受不了这味道，还是要喝。"

甄妙瞪大了眼。原来说了这么一大堆，最终又绕了回来，就是想劝她乖乖喝羊乳。

"怎么，还想不明白？"甄太妃收敛了笑意。

也不知为何，或许是因为二人有些相似的容貌让她想起了远嫁的女儿，对甄妙她虽谈不上多么深厚的感情，却忍不住有了教导之意，就像曾经教导她的盈月公主那样。可对方若是还不懂这些对女子的重要性，那么她以后也不会再提。别人以为她是得天独厚，只有她自己心里明白，上天厚爱努力的人，没有什么是白白得到的。

"太妃，我不是不喝，只是觉得太膻了。"见甄太妃眼底冷了下去，甄妙忙道。

"这有区别么？"甄太妃淡淡问。

生气了！甄妙忽然觉得无一处不完美、就如空中皓月的甄太妃一下子真实起来，心中不但不惶恐，反而觉得稳当了许多，笑眯眯道："当然有区别啊，我知道怎么去除羊乳中的膻腥味。"

"什么，你能去除膻腥味？"甄太妃这次是真的愣住了。

"是啊。"见甄太妃面露质疑，连奉上羊乳的宫女眼中都掩着淡淡的怀疑与不屑，甄妙慢条斯理道，"根据羊乳的分量加入一定比例的杏仁和茉莉花茶包就好了。只是杏仁和茉莉花茶的分量要把握好，少了，羊肉的膻腥味还在；多了，就掩去了独有的奶香味，反倒不美。"

"四丫头，你且写个配方，让她们去煮来试试。"甄太妃当即吩咐道。该死的膻腥味，几十年了啊，她真的受够了！

宫女不知一贯优雅端庄的甄太妃心中的怨念，照着甄妙写的方子重新煮了羊乳，果然那股子令人作呕的膻腥味不见了。

等端上来，甄太妃先是放在鼻端闻了许久，才用银匙舀了尝了一口。

果然如甄妙所说，重新煮过的羊乳没了膻腥味，却保留了独特的奶香味。只要杏仁和茉莉花茶……甄太妃一想到这么简单的方子就能去除腥膻味，自己却喝了几十年难以下咽的羊乳，整个人都不好了。

养病的日子过得很快，当甄妙脸上有了红润时，已经到了七月底，离甄妍出阁的日子没有几天了。

甄妙心里像猫抓似的，等甄太妃再过来时提出了请辞："太妃，这些日子多亏您照料，我已经恢复得差不多了，一直留在宫中也不大合适。妙儿想今日就去给皇上和皇后娘娘谢恩，回伯府了。"

"等后日再走吧。"甄太妃神色淡淡。

甄妙虽有些纳闷，却没深想，乖乖点了点头。

等把宫女奉上的羊乳喝完，甄太妃也放下了手中的碗，重新用薄荷水漱了口，拿丝帕按了按唇角："妙丫头，你在这儿住了这几日，也是你我的缘分。姑祖奶奶看得出来，有些话你并没记在心上。这也无妨，各人有各人的活法。"

甄妙赧然。甄太妃这样的人物，哪里看不出她的心思呢？不过让她为了讨好而刻意做出感兴趣的样子，她是办不到的。

见甄妙一双清明眸子带了点羞赧，甄太妃叹口气："你这丫头啊，生了一双好眸子。这样吧，我教你个锻炼眼睛的法子。养一缸彩鱼儿，每日日出和日落各花一刻钟专注盯着鱼儿游动。平日看书习字若是累了，也可以如此。这样练上数年，你就知道其中妙处了。就是到老了，也不至于变成鱼目珠子。"

"太妃，这法子我大姐姐好像也用呢。"甄妙想起了宁寿堂碧纱橱里那一缸彩鱼儿。

甄太妃微怔，随后笑了笑："你说宁丫头啊，她小时候常来宫里玩。"这话的意思是说，大姑娘甄宁用彩鱼锻炼眼睛的法子是她教的。

甄妙暗道难怪大姑娘甄宁成了京中名媛，有这样一位姑祖奶奶随口提点几句，在这男子为天的大周，对女子再实用不过。

"既然这法子你已经知晓了，那我便再告诉你一个养肌肤的方子。"甄太妃说着走到临窗案前，提笔写下几行小字递给甄妙。

甄妙只看了一眼，就惊呆了。

且不说那些种类繁多的药材花草，单是沐浴的法子就麻烦得让她头疼。居然还要隔七日用冷水、温水、热水配合着不同的药材花草各洗一次。什么季节用什么水也有讲究。

见甄妙露出的表情不是惊喜，而是呆滞，甄太妃也不恼，淡淡道："反正这方子姑祖奶奶是教给你了，用或不用，都随你。"

不愿欠别人情，对久居深宫的她来说已经成了本能。这方子是答谢甄妙去除羊乳膻腥的方子。

甄妙倒是没想到那里去，对这些吃食方子，她很难像大周人这么看重，毕竟是不同的文化形成的观念。她只以为这位姑祖奶奶对血缘后辈很是不错，没有看起来那么遥不可及。

"妙丫头，等你记下后就烧了吧。"

甄妙点点头。

甄太妃起了身："你身体恢复不错，不必一直待在屋里，出去透透气或者随便做些什么都是可以的。只是记着别贸然到其他地方去。"

"真的可以吗？"甄妙有些意外。她还以为在宫里处处都是禁地，不能去。她日日闷在屋里，早就憋死了。

"自然是可以的。"

得了甄太妃许诺，甄妙壮着胆子出去透了口气。只是她也知道这一次把蒋贵妃和方柔公主得罪死了，就只在甄太妃所住宫殿附近闲逛，免得招惹麻烦，却没想到还是遇到了一位贵人。

"民女拜见太子妃。"

"你便是甄太妃那位侄孙女吗？"说话的女子身材高挑，端庄大方，只是那种居高临下的感觉，甄妙还是能隐隐感觉到。

"是。"

太子妃语气缓和不少："倒是好标致的人儿。甄四姑娘先在这儿玩着。等我去拜见了太妃回来，陪我说说话。"

"是。"甄妙硬着头皮应下，心里默默发誓以后再也不出来了。堂堂太子妃，非年非节的，好端端来拜见甄太妃干吗啊！

过了一刻多钟，太子妃就出来了，显然没有和甄太妃说太多话。甄妙隐隐觉得太子妃心情不太好。

"今儿天气还好，甄四姑娘陪我走走吧。御花园里荷花开得正好。"

七月底的天气不冷不热，很是怡人。

甄妙不明白太子妃的用意，默不作声地随她走着，打定主意多余的话不说，多余的事不做，想来太子妃也不能霸王硬上弓吧。

"甄四姑娘一看便是有福气的，宫中多少女子想和太妃亲近都不得，甄四姑娘却能朝夕相对。"

"太妃确实极好。"甄妙滴水不漏道。

太子妃看着甄妙，状似不经意问："那么太妃有没有和甄四姑娘讲过些什么？"

"太妃主要是关心民女的身体。"

太子妃眼底的笑意淡去。

甄太妃是成了精的人物，和太后关系不错，皇上对她也颇为敬重，这些年多少后宫女子想从她那里寻点好处都无从下手。她身为太子妃，只要来请安，除了太后、皇后那儿，甄太妃这里是必来的，到如今也没拉近距离，更遑论得到她那些令女子疯狂的养颜方子了。

太子妃想着这些，心里叹口气。天子风流，太子也不遑多让。大概是觉得她诞下了儿子就完成了任务，太子便鲜少去她那里了，有一次更是抚着她的肌肤皱了眉头，被她悄悄看在眼里。皇上还是盛年，太子又年轻，一个儿子实在没保障。甄太妃有令肌肤光滑如绸的方子……

"甄四姑娘好好想想，太妃有没有提过保养肌肤的心得？都说甄四姑娘和太妃、还有盈月公主有些像呢，太妃对着你说不得便想起盈月公主来了。家母就常常跟我讲些女儿家该注意的地方。"

太子妃不在乎把心思透露给甄妙。如果从甄太妃那里徐徐图之不成，她不介意在甄妙这里直接些。说到底，还是身份地位的差距决定的。

甄妙也不傻，终于明白太子妃好端端怎么找上她了。只是那养肌肤的方子她虽不见得用上，但甄太妃明确表示不想再让其他人知道，这点信用她还是要守的。

"太妃大概嫌我年纪小，并没提过什么。"

二人边说边走到了听风轩。

听风轩依着水塘而建，放眼望去荷花满池。芙蕖花艳，玉莲半展，徐徐清风送来荷香，端的是风景如画。

更觉入画的是塘中还有一叶扁舟自远而近划来，到了近了，才发觉小舟上站的是方柔公主和初霞郡主。

"皇嫂，这么巧啊，来一起泛舟吧。"小舟靠了岸，方柔公主冲太子妃招手。随后手一顿，表情看不出喜怒，"我道是谁和皇嫂在一起呢，原来是甄四姑娘呀。"

"民女拜见公主、郡主。"甄妙福了福，瞥一眼太子妃，正见她目光投来，微微一笑。

方柔公主上了岸，扬着头看着甄妙："往日的事本公主不打算再计较，今日既然碰巧遇上了，那就和我们一起泛舟吧。人多才热闹。"

甄妙悄悄撇了撇嘴。她脸上写着个傻字吗，会相信生母由贵妃降为昭仪的方柔公主有和她泛舟同游的心情？

"不敢打扰公主雅兴。民女出来有一会儿了，也该回去了。"

方柔公主脸立刻冷了下来："怎么，甄四，你现在难道也病了？"

"承蒙天家厚爱，民女的病已经大好了。"

方柔公主上前一步："既然没病，本公主邀请你一起游湖，怎么还不答应呢？莫非——你看不起本公主？"

"民女不敢！"甄妙抿了抿唇。

"那么，便是甄四姑娘架子太大了，本公主也请不动你？"方柔公主看向太子妃，"皇嫂，这次您也在，我可没欺负她吧，到时候再闹腾起来，您可要给我作证啊。还有初霞姐，你也是。"

一直没做声的初霞郡主挑了挑眉："这小舟再上二人也有些挤了，依我看，我们二人加上皇嫂，刚刚好。"

对这位公主堂妹，她是不大亲近的，偏偏母妃说什么如今正是蒋贵妃母女不如意时,锦上添花易,雪中送炭难,这时候前来示好,她们定会把这份情记在心里。结果,方柔公主就借着来看她的由头,出来游湖了。也不知这游湖到底是有心,还是无意呢?

"这小舟可不小,再说我们摇船都累了,正好换皇嫂和甄四来呀。只有皇嫂一个人可摇不动,累坏了皇嫂,太子哥哥要找我们算账的。皇嫂,你说是不是?"

太子妃冲方柔公主笑笑,扫了甄妙一眼,用低不可闻的声音问:"刚才的话,甄四姑娘有没有想起来些什么?"

甄妙眼睛都瞪圆了。这简直是明晃晃的威胁!

她冲着太子妃轻轻摇了摇头。

太子妃笑了:"皇妹说得是呢,四个人刚刚好,甄四姑娘觉得呢?"

甄妙无可奈何地点了点头。上一次把蒋贵妃弄得那么惨,那是伯府情理都占全了,可现在她一味拒绝太子妃和公主,就是不识抬举了。到时候方柔公主说想和她摒弃前嫌才邀她游湖,再有太子妃附和,那她都没地方说理去。

上了小舟,甄妙特意去了船尾,和初霞郡主站在一方。太子妃坐在船头,二人一前一后划着小舟。

这种小舟很轻便,划起来又简单,平日富贵人家的女儿参加各式聚会,一起泛舟也是雅事,是以会划舟的不少。太子妃却有些手忙脚乱。

"皇嫂,不对,不对,应该这样划。"方柔公主在旁边跟着着急。

"太久没碰这个,有些生疏了。"太子妃脸上露出歉意。

"没事,我来教你。"方柔公主一副娇憨无邪的样子,不停指点着太子妃。

太子妃似乎找不到诀窍,带着小舟乱转。

"哎呀,我说不明白啦,初霞姐,你来告诉皇嫂嘛。"

初霞郡主刚开始本来有些怀疑方柔公主的用心,此刻见她这样子,把那点怀疑就忘了,起身走到了船头。方柔公主让开位置,自然就走向船尾。

甄妙立刻警觉了。她心思不多,看不透太多弯弯绕绕,却明白方柔公主拉她上船目的不纯。既然想算计她,那就必定要接近她,除此之外,所有的言语举动都是障眼法!有时候人不需要想太多,只要懂得什么是最关键的就行了。甄妙正是如此。所以方柔公主从上了船就开始说这说那,落在甄妙眼里和猴子蹦跶没有什么区别。她根本懒得听她说些什么,免得被分去注意力。只要方柔公主靠近她,那么这场硬仗就开始了。

甄妙心里早想好了方柔公主可能的举动:一种是把她推下水。

她本就是寒症,还没好利落,若是这时候再落了水,恐怕一条命就去了半条。还有一种是方柔公主落水,然后咬定是她推的。要是不能证明清白,恐怕小命就交代了。

甄妙很快想好了应对之法。很简单，无论是她还是方柔公主，都不能落水，那么方柔公主便是巧舌如簧，也奈何不了她。

方柔公主走了过来，冲甄妙诡异一笑，随后借着身形的遮挡猛然抓住她的手腕，然后再松开，直挺挺往后面仰倒。

尽管在心中谋划了千百次，这个时候，方柔公主还是本能尖叫起来。

刚刚走到船头的初霞郡主下意识跑了过来。

这边，早有准备的甄妙脚步轻巧一移成了稳稳的八字状，一只手抓住方柔公主手臂，另一只手伸在后面把她牢牢挽住。

而初霞郡主这么一跑，船尾这边失去了平衡，摇晃颠簸之下，只听扑通一声巨响，水花四溅。

甄妙抓稳了方柔公主，听到这声响不由呆了呆。她在船上，方柔公主也在船上，那什么东西掉下去了？

"初霞——"太子妃的惊叫声传来。

甄妙再次懵了。这，这不在计划中啊。谁能告诉她，好端端的初霞郡主怎么掉下去了？

"初霞姐不会水！"方柔公主猛然反应过来，推甄妙一把，"你快去救她！"

甄妙脸色发白，摇了摇头："我也不会。"她其实会水，只是不精通。自从那日在水中险些被掐死，就对入水产生了极大的恐惧。

看着初霞郡主在水中挣扎，甄妙忙解了腰带抛向她，只是腰带是软的，哪里抛得远。

方柔公主再顾不得其他，放声喊："救命啊，初霞郡主落水了！"

荷花深处出现一叶小舟，两个宫人飞速划着奔来。而另一边，传来涉水的声音。

甄妙回头望去，就见一个玄衣男子张开双臂保持平衡，脚踏水面如凌波飞渡奔了过来。到了近前，才看清男子面容，竟然是六皇子！

六皇子不由分说下了水把初霞郡主抓住，然后爬上了驶过来的那叶小舟。

初霞郡主已经昏迷不醒了。

六皇子把她翻转，拍着后背让她吐出几口水，看向对面船上的人，太子妃的难堪，方柔公主的错愕尽入眼中，最后看向甄妙，目光不经意扫过她手中腰带，嘴角忍不住翘了翘，才出声道："赶紧上岸！"

甄妙还在发愣。六皇子居然会凌波微步！

这边的动静早已惊动了不少来御花园散步的妃子驻足。

一上岸，就听一个威严声音传来："这是怎么了！"

众人忙散开，跪拜道："太后千岁！"

身穿暗绿色绣金线宫袍的太后看着很精神，没有理会众人就走了过去。

方柔公主眼睛一亮，猛然扑过来跪下："皇祖母，您可回来了！"

其实自从罗天理把张院判从五德山请回来，太后便启程了，只是太后的凤驾走得慢，昨日才到。

方柔公主见了太后，眼中闪过意外之喜。

"初霞怎么样了？"太后把方柔公主拉了起来，看向扶着初霞郡主的宫人，"傻愣着干什么，还不把初霞郡主安置好，传太医！"又看一眼浑身湿透，玄色衣衫紧贴在身上，挺拔身姿尽显的六皇子，她微微蹙眉："六郎快去把衣服换了吧。"

六皇子冲太后行礼："那等孙儿收拾妥当了，再来给皇祖母请安。"

等六皇子也离去后，太后这才看向太子妃："舒雅，你说说看，这究竟是怎么回事？"

"孙媳——"太子妃张了张口，有些为难。

方柔公主抢白道："皇祖母，是我们见天气好一起游湖，结果孙女没站稳，差点摔下去。初霞姐跑来扶我，甄四姑娘也伸手扶我，大概是两个人太慌张了，甄四姑娘不小心把初霞姐推了下去！"

看到太后迅速冷下来的眼神，方柔公主心中冷笑。虽然事情没按她原计划的那样演，但只要太后相信初霞郡主是甄四推下去的，甄四就别想讨到好！当时那么混乱，初霞郡主恐怕都不清楚自己是怎么掉下去的吧？就算心有怀疑，不站在她这个堂妹一边，难道站到一个外人那边不成？

方柔公主笃定不会被揭穿，神色更难过了："皇祖母，都是我不好，害得初霞姐落了水，您罚孙女吧。"

看着方柔公主无比自然说出这番话，甄妙心中发寒。这还是一个只有十岁的小姑娘么！

太后的目光落到甄四身上，见她衣衫松散，显得整个人格外单薄，手中还捏着个湿答答的腰带，越发不喜："你便是建安伯府的甄四？"

"民女正是。"

"不是病了，好端端的怎么出来游湖？"

甄妙心底叹口气，还是太大意了，自己身份低微，面对太子妃的邀请无法拒绝，若是当时老老实实待在屋里，有太妃替自己挡一下，想来太子妃也不会驳了太妃的脸面。

事已至此，懊恼也没用了，甄妙规规矩矩磕了头，声音轻柔却坚定："是民女思虑不周。只是初霞郡主落水时，公主可能太慌乱看岔了，民女没有失手推初霞郡主落水。"

"什么,你的意思是说本公主冤枉你?"

甄妙显得相当沉稳,声音冷静从容,就给人一种可信的感觉:"民女没有这个意思,是公主看错了。"

方柔公主扭头问太子妃:"皇嫂,你说呢?"

太子妃看向太后。

太后打量着甄妙,忽然问:"甄四姑娘是甄太妃的嫡亲侄孙女吧?"

"是。"甄妙身子跪得直直的。

太后笑了笑:"难怪有这份沉稳劲儿。"

甄妙垂头不语。

"舒雅,你来说,当时可是甄四姑娘不小心碰着了初霞?"

太子妃施了一礼:"当时孙媳在船头,妹妹们在船尾,事发突然,孙媳没有看清楚,不过她们三人确实站在一起。"

太子妃这话滴水不漏,却隐隐把矛头指向了甄妙。若是初霞郡主醒来记得清清楚楚,那她也不算妄言;若是初霞郡主自己也糊涂着,那么——

方柔公主得意一笑。

太子妃的立场早在甄妙意料之中,懊恼过后,她反倒镇定了。方柔公主说她失手把初霞郡主推下去,最差的结果也就是太后这么认定。方柔公主想借着这件事让太后不喜她,其实对于以后鲜少会再入宫的她来说,太后喜爱与否真的没有这位公主想的那么重要。太后这样的身份,不喜一个小姑娘冷淡着就是了。冷淡就冷淡呗,她又不入宫为妃。

甄妙自我安慰地想着,心平气和地向太后解释:"太后,当时虽然慌乱,民女能确定没有碰到初霞郡主是有缘由的。"

"什么缘由?"

"民女能不能叫一个宫人一起演示给太后看。"

太后点点头,一个梳着飞仙髻的宫娥走了出来,站到甄妙身边。

甄妙一手抓住宫娥右手,另一只手伸到她背后,摆出环抱她的样子,然后松开,对太后道:"太后您看,当时方柔公主没有站稳,民女是这样拉住她的,两个手都占着,就算再慌乱,也不可能有第三只手把初霞郡主碰下水。"

"你!"方柔公主气得瞪大了眼睛。她说过,当时甄妙是去扶她的,现在却有种搬起石头砸自己的脚的憋屈感。

刚想说甄妙只是伸出一只手拉住她,就听甄妙又道:"当时太子妃在船头,公主和初霞郡主遮挡了视线，可能没有看清楚。但六皇子从岸边飞渡而来，想来看得分明。太后若觉得民女是为了逃脱责罚而狡辩，不妨请来六皇子问一问。"

她在赌，赌一个皇子不屑于陷入这些宫闱阴私。他只要把自己看到的说出来就够了。

"你以为六皇兄会袒护你吗！"方柔公主色厉内荏地喊道。

甄妙微微一笑，没有作声。六皇子就算偏向公主，也不可能说是她把初霞郡主推下去的。他赶来时初霞郡主已经落水了，最不利的局面顶多是六皇子也如太子妃一样说没看清楚。

"皇祖母。"六皇子已经换了一身靛蓝色薄绸直裰，显得风度翩翩。

"六郎，初霞当时落水是个什么情形？"

六皇子似笑非笑地瞥了方柔公主和甄妙一眼。

方柔公主有些紧张，咬着唇道："六皇兄，你当时隔得远，有没有看清楚初霞姐到底是自己没站稳落水的，还是甄四不小心碰到了她？"

六皇子看向甄妙。

甄妙明白她可没公主的地位，这时候随便开口说不准还会招来太后的呵斥，便低下了头。

六皇子收回视线，对太后道："皇祖母，当时孙儿离得确实有些远，且开始时并没留意到那边的动静，听到皇妹呼救声才过去。"

说到这里他停了下，接着道："幸好有宫人驾着小船过来，不然孙儿恐怕要带着初霞游上岸呢。"

听了这话，太后眼神一紧。

初霞郡主刚落水，就有宫人驶着小船来救，倒好像早有准备。一个暂居宫内的勋贵之女，哪有这个能力？坐到太后这个位置哪有简单的？六皇子虽没有明确说什么，太后对这件事却有了别的看法。

而方柔公主根本没想那么多，还暗暗高兴六皇子果然没有说些不该说的，朝着他灿烂一笑。六皇子同样回以温柔的笑容。

太后有了别的看法，就不愿再深究下去，正好有宫娥回禀："太后，初霞郡主醒了。"

"初霞既然没事，你们又都没看清楚，此事便作罢了。"太后说着转身欲走。

"皇祖母——"方柔公主凑过去，委屈道，"这事就这么算啦，那初霞姐不是白白受罪了？"

"那依方柔的意思呢？"太后不动声色地问。

"自然是要奖惩分明。"方柔公主理直气壮道。

太后沉吟一下，道："如此，你们就随哀家一同去看看初霞好了，听她怎么说。"

"皇祖母。"初霞郡主裹在锦被里，支撑着半坐起来。

太后握住初霞郡主微凉的手："好生躺着，染了风寒就麻烦了。"

"孙女喝了姜汤。"

"改日皇祖母带你去大福寺拜拜，先是你父王遇到那事，你跟着受了惊吓，现在又落水。"

"皇祖母，孙女听说明馨庄那事，甄四也在呢，今儿初霞姐落水她也在，倒是巧了。"方柔公主貌似无意提起。

她可记得清楚，七夕那日初霞郡主对甄妙的反感。今儿这事，说不准初霞姐还要感谢她。

太后皱了皱眉，淡淡扫了甄妙一眼。

甄妙垂着眼帘，悄悄撇了嘴角。方柔公主经历了蒋贵妃降位一事变得真黑心啊，难怪说皇宫是个大染缸。

对太后这个身份年纪的人来说，最烦小姑娘总和是非沾边，无论是不是你的错。

听方柔公主提起明馨庄的事，还扯上甄妙，初霞郡主嘴唇动了动，终究没有说什么。

"初霞姐，你还记得当时是怎么落水的吗？"方柔公主说着扫了甄妙一眼，"那时慌慌乱乱的，我好像看到甄四不小心碰了你一下。"

初霞郡主仔细想了想道："好像是有人碰了我一下。不过我当时看得清楚，甄四两只手都扶着你呢，我和她之间还有你隔着。啊，当时碰我的人可能是方柔你呀！"

"什么！"方柔公主简直不敢相信自己的耳朵。她想过初霞郡主会借着这个机会给甄妙难看，最不济也会像太子妃那样说没看清。可初霞居然说是她碰的！关键是，她根本没碰！

觉得委屈无比的方柔公主脱口而出："怎么可能？当时甄四双手揽着我，我两只手都没法动弹呢！"

这话一出，室内静了静。方柔公主猛然反应过来，咬唇看向太后。

初霞郡主揉了揉额头道："当时太慌乱了，船又晃得厉害，我其实没太注意，可能是自己不小心掉下去了。方柔，你可别生我的气。"

方柔公主暗暗吸了口气，强扯着嘴角笑笑："怎么会呢？当时确实太惊慌了，我也没看清，还以为是甄四不小心碰着你了呢，原来都是误会。"

"是呀，也幸亏甄四扶住了妹妹，不然六皇兄来救人，恐怕要为难先救哪一个了。"初霞郡主笑道。

太后终于开口："你们这些丫头真是胡闹，游个湖也惹出乱子来。方柔，看来你要好好谢谢甄四姑娘了。"

方柔公主气个半死,可看初霞郡主坦然的样子,倒不像有意为之。再说,初霞没有理由帮着甄妙啊!百思不得其解又郁闷得半死的方柔公主憋屈地向甄妙道了谢。

"不敢当。公主和郡主都没事,就是最好的了。"甄妙克制着想笑的冲动。原来郡主对她是真爱……

"太后,甄太妃过来了。"

"妹妹来了。怎么,怕我吃了你家丫头不成?"太后招呼甄太妃坐下,语气间很是亲昵。

甄太妃嫣然一笑,看呆了屋里的几个小姑娘:"能得太后教导,是她的福气。"

"那你巴巴跑来做什么?"

"自然是来看太后的。前些日子我收集荷花上的露珠做了些香膏,用来润手最是不错,太后要不要试试?"

太后来了兴趣:"用荷花上的露珠做的?亏你想得出来。走,回我宫里试试去。"说着竟挽了甄太妃的手,就这么走了。

还是甄太妃在踏出房门前,头也未回说了句:"没事就早点回去。"

看着犹在晃动的水晶珠帘,几人俱是目瞪口呆。好一会儿方柔公主才沉着脸起了身:"初霞姐,我该回去了,不然母妃该担心了,改日再来看你。"

太子妃跟着站了起来:"妹妹好生养着,时辰不早,我也该回了。"

甄妙不想和这二人同行,就没吭声。

"甄四姑娘不和我们一起走么,初霞郡主乏了。"方柔公主盯着甄妙。

她想了好几天的计策就这么算了,实在不甘心。早知如此,还不如命宫人直接用麻袋从甄四背后套了,狠狠揍一顿出气。

"我不乏。"初霞郡主神来一句。

甄妙感动得差点泪流满面。

方柔公主直接收了笑脸:"初霞姐?"

初霞郡主相当坦然:"本来我还想找机会问问甄四七夕那日的事,既然在宫里遇到了,正好聊聊吧。"

方柔公主眼睛一亮。七夕那日甄四不是狠狠打了赵飞翠的脸,还赢走了初霞郡主一个蓝水飘花的翠镯子么?那翠镯子可不是寻常物件,她就不信初霞郡主能咽下这口气。方柔公主立刻不想走了,想留下来看好戏。

初霞郡主面露歉然:"恕我无法起身送皇嫂和妹妹了。"

方柔公主一口气闷在心里,极为不甘地瞪了甄妙一眼,这才随着太子妃离去。

等人都走了，甄妙悄悄松口气。

"行了，你现在可以告诉我，七夕女儿会上你是怎么炸出来的那几只小狐狸了吗？"

甄妙微怔："郡主，您还真想知道啊？"

初霞郡主一个白眼丢过来："不然呢，你以为我待见你啊！"她才不是因为甄妙在明馨庄替她挡了一劫才帮忙呢！

看着初霞郡主别扭的表情，甄妙扑哧一笑："郡主好奇那几只小狐狸啊，其实说难也难，说简单也简单。"

"那你就说简单点！"初霞郡主露出这女人真啰嗦的表情。

甄妙被噎个半死。和郡主做朋友果然太讨厌了！

"说简单呢，是我用面捏制小狐狸的形状时，在几处各留了一个小孔，这样下了油锅后，一遇热就膨胀起来且不散形。说难呢，是要注意小狐狸的每一处地方都要捏得恰到好处，增了面团的分量或减了，都会影响它膨胀起来的模样，那样就不像小狐狸了。"聊到自己擅长的，甄妙眼睛晶亮。

初霞郡主皱了眉："这么说，一般人还是很难捏出小狐狸？"

甄妙提议道："要不郡主捏一只刺猬试试？那个简单，只要在背部多捏几道褶就像了。"

"我就要小狐狸！"

"啊？"甄妙一愣。

暴露了心思的初霞郡主有些尴尬，瞪了甄妙一眼才别扭道："下个月是我生辰，到时候你来，给我捏些小狐狸摆着。"

她这是被邀请了？甄妙又有些想笑了。

见她嘴角翘起，初霞郡主就板了脸："我才不是请你呢，我只是想要小狐狸罢了！"

"是，我知道。"甄妙再也忍不住笑出声来。

"好啦，我要歇着了，你快点走吧。"初霞郡主把身子转了过去。

甄妙无奈笑笑，抬脚往外走："我后天就回府了，明日打算做些吃食答谢太妃。郡主要是没事，不如过来尝尝？"

直到甄妙脚踏出了门槛，才传来初霞郡主的声音："再说吧。"

甄妙回了甄太妃处，到了午后用点心的时候，有宫女来传话："太妃留在太后那里了，姑娘先吃吧。"

几个宫女鱼贯而入，手脚麻利摆了一碟碟小点心在桌子上。

看着甄妙吃光了两碟子点心,面上还带了为难,和她稍微熟悉起来的宫女笑道:"姑娘若是还想吃,婢子再去给姑娘拿些来。"

立在甄妙身后的两个宫女互视一眼,眼中都闪过嘲笑。建安伯府到底落魄成什么样子,伯府出来的姑娘,一口气吃掉两碟子点心不说,居然还想再吃。

甄妙遗憾摇摇头:"不吃了。这点心馅料都是极好的,只是味道差了些。"不然她还能再吃一碟。

问话的宫女嘴角抽了抽。

吃完歇下,迷迷糊糊睡了不知多久,有宫娥轻轻推她:"姑娘,该起了,太妃唤您呢。"

甄妙一个激灵坐了起来,由着两个宫女把她收拾妥当了去见甄太妃。

甄太妃正端着小小的紫砂杯饮茶,见她进来,淡淡道:"坐吧。"

甄妙乖乖坐下,做出聆听训示的模样。

"妙丫头,今日的事,你知道错在哪里了么?"

"我不该出去乱逛。"甄妙可怜巴巴低着头。她倒不是怕挨骂,关键太妃不骂她,只讲道理,一讲讲一个多时辰……

甄太妃哧笑一声:"是我让你没事出去透透气,照你这么说,错的岂不是我了?"

"太妃?"甄妙抬了头。

甄太妃不赞同摇摇头:"有的人打了算计你的主意,光靠躲是不成的,你总不能一辈子不出门吧?就比如这次,你本来也只是在我这庭院内逛逛,但耐不住别人找上门来。我说你错,不是在这里。"

甄太妃停下,又喝了口茶水。

甄妙抿抿唇。太妃,听您训话的人也口渴啊!

"太子妃找你闲聊,你推辞不过也情有可原,但明知道前面是陷阱,还随方柔公主上了船,就是你笨了。"

"太妃——"

"别觉得委屈,我当然知道公主的话你不可能明着违抗,但你这丫头怎么死心眼呢?装装肚子疼,说天癸来了不成么,难不成公主还让你脱了裤子看看?"

甄妙目瞪口呆。太妃,您这么高雅似仙的人物,说这么接地气的话,真的没问题吗?

甄太妃语气忽然变柔了:"这后宫里啊,无论多光鲜的人,到了该拉下脸面说话的时候也得说。你一时却不过情面应了,最后大祸临头,就不是一顿训斥这么简单了。"这后宫看似花团锦簇,实则步步惊心。

"妙儿知道了,以后定当谨记。"

"嗯。"甄太妃似乎回忆着什么，淡淡应了一声。

甄妙暗道一声侥幸。看来甄太妃感伤起来了，今日应该不会说太久了。

她正想着，甄太妃语气一转："还有你今儿中午，怎么吃了两碟子点心就睡下了？"

甄妙："……"

"吃这么多且不说，哪有一吃完就躺下的。你这是长身体的时候还好说，等过上几年再这样且看看……"

甄妙抚了抚额。她真的错了！

总算等甄太妃说完，甄妙这才提出了打算："太妃，我后日就要回去了，明日做些吃食给您尝尝吧。"

"我早就说过了，女孩子家家的，不要把心思都放在吃上，把人都吃浊了。"甄太妃横甄妙一眼。

甄妙抽动着嘴角应了声是。太妃这样餐风饮露的人物不适合吃美食，她用嘴巴表达一下谢意就好了。不知道这一次又会被太妃教育多久的甄妙醒悟过来。

然后就听甄太妃道："对了，我喜欢吃辣。"

甄妙："……"

第9章 回府

很快便到了第二日。

白日里甄妙熟悉了小厨房，顺手做了翡翠凉果和山楂糕，一甜一酸，还都是凉丝丝的，最适合这个时候吃。

那道辣菜，她打算做辣子鱼，把鱼肉切得薄薄的，配上辣椒和花椒，掌握好了火候，最是鲜嫩美味。考虑到甄太妃久不吃辣，其他一些小菜就以清淡为主。

凉拌的长寿菜，清炒藕片，拔丝山药，蒜泥茄子，主食是豆腐馅的小笼包，汤则是简单的桂花米酒羹。

在她准备吃食时，初霞郡主就过来了，倚在厨房门边好整以暇道："没想到，你还真能做这么多吃食。"

"要不要先吃点儿？"甄妙笑眯眯问。

初霞郡主嫌弃地看了甄妙正切鱼片的手一眼："才不要。"

甄妙用湿帕子抹了抹手，扭身端了个盛着翡翠凉果的小碟子递到初霞郡主面前："真的不尝尝？用晚膳还要一会儿呢。"

看着晶莹剔透如翡翠般的小点心，初霞郡主忍不住舔了舔唇。

甄妙也不再劝，一扭身打算继续处理鱼片。

初霞郡主急声喊道："哎，如果你非要我尝尝，那本郡主就给你这个面子呗。"

"多谢郡主赏脸了。"甄妙差点笑出声，把翡翠凉果递了过去。

初霞郡主竭力摆出不以为然的表情。她是郡主，什么没吃过，不过是看着这点心漂亮罢了。

尝了一口，她立刻愣了。

大周流行的点心都是那种面皮做的，酥酥干干。翡翠凉果口感独特，软糯中带着淡淡茶香，吃下时齿颊微凉，初霞郡主不自觉把两个吃完，看着甄妙忙碌的身影欲言又止。

苦等了一刻多钟，见甄妙终于把菜都做完了，初霞郡主刚要开口，就听甄妙道："上菜吧。"

初霞郡主咬了咬牙。早知道这样，她还不如直接陪太妃在厅里坐着！

"郡主，你先回厅里吧，我再准备点水果。"

等甄妙做好果盘去了花厅，刚到门口就听到里面传来男子的朗笑声。甄妙挑帘子进去，看清男子的面容愣了愣。居然是六皇子！她下意识环顾四周。没走错地方啊，六皇子怎么会出现在这里！

"太妃，看来您的侄孙女不欢迎我呢。"

甄妙这才反应过来："民女参见六皇子。"

"妙丫头，你忙了这么久，过来坐吧。"甄太妃说着看了六皇子一眼，"也不必拘束，六皇子是常来的。"

初霞郡主看着面色诧异的甄妙忍不住问："甄四，你不知道啊，六皇子差不多每个月的初一都会来太妃这里吃饭呢。"

她凭什么该知道啊！甄妙腹诽着，默默走到太妃身边坐下。

"太妃，要不是您说，我还真不敢相信，这一桌子的菜都是甄四姑娘做的。"六皇子笑吟吟道。

"我亲眼看着都有些不信呢。"初霞郡主跟着打趣道。面对甄太妃，她本来是有些生疏的，但因为有甄妙和六皇子在，不自觉就放松了许多。

"吃吧，鱼凉了会腥的。"甄太妃首先动了筷子。

一谈到这个，甄妙就忍不住解释了："太妃，我最后做的这鱼，还用辣子油封了表面，就是再放上半个时辰都不会凉的。"

甄太妃神情有瞬间的扭曲，随后半是无奈半是好笑道："痴儿，哪儿那么多话，快吃吧。"

六皇子忍不住笑起来，声音低醇动听。

"好吃！"鱼片切得又薄又透，非常入味，半点腥气都无，六皇子忍不住赞道。

甄太妃又夹了一筷子，露出满意的目光。平日为了身体，多么难以忍受的食物她都可以吃，但纯粹为了享受而吃，她是极挑剔的。已经很久没有吃得这么舒坦了。

"咳咳。"初霞郡主虽然爱极了这辣子鱼，奈何吃不了辣，呛得咳嗽起来。

甄妙取了双干净筷子夹了一块拔丝山药，在凉开水中蘸了蘸递给初霞郡主："吃这个去去辣味儿。"

初霞郡主一口吃下，露出惊喜的目光："我看这些菜都清汤寡淡的，没想到山药这种吃法如此美味。"

"是么？"六皇子兴致勃勃地夹了一筷子，入口就皱了眉。有些太甜了，不过这口感倒是新奇。

"忽然觉得罗卫长好福气。"饭菜吃了大半，六皇子忽然道。

甄妙筷子上夹的藕片一下子掉到了桌子上。六皇子，吃饭的时候别说这么让人心情复杂的事行么？

不知道甄妙的腹诽，六皇子接着道："只可惜罗卫长吃不了辣。"

"不能吃辣有什么打紧，甄四这豆腐馅包子做得一绝！其他几样菜看着不起眼，吃起来也和寻常吃到的不同。"初霞郡主拿着包子吃得心满意足。

"包子确实不错。"甄太妃点了点头，觉得有些吃撑了。

甄妙起了身："太妃，我去把点心和水果端来。"

等她出了花厅，太妃喝一口桂花米酒羹，才道："小六，好端端的你打趣她做什么，姑娘家面皮薄。"

六皇子笑吟吟道："是我错了，太妃别恼。"

甄太妃嗔他一眼："我没什么可恼的。只是你也注意点儿，那丫头老实着呢。"

"是。"六皇子答应得痛快，眼底却是幽深一片。

甄妙把点心水果端了上来。一碟子翠绿晶莹的翡翠凉果，一碟子绯红剔透的山楂糕，看着就赏心悦目。

那份果盘更令人惊艳，没有用任何碟碗，而是以西瓜当作容器。

西瓜上半部分雕刻成莲花状，中间一端掏空，一端与下半部分打通相连，成了海口大的碗，里面放着西瓜块和葡萄珠。

甄太妃看向甄妙的目光璀璨起来。她这样的人，对美丽的事物有着异样的感悟与追求，见了这别出心裁又美丽绝伦的果盘，比刚才的饱餐还要觉得享受。

初霞郡主竭力摆出不以为然的样子，可小银叉子动了几次，愣是没忍心下手。这样的艺术品，破坏是需要勇气的。

倒是六皇子身为男子，没有这些花月心肠，叉起一块西瓜放入口中，吃完赞道："甄四姑娘好玲珑的心思。"

甄妙笑笑："不过是在这方面用的心思多些罢了，没什么稀奇的。倒是六皇子昨日救人，才是好身手。"

"论水性，确实还不错。"六皇子不以为意地笑笑。

甄妙憋了又憋，终于忍不住问："六皇子，您如此年轻就练成那样的轻身功夫，是要日日勤练不辍吗？"

"啊？"六皇子一愣。

甄妙解释："就是草上飞、水上飘那种，您昨日施展过的。"

"咳咳。"六皇子猛咳了几声。

初霞郡主前仰后合地笑起来。

甄妙抿了唇。

六皇子恢复了优雅的仪态，笑着道："甄四姑娘误会了。我虽习了些武艺，不过是强身健体、身姿矫健些罢了。至于姑娘说的……咳咳，草上飞、水上飘什么的，那应该是折子戏里面的吧？"

甄妙脸一僵。她这是被鄙视了吧？

"那昨日六皇子怎么能脚踏水面来救人呢？"

初霞郡主忍着笑，替六皇子解释道："几年前有个妃子派人在荷花池底部打了许多石桩，八月十五那夜踏着石桩跳了一曲凌波舞，惊为天人。那时候我们都还小，觉得有趣，就求着皇伯父把石桩留下了。只有我因为不会水没敢站上去过，倒是便宜了几位皇兄。"

原来如此！甄妙本来有些尴尬，转念一想，她才来大周不久，有认识上的偏差完全正常，于是仿佛什么都没发生过似的，夹了块山楂糕吃起来。

六皇子没法坦然了。这姑娘比他见过的所有女子都沉稳，哦，或者说脸皮厚也行。他忍不住又看了甄妙一眼。

初霞郡主放在桌子下的脚踹了他一下。

吃饱喝足，六皇子准备离开。

"太妃，我也告辞了。"初霞郡主跟着站了起来。

甄太妃并不是多热络的人，对六皇子倒是难得和颜悦色："路上注意点。"

六皇子和初霞郡主不紧不慢地顺着抄手游廊走着。

天色还未黑透，琉璃宫灯已经亮了起来，偶有宫人经过，默默行了礼，继续去忙自己的事。这时候的皇宫，便显得格外静谧。

六皇子淡笑着开了口："今日是初一，堂妹不回去陪着王妃用膳么？"

"昨日落了水，母妃怕我受凉，让我在宫里住两日，明日才回去呢。倒是六皇兄，今日又来陪太妃了。"

现在的几位皇子都还没有封王，全都住在宫里，不过平日里各有各的居所，逢初一十五会陪着自己的母妃用膳。六皇子自幼丧母，初一这日常来甄太妃这儿，宫中人已经见怪不怪。

六皇子挑眉笑笑："我这是老习惯了，倒是堂妹，怎么也过来了呢？哦，是甄四姑娘邀请的你吧？"

初霞郡主想反驳，可事实又是如此，别别扭扭地咬着唇。

甄妙在京城贵女圈子中名声不大好，初霞郡主素来看不惯她。二人关系忽然好了起来,对这个年纪的小姑娘来说,心里一时半会儿很难扭过弯来。

六皇子了然一笑。

初霞郡主冷哼一声:"六堂兄,我可警告你,别乱打主意。"

"我乱打什么主意了?"六皇子摸摸鼻子,一脸无辜。

初霞郡主白他一眼:"六皇兄少装糊涂,吃饭的时候你总看甄四做什么?你素来是放肆惯了的,但也不是谁的主意都能打。"

六皇子气乐了:"这是做妹妹的和哥哥说的话吗?"

"那要哥哥做得好,当妹妹的才不敢乱说。强抢民女什么的,你又不是没干过。"初霞郡主不以为意道。

六皇子眼神一沉。强抢民女么?说起来也算是吧。

那一年他刚刚长成,文韬武略,算是兄弟们中的翘楚,又会哄得父皇开心,一时间风光无限。若不是太妃不经意提醒,又吃了太子母族一个暗亏长了记性,恐怕现在早没他这个人了。

经历了那事他更深刻地明白,皇上的宠爱固然重要,其他势力的支持同样不能忽视。没有权势,哪怕高贵如皇子,出色也是一种罪过!

借着醉酒轻薄了一名女子,把她纳入府中,到如今世人记得的只是六皇子的风流不羁,又有谁还记得当初的出类拔萃呢?

自嘲的光芒隐忍在眸中,六皇子笑得更温柔:"堂妹的好友,为兄哪敢抢?"

初霞郡主跺了跺脚:"六皇兄,你故意的!人家和她才不是好友呢!"

见六皇子要说话,她忙道:"她是定了亲的,堂兄乱来,会影响自己名声。"

"哦——"六皇子拉长了话音,"原来堂妹是担心我的名声啊,那为兄就听堂妹的话好了。"

六皇子轻易答应下来,初霞郡主反而不放心了,又问了回去:"那六皇兄为什么总盯着甄四?"

六皇子头疼抚了抚额:"堂妹,你不觉得甄四和太妃长得有些像吗?我才忍不住多看了几眼。"

初霞郡主这才放下心来。

六皇子走在前面,看着碧瓦廊檐挂着的一排排大红宫灯,如火龙般蜿蜒到远方。

天际霞光如火,像是一汪流动的彩画。

他无声笑了笑。真是奇妙,这世间会有一个女子和太妃如此相像。

太妃这边,宫女们已经收拾得干干净净,并点上了熏香。精致的纯铜莲花香炉,袅袅散着清雅莲香。

甄太妃捧着茶慢慢喝着，等一杯茶喝完，向甄妙伸出手："妙丫头，随我一起去园子里逛逛。俗话说饭后百步走，活到九十九，这活到什么岁数是天命，但吃完了多走动就不易发胖，保持身姿窈窕倒是真的。"

甄妙摆出认真聆听的样子。

甄太妃满意点点头，更来了谈性："小姑娘家多走动，血气旺，肤色就好；不然惨白着一张脸，别人看了晦气，做婆婆的更不待见。"

甄妙嘴角抽了抽。太妃，您一辈子待在宫里，也懂得婆媳间的那些弯弯绕绕？

甄太妃仿佛能猜到甄妙想什么，哼了一声："这宫里但凡有一点身份地位的人，哪一个不比婆婆难伺候？姑祖奶奶这话你且听着，总没有坏处。"

"是。"甄妙乖巧应道。

"再说嫁了人，夫妻间总有个不对付的时候，身为女子该软和的时候就要软和。你想想，那身姿轻盈、弱柳扶风的女子撒娇是什么效果？那壮实得跟小牛犊子似的女子撒娇又是什么效果？"

小牛犊子……甄妙总觉得太妃看她的眼神有些担忧。

"退一万步，便是不为了别人，单为了自己，多走动身体好，将来有利于生养。懂了么？"

"懂了。"甄妙泪流满面。

甄太妃这才满意了："那就好，看着和自己面容相似的人将来长成小牛犊子那么壮，只要这么一想，我饭都吃不下了。"

甄妙一口血憋在了喉咙里。太妃，保持您慈爱光辉的形象就这么困难么？

二人慢慢在小园子里踱步，随意闲聊着。

绿廊下，有一架木秋千，看着有些年头了。甄太妃却不嫌破旧，坐了上去，晃了几晃，开口道："这架秋千，还是六皇子小时候亲手做的。"

"啊？"甄妙表示意外。

甄太妃看向远处，叹了口气："那时候盈月也不大，他们姑侄常一起玩。"

甄妙默默听着。见到六皇子和甄太妃如此亲近，想到甄静的事，她就心情复杂。那事，究竟是谁算计了谁，还不一定吧？甄妙心思浅，凭着直觉，隐隐觉得六皇子对建安伯府有些不同。或许是看太妃的面子，甄静的事便顺水推舟了？

"妙丫头？"甄太妃喊了一声。

甄妙回了神。算了，那终究是甄静自己的选择。

甄太妃却担心起来。

本来昨日甄妙提回府，她留到明日，就是为了今晚能有这次和六皇子接触的机会。

甄妙先前落水满京城皆知,再加上明馨庄的事,太后看着她的面子不刻意为难就是好的,想要有好印象却是不能了。

皇后无子且不提,至于六皇子——她不求六皇子能对甄妙另眼相待,只是结个善缘,将来对建安伯府、对甄妙,都有益无害。

想到已逝元后所出的太子,甄太妃摇了摇头。可若是甄妙对六皇子有了别的心思,那就不是结善缘,而是孽缘了。

心细过于细腻的甄太妃深深忧虑了,装作漫不经心问:"妙丫头觉得六皇子怎么样?"

"六皇子?"甄妙想想甄静的糟心事,再想想初次进宫遇到六皇子的不愉快,表情非常纠结。

"这么为难么?"

"噢,六皇子英明神武,风姿不凡。"甄妙昧着良心道。

"你真这么认为?"甄太妃更忧心了。

甄妙有些汗颜,犹豫了一下道:"其实我和六皇子罕有交集,根本不熟,太妃要想知道别人对六皇子的评价,不如……找别人问问?"

不熟?不熟好啊。

甄太妃盈盈一笑:"走,我带你去看昙花。我最爱的便是它,只可惜平时不敢熬夜,总碰不到它开。今日既然吃食上破了例,也不在乎这一回了。"

昙花至美,一夜无话。

甄妙晨起收拾妥当,去向太妃辞行。

"姑娘,太妃昨日睡得晚了,说今日要补回来,您就不必去辞行了。"

甄妙拎着个小包袱跟着宫人去了太后那里。

她这种特殊情况,在宫里休养是皇家的恩典,出于最起码的礼仪,太后、皇后这里都要打声招呼。

意料之中,太后没有见她,派宫女送了对镯子当做打赏。

皇后那里倒是见了,对她的态度竟还不错,甄妙又得了一匣子珠花。

于是甄妙小包袱换成了大包袱,顺顺当当回了建安伯府。

"祖母,孙女回来了。"甄妙伏在地上磕了一个头。

这个时辰,老夫人正盘腿坐在罗汉床上用早饭,大丫鬟白芍在布菜。

老夫人忙道:"白芍,快把四姑娘扶起来。"

微凉的手把她挽住:"四姑娘,快起吧。"

甄妙顺势站了起来,目光落在白芍脸上。白芍脸上被碎瓷片划出的伤口不少,大多已经淡了，唯有一条从眼角斜飞到鬓边，看着依旧触目惊心。

　　触及甄妙的目光，白芍移开了眼睛。看着那张如花似玉的脸有了瑕疵，本来活泼的少女也转了性子，甄妙回府的好心情淡了些，暗暗叹口气，才坐到老夫人下首。

　　老夫人放下筷子，仔细打量着甄妙，一脸欣慰点点头："到底是年轻，身子恢复快，你病的那两日，现在想着还心惊肉跳。"

　　"让祖母担心了。"

　　老夫人拍拍她的手："这么早回来还没吃饭吧，赶紧吃点儿就去给你母亲请个安，你在宫里这几日，她很惦念。"

　　"嗯。"

　　"在太妃那里，住得可还习惯？"

　　甄妙连连点头："太妃极好的，给孙女讲了许多道理。"

　　"那就好。"老夫人深深看了甄妙一眼。

　　甄妙总觉着老夫人那眼神格外有深意。祖母，您眼底深处的同情，到底是怎么回事？

　　老夫人咳嗽一声："太妃是罕有的风雅人，你也不必多学，只学得一成半成，我就放心了。"

　　甄妙觉得老夫人说"你也不必多学"这话时，格外加重了语气，不由咳嗽了起来。太妃某方面的爱好，老夫人似乎不那么欣赏。不过这姑嫂二人的关系，据说还不错。

　　"四丫头，这几日太妃没带着你干什么吧？"

　　老夫人陷入了回忆。

　　那时候她刚嫁过来，小姑子美貌绝伦，性子虽有点过于讲究，对于未出阁的娇贵女儿家来说倒也不足为奇，平日也不多事，她做嫂子的还是挺喜欢的。

　　直到那一次，二人不知怎么就谈到一处，小姑子说到美白肌肤的法子，她迷迷糊糊就答应了。用蜂蜜、牛乳并几样稀奇古怪的汁液搅成糊糊涂了全身数个时辰，沐浴后第二日浑身还泛着奇怪的香甜味儿。

　　然后，然后她逛了花园子！

　　老夫人到死都忘不了那一天她和小姑子被数十只蜜蜂追着抱头鼠窜的情形。小姑子是娇女也就罢了，她可是儿媳妇啊！过了很久，只要一想到那夺命狂奔的样子被公公婆婆看个正着，她就觉得没法活！

　　老夫人的血泪史当然没法和小孙女讲，她只是担心和太妃住了几日，本来还算可心的小孙女可别学坏了。

　　"太妃就是带我去赏了昙花。"甄妙想了想，太妃除了爱教育人些，似乎也就带她干了这一件稍微出格的事，为什么老夫人一副如临大敌的样子？

"赏昙花？"老夫人惊得不行了。昙花要亥时以后才开，太妃竟然熬夜！

"祖母，太妃是不是做了什么让您忌惮的事啊？"甄妙忍不住问。

老夫人忙板起脸，口是心非道："说什么呢，我们姑嫂向来和睦，太妃又是神仙般的人儿，我忌惮什么？倒是四丫头你，以后可要和太妃学着点儿。"

甄妙笑着连连点头："是，孙女一定不多学，只学太妃一成半成就顶够了。"

"你这个贫嘴的丫头。"老夫人笑了起来。

甄妙又问起了老伯爷的情况，得知老伯爷早已清醒，只是每日总念叨着短命的阿贵。老夫人说这话的语气，格外咬牙切齿。甄妙忙转移了话题。

祖孙二人其乐融融地聊着，等甄妙吃得差不多了，老夫人吩咐白芍："去沏一壶花茶来。"

等白芍出去，她才问："四丫头，你看白芍如何？"

甄妙笑道："祖母调教的自然是极好的，看紫苏就知道了，她现在可是沉香苑的顶梁柱。"

"那祖母把白芍也一并给了你可好？"

甄妙一愣。

老夫人叹口气："你看白芍那张脸，虽用了宫内御赐的雪肌膏，恐怕那疤还是消不掉了。她前两日和我表明了心意，要自梳。"

"自梳？"甄妙一惊。

白芍如今正值妙龄，若是终身不嫁，那太可惜了。在大周，一个女人不嫁意味着无子，无子到老了是很凄凉的。像白芍这样伺候贵妇人的丫鬟，若是跟对了主子，且主人家富贵绵延，那晚年光景也还好说，怕就怕所跟非人。

"她若是不打着自梳的主意，祖母也没想着把人给了你，自当像嫁半个孙女一样把她嫁了。可她要自梳，我没松口。祖母是半截身子入土的人了，她才十几岁，等我百年之后，谁又能容了她？祖母把她给了你，无论是等她慢慢解了心结也好，自梳也罢，总归你们岁数相仿，也算是个好归宿。"

甄妙抱着老夫人胳膊蹭了蹭："祖母，您放心，孙女会好好待白芍的。"

"老夫人、四姑娘请喝茶。"白芍端着茶壶进来，把茶水奉上。

甄妙冲她笑笑，喝了几口茶这才起身："白芍姐姐，这包袱麻烦帮我送到沉香苑吧。"

老夫人以为里面只是些换洗衣裳，也没多问。

甄妙随后去见了温氏，母女二人自是有许多话说，叙完话回了沉香苑。

百灵捧了香茗来。甄妙吩咐道："遣几个人去请几位姑娘过来。"

甄妍和甄妙都是三房的姑娘，两人的院落离得近，不多时就先到了。

甄妍一进屋就挽了甄妙的手，上上下下打量着她。

"好姐姐，你放心，我没少块肉。"甄妙笑道。

"那就好。"甄妍坐了下来。

姐妹二人说着话，甄冰姐妹到了。

甄妙忙招呼人坐下，把青鸽带回来的包袱解开，打开里面的匣子："临出宫时，皇后娘娘赏了些珠花绢花，姐妹们一人挑几支。"

"四姐进一趟宫，倒是收获不小，那妹妹就不客气了。"甄玉率先站起来，过去挑选。

甄玉挑了一串紫丁香的绢花，看着跟真的似的，又挑了一朵珍珠攒的珠花。

甄妙拣出一朵酒杯大小的栀子花，簪到甄玉发间："这个挺适合你。"

甄玉别扭地皱了皱眉，又忍不住问甄冰："是么？"

"嗯。"甄冰点点头，神色却有些不济。

"五妹怎么了，没睡好吗？"甄妙有些纳闷。

甄玉恨铁不成钢瞪了甄冰一眼，道："五姐没事。"甄妙便不好再多问。

挑完珠花，又闲聊了一会儿，甄冰姐妹便起身告辞。

甄妍留下继续与妹妹说话。

"二姐，我怎么觉得五妹和六妹都有些奇怪，我不在的这几日，家里又发生什么事了吗？"

"并没有啊。"甄妍想了想道。

甄妙以为自己多心，便不再追问。

等甄妍走了，紫苏取了名册来："姑娘，您在宫里的时候，皇上和皇后娘娘赏了不少东西，有些是点名给您的，您看看。"

甄妙扫一眼名册，有些目眩。她这是一夜暴富的节奏啊！

"把紫灵芝取两朵出来，我给老伯爷、老夫人带过去。"

"是。"紫苏应着，心里暗赞。御赐的紫灵芝统共四朵，姑娘眼都不眨拿出两朵孝敬长辈，这份大气和孝心是难得的。

"咦，这冰绡碧罗怎么还是一整匹，不是说要给二姑娘做一套衣裙吗？"

"老夫人本来是跟二姑娘提了。只是二姑娘说她嫁的是文官家，穿这冰绡碧罗过于打眼，不如给姑娘留着，将来到了镇国公府穿。"

想着一心为她着想的甄妍，甄妙心里暖暖的，吩咐紫苏道："把冰绡碧罗裁些下来，我准备做些小玩意儿。"

接下来几日，甄妙就整日窝在屋里做活儿。

冰绡碧罗夏日穿着清凉无汗，甄妙打算做一个抹额给老夫人，三套里衣，一套给温氏，一套甄妍，一套自己穿，再做几块帕子给伯娘和姐妹们。

都忙完那一日，也到了给甄妍添妆的日子。

这一日，甄妙见到了嫁入昭云长公主府的大姑娘甄宁。

甄宁相貌集合了大老爷和蒋氏的优点，额头饱满，肤色白皙，看着就端庄贵气。来的不少贵妇们，若有若无地围着她转。

甄宁一出手就是一对翡翠镯子，翠色水润欲滴，看着就价值不菲，引来女眷们的赞叹声。

甄妙随着几个姐妹放了一朵珠花。

甄宁不着痕迹看甄妙一眼，微微摇头。嫡亲的姐妹只送一朵珠花，虽然看着精致，难免有些薄了。她可是听闻，这次皇家因为蒋贵妃的事赏了不少好东西。想想这位堂妹自小到大的行事做派，甄宁挑了挑眉，不再理会。

却有懂眼色的妇人道："哟，我听说甄四姑娘得了不少御赐的宝贝呢，今儿怎么不拿出来让我们开开眼界儿？呀，这珠花也是宫里的吧？"

甄妙莫名其妙看过去，心道这是谁呀，跑到主人家说三道四，典型没事找抽。

这妇人却是甄家旁支的一位婶子，惯会看人下菜碟。

甄妍看了过来，淡淡道："九婶好眼光，这珠花是皇后娘娘赏的。"

听说珠花是皇后娘娘赏的，本来心存轻视的一些人收了心思。

甄妍却还嫌不够，手腕一抬状似无意划过插在发间的红宝石蝴蝶钗："我妹子太实在，已经提前送了一套宝华楼的红宝石头面，怕现在送让有的长辈为难。"

一番话说得那妇人脸色青白，讪讪躲到后面坐着去了。

甄宁却是挑了挑眉。二妹和四妹的关系，似乎大不一样了啊。

这时两个丫头扶着老夫人进来了，戴的绿色抹额登时吸引了人们目光。

"老夫人今儿戴的这抹额看着真精神，颜色绿得说不出来的好看。"那位九婶又冒了出来。

甄宁本来不以为意，迎上去喊了祖母，才一惊："祖母，这抹额是冰绡碧罗做成的吧！"

这话一出，惊叹声此起彼伏响起。

有些见识的贵妇也认了出来，低呼道："可不是，我说怎么看着眼熟，那年贵妃游菱角湖，穿的可不就是这料子做的衣裙！啧啧，这绿色真是无法形容，见过的人很难忘得了。"

一些没见过却听说过冰绡碧罗大名的妇人低低议论着。

"我听说冰绡碧罗万金难求，伯府居然有这种奇珍？"

许多人心中对建安伯府有了新的认识，一些本来是冲着大姑娘甄宁来的，暗道来对了。

老夫人自今早戴了这抹额，额头一片清凉，还凉而不寒，格外清爽，再看众人艳羡神情，不由对甄妙更加满意，拍拍甄宁的手道："还不是沾了你四妹的光。"

"四妹？"

"可不是，冰绡碧罗是皇上赏给你四妹的，她才从宫里回来，就紧赶慢赶出这条抹额来。"

"四姑娘真是孝顺。"

"恭喜老夫人了，四姑娘得了天家青眼，日后可有大造化呢。"

赞叹声一片。众人对甄妙的认识有了微妙变化。

本来接二连三发生的那些事，给甄妙的名声还是带来不小的影响。许多人都认为无论是在伯府，还是将来嫁入镇国公府，甄妙都是会受冷落的；可看如今这情形，老夫人这哪里是冷落，完全是把她当最疼爱的孙女了。

大姑娘甄宁想得更深了些。为了安抚被蒋贵妃强行召进宫的事，皇上给了赏赐很正常，可居然赏给甄妙冰绡碧罗，那就绝对不止是安抚了。冰绡碧罗的贵重，她身为长公主府的长媳，比在场这些妇人可要清楚多了。这位四妹定是有什么地方入了皇上的眼了。大姑娘甄宁不知道甄妙在明馨庄刺杀那件事上的功劳，就这么默默误会了。

添完妆，众人闲聊，便有人提起甄静："怎么不见府里三姑娘？"

甄妙几个都看向老夫人。

老夫人收了笑意，带了愁容："唉，我那三孙女一个月前本来染了风寒还未好利落，又强撑着去了女儿会，回来当天就起不来床了。如今日日养着也不见好，想起她来，我这心啊就难受得不行。接着我家四丫头又病了，去鬼门关走了一圈，要是她也有个好歹，我也没法活了。"

"老夫人，四姑娘福气大，这不是好好的，三姑娘吉人自有天相，也会好起来的。"妇人们劝道。

甄静染了重病的事就借着这日传了出去，不几日这个圈子的人都晓得建安伯府的三姑娘病得不大好了。

很快就到了甄妍出阁的日子。出嫁酒设在中午，邀请的都是女方的亲朋好友。

这一日讲究热闹喜庆，酒宴就设在大堂里，男女宾客只以一排屏风相隔。

甄妙面对满桌佳肴，难得没了食欲，心里有些惦记甄妍。也不知二姐这个时候……紧不紧张。

坐在她一旁的甄玉忽然神神秘秘道："四姐，五姐，韩进士今日也来了呢。"韩进士便是与甄静定亲之人。伯府几位姑娘都心知肚明这门亲成不了，是以对隔着一排屏风的韩进士有几分同情和好奇。

"不如我们悄悄去看一眼？"甄玉提议。

"这不好吧，被别人看到不像话。"甄冰摇头。

"这有什么，今日本就是大喜的日子，谁会计较这些。我带你们从那边绕过去，那的隔间里有窗，正对着大堂，不会有人发觉的。"

在甄玉撺掇下，姐妹三人起了身。

到了隔间，果然有窗，不是那种向着外面可以支起来的，而是为了屋子透亮，糊的一层纱窗。

甄玉很是老到地捅了一个小孔，示意二人过来看。甄冰老老实实等着甄玉先看，甄妙见状也捅了个洞出来。甄冰这才开了窍，跟着照做。姐妹三人一人对着个小洞看得不亦乐乎。

"四姐，罗世子也来了呢，还和韩进士挨着坐。"甄玉笑嘻嘻道。

甄妙目光不由落在罗天琟身上。几日不见，这人似乎晒得更黑了。

罗天琟似有所感往这个方向看来，吓得甄妙忙躲到一旁，心乱跳许久才敢继续趴在小孔那里看。

这边的罗天琟，嘴角不由抽了抽。对面隔间那纱窗上，明晃晃的三个人影子是怎么回事儿？为什么他又联想到那个爱惹事的女人了？难道——她躲在那里看男人！罗天琟越想，脸色越黑。

"罗世子，久仰大名，在下敬你一杯。"蒋宸不知何时走到这一桌，脸上挂着浅笑，"先干为敬。"

罗天琟仰头喝干杯中酒，问："不知兄台是？"

"在下蒋宸，是大夫人的侄儿。"

"可是南淮蒋家？"罗天琟问。

"正是。"蒋宸端着空酒杯无意转头，正好是隔间的方向，被罗天琟猛然拉了一把。

"罗世子？"蒋宸有些意外。

罗天琟嘴角的笑意有些僵硬："蒋兄，来坐，我们再喝一杯。"他身子有意无意挡住了隔间那个方向。

214

"在下不胜酒力。"蒋宸抽出手,心中苦笑。

这一桌安排的都是建安伯府的姻亲男客,哪有他的位置?再者说,他是实在耐不住好奇,想和镇国公世子说上一句半句,却没有促膝长谈的打算。只要一想到眼前男子是表妹的良人,蒋宸心中就隐隐抽痛,没勇气再待下去。

他冲罗天珵拱拱手,转身欲走,却被拉住。

"在下觉得和蒋兄很投缘,我们再喝两杯可好?"

旁边人极有眼色站了起来,冲二人笑笑:"二位慢慢喝,我正巧要去那边敬酒。"

罗天珵不由分说拽着蒋宸坐下,暗暗咬牙。那个蠢女人,以为躲在隔间没人看到吗!

隔间里,甄妙惊得瞪大了眼睛。她一直纳闷为什么罗天珵对她态度那么复杂,一会儿想要她的命,一会儿又救她。现在终于想通了!原来,原来他好这一口!想来先前被甄四姑娘赖上,不好女色的他定是恼羞成怒,到了想杀人的地步。是了,后来定是想通了,总要有个妻子掩饰一下。甄四姑娘算计他在先,他拿甄四姑娘当掩护就没有心理负担了,这才有了救人之举。这个混蛋!甄妙咬咬牙。你看上谁不成,别祸害表哥呀!

甄玉也觉得不可思议,喃喃道:"怎么蒋表哥还去找罗世子敬酒,他们看起来很亲近啊——"

这完全没道理啊,蒋表哥不是喜欢四姐吗,情敌相见怎么还亲亲热热坐一起喝酒了?小姑娘深深觉得男人的世界太复杂了。

甄妙同情地看了蒋宸一眼,这才把视线落在韩志远身上。

韩志远二十出头的年纪,穿着文士青衫,显得斯文儒雅,眉宇间又比寻常文人多了一抹坚毅。哪怕罗天珵一直拉着坐在另一边的蒋宸喝酒,也没有被冷落的不满,嘴角一直挂着笑意。甄妙惋惜地摇摇头。大伯父的眼光还是不错的,这样的人才甄静不要,上赶着去给六皇子当小妾,脑子真是被屎糊了。

罗天珵和蒋宸说着话,脸却黑了。那个蠢女人,躲在那里看他也就罢了,居然还敢看别人!还敢一直看!

趁罗天珵咬牙切齿的工夫,蒋宸终于脱身走了。隔间那边的三道人影不一会儿也消失了。

罗天珵从怀中抽出一方帕子,用筷子蘸上桌上那道番茄鱼的汤汁,草草画了几笔,命小厮给甄妙送了去。

"紫苏姐姐。"雀儿轻手轻脚走了过来,拿着个白色没有任何花纹的帕子,"这个给姑娘的。"

这样隆重的场合，在大堂里伺候夫人姑娘的都是稳重的大丫头，小丫鬟们无故不得进来。

紫苏沉着脸，低声问道："哪儿来的？"

雀儿往另一边悄悄努了努嘴："隔壁的一位小哥给的，要我交给姑娘。"

紫苏恼了："什么乱七八糟的，你都敢拿给姑娘！"

雀儿咬了咬唇："是，是伺候世子的小哥给的……"

"怎么不早说？"紫苏利落抽出雀儿手中的白帕子，施施然走了。吓死她了，还以为是蒋公子给的！

紫苏走到甄妙身旁，不动声色把帕子塞入她手中，声音极轻："姑娘，是世子送过来的。"

"世子？"甄妙有些意外，用桌面挡着悄悄把帕子展开，看到上面画的事物脸色立刻变了。这个变态，她不过是好奇躲在隔间看了看，又没怎么看他，他居然能发现！这人是妖怪吗？紫苏等了好一会儿，见甄妙没有反应，悄悄问："姑娘，要给世子回信吗？"

甄妙面无表情看她："紫苏，请拿出你大丫鬟端庄冷艳的劲头儿来，私相授受，鸿雁传情这种事，怎么能撺掇你家姑娘做呢？我是那种人吗？"

紫苏一口老血憋在心里。姑娘，抱着世子一起落水的是谁啊？他现在是您未婚夫，就算一起出去游玩，只要禀了长辈都无妨。

甄妙不知紫苏的怨念，反正在她看来，紫苏无论什么时候只有两种表情，一种是不动声色，一种是面无表情。哦，似乎是一种。

她把帕子重新塞给紫苏："给我烧了去！"

紫苏揣着小帕子就出去了，忍不住打开看看，只见雪白帕子上红红的一个方框，里面三个红色的圆圈。

紫苏揉了揉额头，觉得自己的智慧也被考验了。

另一边罗天珵等了半天，也不见甄妙那边传来什么信儿，有心问问又拉不下面子，强撑了半天嘱咐小厮："去问问，东西送到了吗？"

小厮半夏不多时转了回来："世子，传到了，不过那位姐姐说姑娘在吃东西，想来是没有腾出空闲。"

她居然还在理直气壮地吃东西！罗天珵狠狠吸了口气，夹了一筷子番茄鱼。憋了好一会儿，他吩咐道："再去看看她吃完了没！"

半夏匆匆去打听消息，不多时折返，脸色有些犹豫。

"怎么了，难不成还在吃？"

"没有,说是四姑娘吃完走了……"半夏鼓起勇气道。

罗天珵手背青筋冒了冒,碍于在人前,还要云淡风轻把筷子放下,心里那个憋屈。合着对她来说,偷着看个把男人什么的,根本就不算个事儿?罗天珵没等着酒席散,就赌气走了。

不多久一旁坐着的韩志远也起了身,被大老爷甄建文叫去说话。

"大人。"韩志远躬身一礼。

甄建文看着举止有度的青年,心里先叹了口气。韩志远这个年纪中了进士,算是年轻有为,如今正在六部观政,将来前途定是有的。若不是自己抢先一步把庶女与他定了亲,哪怕家底薄些,也有许多勋贵人家愿意把庶女嫁过去。都是那个孽障不争气!

他暗叹一声,才道:"致远,想来你也听说了,我家三丫头病了一月有余,如今看着是不大好了。"

"三姑娘吉人自有天相,定会平安无事的。"

甄建文摇摇头:"她一直不见好,恐怕是过不去这一关了。致远,你年纪也不小了,又是长子要撑起门户来,不能再耽误了,我看,你们的婚事就作罢吧。"

"大人,三姑娘既然已经是学生的未婚妻,学生自当信守婚姻之诺,岂能因她身体有疾就悔婚?"

其实依母亲的意思,是希望他娶一个寻常官宦人家的嫡女。伯府出身的庶女,身份虽高贵,到底是差了点儿什么。只是他一个寒门学子,无权无势无依靠,得以去六部观政,建安伯世子是出了力的,答应与伯府三姑娘定亲未尝没有知恩图报的意思。无论定亲的初衷是什么,既然定下来了,就没有随意反悔的道理。甄建文心中再叹一口气,道:"是我那小女无福,此事就这么定了。是伯府提出的退亲,此事不会给你带来非议的。只可惜我们伯府再没有一个适龄的女儿……"

"大人……"

甄建文摆摆手:"致远,还望你不要怪罪,若是往后需要帮忙,依然可以来找我。"

韩志远辞别了建安伯世子,在席间略坐了坐,也悄悄离去了。

甄妙进了甄妍的屋子。全福人正指挥着人给甄妍梳洗穿衣,忙忙乱乱的,甄妙很有一种无处落脚的感觉。看着这一切,虽然热闹,无端端的却生出一股荒凉来。今后,这里就空着了。嫁到侍郎府的二姐,会有什么样的生活呢?

"四妹这么快就吃完了?傻站着做什么,过来坐。"甄妍招了招手。

甄妙收回心思,笑道:"等二姐收拾好了我再坐,省得添乱。"

亲眼看着甄妍穿戴妥当,绾起头发,戴的正是她送的那套红宝石蝴蝶头面。

"二姐今日真是光彩照人。"甄妙由衷赞道。

甄妍只是抿了唇笑。红宝石的光芒衬得她脸色更加红晕，梳妆的人赞道："二姑娘真是好颜色，都不用上胭脂了。"

又过了一会儿，陆陆续续有女眷进来，陪着甄妍说话。

时间不知不觉过去，天色渐渐沉了。

眼看吉时到了，全福人象征性地给甄妍梳头，口中念道："一梳梳到尾，二梳梳到白发齐眉，三梳梳到儿孙满地……十梳梳到夫妻俩到白头。"

温氏的眼泪扑簌簌落了下来。

"娘，您别哭，女儿一定会过好的……"甄妍说着，声音也哽咽了。

耳边隐约响起了鞭炮声。女眷们不由起了身向门口走去，果然有小丫头匆匆跑来报喜："花轿到了大门了！"

外面的声音越来越喧嚣，又有小丫头进来："到了，到了！"

甄妙扶着甄妍走了出去。

厅里厅外挤满了人，一个大红衣裳的男子最为显眼。此人便是今日的新郎官，户部左侍郎的嫡次孙孟延年。

孟延年一眼便看到了甄妍，二人视线相对，很有些心有灵犀的味道。

甄妙悬着的心放下来。看二姐夫这样，对二姐是满意的吧。有个好的开始，总是值得期待的。

这边人声鼎沸，锣鼓喧天，谢烟阁那里却是清冷一片。

刘嬷嬷照旧守在门外，闲闲嗑着瓜子儿。

一个蓝衣丫头出来，满脸堆笑："嬷嬷，姑娘让我问问，今儿怎么这么吵？"

刘嬷嬷扫屋内一眼，把瓜子一吐，才道："今儿是二姑娘出阁，所以才这么喜庆热闹。"

蓝衣丫头扭身走了进去："姑娘，今儿是二姑娘出阁的日子。"说着心下觉得委屈。

她本是大夫人院子一个不起眼的三等丫头，把她拨给三姑娘使唤，还提了一等，当时本来是挺高兴的。没想到自从到了这谢烟阁就像坐牢，别说无事时去别院找小姐妹们说说话，就是等闲出这门口都不能了。

现在成了三姑娘的贴身丫鬟，她才知道三姑娘重病是笑话，也不知三姑娘到底犯了什么错。

"出阁？"下巴更尖，看起来更添了几分楚楚动人气质的甄静轻轻笑了笑，不再多言。

看一眼桌上放着的碗筷，蓝衣丫头劝道："姑娘，您看着又清减了，还是多吃点吧。"

"放这儿，你下去吧。"甄静不耐烦挥挥手，冷眼看着窗外的绿叶渐渐转黄。

她等待得实在太久了些。难道六皇子真的半点都不在意吗？转头对着镜子仔细打量自己，不知怎么就想到甄妙那张带着点婴儿肥的脸庞。现在的自己，似乎太瘦了些？不自觉拿起一个馒头，揉碎了放进嘴里，甄静忽然脸色一变，吐了出来。

抚着胸口干呕了半天，甄静眯起了眼。她小日子晚了两天了，难道——想到某种可能，甄静眼睛亮了起来。若是如此，她就不信六皇子会无动于衷！

干呕的声音大了起来，蓝衣丫头匆匆进来："姑娘，您怎么了？"

"我难受得厉害。"

"那，那婢子去跟刘嬷嬷说一声，请她去跟世子夫人说说，给您请个大夫来。"

甄静缓缓点了点头。

"三姑娘不舒服？"大夫人蒋氏听了蹙了眉，"不是本就病着吗？"

无论如何，这层窗户纸不能挑破。

刘嬷嬷心知肚明，道："可能是这几日病得厉害了，听兰香说，饭都没怎么动。"说到这儿她神色有些奇异："三姑娘说……有些反胃。"

蒋氏心里一紧，骤然想到一个可能，慎重起见没敢请大夫，而是遣了一个亲信嬷嬷去。

这个嬷嬷是蒋氏从娘家带来的。当时她远嫁京城，母亲怕她吃了暗亏，便物色了这么一个人。这嬷嬷略通医术，尤其是妇科一道，当年就懂得一些，一晃二十余年下来，真说起来不比寻常的大夫差。

"花嬷嬷，务必看仔细了。"蒋氏细细叮嘱。

"夫人放心吧，老奴虽姓花，眼睛还没花呢。"花嬷嬷已经五十余岁了，头发却还是青的，显得年轻精神不少。

蒋氏这才继续出去张罗，眼看着甄妍上了花轿离开伯府，寻了个空子招已经探望过三姑娘的花嬷嬷来问话。

"花嬷嬷，如何？"

花嬷嬷面上没有什么表情，眼底深处却闪过鄙夷："夫人，三姑娘……恐怕有喜了。"

"这个下贱坯子！"蒋氏大怒，脸色铁青。

花嬷嬷不动声色退到一旁，并不多话。

蒋氏却明白过来。

三姑娘这是故意让她知晓！是了，三姑娘肚子里若果真怀的是那位贵人的骨肉，伯府再大的胆子也不敢私自做主，总要禀了那边定夺。六皇子至今只有一名幼女。这小蹄子打的真是好主意，难怪有恃无恐！她是料定了天家看重男丁，想要六皇子早点讨她过门吧？

　　蒋氏暗暗啐了一口。真是个不知羞的，她爹还没把她的亲事退利落，就等不及了。果真是上不得台面的妾生养的玩意儿！蒋氏想着，反倒笑了："雕栏，等世子忙完，请他来我这一趟。"

　　天已经黑了，建安伯府依然灯火通明，唯有谢烟阁已经熄了灯，甄静穿着一身真红色的裙衫，坐在黑暗里幽幽笑了。也不知道母亲大人知道了这事，是什么表情呢？

　　兰香进来，默不作声把蜡烛点燃，挑了挑灯芯。

　　见她要出去，甄静挑了眉："怎么，你怕了？"

　　"没……"兰香有些局促地回答，小腿肚子却抖着。她真不知道这位三姑娘怎么这么大胆子，一个未出阁的姑娘居然有喜了！夫人一定不会饶了她的，而身为贴身丫鬟的自己——兰香越想，脸色越白。

　　甄静轻轻笑了笑："你怕什么，我都不怕呢。"

　　兰香紧抿着唇没吭声，都快哭了。

　　"兰香，你且安心做事吧，以后自有你的好处。"甄静不自觉抚了抚肚子。她虽不能堂堂正正坐着八抬大轿出嫁，但她的儿子，将会比所有姐妹的子女身份都高贵！

　　世子甄建文这一天应酬客人，也觉得乏了，若是往常自是去岚姨娘那里，由着她给揉揉按按，可想着与韩志远退亲的事，却是来了火气，打算在书房歇下。听说蒋氏唤他，他虽有些纳闷，还是起身过去。

　　"世子这是歇下了？"蒋氏问。

　　自打甄静惹了祸，世子对岚姨娘的喜爱淡了，但她也知道，世子去那边的次数并不少。呵呵，这就是男人，哪怕知道这个女子粗俗、鄙陋、身份低贱，但只要颜色好，便能宠一宠。

　　"夫人叫我来，是有什么要紧事吗？"甄建文笑着问。

　　对蒋氏他很敬重，特别是如今年纪大了，越发觉得有一个有见识的当家夫人多么重要。

　　"是静儿的事。"蒋氏脸色很温和。

　　"静儿？"甄建文皱了眉，"怎么，她又惹事了？她不是在屋子里关着么？"见蒋氏有些迟疑，他沉下脸，"难道是那些个奴才没看好，今日让她出去了？"

　　说到这里心里一沉。他今日虽明确和韩志远提出了退亲，却不想就此交恶。宁欺白须公,莫欺少年穷,何况还是已经看得见前途的少年。要是甄静胡乱折腾走漏了风声,对方知道她没病,那可就结仇了!这个孽障!

甄建文暗骂一声,有些恼:"蒋氏,不是要你派人牢牢看好吗?"

蒋氏心中冷笑一声。不过一点不如意,这就由夫人变成蒋氏了。

"看着静儿的是老夫人派过去的刘嬷嬷,自然是极妥帖的。"蒋氏看甄建文一眼,"是静儿……有喜了!"

"什么!"甄建文先是大惊,慢慢地眼中却有了光亮。六皇子如今没有正妃,府内虽有两个侧妃,姬妾无数,却只有一个女儿,若是静儿能诞下麟儿——

蒋氏暗暗冷笑,果然是父女呢,这就想到一块儿去了。

"那夫人的意思是?"

蒋氏浅浅笑着:"妾身哪敢有什么意思,这么大的事自是要知会那边一声,还是世子出面合适。"

见蒋氏不反对,甄建文对蒋氏的满意更升了一层,连连点头:"好,我明儿就去办。"

"总要等二丫头三朝回门之后吧。"蒋氏提醒道。

"对,对,别冲了喜气。"甄建文醒过神来。

三日一晃而过,在甄妙眼巴巴盼望中,甄妍携着孟延年归宁。

甄妙仔仔细细看着甄妍。不过三日未见,甄妍却明显不同了,眉梢眼角的浅笑多了些娇媚。

甄妙抿嘴笑。

甄妍脸色微红,羞恼打她一下:"你总有这一天。"

"二姐,我什么都没说呀。"

温氏把甄妙支走,拉着甄妍问:"妍儿,姑爷对你如何?"

甄妍点点头。

"我看姑爷也是斯文有礼的,到底是诗书人家出身。妍儿你行事本就沉稳,将来再生个儿子,就算彻底站住脚了。"

"我知道的,娘。"甄妍想起孟延年,微微低了头。书香人家确实不同,她嫁过去前就打发了那些通房,这几日孟延年极缠着她……甄妍脸上发热,不敢再想了。

"你公婆如何?"

"公公话不多,见的也少,婆婆对我还算客气。"对长辈,甄妍没有打算多说。婆家到底不比家中,只要公婆是懂礼的,她自信能讨他们喜欢。

甄妙端着一个托盘进来:"二姐,今儿还有些秋燥,知道你怕热,我下了些面条。"

221

甄妍扑哧一笑:"还好你姐夫没跟我们一起吃,不然该笑话四妹小气了,就拿面条招待我。"

甄妙撇撇嘴:"那是二姐夫没口福。这才几天,你就一口一个你姐夫了,生怕我不知道自己多了个姐夫似的。"

她说着把托盘放下,温氏二人看了不由吃惊。

只见托盘上摆着四对白瓷小碗,每一个小碗里面的面条颜色都是不同的,竟有八种颜色,红的、粉的、绿的、橙的……

"这,这是怎么做的?"温氏忍不住问。

甄妙就笑:"娘、二姐,你们尝尝看,每种颜色的面条口味都不一样。"

温氏尝了一口绿色的:"这是菠菜味的。"

"粉色的我吃着酸酸的,滑溜清爽,却不知道是什么做的了。"甄妍也为甄妙的巧思吃惊。

甄妙瞥她一眼:"反正你四妹小气巴拉的,才不告诉你是拿什么做的呢。"

"你这个记仇的丫头!"甄妍伸出手捏她一把。

温氏忍不住道:"那边也该开席了,妙儿,不如弄些面条送过去?"

"只要二姐别嫌我亏待了二姐夫就成。"甄妙笑眯眯道。

今日来的都是至亲,男女宾客并主家加起来统不过四桌,就设在了花厅里,也没用屏风隔着,方便认亲。

甄妙扶着甄妍出来,说笑最热闹的那一桌便看了过来。

甄妍微红了脸走到老夫人那桌。

蒋宸喝了口闷酒。

"宸表弟有心事?"甄焕拍了拍他肩膀。

蒋宸吓得差点摔了酒杯,忙摇头:"没,就是想着国子监快开课了,也不知先生们严不严厉。"

"宸表弟学问这么好,还担心这个?那为兄不是连饭都吃不下了。"甄焕打趣道。

正说笑着,就见两个丫鬟各端着一个托盘过来,弯腰把托盘放好,上面摆着八对小碗,正好八种颜色面条,一桌八人可以挑两个颜色。

"这是怎么做的?"大姑娘甄宁的夫婿韩庆宇忍不住问。身为长公主长子,什么山珍海味没吃过,这样奇特的面条却头一次见。

其他人跟着问起来。

蒋宸不由自主望向甄妙。

甄妙挨着甄妍坐着,正埋头吃得欢快,根本没有往这边看上一眼。

蒋宸收回目光，伸手拿了一碗粉色面条，恰好是甄妙今日衣裙的颜色。

"宸表弟，你什么时候学会先下手为强了？"甄焕取笑道。

蒋宸拿面条完全是下意识的动作，被甄焕这么一说，顿时窘了。

幸好端面条的丫鬟道："这是我家四姑娘特意做给二姑娘吃的，怎么做的我们府上厨子都不知道。不过这面条有个雅致名字，唤作彩虹面条儿。"

另一个丫鬟明显俏皮些，笑道："所以蒋公子先下手为强是对的嘛，这面条每一种颜色口味都不同，一个人却只能选两个颜色。"

众人都笑起来。一顿饭吃得喜庆热闹，一日就这么过去。

建安伯世子按捺了几日，终于寻了个机会给六皇子那边送了信。

六皇子看着信上的内容，狭长的眸子眯起来一笑。

"主子，建安伯世子的人还在等着您回话，您看——"

"拿笔墨来。"六皇子脑海中浮现那个女子怯弱宁静的模样，一声冷笑。真是不知所谓，到底是她，还是建安伯府，竟以为他会允许一个血脉不明的孽种生下来？呵呵，真以为他想儿子想疯了？便是她进了府才有的，这个孩子他都不可能要。他的长子可以不是正妃所出，却绝不能从一个无媒苟合的女子肚子里爬出来！

小厮接过六皇子写的书信，出去递给等候的人："这是我们主子的答复。"

小厮回了建安伯府，直接去见世子甄建文。

"六皇子回信了？"

小厮连连点头："回了，还赏了小的一个元宝。"

他虽不知道世子传的是什么信儿，但对方既然给了回信，还给了打赏，看来这趟差事办得不错。

甄建文也是这么认为，打开信一看，差点以为看错了。上面明明白白写着：孩子不留，人两个月后抬进府。甄建文手一抖，信落到了地上。这怎么可能！

小厮忙俯身去捡。

甄建文抬脚把小厮踹翻："谁让你碰的，滚出去！"

等小厮连滚带爬出去，甄建文抬脚去了蒋氏那儿。

"世子今儿没上衙？"蒋氏明知故问。

甄建文忍了又忍，还是把信递给蒋氏："你看看，这是六皇子的回复。"

蒋氏看一眼，心中就乐了。到底是皇子！

甄建文还接受不了这个事实："是六皇子不顾俗礼要了静儿，他怎么会，怎么会——"

蒋氏心中哧笑。世子以为他的宝贝女儿魅力极大，把皇子都迷得神魂颠倒了？不顾俗礼，可能是情不自禁，可还有一种更大的可能——送上门来的不要白不要，不是么？如果是后者，六皇子凭什么会要这个孩子？真以为是宝贝金疙瘩吗？早就预料到这个结果的蒋氏无声笑了笑。

"那依夫人看，此事该如何？"

"世子，您是糊涂了么？此事自然是六皇子怎么说，我们伯府就照做了，不然还有别的选择吗？"蒋氏终于痛痛快快说出了这句话。

甄建文总算认清了事实，叹道："那就拜托夫人料理此事吧。"

蒋氏摇摇头："世子，这事若是由妾身去做，静儿恐怕要恨我一辈子了。"

甄建文沉默一会儿，道："那我来安排。"

谢烟阁中，甄静倚在榻上，正算着日子。甄妍回门都过去好几日了，按理说也到时候了。

不一会儿兰香进来："姑娘，林嬷嬷请您去明华苑。"

甄静笑了："我收拾一下就来。"

兰香手脚利落给甄静收拾好，扶着她出去。

路过站着的刘嬷嬷那儿，甄静笑一声："这些时日辛苦刘嬷嬷了，日后我会记着刘嬷嬷的辛劳的。"

"不敢劳三姑娘惦记。"刘嬷嬷恭声道。

甄静只觉长出一口气，头也不回地离开了谢烟阁。

如今桂花开得正好，甄妙打算采一些做桂花糕，带着两个丫头正在园子里打桂花。

"哎，阿鸾，别打低处的，这桂花要采高处向阳的才好吃。"甄妙喊住了阿鸾，拿着个小竹竿踮了脚够树尖上的，却够不着。

"姑娘，看我的！"青鸽把竹竿一扔，上前一步，双手抱住树干猛摇。桂花扑簌簌落下来，落得三人满头满脸。

"姑娘，您看，好多！"

甄妙哭笑不得："青鸽，快停下，你这么摇，桂花虽然摇下来了，可怎么分得清哪些是树尖上的，哪些是低处的呢？"

"噢，我忘了。"青鸽不好意思挠挠头。

甄妙仰头看着桂花叹气。她答应给老夫人做桂花糕，可偏偏碰到和吃相关的事就有点强迫症，用次一等的桂花做不出那个味来，宁可不做。

甄妙四下瞄瞄。没人！

"阿鸾，有梯子么？"

阿鸾抬头看看，摇摇头："梯子没有靠的地方啊。"

"那——你会爬树吗?"

阿鸾脸色怪异地摇头。

"青鸽,你呢?"

青鸽一脸惭愧:"姑娘,婢子只会摇树。"

甄妙露出个意味深长的笑。

阿鸾心中一沉,抢先道:"姑娘,您该不会想爬树吧?"

看阿鸾一副你要是敢爬树,我就死给你看的表情,甄妙摸摸鼻子:"哪能呢,你家姑娘温婉贤淑,哪能做出爬树这种事儿!"

轻笑声传来。甄妙回了头,就见甄焕和蒋宸站在不远处,旁边还站着甄冰姐妹。

"大哥,你们今日不是一起出去买菊了?"

"四妹死活不去,原来是跑这儿来辣手摧花了。"甄焕笑得古怪,显然是想到了甄妙曾经从树上摔下来的事。

甄妙一脸坦然:"桂花吃进肚子里可不叫辣手摧花,这叫善始善终。"

"谬论!"甄焕撇撇嘴。

"四表妹是要那树尖上的桂花吗?"蒋宸问。

"嗯。"甄妙点头。

蒋宸走了过来:"表妹把兜子给我,我来试试。"

接过甄妙递过来的兜子,蒋宸挽起衣袖裤腿,十分利落地上了树。

众人大惊,谁也没想到斯斯文文的蒋宸爬树这么利落。

"表妹,这里的行么?"蒋宸踩在树上笑着往下望去,阳光洒落在他脸上,看起来分外俊朗。

"可以的,蒋表哥小心点。"甄妙叮嘱道。

摘够了桂花,蒋宸利落下了树,把兜子递给甄妙。

甄妙道谢:"蒋表哥,等做好了桂花糕,给你送一些去。"

甄玉撇撇嘴,刚要说话却怔住了,眼睛直直望着前方。

众人察觉她的异常,顺着目光望去,就见一个披着真红斗篷的纤细女子站在不远处,正静静望着这边,身边还跟着一个嬷嬷。

竟是许久未见的甄静!

"怎么会是三姐!"甄玉不可思议道。

一时之间,众人谁都没有言语。

甄静施施然走了过来,冲甄焕盈盈施了一礼:"大哥。"

甄焕皱眉:"三妹身子不好,怎么出来了?当心吹了风。"

甄静心里冷笑一声，也不辩驳，目光就落在甄妙脸上。

甄妙刚刚奋力打桂花，脸上的潮红还未褪去，晶莹的汗珠挂在脸颊上，看着就有朝气。

甄静勾了勾唇角。

真是羡慕呢。明明是犯错在先的人，偏偏事后撒娇卖乖，就没有人再怪罪了。既有了好亲事，还因为这门好亲事得了长辈的看重，能这么快活地活在阳光下。可她呢，明明是被连累退了亲，却只得嫁一个寒门小户，还是寡母带大的。姨娘说得对，寡母当了婆婆能有什么好？嫁人是女人的第二次投胎，她不过是为自己的一生搏上一搏，就被关起来了。若是没有这个孩子，恐怕还不知道什么时候能见光。阳光，可真好。

甄妙看着弱不胜衣的甄静心里发凉，微微欠身一礼："三姐姐。"

甄冰、甄玉跟着行了礼。

甄静回了神，稍微欠身："我还有事，不打扰大哥和妹妹们了。"竟是没再多言，转身走了。

真红色的斗篷拖曳到地面，随着走动隐约露出青色的裙摆，显得背影格外美丽。

"三姐看着不一样了。"甄冰喃喃道。

"哼。"甄玉撇了撇嘴。

甄妙恢复了笑容："大哥，今日难得碰到一起，不如一起去祖母那里，我做桂花糕给你们吃，你把大嫂也请来。"

"你大嫂走动不方便，回头给她送去就是了。"

甄妙白甄焕一眼："大哥，这你就不懂了，大嫂现在离生产还早，要多走动走动，到时候才没那么辛苦。"

"你一个姑娘家，懂得这些？"甄焕不满看她一眼。

"我不懂，是听太妃说的。"

太妃跟你一个姑娘家说这个？甄焕很想问，终究不好随便说长辈，默默派了个小丫鬟去请虞氏。一群人相伴着去了宁寿堂。

老夫人已经得知了甄静的事，心中正烦闷，见这么多孙辈来了，才露出笑脸："四丫头，你去打个桂花，怎么拐带这么多人来？"

"还不是怕祖母每日只见着我这张脸嫌烦了。祖母，让哥哥们陪您说话，我去做桂花糕。"甄妙带着青鸽钻进小厨房，很熟练地用着里面的器具。

不一会儿虞氏也来了，一群人互相见了礼，陪老夫人说着闲话。

甄冰鼓起勇气站得离蒋宸近些，声如蚊蚋："蒋表哥，没想到你还会爬树。"

蒋宸一颗心早飞到了小厨房里，甄冰乍一问他，随口道："是呀，正巧能帮上四表妹的忙。"

甄冰变了脸色，深深看了蒋宸一眼，不再出声。

蒋宸刚刚识得情滋味，却只通了半窍，哪里明白复杂的少女心思，见甄冰不言语，便温和地笑了笑。

这笑容直看得甄冰心怦怦直跳，想着眼前的人什么都不明白，更觉伤心。

偏偏此时甄妙端着一大盘子桂花糕，满脸灿烂笑容走了进来。

那笑容刺得甄冰心里一痛，匆匆对老夫人施了一礼："祖母，孙女有些不舒坦，先回去了。"

"五丫头——"老夫人刚想问个究竟，一贯稳重内敛的孙女已经出去了。

甄玉气得咬牙，却不得不替甄冰打圆场："祖母，五姐今早就说不舒坦，现在恐怕是撑不住了，孙女去看看。"

眨眼间走了两个孙女，老夫人皱了皱眉："最近这是怎么了，一个个的身子都不大好。四丫头，前些日子你病着的时候我曾说过，等你好了带你去寺庙上香。这样吧，五丫头那边若是问题不大，就先休息一日，等后日祖母就带你们一道去。"

"要出去啊——"甄妙一听又要出门，有些头疼。不是她愿意窝在家里，实在是每次出门总会遇到麻烦事，外面的世界太可怕了。这也是为什么今早出门买菊她推拒了。

"许下的心愿自然要还，不然菩萨该怪罪了。"老夫人拍板定下了出门的事。

甄玉追着甄冰出去，一把拉住她："五姐，你到底怎么回事儿！"

甄冰回头，已是泪流满面。

甄玉骇了一跳："五姐，好端端的究竟怎么了？"

甄冰伸手抱住了甄玉："六妹，我就是忽然觉得很难受，让我哭一哭就好了，没事的。"

甄玉脸色沉了下来："因为蒋表哥？"

甄冰没吭声。

甄玉跺跺脚："你真是没救了。四姐也是个害人精！"

甄冰摇摇头："六妹，别这么说，这关四姐什么事，是我自寻烦恼。"

甄玉也知道自己是迁怒，只是看孪生姐姐受苦，到底还是有些怪甄妙。

"行了，收拾妥当就回去吧，省得祖母看出端倪来。"甄玉拉着甄冰走了。

假山后面走出一个女子，看着甄冰姐妹离去的方向微微笑了。

女子眉眼秀丽，身段婀娜，正是多日未见的岚姨娘。

甄静被关起来这些日子，她一直派小丫头留意着谢烟阁的动静，今日得知甄静被叫去明华苑，忍不住去打探一下究竟，没想到看了一场好戏。

第10章 寺中

甄静进了明华苑，被领到了西厢房。

"父亲？"甄静有些意外。

甄建文淡淡嗯一声："静儿来了。"

"今日是父亲唤女儿过来的么？"甄静心中微喜。

她就知道，父亲对她肚子里的孩儿是看重的。母亲大人此时恐怕又气又怒，无可奈何吧？想想这么些年低眉顺眼的日子，甄静心里不是不憋屈的。论相貌，她不比大姑娘甄宁差，只是差在生母的出身上，结果甄宁嫁入了长公主府，成了众人攀附的贵妇，她却黄了一门亲事！如今她总算守得云开见月明。甄静抿唇笑了。

甄建文不知甄静的心思，怜惜看她一眼："静儿，你喝了汤就在这里住下吧，两月后六皇子接你入府。"

"要两个月后么？"甄静有些意外。两个月后，就遮掩不住了……

甄建文明白了甄静的意思，心中有些不高兴。静儿一个姑娘家，懂得未免多了些！他面上却没显露什么，温声道："你喝了汤安心住着就是。"

"三姑娘，请喝汤。"林嬷嬷悄无声息进来，双手捧着一个青花瓷碗。

甄静接了过来，拿起汤勺放到唇边刚要喝，猛然停住，浑身打颤望着甄建文："父亲，这，这是什么汤？"

甄建文叹口气："静儿，你不必问这么多，喝了就是了。"

甄静手一抖，青花瓷碗跌落在地摔得粉碎："父亲，这是——"

见甄建文微微点头，甄静脸色变得雪白，边后退边摇头："您怎么能叫我喝这个？您知不知道，我肚子里怀的是龙孙！"

林嬷嬷像是隐形人般立在一旁，听了甄静惊世骇俗的话，脸上没有多余表情。

甄建文摆摆手："静儿，你不要闹了，这个孩子留不得！林嬷嬷，再去端一碗汤来。"

林嬷嬷淡淡应是，片刻又端了一碗汤进来。

"去端给三姑娘。"

甄静猛然后退:"父亲,我不会喝这汤的!呵呵,是不是母亲让您这么做的?"

甄建文沉了脸:"静儿,你胡说些什么?"

甄静冷笑道:"肯定是的,她定是怕我生出龙孙来,压了大姐姐一头,才要您打掉我腹中孩儿是不是?父亲,您别糊涂了,大姐姐是您的女儿,我同样是!我生出来的也是您的外孙!"

甄静已经退到墙角,避无可避,看着林嬷嬷走近伸手把她推开。

一碗汤又洒出不少。

甄建文有些恼了。蒋氏说得对,这孩子气性太大了!他声音就没了温度:"你安生把汤喝了好好养着,日后自有你的好处,这孩子无论如何不能留,你打了这一碗,还有一锅。"

"父亲,您忘了曾经说过的话吗,您说我虽然是庶出,但也是您的宝贝女儿,您会给我找门好亲事。现在女儿好不容易有了这个安身立命的孩子,难道您忍心夺走?您不能一味听母亲的话啊——"

"够了!"甄建文冷了脸,失望看甄静一眼,"这和你母亲没有任何关系,是六皇子传了话,可以抬你入府,但是这个孩子他不认!你说,不打掉这个孩子又能如何?"

"怎么会!"甄静不可思议瞪大了眼睛。

甄建文看一眼林嬷嬷:"林嬷嬷,去喂三姑娘喝汤。"说完抬脚走了。

林嬷嬷端着汤碗走过去,本以为三姑娘会哭闹一番,没想到甄静失魂落魄靠着墙角不哭也不闹,任由她把整碗汤灌了进去。

玉砌走进室内:"夫人,岚姨娘求见。"

蒋氏瞄一眼西边的方向,不急不缓问道:"那边如何了?"

雕栏轻声道:"林嬷嬷已经出来了。"

蒋氏笑了,冲玉砌道:"岚姨娘定是来找世子的,去禀了世子去。"

甄建文正好走进来。

"岚姨娘过来了,这也不是请安的点儿,想来是找您的。"

"让她进来。"

岚姨娘进了屋,规规矩矩给甄建文和蒋氏行了礼,然后姿态极低向蒋氏求情:"夫人,静儿病了这些日子,妾心里实在惦念,想请您允许妾去看看。"

蒋氏心里冷笑一声。早不去看晚不去看,偏偏甄静被叫来明华苑就要去看看了,看来岚姨娘耳目颇灵。蒋氏抚抚鬓角,看向世子。

甄建文脸绷得紧紧的:"岚娘,你来得正好,三姑娘不大好,这些日子你就好好照料吧。"

岚姨娘腿脚一软。

"林嬷嬷，带岚姨娘去三姑娘那儿。"甄建文挥挥手。

岚姨娘过去时，正看到花嬷嬷一盆盆血水往外端，整个人就瘫在那儿了，只可惜花嬷嬷没有理会，扭头又进去了。

岚姨娘挣扎着站起来冲进去："静儿，静儿你怎么了？"看清满屋狼藉，她骇得差点没了魂儿。生了静儿之后，她也是小产过的，见了这情景还有什么不知道的！

"静儿，你这是被谁害的，怎么成了这个样子！"岚姨娘一把抱住表情木然的甄静大哭起来。

"岚姨娘，三姑娘这还没收拾利落，您若是给耽误了，恐怕会伤了三姑娘身子。"花嬷嬷面无表情地劝。

岚姨娘一把把她推开："是不是你害的？"

她想问的是蒋氏，到底不敢说出来落人口舌。

花嬷嬷冷笑一声："岚姨娘红口白牙的，好没道理，老奴哪有这个胆子敢害主子。您若是有什么不明白的，何不问问世子或者三姑娘！"

等把甄静收拾妥当，花嬷嬷也不理岚姨娘，扭身出去了。

"静儿，你快告诉姨娘，到底是怎么回事儿！"

自从得知孩子是六皇子指明不要的，甄静整个意志都被摧垮了，像个木头人似的完全不理会岚姨娘。

岚姨娘抱着她哭嚎半天，她才吐出一句话："姨娘，别哭了，这是我的命……"

岚姨娘紧紧抱着甄静，喃喃道："姨娘明白了，明白了！"

蒋氏，花嬷嬷……还有四姑娘，那些害静儿变成今日这个样子的人，她一个都不会放过！

岚姨娘不期然就想到了甄冰姐妹那番话。

蒋氏的亲侄儿，对四姑娘原来是这种见不得人的心思，那便走着瞧吧。

这边的腥风血雨全然没有刮到别处去。

甄妙一连窝在宁寿堂两日，明日就要去寺庙上香了。

"祖母，您要带我们去哪个寺庙？"

京城有两个有名的寺庙，一个是在城中皇城背后西山脚下的大福寺，一个却是要出城走上十数里的华若寺。

老夫人笑道："那大福寺说起来在皇城脚下，算得上皇家寺庙，可要说灵验还是华若寺。你操心这个做什么，到时候跟着祖母去就是了。"

甄妙嘿嘿笑了："祖母，话可不是这么说，当然要有个准备才好。"

"你要准备什么？"老夫人不以为意问。

甄妙正色道："自然是准备吃食了。若是去大福寺，我们用了早饭出发，等晚膳前就回来了。可若是去华若寺，至少要住上一日吧，路途又远，不准备点吃的怎么成。"

"你啊。"老夫人笑了，"不妨告诉你，华若寺的斋菜是极有名的。"

甄妙眼睛一亮："祖母，那孙女先去准备，明日您可早点叫我。"

老夫人无奈笑笑。

甄妙一头扎进小厨房忙了大半天，总算做出了不少好捎带的点心。

临近八月底的天，早早就黑了。

阿鸾去给甄妙收拾行李，青鸽不知从哪儿走了进来。

"姑娘，有个丫鬟让婢子把这个给您，说是五姑娘给的。"

甄妙有些诧异，把青鸽手中的信笺接过来，看清信上内容更是吃惊，五妹竟然对蒋表哥有意！

信上叙说了她心悦蒋宸的痛苦纠结，最后说憋在心里实在难受，约甄妙在花园凉亭见面谈谈。

原来那日五妹拉她去竹林聊天，就是在为蒋表哥心烦啊。甄妙这才恍然。想想蒋宸的人品风貌，难怪甄冰芳心暗动。只是——甄妙看一眼信笺上相约的时间，不由皱了眉。如今已经入了秋，大晚上的去凉亭，还不冻病了？且明日就要去华若寺了，到时候姐妹谈心的机会不是多得很，非要大晚上喝风作甚？

甄妙想了想，对青鸽道："青鸽，你去一趟五姑娘那儿，就说我们明日再谈。"

"啊？"青鸽有些不解。

"去吧，说这些五姑娘就会明白了，多余的话不要提。"

五妹大晚上约她见面，想来是不愿让许多人知晓。

另一边蒋宸同样收到了信笺，相邀的时间地点与甄妙收到那封别无二致，只是落款却是一个妙字。

蒋宸傻傻看着那个妙字，看了一遍又一遍，心中的喜悦越放越大。表妹难道明白了他的心意？是了，若是不明白，怎么会有这封信。这么说，表妹没有恼他的无礼？蒋宸不自觉傻笑起来。

见惯了自家公子温和矜贵笑容的吉祥吓了一跳："公子，您不要紧吧？"

蒋宸回了神，又默默盯着那个妙字看了一会儿，道："吉祥，把油灯拿过来。"

吉祥忙把青花油灯捧了来。蒋宸抿着唇，把信笺珍而重之卷成一个卷，放到青花油灯上点燃了。眨眼间，信笺就变成几缕烟灰滚落在地。

天色越来越沉，信笺上定好的时辰到了。蒋宸倚门望着天上弦月，轻叹了口气。无论如何，这场约，他不能赴。他是很想见到那个印刻在心上的身影，却不能仅凭着喜好行事，坏了她的名声！只要一想到她可能会等在那里，蒋宸心里便如油煎似的，望着天上清冷的月苦笑一声。月上柳梢头，人约黄昏后。本来如诗如画的事，却是他终其一生无法企及的梦。

"公子，夜寒露重，进屋吧。"吉祥不知何时走了出来，劝道。

蒋宸最后望一眼天上冷月，轻轻掩上了门。

岚姨娘早早守在那里不显眼的地方，夜色如水，秋露生寒，吹着小冷风半宿也没等到来人，被亲信丫鬟扶着摇摇欲坠地回去了。

女眷们能够出门的机会有限，能去华若寺上香，且能在那儿住上一两日，众人心里都是兴奋的，就连请安都来得早了些。

"老夫人，儿媳就不去了，这府里总要留个人。"大夫人蒋氏道。

老夫人点点头："三丫头病好些了吗？"

"我怕她一个人在谢烟阁，下人们照料不好，挪到明华苑养着呢。她年轻，将养些时日说不准就大好了。"蒋氏隐晦道。

"前两天遇到三姐，看她精神还可以啊。"甄玉道。

蒋氏嘴角笑意一收："病来如山倒，病去如抽丝，病情时好时坏反复也是难料的。就说岚姨娘，世子本叫了她去伺候三丫头，没想到昨儿也病倒了，现今都起不来床呢。老夫人，这次您去上香，可得替儿媳多添些香油钱。"

"还有这事？那辛苦你了。"一个妾，老夫人自然没放在心上，嘱咐了几句，带着一众女眷上了停在垂花门的轿子。

甄焕几人已经在门口候着，见老夫人来了，见了礼。

蒋宸眼下遮掩不住的青色骇了老夫人一跳："言哥儿，可是没睡好，还是身子不大舒坦？"

蒋宸耳根微红，面上却从容镇定解释："让老夫人担心了，昨儿看书一时忘了时辰，睡晚了。"

老夫人摇摇头："你这孩子，不能一味读书，也要顾着自己身体。像你四表妹，平日看着活蹦乱跳的，结果前些日子那一场病来势汹汹，把我这把老骨头的魂儿都吓没了。"

听老夫人提起甄妙，蒋宸耳根更红，下意识望甄妙一眼。

老夫人拉着蒋宸说话，甄妙目光本就落在他身上，这一望，二人视线就对了个正着儿。

甄妙露出个明媚大方的笑容："蒋表哥，祖母说得对，你要爱惜身子才是，生病的滋味太难受了。"

"多谢四表妹，我会记下的。"蒋宸投给甄妙一个抱歉的眼神，视线匆匆落到别处。

甄妙一脸莫名其妙。蒋表哥眼神好奇怪……她视线移到别处正好看到甄冰，给了个抱歉的眼神儿。

甄冰心里一紧。昨日四姐打发青鸽来传话，说的话就让人摸不着头脑，今儿又这样看着她。难道——四姐知道了她的心思！甄冰的脸一下子白了。

甄妙觉得不好意思了，凑过去悄悄道："五妹，等到了华若寺，我们好好聊一聊啊。"

甄冰这下子脸色更白了。

门外，一溜儿地停了几辆马车。

老夫人踩着车凳上了头一辆，冲涵哥儿招手："涵哥儿，来和祖母坐一辆车。"

涵哥儿瞄一眼甄妙，大着胆子道："祖母，我想和四姐姐坐一辆车。"

老夫人好笑道："你这皮猴子，你四姐姐要和你三婶坐一辆车呢，你去凑什么热闹。"

涵哥儿头摇得像拨浪鼓："我就想和四姐姐一起嘛。"

"这是为何？"

涵哥儿嘿嘿笑了："四姐肯定带了很多好吃的。"

甄妙抽抽嘴角。

"老夫人，就让涵哥儿和我们一起坐吧。"温氏笑道。

老夫人沉吟一下："你那辆马车没我这辆宽敞，这样吧，让四丫头也来和我坐一辆就是了。"

众人自是不再反对，一行人浩浩荡荡出了城。

"四姐，这点心叫什么？"

"核桃酥。"甄妙看着吃得嘴鼓鼓的涵哥儿，拿出帕子给他擦了擦嘴。

"不对呀，核桃酥不是这么大的吗？"涵哥儿比画了一下。

甄妙好笑道："你这傻孩子，变小的就不叫核桃酥了？就像大人小人，不都是人么？"

涵哥儿委屈撇嘴："四姐，你笑话我。涵哥儿是觉得你做的核桃酥好吃，才以为它不是核桃酥了。"

甄妙有些愧疚："涵哥儿别气了，是四姐错了。"

"四姐拿我当小孩子哄呢，说句错了就完了？"

"那涵哥儿想怎么样啊？"面对小孩子，甄妙向来好脾气。当然，是在她稀罕这孩子的前提下。

"四姐唱首歌吧。"

"啊？"

涵哥儿水汪汪的眼睛看着甄妙："四姐去年七夕女儿会，唱巧歌不是还评了上品吗？涵哥儿去年没去，都没听到呢。"

甄妙死命摇头："不成不成，去年的歌我都忘了怎么唱了。"开什么玩笑，她唱歌从来没有一个音在调子上的。

"那四姐随便唱一首就好了。"

甄妙求助地看向老夫人。老夫人笑眯眯地看戏。

甄妙无奈收回目光，见涵哥儿一脸委屈，大有不答应就不原谅的架势，只得道："那好，我只唱一首啊。"

"好。"涵哥儿露出个笑脸。

甄妙压低了声音唱起了踏歌行："春江月出大堤平，堤上女郎连袂行……"

噗的一声轻笑传来。

甄妙脸色一黑，伸手挑了帘子，就看到甄焕骑着马，与他们的马车靠得极近。

那马头还来回晃着呼着热气。

甄妙恼羞成怒："大哥，好端端的你靠过来做什么！"

然后又看到了一旁的蒋宸。

甄妙愤愤放下了帘子。

"四妹，我们是想找你要些点心吃。"甄焕忍着笑，说了靠近马车的意图。

甄妙只伸出一只胳膊，把装着点心的小匣子递了出去。

甄焕接过点心匣子，大笑着走了。

这样走了近两个时辰，终于到了华若寺。甄妙搀扶着老夫人下了马车，打量着华若寺。土黄色的院墙，青灰色的殿脊，显得寺庙古朴庄严，在绿树掩映中显得格外肃穆静谧。老夫人命人上前敲了门。

知客僧迎了出来。能当上知客僧的，虽已在红尘之外却是长袖善舞之人，对京城的贵人们大多熟悉。建安伯老夫人虽多年没来过了，逢年过节却会命人来添些香油钱。对这些贵人，知客僧自然用心记过。

只是稍微愣了愣神，知客僧就双手合十道："原来是建安伯老夫人，贫僧失礼了。"

老夫人对僧人很敬重，忙还礼："打扰师傅了。老身带着孙儿们来上香，还望师傅安排一下。"

知客僧脸露难色，再次施礼道："实不相瞒，今日寺中来了贵人，住持已经吩咐了，不再接待香客。"

老夫人不是个傻的，知客僧在她面前说来了贵人，那定是极贵的，说不定——只是虽然能理解，到底露出失望之色。来华若寺一趟可不容易，若是就这么折返，人也乏了，总要休息一下，等再启程天就要黑了，也不安全。再者说，乘兴而来，却连庙门都没进去，也不吉利！

老夫人心情很是糟糕，却不好纠缠："如此，就打搅师傅了，改日我们再来。"

老夫人当先转了身，所有人都觉得扫兴，默默跟着离去。

知客僧回去，想着建安伯老夫人的知礼，多了句嘴："住持，是建安伯府的老夫人携着孙辈来上香。"

华若寺住持明真大师听了微微点头，仍旧和对面的中年男子下棋。

那男子一身墨色长袍，上面绣着暗黄色的龙纹，若是不仔细看却是看不出。此人正是昭丰帝。

昭丰帝手指夹着黑子停了下来，转头看着立在身后身穿墨蓝直裰的男子，笑道："罗卫长，建安伯老夫人远道而来，就这样回去似乎有些遗憾呢。"

罗天珵默默垂首听着。

昭丰帝却更来了恶趣味："依罗卫长看，要不要请他们进来？"

罗天珵没有迟疑回道："皇上在此，自然以皇上的安危为重，闲杂人等还是不要放进来为好。"

"闲杂人等？"昭丰帝挑眉笑笑，"罗卫长，这样说自己将来的夫人，似乎有些不近人情啊。"

罗天珵面色不变："臣以为，公私不能混为一谈。"

"哈哈哈。"昭丰帝满意笑起来，"朕这次是陪着太后来游玩的，哪来的什么公？去吧，把建安伯老夫人请回来，朕没有那么不近人情，总不能让他们有老有幼的在外面过夜。"

"臣遵命。"

罗天珵快步走出寺门，骑马追了上去。

"罗世子？"甄焕勒住缰绳，有些意外。

老夫人喊停了马车，掀了帘子看过来。

罗天琟翻身下马，冲老夫人行礼道："老夫人，贵人请您回去。"

老夫人心头一跳，还是缓缓点头："好。"

罗天琟再次抱拳，刚要转身上马，就瞥见了被老夫人挡住大半个身子的甄妙。

甄妙一下子不知道该摆出什么表情才好。论理，前些日子那场大病，算是罗天琟救了她，对她有恩，可之前他两次想掐死她，直到现在她还会做噩梦。

甄妙正纠结着，就见罗天琟收回目光，利落翻身上马，居然就这么走了。

甄妙恨恨抱过靠枕捶了几下。

叫你自作多情！纠结什么呢，恩怨相抵，以后就当陌生人好了。甄妙总算理顺了对她那神经病未婚夫的定位，心里顿时踏实了。

那边罗天琟心里也憋着一口气。那日传信没有任何回复就罢了，今日见他居然还摆出一副纠结不已的表情。先是投怀送抱，后是欲擒故纵，她到底把他当做什么，又把镇国公府当做什么？

甄妙一行人重新来到了华若寺门前，早有等待的知客僧引着众人进去，把他们带到落脚处。

老夫人直接跟着罗天琟给贵人问安去了，剩下众人进了各自分到的房间歇着。

眼下离晚膳还早，涵哥儿缠着甄妙出去玩，二人走走转转，见到一个小沙弥。

涵哥儿忙跑过去问："小师傅，你知不知道哪里能摘果子啊？"

"绕过这里有条路通往一个古院，院里栽了几棵石榴树，现在正好吃。此外后山还有一大片果林，只是这时只有你们两人，不方便过去。"小沙弥眼睛极大，声音又清脆，显得煞是可爱。

涵哥儿自来熟地拉住小沙弥的手："那小师傅，你带我们去摘石榴好不好？"也不等小沙弥同意，就拉着他往指的那个方向跑。

哎哎，小僧还没有答应——小沙弥心里这样想着，到底还是迈开了脚步。

甄妙无奈笑笑，跟了上去。

古院清幽，几棵石榴树缀满了红灿灿的石榴。

涵哥儿吃得满嘴流汁，吃完还想再拿，被甄妙制止："不能再多吃了，你年纪小，对胃不好。"

涵哥儿眼巴巴看着甄妙："四姐，我饿了嘛。现在离用晚膳还早。"

甄妙嗔他一眼："再早也要等着，你当在家里呢。祖母说了，这里的饭菜很好吃。"

涵哥儿来了兴致，双眼晶亮望着小沙弥："小师傅，你们这里的饭菜真的很好吃吗？"

"当然！"

"那……有我四姐姐做的香酥鸡腿好吃么？"

小沙弥一脸疑惑。

涵哥儿再问："有我四姐姐做的糖醋鱼好吃吗？"

见涵哥儿一脸执着等着回答，小沙弥可怜巴巴地问："鸡腿和鱼，是什么味道的？"

涵哥儿不可思议："你连这个都没吃过啊？"

小沙弥抿了抿唇："师父说了，出家人不得沾荤，小僧才不喜欢呢！"

涵哥儿满是同情看了小沙弥一眼，补上一刀："小师傅，难怪你这么矮，连鸡腿和鱼都没吃过，好可怜啊。"

小沙弥不过六七岁样子，说是出家人六根清净，这么小的娃娃怎么可能做到心静如水？对他这个年纪的小娃来说，吃无疑是最大的诱惑，偏偏涵哥儿还在一旁不停描述甄妙做的香酥鸡腿怎么怎么好吃，糖醋鱼多么味美。

到最后小沙弥嘴一撇，哭了："小施主是坏人，小僧不跟你玩了——"

见小沙弥抽抽搭搭哭着要走，甄妙忙拦住："小师傅，你不要恼，我弟弟不是有意的。"要是刚来寺院就把人家小和尚弄哭了，传扬出去多不好。特别是昭丰帝还在这儿呢，到时候对伯府印象更糟糕了。

"可是，可是他说的鸡腿和鱼，小僧都没有吃过……"小沙弥相当伤心。

偶尔有和他年纪相仿的孩童随着家人来上香，他这不是第一次听他们提起那些，心底深处不是没有羡慕的。

"这还不简单，让我四姐姐做给你吃就好了。"涵哥儿完全不理解小和尚的难处。

小沙弥一听更伤心了："我是出家人，不该想那些的，想了就不是好和尚了。"

小和尚越说越伤心了。他为什么真的想吃呢？师父知道了会失望的，到时候就会把他赶下山了。

"哇——"小沙弥放声哭了起来。

甄妙脸都绿了。她错了，她不该跟一个六七岁的娃娃讲道理。

甄妙伸了手，本想拍拍小沙弥的头，可看着那铿光瓦亮的头，上面还落着数排香疤，生生转了个弯儿落在他肩膀上，柔声哄道："小师傅，别哭了，你若是想知道鸡腿和糖醋鱼是什么味道，我可以做给你吃，保证你不犯戒。"

小沙弥猛然停止了哭声，一双水洗过显得格外澄澈的大眼望着甄妙："女施主不打诳语？"

"佛门圣地，怎么敢打诳语呢？"甄妙笑眯眯道。

小沙弥还是将信将疑。

甄妙道:"这样吧,等会儿我做香酥鸡和糖醋鱼需要的材料,就由小师傅来准备,你就知道我没有骗你啦。"

接着甄妙说了一串食材,小沙弥认真听着,居然真没有一样肉类,且都是他常吃的豆腐、香菇那些。

"女施主,你们随我来。"小沙弥终于止了哭,带着甄妙二人去了香积厨。

华若寺是远近闻名的古刹,这香积厨又有内外之分。外厨房大而宽敞,是专门供应香客斋饭的,内厨房则稍小些。此时离晚膳还早,两个厨房都冷冷清清,外厨房还落了锁,内厨房则有一个看火的僧人。

甄妙有些犹豫。她毕竟是外人,跑到这里来,似乎不大妥当。

"小师傅,你们这里有没有那种小厨房,外来的客人可以自己动手做点吃食的?"

小沙弥眨了眨眼:"我去问问师兄。"说着跑到看火僧人那里问话。

看火僧人身形微胖,对小沙弥一脸和善:"那样的小厨房啊,有的,师弟问这个做什么?"

小沙弥甜甜一笑:"师兄,你带我们去好不好,那位女施主要给我做糖醋鱼吃。"

看火僧人听了脸都黑了,许是烧火的僧人脾气都暴些,腾地就站了起来,大步流星走到甄妙面前,怒道:"阿弥陀佛,女施主引我小师弟误入歧途,实在是罪过。"

小沙弥急忙跑过来,拉住看火僧人的僧袍:"师兄,不是的,不是的,女施主给我做的糖醋鱼不是鱼做的。"

看火僧人脸抽了抽:"小师弟,这女施主妖言惑众,哪有不是鱼做的糖醋鱼?"

甄妙不乐意了。一个出家人,口口声声说她妖言惑众,这是想烧死她吗?

"都说出家人跳出红尘,心无尘埃,眼神清明,我这还什么都没说,师傅就说我妖言惑众,是不是有违出家人的佛心呢?"

看火僧人拉了脸:"女施主诱我小师弟,说有不是鱼做的糖醋鱼,不算妖言惑众吗?分明是想害我小师弟破戒!"

甄妙气乐了:"师傅,小师傅才不过六七岁,我害他破戒能有什么图谋?"难道她还会引得他还俗娶媳妇不成?那也得十年后吧。

看火僧人显然也明白甄妙的意思,神情瞬间扭曲一下,低头对小沙弥道:"小师弟,总之这世上没有不是鱼做的糖醋鱼,女施主是哄你的。"

甄妙抿了抿唇,不着急了。反正这次小和尚再哭了,就不关她的事了。

"真的吗?"小沙弥瞪大了眼睛问。

"真的。"看火僧人郑重点点头。

"哇——"

看火僧人："……"

甄妙不厚道地勾了勾唇角，盈盈施了一礼："师傅既然认定我哄骗小师傅，那我这就带着弟弟回去了。"

看着甄妙牵着涵哥儿转身就走，小沙弥哭得更大声了。

看火僧人显然了解自家小师弟哭起来的威力，情急之下喊道："女施主请留步。"

甄妙停了下来："师傅有事吗？"

"哦……女施主真的能做不是鱼做的糖醋鱼？"看火僧人常年烧火，本就脸红脖子粗，此时有些羞赧，脸就更红了。

甄妙笑眯眯问："敢问师傅，我借用厨房给小师傅做菜，您会提供鱼肉吗？"

"那怎么可能？"

甄妙笑了："这不就是了。"

看火僧人恍然大悟。对啊，让这女施主借用小厨房做饭，他总要看着，如此还担心什么！

甄妙悄悄叹气。这智商真是着急啊。

看火僧人忙哄着小沙弥："小师弟，莫哭了，师兄这就带你们去小厨房。"

小厨房与香积厨隔了一条路，大概常常有人用，里面倒是干干净净，一应用具都齐全。

没等她开口，小沙弥就把甄妙说的那一串材料报了出来，竟然分毫不差。甄妙诧异地看了小沙弥一眼。小沙弥倒是没有感觉，看火僧人与有荣焉道："小师弟天赋异禀，过目成诵。"甄妙已经淡定地走进去了。看火僧人一口气闷在了胸腔里。

一大两小，三人眼巴巴看着甄妙做事，尤其是看火僧人，甄妙每拿起一味食材，都要死死盯着，生怕她把不该放的放进去。

甄妙无奈叹口气，真想拿平底锅敲那烧火和尚脑袋一下，难道她真是女妖精，能凭空变出鱼来？

想要做素鸡和素鱼，豆腐要经过特殊处理，甄妙足足料理了半个多时辰才处理好，开始配菜烧制。

酸酸甜甜的香味传来。涵哥儿猛点头："对，对，四姐姐做的糖醋鱼就是这个味道！"

小沙弥瞪大了眼，巴巴看着。

等甄妙把一条完整的素鱼浇上糖醋汁盛入盘中端出来，看火僧人眼睛都瞪圆了，喃喃道："这，这简直不可思议……"

甄妙一旦开始做吃食，就全神贯注，完全没有注意看火僧人说了些什么，继续做香酥鸡。

涵哥儿倒是了解甄妙这一点，自来熟招呼道："小师傅，来尝尝呀。"

小沙弥看看火僧人一眼。

看火僧人早就按捺不住好奇，起身拿了几副竹筷来。

小沙弥夹了一筷子，很是认真地品尝着，不确定问道："这就是鱼肉的味道啊？"

看火僧人吃进嘴的瞬间，有种罪孽深重的感觉，忙念了一声阿弥陀佛，把东西吐了出来。

"师兄，你怎么吐出来了？很好吃啊。"

看火僧人脸通红。他半途出家，鸡鸭鱼肉自然是吃过的，这完全就是鱼肉的味道！若是不亲眼看着，他根本区分不出来。不，哪怕亲眼看着那女施主做的，他都不敢再动筷子了。

油锅里滋滋作响，香味越传越远。

已经开始忙碌起来的内厨那边，有鼻子灵敏的僧人跑了过来。

"吃什么呢，这么香！"一眼看到桌上吃了一小半的鱼，僧人脸色大变，"好你个一空，竟然吃肉！"

这一嗓子，就把内厨那边的僧人都引过来了。看着桌上的鱼，还有甄妙刚端过来的香酥鸡块，不少僧人暗暗吞了吞口水，管厨房的僧人却怒了："一空，你竟然犯戒！"

"师叔，弟子没有。"看火僧人忙解释着，"这，这不是鱼肉。"

"师叔，这真的不是鱼肉呢。"小沙弥嘴角还挂着汤汁。

管事僧人更怒了："一空，你不但自己犯戒，还拉着一言一起，是欺他年幼无知，一起犯了戒律，到了刑罚堂好从轻处置？"

"发生了什么事？"一个熟悉的男子声音传来。

甄妙望去，就见罗天理站在内厨与小厨房相隔的那条路上，皱着眉看来。旁边还跟着方柔公主。

管事僧人知道罗天理的身份，双手合十道："抓到弟子犯戒，让施主见笑了。"

罗天理神色冷淡地瞥了甄妙一眼："无妨，在下奉命来看一看，晚膳做得如何了。"

昭丰帝出门在外，饮食自然要万分注意，身为御前侍卫的罗天理不敢掉以轻心。许多毒是银针试不出的。靖北厉王此时已经蠢蠢欲动，若是借着这次机会除去昭丰帝，他们这些人赔命都不够。

"正开始做了。"管事僧人回道。

"嗯。"罗天珵点点头，转身向内厨房走去。

方柔公主目光却牢牢落在甄妙脸上，脸上闪过狰狞，很快恢复高高在上的表情，抬着下巴道："甄四，你好大的胆子，居然做荤食给僧人吃，玷污佛门圣地！"

甄妙看了罗天珵背影一眼，心里大骂。这个混蛋，哪次遇到他都没好事。他来厨房为什么带着公主！难道他出恭也带着？甄妙恶意想道。

"你们，把这两盘子菜带着，跟我走！"方柔公主随手指了两个年轻的僧人。

说是出家人，又有哪个不向皇权低头？两个僧人一人端了一盘子菜，跟在方柔公主身后。

管事僧人欲言又止，最终叹口气："一空、一言，你们也跟着来吧。"

一空也就罢了，一言很有悟性，是被长老们看好的弟子，这次无心犯错，本只是想惩戒一番，让他懂得自律也就罢了；可如今被皇家公主撞见，要捅到贵人面前，此事却不能善了了。阿弥陀佛，真是劫数啊。

"父皇，皇祖母——"方柔公主心里像是烧了一把火，只要一想到甄妙将要受到的惩罚，脸庞都是亮的。

"方柔，佛门清净之地，这样风风火火的像什么样子！"太后嗔道。

自打那次初霞落水的事儿，她觉得这个孙女需要管教的地方太多了。算计人不算什么，活在深宫里，不算计人有几个活得下去？可一个公主占据着身份优势，想算计还算计不着，就是蠢了！

若是早年，对于资质愚钝的儿孙辈太后懒得理会，可如今整个皇宫就方柔公主一个未出阁的公主，将来如何还不一定，却是不能放任不管了。

"皇祖母，孙女知道这是佛门清净之地，可是有人却不知道呢！"

"嗯？"

方柔得意瞥一眼甄妙，扭头道："把菜呈上来！"

等两个僧人把菜放到太后和昭丰帝面前，方柔公主道："皇祖母，父皇，佛门圣地，甄四竟然做了鸡鱼引诱僧人吃！"

看一眼盘中菜，太后脸色微沉，目光落到甄妙那里："甄四，这菜是你做的？"

昭丰帝则是看着两盘菜，眼中闪过玩味。

甄妙一脸平静施了礼，道："回太后的话，是民女做的。"

太后紧绷了嘴角："那么，你能给哀家解释一下吗？"

甄妙没有那种把误会推向高潮再水落石出，从而让对方出更大丑的爱好。对方是公主，真的不死不休，对她半点好处都没。再者说，和一个十来岁的小姑娘较劲，值得骄傲吗？

她坦然道:"太后,这糖醋鱼和香酥鸡,不是真正的鱼和鸡做的——"

"太后和父皇面前,事实俱在,你还敢撒谎?"方柔公主尖叫道。

"方柔,注意你的仪态!"太后冷喝。

"皇祖母?"方柔诧异抬头,眼中满是不解。明明是甄四犯了错,为什么皇祖母却责怪她?

太后心中叹一口气。方柔,你要什么时候才能明白,你是公主,自有公主的规矩要守,至于别人,对错与你何干?堂堂公主在意那些,本就落了下乘。若是能够——太后骤然想到一个人。要是她能教导方柔一年半载,或许会脱胎换骨——

骤然起了这个心思,太后对这件事原本的处理打算悄然起了变化,面上却不动声色。

甄妙没有理会方柔公主插嘴,继续道:"太后,华若寺规矩森严,民女就是真的想要鱼肉做菜,又从哪里得来呢?"

"这还不简单,大殿后面就有放生池,说不准是那两个贪吃的和尚去——"

"方柔,住口!"一直没有做声的昭丰帝终于开口,威严尽显,"看来朕还是太纵容你了。罗卫长,明日一早就派侍卫送方柔公主回宫,并对皇后说朕的吩咐,方柔公主三个月内不得踏出玉堂宫半步,抄写金刚经十遍!"

"父皇——"方柔公主不可置信地瞪大了眼。

昭丰帝却没看她,对坐在另一侧的住持明真大师道:"大师,方柔口出无状,还望见谅。"

明真大师道声不敢,目光落在甄妙身上。

方柔公主气得身子发抖。为什么每次遇到甄四,倒霉的都是她!

"父皇,儿臣不服。儿臣只是说了几句,您就这样责罚儿臣,那么甄四呢?她可是做了荤菜给寺里和尚吃!"

昭丰帝隐含失望地看她一眼:"那么,你就好好看着吧,保持你皇家公主的仪态!"

"是。"方柔公主再不敢吭声,委屈咬了咬唇。她倒是要看看,父皇和皇祖母是怎么处置甄妙的!

"甄四,你说这鱼和鸡,不是真正的鱼和鸡做的,那又是什么?"

甄妙垂眉敛目,镇静道:"是豆腐。"

"豆腐?"在场的人都不可思议。他们实在无法把眼前的菜和豆腐联想起来。

小沙弥大着胆子道:"皇上,是小僧和一空师兄看着这位女施主做的,食材也是我们拿来的,千真万确是豆腐呢。"

"这分明是鱼，怎么会是豆腐？"方柔公主尽力放缓了语气。

甄妙这才看方柔公主一眼："公主，虽有话说耳听为虚眼见为实，其实眼睛看到的也不见得是真的呢。听觉、视觉，甚至嗅觉，有时候都会欺骗我们的心。所以佛家才有明心见性，道家亦有返璞归真的言论。"

明真大师眼睛一亮。

一直伫立在昭丰帝身后，像是雕塑般的罗天珵霍然抬头，向甄妙望去。只见她神色平静，眼中一片清明，让人看了就生出宁和纯净的感觉。明心见性吗？那么甄四，你究竟是什么性情呢？为什么每一次在我对你有了定论后，你就会又有新的表现，让我再次茫然？

一抹痛苦之色从罗天珵脸上闪现，他强忍住了按揉额头的冲动。不知何时起，他的头疼越来越重了。

昭丰帝来了兴致："甄四还了解佛法道义？"

甄妙实话实说："民女只知道这么两句。"

昭丰帝隐晦抽动了一下嘴角。这是哪里冒出来的傻丫头，别人在他面前生怕表现不够好，对他肯定的地方恨不得竭力展露出来。她倒是老实！

昭丰帝对甄妙刚才的话虽有几分欣赏，可这个年纪的小姑娘，要是真的精通佛法道义什么的，他实在无法待见。小姑娘嘛，就该有小姑娘的样子。

甄妙可不知道帝王的复杂心思，一脸诚恳道："皇上，太后，这盘素鸡刚出锅不久，还没人动过。您二位若是仍不相信，不如亲自尝尝？"

太后点了点头："皇上，就尝尝吧。哀家也被甄四说得好奇了，倒是要看看这菜是怎么瞒过哀家的视觉和嗅觉的。"

"也好。"昭丰帝抬抬手，有太监去取食。

"皇上稍等。"罗天珵突然出声。

"罗卫长有话说？"昭丰帝饶有兴致挑了眉。

"出宫在外，皇上和太后入口的东西，还是先由微臣试过为好。"

看他一本正经的样子，昭丰帝很想问一声，罗卫长，你确定不是想先尝尝自己未婚妻做的东西吗？咳咳，这样怀疑臣子忠心，不是明君所为！

昭丰帝眼角余光瞥见甄妙瞬间扭曲的脸色，淡笑着开口："罗卫长想得周到，如此也好。"

小太监端着分到小碟子里的鸡块捧到罗天珵面前。

甄妙垂着眼帘，遮住了眼底的情绪。吃吧，噎不死你！

罗天珵袖子一抖，拿出了一根细长的银针，照着鸡块插了下去。

甄妙差点一个趔趄栽倒。姓罗的，算你狠！

似乎是感受到甄妙的情绪，罗天琟不自觉翘了翘嘴角。忽然觉得心情好了不少。

把一块鸡肉吃下，罗天琟脸上闪过诧异。

昭丰帝笑眯眯问："怎么样，罗卫长，没毒吧？"说这话时特意扫了甄妙一眼，果然又瞥见她表情一僵，昭丰帝登时心情大好。

罗天琟一本正经道："排除了剧毒。"

够了啊！甄妙捏了捏拳头，有种把盘子糊到他脸上的冲动。

昭丰帝再忍不住笑了："罗卫长好尽职。朕相信甄四姑娘不会乱来的。呈上来吧。"

小太监把吃食呈上，太后和昭丰帝各吃了一块，双目对视，眼中都流露着诧然。

昭丰帝不信邪地再尝一块。是鸡肉的味道，可细品起来，又有哪里不同。

"哀家吃出来了，这个啊，比鸡肉要嫩滑些，吃起来也没那么油腻。"良久，太后出声道。

她仔细打量着甄妙，招手道："来，和哀家说说，这究竟是怎么做的？"

甄妙便把做法大致说了一遍。

"皇祖母，孙女也要尝尝。"方柔公主实在忍不住开口。

"去给公主和郡主端上一份。"太后道。

一连吃了几口，方柔公主眼底的光终于暗了下去。

初霞郡主自始至终都保持着完美的仪态，只是瞥见方柔公主神情黯淡时，微不可察地翘了翘唇角。

昭丰帝笑着对明真大师道："大师，不若把这丫头的方子学了来，以后华若寺就多了两道稀奇的名菜了。"

明真大师颇受昭丰帝敬重，说话就随意了许多，摇头道："假作真时真亦假，口腹之欲不可贪。"

"住持，我错了。"小沙弥垂了头。

明真大师爱怜地看他一眼："一言，说起来，你还要感谢这位女施主。"

"住持？"小沙弥满脸疑问。

明真大师眼底含着慈悲，又像看透了一切，微笑道："以出世之心入世，你可明白？你自幼养在寺庙，若是没有这位女施主，恐怕终其一生也不能在不犯清规戒律的前提下知道鱼肉的味道。"

"师父不说，不得贪图口腹之欲吗？"小沙弥听得更困惑。

"欲望从何处生？只有体会过，才会生贪妄，而克服贪妄的过程，也正是修行的过程。等你有朝一日再忘掉这鱼肉的滋味，便修行有成了。"

"住持，一言知道了。"小沙弥似乎明白了明真大师的意思，可又好像没明白，总觉得面前有一扇看不见的门，若是寻到并推开了，就是新的天地。

明真大师欣慰地点了点头。

这位小弟子悟性极高，可一片坦途又怎能摸到我佛真谛？

对这次意外，明真大师是相当满意，褪下手腕上的佛珠手串："女施主，这手串跟了贫僧多年，如今赠给你，希望你生活顺遂。"

"多谢大师。"甄妙恭恭敬敬地接过。

太后眼神热烈地瞄了那串佛珠一眼。华若寺开过光的佛珠，身为太后自然是不缺的，可是住持佩戴多年之物，她却没有！

当然太后不可能和甄妙抢东西，反倒又赏了几盘斋菜："方柔莽撞，让你受惊了。想必老夫人那边正在等你吃饭，这几盘斋菜是明性长老亲自下厨做的，带回去给老夫人尝尝吧。"

"谢太后。"

甄妙领着涵哥儿告辞，昭丰帝突然开口："罗卫长，食盒太沉，甄四姑娘也不好拿，你送他们回去吧。"

"是。"

见罗天珵提着食盒跟在甄妙后面走，昭丰帝又补上一句："留在那边吃完饭再回来也不迟。"

甄妙和罗天珵一前一后走着。

涵哥儿忽然停了下来，仰脸望着罗天珵："罗世子，你不喜欢我四姐姐吗？"

提着食盒的罗天珵被这么犀利的问题问呆了，好一会儿没做声。

涵哥儿撇了撇嘴："我四姐姐那么好，你不喜欢，那涵哥儿也不喜欢你。"

罗天珵抿了唇。心道他根本不在乎好么，这世上本也没有什么人喜欢他。

见罗天珵没反应，涵哥儿赌气道："以后涵哥儿只喜欢大姐夫、二姐夫、三姐夫、五姐夫还有六姐夫！"

这样一对比，似乎有点不开心。

罗天珵眼神微眯，看向甄妙。

涵哥儿甩开脚丫子就跑。甄妙一把拉住他："涵哥儿跑什么？"

"我要去告诉祖母，不要把四姐嫁给罗世子了，他是坏人。"

甄妙无视罗天珵更冷的目光，哄道："涵哥儿乖，别去和祖母乱说。四姐若是不嫁给罗世子，就嫁不出去啦。"

涵哥儿说了句石破天惊的话："四姐别担心，等涵哥儿长大，我娶你好了。"

罗天珵嘴角一僵。

"涵哥儿，你还太小，等你长大，四姐就老了。"甄妙听了涵哥儿的话很是想笑，自以为是地解释着。

罗天珵差点摔了食盒子。蠢女人，这不是重点好吗！

"再说，我是你姐姐啊。"甄妙总算想起了关键。

罗天珵诡异地觉得满意了些。

涵哥儿苦恼地皱皱脸，忽然眼睛一亮："四姐，我有办法了，让宸表哥娶你好了！"

甄妙忽然觉得四周冷了下来。

"宸表哥……蒋宸？"罗天珵想起甄妍出阁那日前来敬酒的男子，似乎明白了什么。

甄妙头皮发麻，赶忙制止了涵哥儿的胡言乱语："涵哥儿别乱说，四姐已经和罗世子定了亲，无论如何不能嫁给别人啦。"

"可是罗世子不喜欢你。"

甄妙瞥罗天珵一眼，厚着脸皮道："他喜欢的，他只是害羞。"

罗天珵："……"

涵哥儿总算打住了这个话题，拉着甄妙说起别的来。

三人不知不觉走到了建安伯老夫人安置的地方，有一间专门的小斋堂用膳。

出门在外没那么多讲究，甄焕和蒋宸也在里面，只是分了两桌。

见甄妙进来，老夫人嗔道："四丫头，怎么才来？"看到紧跟在后的罗天珵一愣："罗世子？"

罗天珵规规矩矩请了安："老夫人。"

老夫人看向甄妙。

甄妙解释道："祖母，我带涵哥儿出去玩，偶然遇到了太后和皇上。这斋菜是太后赏的，说是明性长老亲自做的。"

"竟是明性长老做的斋菜？"老夫人有些不可置信。明性长老是华若寺高僧之一，一手斋菜是有名的，只可惜近年来已经鲜少下厨。

白芍走上前，接过罗天珵手中的食盒，把几盘斋菜取了出来分好。

老夫人笑道："罗世子还没用饭吧，一起在这儿吃点儿吧。"

虽有昭丰帝吩咐在前，老夫人邀请在后，甄妙本以为以罗天珵的行事风格定会出言拒绝，没想到罗天珵点头道："多谢老夫人，那晚辈就恭敬不如从命了。"

他说着大步走到了甄焕那一桌，不知道是有意还是无意，就在蒋宸身边坐了下来。

甄妙冷汗都要流下来了，心道小孩子说的话也往心里去，真是小肚鸡肠。可怜蒋表哥完全是无妄之灾。

罗天珵本就悄悄留意着甄妙的反应，见她丢给蒋宸一个怜悯的眼神，心中大怒。还没嫁过去就和表哥暗通款曲了么！他心中发冷，面上却带着笑意，举起一杯茶："蒋兄，那日太过匆匆，我们还没有好好喝上一场。今日在这里，我便以茶代酒敬你一杯。"

蒋宸今日穿了一身青衣，犹如一株挺拔的青竹，脸上挂着暖阳般的笑容："多谢罗世子了。"

一杯茶见底，在旁服侍的丫鬟把二人茶水满上，罗天珵又举起了杯："听闻蒋兄就要入读国子监了？如此学问，实在令在下佩服，再敬你一杯。"

先干为敬，罗天珵嘴角微不可察地抽了抽。真烫！

在外人面前蒋宸从不失礼，见罗天珵如此，自是一仰头也把茶水喝干，然后就一口喷了出来。

"言哥儿这是怎么了？"听到这边动静，老夫人看过来。

一桌的女眷都望着失态的蒋宸。

蒋宸一改往日的云淡风轻，脸色通红。罗天珵悄悄翘了嘴角。这下嘴里该烫起泡来了吧？舔了舔口中的水泡，罗天珵笑了。

他刀尖舔血的日子都过过，这点痛委实不算什么，可对方就不一样了。

"失礼了。"衣服上喷了茶水，蒋宸站了起来，面色倒是已经恢复如常，"各位慢用，在下回去换衣。"

罗天珵也施施然站了起来："老夫人，晚辈也该回皇上那儿复命了。"

二人前脚后脚离去。

甄妙恍然大悟。亏她还以为罗天珵是因为涵哥儿那番话和蒋表哥过不去，怎么忘了二姐出阁那日蒋表哥就主动去敬酒，二人一见如故了呢。呃，一见倾心也说不定……甄妙觉得不能再想下去了，还是吃菜吧。

她夹了根青菜细嚼慢咽。

果然是高僧，能把最普通不过的青菜本身的味道发挥到极致。相较之下，自己用各色调料，复杂烹饪，到底是落了下乘。可惜无缘请教啊。

甄玉也缓缓收回了目光，托着腮暗想：罗世子和蒋表哥果然又到一起去了。好奇怪！

老夫人看到了甄妙腕上的那串佛珠："四丫头，这佛珠是哪里来的？"

见一桌子人都望向自己的手腕，甄妙笑了笑："不是碰巧遇到皇上和住持吗，这佛珠是住持赠的。"

"当真？"老夫人激动得声音都变了，一把拉过甄妙手腕细细端详。

十八颗佛珠，只有小樱桃大小，雕刻成十八罗汉的模样，单看手艺就精巧绝伦。

老夫人的眼神太热烈了，甄妙伸手去褪珠串："祖母若是喜欢，孙女就孝敬您了。"

"你这丫头，祖母只是看看，这是明真大师赠给你的，祖母怎么能要。"

甄妙笑眯眯道："您也说了，这是明真大师赠给我的。既然大师赠给了孙女，就是我的了，我自然可以孝敬祖母。"

甄妙不由分说把珠串褪下来给老夫人戴上："孙女还是喜欢您的白玉镯子。"说着晃了晃另一只手上的白玉镯。

老夫人摸着光润的珠串，眼角泪意微现，又很快压了下去："那祖母回头再赏你一对镯子，保证比这个还好看。"

"那祖母可别忘啦。"甄妙眨眨眼，继续吃菜。

甄冰没有多大胃口，频频看向甄妙。四姐昨日就说找她说话，今日又提了，到底是想说什么呢？

甄妙注意到甄冰的反常，想起昨日的小纸条来，恋恋不舍放下筷子："祖母，我吃好了，想去外面走走，消消食。"

"山里风凉，多穿点衣服再出去。"老夫人叮嘱道。

"知道了。"甄妙起身，给了甄冰一个心领神会的眼神。

很快甄冰也站了起来："祖母，孙女也吃饱了，陪四姐一起去走走。"

甄玉纠结地看着眼前的菜。她完全没吃饱啊，这么好吃的菜——

"六妹就陪祖母好好吃吧。"甄冰道。

天色黑得早，甄妙和甄冰慢慢踱着步，身后各跟着一个丫鬟。

"青鸽，我和五姑娘在那儿聊聊天，你们在这儿守着就是了。"

"是。"两个丫鬟齐声道。

坐在凉滑的石头上，甄冰神色黯淡下来，皎皎月光流泻到脸上，显得格外忧伤。

"四姐都知道了？"

"啊？"甄妙有些莫名其妙。心道这事不是你写信告诉我的吗，现在这么问，难道是害羞？

就听甄冰幽幽道："四姐，没想到竟被你看出来了。不错，我是心悦蒋表哥，可蒋表哥偏偏心悦你，你说怎么办才好？"

甄妙脑袋轰的一声，整个人都不好了。她，她什么时候看出这么多事来了？

夜虫低鸣，晚风簌簌。

花影婆娑间，一个墨蓝身影格外挺拔。

"五妹，这个，这个不是我们说怎么办才好就行的吧？"甄妙终于开了口。

甄冰睫毛颤了颤。

"蒋表哥品貌出众，五妹心生好感也是正常的。"甄妙先安抚一句，省得少女羞愤欲绝。果见甄冰脸色好看了许多。

甄妙继续道："只是这婚姻之事，到底是由父母做主，五妹何不探探大伯娘和你母亲的意思？"

甄冰轻笑一声："可是即便大伯娘同意，我又怎么能嫁给心悦四姐的人呢？"

"我也不能嫁啊。"甄妙摊摊手。

"四姐！"本来旖旎伤感的气氛一扫而光。

"五妹你看，我和蒋表哥根本是不可能的事。你现在还小，日日忧思这些有害无益。再说人心易变，没有经过深刻的相处，那些停留于表面的好感总会随着时间放下的。不信你试试？"

甄冰神情变幻莫测，还是不甘心问："那四姐呢，既然想得这么明白，当初为什么会——"

躲在花丛后的人身子站得更直了些。

甄妙叹一口气："五妹，那次在竹林我就说过了，有的时候不顾一切去追求自己想要的，不全是收获，更多的是教训！"

甄冰起了身："多谢四姐了，我想，我要回去好好想一想。"她冲甄妙屈膝一礼，招来贴身的丫头缓缓离去。

"姑娘，我们也回吧。"青鸽走到甄妙身边。

"嗯。"甄妙点点头。

阴影处，一个人走了出来。

"罗世子——"青鸽吓一跳。

"去那边等着，我和你家姑娘有话说。"

青鸽看向甄妙。甄妙也从震惊中回了神："去吧。"

青鸽一步三回头地走了。

"罗世子怎么在这里？"

罗天珲望着月色下光洁如玉的面庞，淡淡笑了："不然怎么能知道，甄四姑娘觉得受到教训了呢？"

甄妙微微睁大了眼："罗世子才知道吗？我可是落水那日就知道了。"

明明是罗天珲招惹在先，甄四姑娘有了行动，却想置她于死地，她实在想不通这个男人莫测的心思。

249

提到那日的事，罗天珵一声冷笑："甄四姑娘难不成觉得不该得到教训么？"

他目光牢牢笼罩着甄妙，让她有种动弹不得的感觉。

"还是说，甄四姑娘觉得随便一个阿猫阿狗拉着我落了水，我都要欢欢喜喜娶回家？"

甄妙也怒了："随便一个阿猫阿狗？这阿猫阿狗难道不是罗世子招来的吗？"

罗天珵猛然抓住了甄妙的手，面沉如水，一字一顿问道："你这是什么意思？"

甄妙盯着罗天珵的眼睛。如墨的眸子里，窜着两串小小的火焰。热烈而明亮，却是令人生畏的怒火。

甄妙嗤笑一声，别开了眼，不紧不慢念道："聚散苦匆匆，此恨无穷。今年花胜去年红。可惜明年花更好，知与谁同？"

罗天珵嘴角一抽。这女人疯了么，好端端的念什么诗？

甄妙等了半天，发觉对方竟然毫无反应，不由暗恨。果然是薄情寡义之人，这首诗都念出来了，居然还理直气壮，没有丝毫羞愧之色！

"看来罗世子这话不只对甄四一个人说过啊。"甄妙凉凉讽刺道。

罗天珵手腕用力，把甄妙拉得更近了些："你这话，到底是什么意思？"

"你放开！"甄妙被捏得手腕生疼，狠狠踩他一脚。

罗天珵不为所动，甚至更逼近了些。

凉如薄荷的气息喷到脸上，甄妙不由红了脸。

甄妙突然的脸红令罗天珵愣了愣，心中竟起了几分异样，火烧般放开她的手。

"甄四姑娘，你能否说明白些？"冷静下来，罗天珵觉得事情似乎不简单。

甄妙暗啐自己一口。要你脸红，要你脸红，真是没出息，男人的靠近算什么，把他当猪头不就好了！

做好心理建设的甄妙望向罗天珵，冷笑道："我以为说得够明白了，那首诗不是罗世子曾经赠的吗？还是说罗世子所赠之人太多，已经忘记了？偏偏以前我蠢，当真了呢！"

罗天珵眉头紧紧皱了起来："甄四，你到底在说什么乱七八糟的？"

甄妙气急了，抬脚踢他小腿一下："无耻！"说完扭头就走。

甄妙这一脚踢得不轻，罗天珵吃痛之下手上就失了分寸，力气猛然大了许多，这么一拉，甄妙整个人就撞到了他怀里。

两个人顿时都僵住了。罗天珵心跳快了几分，匆忙把甄妙推开。甄妙还处于呆滞状态。

罗天珵深吸一口气，平复了心情："甄四姑娘，我想这其中或许有什么误会，还是说明白的好。"

甄妙都要抓狂了："罗世子，你到底还要我如何说明白？那首诗分明是你曾赠给我的，那信笺还压在我的首饰盒里呢！"

"你说，我曾给你写了信，信上是你刚刚念的那首诗？"罗天珵心神剧震。

"怎么，罗世子还是不信，要不要亲眼看看？"甄妙赌气道。

"要！"罗天珵毫不迟疑道。

这次换甄妙愣住了。

"怎么，甄四姑娘不方便么？"

"那封信，在我首饰盒里。"

"你们什么时候回去？"

"明日要上香，还要去放生，应该是后日吧。"

罗天珵神情凝重："好，后日晚上，我去寻你。"

甄妙瞪他："你疯啦？"

"你放心，不会被人发现的。"又不是没去过。

这件事他必须要弄个清楚，若是真有那封信的存在，那么他要重新想想对甄妙的看法了。

看罗天珵那表情，甄妙猜到他在想什么，暗暗翻了个白眼。我当然知道你轻车熟路了，只是我已经换地方了好么？

看他神情坚决，甄妙道："我搬到老夫人那儿的碧纱橱住了，沉香苑是我两个表姐妹住着。罗世子若是非要看那封信，我让丫鬟托人给你送去。"

罗天珵摇头："不，我还是亲自来一趟。那晚你记得把窗户留好。"他可不想辗转人手，再出什么纰漏。

甄妙诧异扫他一眼。世子，你这么热爱翻墙跳窗，你祖母知道么？

"碧纱橱与老夫人的东屋只有堂屋隔着，若是被人发现了——"

"不会被人发现的。"罗天珵语气笃定。

甄妙差点反问，那晚锦言发现的是什么？公八哥吗？

"罗世子要知道，一旦被人发现的后果。"

哪怕是未婚夫，她的脸也要丢出京城了吧？

"我说过了，不会被人发现。"

不知为何，甄妙觉得罗天珵特意在"人"那个字上加重了语气。

拗不过他，她只好淡淡道："那就恭候世子大驾了。"

罗天珵深深望她一眼："放心，我定会去的。"如果从一开始就是一场算计误会，那么，他可能要改变些什么了。

看着罗天理大步离去的背影，甄妙抬抬手腕。果然淤青一片。这个混蛋，果然每次遇到他都没好事。

第二日一早，老夫人带着众人上香许愿。

跪在玉色蒲团上，望着烟雾缭绕下菩萨那张悲天悯人的脸，甄妙双手合十默默许愿：一愿亲人安康，二愿天下安定，三愿……三愿信女生活安稳。

至于婚姻，在这个女子三从四德，男子三妻四妾的地方，她从来没有奢求。只要她的未婚夫不要间歇性神经病发作，掐死她就好了。

自由放松的日子总是过得飞快，很快到了第三日清晨，众人收拾好了，向住持道别。

华若寺的门打开，甄妙回头望了一眼。

小沙弥探出头看着她，随后跑了过来："女施主，这是小僧给你的谢礼。"

"呃？"甄妙讶然，看着手心小小的珠子。

小沙弥很是骄傲拿起珠子示意甄妙来看："女施主，这佛珠上刻了《妙法莲华经》上的经文，你要好好收着哦。"

甄妙微微一笑："多谢小师傅了，我会好好收着的。"

小沙弥又向涵哥儿笑笑，挠了挠光头，转身跑了进去。

古朴的寺门缓缓合上，青色曦光中，数辆马车吱吱呀呀前行，离古寺越来越远。

冬天的柳叶 著

偶天成 下

重慶出版集團
重慶出版社

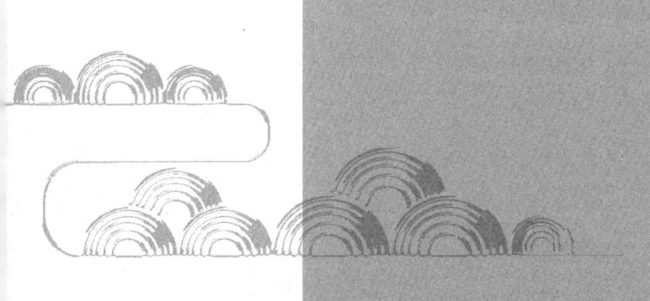

目录

第11章 赴宴 1

第12章 处置 26

第13章 出事 50

第14章 出阁 76

第15章 新婚 101

第16章 管家 128

第17章 好运 152

第18章 误会 175

第19章 上风 200

第20章 远行 224

番外 梦里梦外 249

第 11 章　赴宴

一行人到了府中，蒋氏向老夫人禀报着这两日府内的情况，等众人都退下，问道："老夫人，先前您给三老爷定的那房良妾，您看什么时候进门？"

老夫人摸了摸腕间佛珠，摇头道："罢了，我仔细想了想，虽是想寻房良妾让老三定定心，但良妾身份高，将来恐不好拿捏终成祸根。那家你给二十两银子，把这事退了吧，再买一个性子容貌好些的进来，多花些银子无妨，关键是懂事，还能笼络住老三，别让他出去惹祸。"

"嗯，儿媳知道了。"

甄妙寻了个借口让阿鸾取了她首饰匣子来，晚饭都没吃好，就匆匆回了碧纱橱。

伸筋压腿，简单打了一套虞氏教过的拳法，甄妙进了净房沐浴更衣，不多时披着湿漉漉的头发走了出来。

白芍拿了个雕花牛角梳来给甄妙通头发。

一刻钟后。甄妙僵硬着嘴角："白芍，我觉得头发已经很顺了。"

白芍手上动作没停："以往婢子给老夫人梳头，至少要梳一千下的。"

瞄了眼天色，甄妙僵笑道："白芍，你看时候已经不早，我还要练字，一千下就免了吧。"

白芍脸上露出受伤的神色："老夫人说了，要像伺候她一样伺候姑娘。姑娘可是嫌婢子伺候得不好？"

甄妙忍不住抚额。白芍因为毁了容正是敏感的时候，她还是不要刺激她了。

甄妙干笑一声道："白芍，头发梳那么多下不怕梳掉了？"

"不会的。您看老夫人，这个年纪了头发还是又浓又密，白发也较其他老太君少，就是这样梳头的功劳。听老夫人说这法子还是年轻时太妃告诉她的。"

甄妙一口血差点喷出来。

"太妃……真是智慧……"

白芍认同点头："太妃这法子确实极好。今后每日早晚奴婢都来给姑娘梳头发。"

"早晚？"甄妙震惊扭头，梳子扯住头发，疼得她抽口冷气。

白芍忙小心解着头发："嗯，早晚各一千下。"

甄妙觉得一个天雷砸到了她脸上。她头发长又多，梳一千下总要两刻钟，再加上梳成发髻，佩戴钗环什么的，岂不是大半个时辰都要耗在这上面？再加上晚上的一千下……

"白芍，其实我头发多，不怕掉的……"

"姑娘可是嫌婢子伺候得不好？"白芍忧郁问。

甄妙愤愤转头。一千下就一千下吧！

等在窗外的罗天珵也快暴躁了。他急于求证那么重要的事，那个死女人不说早早遣散丫鬟们，竟然慢条斯理地梳头发！她是故意的吧？

总算熬到头发梳完，甄妙忙道："白芍辛苦了，快下去歇着吧。我再练会儿字便睡了。"

阿鸾早已把纸笔都摆好，柔声道："姑娘，婢子给您研墨吧。"

"不用，不用，今儿个我就想一个人静静写。在寺里两日颇有感悟，若是有人在，反倒破坏了那份心境。"

白芍和阿鸾这才一起退下。

甄妙长舒口气，起身走到窗边，搬开放在窗台上的那缸彩鱼儿，把窗支开。

素衣黑发，眉目如画，落在罗天珵眼底，不由生出惊艳来。

罗天珵把突如其来的绮念挥去，轻巧从窗口跳了进来。

甄妙长舒一口气。

"东西呢？"罗天珵开口便问。

"你跟我来。"甄妙领他去梳妆台前。

这时阿鸾的声音传来："姑娘，奴婢先把床铺好。"

甄妙一瞬间呆住，傻傻望着罗天珵。罗天珵不由分说抓住她手腕，把她拽进了碧纱橱里。

芙蓉雕花的一字床宽大华丽，罗天珵毫不犹豫拉着甄妙躺到床上，扯过锦被把二人遮住，随后忍着怒火问："一个丫鬟你也打发不了？"

甄妙同样郁闷："你动作太快了好么，我还没来得及打发……"

阿鸾已经抱着被褥走了进来，见青纱微晃，却不见了甄妙的人影，边向碧纱橱走边道："姑娘不是要练字？新的床单还没换呢。"

甄妙忙道："赶了那么远的路，我觉得乏了就没有练。阿鸾，我已经睡下了，就不必再换了。"

阿鸾站在那儿犹豫一下："那好。"

甄妙和罗天珵对视，一起松了口气。

就听阿鸾又道:"姑娘,青鸽随您去华若寺也辛苦了,婢子已经跟她说好,今日就由婢子值夜吧。"

"值夜?"罗天珵瞪着甄妙,脸更黑了。

甄妙急忙道:"先前不是说过,不用你们值夜吗?"

阿鸾抱着被褥站在那里:"白芍姐姐说了,值夜是婢子们的本分,不能因为姑娘仁慈,我们就没了规矩。婢子被褥已经带来了,在您脚下打个地铺就行。"

脚下?打地铺?看着身边的男人,甄妙都想撞墙了。

"阿鸾,如今天凉了,你一个姑娘家打地铺将来要落下病根的。"

阿鸾看了看,抱着被褥转身:"那婢子就在外边榻上歇着吧。"

甄妙这次不好再说什么了,不然非引起阿鸾的疑心不可。

罗天珵脸黑成锅底,凑近甄妙耳边咬牙切齿道:"她在外间榻上睡,我怎么办?"

看着近在咫尺的脸,甄妙腾地红了脸。只是猪头,只是猪头。甄妙闭了眼喃喃念着。睁开眼,看到了罗天珵杀人的目光。

"抱歉,我听得见!"

那边阿鸾已经把被褥铺好,又道:"姑娘,婢子见您手腕上青了一片,拿了化瘀膏来,给您搽一搽吧。"

甄妙吓得差点从床榻上跌下去,剧烈咳嗽着道:"别进来,我出去。化瘀膏气味太大了,别弄得碧纱橱里都是药味儿。"

手又被拉住。甄妙转身,无声询问。

"信笺。"罗天珵用口型说道。

甄妙点了点头,踩着鞋子走了出去。

阿鸾话不多,仔细给甄妙抹了药膏,并没追问这瘀青是怎么来的。

甄妙总算松口气,起身走到梳妆台前:"我拿个钗把头发挽一下,太长了总压着。"

她不动声色把压在最底下的信笺抽出来,转身进了碧纱橱,站在床边却犹豫了。之前是事发突然,可现在床上还躺着个大男人,就这么爬上去太需要勇气了。

这时候的罗天珵心思都扑在信笺上,见甄妙站在床边发呆,一把把她拽倒,压低了声音问:"信呢?"

啪的一声,甄妙条件反射打了他一耳光。

罗天珵到底自控力好些,没有发出任何声音,只是怒气冲冲地瞪着甄妙。

甄妙目光下移。罗天珵跟着往下看,这才发现她半边胸脯压在了他一只胳膊上。讪讪把甄妙推开一些,罗天珵也觉得委屈。完全感觉不到好么?

"姑娘,怎么了?"

"有个蚊子，被我打死了。"甄妙发现谎话说多了，也就流畅了。她黑着脸从袖中拿出信笺，递给罗天珵。

罗天珵接过信笺，默默看着信笺上的内容。入目是熟悉的字形。沉默良久，罗天珵苦笑。他怎么忘了，小时候是他的好二叔亲自给他启蒙，手把手教他练字！原来，他以为的投怀送抱，攀附权贵，在对方眼里同样是言而无信，薄情寡义！

看着甄妙，罗天珵觉得心情复杂极了。如果说以前他觉得这个女人不知羞耻，不可救药，那么现在他承认，最初的最初，是他的问题。甄四不过是被他二叔选中的罢了，不是她，还会有别人。可是，他的冷落忽视，就是她红杏出墙的理由吗？

看着罗天珵纠结的神色，甄妙暗暗撇嘴。完了，她的未婚夫神经病又发作了。她暗暗往旁边挪了挪。

可惜一字床虽宽敞，那是相对一个人说的，两个人挤在一起哪还有地方挪。

甄妙这一挪动，就掉了下去。

罗天珵手疾眼快把她抓住捞了起来，低声嗤笑："笨蛋，你是不把你的丫鬟招来不罢休？我是不介意的。"

"你还好意思说这些，这封信你敢说不是你写的？"甄妙破罐子破摔，伸手狠狠拧了罗天珵胳膊一把。反正他又不敢出声！

罗天珵果然又沉默了，好一会儿才问："如果我说，这封信真的不是我写的，你信么？"

甄妙望着那双眸子，里面是深深浅浅的墨色，好像遮掩了无数心思不让旁人知晓。她是信的。对眼前的人，虽有诸多的坏印象，但在这点上，她却敏锐地觉得他没有说谎。

"算了。"罗天珵笑了笑，缓缓把信笺折起。

甄妙拉了拉他的衣角："罗天珵，我相信的。"不是罗世子，而是罗天珵。

罗天珵不知怎么就明白了她的意思。她相信的，是他这个人。心头软软的好似有羽毛扫过，罗天珵别扭移开眼睛："罗天珵也是你叫的吗？一点规矩都没！"

"是，罗世子，罗卫长！"甄妙翻了个白眼。见罗天珵要把折好的信笺收起来，她伸手夺过来，"这个不能给你。"

"凭什么？"罗天珵眯了眼睛。

"这又不是你写的！"甄妙理直气壮道。

罗天珵额角青筋跳了跳："不是我写的，你留着做什么？"

"练字不行吗？"甄妙反问。

见罗天珵被噎得说不出话来，她声音极低道："或者你告诉我这是谁的字？"

现在才知道，这场婚姻远比她想象的要复杂。以她的脑子，还是早点知道潜伏的敌人好，不然将来被卖了说不准还要帮人数钱呢。甄妙很有自知之明地想着。

罗天玾挑了挑眉。他倒是没有料到，她能很快想到问这个。

只是他不能说！

他被二叔玩弄于股掌之中十多年，如今二叔在明他在暗，正是耐心布局的大好时机，若是透露出去，一旦让二叔知道他已经有所察觉，说不定会激起凶性。他羽翼尚未丰满，最好也是落得个两败俱伤之局。这是他绝对不想看到的，他不能冒这个险！

望着那双清澈的眸子，罗天玾心中闪过一丝愧疚。对不起，你信我，我却不能信你。

"我不知道，要回去查一查，所以把这封信交给我好么？"

甄妙把信笺递了过去，没有吭声。

"多谢。"罗天玾轻声道。

甄妙扫他一眼，转了身子，闷声道："好晚了，我困了。"

这一转身，一字床发出了轻微的吱呀声。寂静的夜里显得格外清晰。

阿鸾睡意蒙眬的声音传来："姑娘，您要起夜吗？婢子来扶您。"

"啊，不用，我只是翻了身。阿鸾，你好好睡吧，夜里我从不起夜的。"甄妙心惊肉跳道。

"嗳。"传来阿鸾的应声。

二人松口气。就听见窸窸窣窣的声音传来。

"怎么回事？"罗天玾用口型无声问着。

"阿鸾，怎么了？"甄妙问了一声。

传来阿鸾有些羞涩的声音："姑娘，婢子起夜。"

恭桶就在屏风后面，若是起夜，那声音……

甄妙分明看到罗天玾脸红了，接着由红转黑。

"怎么办？"罗天玾用口型无声说着，脸都发青了。要是听到这女人婢女的起夜声，她该不会逼他把那婢女收了吧？

甄妙也是大为尴尬，可丫鬟再没人权，她也不能不让人家起夜啊。

听着阿鸾趿着鞋子走到了屏风那边，甄妙望着眼前脸色铁青的男人，急切下灵机一动，伸手把他双耳捂住了。

罗天玾呆了呆，却见甄妙大松一口气的样子，不由抽了抽嘴角。这个蠢女人，难道以为把他耳朵遮住，他就听不到了？他是习武之人！

直到阿鸾重新上榻躺下，甄妙才把手松开，试探问："你没听到吧？"

"没。"罗天玾黑着脸道。不然她还想听到第二种答案吗？

"没有就好。"甄妙总算松口气。万一这混蛋以此为由，把她如花似玉的丫鬟要走怎么办？

"那我就先睡了。我的丫鬟睡眠浅，等她睡熟了你再走吧。"甄妙打了个呵欠，眼皮开始打架。

罗天珵脸色很是古怪："你倒是很放心。"

"我又不是蒋表哥。"甄妙迷迷糊糊想着。

"你说什么？"因为甄妙最后一句话闷在喉咙里，罗天珵没有听清，追问道。

再看甄妙，已经睡着了。

罗天珵睡不着了，犹豫了又犹豫，伸出一根手指戳了戳甄妙的脸。

甄妙费力睁开眼睛，不解地望着罗天珵。

罗天珵沉着脸问："你最后说了什么？"

甄妙咬了咬牙："罗世子，你把我戳醒，就是问这个？"

"是。"

"你不觉得这样打扰别人睡觉很失礼吗？"

罗天珵毫不脸红道："抱歉。但是不问清楚，我睡不着。"

甄妙气得闭了闭眼："罗世子，难道你还想在我床上睡觉，明早让我的丫鬟一起伺候洗漱？"

罗天珵沉默了一下道："我是说，等我回去后会睡不着。你最后到底说了什么？"

甄妙："……"她错了还不行吗，怎么直到今日才发现未婚夫的又一优点！

看着罗天珵执着的眼神，甄妙叹口气："我是说，是你的话，我放心。"她当然不会蠢得把实话说出来。万一对方恼羞成怒杀人灭口什么的，她找谁评理去！

罗天珵怔了怔，神色变得更加复杂。

"罗世子，现在我可以睡觉了吗？"

罗天珵没有吭声，甄妙当他默认，又沉沉睡了过去。

身边人若有若无的体香味传来，是清清爽爽的花香。

罗天珵一动不动地睁着眼，觉得时间格外漫长，这样熬了不知多久，直到窗外的月被青云遮蔽，这才动作有些僵硬地起身，最后看了熟睡的人一眼，从窗口灵巧翻了出去。

一夜无梦。

转眼进了九月，甄妙看着手中精致无比的帖子发愁。

她怎么忘了，初霞郡主在宫中提起，要她参加生日宴的事了。想着那日很可能又碰到那位刁蛮公主，就有种躲在家里的冲动。

可是初霞郡主的邀请不好推，甄妙只纠结了一下，就把帖子收了起来。既然推托不得，还是打起精神去吧。

两日后，甄妙穿戴整齐，带着阿鸾和青鸽一起去了永王府。

永王府前，已经停了许多辆马车，大多小巧精致，从里面走出一个个华服美髻的小娘子，扶着她们的丫鬟亦是水灵娇俏。

载着甄妙的马车停下，青鸽率先跳了下去，因为块头大，发出咚的响声。

甄妙无奈抚额，果然听到此起彼伏的嗤笑声响起。

不远处一个穿紫衣的男子一声低笑："这是哪家的丫鬟啊，真粗鲁！"

身穿墨蓝色直裰的青年默默扭了头。

另一个穿赭色衣衫的青年浓眉大眼，看起来与紫衣男子极熟稔："六皇子，我看定是那家姑娘长得不怎么样，这才挑了个这样的丫鬟，省得被比了下去。"

已经瞥见车身上不起眼处建安伯府标志的六皇子似笑非笑望着墨蓝衣衫的青年："罗卫长，你觉得呢？"

罗天珵坦然笑了笑："那家的姑娘，应该是极美的。"说这话时，他也不知道是个什么心情。或许自己做不到消除芥蒂，但至少从那一夜起，他想试着尽量客观去看她。

"我也这么觉得。"六皇子状似无意道。

罗天珵心里打了个突，抬眼看向六皇子。见他和往常那样面上挂着风流不羁的笑容，又觉自己过于敏感了。

"我才不信呢——"赭衣男子嚷嚷着，忽然住了口。

三人视线集中的地方，轿帘缓缓掀开，先是粉缎的绣鞋落地，接着显出纤细婀娜的浅黄色身影来。

"果然是个美人。"赭衣男子张了张嘴，盯着那抹浅黄身影又觉得有些违和。

那女子微微欠着身子，冲着车门伸出素白如玉的手："姑娘，下车吧。"

早来的姑娘丫鬟们倒不觉惊讶，她们日日和衣衫首饰打交道，女子绣鞋一落地就看出不是贵女的穿戴。

那赭衣男子不怎么关注这些，此时下巴差点掉了下来："居然只是个丫头？"

听到声音，阿鸾往这个方向瞥了一眼。

赭衣男子脸上闪过惊艳。

不过以他的身份，美貌女子到底见多了，很快恢复了常态，好奇心却被勾了起来。

有着这样两个极端的丫鬟，车中女子会是什么样呢？

甄妙扶着阿鸾的手利落下了马车，向停在侧门边的软轿走去。

赭衣男子遗憾摇了摇头："走太快了，还没看清。这姑娘，脚一定不小——"

他顿觉周身一冷，收到罗天珵冷冷的目光，嘿嘿笑道："罗世子，别这么严肃嘛。"

六皇子以手背抵在唇边笑了笑："萧世子，若是你不琢磨罗卫长未婚妻的脚是大是小，想来罗卫长就不会这么严肃了。"

赭衣男子笑容僵在脸上，打了个哈哈："六皇子，罗世子，咱们快进去吧，不然小王爷又该念了。"

三人下了马，从另一边侧门走了进去。甄妙被王府的丫鬟领到一处凉棚，早有许多姑娘三三两两坐在那里。甄妙悄悄打量一圈，挑了个人少的地方坐下来。

一个童音响起："二姐，郡主寿宴怎么什么阿猫阿狗都能进来了？"

甄妙抬眼看去，说话的小姑娘十来岁样子，被她喊二姐的是永嘉侯府的二姑娘杨清。看着二人有些相似的模样，甄妙想了想，这说话的应该是被选作公主伴读的五姑娘杨涟了。说起来倒是没看到方柔公主的影子，运气还算不错。

甄妙直接无视了小丫头片子的废话，笑眯眯拿了串葡萄来吃。

杨涟见甄妙不紧不慢地吃着葡萄吐着葡萄皮，有种被挑衅的感觉，死死瞪着她。

甄妙身子一转，换了个方向，继续吃葡萄。

杨涟气得腮帮子鼓鼓的，刚想开口，被杨清按了按手："五妹，尝一尝，这葡萄确实挺甜的。"

"我不吃，我可不像有些人，像没见过似的。其实也是，谁知这次怎么混进来了，不多吃多喝点，以后恐怕就没机会了。"杨涟拿眼睛斜睨着甄妙，不少人都停了说话看过来。

甄妙背对着杨涟，继续吃葡萄。又没指名道姓的，她还是很大度的。

甄妙越是这样，杨涟越觉得对方是在挑衅，冷笑一声，对站在旁边的粉衣丫鬟道："去，把这篮子葡萄给甄四姑娘送去。"

那丫鬟最是明白主子心意的，提着篮子到了甄妙跟前，笑盈盈福了一礼："甄四姑娘，请慢用。"

甄妙半天没回头。

那丫鬟挑了挑嘴角，绕到甄妙面前："甄四姑娘，请慢用。"

甄妙拿帕子擦了擦嘴角，打量粉衣丫鬟一眼，皱眉道："阿鸾，青鸽，除了你们，我还带别的丫鬟来了吗？"

"姑娘，没有。"阿鸾淡淡道。

"哦，这就好，我还以为记错了。"甄妙说完，又笑眯眯吃了一颗葡萄。

粉衣丫鬟涨红了脸："甄四姑娘，是我们姑娘请您吃的。"

杨涟干脆走了过来，站在甄妙面前居高临下往下看着："怎么，甄四姑娘不给我这个面子吗？"

方柔公主言语间对甄四颇多怨恨，这次被禁足不能来据说也是因为她。若是自己替公主出口气，将来在公主面前，就能把其他三人压下去了。杨涟想着，心里有几分得意。

甄妙沉了脸："抱歉，我娘教过我，陌生人随便给的东西不能要。怎么，没人教过你吗？"

"你在说我没教养？"杨涟大怒。

甄妙眨眨眼："我没有这么说啊，你这么有自知之明？"

"你！"杨涟伸出手指着甄妙，气得不行。公主说得果然不错，这人真真是可恶！

"甄四姑娘，你这样说舍妹，有些过了吧？"杨清走了过来。

甄妙懒懒看她一眼，站起来把手中几个葡萄珠丢进篮子里："杨二姑娘，令妹年纪小，不懂，我以为你应该懂。这里不是永嘉侯府，初霞郡主请的客人也不止您二位。怎么，全天下的人都该惯着你妹妹的臭脾气？抱歉，我脾气没你想的那么好，一激动说不定做出什么事来。"

她说着一拍桌子，正好拍到果篮上。啪的一声，青竹编制的精巧篮子被拍散了。

凉棚里静了静。

一直没出声的欧阳桃眼睛一亮，目光灼灼地盯着甄妙。没听说建安伯府的甄四会武啊，力气还挺大！

远远坐着的重喜县主淡淡的表情中多了几分兴味。

甄妙悄悄抽了抽嘴角。真他妈疼！

杨清脸上青一阵白一阵，却没敢再刺激眼前的人。

万一对方急了，拍她一巴掌，当着这么多人的面实在丢不起这个人。更何况今日还来了京城有名的青年才俊，要是被拍晕了传扬出去，她还怎么活？

甄妙看着杨清的神色，笑了笑。光脚的不怕穿鞋的，她名声尽毁时亲事就定下了，如今难不成还要忍气吞声，怕她们这些时刻保持着完美形象，要找如意郎君的小丫头？

"我来迟了，让大家久等了。"

随着初霞郡主出现，众人都起了身，安静得有些诡异的气氛终于被打破。

"表姐。"初霞郡主先向重喜县主打了招呼，几人簇拥着她坐到主位上。

杨涟犹豫了一下。想告甄妙一状吧，怕初霞郡主觉得扫兴；不告吧，又咽不下这口气。正纠结着，就见初霞郡主往这个方向看来。

"郡主。"杨清拉着杨涟，向初霞郡主问了好。

初霞郡主微微点了点头，视线落到甄妙身上："甄四，你来晚啦。"

这话一出，众人看向甄妙的眼神顿时微妙。特别是杨氏姐妹，脸上像被人打了一耳光似的，火辣辣不是滋味。郡主是今日的正主，来了这里除了和身份最高的重喜县主打了招呼，第二个打招呼的竟然是甄四。这怎么可能！所有人不约而同地想着。

　　初霞郡主肆意惯了，却不管他人如何想，干脆直接走过来瞪着甄妙，埋怨道："都说要你来给我做些小狐狸的，现在这个时候来，就等着吃了吧？"

　　虽是埋怨，语气中却难掩亲昵。至少在场的人都察觉了。

　　重喜县主挑了挑眉。有意思。她这位表妹，不是向来不待见甄四吗？

　　难得碰到个有了几分兴趣的人，重喜县主一贯懒散的表情收了起来，随手捏了颗葡萄丢入嘴中。

　　甄妙笑道："郡主家的葡萄确实是极好吃的，小狐狸我带来啦，只是不能吃。"

　　初霞郡主狐疑地看着她。

　　甄妙从青鸾手中接过一个小匣子递过去："祝贺郡主生辰之喜。"

　　不少人抿了抿唇。给郡主送生辰礼，倒是被她抢了先！不过这第一个送，也有第一个送的坏处。至少所有人的眼睛都盯着这头一份呢，若是太寒酸，可不是惹人耻笑吗？建安伯府不是什么大富之家吧。这样一想，不少人就抱了看笑话的心思。

　　初霞郡主却没想这么多，一门心思都放在小狐狸上了。

　　用面炸出来的，怎么还不能吃呢？

　　她这样想着直接打开了小匣子，看清里面的事物，许多人惊呼一声：

　　"好可爱！"

　　只见红绒布底上，放着一只巴掌大的小狐狸，通体雪白。

　　之所以是雪白的，是因为这小狐狸竟是不知多少细米珍珠攒成的，只有一对眼睛是两颗小小的红色宝石。这种细米珍珠因为太小，不算贵重，一般都用来穿珠花，串成一只小狐狸却是难得的巧思了。特别是那一对小小的红宝石当了眼睛，没有哪个小姑娘看了能抗拒。

　　初霞郡主的眼睛都要粘在小狐狸上了，许久才艰难收回目光，撇了撇嘴："算你过关啦，只是才一只，勉勉强强吧。"

　　甄妙暗暗翻了个白眼。就说心口不一的妹子最不可爱啦。

　　眼见初霞郡主要把小狐狸收起，早有心痒痒的小姑娘开口："郡主，我们能不能看一看这小狐狸怎么做的啊？"

　　初霞郡主满脸不情愿："没什么好看的。"万一谁毛手毛脚的，看坏了怎么办！她砰地一下合上小匣子，飞速让丫鬟收了起来。

　　众女心中都痒痒的，恨不得抢过来看个究竟，好让家中的绣娘照样做出来，却没有这个胆子。

有的人就多看了甄妙两眼。

初霞郡主咳嗽两声。

众人恍悟，忙把贺礼送上，只是有了那只细米珍珠做成的小狐狸在前，其他贺礼虽然绝大多数都很贵重，巧趣上却落了下乘。

初霞郡主好东西见得多了，只是含笑道谢，命丫鬟们把吃食摆上。

甄妙悄悄松口气，坐到个不起眼的地方吃起东西来。

重喜县主目光一直若有若无地落在甄妙身上，见她不像其他姑娘一样专注于和故人叙旧或是结识新朋友，反倒专心享受美食，心念一动走了过去。

"县主？"甄妙愣了愣。印象中，这位县主的性子一直冷冷清清，对人有礼而疏淡。

"我可以叫你甄妙吗？"重喜县主的声音和她的人一样，清澈中带着那么一点冷然。

甄妙点头："当然可以。"对于不麻烦的人，她向来有好感。

重喜县主笑了笑："我听大哥说，你会做一种彩色的面条？"

"呃，是的。"甄妙想起甄妍回门那日她做了彩虹面条，大姑娘甄宁带着夫婿也来了。甄宁的夫婿，正是重喜县主的大哥。

"说穿了没什么特别，只是掺了不同的果汁、蔬菜汁罢了。"

重喜县主摇摇头："许多事情说穿了都没什么特别的，难得的就是第一个想到的人。比如你那细米珍珠的小狐狸，一般人只能想到用来串成各色珠花，谁会想到还能做成小动物呢。"

甄妙汗颜："县主谬赞了，我也是看的杂书多了，看到的。"

"还有这种书？能否带来给我看看？"重喜县主来了兴趣。

甄妙心一抖。让你多嘴，让你多嘴！

"呵呵，是很小的时候无意中看到的，呵呵。"甄妙觉得自己笑得不是一般的蠢。

重喜县主觉得这位甄四姑娘倒是有趣，别人恨不得显示自己的长处，她倒推到一本幼时看过的杂书上。

"那有机会去公主府玩，能做一些那种面条吗？"

"当然可以，如果有机会去的话。"甄妙忙点头，见重喜县主不再追问书的事，暗暗松口气。

"一定有机会的。"重喜县主意味深长道。

"表姐和甄四，在说什么？"初霞郡主走了过来，见二人一副相谈甚欢的样子，心中不知怎么就有些不痛快。明明是她邀请甄四来做小狐狸的，什么彩色面条？就是要做，也该先给她做的，哼！

11

"甄四,你要给我表姐做面条吗?"

见初霞郡主微微抬起下巴,一副别扭的样子,重喜县主淡淡笑着:"嗯,等甄妙去公主府小住,我请她做。"

"小住?好端端去公主府小住做什么?表姐的生辰已经过了吧?"就是小住,也该在永王府小住嘛,王府可比公主府大多了。这样想着就拿一双凤眼斜睨着甄妙,一副你不识趣,就不再搭理你的表情。

甄妙眨了眨眼。这是什么情况?

重喜县主慢悠悠道:"我的生辰过了也不打紧,谁让甄妙和我家有亲戚关系呢。"

悄悄关注这边谈话的众女心中一惊。京城各家,哪家不是盘根错节的姻亲关系?能被重喜县主亲口承认有亲戚关系,看来甄四入了重喜县主的眼。

"甄四,你跟我来。"初霞郡主抬了抬下巴。

甄妙冲重喜县主微微欠身:"县主,失陪了。"

重喜县主施施然站了起来,淡定道:"无妨,我也去。"

到了凉棚外站定,初霞郡主双手环抱在胸前:"甄四,我要吃彩色面条!"她说着,隐含得意地扫了重喜县主一眼。

重喜县主扶了扶鬓边山茶花:"等会儿她们就要展示才艺了。表妹这样,不是要甄妙失去了展示机会?"

甄妙嘴角一抽。这样的机会,她还是不要了吧。

"郡主,若是材料齐全的话,做彩虹面条还是挺快的。"

"那还不走?"初霞郡主冷哼一声,抬脚先走了。

看着一脸淡定跟上的重喜县主,再看看凉棚里一群被撇下的小姑娘,甄妙忍住扶额的冲动,默默跟上。

"没事,她们又不是展示给我看的。"初霞郡主往前走着,忽然来了一句话。

甄妙愣了愣,跟着进了小厨房。

被撇下的小娘子们果然还是按着惯例展示起才艺来。

丝竹之声传到另一处,赭衣男子皱了皱眉:"每次都是这些,听着都腻了。"

六皇子眉梢微挑:"萧世子这么说,不知多少芳心暗碎了。"

萧世子灿烂一笑:"六皇子,这话说您才对吧。"

罗天珵不动声色地喝着酒。

"六皇兄,大哥。"背后有声音传来。

几人都转了头。

"初霞,你这是——"六皇子笑吟吟地问着,目光蜻蜓点水般落到甄妙脸上又收回。

初霞指了指青鸽手中提的食盒:"做了些面条请你们吃。"

六皇子以手抵唇笑了笑:"是甄四姑娘做的吧?"

罗天玿看六皇子一眼。

"在太妃那儿,有幸吃过甄四姑娘做的饭。"六皇子解释道。

罗天玿听了六皇子坦荡的解释先是松了口气,可随后又觉得气闷,不着痕迹瞪了甄妙一眼。这个女人,莫名其妙地竟然给那么多人都做过吃食。而他翻了两次墙头了,连她倒的一杯茶都没喝过!

甄妙莫名其妙,回瞪了一眼。

六皇子笑了:"看来罗世子和甄四姑娘有许多话说,这样吧,那边清净,二位先去好好聊聊,我们吃面条。"

罗天玿勾了勾嘴角,坦然道:"吃完面条再聊也不急。"

萧世子哈哈大笑,拍着罗天玿肩膀道:"罗世子,以后你想吃什么没有啊,还跟我们抢。"

罗天玿面上笑得云淡风轻,实则快抓狂了。他吃口未婚妻做的吃食,就这么难么?

"走啦,吃面条去。"六皇子轻笑一声,"罗世子,甄四姑娘,慢慢聊,我们不急。"

"罗世子。"甄妙不冷不热打了招呼。

经过那一晚,她已经拿不准该用什么态度对他了,这样最保险吧。对方要是态度好点,她就笑笑;对方要是还像以前那样没好气,她就保持这个表情,进可攻退可守。

甄妙正得意于自己的机智,忽见罗天玿上前一步,脸上是温柔的笑:"甄四姑娘,别来无恙。"

甄妙蓦地睁大了眼睛。她设想了他一万种表情,独没想过是柔情似水这一款!这完全违背常理啊。难道——他想求她,把阿鸾讨去?

看出甄妙眼中的警惕,罗天玿抽了抽嘴角,压低声音道:"甄四,你想要别人都知道,我不待见你么?"

甄妙先是一怔,余光瞥见不远处几个小娘子走过,还往他们这个方向瞧着,顿时了然。只是也没必要在人前做样子吧?甄妙不解皱皱眉。

罗天玿笑得有些僵硬,声音却温和无比:"甄四姑娘,我们去那边走走吧。"

甄妙垂眸应了,心中哭泣。怎么办呀?她的未婚夫,神经病貌似更严重了。

二人并肩缓缓走着。

天高云淡,清风拂面,因为离得近,少女被风吹起的发梢甚至会拂动到男子肩头。

那些小娘子远远看了,艳羡又不甘。早知道这样算计还能得了罗世子的宠爱,她们为什么不可以？甄四真是幸运得让人讨厌啊！

甄妙忽然觉得周身冷了点，心道这男人真会为她拉仇恨。

"那些你都不必在意。"罗天珵清澈的声音突然响起。

甄妙微微抬了头。

罗天珵脸上挂着恰到好处的笑容："很快你便是镇国公府的女主人，所以大多数无聊的人根本不必理会。"

这女人脾气不是那么好，他可不想听到哪天她和谁打起来。无论是他，还是他的妻子，至少在外人面前要无可挑剔，不要落得噩梦中身败名裂的下场。他还做不到对她的信任和喜爱，但在外人面前要做到对她的尊重。

甄妙狐疑地看着罗天珵的笑容，只觉这笑容假得让她想笑。不过以后的日子如果能维持表面的和平，她还是乐意的，至少不用再担心哪一天被神经病突然发作的未婚夫掐死。不对，难道他摆出这副柔情似水的样子，是为了以后万一失手对自己做个什么，方便洗脱嫌疑？

警见甄妙的警惕眼神，罗天珵嘴角挂的温和笑意僵了僵。为什么这女人总有激起他怒气的本事？

"呵呵呵。"甄妙笑了笑，挪开了目光。这时候还是不要挑衅好了，万一他当众给自己难堪，不也丢人么？甄妙目光落到远处，惬意地叹口气。

真没想到永王府还有这么一个果园子，这时候正是瓜果压满枝头爬满地的季节，他们站在这里都能闻到阵阵果香，倒是比那些花草香好闻多了。

甄妙蓦地睁大了眼睛。

"怎么了？"罗天珵挑了挑眉。

"我看到一只香瓜在跑……"甄妙呆呆道。

罗天珵嗤笑一声："甄四，你说什么胡话——"

呃，他也看见了！那香瓜不但在跑，速度还挺快！为什么每次和这个女人在一起，都有奇异的事情发生？罗天珵忍不住看甄妙一眼。

甄妙呆滞中多了一抹好奇："罗世子，那个，我们要不要去看看？"她觉得，要是不弄明白是怎么回事，恐怕以后她梦里都是这只会跑的香瓜了，和罗天珵在水中向她伸出手的噩梦交替进行。好可怕……甄妙打了个寒颤。

罗天珵犹豫了一下。二人是未婚夫妻，这样一起走走并不出格，可要是一起跑进果园子里，难免让人生出联想吧？

"罗世子，你会睡得着觉吗？"甄妙眼睛黏在那只跑动的香瓜上问。她才不相信强迫症患者见了这香瓜，不弄个清楚能睡得着！

"走！"罗天珵果断道。

"咦，我好像看到罗世子和甄四姑娘去果园那里了。"六皇子摸了摸下巴。

初霞郡主皱了眉："甄四跑那里去干吗？这个时节正是蛇鼠多的时候，不行，我去喊她回来。"

这是重点吗？六皇子默默抽了抽嘴角。

"走，我们也去看看果园有什么好玩的。"六皇子施施然起身。

甄妙和罗天珵走过去，发现那只香瓜不见了。说不见了也不确切，果园里随处可见掉落的瓜果，在它不跑的情况下，就分不出了。

"快看，在那里！"甄妙搜寻半天，发现一只香瓜在动，抬脚跑去。

一个墨蓝色身影在半空画出一道优美的弧线，俯冲到那里。紧接着一声闷哼响起，罗天珵站了起来。

甄妙跑过去，一脸兴奋问："抓住了？"

罗天珵脸色发黑，没有说话。

甄妙目光落到他手上。只见香瓜下，一只小刺猬拼命挣扎着，那慌乱的模样煞是可爱。

甄妙嘴角弯了弯，拼命压抑住想笑的冲动，打量着那小刺猬："原来是这么回事，这小刺猬没受伤吧？"

罗天珵气得嘴唇一抖。她竟然还关心这小刺猬！

"抱歉，手太粗，把它硌伤了也不一定。"罗天珵没好气说着，一松手把小刺猬丢到了地上。

小刺猬落地后打了几个滚，缩成一团一动不动。

甄妙盯着小刺猬，这才发现有几处没了刺。她抬头看，果然那些掉了的刺都在某个倒霉蛋手心上，细密的血珠滚落出来。

"罗世子，你受伤了。"

"无妨。"罗天珵一一把刺拔掉，拿一方帕子随意擦了擦手心。

甄妙皱了眉："这样不行。"说着抓住他的手，仔细看了下。

"刺猬的刺虽然没毒，但上面有许多脏东西，不处理一下万一感染就糟了。"

"不要小题大做。"罗天珵试图挣开手，神情有些别扭。

甄妙却没注意，认真道："这可不是小题大做，总之小心点没坏处。"

"罗世子，你们这是——"

六皇子一行人出现，站在他们的角度，只看到二人靠得极近，还两手相牵。六皇子眼底闪过晦暗不明的神色。

罗天珵甩开甄妙的手，淡淡道："遇到点意外，没什么。"

"郡主，能不能找些盐水和烈酒来，还有纱布？"

"你受伤了？"初霞郡主走向甄妙，瞪了罗天珵一眼。没见过这么笨的男人，连自己未婚妻都保护不好。

甄妙摇头："不是我，是罗世子的手被刺猬扎了。"

众人目光落到罗天珵的手上，俱是神色古怪。

"咳咳，罗卫长，没想到你还挺体贴，是要抓一只小刺猬给甄四姑娘？"六皇子含笑问。

罗天珵冷着脸没说话。

甄妙解释道："不是的，是我和罗世子同时看到了会跑的香瓜，结果他速度比我快……"

罗天珵气得眼前发黑。这个女人，她不开口会死吗！

"哈哈哈——"众人实在控制不住，大笑出声。这一笑，距离无形中拉近不少。

众人一起离开果园，有侍女把甄妙要的东西送来。

甄妙用纱布浸了盐水擦拭："罗世子，有些疼，忍着点。"

罗天珵已经气得不想和她说话了，薄唇抿成一条线。

六皇子笑道："甄四姑娘放心，罗卫长日日苦练，这点小伤小疼算不了什么。"

甄妙抬眼，见罗天珵一副默认的表情，理解点了点头，然后抓着他的手按入了盛酒的大碗中。

罗天珵的神情瞬间扭曲。

甄妙熟练包扎好，笑笑："行了。"

一直安安静静的重喜县主突然开口："甄妙，你这包扎方法很特别，看起来结实又美观。"

甄妙不知如何解释，只好笑笑。众人识趣没有再问。罗天珵看着包扎好的手，深深看了甄妙一眼。

宴会总算结束，没再发生别的变故，甄妙长舒一口气，辞别初霞郡主等人，乘了马车回府。

听到哒哒的马蹄声靠近，甄妙掀了帘子。

"罗世子？"

"多谢了。"罗天珵神色有些别扭，举了举包扎的手。

"罗世子客气了。"甄妙笑了笑。

之后二人无话，罗天珵一直骑着马走在马车旁。

甄妙有些纳闷。她可不认为这人对她依依不舍了。

"罗世子有事？"

甄妙这些日子养好了，气色舒展，脸颊红润，浅浅笑着有酒窝隐现，看着格外喜人。

罗天玒的心突然急促跳了一下，别开眼睛道："上次张太医说你体内有寒气，要好好养着。如今天气转凉正是易感风寒的时候，还是少出门的好。"

"哦。"甄妙呆呆点头，只觉天上下红雨了。他这是关心她？

罗天玒咳嗽一声："我这段时间要出门一趟，若是有什么事要帮忙的，你就传信到国公府，找一个叫半夏的小厮。"

甄妙继续点头。

罗天玒不忍直视，掉头走了。

甄妙回了府，发现府中气氛格外阴沉。甄妙压抑着心头的不安，提着裙角往宁寿堂走。

天已经转凉了，因在初霞郡主的生日宴上喝了几口果子酒，又和罗天玒一道捉了小刺猬，她脸颊还是红扑扑的，额头沁了细密的汗珠，被风一吹，就是一股冰凉。

甄妙瞥了一眼宁寿堂端庄肃穆的黑色檐角，暗暗吸了口气。

月洞门旁竟然没有守门的丫鬟，反倒是几个小丫头站在青石台阶旁，凑在一起不知说着什么。

甄妙径直走了过去。有小丫鬟发现，慌忙行礼："四姑娘。"

"白芍呢？"甄妙脚步没停，往里面走。

"白芍姐姐跟着老夫人去了青莲居。"小丫鬟神色不安道。

甄妙只觉心咚咚跳了几下。青莲居是大哥甄焕和虞氏所住的院落，如今正是将用晚膳的时候，老夫人不待在宁寿堂，怎么会去了那里？便是有事，也该是传唤人过来才是。难道——

想到某种可能，甄妙脸色微变，问道："老夫人因为何事去了那里？"

自住进宁寿堂的碧纱橱，甄妙大多数时候都是笑眯眯的，猛然见到她沉脸的模样，小丫鬟一时没有反应过来，好一会儿没说出话来。

"到底何事？"甄妙暗暗提醒自己莫慌，缓了缓语气。

"是，是大奶奶，她滑了一跤，发作了——"小丫鬟结结巴巴说了出来。

"什么？"虞氏至今怀孕不过七个多月，就发作了，那——

甄妙再顾不得其他，带着阿鸾和青鸽匆匆赶往青莲居。

宁寿堂离青莲居颇有一段距离，甄妙提着裙角跑得飞快，一路上竟连下人都没遇到几个。

昏暗天色中，伯府静悄悄的，她心中的不安就如正在酝酿惊雷的乌云，越堆越多。

甄妙跑得更急了，脚尖一下子踢到一块石子上，疼得蹲了下来。

"姑娘，怎么了？"阿鸾忙蹲下身查看。露在裙角外面的平底竹青色绣喜鹊登梅绣鞋，脚尖的位置快速渗出了一抹殷红。

"姑娘，您脚受伤了！"阿鸾小心翼翼去给甄妙脱鞋。

甄妙摆摆手："先别管它，快扶我去青莲居。"

"姑娘——"阿鸾迟疑了一下。脚尖流了血，若是不及时处理，等血渍粘到鞋面上，到时再取下恐怕要吃苦头了。可看甄妙坚定的神色，阿鸾低叹一声，伸手去扶她。

"姑娘，我来背你。"青鸽俯下身把甄妙捞了起来，跑起来竟不比她一个人跑得慢。甄妙伏在青鸽宽厚的背上，觉得特别稳当。

不多时到了青莲居，院落里已经站满了人，都是各房的丫鬟婆子。

"四姑娘，您这是怎么了？"温氏身边的大丫头画壁见甄妙这样子，骇了一跳，忙迎了上来。

"不小心伤了脚，没大碍，我母亲呢？"

"主子们都在屋子里。"画壁说着领着甄妙往屋里去。

进了堂屋，屋内同样站满了人。老夫人坐在太师椅上，面色阴沉如外面的天色。蒋氏还算镇定，坐在一旁宽慰着老夫人。

温氏眼睛通红，见甄妙被背着进来，吓了一跳："妙儿，你这是怎么了？"

甄妙把缘由说了一遍，忙问："娘，我大嫂如何了？"

温氏手一抖，脸色越发惨白："发作了，正生着呢，也不知道孩子保不保得住——"说着拿帕子拭着眼角，啜泣起来。

"好了，温氏，妙儿还是姑娘家，你和她说这些做什么？"老夫人面色不悦发了话，"白芍，带四姑娘去隔间把脚伤处理一下。"

"是，老夫人。"白芍走过来扶甄妙。

"白芍姐姐带路，我背姑娘过去。"青鸽脸不红气不喘道。

进了隔间，青鸽把甄妙放到美人榻上，白芍亲自蹲下来替她脱鞋。

"白芍姐姐，我来吧。"阿鸾柔声说着，也蹲了下来。

"姑娘也是我的主子，我来是一样的，阿鸾，你去吩咐外间丫头打盆热水来，还有剪刀和药膏，一并让她们送来。"

阿鸾低低应了声是，走了出去。

白芍轻轻把鞋子脱下，因为血渍已经干了，血肉和鞋子粘到一处，甄妙疼得皱了眉，却没吭声。

白芍看着雪白袜子上一片暗红，抿了抿唇。阿鸾和青鸽还是资历浅了些，便是天大的事也不该由着姑娘这样跑。姑娘家金贵，若是碰了伤了哪里落下疤，那可不得了。紫苏面冷心热，对她们太放纵了些，说不得以后要由她来当这个恶人。

"白芍。"甄妙突然出了声。

"姑娘？"白芍抬头。

甄妙勉强笑笑："你别怪阿鸾和青鸽，是我太心急了。虽然赶来这里也起不了什么作用，但不早点赶到这里，心就一直揪着。你跟我好好说说，大奶奶好端端的怎么会滑倒？"

白芍把自己知道的说了。甄妙听了就蹙了眉。

虞氏竟然是在花园子里的池塘边滑倒的。

那池塘里养了几尾锦鲤，虞氏自月份大了，每日早晚都去花园子里散步，最喜欢去那喂鱼。

那池塘围了白漆栏杆，周边更是铺了鹅卵石的小径，虞氏不是粗心的人，按理说不会莫名其妙滑倒。

"老夫人后来派人去查了，那鹅卵石缝里撒了菜油。"

甄妙听了心里一跳。虞氏怀了七个多月的身孕，若这次不是意外而是人为，就太让人愤怒了！

"可查出了作恶的人？"

白芍摇摇头："大奶奶这一跤摔得不轻，之后就忙着请大夫稳婆了。老夫人虽派了人查，可花园子里人来人往，又从哪里查起呢？且如今主子们都揪心大奶奶的情况，也不可能有心思查什么。"

此时阿鸾带着两个小丫头进来，半跪着给甄妙处理脚伤。

甄妙心里发寒，目光移向窗外，正看到窗下一口大缸，里面养的莲花已经开始枯败。

一声惊雷乍响，豆大的雨珠滴滴答答溅落到大缸里，残花败叶跟着突起的波澜晃了晃。

甄妙看了心中更加烦闷，别开了眼。

这伯府看着一派祥和，实则又有多少人面兽心的玩意儿隐在暗处，伺机咬上人一口，就是血淋淋的疼。

虞氏这事明显有人暗中算计，只是正如白芍所说，花园里人来人往，普通的菜油根本无从查起。

甄妙并不擅长这些，却有敏锐的直觉，直接落到事情的根本上。证据什么的不重要，重要的是隐在暗处的人。若是不揪出来提防着，恐怕将来还会有大麻烦。不，已

19

经是大麻烦了。虞氏早产，这孩子恐怕活不成的，说不定连大人也——甄妙不敢再想下去。

到底谁要算计虞氏呢？他们这一房就甄焕一个男丁，不存在妯娌间的拈酸吃醋。老夫人自然乐得看儿孙满堂。

那么就是大房和二房了。李氏刻薄，多年无子，但若说仅因为这个就出手害侄媳妇，却有些说不过去，损人不利己。至于蒋氏，就更犯不着了。

甄妙便想到了一个人——三姑娘甄静。那次浸了血红花的绣线的事，就是她的手笔。只是自打那次在花园里偶遇甄静，就再也没见过她了。事后她留意了一下，甄静再没从大夫人蒋氏的明华苑出来过。无论甄静被移去明华苑是什么原因，都说明大房那边把她看得更严了，按说她没有出手的机会。

甄妙抽丝剥茧分析着，却觉得像一团乱麻，理不清。若是二姐在就好了。

"姑娘，好了。"白芍道。

甄妙用一只脚站了起来："扶我去堂屋。"

"四丫头，你脚伤了，就在隔间好好歇着吧，这里不用你守着了。"甄妙一进去，老夫人就开了口。

甄妙早发现甄冰姐妹不在，想来是不想她们小姑娘掺和生产这种事。

"祖母，孙女实在放心不下大嫂，去了别处心里更不安，您就让我守在这里吧。"

老夫人想了想，点点头不再多言。

室内一片沉默，室外的雨声更响了，哗哗地如水泼般往下倒，直看得人心里发怵。

甄焕笔直站着，拳头捏得死紧，一直望着廊庑的方向。

一个丫鬟冲了进来，嘴唇都是哆嗦的："老夫人，不好了，听稳婆说，大奶奶昏过去了！"

石破天惊，甄焕猛然冲了出去。老夫人再也按捺不住，健步如飞走了出去。其他人在短暂的惊惶后，如梦初醒般跟了上去。

"姑娘，婢子背您去。"没等甄妙吩咐，青鸽就俯了身，熟练地把人背了起来。

在大魏，生产被视作污秽之事，虞氏被安置在了西梢间。

里面半点动静皆无，甄焕被虞氏的贴身丫头玉儿死死拦住："大爷，大奶奶在里面生产，您可不能进去啊！"

甄焕急得恨不能抬脚把门踹开，奈何玉儿死死拦着，脸色铁青一片。

"浩哥儿，你给我镇定点，你若是再沉不住气，让屋内的虞氏怎么办？"老夫人重重敲了敲拐杖。

"祖母，倩娘她，她恐怕——"

看着甄焕浑身发抖的样子，伏在青鸽背上的甄妙暗叹了口气。大哥和大嫂少年夫妻，难得的情投意合，若是大嫂真出了事，她实在不敢想大哥会怎么办。

"稳婆怎么说？"老夫人深吸口气，强自镇定下来问玉儿。

玉儿惨白着一张脸道："大奶奶脱力昏了过去，稳婆问……问是保大人还是保孩子……"

正说着，门旋风般打开，虞氏身边另一个大丫鬟翠儿急慌慌道："大奶奶醒来了，稳婆问还有没有上好的参片，拿来给大奶奶含着。"

"阿绸，拿了我的牌子去库房，取最好的那支人参来。"老夫人高声道。

"祖母，先前皇上赐了孙女一株百年的老山参，那个想必效果更好。青鸽，你脚程快，速去取来。"甄妙示意青鸽把她放下来。

对甄妙的话，青鸽向来是不打折扣执行，忙应声是，飞快出去。瓢泼大雨就这么倾倒在她身上，瞬间把衣衫浇透，显得那身形更宽大了些。青鸽的脚步却是稳当当的，渐行渐远。

"还不快去给四姑娘搬把椅子来。"蒋氏吩咐道。

雕栏亲自搬了一个锦杌过来："四姑娘，您快坐下。"

甄妙脚疼不能沾地，也不客气，忙坐了下来。

"老夫人——"玉儿欲言又止。

一直浑身发抖的甄焕猛然喝道："问什么，当然是保大人，你再这么拎不清，赶明儿爷提脚卖了你！"

玉儿依然望向老夫人，嗫嚅道："大奶奶临昏迷前，说要保住孩子……"

老夫人笼在袖中的手摩挲着甄妙孝敬的那串佛珠，皱眉道："大奶奶是疼糊涂了，我们是什么样的人家，哪有留孩子弃大人的道理？莫要听她胡言，还不快进去伺候着！"

"是，是！"玉儿脸上喜色一现，转头又冲了进去。

"姑娘，人参拿来了！"青鸽从雨帘里冲进来，浑身湿漉漉的，很快红漆地板上就淌了一汪水。

翠儿忙上前接过，连话都未顾上说，转身就进了屋。

屋内，虞氏断断续续的喊叫声传来，忽高忽低的，伴随着隆隆雷声，令人心惊肉跳。

明明还不算晚，天却黑透了，乌云像泼墨似的，大雨没有停歇的意思。

众人站在门外廊下，风雨灌进来，都觉浑身发冷。

"老夫人，依儿媳看，您还是回堂屋候着吧，这样的天儿若是受了寒，可怎么是好？"蒋氏接过雕栏手中披风给老夫人披上。

李氏暗暗撇了撇嘴。就她惯会装好人！要她说，不过是孙媳妇生产，做祖母的还

21

要守在这儿？哪个女人没生过孩子？这可倒好，老夫人不走，连累她们也只能守在这里吹冷风。幸亏冰儿、玉儿没过来。

李氏想着，就跟着劝了一句："老夫人，大嫂说得是，咱们不如先回屋等着吧。"

老夫人摇摇头："虞氏这是头一遭，又才七个月，我哪放心得下，还是再等等吧，应该也快了。"

虞氏折腾这么久，已经力竭昏过去一次，如今含着参片，不出意料很快就有结果了。要么是力竭一尸两命，要么就是熬过去了。其他人显然也想到这一点，都噤了声。

温氏压抑不住的哭泣声就显得格外清晰。

老夫人心烦意乱，并没有喝止。

蒋氏叹口气，吩咐玉砌："去取几件披风来给主子。"

已经换好干净衣裳的青鸽和白芍一道来了，一人提了茶碗、托盘等物，一人提了一个长嘴铜壶。

老夫人看过去。

甄妙解释道："青鸽去换衣衫时，我让她借用小炉子熬了一壶姜糖水，祖母你们每人喝一碗，驱驱寒气。"

老夫人眼底微暖。蒋氏更是深深看了甄妙一眼。为了知道虞氏的情况伤了脚，可见她是真着急，这种情况下还记得吩咐丫鬟烧姜糖水，这份沉稳却是难得了。

看一眼哀泣的温氏，蒋氏暗暗摇头。也不知温氏是哪来的福分，一对女儿一个比一个压得住场面，竟是没有一个像她的。

想到长女甄宁，蒋氏那点感慨又压了下去。

才接到长公主府那边的消息，宁儿竟然查出了身孕，这可是天大的好事。

虽说还不到三个月，按理是不能对人说的，可她是宁儿的亲生母亲，这事自然不能瞒着她。只是要等满了三个月，才正式向伯府这边报喜了。

室内，忽然传来虞氏一声撕心裂肺的叫喊，紧跟着就是一声炸雷。这道惊雷仿佛平地而起，声音大得令人心惊，竟是把虞氏的惨叫声都遮掩了大半。

甄焕却听得清清楚楚，再也忍不住推开守在门口的丫鬟，抬脚就向房门蹿去。

偏巧就在这时，紧闭的房门猛然被打开了，甄焕收不住势头，一下子撞到了玉儿身上。

甄焕连连后退数步，玉儿惊呼一声跌坐到地上。

"快把大爷拉出去！"老夫人扬声喊道。再怎么关心虞氏，她也是相当传统的妇人，男人进产房，那可是大不吉利的！两个婆子把甄焕拉住。

玉儿爬起来，又哭又笑："老夫人，大奶奶生了，是个哥儿！"

"孩子如何？"老夫人脸色带了急切。

玉儿抹了一把泪："稳婆说孩子虽瘦弱，但没有别的毛病，仔细些应该无碍。"

正说着稳婆走了出来，垂落的发已经湿透了，一缕一缕贴在额头上，看着说不出的滑稽。这时候却没人有心思笑这个，目光都向她望去。

"恭喜老夫人，添了重孙。"

"孩子没事吧？"虽然玉儿说过了，老夫人还是不放心又问一遍。

稳婆露出个笑容："俗话说七活八不活，老婆子接生无数，依着经验看，只要贵府仔细调养着，应是无碍的。只是——"

"只是什么？"老夫人问。

"只是毕竟早出生了两个多月，将来怕是体弱些。不过小少爷有福气，生在金窝窝里，定会平安到大的。"稳婆把隐忧点了一下，又说了吉祥话。

这结果已经相当令人满意了。

老夫人露出一丝笑容："赏。"阿绸把早准备好的鼓鼓的素面荷包塞了过去。稳婆眉开眼笑收了，又说了一串吉祥话。

"大人怎么样了？"听说孩子无事，甄焕镇定了些，问道。

"大奶奶累狠了，已经沉沉睡了过去。"

甄焕这才松口气，等着里面收拾妥当好进去探望。

"老夫人，您看外面下了雨，我们都一身寒气还是别进去了，回去换身衣衫，等把虞氏和孩子挪到暖阁里再去探望如何？"蒋氏也露出了笑容。

七月早产都无事，这算是个好兆头。她的宁儿，也会平平安安的。

"嗯。"老夫人点点头，暗道还是蒋氏想得周到。

忽然一声重物落地的声音传来，清脆的响声让人心中一凛。

翠儿脸色煞白跑了出来："老夫人，不好了，大奶奶她下身流血不止！"

这一次，再没人阻拦得住甄焕，他狠狠推开婆子冲了进去。产后血崩，这可是九死一生的事，这个稳婆就束手无策了。

"快，把纪娘子请来。"老夫人高声道。

纪娘子是乐仁堂伍大夫的妻子，并不坐馆，却是远近闻名的妇科圣手。因为虞氏情况特殊，保险起见，除了稳婆，还花重金把她请了来，现今就在青莲居的花厅里候着。

一位衣着简朴，头包碧色绣兰花头巾的妇人提着药箱匆匆走来，冲老夫人略福了福就走了进去。

新出生的孩子被紧紧包裹好，送去了暖阁。甄妙好奇的目光追随着，却连孩子的脸都没见着，失望之余，又替虞氏悬起心来。

老夫人终于被劝着回了堂屋。

足足又过了近一个时辰，纪娘子才过来："大奶奶福大命大，血是止住了，调养的药方小妇人也开了，一日喝上三次，连续喝一个月就应该能起床了。只是今后，大奶奶在子嗣上恐怕有些艰难。"

"什么？"啪的一声，温氏手中的粉瓷茶杯跌到地上，摔了个粉碎。

建安伯府男丁稀少，甄妙这一代，目前统共只有甄焕和涵哥儿两个孙子。当然三位老爷还不算老，还是能生的，可这就是说不准的事了。甄焕是长孙，生下的哥儿早产不说，将来虞氏恐怕还不能生了。这消息无异于晴天霹雳，落在众人头上。首当其冲的，就是老夫人和温氏。

"纪娘子，还有什么法子么？"温氏死死捏着帕子问。

纪娘子不敢把话说死："大奶奶年轻，好好将养着，说不定也是能养好的。"

这话的意思，众人都是懂的。

"劳烦纪娘子了。"老夫人因重孙平安而微微好转的心情又沉了下去。都说人丁兴旺，这没有人丁，哪来的兴旺！怎么伯府，竟一代比一代人丁凋零了呢？

阿绸拿了装赏银的荷包塞给纪娘子，撑着伞亲自送她出门，等回来时，落在外面的大半肩头全湿了。

老夫人就命她去换衣。主子们也重新换了热熏过的衣裳，一道去了暖阁。

甄妙因为腿脚不便，被老夫人打发回了宁寿堂。

她虽然心悬虞氏和未见面的侄儿，到底是没奈何，吩咐阿鸾开箱笼取了一支翠色通透的钗，赏给青鸽。

青鸽挠了挠头，傻愣愣问："姑娘，非年非节的，您打赏婢子做什么？"

甄妙忍不住笑了："你事情做得好，赏你还要过年过节么？拿着吧，这是你应得的。"

青鸽看着那碧透的钗没敢接。

"怎么了？"

青鸽捏了捏衣角，才道："姑娘，婢子不想要这个。"

"嗯？"甄妙微讶。

端着脸盆帕子进来的小丫头们听了，手更是抖了抖。

"这钗太好了，不是婢子该戴的。"青鸽不善言语，吭吭哧哧道。

"既给了你，就是你该戴的。"甄妙叹口气。这丫头，太憨厚了。

青鸽涨红了脸，差点哭了："姑娘，您就饶了婢子吧，要是想打赏婢子，能不能，能不能——"

"能不能什么？"甄妙好笑问。

白芍更是啐她一口："姑娘赏你的，还不接着，哪有和姑娘讨价还价的！"

被白芍一说，青鸽心中发慌，她又是个实诚的，一着急就闭着眼睛道："能不能给婢子做一回四喜丸子吃？这钗太好了，戴在婢子头上，婢子连路都不知怎么走了，恐怕要见天扶着生怕它掉下来，那就没法给姑娘做事了！"

这话一出，满室皆静。白芍嘴唇抖了好几抖，愣是没有说出话来。

甄妙见她急得脸通红，知道她说的是心里话，也不再难为这憨丫头，笑着应下来："好，等我这脚好了，就给你做四喜丸子吃。"

过了一会儿，前头传来动静，想来是老夫人回来了，甄妙忙让青鸽背她过去。

老夫人见了忍不住道："你这丫头，幸亏有这么个丫鬟，不然这么闲不住，可怎么是好？"

"祖母，孙女还不是担心大嫂和侄儿嘛。您去看了侄儿吧，他怎么样？"

老夫人拿手比画了一下："就这么大点，看着就心酸，不过还有力气吃奶，倒是好的。"

能吃就说明能养活。甄妙跟着放了一半的心，小心翼翼问："那我大嫂呢？"

老夫人大有深意地看她一眼，才道："人还睡得沉。纪娘子说的话，你不要到你大嫂跟前学，省得她忧心。"

"孙女晓得。"甄妙心中叹口气。

如今甄焕不过十八岁，还未到弱冠的年龄。嫡妻不能生，连她这个宅斗白丁都明白，这对虞氏来说意味着什么。但愿虞氏练过武，身体底子好，将来能调养好吧。

"祖母，那等明日孙女去看望一下大嫂和侄儿吧。"

"你伤了脚，还乱跑什么？"

"不是有青鸽嘛，祖母，您就答应孙女吧。"甄妙娇声软语求着。

老夫人挨不过，点头答应下来。甄妙又陪着老夫人说了会儿话，由青鸽背着回去。

第12章 处置

外面大雨转成了毛毛细雨，却起了风，斜斜吹进廊庑里，还是打湿了秋衫。青鸽生怕甄妙淋湿了受凉，加快了脚步。

"青鸽，走慢点儿，我还想多看看。"

青鸽不由四下张望。天上别说月亮，就是半点星子都无，全被如墨的云遮蔽了。廊檐下挂着的大红灯笼散发着柔和的红光，反倒衬得这夜色更加黑漆。这黑咕隆咚的天，有什么好看的。青鸽不明白甄妙的心思，却依了她的话放慢了脚步。

甄妙侧头望着外面。黑暗的院落树影稀疏，灯光不及的远处就是一片漆黑，像是一头看不见的凶兽，张大了黑洞般的嘴巴。

有个人影深一脚浅一脚跑来。

"青鸽，停下。"甄妙盯着看不清身形的身影，因为太黑，只能凭着来人不断奔跑的动作看出她越来越近了。

那人终于跑到了廊庑里，收了伞，见到不远处停着的甄妙眼前一亮，唤道："姑娘——"

甄妙更诧异了。叫她姑娘的，一般都是伺候她的丫头婆子，其他院的都是喊四姑娘。这丫头是沉香苑的？

等人跑近了，看清那张如花似玉的脸，尤其是眉心一点红痣，甄妙恍然："绛珠，你怎么过来了？"

绛珠这份容貌比之阿鸾也不差，甄妙知道紫苏一直把她带在身边调教着。

沉香苑大小丫鬟多了，各司其职，这还算是学徒的丫鬟，就没引起甄妙的注意。

"姑娘。"绛珠到了跟前，一股寒气扑来。

甄妙目光落在她身上，发现她虽然打了伞，大半身子已经湿透了。

绛珠保持着施礼的动作道："姑娘，婢子找您有要事禀告。"

甄妙皱眉看着绛珠挑剔不出一点毛病的动作，开口道："回碧纱橱再说。"

在宁寿堂下人眼里，她算是老夫人看重的人，她院子的丫鬟来求见，自是放行的，可绛珠一个连三等还不算的小丫头跑来找自己，这事实在太古怪了。

进了屋子，青鸽把甄妙放到美人榻上，阿鸾端了热茶来。

甄妙接了热茶捧在手里，隔着袅袅白气望着眉目精致的小丫头，语气温和问："这么晚了，怎么一个人跑到这来？"

绛珠面有难色地看了看白芍几人。

甄妙想了想，还是屏退了众人，抿一口热茶道："说吧。"她倒真想知道，能有什么事，绛珠不先对紫苏讲，反倒迫不及待来找她。

室内静默了片刻，绛珠突然跪了下来。

甄妙捏着青瓷茶盅的手紧了紧，一言不发盯着她。

绛珠伏在地上，声音轻灵恍若从天边传来："姑娘，今早婢子贪玩，去了花园子。"

甄妙被这莫名其妙的话弄愣了。

绛珠抬眼看了看甄妙，一字一顿道："婢子还去了花园子的池塘边——"

甄妙手一抖，茶水洒了大半，都泼在衣衫上。

"姑娘！"

甄妙拿了雪白的绢帕擦了擦衣襟，勉强压下了狂跳的心，定定望着绛珠："无妨，你继续说。"

绛珠却没有说话，而是伸出手来。素白的手，犹如最上等的美玉，手心摊着的是一只小小的耳坠。耳坠是银的，花样却特别，是蝙蝠的样式。

"这是——"

"姑娘，婢子在那里捡到了这个。"绛珠悄悄打量着甄妙的脸色，继续道，"婢子想着这银制的耳坠恐怕是哪位姐姐的，丢了就可惜了，那里人来人往，就想着先带回去。若是听到哪位姐姐找坠子再还给她。没想到没多久，就听到了大奶奶滑倒的事。"

绛珠的话听不出漏洞。银制的耳坠，样式再特别也只能是丫鬟婆子戴的，而丫鬟婆子对首饰再爱惜不过。

"你也说了那里人来人往，怎么肯定这事和大奶奶有关系？"甄妙眯了眼睛打量着跪在地上的小丫鬟。十二三岁的小丫头，梳了两个包包头，显得俏皮又青涩。

绛珠托着耳坠靠近了些："姑娘，您看。"

小小的蝙蝠耳坠，在烛光的映照下油光发亮。这是——油渍。

绛珠继续说着："婢子听了这事，急得不行，又恐告诉了紫苏姐姐给她惹祸，就直接来找姑娘。没想到姑娘出门去了，好不容易等着姑娘回来，又一直没有机会，这才这个时候过来。"

"怎么没有告诉老夫人？"甄妙挑了挑眉。

"大奶奶跌倒后，老夫人并各院的主子们都去了青莲居，婢子怕。"

怕什么，绛珠并没有说出来。甄妙却是明白了。连等级都没有的丫鬟，不知道凶手是哪个，又怎么敢乱说？要是被反咬一口是她做的，那可就死无葬身之地了。

"走，跟我去见老夫人。"

"四姑娘！"阿绸见甄妙又被青鸽背过来，身边还跟了个眉目精致的小丫头，骇了一跳。

"老夫人呢？"

"老夫人刚刚沐浴过，已是躺下了。"

"劳烦阿绸姐姐去禀告一下老夫人，就说我过来了。"

"四姑娘——"阿绸诧异地看着甄妙。

"多谢阿绸姐姐了。"甄妙竟是摆明了要见老夫人的样子。

这下阿绸不敢再说什么，匆匆进去禀告。很快里面的灯亮了起来。

"四姑娘，老夫人叫您进去。"

甄妙点点头，由青鸽背着进去。绛珠紧跟在后面，亦步亦趋。老夫人斜靠在引枕上，神色凝重，显然料到孙女明知她睡下还要进来，定是有事。

"祖母，孙女得知了一件事，思来想去，觉得还是要报给您知晓。"

甄妙早就想把算计虞氏的黑手找出来，有了这线索，自然不想放过。只是她也明白自己没有合适的人手，能力有限，这事到底还是要靠老夫人。

"什么事？"

甄妙示意绛珠把用素白绢帕包住的耳坠捧给老夫人看，又把绛珠的话说了一遍。

老夫人听得面色发青，暗暗吸了一口气才道："这坠子就放在这儿，天晚了，四丫头你快回去睡吧，祖母自有计较。"

"嗯，那孙女就先回去啦。"甄妙干干脆脆答应下来。

老夫人反倒有些意外，随后为她的懂事暗暗高兴。知道什么该插手，什么不该管，是个有分寸的。

等甄妙离开，老夫人沉下脸来："阿绸，去叫大夫人来见我。记得别让人碰见了。"

"是。"被叫进来的阿绸躬身退了下去。

夜已深，雨虽小了，凉意却更重。阿绸紧了紧衣襟，提着灯笼深一脚浅一脚往明华苑方向而去。

甄妙回了碧纱橱，因为脚伤不好碰水，简单擦洗了一下便躺下了。窗外芭蕉被雨打得摇晃不止，在窗纱上投下雀跃的暗影。甄妙收回目光，一旦安静下来，反倒觉得脚疼得厉害。

这一疼，就睡不着了。她翻来覆去翻身，只听到青鸽时不时响起的呼噜声。

甄妙笑了笑。这丫头看来是累着了，平日虽睡得死，却不打鼾。好在鼾声不大，她本就睡不着，听着这鼾声心里反倒安稳许多。也不知道明日，是风雨还是晴。

第二日，天放晴了。阿鸾推开窗，清新的泥土伴着草叶芬芳的气息扑进来。

甄妙去请安，没有从老夫人波澜不惊的脸上发现任何端倪，又悄悄看了蒋氏。若是不出意外，昨日那事，老夫人定会交给蒋氏处理。蒋氏看了甄妙一眼，没有任何异常，冲她微微一笑。甄妙心中不解，却也知道剩下的事不是她能管得的了。

"四丫头，你脚受了伤，就好好在碧纱橱养着，这段日子不必来请安了。"老夫人笑着看了五大三粗的青鸽一眼，"不然你这丫鬟都该累瘦了。"

甄妙应了下来，由青鸽背着去了青莲居。

"四妹怎么过来了，脚上伤可还好？"甄焕视线落到甄妙脚上，又猛然想起虽是亲兄妹，毕竟男女有别，忙移开了眼睛。

甄妙却是认真打量着甄焕。不过一日未见，他下巴上的青茬就冒了出来，加上眼下重重青色，显得人无比憔悴。

"大哥，我想去看看大嫂。"

"你大嫂如今还睡着。"

"那我去看看侄儿吧。"

甄焕点点头："嗯，我带你过去。"

暖阁里窗子关得严严实实，还生了一个火盆，一进屋热气扑面而来。乳娘下榻行了礼。

甄妙终于见到了那个早产的孩子。

亲眼见了，才知道这孩子有多小，如一只小猫似的躺在乳娘怀里，拇指不过荸荠草粗细，没有一丝血色。甄妙原是想抱一抱的，真见了孩子的模样，却不敢下手了。

"大哥，哥儿取名字了么？"

甄焕勉强笑笑："哪顾得上取什么名字，先雷哥儿叫着。"

他说着目光落在乳娘身上，隐隐带着几分挑剔："哥儿吃得怎么样？"

大户人家小主子的乳娘都是早早挑好的，一般至少挑上两个，生产时间和主母差不多是最好的，这样的奶水充足又有养分。可给雷哥儿预备的三个乳娘因为早产都没用上，只得匆匆挑了个府中孩子已有半岁的仆妇顶上。甄焕便没那么放心了，只等着那三个乳娘生产后再选个好的替了。

这新顶上的乳娘显然知道自己的处境，面对甄焕审视的目光战战兢兢，生怕哪里做错了，就丢了这份差事。

乳娘不仅吃得好，累不着，月钱还多，更有着奶大小主子的情分，按着大户人家的惯例将来给她养老都不为过，哪个不想抓牢了这份美差？

"四妹，纪娘子说孩子还太小，又不足，恐大人带了什么病气过给孩子，我们先出去吧。"

"嗯。"见了像小猫似的侄儿，甄妙心里也不好受，跟着甄焕走了出去，一出门就遇到了甄冰姐妹。

见了青鸽背上的甄妙，甄玉笑出声来："哟，四姐，怎么你也成了孩子了，还要被人背着？"

"六妹，四妹昨日伤了脚。"甄焕不悦皱了眉头。

甄玉狐疑地打量甄妙几眼，这才作罢："大哥，我们来看看小侄儿。"

"雷哥儿还睡着，身体又弱，两位妹妹的心意哥哥心领了，不如一起去花厅坐坐，喝几杯茶水。"

甄玉不乐意了："大哥好偏心，明明四姐才跟你出来的，怎么她看得，同样是做姑姑的，我们就看不得？"

甄焕一时没了言语。抛去甄妙是他嫡亲妹子不谈，单说昨日甄妙二话不说拿出那支万金难求的老山参，又带着伤脚过来探望，他也不能把人拒之门外。可这话却不好开口了。

"六妹何必为难大哥？"甄妙开了口。

甄玉冷笑一声："四姐，那你刚才从哪里出来的？我们进去是为难，你就不是了吗？"

甄妙笑了："就是因为我刚刚为难了大哥，见到雷哥儿才知道大哥的难处，这才不忍再见他为难了啊。都是做妹妹的，想必六妹也知道大哥的难处吧？"

甄玉这下子不说话了，咬了嘴唇。她不过是不服气争一争，说到底是同情甄焕的。

"大哥，好久没来你这儿吃茶了，可有什么好茶招待妹妹们？"甄冰开口打圆场。

"有上好的花茶，是前几日一位同窗送的，正好你们尝尝。"甄焕松口气，领着几人向花厅走去。

茶还没沏上，就有丫鬟来报："大爷，蒋公子过来了。"

"那把蒋公子请到偏厅去。"

招呼着甄妙几人喝茶，甄焕去见了蒋宸。

吹着茶盅中舒展的花叶，甄玉笑了笑："四姐昨日不是去赴宴了么，好端端怎么把脚弄伤了？"

"跑得急了些，碰着了。"甄妙因着耳坠的事，没有闲聊的兴致。

甄冰从听到蒋宸来后，心思就有些恍惚。那日听了甄妙的劝，她也明白自己这样没有什么好处，可那份心思岂是说收回去就收回去的？到如今，她不敢再求太多，只要偶尔见上那么一面，就是极好的。

一时间室内静静的，只剩下茶香萦绕。等茶可以喝了，几人饮尽，心照不宣起了身出了花厅的门，一出去正见到甄焕陪着蒋宸往外走。

"几位妹妹怎么不多坐一会儿？"

"大哥这里只有茶，又没有点心，等大嫂好了，我们再来玩。"甄玉打趣道。

她目光不着痕迹落到蒋宸身上，见他却只望向甄妙那里，不由替甄冰不平起来，冷哼一声。

蒋宸向几人打了招呼，忍不住问："四表妹这是怎么了？"

"不小心踢到了石子上。"

"四表妹又甩鞋子了？"蒋宸下意识问道，随后反应过来说了什么，脸轰地红了，狼狈而逃。

甄妙却早忘了自己曾经干的好事，伏在青鸽背上，舒舒坦坦走了。

因着雷哥儿早产，洗三礼没办，只打发人去虞氏娘家和甄宁、甄妍并几处近亲那儿送了红鸡蛋。

第三日，甄宁遣人送来了一些珍贵药材，甄妍则是亲自登门了，从青莲居出来，就窝在宁寿堂里陪老夫人说话。

"祖母莫要担心了，我看雷哥儿吃奶的力气不小，定会长得白白胖胖的。"

老夫人点点头："可不是？能母子平安已经是佛祖保佑了。只是雷哥儿体弱，禁不起折腾，不办这洗三礼，虞家心里恐怕会有些想法。"

甄宁替老夫人捶着腿："我看虞夫人倒是挺面善的，再者说她是真心心疼雷哥儿，不该计较这个，等满月时再好好办就是了。"

"二姐，到时候你这做二姑的可不能小气。"甄妙坐在一旁，笑眯眯道。

甄妍白她一眼："知道你财大气粗，还显摆，是不是讨打？"

正说笑着，阿绸进来禀报说虞夫人带着两个儿媳过来了。老夫人忙让人进来。

甄妙悄悄打量着。

虞夫人看起来倒是和大夫人蒋氏年纪差不多，一双眼睛大而有神，可能是为虞氏忧心，眼睛里布满了血丝。

跟在她后面的两个年轻妇人，一个穿了条素青色的挑线裙，衬得人温婉端庄，另一个则穿了竹纹上衫配一条石榴裙，浓眉大眼，竟是有几分英气。

互相见了礼，阿绸奉上了香茗和点心。

虞夫人先喝一口茶，不由赞道："好茶，喝着怎么有股说不出的清香味？"

老夫人笑了："前些日子五丫头和六丫头采了荷花瓣上的露珠，存了一罐子水送了来。"

"可是李夫人的一对双生女儿？上次见还是两个孩子呢，如今竟如此风雅了。"

"什么风雅，小丫头闹着玩罢了。"老夫人不以为然道。

坐在虞夫人下首浓眉大眼的少妇微不可察地皱了皱眉。

甄妍看在眼里，微微一笑。

虞夫人又拿起一块桂花糕咬了一口，轻咦了一声："这糕点倒是特别，比寻常的桂花糕味道浓郁不说，还没有那么甜腻，不知是哪家点心铺的？"

老夫人这次笑得有些得意，瞥了甄妙一眼："我家四丫头就喜欢鼓捣这些玩意儿，知道我不喜太甜，特意做的，让虞夫人见笑了。"

若说刚才见礼，虞夫人对甄妙二人的称赞不过是妇人交际之间的客气，现在却多了几份诚意："老夫人几位孙女，一个比一个兰心蕙质，真让人羡慕。"

老夫人客气了一番，知道虞氏不可能只为了寒暄几句，就把甄妙二人支开。

回了碧纱橱，甄妙一下子抱住了甄妍胳膊："二姐，我可想你了。"

看着她孩子气的举动，甄妍哭笑不得："四妹，你这眼见着就及笄了，怎么还像个孩子一样？好端端还把脚弄伤了，进出都要青鸽背着。"

"二姐嫁人不过个把月，就长大了？"甄妙悻悻放了手。

甄妍脸上一红，随后正了脸色："我且问你，大嫂七月产子，到底是怎么回事？"

虞氏前三个月虽然害喜厉害，可大夫定期问诊，怀得是极稳当的，好端端的早产，要说这其中没事，她是不信的。

甄妙也不瞒她，把包括绛珠捡到耳坠的事都一股脑说了。

甄妍气得拍了拍茶几。

"定是和甄静有关。"

甄妙摇摇头："三姐早被拘在了大伯娘院子里，就算有心，也无力啊。"

甄妍勾起唇角，讽刺地笑了笑：

"四妹，我说和甄静有关，并没有说一定是她。"

甄妙有些茫然。

甄妍心中一叹。她这个傻妹子，将来到了镇国公府可怎么办！

"四妹，你一直忽略了一个人。"

"谁？"

甄妍用手指蘸了茶水，在茶几上写了个"岚"字。

甄妙盯着那个"岚"字好半天，恍然大悟："岚姨娘？"

甄妍差点吐血："四妹，你反应还能再慢点吗？"

甄妙不好意思笑笑："二姐，我从没想过她一个姨娘竟有这么大能耐，你怎么一下子就想到她了呢？平日里，我脑子里就没有她这号人。"

"四妹，你可是因为当初轻易发落了婉姨娘，就没把妾当回事儿？"

"这倒没有，只是岚姨娘平日低调得很，我甚至连她长相都没多大印象，且前几日大伯娘说她也病了呢。"

甄妍冷笑一声："四妹，你记着，这妾，说她是个玩意儿，她就是个不值一提的玩意儿，可要是坏起事来，也能狠狠咬人一口。这岚姨娘倒是个人物，除了大房，别人谁能轻易想到这个人？这就是她的厉害之处！"

"二姐，你更厉害。"甄妙崇拜地看着甄妍。

甄妍嗤笑一声："不是我厉害，是那红色绣线的事给我提了醒罢了。现在想想，那事可能是甄静做的，也可能是岚姨娘做的，眼见的结果本就不一定是事实！"

甄妙替甄妍重新添了一杯茶水。

甄妍端起来喝了，耐心教导甄妙："有的时候看一件事，不单要只看这一件事，而是要前后连起来看，左右连起来看。这前后不必说，左右呢，比如你猜测这事最可能是某人干的，那便要把和他相关的人物都列出来想一想，说不定就有新的思路了。"

甄妙受教，点了点头。

"你且看着吧。既然有了你那小丫鬟的耳坠为证，大伯娘不是吃素的人物，不出两日就会有结果。岚姨娘这次恐怕是聪明反被聪明误了。"

甄妍是出嫁女，不好留太久，姐妹二人一起去温氏那里陪着说了半下午的话，就打道回府了。

甄妙窝在碧纱橱里，有些怏怏的。她果然不擅长这些事儿，真着急啊！

甄妙心头闷闷地睡了过去，醒来阿鸾伺候着她净了面，拿了个梳子："姑娘，婢子给您梳头吧。"

甄妙单脚跳着坐到梳妆镜前，蒙眬睡眼陡然睁大，死死盯着额头上的几颗红痘痘看。

阿鸾注意到了，劝慰道："姑娘别急，可能是上火了。"

甄妙看着碍眼的痘痘眯了眼。

阿鸾再劝："姑娘少吃肉和辛辣的，多吃清淡的就好了。"

甄妙差点泪流满脸。这是劝慰吗？这纯粹是往她心口插刀！日子过得已经够烦闷了，还不能吃肉，不能吃辣，那活着还有什么趣味！其实她们这个年纪，脸上长痘痘是再正常不过的，只是丫鬟们本来油水就少，姑娘们个个爱惜容颜，没人像甄妙这样不忌口，自然就好多了。

甄妙虽不是特别重视容貌，可这几个痘痘太碍眼了点儿，且一旦开始起，以后就像野草似的，一茬接一茬，割也割不完。一想到从此以后顶着一张痘脸，甄妙整个人都不好了。

可要是从此只吃清淡寡味的，真的要她命，思来想去，想到了甄太妃教的那个美白肌肤的方子。甄太妃可是说得明明白白，这方子坚持用了，不但能令肌肤胜雪，还会光滑如缎，总之一句话，谁用谁知道。

想想那方子的麻烦程度，还有败家程度，甄妙想了又想，还是一拍桌子定了下来。麻烦便麻烦吧，反正她都能接受一天梳两千下头发了，不就是换着花样洗澡嘛！至于银钱，她现在正是手头宽裕的时候，也不缺。

一旦决定了，甄妙便提笔写了方子所需的各种材料让人去采买，只是每样材料都要了同样的分量，省得把方子漏了出去。事情交给白芍去办，还没到晚膳的时候，就已经全买了回来。

甄妙脚还不能碰水，便让她把药材都仔细收了起来，等脚伤好了便开始用起来，肌肤果真一日比一日水灵白皙了。

转眼到了天寿圣节，老伯爷和大老爷都参加朝贺去了，至少要折腾到下午才会回来。

甄妙正陪着老夫人聊天，有丫鬟禀告大夫人过来了。这个时候，正是大夫人蒋氏打理事务的时候，怎么好端端的会来找老夫人呢？

甄妙心里纳闷着，就见蒋氏走了进来，神色虽沉稳，匆匆的脚步却暴露了她急切的心情。

"怎么了，蒋氏？"老夫人开了口。

蒋氏看一眼甄妙，倒是没有避讳她的意思，缓了口气道："老夫人，是我们房的岚姨娘没了。"

老夫人掐着佛珠的手一顿，连眉毛都没抬："今儿是天寿圣节，天大的好日子，一个姨娘，没了便没了吧，好好装殓了就是了。"

蒋氏点点头："岚姨娘前些日子染了风寒就病得不大好，已经准备好了呢。"

甄妙听得眼皮子一跳。岚姨娘前些日子病了不假，但是说没就没了，又岂是那么简单的？

果然就听蒋氏又道："岚姨娘身边叫青娥的丫头忠心耿耿，岚姨娘一没竟然殉主了，依儿媳看，也厚葬了吧。"

赶上昭丰帝的寿辰，岚姨娘不过是个贱妾，伯府连信儿都没给参加朝贺的大老爷送，就把岚姨娘埋在了山脚下，陪着她的是那殉主的丫鬟青娥。

大老爷回来后，听闻岚姨娘的死讯，只是怔了怔，随后如往常一样地沐浴更衣，歇在了明华苑。

岚姨娘的死就像一个小小的石子投入湖里，泛起的涟漪还没荡漾到人们心底，便悄无声息散了。

被关起来的甄静，还是得知了岚姨娘的死讯。

那一日小丫鬟冬哥提着食盒推门而入，房门打开的吱呀声并没有惊动甄静，她呆呆地缩在椅子中，像个没有生机的精致人偶。

冬哥看了皱了皱眉。她很不喜欢这位三姑娘。

"三姑娘，吃饭了。"冬哥把食盒放在长条桌案上，把碗筷一一布好。

甄静看向冬哥，眼珠转了转。

"那婢子就告退了。"

反正吃不吃，过会儿她是要来收的，多一刻都不想在这里待下去。冬哥年纪不大，遮掩情绪的功夫还不到家，那抹嫌弃之色就被甄静撞见了。

"你站住。"

声音从背后传来，凉凉的，缓缓的，就像一条蛇，顺着小腿缓缓往上爬。

冬哥身子颤了颤，转了头："三姑娘还有什么吩咐？"

"吩咐？"甄静低着头喃喃念着，显得无助又娇弱。

冬哥微微松了口气。

她怕什么，三姑娘如今连门口都不能迈出一步，听说亲事也退了，这往后恐怕还不如有头有脸的丫鬟过得好。她的姐姐，可是老夫人身边的夏梅，虽只是二等，也算是极有体面的了。

想到这儿，冬哥身子挺了挺。

就见甄静忽然露了个笑容，猛然抓起桌案上的一盘菜就这么掷了过来。

冬哥尖叫一声，下意识往旁边一躲，还冒着热气的嫩豆腐大半就泼洒在衣衫上。青花瓷的碟子在脚边碎裂，热汤汁更是溅到了绣花鞋上。

"三姑娘，您这是做什么呀？"冬哥被烫得跳脚，言语间就忘了恭敬。

甄静腾地站起来，多日来的颓废茫然好似烈油被火星点燃，掀起了腾腾热浪。

冬哥被骇住了，一动不动地看着甄静到了跟前，接着啪的一声，脸颊已经挨了一个耳光。

"下贱的奴才秧子，我好歹是这府里的三姑娘，也是你能嫌弃的？"

"三姑娘，婢子没有——"

又是啪的一声，冬哥猛然捂住另一边脸，只觉双颊热辣辣疼。

甄静却好似终于找到了发泄的对象,双手齐上,又打过去。

冬哥不敢还手,却被激出了火气,边躲边嚷道:"三姑娘是主子,难为婢子一个小丫鬟做什么?想摆主子的款儿,去您姨娘那里摆啊,她不也是个奴才秧子吗?"

"你,你敢说我姨娘?"甄静这一次除了发泄,真正来了怒气。

冬哥嗤笑一声:"有什么不敢的?岚姨娘如今坟头恐怕都开始长草了。"

甄静表情有片刻呆滞,随后像是面具出现了裂缝,有些绝望,又有些疯狂,一把抓住了冬哥的手:"你说什么?给我再说一遍!"

"哎呀,您放手。"冬哥被甄静模样吓得不轻,使劲挣脱开,旋风般跑了。

关门声传来,甄静还是呆呆的。

"姨娘死了?怎么会,怎么会?不行,我要见父亲!"

她扑到门前死命拍着:"来人,我要见父亲,来人——"

这番动静不小,门到底是开了。

"林嬷嬷,是不是父亲要见我了?"甄静眼中有了一丝光亮。

林嬷嬷在大夫人蒋氏嫁进来前,就是大老爷院里的管事嬷嬷,真正算起来,是大老爷的亲信。

林嬷嬷面色沉静地站在那儿:"三姑娘,世子爷让您好好养着身子。"

"我父亲在哪儿?我要见他!"

林嬷嬷眼中波澜不惊,淡淡道:"世子爷在秀姨娘那里歇着呢。"

"秀姨娘?"甄静一愣。

"是,岚姨娘去后,夫人怕世子爷少了人伺候,从外面买了些人进来。其中两个给了世子爷,秀姨娘得了世子爷青眼,刚被抬了姨娘,还有一个给了三老爷成了丽姨娘。"林嬷嬷说着看向甄静的眼神终于有了一丝怜悯,"三姑娘,您还是好好休养吧。"

见林嬷嬷要关门,甄静伸手把门撑住,脸色惨白如鬼:"林嬷嬷,能不能告诉我,岚姨娘是怎么去的?"

"呃,不是前些日子伺候三姑娘,累病了么?可惜岚姨娘身子骨弱,竟没熬过去……"林嬷嬷说完,轻轻关上了门。

姨娘累病了没熬过去?甄静垂着头,长长的指甲深深陷入肉里。

姨娘原本留在这里照料她,有一日忽然身体不适不假,可要说就因为这个去了,她怎么能相信!

甄静想起前两日姨娘借口来看她,说的那番莫名其妙的话。

"静儿,姨娘都是为了你,所有的伤害都让姨娘去应对,我的儿,你只要好好养着，将来风风光光地进了皇子府就好了，就好了……"

姨娘做了什么？府中是不是发生了什么自己不知道的事，导致了姨娘的死？

甄静如行尸走肉般走到梳妆镜前坐下，望向镜中的人。苍白的脸色，虽然极美，却仿佛是脆弱的纸美人，一碰就要碎了。她不能再这样下去了，她要养好了身体，抓住六皇子的心，她不能要姨娘白死。甄静抓起放在桌案上的筷子，大口大口吃起来。

秋叶渐黄，天一日日凉了起来，甄妙才从温氏那里回来，就被老夫人派人叫过去。

甄妙进去后一看，除了坐在上首的老夫人，大夫人蒋氏也在场，最下首的锦杌上坐了一个打扮清爽的婆子，似乎是蒋氏院子里的花嬷嬷。

老夫人笑着把她招到身边，甄妙规规矩矩坐好，并不主动开口问何事。

倒是蒋氏先问道："刚从你母亲那里过来？"

"嗯，看母亲精神不济，想着前不久新做了些腌萝卜，送去让她尝尝。"

听了这话，蒋氏笑意更深："老夫人，儿媳就说吧，妙丫头在厨艺方面很有天分，经常能做出口味独特的吃食。"

甄妙悄悄皱了皱眉。大伯娘这是什么意思？

蒋氏解释道："是这样的，妙丫头，你大姐姐有了身孕，害喜厉害。虞氏害喜时幸亏有你做了几样吃食才熬过去，大伯娘想请你去你大姐那里小住一段时日。"

甄妙心中不悦。

蒋氏心疼女儿，这可以理解，可让她一个隔房的姑娘去别人家伺候人，不先问问她的意思，直接找了老夫人，这不相当于赶鸭子上架吗？

要是甄妍，她自然是二话不说的，可是甄宁，她记忆中二人就没什么交集，甚至近期的唯一一次见面，还能隐约感觉出对她的不喜，现在反倒要她去照顾？

甄妙笑了笑。蒋氏，这是料定自己会答应吧。她是伯府未来的女主人，母亲温氏说不得还要在她手下讨生活的。

这就是大宅院，斤斤计较的李氏也好，貌似大度贤良的蒋氏也罢，谁又没有自己的心思和算计呢？

"祖母，孙女也不懂有了身子的人能吃些什么，不能吃些什么，万一出了什么差错，可怎么是好？"

没等老夫人说话，蒋氏就一指花嬷嬷："花嬷嬷精通这些，到时候就让她陪你一起去。"

甄妙抿紧了唇。

蒋氏见了，面上不显，心中却生了一丝不满。这些年，她自问没有亏待过三房，倒是没想到，妙丫头居然不乐意！蒋氏暗暗冷笑。妙丫头比起她二姐，可是差得远了。

换了甄妍，哪怕不愿意也会半点不露，让人觉得欢欢喜喜的，哪像这傻丫头，居然还给她摆脸色！

甄妙捏着帕子，端端正正地坐着，浑身都散发着我不愿意的意思。她自然知道蒋氏会心生不悦，大姐那里恐怕是非去不可。可就因为这样，她明明不愿意也要表现得高高兴兴么？那么下一次，是不是谁都能对她呼之即来挥之即去了，只因为他们是需要依附大房的三房？

长房袭爵，将来三房要靠长房庇护不假，可涵哥儿还小，整个甄府这一辈不过两个男丁，难道他就没有靠长兄和姐姐们帮衬的时候么？大伯娘平日精明大度，可对三房骨子里的轻视终究是不经意流露了出来，且没有做好调整心态的准备呢。

甄妙微微一笑："大姐姐不舒坦，做妹妹的去照顾也是应该的，只是我母亲近来身体不大好，二姐出阁，大嫂又伤了身子，我若是再不能在身边尽孝，有些放心不下呢。"

蒋氏微怔。妙丫头究竟是无心，还是有意？这是让她表态要好好照应温氏吗？

想到和风苑多出的那个丽姨娘，蒋氏有一瞬间的不平衡。她院子里多了两个呢，怎么也没见哪个护着她？

"妙丫头放心就是，府里自然是会妥妥当当，不让你惦念的。"

"不知什么时候过去呢？"甄妙这才松了口。

"后天一早公主府来接。"

接下来自然没有什么好说的，蒋氏起身告辞。

"四丫头，来祖母身边坐。"

甄妙过去坐下。

老夫人伸手摸了摸她鸦青的发丝："可是不愿意了？"

"嗯。"甄妙没打算掩饰，"孙女是个愚笨的，怕不但照顾不好大姐，还惹下什么麻烦，且真的放心不下母亲和大嫂。"

"你这丫头啊，真是实心眼，既然答应下来，何必还要惹你大伯娘不高兴？"

甄妙挽住老夫人胳膊，笑弯了眼睛："祖母不生我的气就好啦。"

真要说起来，将来等老夫人不在了，三房是要出府另过的，只要她和大哥、二姐争气，温氏还真不需要仰人鼻息。

老夫人点点甄妙鼻尖，随后正了脸色："四丫头，你知道昭云长公主的事吗？"

甄妙依着了解的情况道："昭云长公主早年丧夫，带着两子一女在公主府生活。因为深受皇上敬重，长子和唯一的女儿都破例有了封赏，二子凭着自己的才学考中了进士。"

老夫人笑笑："祖母是说，对长公主本人，你有什么印象？"

甄妙想了想，有些为难道："祖母，孙女长这么大，就见过长公主两三面，不好说呢。不过听说长公主鲜少见外人，为人定是极清傲吧？"

老夫人习惯性摩挲着佛珠，道："原本这些陈年旧事，是不该对你们这些小辈提的，只是你既然要去公主府小住，难免会和昭云长公主打交道，多了解一些，知道长公主是什么性情，也有好处。"

接下来足有一盏茶的工夫，甄妙都在听老夫人讲述昭云长公主的往事，听到最后，惊得下巴都要掉下来了。

昭云长公主是个真正的传奇人物。

昭丰帝还是皇子时，因为现在的太后身份不高，日子并不好过，同为太后所出的昭云长公主也是受冷落的。

当时南淮边境总有异族月夷来犯，每次扰民，掠夺了财物便走。先皇文彦帝多次遣兵去打，因着他们这一习性总讨不到好处，边境百姓苦不堪言。后来月夷一族的族长求娶大周公主，先皇就把昭云长公主嫁了过去。不料成亲那日，昭云长公主用贴身的匕首刺杀了月夷族长，亲卫护着连夜逃了回来。满朝震惊。

月夷一族展开了疯狂的报复。朝中大臣联名上书，要求处决昭云长公主以平战乱。

据闻，昭云长公主一身红衣走进大殿，仰天大笑后对着先皇说了一句话："儿臣享有公主之尊，自然不吝以身报国，只是纤芥之疾终有一日会成大患，儿臣只是替满朝栋梁提前把它揭开而已。"

一番话，满朝文武恼怒的有之，惭愧的有之，处死昭云长公主的话却是没人再提了。

当时东宫空悬，几个成年皇子都上朝听政，身为皇子的昭丰帝主动请缨，要亲征平乱。也正是这一次，昭丰帝脱颖而出，凯旋后被立为太子，之后顺利继承了大统。昭云长公主成了当朝最尊贵的公主。手刃月夷族长的事，也被说成了大义的为国之举。

可事实是，没有哪个世族敢娶这么一位彪悍且是再嫁之身的公主了。

最终昭云长公主嫁给侯门幼子，夫婿没有继承权，留下二子一女后早亡，便带着孩子在公主府过起了日子，有着皇上敬爱和尊贵的身份，过得倒是顺风顺水。

老夫人因为回忆而显得有些迷蒙的眼神渐渐恢复了清亮："四丫头，要说起来，昭云长公主和你，还算扯得上一点渊源。"

"啊？"

"曾经的镇国公世子，也就是罗世子的父亲，是在长公主说了那番话后，第一个站出来主动请缨担任先锋的。也可以说有了他那个台阶，之后的事情才顺理成章。如今人虽不在了，想来长公主看在那人的面上，不会为难你的。"

"嗯，孙女明白了。"甄妙觉得就像听话本似的，想着后日有可能见到这位传奇中的长公主，总算有了点期待。

她回了碧纱橱，命白芍几人收拾行李，想了想，提笔给罗天理写了一封信。这人翻窗上瘾了，万一她不在的这段日子又翻墙进来，被人抓个正着，那她就又要出名了。

不出几日，一顶精致小轿就静悄悄停在了建安伯府的垂花门处。甄妙带着阿鸾和青鸽上了轿子，也不知行了多久，轿子停了下来。

"甄四姑娘，请下轿吧。"一个嬷嬷立在轿子边，把轿帘掀开。

那嬷嬷穿着缎子袄，头发挽了个利落的髻儿，插着一根金钗，看着很是体面。甄妙冲她点头微笑。那嬷嬷便回之一笑，只是嘴角微勾，显得有几分倨傲。甄妙没有往心里去，抬脚就走。

每年的梨花会都在公主府的梨园举行，她不是第一次来了。这里景致确实是极好的，哪怕到了这个时节，仍有许多不知名的草木常青，花团锦簇。

行走到一处，还看到一丛灌木，挂着满满的红色小浆果，果子晶莹小巧，看着就让人垂涎。甄妙不由多看了一眼。

"这是迭香果，早年从海外带来的树种。"一个清清凉凉的声音响起。

甄妙抬头，这才看到重喜县主就在灌木丛的另一侧。

"县主。"甄妙施礼。

"甄妙，我等你好久了。"这话令甄妙有些意外，迷茫地看了重喜县主一眼。

带路的嬷嬷脸色微变，看向甄妙的眼神再没最初的倨傲和漫不经心，反而多了几分慎重和审视。县主自小就是冷淡性子，便是对着自己的大嫂都不像寻常小姑那样爱说爱笑，这位甄四姑娘怎么得了县主青眼呢？

"杨嬷嬷，我带甄四姑娘过去就成了。"重喜县主淡淡道。

"是。"杨嬷嬷恭敬应着，停住了脚步。

甄妙一头雾水跟着重喜县主走，见周围景致越来越精致，忍不住问："县主是带我去见大姐吗？说起来，这还是我第一次去大姐那儿，没想到她住的地方比梨园也不逊色。"

重喜县主轻笑一声，才解释道："我带你去见的不是大嫂，是我母亲。"

这次甄妙是真的意外了。素来鲜少见外人的昭云长公主竟然要见她？

"不用担心，我母亲很好的。"重喜县主安抚地笑笑，"等你安顿好，再一起做彩虹面条可好？"

"好的。"甄妙调整好心态，笑眯眯道。既来之则安之。

见甄妙神色坦然，重喜县主暗自点头，带着她穿过一道道月亮门，到了昭云长公主的休憩之地。

两个容颜姣好的侍女立在门旁，见着重喜县主盈盈施礼，一人打起绣着烟雨山水图的布帘，一人向着屋内禀告一声："县主和甄四姑娘来了。"

"让她们进来。"柔若春风的声音传来。

甄妙走进去，竟不敢落脚了。

地上铺着一尘不染的雪兔皮，一水的紫檀木家具压住了这一片白，整个房间说不出的高贵大气。临窗大炕上坐着一个一身红衣的女子，衬着这雪白和暗紫，明明是极张扬的颜色，眉眼间的浅笑却生柔和了这一切。

重喜县主踢掉鞋子，雪白的罗袜踩着雪兔皮铺就的地面走向昭云长公主。

甄妙回了神，站在门口施礼："民女拜见长公主。"

"你便是甄四吧，来，进来坐。"昭云长公主招招手。

甄妙脱了鞋子进去，对长公主闲聊般问的几个问题都一一乖巧应了。她自认没有长袖善舞的本事，面对绝对的上位者，不出错就是好的。

原以为长公主见她或者有什么深意，却不想问了那几个问题后便端了茶。一位个子高挑的丫鬟领着甄妙去了大公子院子里。

只留下重喜县主，终是忍不住问："母亲，您既有心见甄四一面，就只是为了说几句话？"

"说几句话，足够了。"昭云长公主笑了笑。

重喜县主不再多问，可是心里的疑惑越来越大了。母亲不像人们认为的那样清傲，只是行事洒脱、不拘俗礼，不耐烦和京城贵妇打交道。可若是记得不错，母亲近两年包括甄妙在内只特意见过三位年轻的姑娘，她们好像有个有趣的共同点呢。

一个人名逐渐在脑海中浮现——罗天珺。她们都和这位罗世子议过亲。可是母亲，为什么关心这个？重喜县主白玉般的手指轻叩着雕花床柱。

"小姑娘家莫想太多了。"昭云长公主伸出手指，弹了弹重喜县主额头，语气揶揄。

"母亲，我找甄四去了。"重喜县主无奈扯扯嘴角，起身告辞。甄妙跟着领路丫头不紧不慢走着，心神还放在刚才短暂的见面上。昭云长公主是孀居之人，竟然穿了一身大红色，果然不拘常理。这么不拘常理的人，竟会见儿媳的娘家妹子，有些奇怪。

"甄四姑娘，大公子的住处到了，请随婢子来。"个子高挑的丫鬟在题名长乐院的门前停了下来，"当心台阶。"

甄妙道声谢，提着裙角往上走。

说起来甄宁的夫婿韩大公子还有些特殊，他自幼就被昭丰帝授了奉国将军的爵位，行冠礼后要住进将军府的，只是如今未满二十，就一直在公主府住着，满府的人都习惯叫大公子而不称封号了。

"惊鸿姐姐。"守门的丫鬟笑着向个子高挑的丫鬟打了招呼。

甄妙才知道,这带路的丫鬟叫惊鸿。

"去和大奶奶禀告一声,甄四姑娘到了。"

"嗳。"那丫鬟跑了进去。

甄宁斜靠在美人榻上,神情恹恹问:"是四姑娘到了么?"

原本昭云长公主不耐烦打理庶务,自她嫁进来就把管家之权丢了过来。不想一有身孕,长公主就放话让她好生休息,先不要操心这些琐事。虽说抛开这些是轻松了,可是乍然没了事干,反倒有些不自在,害喜的症状倒是越发重了。

"是的,大奶奶。"丫鬟说完又补充了一句,"是惊鸿姐姐送甄四姑娘过来的。"

"呃?"甄宁不自觉坐直了身子。这么说,长公主竟然见了她这位四妹?

"去把四姑娘请进来。"

等丫鬟出了屋,甄宁收了笑意,对坐在锦杌上的一位中年妇人道:"奶娘,您说长公主是什么意思?当时母亲提起四妹会做吃食,想让她来照料我一些日子,我原是没有答应的。你也知道,大公子平时都歇在长乐院,二公子又没娶妻,她一个姑娘家常住在这儿,委实有些不妥当。"

"大奶奶放宽心。四姑娘是订了亲的人,知道分寸。"

"呵。"甄宁冷笑一声,对这个话题没再多谈。

要说她二妹知道分寸,她倒是信,可这位四妹,从小她冷眼看着就是心性不正的主儿。母亲提出这事,虽是为她身体着想,还是让人恼怒。难道就不怕给她引狼入室?竟还说那丫头是个拎得清的,让她放心。能拉着镇国公世子落水的人,哪怕是她堂妹,她怎么放得下这个心?想起蒋氏提起甄太妃还留甄妙小住过一段时日,甄宁心里更是说不出的不舒坦。

"也不知长公主是怎么想的,竟说四妹既然有这个本事,来照顾我一段时日也好。弄得我是再推托不得,不然反倒显得小气了。"

"长公主定是心疼您的。"奶娘劝道。

立在房门口的丫鬟已经把帘子挑了起来。

甄宁抿唇不语,心中却冷笑一声。长公主是什么性子别人不知,她多少是了解一点的,连打理公主府都不耐烦,会理会这些小事?

甄宁玲珑心肝,长公主在别人看来是无意的举动,却引起了她的猜疑,对进来的人用审视的目光打量着。

俏丽的飞仙髻上斜插着一支通体透亮的翡翠钗,一身淡绿裙袄束着一指宽的缎面腰带，显得纤腰盈盈一握，蜜蜡手串衬得皓腕欺霜赛雪，让人不自觉多看一眼裸露在外的肌肤。

甄宁确实移不开眼睛了，面上虽还平静，心中却起了惊涛骇浪。这样无瑕的肤色，分明是太妃才有的！幼时她常去宫中陪着太妃做伴，没有谁比她更清楚了。那么多年，她乖巧懂事，陪太妃解闷，可是这养肌肤的方子太妃始终没有教给她！短短几日，四妹就能从太妃那里学到这个方子，到底是凭了什么呢？

"大姐。"甄妙行了一礼，见甄宁神色怔忪，疑惑挑了挑眉。

"四姑娘来了。"一个婆子端着瓷碗进来，屈了屈膝，"给四姑娘请安。"

"花嬷嬷。"甄妙认了出来。

花嬷嬷一个下人，自然没有什么好收拾的，昨日就一顶小轿进了公主府。

"大姑娘，趁热把燕窝粥喝了吧。"

甄宁这才醒过神来："四妹一路辛苦了，快坐。"她端起白瓷碗，手指捏着碗盖吹了吹，抿了一口就皱了眉，又忍耐喝了两口就放下了。

"大奶奶，好歹多吃两口，您吃不下，哥儿还得吃呢。"奶娘劝道。

甄宁摇摇头："我心里有数，再吃，之前的也要吐出来了。"

见甄妙垂首不语，甄宁笑道："我听母亲说，当初弟妹怀着雷哥儿时也是害喜厉害，还是四妹做了几样小菜让她开了胃口？"

"大嫂怀着孕我也不敢乱做什么，只送了几次，是大伯娘太过奖了。"

甄宁微微一笑："我原是舍不得四妹过来辛苦的，只是不敢辜负母亲的心意。四妹便住在西跨院里吧，若是做吃食就直接去小厨房，只是万不可累着自己，不然手弄粗了，我可不好向三婶交代。"

"一切都听大姐姐安排。"甄妙笑靥如常。

甄宁的意思她听懂了，这是说不用她费什么心思吧。原以为是来伺候孕妇，现在孕妇告诉她你只是打个酱油，甄妙表示很满意。

"就辛苦四妹一段时间，等我满了三个月便送你回去。留的时间长了，三婶该怪我了。"

"都听大姐姐的。"甄妙笑眯眯道。

甄宁遣了叫翠浓的丫鬟送甄妙去西跨院，正要跨出门槛，大公子韩庆宇走了进来。

甄妙忙避到一旁，福了福身子："大姐夫。"

"四妹来了，不必多礼。"

甄妙起身，这才第一次近距离见着这位大姐夫。比起韩二公子和重喜县主，韩庆宇倒是更像昭云长公主些，俊眉修目，有几分英气。

"四妹这是去哪里？"

甄妙规矩垂了头："先去西跨院安顿一下。"

"四妹好走。"韩庆宇进了屋，神情愉悦，"阿宁，四妹来了就好了，上次在岳丈家吃了四妹做的彩虹面条，粉红色的那种酸咸中带着点甜味，你吃了定会有胃口。"

甄宁面上笑盈盈的，心中却不大痛快。甄妍回门那日，她虽去了，但因一直做着怀孕的准备，乱七八糟的东西并不敢随便入口，那彩虹面条是一口没敢吃的。果不其然后来发现有了身孕，还庆幸来着，可大公子提这彩虹面条已经好几次了吧？

扫一眼伺候的人，众人心领神会退了出去。

甄宁伸手拉住韩庆宇，让他坐在榻上，嗔道："四妹是娇女，你还真当她是丫头了？"

韩庆宇摸摸鼻子："阿宁，这不是想着有四妹在，你能吃好点吗？"

甄宁靠在大枕上，斜睨他一眼："总之，不要总想着使唤我四妹，当心罗世子找你算账。"

"是，是。"韩庆宇心中一荡，握住了甄宁的手。二人成亲不到两年，甄宁又有了身孕，自是蜜里调油的时候。

韩庆宇眼神一变，甄宁立刻就察觉了，耳根不由红了，心中却是一叹。看来通房的事，不能再拖了。想起这事，她自然是硌硬的，可是哪个世家大族不是如此？

要说来长公主算是难得的婆婆了，换作别人，恐怕她一有身孕就立刻插手或是示意她安排了。现在她若是跨不过去这个坎儿，难道要等着长公主指个人来或者大公子哪日忍不住收用了丫鬟吗？那才是生生怄死人！

"大郎，把翠浓给了你怎么样？"

绣着花鸟的布帘颤了颤，本欲掀起的手僵住，绯胭脸色沉了下来。大奶奶之前暗示过，要在她和翠浓之间挑一人给了大公子。这段时日，她二人都可足了劲表现。大公子那样的人物，谁不想呢？本以为自己至少有五成机会，没想到大奶奶早就中意了翠浓。

"翠浓不是你的丫鬟么，给我做什么？"韩庆宇一时没反应过来。

"傻子……"后面的声音低了下来。

站在门外的丫鬟什么都听不清，心却冷了下来，冷到极处，下了决心。

长乐院很大，除了主院还有东西两个小跨院。跨院除了通往主院，开了后门可以不经主院直接出去。这样一来，甄妙带着阿鸾和青鸽在西跨院住下，觉得还算方便。

一晃过了三四天，因着最初得了甄宁的暗示，甄妙没有自讨没趣常往人家跟前凑，只送过几次吃食。每次过去，甄宁拉着她闲话家常，很有长姐的样子，只是那精心准备的吃食,就在谈笑中悄悄冷了下去。甄妙便明白了她的意思。

特别是有一次碰上韩大公子回来,把那快冷了的醋酿丸子汤喝了大半,连赞四妹好手艺时,甄宁眼中飞快闪过的不悦之色没有逃过她的眼睛。到现在,干脆连吃食也不送了,只每日约莫着避开韩大公子回来的时间过去问一趟大姐姐想吃什么。甄宁回上一句没什么胃口,就省了功夫。

姐妹二人心照不宣,只等着甄宁怀孕满三个月没了害喜症状就回去,算是给两边一个交代。

"姑娘,大姑娘就算不吃,您也该做些吃食送过去,不然将来传出去,还说是您的不是。"阿鸾一边替甄妙梳发,一边柔声劝道。

"放心,不会的。大姐姐是八面玲珑的人,怎么会把这事传出去?将来提起啊,只会说我心灵手巧,厨艺好呢。"

阿鸾便不再多言,默默替甄妙梳发。

重喜县主走了进来,淡淡笑道:"甄妙,都什么时辰了,还在梳发?"

甄妙回之一笑:"昨日睡迟了些,今儿便起晚了。"

"你要做些吃食给大嫂送去么?"

"大姐姐说早上没胃口,平时我都是晚膳时送去的。"

甄宁不想让外人知道她不愿碰甄妙做的吃食,甄妙乐得配合。

"那好,今日你教我做彩虹面条吧。"

甄妙微怔,然后点头:"好。"

重喜县主不是话多的人,二人并肩走进小厨房。

小厨房的人见了重喜县主都惊了:"县主,您金尊玉贵的身子,怎么来这里?"

"这里怎么不能来?"重喜县主淡淡问。

小厨房的人都不敢再多说。

"你们都出去吧,就留一个烧火的好了。"

等人散尽,重喜县主道:"甄妙,你教我吧。"

"我们先揉面吧。"

既然重喜县主想学,甄妙也没觉得以县主之尊就不能洗手做羹汤了,神态自然开始洗手揉面。

重喜县主就是喜欢甄妙随意的性子,跟着认真学起来。

揉到一半,甄妙停下来,笑问:"县主,手酸了吧?"

"有点酸。"重喜县主如实说着,忽然笑了,"甄妙,你鼻尖上有面粉。"

"是吗?"甄妙对着装满了清水的琉璃盆照了照,果然见鼻尖白白的。

"只有这么一点,不打紧的。县主,你来看看。"

重喜县主疑惑走过去,甄妙指了指水面。水中映出一张清丽的沾满了面粉的面庞。

"呀,我什么时候成了这样子?"重喜县主讶然,表情一下子生动起来,少了平日清贵冷淡的模样。

甄妙就呵呵笑了。

重喜县主不以为意走回去继续揉面。

"县主,我来教你调制汁液。彩虹面条就是因为面粉揉进了不同的果蔬汁液,才会有了各种颜色。且因为是果蔬汁,做出的面条不但口感好,对人身体也是好的。"

两人一个认真教,一个用心学,很快各色的面团就做好了。

对比甄妙拉出的均匀光滑、粗细适度的彩色面条,重喜县主自嘲道:"看来在做吃食上,我是七窍通了六窍。"

甄妙看了看惨不忍睹的面条儿,安慰道:"多做几次就好多了。"

"甄妙,你最开始学时,拉出的面条也这样吗?"重喜县主觉得安慰了许多。

甄妙用手背擦了擦鼻尖:"没有啊,我第一次做出来的面条,呃,好像和现在差不多,当时那个师傅还夸我有天赋呢。"

重喜县主嘴角笑意一僵:"看来我是真的没有天赋了。"

甄妙再次认真看了看重喜县主做出来的面条儿,一脸诚恳安慰道:"县主别妄自菲薄,你就是普通初学者的水平,不比别人差的。"

她当时学拉面时,已经会做许多菜了,重喜县主看样子是第一次进自家厨房吧。

"真的。"甄妙语气越发诚恳了。

重喜县主听了这蹩脚的安慰觉得好笑:"甄妙,有你这样安慰人的吗?"

也难怪,以前初霞提起建安伯府的甄四,总是看不顺眼呢。这么呆的姑娘,恐怕只有相处了才知道她的有趣。

"县主,其实每个人都有天赋和不足,所以才会做有的事事半功倍,有的事事倍功半呀。不过只要自己喜欢,这些都不重要,做着开心就行。"

"嗯,甄妙,你继续教我吧。"

好一会儿,重喜县主再次开口:"我母亲很喜欢吃面条。"

甄妙诧异看来。

重喜县主笑笑:"父亲待母亲很好,以前在世时总会亲手做面条给母亲吃,所以我也想做出像你这样漂亮的面条让我母亲尝尝。"

"肯定可以的。不过县主你现在做出的面条虽然不漂亮,但味道是不错的,不如端去给长公主尝尝?"

"好。"重喜县主本就是随性的人,听甄妙说这面条虽丑但味道不受影响,心情不错应了下来。

重喜县主端着热气腾腾的面条往外走时,回头道:"甄妙,我擅长下棋,等下午,我过来找你下棋。"

甄妙笑容僵了僵。下棋?

没等抗议,重喜县主已经走了出去。

"母亲——"昭云长公主膝上卧着一只通体雪白的猫,听到声音懒洋洋抬头看了一眼,又重新趴下。

昭云长公主摸着白猫光滑的脊背,笑道:"重喜,你这满身满脸的面粉,是干了什么?在面粉中打滚了?"

"母亲,我做了面条,您尝尝。"

白瓷碗盛着碧绿色的面条,如果忽略了面条的粗细不一,还是很赏心悦目的。

"本来做了几种颜色,只有绿色的勉强能看。"重喜县主有些遗憾道。

昭云长公主拿起银筷尝了一口,点点头:"不错,味道挺好。"

"是甄妙教我做的。"

重喜县主自己不觉得,昭云长公主却发现女儿难得有了几分小姑娘的娇俏,又吃着女儿亲手做的面条,心情大好:"那以后你就常去甄四姑娘那里坐坐。只是这些方子都金贵,不要勉强人家教。"

"女儿晓得的。"重喜县主默默决定,要把当世棋圣传她的棋谱教给甄妙,算是礼尚往来。

于是下午的银杏树下,就是这么一幅场景:

重喜县主一手举着棋谱,一手指着棋盘,认真讲解着。甄妙拿着棋子,一头雾水地听着。

"明白了吗?"重喜县主一脸威严。

甄妙鼓起勇气,艰难摇了摇头。

重喜县主深吸一口气,伸出六根手指:"甄妙,你知道我说了几遍了吗?"

"六遍……"

"还好这个你总算记着!"

甄妙指了指:"县主,不是你伸了六根手指吗?"

重喜县主胸口一室,再也无法保持平时淡然的样子,把棋谱一摔。

甄妙松了口气。总算解脱了。

"呵呵,县主,看来这下棋,我也是七窍通了六窍,实在让你为难了。"

重喜县主伸手把棋盘上的黑白棋子一拨:"没事,有没有天赋不重要,你不是说了,只要做着开心就好了。"

说到这儿有些羞愧。早上甄妙那么耐心教自己做面条,怎么轮到自己当师父了,就忍不住想砸棋盘呢?这实在太不应该了。

自我检讨完,重喜县主对一脸僵硬表情的甄妙道:"来,我们直接下棋吧,我看看你到底什么水平,再慢慢教你。"

甄妙眼前一黑。县主,我到底做错了什么,我改还不行吗!

日头渐渐西移,罗天珵下了马,小厮半夏迎出来,牵着马往里走。

"这几日府中有什么事?"

"府内没什么事,只是建安伯府的甄四姑娘给您送了一封信来。"半夏从衣襟里把信掏了出来。

看着"罗世子亲启"五个字,罗天珵心中竟生了几分好奇,接着划过莫名其妙的忧虑。好端端送信来,难道那个女人又惹事了?

罗天珵迅速把信抽出来,看完眉头一皱。又是和梦里不同的地方。梦里,甄四和身为长公主长媳的甄宁虽是姐妹,可二人鲜少有交集。可现在甄四居然住进了长公主府,还是为了照顾有了身孕的甄宁。罗天珵思索着,忽然脸色一变。梦中的这个时候,韩大公子哪来的孩子!他记得清清楚楚,韩大公子第一个孩子的满月礼,是在奉国将军府举办的!

从半夏手中夺过缰绳,罗天珵翻身上马:"我去一趟昭云长公主府。"

"哎,世子,您,您就这样去?"半夏神色纠结问。

罗天珵低头看看皱巴巴的衣衫,下了马往镇国公府内走去。

一个身穿石青色绣缠枝菊纹棉褂的中年男子迎面走来,面色白皙,颌上有须。见了罗天珵就流露出亲切的笑:"大郎,这又是从哪里来,怎么弄成这副样子?"

罗天珵眼底深处冷了下去,只是如墨的眸子深不可测,光芒流转间早把那冷意遮掩。面对这人,他早已能收敛一切不该有的情绪。

罗天珵拢在袖中的手握拳,面上却露出个清风明月般的微笑:"二叔,出去吗?"

"嗯,出去办点事。"罗二老爷和善点点头,"是不是最近事多?你自幼身子弱,身体为重。"

"二叔放心,侄儿定会好好照顾自己的。"罗天珵面上却保持着无懈可击的笑容。

罗二老爷眼中的探究之色并没有褪去,只是不欲被罗天珵发现,便微笑着点了点头:"那好,我就先出去了,改日得闲,咱爷俩儿喝一杯。"

罗天珵微笑抱拳:"那侄儿就等着和二叔喝酒了。"

罗二老爷这才抬脚，与罗天程擦肩而过，心中却总觉得有些不安。

他这个侄儿，怎么最近越发看不透了。以往去龙虎卫不过是点个卯，最近几个月竟是时时留在那边，连府中都不怎么待了。难道说，他察觉了自己的心思？

罗二老爷心中一惊，随后暗暗摇头。除了这一点，他对自己态度上倒是没有任何变化。再说自己多年谋划，小心布局，便是老夫人都不曾察觉丝毫端倪的，他一个年未弱冠的小儿，还能一夕之间开了窍不成？

罗二老爷冷笑一声。不论如何，他绝不许出半点差池，让多年心血毁于一旦，看来又该走下一步棋了。

罗二老爷出了门，七拐八拐走入一处民居，对屋内的人道："燕子该出巢了。"

第13章 出事

这一边，罗天珵往清风堂而去，路上被一个丫鬟拦下来。

"世子，老夫人请您过去。"

"祖母，您找我？"罗天珵进了怡安堂，发现屋内还坐着个身穿蜜蜡黄折枝牡丹圆领褙子的妇人，顿了顿，就再次施礼，"二婶。"

妇人扬起个笑脸，冲罗天珵招手："大郎，二婶好一阵子没见着你了，哎，这是怎么弄的，像个泥猴儿般？"

罗天珵走过去，忍着厌恶解释道："自从永王明馨庄发生的那事儿，皇上就对我们管束严了起来。"

妇人点点头："这是应当的，老夫人，您看大郎多有出息，年纪轻轻的就当了侍卫长，将来可了不得。"

老夫人窦氏听了笑了。这个孙子自幼跟着她长大，有了出息当然高兴，当下对儿媳又满意了几分。

罗天珵看妇人一眼，淡淡笑道："二婶过奖了。"

妇人嗔他一眼，对老夫人笑道："老夫人，您看大郎，还要说这种客气话。儿媳哪里说错了，以他这个年纪能当上侍卫长，可不是天大的本事？"

老夫人点头："田氏说的不错，明哥儿，这段时日你确实辛苦了，祖母看你都黑了，也瘦了。"

田氏忙道："儿媳早命厨房那边准备了当归乳鸽汤，最是补身子的，大郎今日可要多吃点，好好补补身子。"

老夫人更是满意。这个儿媳出身虽然一般，偶尔行事难免有些小家子气，但对明哥儿却是没得说，就凭这点也算难得了。当初给老二聘妻，就是特意从家世低的人家挑的。

"老二出去办事，田氏，今晚你就和我们一起用饭吧。"

田氏忙应下："儿媳也好久没有陪老夫人和大郎一起用饭了。"

"祖母，孙儿一会儿还有事要出去。"

老夫人微微蹙眉："这天都快黑了，明哥儿，你还出去作甚？"

"去昭云长公主府，找韩二公子有点事。"

"若不是什么要紧事儿，明日一早再去不成么？"

田氏掩口一笑："老夫人恐怕不知，建安伯府的甄四姑娘在长公主府呢。"

"呃？"老夫人看向罗天瑾，神色看不出喜怒。

罗天瑾心中涌上怒火。田氏无形中又给他和甄四挖了坑。拒绝和祖母一起吃饭，特意去会甄四，祖母会怎么看他，怎么看甄四？

罗天瑾心中冷笑，面上露出诧异茫然的神色："甄四姑娘去了长公主府吗？这个我倒是不知，二婶从何处得来的消息？"

甄四去长公主府，是为了照顾有了身孕的甄宁。可是按规矩，怀孕未满三个月不宜四处说道，所以甄四去长公主府只是低调过去。若不是收到她的信儿，便是自己也真的不知此事，二婶竟然知道，真当祖母是糊涂的吗？

老夫人果然露出不解的神色："田氏，甄四姑娘好端端去长公主府作甚？你又是如何得知的？"

田氏脸上笑容一僵，有那么瞬间的停顿，才道："说起来可是巧了，那日儿媳去宝华楼，正巧遇到长公主府的轿子，不由多留意了几眼。甄四姑娘偏巧掀了轿帘，让儿媳给看见了。"

罗天瑾笑笑："这个侄儿倒是半点不知的。也是无巧不成书，甄四姑娘掀轿帘就正好让二婶看了去，不过这都是几日前的事了，甄四姑娘就是去了长公主府，也不会留宿吧，更何况到今日了。"

田氏勉强笑了笑："老夫人，是儿媳糊涂了，他们年轻人，郎才女貌站在一起真真是一对璧人，就总想着让他们亲近点，这才想岔了，大郎一说去公主府，就下意识认为甄四姑娘还在那儿呢。"

老夫人瞥了田氏一眼。

田氏心中一紧。老夫人并不是个糊涂的，早年甚至陪老国公爷上阵杀敌过。近几年安享晚年，这才软和下来。看来以后不可大意了。

老夫人淡淡开口："明哥儿和甄四姑娘毕竟还未成亲，亲近什么的，以后这话可不好乱说。"

田氏讪讪应了声是。

老夫人看一眼罗天瑾："明哥儿，这个时候了，你过去打扰也不合适，有什么事都明天再说吧，今日就陪祖母好好吃一顿饭。"

罗天瑾心中无奈，却不好再推托：

"能陪祖母吃饭，那是孙儿的福气。不过孙儿这个样子实在难看，先回清风堂洗漱一番。"

老夫人点头："那就快去吧，等你回来，正好摆饭。"

罗天珺告辞离去，田氏犹坐在老夫人下首，端了杯热茶递过去："老夫人，儿媳看大郎是越来越出落了，将来咱们这国公府，都要靠大郎撑起来呢。"

"可不是？"老夫人笑容亲切。

田氏神色迟疑了一下。

"怎么了，田氏？"

田氏拿帕子按了按眼角才道："就是想着大郎如今都十九了，别人这个年纪早就有了孩子了，他还未成亲，替他心疼呢。旁人说起来，还会以为是大郎自幼没了父母，我这做婶子的不上心，给耽误了。"

老夫人脸色一沉："耽误什么？还有我这做祖母的在呢！"

田氏心中一紧，暗道一声该死，光顾为了引出后面的话了，怎么就失言了呢？说什么大郎自幼没了父母，耽误了亲事，这不是打老夫人的脸吗？

田氏作势打自己嘴一下："都是儿媳嘴笨，不会说话，惹老夫人生气了。"

老夫人缓了脸色："这也怪不得你，明哥儿的亲事确实一波三折，这才耽误到这个年纪。不过明年他们就要成亲了，到时候也让人放心些。"

若不是之前明哥儿两次定亲的小娘子都没了，渐渐传出明哥儿克妻的名声，难道建安伯府的姑娘和明哥儿一起落了水，她就会这么轻易应下这门亲事吗？

"是呢。"田氏殷勤给老夫人捶着腿，"不过甄四姑娘年纪小，明年才及笄，等嫁进来恐怕还要等上一年。"

"那也是没有法子的事，断没有让嫡子生在庶子后面的道理。田氏，你既管着家，就要管好了，明哥儿院里有好几个通房丫头，可别让她们闹出事来。若是哪个不懂规矩的敢有了身子，别想着飞上枝头变凤凰，孩子不能留，人也给我远远卖了去，你可要敲打一下。"

田氏苦笑一声："哎哟，我的老夫人，您还怕那些丫头淘气啊？您是不知道呢，前儿不久管清风堂内务的婆子还找儿媳，支支吾吾说大郎他——"

"说明哥儿什么？"

田氏脸一红，压低了声音道："说大郎啊，这几个月都没碰过那几个丫头的身子。当初叫岫风的丫头投井，就是因为这个想不开。"

"竟有此事？"老夫人正了脸色。

田氏就势劝道："老夫人莫急，依儿媳看，那几个丫头也跟着大郎时日不短了，说不定是大郎看着烦了，不如再给他添个人——"

老夫人想了想，点了点头。田氏就悄无声息地笑了。

这时罗天珵走了进来，已经穿戴一新。一身品竹色锦绸直裰，衬得人月朗风清。

老夫人冲立在一侧的丫鬟红福点点头，红福忙去传饭。

很快，丫鬟们鱼贯而入，人手一个托盘，很快摆满了桌子。

"祖母，您怎么不吃？"罗天珵见老夫人似有心事，问了一声。

"红福，吩咐小厨房，明儿做道三鲜鹿茸羹给世子吃。"老夫人一晃神，顺口就说了出来。

罗天珵筷子一顿，夹着的菜就掉了下来。

老夫人回神，嗔道："明哥儿，菜都掉了，想什么呢？"

罗天珵脸都快黑了。祖母，您在想什么呢？竟想着给我吃三鲜鹿茸羹！

"祖母，秋燥易上火，三鲜鹿茸羹，咳咳，还是不急着吃了吧？"

他这是被怀疑能力了吗？瞥见田氏嘴角微翘的样子，罗天珵暗中咬牙。他明白了。定是二婶又想往他房里塞人了。

怎么，连他要不要睡丫鬟都要管吗？手伸得未免太长了些！

"对了，明哥儿，岫凤几个月前不是没了？再给你添个人吧。"

田氏插口道："老夫人，丫鬟们虽乖巧，毕竟出身差了些。不如儿媳在外面寻一户身世清白又识文断字的小娘子进来？"

老夫人刚要说话，罗天珵已经开了口："祖母，二婶，多谢你们关心了。只是明年我就要成亲了，如今抬良妾进来，岂不是打建安伯府的脸？也让人笑话我们国公府没有规矩，仗着门第高不把女方放在眼里。我们国公府，从祖父到二叔，可都没这样的先例，孙儿要是坏了这个规矩，那不是辱没家风，还怎么有脸见人？至于通房丫头，本就不是份例中的人数，更没有补齐之说了。"

一番话说得老夫人打消了念头，田氏暗中咬碎了银牙。

罗天珵回了清风堂，想着三鲜鹿茸羹的事，越想越窝火，在书房睡不着，起身去了西跨院。

几个通房丫头都安置在那里，知道世子今日在家，这个时候，灯火都是亮着的。

罗天珵迟疑了一下，敲响了绮月的房门。

开门声在寂静的夜里格外刺耳，接着是绮月惊喜的声音："世子！"

那一瞬间，罗天珵似乎能感觉到其他几间屋子透着纱窗流露出来的灯光摇了摇。

他也没在意，抬脚走进屋里。

"世子，您，您要歇着了么？"绮月兴奋得脸色通红，贪恋看着罗天珵的脸。

罗天琟抿着唇应了一声。

"那，那婢子伺候您洗漱。"

"不必了，早前已经洗漱过了。"罗天琟发现半点和丫鬟说话的耐心都无，手一伸，打横把绮月抱起来就丢到了榻上。

"世子——"绮月抱紧罗天琟。

罗天琟猛然把那丰盈无比的身子推开。

"世子——"绮月不可置信望着罗天琟。

罗天琟冷淡道："把衣服穿好。"

"世子，您，您不要婢子了吗？"绮月知道，若是这次她不把握住，以后恐怕再没机会了。当下心一横，不但没把衣衫穿好，反倒瞬间脱得一丝不挂。

罗天琟挑眉一笑："这样也好。绮月，你便该怎么做就怎么做，让别人听起来以为我们在一起就是了。只是，别来烦我。"

他大半年头一次过来，今晚想必有心听热闹的不少，总不能让人失望。再说，他也不想传出什么伤人自尊的名声。

"世子——"绮月不死心地上前一步。

罗天琟躺在床上，看也未看绮月一眼，淡淡道："绮月，别忘了岫风的下场。我一直觉得，你比她聪明。"

绮月身子颤了颤，脸色白得吓人，艰难道："世子，婢子明白怎么做了。"

不多时，女子细细碎碎的声音便响了起来。

一夜无话，转瞬天已大亮。罗天琟缓缓睁开了眼。

"世子。"绮月站在床边，神情忐忑。

见她穿戴整齐，罗天琟满意地点头，然后便起了身。

"世子，婢子伺候您洗漱。"

"不必。"罗天琟穿戴好，深深望她一眼，"绮月，你是聪明人，知道该怎么做。"

"嗯。"绮月低了头。

罗天琟大步走了出去，丢下淡淡一句话："以后，我会经常过来的。"

罗天琟出了镇国公府，骑马向昭云长公主府赶去。马蹄哒哒，敲击在青石路面上，发出清脆的响声。青雀街这时候已经热闹起来。罗天琟浑然不觉，骑马置身闹市中，心思却飘到了天外。女子的哭喊声传来。

罗天琟回神，身体比头脑反应还要快，拉着缰绳死死把马儿往一旁扯去。

马儿前蹄高高抬起，长嘶一声。

那女子就这么跌坐在地上，白色衣衫是被拉扯过的凌乱，发髻因为奔跑散落下来，青丝掩映间，隐约露出一张绝美的脸。

罗天珵目光在女子衣衫上停了停。这女子穿的，是一身孝衣。

三两个大汉追上来，其中一人虬须满面，见了女子就上来扯，骂骂咧咧道："小娘皮，你居然还敢跑，还不跟我回去！"

白衣女子死命挣扎着："不要，我，我死也不会跟你们走的……"

胡须男狰狞一笑，毫不怜惜扯住女子衣襟："你不是卖身葬父吗？何必多此一举，直接以身抵债不就成了？反正你那死鬼老爹早就把你输给我们了！"

"不——"女子凄厉喊着，仓皇四顾间发现骑坐在马上的罗天珵，不知哪里来的力气，猛然推了胡须男子向着他的方向连奔带爬："公子，求您救救我——"

罗天珵紧握着缰绳，马儿已经安静下来。

那女子大概是慌了神，见着近在咫尺的救星骑在马上，竟去抱马儿的腿。

马儿再次受惊，扬起蹄子就向女子踢去。

围观的人发出惊呼声，胆子小的甚至捂住了眼睛不敢再看接下来发生的惨状。

就连追赶白衣女子的几个大汉都一时忘了动作，就这么呆呆望着。

电光石火间，罗天珵纵身一跃。一身玄衣在半空荡起优美的弧线，衣袂翻飞间人已落地，揽着白衣女子转了几圈落在旁处。那马儿打了个响鼻，前蹄落地。

场面有短暂的安静，接着人群中爆发出叫好声。刚刚睁开眼睛看到这英雄救美场面的，更是觉得不可思议。

人群中，一个紫衣男子笑了笑："罗世子真是越来越有本事了，倒是艳福不浅啊。"

赭衣男子笑道："罗世子身手确实越来越好了，恐怕都和我差不多了。"

"咳咳。"紫衣男子以咳嗽掩饰着笑意，视线又落在人群围成的场地中央。

"公子，多，多谢了——"白衣女子脸色绯红，眼中泪意涟涟凝视着把她抱在怀中的男子，却忽觉身子一重，那双揽住她的手已经松开。

"姑娘该当心些，不是什么都能随便抱的。"若是马儿受了惊伤了路人，这责任该谁来担？罗天珵一大早的好心情打了折扣，眉眼显得益发冷清。

白衣女子绝美的面庞涨得通红，声音更是娇柔："公子，是，是我一时慌了神。"说着泪珠涌了出来，像是春雨打着白莲，纯净美好。

"行了，别哭哭啼啼了，赶紧跟老子回去！"胡须男子如梦初醒，大步走向女子。

女子身子一颤，眼睛惶恐大睁，下意识就去抓罗天珵的衣袖："公子，求您救救我——"

罗天珵侧过身子避开，目光落在胡须男子身上。

大概是从罗天珵的穿戴看出非富即贵，胡须男子语气收敛了几分："公子，劝您莫要多管闲事。这小娘皮的爹欠了我们银子，如今人死了，我们只有拿这小娘子抵债了——"

正说着，旁边一人猛拉他的衣袖，脸上带着惊惧压低声音道："大哥，快走，这位公子是五城兵马司的官爷！"

此人虽是刻意压低了声音，奈何天生大嗓门，这话还是被许多人听到了。

胡须男子面色大变，不敢再看罗天珵，狠狠瞪了白衣女子一眼："小娘皮，今儿日算你走运，等改日再来找你，到时交不出银子，就随老子乖乖去楚潇阁！"

地痞怕官差，几人急慌慌离去。

女子神色一松，扑通跪下来："多谢公子救命之恩，多谢公子救命之恩。"

人群中窃窃私语声响起，有的议论罗天珵的身份，有的夸赞他的义举。六皇子二人笑眯眯地看热闹。

罗天珵并不喜欢被人围观，可见众人依旧不散，似乎还要看到大团圆结局才心满意足，暗自咬了咬牙，才道："多少银子？"

"啊？"女子愣了愣。

"你欠他们多少银子？"

"五十两……"女子羞愧低下了头。

一张银票轻飘飘落在女子手上。

"这银票，算是替在下的马儿给姑娘压惊了。"罗天珵说完冲女子抱抱拳，牵着马儿转身就走。

女子却追上来："公子——"

"嗯？"

女子微红着脸低下了头："既然公子买了我，那我便是公子的人了，为奴为婢都可以，只求公子让我跟着。"

罗天珵皱了皱眉："在下说过了，这银子是替马儿给姑娘压惊的，并不是买了你。"

"公子，您出了银子，就是买了我，奴以后生死都是公子的人，求您不要丢下我。"

女子声音娇柔，面容绝美，这么苦苦哀求着，围观之人就跟着劝起来：

"这位公子，既然您出了银子，就带这位姑娘走呗，不然岂不是亏了？"

"官爷，您若是不要这位姑娘，等那些人来了，这位姑娘还是难逃厄运啊！"

"姑娘，在下再说一次，刚才的银子并不是买了你，我还有事，告辞了。"

"公子——"女子欲拉罗天珵衣袖。

罗天珵轻巧避开，面色微冷。

女子却扑通跪下来："公子，我不能平白要您的银子，您大发慈悲，就带奴走吧，奴什么活儿都会干的。"

罗天珵皱皱眉："不能白要我的银子？不然就是买下你？"

女子神色决然点头。

罗天珵俯身伸手。

女子脸色一喜，含情脉脉伸出手来。

就见那只修长如竹的手轻巧拈起银票，然后起身上马，头也不回走了。

"罗世子。"

六皇子二人跟了上来。

罗天珵勒住缰绳转身，有些诧异："六皇子，萧世子？"

六皇子狭长眼睛笑意连连："罗世子可真真是不解风情啊。"

罗天珵笑了笑，没有反驳。

萧世子却有些不赞同："罗世子就没想过，你把银票收回来，那女子下场如何吗？"

"呃，换别人把她买走？"罗天珵仔细想了想，肯定地点头，"那位姑娘有些姿色，想来五十两银子还是许多人愿意出的。"

"罗世子就不担心那姑娘再落入虎口？"

罗天珵挑挑眉，好笑道："萧世子也看到了，那女子就喜欢卖身为奴，偏偏我家丫鬟多得不想买，既然这样，何不把机会让给别人？再说——"

"再说什么？"

"再说我今日带的银子本来就不多。"罗天珵坦然道。

"呵呵。"六皇子轻笑出声，随后问道，"罗世子这是去哪里？"

"约了韩二公子一起喝酒。"

"罗世子不说我倒是忘了，长公主府有几株老梅花开得早是有名的，如今是不是开花了？赏梅喝酒可是乐事，不介意我们凑凑热闹吧？"六皇子眼睛亮起来。

"六皇子能去，自然是好的。"

三人皆骑了马，向着昭云长公主府行去。长公主府中的甄妙，正无可奈何地望着重喜县主。

这么冷的天，天还没亮呢就被从温暖的被窝中拉出来下棋，这到底是为什么啊！

"甄妙，我让了你十个子，你居然还能下成这样，真是，真是朽木不可雕也！"

甄妙露出个灿烂的笑，拽住重喜县主的衣袖，毫无愧色道："县主，请放过朽木吧。"

什么是术业有专攻，县主到底懂不懂啊？非要鸡蛋会飞，母猪会上树，这不是坑人吗？甄妙眼神流露的强烈祈求让重喜县主一怔，神情软化下来。

"抱歉，是我太心急了，朽木开花总有个过程，哪有几日工夫就枯木逢春的道理？"

甄妙笑容一僵。

重喜县主继续安抚道："反正你至少还要住上个把月，不急，我们慢慢来。"

甄妙身子晃了晃，栽倒。

"甄妙，你怎么啦？"重喜县主拉了拉倒在桌子上的人。

甄妙绝望抬头："我一定是在做噩梦，县主，麻烦等会儿重新叫醒我。"

无力趴在桌子上的甄妙，没有看到重喜县主垂下的眼帘遮住的那抹狡黠笑意。

"县主，二公子请您去赏梅。"碧翠挑帘走了进来。

重喜县主坐正身子，恢复了矜持神情："已经有梅花开了么？"

"是的，二公子说昨儿才开的。"碧翠恭恭敬敬回道。

重喜县主看一眼外面天色。如今已是十一月，这个时节的京城虽未下雪，天却是冷得很了。不过比起寻常梅花早了一个多月花期的梅花，还是值得一看的。

重喜县主便起了身，对碧翠道："把那只青花平口梅瓶抱上，等赏完花折几枝给母亲送去。"

碧翠应声是，去多宝阁取梅瓶。

"甄妙，带上棋，我们走吧。"

刚爬起来的甄妙差点再次栽倒：

"县主，我就不去了吧，一早就来你这里，也该回去了。"虽说回了住处并没什么事，可韩二公子邀请县主去赏梅，她跟着凑什么热闹？

碧翠正抱着梅瓶过来，道："县主，婢子还忘了说，今日六皇子、罗世子几人也过来了。"

重喜县主随意取了件玫瑰紫氅衣披上，淡淡道："我们是去赏梅，又不是看人，谁来都无妨。甄妙，我们走吧。"

听到罗天理也在，甄妙本能觉得那人恐怕是来找她的。毕竟进府前她是递了信儿的，她可不认为那人有赏梅喝酒的兴致。

甄妙就跟着起了身，在绣折枝花绿色缎子小袄外又套了银鼠皮的斗篷，这才道："县主，我们走吧。"

二人袖中揣着手炉，各自带了一个丫鬟向外走去。

一出门，凛冽的寒气扑来，甄妙忍不住打了个哆嗦。原本她日日坚持锻炼，身子还算不错，奈何这大半年来折腾了好几次，特别是春日落水，当时还不觉得，到了冷天，畏寒的毛病就显现出来了。

"赏梅的地方是暗香亭，到了那里就不冷了。"重喜县主说了一句。

碧翠脚下一顿。县主语气虽淡，可这关心的话，身为大丫鬟她还是头一次听县主对外人说。

走了一刻多钟，就看到假山旁一座四角亭，四面挂了纱帐，隐约可以看到里面几个身影正举杯畅饮。亭外几株红梅，零星开着花，别有风骨。

重喜县主也不过去，就拉着甄妙驻足赏梅。

还是六皇子掀起纱帐，露出个雪后初晴般的笑容："重喜表妹，既然来了，怎么不带甄四姑娘进来？"

"六表哥。"重喜县主行了礼，淡淡道，"既是赏梅，总要先看过花再说。"

六皇子目光就落在甄妙身上。

甄妙跟着施礼，起身时抬了眼帘，目光与六皇子身后的人对上。几日不见，这人似乎更黑瘦了些。

六皇子敏锐察觉甄妙目光的方向，心中一瞬间划过难以言说的不满。和太妃生得如此像的人一眼注意的却是别人，这感觉，很不爽！

很快六皇子就回了神。二人再像，眼神却是不像的。眼前的人，眼神清澈如初识世界的稚子，却也失去了让人探究的欲望。到底和太妃是不同的。

六皇子勾了勾嘴角："甄四姑娘，我们罗世子可是等你很久了。"

那位萧世子也笑嘻嘻看来，一脸打趣的样子，然后又忍不住扫了阿鸾几眼。

韩二公子面容和重喜县主相似，属于清贵公子的气质，听了六皇子的话，亦流露出淡淡笑意。

甄妙大大方方走过去，冲其他人见礼后对着罗天珵笑道："罗世子，能在这里遇见，好巧。"

罗天珵自然走过来，嘴角含了笑："确实巧极了。"给了甄妙一个别有深意的眼神。

二人对视的刹那间，六皇子笑吟吟开了口："甄四姑娘有所不知，今日巧合的事不止这一件呢。"

"还有什么巧事？"毕竟是皇子，甄妙配合问了一声。

"自然是罗世子英雄救美的事了，我们也是看了那一幕，才巧遇了罗世子，这才一起过来的。"六皇子好整以暇打量甄妙神色。

却见甄妙露出个万般怀疑的眼神。分明是在说，罗世子还能英雄救美？别开玩笑了好吗！

六皇子差点笑出声来。为何这小姑娘又有趣起来了呢？一般女子听了这话，最该流露的表情难道不是吃醋？他想到这里心中一动。难道说甄四在情之一字上，竟还没开窍？这样一想，反倒同情地看了罗天珵一眼。

罗天珵也被甄妙气着了。本来六皇子提了那事，心中还有些不满，然后隐约又有那么几分好奇，想看看听到这话的甄四会是如何反应。万没想到，她的反应居然是不相信！怎么，难道他就不能救人吗！就算不能救人，他是个男人，总能英雄救美吧！

反倒是甄妙笑眯眯打破了短暂的尴尬："罗世子，我看那边景色不错，我们去看看吧，呃，正好听一听你英雄救美的故事。"

她这样坦荡邀请，别人反倒不觉轻浮，只是看着罗天珵的眼神更加揶揄。

罗天珵知道这是二人难得的独处机会，心中虽郁闷，却只得答应下来。

二人缓缓走着。

绕过假山，有一湾温泉。

甄妙低声问道："罗世子，来找我有什么事？"

罗天珵反倒不急了："你就断定我是来找你的？"

甄妙笑了："难道罗世子真是英雄救美后，顺便来长公主府喝个小酒？要是这样的话，我可就回去了，我是大俗人，这么冷的天只想窝在屋里，可没赏梅的兴致。"

"甄四，怎么好端端的你就来长公主府照顾你大姐了？"

甄妙叹口气："大伯娘求了祖母，我还能拒绝吗？"

听甄妙把情况娓娓道来，罗天珵感觉此事应该和他二叔无关，只是巧合罢了。饶是如此，要真出了什么事也麻烦。

罗天珵叮嘱道："甄四，照顾有身子的人本就要仔细，何况你还是专门做吃食的。所谓病从口入，这有身孕之人，最怕吃到些不该吃的，你可要当心了。"

见罗天珵神色郑重，甄妙点头："我晓得的。再说我也不是厨子，大姐的一日三餐不用我伺候，只是偶尔做些让她开胃的小食罢了。"

其实连小食她也没做过几次，来的这几日，长乐院那边只要过两回醋酿丸子汤。

罗天珵低叹一声："无论如何当心些，若是可以，就尽早回去吧。"

甄妙皱眉看他："罗世子是不是知道什么？好像会有什么不好的事发生的样子。"

罗天珵心中一跳，面不改色道："还不是某人到了哪里，麻烦就跟着到了哪儿。"

甄妙呆了呆，神情奇异道："没想到……你竟这么有自知之明。"

罗天珵脸色一黑。

甄妙悄悄往旁边挪了一步："要是没有旁的事，就回去吧，待久了总不大好。"

罗天珵一动不动，瞪着她。这女人，到处惹麻烦不知反省不说，对他英雄救美的事竟然毫不感兴趣，简直，简直不可理喻。

甄妙拢了拢银鼠皮的斗篷，还是觉得凉风从脖子钻进来。唉，说得好好的，她的未婚夫怎么又开始无理取闹了？

"既然冷，怎么不多穿点？"好久，无理取闹的人憋出一句话。

甄妙差点翻了个白眼。她已经穿得圆滚滚了，只是她身体太弱，也是没法子的事。

"去亭子里吧。"罗天珵丢下一句话，先转了身往回走。

甄妙小碎步跟上。前面那人又猛然停住转过身来。

"怎么了？"甄妙吓了一跳。

罗天珵面无表情："我从来不会救莫名其妙的人。"

甄妙一怔。这思路，她怎么有点跟不上？

罗天珵看得气闷，更恼自己，莫名其妙停下来解释什么。这样一想，脸色越来越难看，一甩袖子走了。留下甄妙被冷风吹着，嘴张了又张却吐不出一个字来，最后深深叹口气，满脸忧愁提着裙角跟了上去。

亭子里，重喜县主正和韩二公子下棋。甄妙见了，顿时觉得腿有千斤重，迈不开步子了。还是阿鸢理解自家姑娘的痛苦，扶着她走了过去。

重喜县主注意到甄妙，一边盯着棋盘一边道："甄四，好好看我下棋。"

六皇子抬眼看来，笑道："看来甄四姑娘是高手了，不知比起令姐，哪个棋艺更高呢？"

听了六皇子的话，重喜县主手中棋子差点掉下去，似笑非笑地瞥了甄妙一眼。

甄妙却相当坦然："六皇子说笑了。说到下棋，我是朽木中的高手才对。至于我二姐，她是比我强许多的。"

六皇子扑哧一笑："甄四姑娘误会了，我说的是你大姐，也就是如今长公主府的大奶奶。"

重喜县主执棋的手一顿，看了六皇子一眼："六表哥也知道我大嫂擅下棋？"

她是好棋之人，而甄宁没嫁入长公主府前就是京城有名的闺秀，尤以棋艺扬名。当时她是盼着这位大嫂早些进门的，好时常切磋。可令人失望的是，等甄宁进了门，每次找她下棋，总是只输她两三子，或者赢她两三子。

重喜县主心知肚明，这正说明甄宁的棋艺比她高出一筹不止，才控制得恰到好处。大概是为了不得罪她这个当小姑的。可是，她偏偏不喜欢。她喜欢下棋，却从没觉得自己就该下得最好。下棋，就该是纯粹的下棋而已，一旦沾染了其他，就无趣起来。更加无趣的，是下棋的人。

"看来重喜表妹和甄四姑娘都不知啊，甄大奶奶不止会下棋，还会下盲棋。"

玛瑙棋子啪嗒掉下来，发出清脆的响声。

却见韩二公子和重喜县主露出如出一辙的激动表情："当真？"

"早些年曾见她和甄太妃下过。"六皇子不以为意道。

在他看来，琴棋书画，不过闲来无事打发时间而已，精与不精，又有什么不同？甚至还不如甄四那一手好厨艺让人动心。可对好棋成痴的人来说，却大为不同了。他们这样的人，听到有会下盲棋的人，怎么按捺得住？

"大嫂竟从未说过她会下盲棋。"韩二公子喃喃道。

重喜县主清冷的面庞难得有了纠结表情，然后把棋子一丢："甄四，我们去长乐院。"

甄妙乐得如此，该说的已经说过了，她不想和六皇子这些人多待。

六皇子却有些不满："重喜表妹，这里有好酒好茶，又有梅花可赏，何不把甄大奶奶请来？"

甄宁是已婚妇人，约束本就少些，这些人一起去长乐院不大妥当，可请她来赏梅，却无妨。

重喜县主看六皇子一眼，淡淡道："我大嫂近日身子不大爽利，受不得寒。甄四，走啦。"

甄妙冲亭中几人欠身施礼："各位慢聊，我先告辞了。"

路过几株老梅，重喜县主连折花的事情都忘了。还是碧翠抱着梅瓶犹豫了一下，匆匆折了两枝梅花跟上。

甄宁今日正难受得厉害。

"大奶奶，您喝口水压一压吧。"绯胭轻轻拍着甄宁后背。

甄宁心烦气躁，不耐烦地挥手："不要碰我。"

又是几声干呕，甄宁抬头："翠浓去买盐渍青梅，怎么还没回来？"

"许是有什么事耽搁了？"绯胭小心翼翼道。

甄宁听了着恼："她还能有什么大事不成？"

正说着，有丫鬟来禀告："大奶奶，县主和四姑娘来了。"

"让她们进来。"甄宁吐得厉害，有气无力道。

腊梅的幽香传来。本是令人愉悦的香味，甄宁却脸色一变，扶着床柱吐得更厉害了。

重喜县主停了步子："大嫂，怎么这么难受了？"

甄宁抬了头，脸色蜡黄，勉强露出个笑容："妹妹来了，快坐——"话未说完又忍不住吐起来。

绯胭看甄宁一眼，壮着胆子道："县主，我们大奶奶现在什么多余的气味都闻不得。"说着眼睛落在碧翠抱着的梅花上。

重喜县主心思剔透，顿时明白了怎么回事，歉意笑笑："是我疏忽了。大嫂，既然你不舒服，那我就不打扰了，改日再来看你。"

"我这样子让妹妹见笑了,妹妹慢走。"甄宁松了口气。她实在是没有精力应付人了。

见重喜县主离开,甄妙走过去:"大姐,要不要我去给你做些吃的?"

一听到"吃"字,甄宁就反胃,忙摆摆手:"四妹不必费心了。"

"那我就回西跨院了,大姐你躺下歇着吧。"

甄妙离去不久,一个蓝衣丫鬟进来:"大奶奶,大公子回来了,喝多了歇在了书房。"

甄宁听了皱眉,吩咐道:"去把醒酒汤给大公子送去。"

今日韩庆宇出门会友,她料定会喝酒,早早让人准备了醒酒汤。

蓝衣丫鬟应了一声走了出去。

绯胭垂着眼睛扶甄宁缓缓躺到床榻上,一派沉静。

不一会儿蓝衣丫鬟进来,脸色有些慌张:"大奶奶,白雪不知怎么回来了,溜进了小厨房还打翻了醒酒汤。"

白雪是甄宁养的一只猫。

昭云长公主是养猫的,为了能和公主婆婆有话题,嫁进来没多久,甄宁就养了一只,起名白雪。时日久了,倒是养出了感情。只是一有了身孕,长公主就发了话,说是猫啊狗啊对有了身子的人不好,不能养在身边。甄宁就专门派了一个小丫头养白雪,离着主院远远的。

"小厨房都是怎么做事的!"甄宁没有精力发火,缓了口气道,"再去做来。"

"大奶奶,做汤的婆子因为拦着白雪烫了手……"蓝衣丫鬟硬着头皮道。

甄宁听了胸口一闷,气道:"我这一不顶用,你们一个个的就给我添堵!"

绯胭忙替甄宁顺气:"大奶奶,您是有身子的人,别气着自己。四姑娘不是会做醋酿丸子汤吗,大公子还喝过两次呢,那个也是能醒酒的。"

甄宁这才脸色一缓:"绯胭,你去西跨院一趟,和四姑娘说做些醋酿丸子汤来,做好了就直接给大公子端去。"

"嗳。"绯胭清脆应着,努力压抑着翘起的嘴角。

"对了,别和四姑娘说是大公子要,就说是我要的。"甄宁又叮嘱了一句。

她可不想落人口舌。

"婢子晓得。"绯胭转身去了西跨院,不多时,提着黑漆木食盒子进了书房。

韩庆宇喝得虽有些多,并没到神志不清的地步,只是头有些晕,躺在床榻上假寐。

听到开门声,他睁开眼,神情微讶:"绯胭,你怎么来了?"

绯胭笑靥如花:"是大奶奶让婢子给您送醒酒汤来了。"

想着醒酒汤的味道，韩庆宇皱了眉："我没喝醉，醒酒汤就不必了。"

绯胭已经走到近前，把黑漆木食盒子放到矮几上，劝道："大公子还是喝点吧，总是大奶奶一片心意，且是特意让四姑娘做的醋酿丸子汤。"

听到醋酿丸子汤，韩庆宇展了眉："那就盛一碗来吧。"

绯胭不自觉翘起了唇角。

大公子向来不喜喝醒酒汤，每次喝了酒端来，十次有八次都没碰，又怕大奶奶着恼，吩咐了她们这些端汤的丫鬟不许多嘴。但是她冷眼看得清楚，四姑娘亲手做的醋酿丸子汤，大公子无意吃过一次就喜欢上了。这一次，他又怎么会拒绝？

素白的手，涂着鲜红的丹蔻，不急不缓打开黑漆食盒，取出白瓷海碗来，接着又取出配套的小碗，满满盛了一碗递过去。

"大公子，已经放凉了，您慢慢喝。"

闻着醋酿丸子汤的香味，韩庆宇满意点点头，也不用调羹，就这么一饮而尽。这醋酿丸子汤，他喝过一次就喜欢上了，只是碍于甄妙的身份，不好开口对甄宁说。甄妙身为甄宁的堂妹，来照顾一下姐姐很正常。要是当姐夫的还要姨妹做吃食，就让人笑话了。

韩庆宇喝完，皱了皱眉，自言自语道："这汤的味道，似乎没有前两次好。"

绯胭收了碗，递过帕子道："许是大公子喝了酒，味道一冲，就混了。"

"或许。"韩庆宇觉得有道理，可看着白瓷海碗里还剩下大半的汤，却没有兴致了。

"大公子还喝吗？"

韩庆宇摇摇头。

"那婢子就收拾一下了。"绯胭转了身，弯了身子整理矮几上的碗筷。

她今日穿了一袭玫红的裙袄，腰间系着秋香蓝丝绦，衬得腰肢盈盈一握，这样弯着腰，那浑圆就更加挺翘，<u>丝绦尾端是同色丝线打的精致蝴蝶</u>。

韩庆宇目光不自觉落在那截盈盈细腰上，晃动的蝴蝶穗子让他的心也跟着晃起来。越晃越热。

绯胭转了头，小小的玉蝴蝶耳坠随之一晃，打着洁白如玉的面颊："大公子，婢子收拾好了，就先出去了。"

韩庆宇张了张嘴，心中有股无名的邪火在烧。

绯胭抿唇笑了笑，转身。莲步轻移，那蝴蝶穗子又开始晃了。

"绯胭——"韩庆宇艰难开了口，却不知道接下来该说什么。他觉得自己可能醉了，脑子不听使唤，嘴也不听使唤了。明明没打算开口的。

"大公子还有事？"绯胭眼眸如盈盈秋水望来，嘴角含着温柔的笑。

"绯胭，我头疼，来帮我按按。"韩庆宇神魂落入那汪秋水里，忽然又说得利落起来。

绯胭走过来，把食盒重新放在床头矮几上。

纤细柔美的手抚上韩庆宇额头。少女独有的幽香传来。随着那双手在额头移动，他心中像爬了小虫子，越来越痒。

"大公子——"绯胭惊叫一声，随后整个人被丢到床榻上，一个滚烫的身子压了上来。

"大公子，您不能这样——"绯胭双手拼命推着，身子跟着挣扎。

矮几上的黑漆食盒子被扫落在地上。

响声传来，食盒盖子摔开，里面的汤碗四分五裂，还未喝完的汤流得到处都是。这响动，依然阻止不了床榻上二人的纠缠，坐在门外打瞌睡的小丫鬟却吓了一跳。

门本来就只是掩着，透过门缝看到室内情景，小丫鬟吓得尖叫一声，飞奔而去。

绯胭收回目光，笑了笑。大奶奶不知道怎么行呢。以大公子对大奶奶的爱护，做了这事，过后恐怕都不敢认的，那她岂不是偷鸡不成反蚀一把米？

"大奶奶——"小丫鬟气喘吁吁闯进来时，甄宁正吃着现买回来的盐渍青梅。

翠浓冷喝道："坠儿，你慌慌张张闯进大奶奶屋子，还有没有规矩！"

后面一个丫头跟进来，满脸苦色："大奶奶，是婢子无能，没拉住这小蹄子，让她惊着您了。"说完去推坠儿："还不跟我出去！"

坠儿年纪本就不大，刚刚看到的事骇得她魂飞魄散，脑子都是乱的，语无伦次道："大奶奶，书，书房，大公子……"

"大公子怎么了？"甄宁猛地站了起来，身子一晃。

翠浓忙把她扶住，厉声道："坠儿，你还不给我出去，惊着大奶奶看哪个饶得了你。大奶奶，您先坐着，婢子去书房看看。"

甄宁心咚咚跳得厉害，直觉发生了什么事，咬牙道："翠浓，扶我去书房！"

"大奶奶——"翠浓迟疑了一下。要是大公子那边真有什么事，大奶奶动了胎气可怎么好？

"还不走！"甄宁脸色极为难看，径直往外走去。

很快就走到书房外，听到里面声音传来。男人的低喘与女子变了调子的哭泣声交织。

"大公子，您，您这样让婢子怎么活，以后可怎么有脸见大奶奶，啊……"

甄宁脸色变得煞白，脚像生了根，扎在地上一动不动。

"绯胭，你乖乖的，乖乖的……"再熟悉不过的声音。

甄宁不知哪来的力气，一脚踢开了门。室内地上一片狼藉。

"你们——"甄宁话未说完,怒气攻心昏了过去。

"大奶奶——"室内乱成一片。

等长乐院的丫鬟请甄妙过去时,已是第二日。甄宁已经一天滴水未进。不是她不想吃,而是吃什么就吐什么。脑子里,全是那白花花的身体。

"阿宁,是我猪油蒙了心,你打我骂我都好,就是不要再折磨自己了,别忘了你肚子里还有我们的孩子啊。"一日的工夫,韩庆宇不复以往的意气风发,神色憔悴,看向甄宁的眼中满是愧疚。

甄宁虚弱笑笑:"大郎,绯胭和翠浓两个,我早就定了要把其中一个给你,前几日还特意问了你喜欢哪个。你中意绯胭,直接跟我说就是了,却为何做出这样的事来,打我的脸?"

甄宁说得哀怨大度,心中却憋着一股火。她是想把翠浓给了大郎的。翠浓老实沉稳,相貌也没绯胭出挑,将来好拿捏。万没想到她的好夫君竟在她眼皮子底下做出这种事来。若是绯胭那丫头勾引,那倒好说,直接打卖出去,大郎无话可说,对丫鬟们也是个警告。可偏偏是大郎用强,到现在绯胭还在门外跪着请罪呢。这事,只能打落牙齿和血吞了。

韩庆宇抓着甄宁的手,往自己脸上打:"阿宁,你打我吧,我混蛋,喝多了酒就糊涂了。"

甄宁眼睛一闭,滚下两颗泪珠:"你是我夫君,我怎么能打你?只是还望大郎记着,我到底是你嫡妻,日后纵是喜欢哪个丫头,和我说就是了,别再打我的脸。"

事已至此,难道还真要大打出手,把大郎的心推得更远吗?她从不干得不偿失的事,等恢复了精力,再仔细查个清楚,该收拾的收拾,绝不能让人当傻子哄!甄宁心中冷笑一声。

"好阿宁,我都听你的,只要你不再生气。绯胭……她也是被我害的,你若是不高兴见着她,就打发到庄子上配人吧。只是别发卖了她,毕竟是我的错。"

甄宁反握了韩庆宇的手:"大郎说的什么话?我现在这样没法伺候你,本就要指个人给你。绯胭又是我的丫鬟,这样子被拉出去配人,别人该怎么说我?"

"那都随阿宁安排吧。阿宁,你好歹吃一点。"

甄宁苦笑:"大郎,不是我不想吃,是实在吃不下。"她的身体,远比心要诚实。这事恼得她毫无食欲,连大夫开的药都吐了出来。可孩子不吃是不行的。甄宁有些着急。

"大奶奶,四姑娘来了。"

甄宁疑惑看向韩庆宇。她这个样子,哪里想见人?若是和自己贴心的嫡亲妹子也就罢了,还能诉诉苦,只是隔房的堂妹,被她知道了平白看笑话。

"是我叫人请四妹过来的，四妹擅厨艺，说不准就能做了什么吃食让你开了胃口。"

甄宁听了不好多说，淡淡道："请四姑娘进来吧。"

"大姐，大姐夫。"甄妙进来，见甄宁脸色蜡黄，韩庆宇也神情憔悴，很是惊讶。

韩庆宇有些尴尬："四妹，你大姐今日难受得厉害，喝水都要吐出来，不知你会不会做一些开胃的吃食？"

"水都喝不下去？"甄妙瞧着甄宁脸色，没有逞强，"大姐这样应该请大夫开止吐的药方啊。"

韩庆宇神情无奈："请了太医，可连药都喝不下去了。"

甄宁有气无力冲甄妙笑了笑："四妹莫担心，我缓缓就好了。"

"大姐不吃东西，情况会越来越糟糕的。"甄妙皱了眉。长久不进食，胃受不得刺激，正常人吃东西都可能会吐出来，更何况有身子的人？

"大姐夫知不知道，这京城哪家蜜饯铺子的青梅酱做得最好？"

韩庆宇被问住了。他一个大男人，哪知道这个？

还是翠浓插口道："四姑娘，五味斋的青梅酱味道是最正的，今儿婢子正好买了回来。"

"那劳烦翠浓姐姐拿些青梅酱来，我做一款小点心试试。"

甄宁听了摆手："四妹莫要费心了，我这样子，吃不下甜腻的东西。"

甄妙笑笑："不是甜腻的，等我做好大姐试试看。"

"翠浓，带四姑娘去，四姑娘需要什么都准备好。"

"让青鸽给我打下手就好。"甄妙退了出去。

甄宁歪在床上，没有精神，又难受得睡不着，不停翻来覆去。

韩庆宇心中有愧，守着半步没有离去。

大概过了半个多时辰，甄妙才回来，手中举着一个托盘。

"大姐睡下了？"

甄宁睁开眼："只是躺一下。"

甄妙把托盘放下，伸手掀开盖子。

"呀，好漂亮。"站在屋内伺候的两个丫鬟惊呼道。

甄宁好奇看去，不由一怔。洁白的瓷盘中摆成花瓣状的菱形糕点，每一块点心由三种颜色层叠交替，一层碧绿，一层棕黄，再一层纯白，依此反复。单看这漂亮的样子，就让人怦然心动。

"大姐尝尝看，若是吃不下就不要勉强。"

甄宁瞥了翠浓一眼。翠浓会意，夹了一块点心喂她。

甄宁先是闻了闻味道。一股淡淡的酸甜味，却莫名没有反胃。她试着尝了一口，微微的酸，甜味极淡，却意外好吃，不自觉便咬了第二口。

韩庆宇神色一喜，冲甄妙点头微笑。

甄妙含笑回礼。

每块点心很小一块，甄宁三两口吃下，翠浓就去夹第二块。

甄妙却制止了："翠浓姐姐，趁着大姐现在开了胃口，先喂她喝药。"

甄宁孕吐太厉害，最根本的还是要喝专治此症的汤药。她这点心，只是开胃的引子罢了。若是再吃下去又吐了，那就前功尽弃了。

翠浓这才反应过来，把去做点心时甄妙吩咐熬好的药端起："大奶奶，先喝药吧。"

甄宁觉得状态还好，点了点头。半碗药下去，难得没吐，甄宁困意袭来。

甄妙见状站了起来："大姐乏了，就先歇着吧。"

然后叮嘱翠浓："这点心凉了味道更好。每次大奶奶喝药前喂她吃一块。想必等喝完第二服药，孕吐的症状就减轻了。我再做些滋补身子的吃食送来。"

"多谢四姑娘了。"翠浓满脸感激。

"那我就先回去了。"

韩庆宇扶甄宁躺好，道："四妹，我送你出去。"

"有劳大姐夫。"

甄妙从跪在台阶上的绯胭身旁走过。韩庆宇步子多了几分僵硬。

好在甄妙没有停留，就这么走了过去，到了月洞门停住："大姐夫就送到这里吧。"

"四妹，今日多亏你了。"韩庆宇拱了拱手。

甄妙展颜一笑："大姐夫客气，照料姐姐是应该的。只是大姐孕吐忽然严重，应该是情绪波动造成的，大姐夫还是多注意点。"

"我知道了。"韩庆宇尴尬避开那双清澈的眼睛，脸有些红。转念一想，这种事阿宁定不会和她一个未出阁的姑娘提，又觉得好受点，却再没脸多待，匆匆折了回去。

甄妙收敛了笑容，淡淡道："走吧。"

阿鸾和青鸽跟在甄妙后面慢慢走。

回了房，甄妙抱着枕头发呆。

青鸽乐颠颠地跑去做吃食，阿鸾走上前，轻声问："姑娘，怎么了？"

"没事，就是想回去了。"甄妙躺下，"我歇会儿。"

阿鸾默默退了出去。

甄妙却想着刚刚从绯胭身旁路过时，居高临下的一瞥，绯胭领口里的红痕若隐若现。

甄宁情绪的起伏，是因为她想的那样吗？可大姐夫却是一脸深情的样子。想到祖父、父亲、未婚夫,加上这位大姐夫,甄妙摇摇头。男人性格有千万种,每一种,都是那么……混蛋,这样一想,她倒也释然,迷迷糊糊睡着了。

接下来一段日子,见甄宁渐渐恢复了精神,食欲比之前还要好了不少。甄妙想着罗天琞提醒的话,不欲再蹚浑水,留下饮食方子,婉拒了甄宁的百般挽留,回家去了。

日子流水般过,很快就进了腊月。伯府收到一封信,二老爷要进京了。二老爷离京多年,这次任期满,十有八九是要留京了。

自从接到这个消息,整个伯府都笼罩在喜悦中,特别是二夫人,走路都带着风,眉梢眼角的得意掩都掩不住。

府里的热闹没有影响甄妙,她重新搬回了沉香苑,窝在屋子里绣花、习字、练武,闲来逗弄锦言,一日日过得飞快。

腊八这天,下了雪。

甄妙从温暖的被窝中爬出来,透过窗纱往外看了一眼。雪还在下,院中的几株桃树本是光秃秃的枝丫,一下子变成了琼枝玉树。

"姑娘,该去宁寿堂了,老夫人昨日交代想吃您亲手做的腊八粥,您得早点过去。"紫苏取了件水红色鹤氅给甄妙披上,又塞了一个珐琅佛手手炉。

甄妙这才鼓起勇气出了门,带着紫苏、青鸽两个丫鬟向宁寿堂走去。

青鸽替甄妙撑着伞,还是有晶莹的雪花扫落到脸上。

甄妙看着远处的雪景叹了口气,呼出的白气在面前经久不散。

她眨了眨眼。是她眼花了吗,前面那个穿浅玫红色斗篷的女子身影,为何看着这么像甄静?

前方那个身影竟然停了下来。那是去宁寿堂的必经之路,甄妙到了近处,吃了一惊。这人果然是甄静。许久未见,她竟长得更好了些,就像一株芍药花,原本含羞带怯看不出什么,一下子就恣意盛开,绽放出惊人的美丽。

甄妙欠了欠身子:"三姐,许久不见,身体大安了吗?"

甄静就这么盯着甄妙,许久,才轻飘飘说了一句话:"托四妹的福,死不了。"

甄妙被这么一噎,反而笑了笑:"那就好。我还要赶着去宁寿堂,就先走一步了。"

甄静露出个笑,淡得好似随时会融化在冰雪里:"四妹急什么?我也要去宁寿堂,一起走吧。"

甄妙不明白甄静的意思,只觉得她行事越发诡异了,只得点点头。

姐妹二人一前一后,一路沉默着往宁寿堂去了。

门旁的小丫鬟挑了帘子,甄妙一进去,就听老妇人笑道:"四丫头来了,冷坏了吧,快到祖母这来。"随后声音一顿,冷了下来:"三丫头来了。"

甄静扯出个讽刺的笑，垂了头给老夫人请安："祖母，孙女给您辞行了。"

老夫人看甄妙一眼："四丫头，祖母想吃你做的腊八粥，你去小厨房看看吧。"

甄妙察觉屋内诡异的气氛，忙点了点头走了出去，等她端着热气腾腾的腊八粥再进去，早没了甄静的身影。若不是看老夫人脸色冷凝，和甄静的偶遇就像一场梦，被大雪遮掩了个干净。

各房人陆续来请安。腊八节，国子监也放了假。满府的主子都聚在花厅里，男女分了两桌喝粥。

甄妙逗弄着雷哥儿，用筷子蘸了粥在他唇上点了点。

"四丫头，越发淘气了。"老夫人嗔道。

甄妙露出灿烂的笑："祖母，您看，雷哥儿喜欢呢。"

众人看去，果然雷哥儿小嘴一张一张的，煞是可爱。人们都笑起来，气氛就热闹起来。

李氏脸上带着得意之色，叹道："哎，这样的天气，二老爷还在路上，连口热粥都吃不到呢。"

二老爷连着三年政绩都是优，这次进京，升职是跑不了的，到时候她这官太太，可比一个空头爵位的诰命夫人要威风呢。这样想着，就瞟了蒋氏一眼。

蒋氏连眼皮子都没抬，夹了一筷子菜给老夫人："老夫人，今年比往年冷得多，雪都下了好几场了，路上恐不大好走，您看要不要派些人去迎一迎？"

"老二走的南阳道，岔路多，去迎也没必要，且安心等着吧。"老夫人说着，不悦地扫了李氏一眼。到底是小家子气，这个时候不忧心自己的夫君路上不好走，只想着摆官太太的威风。

蒋氏翘了翘嘴角。

"蒋氏，单子都准备好了吧，早点把腊八粥给各府送去。"

大周朝的风俗，腊八这日，亲友间互赠腊八粥，特别是姻亲之间，是免不了的。

"儿媳早安排好了。"蒋氏一笑，"老夫人，您看镇国公府那边，要不要把妙丫头做的腊八粥送去，儿媳吃着妙丫头做的粥，可比府中厨子做的味道要好。"

"要得的。"老夫人笑眯眯道。

镇国公府的花厅，同样是各房人聚在一处用饭。

罗天理心神不安。他总觉得忘了一件很重要的事，可到底是什么，已经琢磨几天了，却怎么也想不起来。

"明哥儿，可是不合胃口？"镇国公老夫人见罗天理心不在焉，关切问了一声。

罗天理回神："呃，没有。"

二夫人田氏扑哧一笑："老夫人，媳妇忘了和您说，建安伯府那边送了腊八粥来，说是甄四姑娘亲手做的。世子啊，恐怕是没吃到甄四姑娘做的粥，这才没滋没味的。"

听到"建安伯府"四个字，罗天珺猛然站了起来。他想起来了！梦里的这时候，建安伯府的二老爷在回京的路上，大雪崩山，被活埋了。

"明哥儿，怎么了？"老夫人吓了一跳。

罗天珺回过神来，笑道："祖母，孙儿想尝一尝建安伯府送来的粥。"

这话一出，满屋子人都笑起来。

罗天珺脸不红气不喘，心中却突突直跳。这件事情，到底要不要插手呢？仔细想了想，竟想不起甄二老爷究竟是什么样的人了。毕竟以前他和建安伯府没有交集，注意不到一个多年外放的人。

"老夫人，儿媳看建安伯府的腊八粥，就由世子送去吧。"田氏笑吟吟打趣。

"明哥儿，怎么样？"老夫人亦开起玩笑来。

却不想罗天珺淡然道："既然祖母和二婶吩咐了，那我就去一趟吧。"

建安伯府同样没有想到镇国公府那边来送腊八粥的，竟然是罗天珺。

老夫人是开明人，笑吟吟传了甄妙过来，等罗天珺告辞时，让她起身相送。

甄妙冷得搓搓手，把雪裘领子拢了拢："罗世子，找我什么事？"

罗天珺乐了："甄四，你就知道我找你有事？"

"呃，原来罗世子只是来送腊八粥的，既然这样，那我就回了，罗世子慢走。"甄妙福了福身子，扭头就往回走。

这大冷的天，正吃着糯米酒圆子就被祖母召唤来，就为了送这位大爷，简直是坑人！

"甄四，你回来！"罗天珺气得沉了脸。她那些温婉都是做给别人看的，面对自己就露出刺来，这是吃定了自己不能把她怎么样，还是不在乎自己对她印象好坏？无论哪种可能，想着都气闷。

甄妙停住了脚。

罗天珺扯出个笑容："我是来说声谢谢的，你做的腊八粥，味道很好……"

甄妙吃了一惊，想伸手摸摸对方有没有发烧，还是忍下了，同样露出个笑脸："原来罗世子是特意来道谢的，真是太客气了。"

罗天珺想打听甄二老爷的事，又怕甄妙察觉有异，就边走边聊着闲话，不着痕迹引着甄妙主动说起了府里的事。

"这些日子，你若无事别再翻墙跳窗了，我二伯就要回来了，到时候府里人多口杂，万一被发现了，不好收场。"

"你二伯？"

"是啊，我二伯在外任职多年，马上就要进京了。"

"这样的天，路恐怕不大好走。"

甄妙想了想，道："接到消息已经有七八日了，二伯走的南阳道，就算路不好走，这几日也该到了。"

"你二伯是什么样的人呢？"罗天珺状似无意问道。

梦里，建安伯府不但不是助力，还是压垮他的最后一根稻草。貌似精明的建安伯府世子甄建文，在太子被废后站错了队！彼时祖母已逝，二叔一家恨不得立刻除了自己，他又被毁了名声，没有可以仰仗的岳家，杀人后判了流放之刑已经是不知走什么运了。

甄妙眨眨眼："二伯外放时我还小，都没什么印象了啊。"

正说着，就听上方扑棱棱的声音传来，几只麻雀从雪枝上飞起。

罗天珺手疾眼快拉开甄妙，就见她原本站的地方，扑簌簌落下许多雪末子。

"多谢。"

罗天珺松开手，淡淡道："举手之劳。二门到了，你回吧。"

"嗯，那你慢走。"甄妙点了点头，干脆利落转身，抬脚就走。

"等等。"罗天珺盯着那背影，怎么看怎么不顺眼。

"罗世子还有事？"

就见罗天珺黑着脸道："你搬回沉香苑住了，怎么没写信告诉我？"

甄妙愣了愣，哭笑不得："罗世子，最近应该也没什么事找我吧？"

她换一个地方就要写信告诉未婚夫，这似乎有点奇怪。

罗天珺被问得说不出话，心中却不满。若不是正好借着送腊八粥的机会过来，他可不就要故伎重施了吗？到时候扑空也就罢了，万一真被别人察觉，传出闹贼的消息，他可不负责！

"你那只八哥……还好吗？"罗天珺语气奇异地问。

甄妙觉得这问题莫名其妙，道："挺好的，比以前更肥了，还不喜欢待在笼子里，就喜欢往我身上扑。"

活得这么带劲？罗天珺得知这个不好的消息，很想问一句你家八哥那么欠揍，你知道吗？可想想那是第一次跳窗，还对甄妙起了杀心，对方又是蒙在鼓里的，只得作罢，气闷走了。

看着罗天珺渐渐远去的背影，甄妙却嫣然一笑。让你乱跳窗，还不安好心，有我家锦言在，气不死你！

进了腊月就是年，整个京城都笼罩在祥和喜悦的气氛中。

建安伯府在祥和喜悦中，更是多了一种祈盼，随着二老爷该回来的时间一日日逼近，这份情绪越发鼓噪起来。

老夫人早派了得力的管事守在进京的路口上，只等着第一时间得知二老爷进京的消息。就连老伯爷在家的时间也多了起来。

不料老夫人派出去的管事带回来一个石破天惊的消息：南阳道路过峡口关那段发生雪崩，许多人被活埋了！

老夫人得知这个消息，当场就摔碎了手中握着的茶盅，身子晃了又晃。

甄妙一个箭步冲上去把老夫人扶好，老夫人闭了闭眼，才缓过气来。李氏不顾形象跌坐在地上，嚎啕大哭起来。她连三十岁都不到，若是守了寡，带着两个女儿将来可怎么办！

"闭嘴，还不知老二如何呢，你就在这里哭丧！蒋氏，还不让人把她架出去！"老夫人听得心肝疼，再也没有了好脾气。

"老夫人，老夫人，您可得想想办法啊！"李氏涕泪横流向老夫人冲去。

没想到拉住她的是甄玉："娘，现在父亲生死未卜，您这样闹腾，把祖母气出个好歹来，就更糟了。"

李氏气得打颤："有你这样和娘说话的吗？"

甄玉咬着唇没有再做声，只是死死拉着李氏不放手。

甄冰性子温和些，跟着劝道："娘，妹妹说的也有道理，您还是听祖母的话，先回去等着吧，父亲吉人自有天相。"

没等下人动手，两人连拉带拖地把李氏带走了。

蒋氏暗暗叹气。李氏真是个拎不清的，这个时候还不如两个女儿通透。要真是被下人架出去，以后还怎么在府里站得住脚！

"老三，你随甄管事一起，多带一些下人，再雇些人去峡口关，就是挖，也要把人挖出来，看看到底有没有老二。"老夫人强稳住心神，吩咐道。

这个时候，她不能倒下。

"娘，我——"三老爷在老夫人犀利的眼神下硬着头皮点头，"儿子这就去。"

从来不管府中事务的老伯爷开了口："我出去一趟。"

满屋子人神色各异。都这时候了，这位老爷子难道还想着遛鸟斗狗？

反倒是老夫人多年夫妻，了解他，问道："老伯爷去哪儿？"

若是换了其他儿子不敢说，但是老二，绝对排在他那些鸟啊狗啊的前头。

"我去永王府一趟，求他派些护卫过去，雇来的百姓一是不好用，二是万一出什么事，不好善后。"

老伯爷这话让不少人吃了一惊。众人看他的眼神都变了。

老伯爷一点被高看的觉悟都没有,丢下一句话就出了门:"我走了,不用等我吃饭。"

"老三,那你们就多带些下人先赶去。"老夫人抬抬手,"我也乏了,都散了吧。"

甄妙不放心地看老夫人一眼。老夫人摆摆手,示意她也退下。甄妙不再多说,默默离去。整个建安伯府的气氛一下子降到了冰点,比外面纷纷扬扬下了几日的大雪还要冷。

傍晚时,甄妙穿着鹿皮小靴,踩着厚厚的积雪去了宁寿堂。

听到丫鬟的禀报老夫人有些诧异,忙让她进来。

阿鸾替甄妙脱了狐狸毛大氅,青鸽抱到门口,抖落了一地的雪珠儿。

"祖母,我炖了萝卜排骨汤,您喝点吧。"甄妙亲自盛出一碗,捧给老夫人。

不出所料,厨房那边送来的晚膳仍摆在炕桌上,早已冷透了。

老夫人本没有半点胃口,可看着甄妙冻得通红的鼻尖到底心里一软,接过来喝了两口。

萝卜汤暖得胃里舒坦,老夫人捏捏甄妙的手:"四丫头,外面冷得厉害,路又滑,今日就别回去了。"

"祖母,孙女就是这么想的呢,您不说,我也要厚着脸皮留下来,外面实在是太冷了。"甄妙说着从阿鸾手里接过一个布包,从里面把几样东西依次掏出来。

"这是?"

甄妙扬了扬手中的物件:"祖母,我给您做了件抹额,这个颜色您戴着正合适。"

老夫人看了一眼,发现是紫貂皮的,毛色细密光亮。

"这个时候了还做,费眼。"

"就差几针了,今晚做好就能给您戴上试试。"甄妙拿了针开始缝。

老夫人命阿绸又多点了一盏灯。灯光下,少女低眉,安安静静做着针线。老夫人这么看着,压抑在心里的恐慌缓了缓。

老伯爷挑着帘子走了进来。

"永王答应了吗?"老夫人下了床亲迎过去。

老伯爷抖抖身上的雪才道:"说来是巧了,皇上派了罗世子出去办事,正好赶上这场雪崩,如今已经派了大量人手去寻了。"

甄妙只觉手指肚一痛,血珠渗了出来。甄妙忙把抹额拿开,血珠滚落到玫瑰紫小袄上,氤氲成一块暗渍。老夫人忙回头看了甄妙一眼,见她整个人呆呆的,心中一酸。

要是镇国公世子真出了事,四丫头可就毁了。女儿不比男子,未过门就死了未婚夫,会被人说克夫,将来就难嫁了,更何况四丫头名声原本就不大好。这好端端的,怎么就遇上这种事!

老夫人瞪了老伯爷一眼。

老伯爷这才发现里边安静坐着的甄妙,亦是露出懊恼神色,冲老夫人努努嘴:"我去书房歇了。"

等老伯爷离开,老夫人走到甄妙身边坐了下来,拉住她的手:"四丫头,现在别多想了,既然皇上派了人去,很快就有消息了。"

她说到这里神色坚定下来,缓缓道:"不管消息是好是坏,我们都还得好好活下去。"

甄妙扯出个笑容:"祖母,我没什么事,倒是您别太忧心了,府里离不开您。"

老夫人点点头:"四丫头,你就睡在暖阁里吧。"

甄妙洗漱好在暖阁歇下,软榻铺着厚厚的毛褥子,舒适无比,她却睡不着了。

二伯出了事,她虽跟着担忧,可因为对这人几乎没什么印象了,这种感觉并不强烈,就好像听说一个人不幸的遭遇,会同情,会希望他好好的,但要说多么伤心,是没有的。可今日乍然听到罗天瑾出事的消息,她承认,那一瞬间她有些心慌。想着前几日还见面,爱生气爱黑脸的人,要是真的就这么没了,甄妙发现,她一点都不高兴,至少没有她以为的因为可以摆脱这段婚姻而产生的解脱感。

就在翻了数十次身后,甄妙承认,她还有点难受。

她在一室黑暗中坐了起来,双手抱膝,窗外的雪光映得一切朦朦胧胧的。

甄妙不由自主地盯着那扇小窗。他要是出了事,从此后再不会有人半夜从窗子跳进来,让她心惊胆战了吧?

甄妙下了床,趿着鞋子走到窗边,不知怎么想的,不由自主把窗子推了开来。冷风卷着雪花灌进来,把人吹得透心凉。甄妙一下子清醒过来,摇头失笑。那人脾气又坏,行事又狠辣,想来老天也不敢收吧。她默默关了窗子,重新爬上床,不多时就睡着了。

第 14 章　出阁

镇国公世子被困的消息很快传了开来，相反，许多人并不知晓建安伯府二老爷的事。毕竟二老爷离京多年，什么时候回来，有谁会关注呢？

这样一来，甄妙竟收到了两张帖子。

一张永王府的，下帖子的人是初霞郡主；一张昭云长公主府的，下帖子的人是重喜县主。

看着两张帖子，甄妙哭笑不得。她们是想安慰自己吧？可是，她就是有种预感，那人不会出事的。饶是如此，这个时候也没有会友的心情。甄妙提笔写了回帖，婉拒了。

出乎意料的是，第二日竟又收到一张帖子，落款却是初霞和重喜两人。这一次不是邀她去做客，而是约她一起去大福寺上香。

大福寺就在皇城边上，富贵人家的女眷常去。

甄妙捏着帖子想了又想，去请示了老夫人。

老夫人心里挂念二儿子，可她是有了重孙、经历无数风雨的人，这两日坐镇府中等消息，越发沉稳了，连带的二房都没了一开始听到这个消息时的绝望。

整个伯府，还是有条不紊。

可她却担心甄妙年纪轻受不住，见初霞郡主二人约她去大福寺，立刻就答应下来："四丫头，去一趟大福寺给你二伯和罗世子祈福也好。去吧，早去早回。"

甄妙这才回了帖子。没等多久，外面来报说永王府的马车来了，就在外面等着。

甄妙带了阿鸾和青鸽两个出去了。一上了马车，发现初霞郡主和重喜县主二人都坐在里面，忙打了招呼。

初霞郡主凑过来，盯着甄妙仔细看了看。

"怎么了，郡主？"甄妙有些纳闷。

初霞郡主坐直身子，道："我是看看，你这两天在家里有没有哭死。"

甄妙抽了抽嘴角："还活着。"

初霞郡主不满嘟了嘴，伸手扯扯甄妙的脸："行了，别摆出这副难看的表情。大福寺的和安大师教过我一点相术，你脸上肉多，不是没福气的样儿。"

"多谢郡主安慰了。"甄妙没好气道。这真的是安慰，不是插刀吗？

初霞郡主觉得自己安慰还不到位，又补充一句："再说，就算罗世子真有什么事，不是还有我们吗？"

这下子连重喜县主都忍不住了，凉凉道："我们能娶甄妙吗？"

"你当然不能。"初霞郡主下意识反驳，然后反应过来，悻悻道，"我也不能。"

她一副扼腕叹息的样子："可惜我不是个男人。对了，表姐，沐宇表哥不是还未定亲吗，实在不行，要是罗世子真出了事，就让他娶甄四好了。"

初霞郡主觉得这个主意可行，拍拍甄妙肩膀："甄四，你别担心了，无论如何，你肯定能嫁出去。"

甄妙忍不住扶额。罗世子，你人缘这么差，自己知道吗？

"初霞，你再乱说话，我带甄妙下车了。"重喜县主实在受不了初霞郡主的胡言乱语，警告道。

"我没有乱说。"初霞郡主不服气地嘀咕。要不是她哥哥定亲了，沐宇表哥还排不上队呢。

"罗世子一定不会有事的。"甄妙不想再和别人扯在一起，微笑着道。

初霞郡主口中的沐宇表哥就是昭云长公主的次子韩沐宇。

看着甄妙皎月般的笑容，重喜县主一愣，忍不住问："甄妙，你这么相信罗世子吗？"还是不敢承认他会出事？

甄妙点头，神色淡然道："我相信他是个很有能力的人，不会这么轻易出事的。"

雪崩是天灾，非人祸，一个人再有能力，在天灾面前也是渺小的。重喜县主心中想着却没有说出来。

"要是他真的出了事，我就自梳，终身不嫁人了。"甄妙在二人面前袒露了心思。

并不是她对罗天理的喜欢已经到了非他不可的地步，只是她实在没有什么嫁人的兴趣了。这段婚姻她拒绝不得。可要是因为男方没了，守节不嫁，却会得到广泛的赞誉。这种赞誉她不需要，她要的是因此带来的自由。

想到这里，甄妙内心深处有个声音在问：罗天理的生和自由，你要哪个呢？几乎是没有任何犹疑的，甄妙心中已经有了答案。她当然期盼他活着。她从没想着自己的自由要任何人的性命来换。

这番隐秘的心事，重喜县主二人无从得知，听了甄妙的话都大吃一惊。

初霞郡主难得没有再说什么。如果罗世子在甄四心中已经这么有分量，那等会儿在菩萨面前，她也替她求求好了。

三人进了大福寺，一群丫鬟婆子拥着她们去殿中上香。

甄妙跪下来，规规矩矩地上香祈福。

之后，小沙弥领着三人去客房歇脚。

初霞郡主要带着甄妙去见和安大师，被甄妙推拒了。

见重喜县主也不去，初霞郡主冷着个脸自己走了。

甄妙有些困顿，想小憩一会儿，就见重喜县主不知从哪里摸出一盘棋。

甄妙脸色当时就绿了，结巴着道："县，县主，我对和安大师仰慕已久，还是跟郡主一起去拜见一下吧。"

重喜县主把甄妙按住，淡淡道："下棋能够平心静气呢。"

甄妙无奈，心里悔恨了无数次。等一盘棋下完时，初霞郡主总算回来了。甄妙长舒一口气。三人这才离开大福寺。

又过了两日，传来大喜的消息：甄二老爷回来了！更令人震惊的是，镇国公世子罗天珵亲自送他回了建安伯府。

甄妙在花厅见到罗天珵时，有一种做梦的感觉。她未婚夫和二伯，是怎么到一起的？再看已经没有什么印象的二伯，更是震惊睁大了眼。她这位二伯，竟然是一位美男子！明明比父亲还要大两岁，可看着愣是只有三十出头的样子。俊雅的面庞，谪仙般的气质，让人望而生惭。就是容貌极佳的罗天珵站在这位二伯身旁，都显得有些稚嫩了。

见甄妙呆呆望着甄二老爷，罗天珵气得心口疼。这个没有心的女人，满京城都在传他生死未卜时，竟然一点憔悴之色都没有，不对，她居然还胖了些！难道她就一点不担心当寡妇吗？还是说，反正没成亲，他死了，是求之不得的事？见人长得好就挪不开眼睛了。肤浅！无耻！

"老爷，您可回来了，吓死我了！"李氏扑过去，抓住甄二老爷的衣袖。

甄妙沉默了。头一次，她忽然觉得只有李氏才能给这位二伯当媳妇。面对这样谪仙般的人物，她居然下得去手，一点没有被对方气场震住。再看看眼睛红红，一脸孺慕地望着甄二老爷的甄冰、甄玉，甄妙叹口气。平时觉得两位妹妹容貌不错，可见了二伯才明白，她们都随了李氏啊。

甄二老爷仙人般的风度被李氏这么一拉，瞬间跌落凡尘，无奈推开李氏的手，单膝跪地："父亲，母亲，儿子不孝，回来了。"

"快起来。"老夫人神情激动。

甄二老爷起了身，这才对李氏微微一笑："辛苦夫人了。"

"不辛苦，老爷回来就好。"

李氏还想往甄二老爷身上扑，老夫人皱了眉："李氏，老二刚回来，罗世子也在，还不去张罗一下茶水饭菜！"庶女出身就是上不得台面，哪有见了夫君像个小妾似的黏黏糊糊！

李氏这才依依不舍地走了。

老夫人问出甄妙的好奇："老二，你和罗世子怎么遇到一起的？"

峡口关雪崩，每一日都会传消息回来。挖出的尸体人数越来越多，她的心弦也跟着越绷越紧，就怕哪一日的消息里，有了甄二老爷的名字。所幸直到挖通那一日也没有传来噩耗，反倒是在被雪崩阻断的另一端，发现了驻扎的罗世子和甄二老爷等人。

"母亲，儿子此番能够幸免，多亏了罗世子。"甄二老爷看向罗天珵的目光很是亲切，"儿子若是按着寻常的速度赶路，恐怕那时正好处在峡口关。偏巧路过一片林子时，不知怎么冲出一只熊瞎子，虽受了些惊吓，幸好罗世子路过救了儿子这些人。然后儿子陪罗世子休息了半日，因天色晚了就在附近的村子住了一宿。没想到第二日赶到峡口时，才发现雪崩了。"

"阿弥陀佛，真是老天保佑。"老夫人双手合十念了一声，看向罗天珵，"罗世子，你的大恩，建安伯府铭记在心。"

罗天珵忙道："老夫人折煞晚辈了，这是晚辈应该做的。"

老夫人笑了，看向甄二老爷："老二，要说起来，罗世子救你，也确实是冥冥中注定的。他呀，可是咱们四丫头的未婚夫婿呢。"

甄二老爷愕然："罗世子，竟有此事？"

罗天珵点了点头。

甄二老爷看向甄妙："这是妙儿吧，到二伯这儿来。"

甄妙晕乎乎就过来了。她是个不折不扣的颜控，所以她的丫鬟们个个顶个都是好看的。如今看着更好看的二伯，实在没有半点抵抗力。

罗天珵的脸色更黑了。

甄二老爷端详着甄妙，微微一笑："母亲，没想到比起冰儿、玉儿，却是妙儿更像我。"

"你们都像太妃，叔侄二人相像，有什么好奇怪的？"老夫人不以为意道。

脸黑的又多了一个三老爷。二哥果然还是像原来一样，只要他在，就没人再记得他。这不，再说下去，连闺女都成别人的了。三老爷冷哼一声。闺女和女婿，都是他的！

罗天珵没有等茶点上来，就提出了告辞。

老夫人忙拦着："罗世子用过饭再走吧。"

"把二老爷平安送到就放心了。晚辈有差事在身，还要进宫复命。"

老夫人听了不好再拦，忙让甄妙送他出去。

三老爷还盯着二人背影看，心中不悦。明明是他的女婿，对二哥倒是上心！

"三弟，三弟？"

三老爷回了神："二哥喊我？"

二老爷微微一笑："我们兄弟多年未见，明日带为兄出去逛逛吧，看京城有了什么变化。"

三老爷点头答应。

李氏进了屋，眼尾扫了三老爷一下道："这大冷的天，年关又近了，老爷还不在家多休息几日。若是想了解什么，等大哥休沐时问大哥也是一样的。"

让三老爷带出去逛，别开玩笑了，他除了把人带到青楼妓馆，还能带去哪儿？

三老爷气哼哼翻了个白眼，接过丫鬟捧上来的茶水喝了一口道："二哥在外这么多年，有没有添个一儿半女的？我怎么看着这次回来的，一个女眷都无呢？"

李氏狠狠瞪了三老爷一眼。

要说此事，她也有些纳闷。二老爷一回来她就悄悄盯着了，以前那些妖精竟真的一个都没，总不会是都死绝了吧？

二老爷转向老夫人："母亲，儿子正要对您说，儿子在外这些年，给您添了一个孙儿。"

"当真？"老夫人激动站了起来。老二年近四十无子，一直是她的一块心病。

啪的一声。众人闻声望去。一只茶盅落在地上打着滚，李氏脸色灰败，不可置信地望着二老爷。

老夫人不悦地皱皱眉。

她并不是那种恶婆婆，没事就往儿子屋里塞人。可老二离家在外少不得人照顾，且这个年纪了，若是再生不出儿子，将来绝后如何是好？这李氏，太上不得台面了。自己生不出，难不成还不让老二有后了？老二要真的无子，最终是要过继的，与其那样，哪有自己的亲儿子从小养着好？

老夫人以警告的眼神扫李氏一眼，问二老爷："怎么信里没听你提呢？"

二老爷笑笑："孩子还小，就想带回来让母亲亲眼看看。"

"孩子呢？"

李氏捏了帕子，死死盯着二老爷。

二老爷嘴角依然挂着如沐春风的浅笑："儿子见路上不好走，就把孩子和雅乐她们留在了密阳。等过两日天晴了，再派人去接。"

老夫人转头吩咐蒋氏："蒋氏，把这事记着，到时候多派些人去接。"

"儿媳知道了。"

老夫人点点头不再多提，拉着二老爷讲起别的事来。

李氏暗自咬碎了银牙。心道到底是哪个贱蹄子生的孩子，等人来了，非好好收拾她一顿不可！

甄妙送罗天珵出去。罗天珵心里有气，一路沉默。

甄妙悄悄打量着他紧绷的侧脸，扯了扯嘴角。这人又是哪根神经没搭对了，时不时错乱一下。

眼看着快走到门口了，罗天珵轻描淡写问了一句："甄四，你从来不担心吧？"

甄妙被问得一愣。

回神时，人已经走了。

甄妙琢磨着这话往回走，走了一半才恍然大悟地拍拍额头。

罗天珵原来生气了。以为自己不关心他？甄妙反应过来，也有点生气。他可以杀她虐她打击她，她还要担心他、惦记他、喜欢他？虽然事实上是有那么一点担心吧，可把这当成理所当然就不对了。这人凭什么这么无理取闹啊？

同样不开心的甄妙一甩帕子，去围观谪仙二伯去了。

就在小年那天，正赶上一家人吃团圆饭，二老爷留在密阳的几个妾室到了。

老夫人高兴，特意又摆了一桌子，让几个妾室用饭。想着不好厚此薄彼，把大房、三房的妾室都传来了。

李氏目不转睛地盯着几个进门的妾。

那穿姜黄色袄子的是她伤了身子后老夫人赏的，叫黄莺，这么多年养得倒是富态了，也显老了。酱紫袄子的妇人是原先的二夫人走后纳的，年纪比她都大，这个不足为虑。

李氏目光落到穿碧色衫子的女子身上。这个，她记得是老爷上峰送的，倒是貌美依旧。

再看看旁边没人了，李氏心情又稍微好了些。老爷这些年竟没再添人。只是那孩子，到底是哪个生的？

二老爷对三个妾室的到来神色淡淡的，只是把仆妇装扮的女子叫上前，示意她把孩子抱给老夫人看。

"母亲，这就是漓哥儿了。"

漓哥儿包在大红遍地锦的包被里，睡得正香。

老夫人看了就喜欢，笑着对温氏道："温氏，你来看漓哥儿，和雷哥儿差不多呢。"

"漓哥儿长得更结实些。"看着这样小的孩子，温氏眉眼也是含笑的。只有李氏脸色越发阴沉。

老夫人抬了头："老二，漓哥儿是哪位姨娘生的？"

满屋子人的目光都落在三位姨娘身上。

二房不比其他两房，正妻无子，这有了儿子的妾，身份可就不一般了。

李氏眼睛更是冒火，却死死忍着。

二老爷淡淡开口："漓哥儿的生母是岭南人，这次没有跟来。"

"可是身子不好？"老夫人问。

"不是，她生下漓哥儿后，儿子给了她卖身契并一笔银子，打发她嫁人了。"似乎是不想多提，二老爷岔开话题，"父亲，母亲，今日漓哥儿也来了，我们总算全家团聚，儿子敬你们一杯。"

屋子里热闹起来，众人却心思各异。

蒋氏面上波澜不惊，心中难掩羡慕。

自从岚姨娘没了，世子对她是尊重了许多，可这份尊重是她步步为营、小心翼翼换来的，就像那无基的空中楼阁，万一哪件事惹了世子的不满，这份尊重又能保留到几时？

再看温氏，三老爷如何，那提也不必提的。可是李氏，明明那么蠢，却能够遇到二老爷这样的男子。

岭南是二老爷外放的地方，此番回京恐怕再不会回去了，特意寻了那里的女子生下儿子，又打发嫁了人，这分明是不想乱了府中嫡庶，维护正妻的体面了。果然是人各有命！蒋氏轻叹一声，不再多想。她如今儿女双全，又是当家主母，在外人眼里也是极好的吧。

"你啊，还是那个样。"老夫人叹息一声，喝了杯中酒。

甄妙看着甄冰、甄玉陡然变得明媚的笑脸，深深嫉妒了。比别的，她哪里都不输给两位妹妹；比爹，那简直被甩了八条街啊。一个要死要活把青楼女子带回家，一个为了维护正统，情愿舍去生下孩子的妾室。

冷眼瞧着亲闺女望着自家二哥发呆，三老爷脸垮了下来，起身走过来把甄妙视线挡住："二哥，小弟也敬你一杯。"

饭后，甄妙送了温氏回和风苑，出来时迎面碰上了三老爷。

"父亲。"

客气疏离的样子让喝得微醺的三老爷皱了眉，好半天才吐出一句话："我再怎么样，还是你爹！"说完进了温氏屋子。

留下甄妙一脸莫名其妙。她这爹，还处在叛逆期吧？

因为不放心温氏,甄妙特意在外面等了等。没多大会儿,就见三老爷鼻青脸肿出来了,脸色通红又有些尴尬,见甄妙还在这一脸疑问的样子,火烧屁股般跑了。

甄妙想了想,转身默默回沉香苑了。既然温氏吃不了亏,他们的事,还是自己解决好了。

接下来的日子,格外平静顺遂,很快就到了正月十五赏花灯的日子,甄妙这才出了门。

华灯初上,亮如白昼,街上人群熙熙攘攘。甄妙一群人衣着华贵,容貌出众,要是平时出行定会引人注目,此时却淹没在人海中。

人群一阵拥挤,虞氏自生产完体力就不佳,一个摇晃就要跌倒。甄妙离得最近,忙把她扶住:"大嫂,你没事吧?"

"无事,多谢妹妹了。"

甄焕脸色微变:"倩娘,我看你脸色很难看,要不要紧?"

虞氏摇摇头:"不碍事的。"

甄妙推了推甄焕:"大哥,那里有个茶摊,你带大嫂歇歇脚吧。"

甄焕犹豫了一下。

蒋宸笑道:"大表哥放心,我照顾好妹妹们,不会让她们丢了的。"

"那好吧,有劳宸表弟了。"

甄妙几人随着人群往最热闹的那处涌去,到了近前才发现是猜灯谜的。

"千里共婵娟,没有人猜出来吗?"一位年过半百的老者挑着一个精致的卧兔灯,笑眯眯问道。

那卧兔灯很是巧妙,不知怎么设计的,发出的光是红蓝两种颜色,随着灯轻轻转动,还有动听的乐声传出。

人群中都是议论声,显然想得到这卧兔灯的人极多。

涵哥儿兴奋得脸通红,推着蒋宸道:"宸表哥,我要那个兔子灯。"

蒋宸思索片刻,含笑在涵哥儿耳旁低语。

涵哥儿开心地迈着短腿儿挤进去,一蹦老高:"我知道,我知道,是'妈'。"

老者一愣,随后笑眯眯道:"这位小友猜对了。"

"哦耶!"涵哥儿欢呼着跳起来,把卧兔灯接过向回走。

老者又拿起一个花灯,说出谜面让大家猜,人们注意力再次被吸引过去。

没人注意到一个四五岁的小姑娘跟在涵哥儿后面,一把抓住他的衣袖。

涵哥儿回头,见是个小女娃,纳闷地问:"你抓我做什么?"

那小姑娘一声不吭,竟直接去夺卧兔灯。

涵哥儿下意识护住卧兔灯，往外挡了小女孩一下。

小女孩跌倒在地，哇哇大哭起来。

涵哥儿正手足无措时，一个人影冲出来，直接打了他一巴掌，然后奔向小女孩。随之又有几个短打扮的男子出现，冷眼盯着涵哥儿。

涵哥儿吓得连哭都忘了。这些说来话长，其实只发生在一瞬间。甄妙几人一时都没反应过来。待听到那冲出来的女子柔声哄着小女孩时，几人更是愣住。

甄玉不可思议喊道："三姐？"

戴着风帽的女子回了头，下巴尖尖，正是甄静。

涵哥儿这才如梦初醒，捂着脸边哭边问："三姐，你为什么打我？"

甄静看着涵哥儿，眼中飞快闪过一抹厌恶，又遮掩下去，露出极淡的笑容："原来是涵哥儿，刚才我一时没看清。"

甄玉冲了过来，抬着下巴看向甄静："三姐，你这是什么话？若不是涵哥儿，就能随便打人了？我倒不知道你什么时候这么有本事了！"

甄冰心思缜密，见被甄静揽在怀里的小女孩衣着精致，便隐隐猜到了是何人。

甄静进了六皇子府的事府内皆知，六皇子那边的一些基本情况自然知道一二。六皇子有个幼女，正是这个年纪。虽是如此，甄冰依旧觉得愤怒。她才不信甄静是真心护着那孩子，不过是为了讨好六皇子做给人看的吧？可是做给人看，为什么拿涵哥儿作筏子？涵哥儿也只是一个孩子呢，懂得什么？她这是半点亲情不顾了。

甄冰心里有些难受，上前拉了拉甄玉："六妹，算了，我们带着涵哥儿走。"

甄玉甩开甄冰的手："我们凭什么走，她还没给涵哥儿道歉呢！"情绪激动之下上前一步，几个男子同时伸出了手拦住。

甄静笑着，隔着人群向甄妙望来。她不信，甄妙猜不出这孩子的身份。甄妙能怎么样呢？真是期待啊。

"不用你管！"小女孩清脆的声音响起，把甄静推开，然后跑到涵哥儿面前，"我要兔子灯！"

涵哥儿止住哭声，紧紧抱着卧兔灯："这是我的灯，不给！"

甄妙走了过来。

甄静因着小姑娘推开而流露的几分尴尬褪去，似笑非笑望着甄妙。

却见甄妙并没往这边看，直接走到涵哥儿面前停了下来，蹲下对小姑娘道："小妹妹，这兔子灯是小哥哥的，不能给你。"

小姑娘一下子止住哭声，表情有些错愕。

显然，在她的人生里，还没人对她说过不字。

她直接伸手去推打甄妙："坏人，坏人，我就要那个灯！"

甄妙抽了抽嘴角。

小丫头，你这么跋扈，你爹知道吗？

几个男子悄无声息站到甄妙旁边，紧紧盯着她的动作。

任谁都看出，若是甄妙敢碰这小姑娘一下，下场凄惨。

蒋宸大步走了过来。

"涵哥儿，表哥很会猜谜，你想要什么样的灯都可以的，把这个送给这位小妹妹好不好？"蒋宸温声劝道。

对小孩子来说，有人抢的东西才是最好的，涵哥儿闻言把卧兔灯抱得更紧："不要，我只要这个！"

"涵哥儿，你把兔子灯给那位小妹妹，等回去表哥带你去骑马好不好？"

涵哥儿显然是心动了，垂头看着自己的兔子灯，又抬了头，认真问道："表哥，这明明是涵哥儿的兔子灯，你们为什么都要我给别人呢？我又不认识她，她也不可爱！"

这话问得众人一愣，都沉默下来。

小姑娘却不干了，一脚向涵哥儿踢去，嘴里嚷着："你才不可爱！"

甄妙伸手把小姑娘的脚抓住。

一个男子抬手向甄妙打来，冷声道："姑娘，请放手！"

甄妙把涵哥儿挡在身后，看着侍卫打扮的男子甜甜一笑："放心，我哪敢乱来呢？"

那男子一言不发收回手。

他是侍卫，不是狗腿，只要小主子安全，和别的孩子抢花灯什么的，那不是他该干的事儿。

甄妙微松口气。

不是凶奴恶霸就好。

甄妙蹲下身看着小女孩："小妹妹，你很想要这兔子灯吗？"

"哼。"小女孩冷冷瞧着甄妙，忽然伸手揪住了她的头发。

甄妙疼得差点哭出来。看着甄妙头发就这么披散下来，小女孩咯咯笑起来。

"小妹妹，你要是松手，明日我送你一个兔子灯，而且是能吃的兔子灯。"

"能吃的？"小女孩歪了歪头，手上更加用力揪了一把，"骗人，哪有能吃的兔子灯！"

甄妙这次真的忍不住惨叫了。

85

突然低笑声传来："蕊儿，还不快过来。"

小女孩扭头，欣喜喊道："爹——"她欢快地向男子奔去，却忘了松开甄妙的头发。

甄妙疼得泪流满面，忙死死抓住发梢往回拉。

小女孩力气哪有大人大，头发一下子脱手，冲力之下，一个狗吃屎向前跌去，就这么直直摔在了男子面前。

哇的一声，响彻云霄的哭声响起。

甄妙看着六皇子五彩纷呈的脸色，绝望捂住了脸。

她真的不是有意这么丢人的好吗？

"甄四姑娘，我想，你欠本王一个解释。"六皇子挑了眉，笑得有些邪气，把小女孩抱起交给一旁的侍卫，向前走了一步。

甄妙松开手，快速用眼角瞄了小女孩一眼。小女孩跌得不轻，脸上两团黑不说，额头还渗出了血丝，此时正中气十足，哭得震天响。甄妙忽然有些自责。为什么见了这熊孩子的惨样，她隐隐有一丝暗爽？

"甄四姑娘？"六皇子不悦皱起眉，眉心形成一个川字。这个时候，她居然还在发呆！

甄妙收回目光，平静看向六皇子："六皇子，您想要什么解释？"

"当然是这件事的解释。"

甄妙笑了笑，低眉垂眼，看着规规矩矩的："六皇子，民女以为，您最了解自己孩子的品性，不需要别人解释了。"

六皇子再靠近一步，甄妙已经能嗅到他独有的气息。

她不自在地后退一步，就听六皇子轻声道："别退！"

惊疑间六皇子靠得更近："本王的女儿，还轮不到旁人来非议，甄四姑娘似乎也是旁人吧？"

甄妙看了六皇子一眼，才慢吞吞道："所以民女说没什么可解释的啊。"

六皇子被噎住，眯着狭长的凤眼看了甄妙许久，才笑道："甄四姑娘，披头散发的样子要是被罗世子看到，你猜他会怎么想？"

"六皇子放心，如果罗世子有疑问，民女会好好向他解释的。"甄妙规规矩矩回道。

六皇子被噎个半死，偏偏甄妙的回答没有逾越的地方，最终咬牙切齿道："甄四姑娘，今日这事，你觉得我会帮理不帮亲吗？"

"六皇子英明大度。"

六皇子嗤笑一声，压低了声音："错了，本王斤斤计较得很，谁让我不开心，我就让他全家都不开心。别人不开心了，我就开心了。"

甄妙听得目瞪口呆。她终于知道那熊孩子怎么养成的，因为她有个熊爹！

"六皇子……"甄妙艰难喊了一声，"您这样，皇上知道吗？"

六皇子眼神一凛："你敢威胁本王？"

甄妙摇头："不是，民女只是纯粹的好奇……"

六皇子朗声笑起来："呵呵呵，本王当然不会对父皇有任何隐瞒的，甄四姑娘放心。"

甄妙彻底没辙了。六皇子要真的出手对付建安伯府，不用明着来，建安伯府就要吃不了兜着走。

"今日之事，六皇子想要民女如何？"说到底，无论是她还是涵哥儿，没有什么错误可承认的，这是她唯一能坚持的了；而且，六皇子对太妃很有感情，想来不会太过为难他们。"蕊儿想要兔子灯，做父亲的自然不忍让她失望。本王也不夺人所爱，就照甄四姑娘说的，明日，把能够吃的兔子灯送到我府上。"

"好。"甄妙松口气。

"那我就等着了。"六皇子拉开距离，笼罩甄妙的气息散尽。

甄妙却走过去："六皇子，是不是民女做了能够吃的兔子灯，两个孩子之间的事情就算了结了呢？"

"自然。"六皇子点点头，莞尔一笑。他还真的会因为一个花灯就治别人的罪不成？

要是换了别人，要不就拿银子砸，把那花灯买下来，要不，就再去弄一盏同样的花灯。只是甄四披头散发，差点忍不住和他小闺女掐起来的模样实在太有趣了，那两种方法他就都不想选了。今年的元宵节，总算没有那么无聊。

见六皇子表情柔和下来，甄妙抿了抿唇，三两步走到甄静面前，扬手打了她一个响亮的巴掌。

一瞬间，众人都愣了。

甄妙揉着手，冲六皇子露出一个憨厚的笑容："我替我弟弟打回来，您不介意吧？"

"殿下——"甄静一脸的不可置信，用素白的手捂着脸颊望着六皇子，睫毛微微颤了颤，忽地就泪流满面，无声哭泣起来。

"我要是介意呢？"六皇子表情阴晴不定。

甄妙闭了眼睛仰起脸，满不在乎地道："那六皇子就替您的小妾打回来吧。"

六皇子盯着那张熟悉的脸，又气又笑，咬咬牙一字一顿道："你是吃定了我不会吧？记着你的兔子灯！"说完转了身，从侍卫手中接过蕊儿大步走了。

甄静回了头，目光落在甄妙脸上，满是怨毒。

甄妙扬眉笑了笑，拉住涵哥儿："涵哥儿，我们走啦，看花灯去。"

早在甄静扬起手打了涵哥儿那个巴掌时，那仅剩的一点血缘亲情就不复存在了。如果对这么小的孩子都能毫不犹豫伸出手，还能指望她什么？她偏要让对方知道，皇子的小妾，依然是个妾，在做恶事前，总要掂掂自己够不够分量！

"四姐，你好厉害啊。"甄玉眼睛亮亮的，取出随身带的丝带，"我给你把头发扎起来吧。"

甄妙点点头。

甄静收回目光时，看到的就是甄玉一脸认真给甄妙挽发的场景。这个场景，在她日后的岁月中反复出现。她尊荣过，张扬过，绝望过，委屈过，经历的惊心动魄、钩心斗角一桩桩、一件件，填满了空白的岁月。可总在不期然间，就想到了蓦然回首，花灯璀璨下的那番场景。

阳春三月，大地像是被春雷一夜间就唤醒了，柳枝抽了条，迎春迎风绽放，到处都是湿润芳香的气息。建安伯府开始准备甄妙的及笄礼。

有司和赞者的人选已经定了下来，是初霞郡主和重喜县主，最出人意料的是，名扬帝都的才女国子监祭酒夫人骆夫人，主动提出要给甄妙当正宾。

宴客那日，这样的阵容自是引起了轰动。

若说初霞郡主和重喜县主能来当赞者和有司，可能是伯府的这位甄四姑娘会钻营，不知怎么结交到的，骆夫人却不同了。

谁不知道骆夫人才华无双，只是偶尔进宫给公主读读书。当年皇家邀请她当公主之师，都被拒绝了。之后偶尔指导过的小娘子，无不是品质无瑕、聪慧非常的贵女。骆夫人能给甄四姑娘当正宾，说明甄四姑娘再差，也不会差到哪里去吧？不得不说，人都是健忘的，当看到眼前的场景时，一年前谈笑了许久的落水一事，在大多数人脑海里就渐渐淡了。

镇国公府前来的是二夫人田氏和三夫人宋氏，等酒宴散了，老夫人叮嘱道："四丫头，你送送两位夫人吧。"

甄妙施礼道："田夫人，宋夫人，请。"

"真是个乖巧的。"田氏笑着拉了甄妙的手，一边走一边跟甄妙闲聊，暗暗留意她的神色。

"四娘是住在哪个院子呢，离老夫人这远不远？"

甄妙答道："伯府占地小，要说远，也远不到哪里去。"

"我们是头一次来，觉得伯府景致挺不错，四娘带我们多走走可好？"

这甄四不知怎么回事,这一年来处处出人意料,到现在已经像是脱缰的野马,难以掌控了。他们想要娶进门的是无人可依的甄四,可不是和宗室女交好,让骆夫人另眼相待的甄四!她倒是要看看,甄四怎么就和以往打探到的完全不同了呢?

"园子里有几株玉兰开得正好,晚辈带两位夫人去看看吧。"

甄妙领着二人向后花园走去。

田氏时时留心,处处留意,面上却半点不显,忽听身后有人喊一声:"救命啊——"

她不由转了身,就见一个黑乎乎的东西迎面扑来。田氏心思虽多,胆量上只是个寻常妇人,当下白眼一翻,吓晕了。

今日的锦言似乎格外凶悍,田氏仰面晕倒后,双翅一展飞走了。

宋氏整个人惊呆了,一时之间都忘了去扶田氏,捂着嘴吃惊望着甄妙。

甄妙那一刻也愣住,下意识道:"哪来的乌鸦?呵呵呵呵……"反应过来后,都要被自己聪明哭了。田氏是贵客,在伯府里吓晕了,那是相当严重的事。送客的她要被斥责不说,作为罪魁祸首的锦言定会被打杀。

甄妙正要去把田氏扶起来,远处跑来一个小丫鬟,气喘吁吁开口:"姑娘,锦言——"

话未说完,跟在甄妙身后的紫苏上前一步,斥道:"没看到客人晕倒了吗?还不快去传信,请大夫来!"

"可是——"小蝉看向甄妙。

刚想解释说是追着锦言过来的,紫苏又瞪了她一眼:"还不快去!"

小蝉不敢再说什么,转身往回跑。

甄妙出了一身冷汗。好险,要是小蝉把锦言说出来,今日之事就不能善了了。

见田氏躺在地上双目紧闭,甄妙忙蹲下来探了探鼻息,发觉田氏呼吸平稳,伸出手指掐了掐她人中。见人还不醒,甄妙又加大了点力气。就听嗷的一声,田氏双眼猛地一睁。

甄妙吓了一跳,露出个笑脸:"田夫人,您醒了!"

田氏想起吓昏前扑向她的黑乎乎的东西,又觉得鼻子下面火辣辣地疼,脸色一白,脱口问道:"那东西抓我的脸了?"

"没有啊。"甄妙道。

田氏觉得那处疼得更厉害了,女人家,没有不担心容颜受损的,忙看向宋氏。

"真的没有,二嫂。"

"那我脸上怎么这么疼?"田氏反问。

89

甄妙嘴角笑意一僵。

宋氏看了甄妙一眼，细声道："是甄四姑娘把你救醒的。"

田氏伸手摸了摸鼻子下方，摸到一道印痕。她明白了，救醒个屁啊，分明是被掐醒的！

田氏心里这个气啊，面上却不好表露出来，还要作出一副感谢的样子："多谢四娘了。呃，刚刚是什么东西扑过来，好像是一只鸟？"

甄妙点点头，面不改色道："田夫人没看错，是一只乌鸦。哎，这园子是该清理一番了，乌鸦啊，长虫啊，多得很，吓着了田夫人，真是太过意不去了。"

见甄妙诚惶诚恐地道歉，田氏一肚子火气发不出来。要是阿猫阿狗的，还能追究主人家的不是，至少要把那惹祸的玩意儿处置了。可一只乌鸦，她只能认倒霉。不然传扬出去，说她田氏在建安伯府的园子里被一只乌鸦吓昏了，建安伯府丢人，她也强不到哪里去。

田氏没了探究甄妙的心思，被丫鬟扶着站了起来，道："我们就先回了。"

"田夫人，晚辈已经派丫鬟去请大夫了，等看过再回吧。"

田氏摇摇头："不必了，只是一时受惊。"她这灰头土脸的样子，哪能见人？

甄妙生怕锦言去而复返，乐得不再坚持，忙亲自把田氏二人送到了垂花门前。看着轿子抬起，才算松了口气。

回了沉香苑，甄妙看着跪在地上的小蝉，抿了抿唇。

"姑娘，是婢子没把锦言看好，求您饶了婢子吧。"

"锦言到底是怎么回事儿？"

"婢子，婢子也不知道锦言好端端的怎么会发狂般冲出去……"

紫苏走了进来，回禀道："姑娘，婢子去翻看了一下，锦言食盒底下的鸟食都是腐的。"

小蝉露出震惊的神色，脱口而出："怎么可能，婢子只是昨天忘了换！"

现在又不是夏日，只是一日未换，怎么就会坏了呢！

锦言很少待在笼子里，亦很少吃鸟笼子里放的吃食，她这才偷偷懒，隔日换一次。

甄妙失望地看小蝉一眼，缓缓道："小蝉，凡事可一可二不可三，你连本分都做不好，我这院子，不留你了。"

七夕那次出门，吩咐小蝉照顾锦言，结果把锦言看丢了。还有自作主张偷听甄静说话，差点被发现。一个人总犯错，这就不是能力问题，而是品性问题了。

小蝉砰砰砰磕着头，没两下就把额头磕青了。她不是刚进府什么都不懂的时候了，被主子赶出去的丫鬟能有什么好？

甄妙使了眼色让青鸽把小蝉扶起来。

小蝉挣扎着想跪下，实在拧不过青鸽，绝望地看向甄妙。

甄妙叹口气："小蝉，若是我过两年出阁，不介意再给你一次机会，可下个月就是我出阁的日子了。你这样的性子，真到了国公府或许连命都保不住。为了我们大家都好，你就不要求了。我既然发了这话，就是不会改变的了。"

小蝉颓然瘫软在青鸽身上，抖动着肩膀小声抽泣着。

青鸽把小蝉拖了出去。

甄妙问紫苏："紫苏，你对院子里的丫鬟比较了解，觉得谁来补这个缺儿合适？"

"婢子觉得绛珠挺有灵性的。"

甄妙就想起那个眉心一点红痣的俊俏丫鬟来。虞氏滑倒那事，就是绛珠提供的证据。

"那便提绛珠吧，回头跟管事的报备一下。"

百灵领着雀儿几个丫头，把各家送来的礼物抬进来。

甄妙看了吓了一跳："有这么多？"

百灵眉梢眼角都是笑的："今儿来的人多。婢子把这些登记造册，您看着有特别喜欢的，就直接拿出来用。"

"好。"甄妙觉得心情又不错了，眼巴巴瞅着几个丫鬟把礼物一一打开，分门别类归置好。

"姑娘，您看这个。"百灵把一根木簪拣了出来递给甄妙。

"挺香的。"甄妙仔细看了看。打磨光润的簪身，簪头是两朵交叠的桃花，虽然没有复杂的工艺，亦没有镶嵌什么珠宝，却别有一番韵味。甄妙一眼看见就喜欢，欢欢喜喜插到发间。

"这是罗世子送的。"百灵看了一眼礼单，见甄妙已经把簪子插到头发上，捂着嘴就笑。

甄妙顿时红了脸，掩饰地理了理头发。

那边田氏回了镇国公府，迎头就碰到了罗天瑾。

"二婶，三婶。"罗天瑾打了招呼，目光落在田氏脸上。那月牙般的指甲印是怎么回事儿，难道是跟人掐架了？

"我脸上难道有东西？"田氏有些纳闷。

"没。"罗天瑾笑笑。

田氏抬手摸摸，愕然发现那指甲印还没消，心里来了火气，扯了个笑容道："大郎，今日去建安伯府，才发现甄家四姑娘是个有本事的。我受了惊吓昏倒，就是她把我救醒的，这不，掐我的印子还在呢。"

知道甄四这么冒失，她就不信罗天理心里没有想法。

罗天理面上一派平静，心中欢呼一声。

干得漂亮！哎，她及笄只送了一支亲手雕的沉香木簪，似乎有些轻了。

"甄四是晚辈，救了二婶是应该的。二婶要是过意不去，那侄儿再送份谢礼过去。"

田氏张大了嘴。谁过意不去啊，这是重点吗，重点是把她掐成这样！

"二婶？"

田氏回神："呃，应该的，应该的。"

罗天理笑笑，心满意足地走了。

转眼就到了四月，到处都是深深浅浅的绿，蔓延着把大地披了一层绿毯。甄妙出阁的前一日，看着生活了一年的地方，有些感慨。就这么一方天地，竟也慢慢适应了。

"四妹在吗？"月洞门处传来声音。

甄妙扶着桃树干回了头，就见甄焕、蒋宸站在月洞门处，往里望着。

甄妙愣了愣，迎过去："大哥，你们怎么过来了？"

甄焕看起来比前段时间气色好了许多，含笑道："明天是妹妹的大好日子，我们是提前来祝贺的。"说着把手中一个小匣子递过来。

甄妙接过，觉得还挺沉，吓得一激灵，不会又是棋子吧？

"大哥送的什么好东西啊？"甄妙把盒子打开，是一块奇石。

"多谢大哥了。"甄妙露出个笑脸。

蒋宸见甄妙直接把贺礼打开，怀中抱着的长盒子紧了紧，迟迟没有开口。

甄妙看了过来。

触及那双清亮的眼睛，蒋宸心忽地刺痛一下。

"蒋表哥是舍不得吗，到底送了什么好礼物，一直不放手？"甄妙笑眯眯问。

"祝贺表妹新婚之喜。"蒋宸把长盒子放入甄妙手中。

指尖相触，冰凉如雪。

甄妙看他一眼，忽然笑了，抱着长盒子道："不打开了，蒋表哥送的肯定是好东西，让你们看了，会眼热的。"

蒋宸大大松了口气。虽然所送之物被人看到也没什么，可他还是会有一种最想遮掩的心事暴露人前的感觉。

他目光停在甄妙莹白如玉的脸上，鬼使神差说了一句："表妹，城东梅花巷有一家叫'王福记'的包子铺，包子特别好吃，以后有机会，可以让……罗世子带你去尝尝。"

多少个夜里，他总会想起在街上偶遇的那次，她掀起轿帘对那人说："帮我买两个肉包子！"明明是听了让人忍俊不禁的话，可就像魔咒般刻进了他心里。从此一有空闲，他就不由自主寻找包子铺。当尝到王福记那家美味的包子时，恨不得立刻告诉她。奈何连这样的机会都没有。就像那日，轿里轿外，只隔着薄薄的布帘，她却永远不会知道除了罗世子，他也在。如今咫尺相隔，隔着人心，她也永远不会知道他的心意。

甄妙愣了愣，很快露出明媚的笑容："多谢蒋表哥，有机会定会去的。哦，等天凉了，我请大哥和你吃火锅。"

甄妙回了屋把长盒子打开，里面是一幅山水图。山水图足有一丈长，一草一木纤毫毕现，显然费了许多精力。半山腰一个凉亭，一个白衫男子背影若隐若现，双臂抬起似乎在与人对饮。而对饮的人被凉亭的竖柱和横出来的树枝挡住，只露出一角青衣，却是猜不透男女了。

甄妙叹口气，把画卷收好。

第二日晴空万里，大街上格外热闹。建安伯府的四姑娘，坐着大红花轿在一片喜庆的唢呐声中，向镇国公府缓缓行去。

外面传来稚子的欢呼声，他们一路追着花轿跑，一路唱着喜庆的童谣。

坐在轿子内的甄妙却并不好受。那凤冠，快把她脖子压断了！甄妙想着温氏的苦口婆心，老老实实坐着，肚子咕咕响。她揉揉肚子，从袖子里掏出一块只有拇指大小的点心塞进了口中。

轿子忽然一晃，外面有片刻的安静。甄妙偷着吃东西，本就心虚，一下子就噎住了，又不敢大声咳嗽，只得猛拍自己胸口。

外边一身大红衣袍的罗天珲对着天地和轿帘空射三箭，一个五六岁的盛装小娘过来拉甄妙衣袖。

甄妙得过叮嘱，知道这是出轿小娘，要拉上三下才起身的，可她此时正噎得厉害，被那小姑娘连拉了三下，着急之下喘岔了气，这下子就是想站都站不起来了。

那出轿小娘不是别人，正是镇国公府排行第三的姑娘，罗二老爷的幼女罗知真，亦是二房唯一的庶女。

罗二老爷未曾纳妾，只有两个通房在田氏身子不便时候着，罗知真就是其中一位通房所出，养在田氏身边。

虽看似不错，可通房所出的姑娘怎能和夫人肚子里爬出来的比，罗知真虽只有六岁，心思却比寻常小娘子敏感得多。

本来当出轿小娘是长脸面的事，对她将来也是有好处的，小姑娘为这一日早就开始准备，生怕出半点差错，没想到这新娘子居然拉不动！

罗知真又是惶恐又是紧张，巨大压力下哇的一声哭了起来。候在轿外的人全都愣住。

田氏脸色一变，暗暗咬牙。真是个上不了台面的下贱坯子！让真姐儿当出轿小娘，还是她的提议。真姐儿是庶女，按说不太合适，可她跟老夫人说，真姐儿是国公府的姑娘，就是庶女，也比寻常人家的嫡女尊贵，且年龄又是合适的。老夫人果然就答应下来。

其实她是有想法的。这个甄四，际遇越来越不可捉摸。及笄的正宾、有司、赞者，都是了不得的人物，她就是要拿真姐儿一个庶女添添堵！总不能事事叫她如意了。可没想到真姐儿这么不争气！虽说真姐儿这一哭，给对方添了晦气，可老夫人那儿定会对她不满。

田氏这样想着，眼尾余光扫向老夫人，果见老夫人面露不悦，心中又把真姐儿骂了一通。

罗天珵瞥见田氏隐忍怒气的模样，陡然觉得心情大好。甄四若是把气自己的能耐用在田氏身上，将来还挺值得期待。

甄妙听到小姑娘的哭声有些愧疚，好在难受的劲儿过去了，起身出了轿子。

之后拜天地总算没有出什么岔子，甄妙蒙着盖头，由人搀着进了新房。

罗天珵凝视着身穿大红嫁衣的甄妙，直到此刻才不得不承认，正如梦中一般，她还是成了他的妻。难道说别的事情也如梦中一样，就算开头不同，终归还是会回到原来的轨迹吗？

这样一想，刚刚升起的那点喜悦犹如冷风中微弱的烛火，啪的一下就熄灭了。

新房中气氛一滞。

女方的全福人、丫鬟媳妇之类的还不觉得如何，只以为这是国公府的世子，冷傲点是正常的。可是男方那边的人却有点心惊，心道世子平日那么温和，一旦收了笑意真是吓人。世子这样，莫非是不待见大奶奶？想着这位大奶奶是怎么进的府，下人们眼中带了几分了然。

"咳咳。"男方的全福人轻咳着提醒了一声。

罗天珵回神，嘴角上扬笑了笑，顿时春回大地。

这些个下人惯会见风使舵，看人下菜碟。他再不稀罕，甄四也是他的妻子，断不能还像梦中那样，因为他的冷待，连下人都敢糟践她！

罗天珵深吸口气，接过由全福人递过来的秤杆，把盖头挑了下来。

室内传来吸气声。盛装的甄妙，自然是极美的。二人对视一眼，又各自收回视线，谁也看不出对方的心思。

喝下交杯酒，全福人又递过子孙馍馍给甄妙吃。

甄妙也不客气，一口吃下去了。

全福人都愣了。这是夹生的好不好！

见甄妙吃得那个痛快，自己都开始怀疑拿错了，呆呆问："生不生？"

甄妙把子孙馍馍咽下，露出个灿烂的笑脸，脆生生道："生！"虽然夹生吧，总比胃疼得难受好。更何况能这么光明正大地吃，还能讨个好彩头。

"生就好，生就好……"全福人还是晕乎乎的表情，若不是实在不允许，都恨不得亲自吃一口了。到底拿没拿错啊，生还吃得那么香。

罗天珵垂下眼眸咬着唇，差点笑了。他真是服了这女人，总是能有和别人不一样的地方，把全福人弄得比新娘子还呆，这也是奇事了。

甄妙这边的丫鬟们则恨不得捂着脸，摆出不认识自家主子的模样。几个丫头都哀怨地看甄妙一眼，随着众人走了出去。

罗天珵去了前面敬酒。新房顿时清静下来，只剩甄妙独坐在新床上。

小儿手臂粗细的龙凤喜烛烧得正旺，青石地板泛着皎月般的光泽，明镜般照清了甄妙的模样。满室的静谧，大红的身影，刚才的热闹忽地褪去，竟令人有种不真实的感觉。

不知过了多久，门吱呀一声开了。

甄妙忙抬头，就见紫苏提着一个食盒走进来。

向来面无表情的紫苏今日也带了淡笑："姑娘，世子传话过来，让您先垫些东西。"

甄妙都快高兴哭了。罗天珵竟然也有这么体贴的时候！她忙接过筷子吃起来。

吃了一小半，紫苏按住甄妙的手："姑娘，不能再吃了。"

"还没吃饱。"甄妙眼巴巴望着紫苏。

紫苏坚定地把筷子从甄妙手中抽走："姑娘，您出阁前几天都吃得清淡，今日又几乎没进食，再吃下去，恐怕半夜要——"

话没说完，甄妙懂了她的意思。

想着虽每次和罗天珵在一起都没展露过什么贤良淑德，可也不能这么没形象。新婚之夜要是在闹肚子中度过，那可真是丢人啊。

甄妙狠了心把视线从饭菜上收了回来，漱口擦手坐回床榻上。

不知又过了多久，门口总算传来动静。罗天珵推门而入。紫苏忙站了起来，请了安退下。一时间，屋内只剩下同穿着大红喜服的二人。

罗天珵觉得心有些乱。他还没想好今夜该如何。

沉默了片刻，他开口道："甄四，你先卸妆洗漱吧，我也去收拾一下。"

甄妙见罗天珵抬脚走了，迫不及待喊人进来把那压死人的凤冠卸了，然后净面洗漱，等收拾差不多了，罗天珵亦是一身清爽回来了。

这一次，丫鬟们都低着头退了出去，还轻轻关上了门。

二人都是刚沐浴过，只穿着中衣，淡淡的皂角香味萦绕着，随着门一关上，气氛一下子旖旎起来。

　　看着走近的罗天珵，甄妙整个人都绷得紧紧的。心里在打鼓的同时，飞快抬眸看了他一眼。

　　水润的眸子花烛下流光四溢，正好被罗天珵捕捉到。

　　罗天珵心猛地跳了两下，俯身脱了鞋子，声音有些低沉："睡吧。"

　　甄妙露出个笑脸道："好啊。"

　　她跟着脱了鞋，往床里面挪了挪，把一块地方腾了出来。

　　罗天珵看甄妙一眼，躺了下去。

　　甄妙这一天累得不行，沾了枕头顿觉困意袭来。一双温热的手落在她腰上。

　　甄妙一个激灵，猛然坐了起来，正对上罗天珵有些意外的神情。

　　"你，你做什么？"甄妙结巴着咬了舌头。

　　罗天珵眼睛眯了起来："当然是做夫妻该做的事。"如果说刚开始还有些犹豫，现在却恼了。自己选择要不要和对方选择自己，显然是两码事。一个女子，新婚之夜不愿行周公之礼，岂不是半点没把夫君放在心上？

　　见罗天珵冷着个脸，甄妙也觉得委屈："你刚才说睡觉的。"

　　这么理直气壮的语气，罗天珵都想扶额了。睡吧，这只是个含蓄的说法啊，为什么别的女人理解没出错，到了她这儿就有偏差？

　　不再理会一脸委屈的甄妙，罗天珵修长的手指灵巧地把她腰带抽了下来。

　　甄妙都傻眼了。这么熟练，他到底是有过多少女人啊！

　　胸前一凉，衣衫已经被打开，露出嫩绿色的肚兜来。罗天珵目光落到那处，看着栩栩如生的并蒂莲，默默移开了眼睛。

　　"咦？"甄妙惊讶轻咦一声。这人都这么无耻了，居然还能做到非礼勿视？

　　罗天珵几乎是瞬间懂了甄妙的意思，嘴角勾了勾，轻吐出两个字："太小。"

　　太小，太小，太小！甄妙顿觉万箭穿心，抬脚就向那嘴贱的人踹去。脚被捉个正着，甄妙使劲挣扎，反而把裹脚的足衣弄掉了，露出雪白晶莹的玉足。

　　细瓷般的触感令罗天珵身体好似燃了一把火，声音带上几分喑哑："别动，你想明天呈给祖母的元帕是干干净净的吗？若是那样，三朝回门没有烧猪，你可是要被退回去的！"

　　退回去？甄妙傻了。

　　想起甄焕的担忧，心中一惊。她可不能被退回去，不然岂不是坐实了吃货的名声？她的大哥，可是千叮万嘱要她谨言慎行少吃啊。这样想着，挣扎的手脚渐渐停了。

罗天珺满意地勾勾嘴角，指尖从凸起的并蒂莲上滑过，然后把肩上带子一拉。

甄妙顿觉身上一凉，燥热的大手已经覆了上来。咬着唇把尖叫声吞下去，甄妙闭了眼睛不再动作。躲得了一时躲不了一世，早死早超生。

脸上微痛，甄妙睁了眼，恼道："你捏我脸做什么？"已经认命了，他居然还对着她脸下手，难道是个虐待狂？

罗天珺双手支撑着停在甄妙上方，挑了眉道："能不能不要摆出视死如归的表情？"

"你能不能不要这么挑剔。"甄妙咬牙。为了那头烧猪她都束手待毙了，竟然还被挑剔，这人到底想怎么样！

罗天珺同样咬牙。

任谁见了小身板比男人强不了多少，脸上还挂着痛不欲生表情的女人都会热情没了大半好吗！她这完全是想害他出丑，再顺便笑他无能吧！

目光下移。

甄妙这段时间光顾着长个子了，身上虽没肉，某个该发育的地方也没发育，一双腿却笔直修长，又因为一直使用太妃给的养肌肤的方子沐浴，肌肤如缎子般光滑，是真正的肤若凝脂。

这一眼望去，本已消去的小火苗腾地一下又燃旺了。罗天珺眼眸深了深，手滑落到细得惊人的腰肢上。

甄妙下意识想反抗，身上骤然多了一个人的重量。难以形容的感觉传来，甄妙不由自主地推开了身上的人。就听扑通一声，没有丝毫准备的罗天珺被推到了地上。这时的罗天珺身上早已不着寸缕，气急败坏地爬起来就显得狼狈又滑稽。

甄妙张嘴本想笑笑，却不料排山倒海的反胃感传来，嘴一张，吐了。

那一刻，罗天珺比见了刺客还惊恐。他没穿衣裳，也没穿鞋！利落地往旁边一避，秽物是避开了，可是慌乱间却碰到了桌子。

桌上的杯盏哗啦啦就摔地上去了。

清风堂是独立的院子，真正的贵族是不讲究闹洞房的，这番动静自然不怕别人听见。可是因为是新婚头一天，紫苏和青鸽两个丫鬟都留在了耳房守夜，听到新房传来的动静，本就和衣而睡的两人马上就起来了。对视一眼，姑娘该不会是和世子打起来了吧？

青鸽是个憨直的，担心自家姑娘出了什么岔子，急慌慌向新房冲去。紫苏没拦住人，担心青鸽不懂规矩，无奈追了上去。

锦言本来暂时歇在梢间彩色承尘下的鸟笼子里，瞥见一闪而过的两个身影，跟着就飞过去了。

"青鸽——"紫苏喊了一声,可是已经来不及了。

青鸽宽厚的身子往门上一撞,门一下子就开了。

罗天珵是练武之人,反应很快,听到门响迅疾无比捡起床榻边的衣裳胡乱套上,就见一个宽大的身影因为惯性扑了进来,冲到了地上。

罗天珵脸色都绿了。他只是匆匆套了一件袍子,可没来得及穿裤子!这到底是哪个混蛋,非要看到他出丑才罢休吗?还没看清地上是哪个,又一个黑乎乎的物事冲了进来。罗天珵条件反射去抽刀,才想起此时身上没有带着,只得猛然僵在那里。

冲进来的锦言亦是停住,小眼滴溜溜转着看了罗天珵一眼。

然后,这八哥显然把半夜翻窗的小贼认出来了,嗓子一扯,喊道:"救命啊——"

罗天珵眼尖,顺着半敞的房门望去,已经看到几处灯火瞬间亮了起来,接着是嘈杂的人声。

我的天!那一瞬,除了面对甄妙偶尔心绪不稳,其他时候大多冷静自持的罗天珵眼前一黑,差点昏过去。这真是只有更丢人,没有最丢人啊!以至于看到第一个进来的紫苏,他已经麻木了,阴沉着脸道:"滚出去!"

紫苏看清里面的混乱,立刻明白青鸽闯祸了,急忙冲罗天珵欠身一礼:"世子,我们这就出去,您和姑娘有事就喊我们。"

"姑娘吐了。"爬起来的青鸽没有动。

紫苏狠狠掐她一把:"快出去,等姑娘唤我们再进来!"

青鸽被紫苏扯着拉了出去。

随着房门关上,罗天珵松了口气,然后发现那只八哥还在屋里,正歪着头盯着他看。顺着它的视线,罗天珵目光下移,不由怒了。

这八哥到底有没有一点廉耻心!

罗天珵羞恼交加,也不顾没穿裤子了,抬脚就向锦言踹去。

锦言双翅一展飞了起来,扑腾掉了几根羽毛,口中波澜不惊喊道:"美人儿,救命!"然后向甄妙怀中扑去。

甄妙惊悚了。这可不是平时,她连小肚兜都没穿啊,要是这么扑进来,不是要被毁胸了!

甄妙紧紧抓着薄被抵在胸前,厉声道:"别过来!"

一大帮子清风堂的丫鬟婆子站在门外面面相觑。世子和世子夫人,可真是……好情趣啊!

"世子和世子夫人已经歇了,请各位回去吧。"紫苏板着脸道。一时间没有人言语，面面相觑。

一个娇柔的声音响起："这位大姐儿，我们可是听到这屋子里有人喊救命呢，总要亲眼看一看才放心。世子可是金尊玉贵的人，要是出了什么事，这院子的人都别想活！"这样一说，本来要离去的人都停住了脚步。

紫苏平静看去，见说话的女子身材丰满，柔中带媚，暗暗皱眉，面上却不动声色，淡淡问："不知这是——"

"我是世子爷的通房绮月。"绮月脸上适当流露出一丝得色。

这些日子以来，世子只在她房里歇着，虽没有成事，别人又哪里知道，早把她当成了院子里的头一人，分来的吃食、衣料都是最好的。如今世子夫人进门了，要说最忐忑的非她莫属。世子要是从此不进她的门，将来她的日子可就一落千丈。借着这个机会，一是向世子表达她的关心，二是这洞房花烛夜要是被搅了，世子夫人在世子心中的地位恐怕就会差上一层。总是对她有利的。

紫苏冷笑一声。她跟在老夫人身边，这些狐媚手段见多了，莫以为她刚来到国公府，又只是个丫头，就只得低头不成？

紫苏平静注视着绮月："原来是绮月姑娘。这是世子夫人的屋子，不知国公府是不是有这规矩，通房可以想进夫人屋子就进的？要是有，等我们姑娘回门，就要好好说道说道了；要是没有，绮月姑娘又是凭了什么进去看？凭你脸大吗？"

扑哧一声，建安伯府来的几个丫鬟都低笑出声。

同来的几位通房亦是幸灾乐祸看着绮月。哼，让你天天霸占着世子，还想和世子夫人较劲呢！这连世子夫人的面还没见着，就被一个丫鬟下了脸，看你以后还怎么显摆！

其他丫鬟婆子更是心中有了思量。世子夫人身边的大丫鬟都这么强硬，看来世子夫人不是个简单的，以后要小心点儿做事了。

绮月气得直喘，咬牙道："你又是凭了什么拦着我？"

紫苏脸色更冷，淡淡道："凭的自然是规矩，难道是凭我比你脸小？"

绮月脸都气白了。

屋内终于传来声音："紫苏，带青鸽和阿鸾她们几个进来收拾一下，其余人让她们先散了吧。"

清清脆脆的女子声音，像是山泉潺潺而过。

屋外的人瞬间没了声音。

紧跟着男子声音响起："有不走的，就丢出去！"

这下子，再没人迟疑，匆匆离去了，只是每个人离去时都用嘲笑的目光扫了绮月一眼。绮月只觉无比难堪，捂着脸就跑了。

紫苏这才带人进屋。

罗天珺和甄妙已经穿戴好,只是二人一人坐在床头,一人站在床尾,气氛诡异。只有锦言毫不受影响地踩在桌案上,警惕地瞪着罗天珺。

几个丫鬟匆匆把屋子收拾干净。

"紫苏,给我打些水来,我漱口。"

紫苏黑着脸瞪甄妙一眼,这才转身把水和帕子等物端来。还有比她家姑娘更令人操心的吗!

不知道紫苏的腹诽,甄妙漱了口擦了手,觉得舒坦了许多,让几人退了下去。

紫苏绷着脸往外走,路过桌案时,手一伸把锦言脖子揪住,拎出去了。

罗天珺眼睛一亮。这丫鬟是个可用之才,用来看牢那只该死的八哥,再好不过了!

室内再次安静下来。

甄妙见罗天珺站在床尾迟迟不动,翻身下床,走过去拉了拉他的衣角:"抱歉,我可能是吃多了。"

罗天珺嘴角抽了抽。那饭菜还是他命人送过来的,敢情他是搬起石头砸自己的脚吗?

"没事,睡吧。"罗天珺冷淡说完,抬脚向床榻走去。

甄妙站着没动,有些犹豫。

这个"睡吧",到底是哪个"睡吧"?

这可真是考验她的智慧!

罗天珺气得嘴角一歪:"眼睛闭上,睡。"她以为他是色中饿鬼,都这样了还饥不择食?

甄妙大大松了口气,小心翼翼绕过罗天珺躺下。

良久,听着平稳的呼吸声传来,甄妙悄悄睁开眼睛,无声叹了口气。

她也不知自己是怎么了,那一刻,想着那双手不知摸过多少女人,那湿润温热的鼻息又轻拂到多少个女人的身上,就犯恶心,再加上本就吃了半生不熟的东西,就吐了。

第15章 新婚

第二日，甄妙睁了眼，就见罗天珵同样睁着眼望她。二人相隔不到一尺的距离，近得能闻到彼此的气息。

"元帕怎么办？"脱口而出后，甄妙懊恼得差点咬了舌头。

罗天珵嘴角微弯："甄四，一大清早，你就邀请我吗？"

甄妙脸腾地红了。谁邀请了，她只是担心回门时没有烤猪。绯红的面颊，懊恼的神情。

罗天珵眼眸渐深，或许把昨晚的事情完成也不错。这样想着就伸手，一下把甄妙搂进怀里。

甄妙身子顿时僵了，慌忙道："大，大清早的……"

"大清早也没事，时间还早得很。"罗天珵嘴贴在甄妙耳边低语。

甄妙死死咬着唇，拼命压抑住翻江倒海的感觉。

罗天珵僵住。那种咬牙忍受的神情，就像梦中她和那个男人有了首尾后，自己再碰她时的模样！满腔的热像是被浇了雪水，一丝热乎气都没有。

罗天珵默默坐了起来。

甄妙诧异睁开眼，见到对方的眼神心中一惊。这眼神，和她在水中见到的那正掐着她脖子时流露的眼神何其相似！甄妙脸上血色褪尽。

罗天珵看在眼里，良久说道："抱歉。"

甄妙低了头不语。

见她不自在，罗天珵下了床，整理了一下衣衫道："我先去收拾一下，你也洗漱吧，等用了早饭我们一起去见礼。"

见罗天珵出去，甄妙喊人进来伺候她洗漱。

阿鸾拿了两套衣衫过来，一套是正红色绣黄色牡丹交领褙子，配桃红绣花绫裙，一套是淡粉色绣桃花瓣对襟长衫，配浅水红百褶裙。

"姑娘，您今天穿哪一套？"

甄妙对着菱花镜看了看。大概是从昨日开始折腾，气色并不算好，就指了那套淡粉色绣桃花瓣对襟长衫道:"就这套吧。"

阿鸾和百灵伺候甄妙把衣裙穿好,夜莺则替甄妙挽了个随云髻。

雀儿把首饰匣子打开,夜莺寻思片刻,拣了支赤金镶红宝垂珠步摇替甄妙插入鬓间,然后打量一番,没再插什么金银首饰,而是从赵皇后曾经赏的那盒子珠花里挑了几朵小小的粉色桃花围着发髻插好,这才罢手。

"姑娘,您可真美!"雀儿笑嘻嘻拍手。

紫苏和白芍一起走了进来。

紫苏看了屋内丫鬟们一眼道:"从今儿起,这姑娘是不能再叫了,要叫世子夫人,或者大奶奶。"

"知道了。"几个丫鬟老老实实道。

白芍曾经容颜受损,养了大半年脸上痕迹淡了许多,但还没消,是以从昨儿起并没多露面,省得给甄妙丢了面子。如今则拿了不少东西来,提醒道:"大奶奶,礼物都准备妥当了。"

甄妙听着这声"大奶奶"有些别扭,却知道改口是必须的,当下平静地道:"出门前再数一遍,别落下东西。"

"大奶奶放心。"

这时一个穿柳绿色比甲的丫鬟站在门帘外,脆生生道:"大奶奶,饭菜来了,婢子给您端进来?"

甄妙点点头。

紫苏就扬声道:"送进来吧。"

柳绿色比甲的丫鬟打头,几个丫鬟鱼贯而入,一人手上托着一个盘子,不多时摆满了桌子。

看着满桌子的饭菜,甄妙吓了一跳。这国公府的早饭,未免太丰盛了吧,且都是以肉食为主。大清早的,竟然有两个肘子,一只蒸鸡,外加一大盘酱牛肉,然后是一盆包子。甄妙闻了一下,就知道那包子是肉馅的。

"大奶奶,婢子叫云柳,以后您有什么事,吩咐婢子就行了。"穿柳绿色比甲的丫鬟笑盈盈地施了一礼。

"不必多礼,快起来吧。"甄妙虚抬了抬手。百灵把早准备好的封银塞了过去。云柳倒是个大方的,也不推辞,笑着道:"谢大奶奶赏。"然后利落地布着碗筷。

其余几个丫鬟则转身出去,片刻又进来,这一次端的盘子小了些,一一放在桌上,把原本不多的空隙也填满了。

这些盘子里的吃食倒是精致了许多。有银丝卷儿、枸杞粳米粥、奶油松瓤卷酥等富贵人家早上常见的吃食，还有两碗冰糖燕窝粥。

甄妙眼睛都瞪圆了。这，这也太多了吧！她虽然能吃、爱吃，可这些东西起码够她吃两天。难道自己在他心里，就是这形象了吗？

正寻思着，罗天珵挑帘走了进来，环视一眼，满屋子的丫鬟让他看着有些烦闷，挥了挥手道："都下去吧。"

那些丫鬟显然已经习惯，冲罗天珵和甄妙福了福，垂着头躬身退了出去。

紫苏看甄妙一眼。甄妙冲她点点头。紫苏这才带着几个丫鬟退了出去。

罗天珵忽然开口："我不习惯别人伺候着吃饭，哪个是惯常伺候你的，留下不要紧的。"

甄妙摇头笑笑："不用了，其实自己动手还自在些。世子，你是出去晨练了吗？"

从外面进来的罗天珵面色红润，精气神极好，甄妙看着和自己每日锻炼完的情形差不多，就随口问了一句。

倒是罗天珵怔了一下，才道："是，习惯了每日早上活动活动手脚。"心中却有些好奇甄妙怎么看出来的，只是二人还没到知无不言的地步，自然没有追问。

秉着食不言寝不语的规矩，二人拿起筷子默默吃了起来。

眼见罗天珵速度极快，却保持着优雅姿势把两个肘子吃完，又吃下一大半蒸鸡还没有停下的意思时，甄妙下巴都要惊掉了。这真的是镇国公府的世子，不是饿死鬼吗？

一个银丝卷儿落在碗里。甄妙诧异地看向罗天珵。

罗天珵有些不自在地道："是我疏忽了，应该多准备些清淡的。这银丝卷儿还不错，你尝尝看。"然后筷子一伸，又去奋斗蒸鸡了。

眼看着另外一只鸡腿也没了，甄妙手疾眼快夹住一只鸡翅膀。

罗天珵有些诧异。他还从没见过府里女眷大清早吃肉的，好像她们都是一碗冰糖燕窝粥就饱了吧。

"这鸡翅看着也不错，我尝尝。"甄妙厚着脸皮把鸡翅夹了起来。她也是无肉不欢啊，凭什么他吃完肘子吃蒸鸡，她却只能吃银丝卷儿？

镇国公府这蒸鸡味道和建安伯府有些不同，这第一次吃，甄妙觉得还挺新鲜，很快就解决了鸡翅膀，然后夹了块酱牛肉配着粳米粥吃起来。虽然吃得慢，竟也能跟着罗天珵一起吃到最后，而不是早早放下了筷子。

这种有人陪着吃饭的感觉似乎不错。罗天珵默默数着，他似乎比平常多吃了两个包子。

可看甄妙吃得心满意足的模样，还是忍不住道："那个……少吃点，省得又吐了……"

"咳咳！"甄妙差点噎死，呛得眼中含泪瞪着罗天珵。有这么说话的吗？这完全是往人伤口上撒盐！不过想着罗天珵误会了她呕吐的原因，暗暗松了口气。她那莫名其妙的原因，实在是没法对人说的。

今年罗天珵都已经弱冠了，在他这个年纪，一直没成亲，有几个通房是再正常不过的事，也不会有哪家的闺秀计较。

甄妙一直说服自己别在意，可只要一想到某人如一只会奔跑的黄瓜，在这里忙乎完去那里忙活，没准一天换一个窝，轮一番后再回到她这里来忙活，便整个人都不好了。

罗天珵默默递了个雪白的帕子来。

"谢谢。"甄妙接过，擦了擦眼角。

"是让你擦嘴，嘴上都是油。"

甄妙："……"

罗天珵唇角弯了弯，放下筷子道："府里人都知道吗？"

甄妙点点头："了解一些的。"

二人定亲后，镇国公府这边主子们的情况建安伯府那边就讲给甄妙听了。

镇国公府一共四房。

老镇国公还健在，只是自几年前从马上摔下来，脑子摔出了问题，就不管事了。

罗天珵是大房嫡长子，也是唯一的主子，幼时就袭了世子之位，但多年来府中事务都是二房夫妻管着。

二房也是最兴旺的一支，田氏生了三子一女，再加一个庶女，孙辈就占了五个。

三房据打听来的情况，三老爷是个不管俗事的，追求风雅，有一子一女。

四房最为特殊，四老爷几年前去外地办事，好端端失踪了，这事还曾在京城中引起极大关注。可惜镇国公府出动许多人手，还是没寻到四老爷下落，人们也认定这位四老爷是无声无息死在哪里了。只留下一个遗腹子，如今才四岁。

听甄妙说了解，罗天珵就没再多嘴，只是想起那事，脸色有些尴尬，有些难以启齿的样子。

"世子，怎么啦？"共用了早饭，甄妙忽然觉得这位胃口奇大的世子变得亲切起来。能吃的人，按说心眼都不会太坏吧。

要是罗天珵知道甄妙的想法，估计又要气吐血了。吃得多完全是因为他要日日练功，必须吃大量的肉食才能顶得住，这和心眼完全无关好吗！

还好罗天珵不知道，犹豫了一下道："那个，我会对祖母说，你天癸未至。"

"啊？"甄妙愣了。

罗天珵皱眉："不然你怎么解释元帕的事？"

甄妙呆呆比画一下："把手指刺破不行吗？你要是怕疼，用我的也行！"

这都是什么和什么！罗天珵告诫自己保持镇定，深深吸口气，平静下来才道："你以为元帕上只是沾了血就成了？"那是完全把过来人当傻瓜好不好！

"不然呢？"甄妙更疑惑了。好多小书上不都这么写的吗？

见她呆愣的样子，罗天珵又好气又好笑："总之，你以后就懂了，只是帕子带血，骗不了人的。"他说到这儿亦是面红耳赤，却不得不说下去，"记得要是祖母问起，别说漏了嘴，一定要说你天癸未至。"讲究古礼的人家，是不和天癸未至的女子圆房的。

甄妙眨眨眼，有些尴尬地道："世子，我，我本来就天癸未至……"

这下轮到罗天珵傻眼了。

罗天珵被这个消息砸得晕晕乎乎的，良久才尴尬地道："时候不早，我们去见礼吧。"

走过假山游廊，一路芳菲尽显，罗天珵领着甄妙进了怡安堂的门，堂屋里已经满是人。见二人进来，屋里一静。

镇国公老夫人一眼扫来。

今儿早上，她可并没收到证明新娘贞洁的元帕，心中一直在嘀咕呢。

要知道当初甄妙设计罗天珵落水，外人不敢肯定，她心里却明镜似的，一直担心这位甄四姑娘德行有亏。

进了国公府的门，家世低些不要紧，可要是品行不端，那才是祸根。

见孙儿脸上并无异色，嘴角还噙着笑，老夫人稍微放了心，以审视的目光打量甄妙。

罗天珵悄悄碰了甄妙一下。

甄妙施礼："孙媳见过祖父、祖母，见过各位叔叔婶婶。"

"起来吧。"老夫人脸上带着笑，声音却没有多少起伏。

一个圆脸盘的丫鬟端了茶过来。

甄妙接过一杯，跪在早准备好的垫子上，把茶高高举过头顶，脆生生道："祖父请喝茶。"

老镇国公坐在太师椅上，像个孩子似的坐立难安，不停挪动着身子，见甄妙对他说话，好奇眨眨眼，伸手把茶接过来一直打量着。

老夫人轻声提醒道："国公爷，这是你孙媳妇，要喝一口茶的，忘了我之前教的啦？"

甄妙垂首跪着，眼角余光悄悄看了老镇国公一眼。心中有些叹息。这是传闻中的常胜将军呢，竟然变成了这个样子。

老镇国公似乎明白了，把老夫人早给他准备好的红封递过去："给你。"

甄妙双手接过，口中称谢，却没有动。这位祖父茶还没喝，可不算过了。

还好老镇国公还记得老夫人的话，虽然顺序错了，还记得喝口茶。只是茶一入口，立马就喷了出来。

甄妙就跪在老镇国公面前，这口茶正喷到她前襟上。

突如其来的变故令屋子里的气氛短暂凝固，那一刻静得针落可闻。

田氏眼底闪过微不可察的笑意。那茶，她可是命人添了点其他作料的，老国公是个傻子，味道不好哪会像常人一样忍着，绝对会立马吐出来。只要他这么一吐，无论是有心还是无意，对这位侄媳妇来说，都是个笑话。至于老国公正巧吐到这位侄媳妇身上，可就是意外之喜了。

甄妙也是愣了，看到老国公一脸茫然的样子，有些不忍。她的外公也曾是位能耐人物，可惜年纪大了患了痴呆症，心智变得像孩子一样，犯了错也会露出这样的神情。

甄妙很懂得和这种老小孩的相处方式，当下露出个纯粹的笑容，仰着头道："祖父，是不是茶水不好喝？"

老国公猛点头："苦的！"

甄妙露出个理解的神色，笑吟吟道："孙媳也喝不了苦茶呢。孙媳会做一种酸酸甜甜的茶，回来做给祖父喝。"

"甜茶？好，好，我喜欢喝甜的。"老国公眉开眼笑起来，看甄妙一眼，把腰间系着的一块玉佩扯下来，"你给我做甜茶，这个给你。"

这一举动，让满屋子人一愣。老国公这玉佩是家传的，意义不同一般，如今给了甄妙，自然就加重了大房的分量。

田氏看着甄妙笑吟吟的模样暗暗咬牙，心道这个鬼丫头倒是会哄人，今日这个局本来是要让她出丑的，没想到反哄得老国公把家传玉佩给了她！

二老爷更是面色微变。这玉佩料子并不算好，可他记得祖父一直佩戴，后来卧病在床，才给了父亲。他琢磨，这玉佩是不是有什么讲究，代表了长房嫡子的正统地位呢？如今父亲傻了，母亲从没提起，可看着从祖父那里传下来的玉佩被父亲随手给了侄媳，却是让人堵心。

罗二老爷本就图谋国公之位，名不正言不顺，见了这情景越发不快，暗恼不是个好兆头，看向甄妙的目光更冷厉了。

甄妙跪在老国公面前，本就是抬着头的，坐在下首的罗二老爷目光瞬间一冷，她立刻感觉到了。

她用眼角余光瞄了那位二老爷一眼，心道这位二叔好像不待见她呢。咦？不是说罗二老爷待罗世子亲若父子吗？爱屋及乌，见到自己就算是审视，也不该目光冷得像刀子似的吧。再看一眼，却发觉罗二老爷早已换了慈眉善目的神色，好像刚才只是眼花。

要是说罗二老爷一直是冷厉的目光，甄妙或许还觉得这人天生这样，可他前后反差如此之大，甄妙一下子就上心了。

本来老国公递过来的玉佩，她还在犹豫要不要推辞，毕竟红封已经给过了，见状反倒是痛快收下，笑眯眯道："谢祖父赏。"不待见她的人不高兴，那她就高兴了。

老夫人不知次子和长孙截然相反的想法，更不知道甄妙的小心眼，见老国公高兴，也跟着高兴起来。

他们夫妻少年恩爱，老国公早年上阵杀敌，由于某些原因她还陪着一起，他那飒爽的英姿一直深刻在她心里，片刻没有淡忘。如今老国公成了这副模样，老夫人是没有半点嫌弃的，更恨不得所有人都像以前那样敬着老国公才好。

可人性趋利，又有几人能做到呢？不过是碍于老国公的身份没有流露出来罢了。倒是没想到这个让她悬心许久的孙媳，被老国公喷了一身的茶水，那样狼狈都半点没露嫌弃之色，还出言化解了一番难堪。无论她是真的良善，还是八面玲珑，都足以让她对她改观三分。

于是等甄妙给老夫人敬茶时，老夫人原本准备的礼物就没拿出来，反而从手腕上直接脱下一个翠色欲滴的镯子。

甄妙欢欢喜喜收下，然后去给二老爷夫妇敬茶。

罗二老爷准备的同样是红封，甄妙不客气收下，然后有些不确定地看了田氏一眼。

挨着罗二老爷坐，是二夫人没错。

"二婶，请喝茶。"甄妙深深凝视着田氏，怕下次在路上遇见认不出来。

田氏被甄妙真挚的小眼神晃了一下神，愣了愣才接过茶抿了一口，把见面礼递了过去。

田氏对罗天理历来是慈母形象，对侄媳的见面礼自然不能薄了。

甄妙看着做工精致的点翠衔珠步摇，觉得这位二婶还挺大方，当下又深深看了一眼，以免以后真的认错了怪惭愧的。

田氏被看得心里犯嘀咕。莫非是自己哪里露了痕迹，被这丫头看出来了？不能啊，这丫头才第二次见她呢。

不提田氏的忐忑，甄妙又走向罗三老爷。

罗三老爷也就三十来岁，头戴文士巾，一身暗竹纹长衫，显得儒雅风流。见甄妙过来就露出疏朗的笑，把见面礼递过去，突然开口道："大郎媳妇，回来我给你画像怎么样？"

甄妙眼睛都瞪圆了。

老夫人脸一黑,都想把手边的小几抄起来砸在这个三儿子脸上了。

这小子,又犯浑了。自小不喜读八股,不喜练武,只喜琴棋书画也就罢了,可越大越痴,有时候为了画块石头都能在山上待一个月。近来又迷上了画什么美人图,已经天南海北地跑了一年了,有一回据说是被女方误会成登徒子,揍得连她这个当娘的都没认出来。明明三十多的人了,让她操碎了心。现在这痴劲上来,真是让人抓狂,她到底造了什么孽哟!

"老三,你再说混话,就别想再出门了。"

三老爷显然很怕这一点,不舍地看甄妙一眼,垂头丧气坐在那儿不说话了。

三夫人倒是个温婉大方的,不知道是习惯了还是如何,半点没受影响,笑吟吟给了甄妙见面礼。

四夫人一身黯淡衣裳,看着倒比三夫人还显老些,神情冷清清的,旁边站着个四五岁的小娃娃,见甄妙敬茶并没多说,沉默地递过礼物。

接下来就是和同辈间的见礼。

罗天理是长孙,屋里站着的少年少女都是弟弟妹妹,就一一来给甄妙行礼。甄妙把早准备好的见面礼送出。

田氏所出的二郎和三郎是一对孪生子,今年刚十六岁,甄妙送的是两块砚台。

二房的大姑娘和三房的二姑娘一个十三,一个十二,甄妙送的是亲手绣的荷包,里面装着花钗,不贵重,正合适小姑娘戴。其余的还小,一人一个小荷包,里面装着小小的金狐狸。

四夫人所出的小男娃排行第六,许是自幼丧父,受其母影响,也是个沉默寡言的,盯着甄妙送来的荷包好半天没伸手。

六郎年纪还小,性子又孤僻,当着这么多人的面,老夫人怕开口斥责把孩子吓坏了,就没做声。老夫人不开口,其他人自然不好多说什么。

还是四夫人拧了眉:"六郎,快拿着,谢谢大嫂。"

六郎不过四岁的娃儿,却像小大人似的皱着眉,连连摇头道:"我才不要,荷包是女孩子玩的。"

这话一出,同样收了荷包的五郎脸色就不好看了,嘟着嘴跑过来,把荷包塞回甄妙手里:"我也不要女娃娃玩的东西!"

田氏暗暗欢喜。五郎到底是她儿子,为她这当娘的出了口气。

三房所出的四郎年纪大些,脸虽有些红,捏着荷包却没动作。

甄妙额角青筋跳了跳,熊孩子果然最难缠了,何况还是两个。不过想着六郎的处境,又觉得可怜。自小没了父亲,再锦衣玉食也有遗憾的。

这样一想,她就心软了,蹲下来看着六郎道:"六郎,大嫂送给你的不是荷包,是荷包里装的小狐狸,你打开看看啊。"

六郎将信将疑地打开荷包,果然里面静放着一只花生大小的小狐狸。

小狐狸眯着眼睛正在酣睡,又是黄澄澄的,小孩子见了没有不喜欢的,六郎当下就露出了笑脸。

五郎见状忙把自己的荷包打开,倒出一只同样大小的小狐狸来,不过这只小狐狸却是后腿站起,作揖的样子。

五郎噔噔跑到四郎那里:"四哥,你的呢?快打开看看。"

他们过年也会收到用金子打的小玩意,不过大多是金猪、花生、佛手之类的,早就不稀罕了,这样的小狐狸还是头一次见。

"呀,四哥的也不一样。"五郎又跑到三姑娘那儿去看她的。

甄妙抿嘴暗笑。镇国公府比建安伯府富贵许多,这些小主子们自然什么都不缺,她这也算是取了个巧吧。

"大嫂,你那儿还有什么样的小狐狸呀?"五郎跑到甄妙身边。

"这种金狐狸是没有啦,不过大嫂还会用面捏小狐狸,以后给你们捏着玩。"

"好啊,好啊,大嫂,你真好。"五郎拍手笑。

六郎虽还绷着小脸,却把小狐狸收了起来。

只有三姑娘因为甄妙没有配合着下轿那事儿回去被田氏训了一通,此时还记恨着让她丢脸的甄妙。她一个庶女,年纪又小,倒是无人注意了。

田氏看着围着甄妙转的儿子,暗自恼怒,却又不能表现出来,憋得心口疼。

甄妙把几个小家伙安抚好了,轻舒口气。敬茶这关,总算是过去了。

她上面没有婆母,以后把门一关,就能在清风堂过美滋滋的小日子,然后定点给老夫人请安就是了。头一次,甄妙觉得在国公府的日子不像她以前想的那么糟。呃,或许是因为罗天珵对她的态度要比预料的好?

甄妙深深反思了一下,觉得自己以后是不是也要态度好点。人都是相互的,自己不付出什么,又哪能奢求别人对你好呢?当不成情深意笃的夫妻,做个朋友似乎也不错。

甄妙是说做就做的性格,回了清风堂就把老国公赏的玉佩拿出来,比画了几下,决定打一个络子把玉佩系好,送给罗天珵。毕竟是祖父给的,她一个孙媳妇也不能天天挂身上。

她刚刚叫阿鸾取了丝线起了个头,罗天珵就回来了。

"世子,坐。"甄妙扬脸笑了笑,挪出一个位置。

罗天珵狐疑看了她一眼。态度这么热络,似乎不对劲。

"打络子啊？家里有针线房，要什么让她们去做就行了。"

甄妙眼都没抬，看着渐渐成形的一朵花瓣道："还是自己做的用着顺心。"说着停了手，抬眼看着罗天珺道，"我娘说了，成婚后你的里衣、鞋袜都要我来做呢，不然别人会笑话我的。"

罗天珺一时适应不过来，愣了好一会儿才道："没人会笑话你的，放心。"这种有点开心的感觉是怎么回事？

甄妙拧了眉，诧异看罗天珺一眼："难道你成了亲，里面穿的还要针线上的丫鬟们做吗？"说到这儿脸色一变，"还是，你想要我的丫鬟们做？"

罗天珺一口血闷在了胸口里。那种你好卑鄙、你好色、你想占我丫鬟们便宜的眼神到底是怎么回事啊？

甄妙露出"被我揭穿了吧、恼羞成怒了吧"的神色，低了头又开始打络子了。

罗天珺深吸一口气，暗暗说服自己千万别冲动，要是成亲第二日就把新娘子打了，等回门实在说不过去。可是，好想打人怎么办！

罗天珺腾地站了起来。

"世子？"甄妙吓了一跳。

"我——"罗天珺正要说出去练练手脚，一个管事嬷嬷进来请示。

"世子，大奶奶，几位大姐儿想进来拜见，您看要不要她们进来？"

甄妙不解地看向罗天珺。

罗天珺又坐下来，淡淡道："让她们进来吧。"

管事嬷嬷领命出去，不多时四个妙龄女子鱼贯而入，站成一排盈盈施礼："婢子拜见世子，拜见大奶奶。"

甄妙眼睛一亮。都是美人啊，环肥燕瘦，看来国公府丫鬟水准挺高，这四个比起阿鸾虽还差点儿，却不比百灵她们差了呢。

罗天珺本来有些尴尬，可见甄妙一脸兴奋之色，心中反倒有几分不爽，开口道："她们四个是以前在屋里伺候我的，以后做什么，你来安排吧。"

通房丫头不是妾，照常还是要做事的。

甄妙刚开始没反应过来，发现那四个水灵灵的丫鬟齐刷刷看着罗天珺，目光那个如胶似漆，才恍然大悟。这不是通房们来了吗！

四个，都能凑成一桌麻将了。让她安排？是排一个侍寝值日表吗？

甄妙虽一时适应不了这有妻有妾、多姿多彩的小日子，却明白早晚是要有夫妻之实的，而长子，也必须是她生的不可。

想通这点，她就冲站在最左边的一个通房问道："你叫什么？"

"婢子叫远山。"说话的丫鬟一双远山眉如诉如泣，身姿袅袅，是个弱风扶柳似的美人。

"是个好名字，人也美。对了，你小日子是哪天？"甄妙用"你今天吃了吗"那种随意的语气问道。

远山愣了，红着脸为难地看向罗天理。

罗天理更是愣住。为什么还是觉得不对劲儿？到底是他说错了什么，还是对方误会了什么？呃，或者是他误会了什么？

见远山频频看着罗天理，却红着脸不说话，甄妙用异样的眼神看着他："世子，远山的小日子你知道？"

罗天理真要忍不住打人了。他知道个屁啊，他都一年没进这些通房的门了。

甄妙真不知道这人又气什么，包容地笑笑，看向远山："远山，世子可能真的不知道，你自个儿莫非记不住吗？"

要是真的记不住，她可不打算安排侍寝了。虽说目前这些通房应该会喝避子汤，可她天癸未至，要是过个三四年肚子还没动静，难保老夫人不会免了她们的避子汤。要真是搞出个庶长子来，她真觉得这日子没法过了！

"不说就滚出去！"罗天理没法跟甄妙发火，还不能跟一个小通房发火吗？当下就怒了。

远山身子摇了摇，颤巍巍道："婢子，婢子小日子是月中。"

"你呢？"甄妙看向下一个。

那丫鬟盈盈一礼："回大奶奶，婢子叫垂星，小日子是月初。"

第三个报了名字叫绮月，第四个叫静水，都说了各自的小日子。

甄妙默算了一下，找出笔就在宣纸上写了四人侍寝的日子，都是在她们安全期内。

只是这几人名字虽雅致，却有些拗口，甄妙听一遍也没记全，从第一个开始，直接用沉鱼落雁、闭月羞花取代了，然后吹干了墨汁，满意地递给罗天理："世子看这个成不？"

"这是什么？"罗天理总觉得没好事，抖了抖手中纸。

甄妙指向站在最左边的远山："我觉得她们名字不太好记，从左边开始以后就叫沉鱼、落雁、闭月、羞花了，后面写的是她们服侍你的日子，一人三天。呃，世子要是觉得不够，可以再加，不过我觉得，世子也不要太累了吧？"

话说完，罗天理脸色已经黑得不能再黑。十二天，他就那么弱吗？不对，这不是生气的重点，重点是他只是让她安排这几个丫鬟一些事做，省得有事没事惦记他，她这到底是干了什么！以为他是当今圣上吗，还翻绿头牌不成！

四个通房却是一脸喜悦，齐声道："谢过大奶奶！"

绮月，如今改叫闭月的，暗暗欢喜。往日世子总歇在她屋子里不错，可一次都没碰过她。可世子分明又是想的，她琢磨着，恐怕是世子守规矩，为未过门的大奶奶守着呢。如今大奶奶开了口，哪有猫儿不沾腥的？

其他三人就更欣喜了。要知道世子可是整整一年没踏进她们房门了，大奶奶真是菩萨下凡啊！

"别谢了。"一个声音响起。

四个通房脸上还挂着掩饰不住的喜色，闻言刚想再次表达谢意和忠心，却很快反应过来，不对，这是世子的声音！

罗天珵强忍着怒火把那张纸撕个粉碎，直接扔到了窗外。迎风一吹，碎纸片犹如无数纸蝴蝶，飘飘扬扬散了。四个通房脸色同时变得惨白。

罗天珵却是看都没看一眼，对着甄妙道："我大半时间都在外面，这个就不必费心安排了。"

不安排？甄妙脸色也不好看了。乱去可不行啊，有了孩子怎么办？

"世子，没有规矩，那个不成方圆，还是，还是安排一下吧。"察觉对方目光越来越冷，甄妙硬着头皮道。

罗天珵气乐了："我只听说宠妾灭妻是坏了规矩，没听说不睡通房，还坏了规矩的！"

"不睡？"甄妙眨眨眼。她是不是听错了什么？

罗天珵眼中闪过玩味。他怎么忘了这是个总犯迷糊的笨蛋，她是不是又胡琢磨什么了？

抬手一挥："你们都下去吧。"

"世子——"四人都没动。

"出去。"罗天珵目光冷若寒冰，从四人身上扫过。

四人齐齐打了个哆嗦，狠狈行了个礼退出去了。屋里那些服侍的丫鬟们见状跟着退了出去。一时之间，屋里只剩下了二人。

"世子，你刚刚说的，到底是什么意思啊？"甄妙忐忑又问一遍。如果世子不像她想的那样轮流睡的话，被他睡一睡，似乎也能接受？脸红了红，甄妙暗暗唾弃自己越来越没节操了。好吧，只要能活得舒坦，将来还有个可爱的娃娃养，节操是什么，能当肉吃吗？甄妙又心安理得起来。

"就是你理解的那个意思。"见甄妙脸红，罗天珵中邪似的，耳根跟着红了。

"啥？"

"就是我只打算睡自己明媒正娶的妻子，你懂了吗？"罗天理叹了口气，豁出去道。

甄妙呆呆的，完全不敢相信听到的话。

"难道是做梦？"她伸手掐了一把，失望叹口气，嘀咕道，"一点不疼，我就说没有这种好事嘛！"

罗天理倒抽口气，咬牙切齿道："你当然不疼，你掐的是我！"

"啊，抱歉。"甄妙低头一看，忙把手松开，然后小心翼翼问，"疼吗？"

罗天理伸出胳膊，一字一顿道："都青了，你说疼吗？"他到底是得罪了哪路神仙！

甄妙松了口气，露出大大的笑容："疼就好，我就省得再掐自己一下了。"

罗天理差点就骂了出来。他现在知道为什么每次见了那只八哥，总有种想撕了它的冲动了。上梁不正下梁歪，这样的主人，能养出什么好货吗？

"世子，你看我打的络子怎么样？"甄妙拿起打出一个花瓣的络子给罗天理看。她又不傻，罗天理能说出这种话，不管能不能做到，至少听着舒坦不是？既然如此，她也乐得和人友好相处，尤其这人还是她将来孩子的爹。

罗天理打量好半天，实在看不出甄妙编的是什么，违心道："不错。"针脚还挺平整的。只是刚打了个开头就问他，真的不是为难人吗？

"那就好，我打个络子把玉佩编起来，给你戴。"甄妙低了头，手指灵活如飞地打络子。

"什么玉佩？"

"就是祖父今日送我的，我看了，那个适合男人戴呢。"

罗天理一下子沉默了。那块玉佩上，一面雕虎，一面刻豹，小时候和祖父在一起，他就喜欢摸，还问祖父讨要过。记得当时祖父说，等他长大了，就把这玉佩给他。可还没等到他成长起来，祖父却出事了，这玉佩也被他遗忘到了脑后。没想到兜兜转转，竟是由甄妙送到了自己手里。这感觉，还真是奇妙啊。

二人一个低头打络子，一个想着心事，虽然谁都没有说话，气氛却是难得融洽。

转日一早，再次检查回门礼的婆子发出一声尖叫，跌跌撞撞去禀告管家的二夫人田氏。

田氏听了，带着那婆子就去见老夫人了。

知道今日回门，甄妙特意起了个大早，由罗天理陪着去给老国公、老夫人请安，并且带了酸甜的果子茶。

老国公还没起，只有老夫人见了他们，见甄妙真的带了果子茶来，点点头："大郎媳妇，你有心了。这茶等老国公醒了，我就让他尝尝。"

甄妙笑眯眯道了谢，娇声道："祖母，祖父要是喜欢，您可记得告诉我，我还给祖父做。"

十四五岁的小姑娘，声音又娇又软，笑容干干净净的。老夫人之前对甄妙再有偏见，此时见了真人也淡了几分，当下露出笑容："好，等东西收拾好了，你们就快点过去吧，记得回来吃晚饭。"

三朝回门，是不能在娘家过夜的。

正说着，田氏带着个婆子走了进来。

那婆子一脸惊恐的模样，老夫人见了就不喜，问田氏："这是怎么回事儿？"

田氏一脸心有余悸的样子："老夫人，您还是听这婆子说吧。"

"大郎，大郎媳妇，你们先回吧。"

田氏欲言又止："老夫人，这事儿还跟大郎他们有点关系——"

"说，到底什么事？"老夫人目光如炬，看向那婆子。

那婆子战战兢兢开口道："老夫人，老奴是负责准备这次回门礼的，今儿一早又检查一次，看有什么疏漏，谁知道，谁知道一揭开那盛放烧猪的匣子，却发现烧猪的七窍爬满了虫蚁！"

老夫人皱了眉，却并没有失态，沉声问道："别的呢？"

那婆子忙道："老夫人，说来也怪，别的都没事，就是那烧猪出了问题。"

说到这儿，她不自觉看甄妙一眼。烧猪可是象征了新娘子的贞洁。别的都没问题，偏偏这烧猪七窍爬满了虫蚁，不得不让人多想啊。

"把烧猪呈上来。"

"老夫人，那烧猪看起来可怖得很，您是金贵人儿，可见不得那个。"婆子劝道。

"呈上来。"老夫人不容置喙。早年她一副锤头，连敌人脑袋瓜子都敲过，还怕一只猪头不成？

一个大大的黑漆木盒子被呈了上来，那婆子又忐忑地看老夫人一眼，才伸了手把盖子掀开。

一股卤肉香味就传了出来，挺大个的一只卤猪头，色泽微红，只是猪头七窍都有蚂蚁进进出出，看到的人只觉得头皮发麻，一阵恶心。

老夫人嫌恶地皱皱眉，看着那烧猪头没做声。

田氏拿帕子捂了捂嘴，才道："老夫人，这烧猪实在不堪入目，还是赶紧拿走吧。"然后又看向罗天珵和甄妙，一副慈母心肠："烧猪的事不要担心，听下人们禀告后，我就命人出去买了，不会耽误事的。"

罗天珵面上平平静静，心中却恼怒非常。

是他疏忽了。

梦中没发生的事情，不代表就不会发生。

梦里建安伯府芝兰玉树般的二老爷死于雪崩，而大老爷站错了方向，衰败之象已显。甄四没了母亲，名声又极差，就连自己，新婚之夜都没进她的房门，这样的境况，二叔他们又何必动手脚？

只是从烧猪一事上动手脚，却是聪明反被聪明误。甄四连天癸都未来，想要证明，是再轻易不过的事。

罗天珵打定了主意，冷眼看着田氏如何作态。

老夫人听田氏这么一说，满意地点点头，只是看看那烧猪还是心堵："那盛放烧猪的盒子，可是有什么不妥？"

那婆子忙道："老夫人，昨晚把一应礼品装好时，老奴领着几人都检查得仔仔细细，无论是吃食还是盒子都没有半点问题。您看，就是现在，这盒子里面也是干干净净的，真不知道这虫蚁都是怎么来的。"

"会不会是烧猪有问题？"老夫人站起来走近几步，打量烧猪的色泽。

"老夫人，这烧猪可是从张氏卤菜馆那买来的。买来时是白日，半点不妥都没有，谁知今早检查就这样了。"

张氏卤菜馆是百年老店，味道一绝，尤其是卤猪头味道绝佳，因为价格贵，寻常百姓是吃不起的，倒是成了专供富贵人家的卤肉店了。

甄妙暗暗咽了口水，惋惜看着爬满蚂蚁的猪头。这么大一个卤猪头被糟蹋了，这不是暴殄天物吗？

甄妙几步凑到猪头跟前，细细打量着。一股淡得几乎闻不到的香甜味传来。

田氏作势欲拉："大郎媳妇，那东西污秽，你年纪小，哪见得了这个？别到了伯府连饭都吃不下了，那伯府的长辈该要担心你在国公府受了委屈了。大郎，还不快护着你媳妇点儿。"

说得倒是条条在理，情真意切，就连罗天珵心中都冷笑一声。难怪之前哄得自己把她当亲娘了，只是现在还不到撕破脸的时候，又不能讲明给甄妙听，以免她露出痕迹来。

想到这里，罗天珵心中一阵烦闷。国公府被二叔二婶里里外外把持了太久，满府都是他们的人，他这一年除了小心收服了几个心腹，也只暗暗培养了几人，却是见不得光的。昭丰帝自打永王被刺那件事后，就有建立特殊卫队的打算，若是不出所料，就是最近的事了。凭他这一年来的表现，又有提议之功，到时候总会有个不错的位置。到了那时，才不会束手束脚。

这边罗天珵打算着把甄妙天癸未至，还是幼女的事情说出来，甄妙却笑盈盈开了口:"不会的,祖母对我那么好,几位叔叔婶婶对我也好,怎么会让我受委屈?"

田氏笑容更加慈爱,心中却冷笑一声,果然是个蠢的。

老夫人见甄妙心无城府的样子,暗暗叹息。她一把年纪了,看人不说十分准,那也是有点眼力的。就见大郎媳妇这样子,要说她真的做出什么不守妇道的事来,倒是不信。可象征贞洁的烧猪出事,实在让人硌硬,传扬出去,那些下人哪还会把甄氏放在眼里,将来这管家之权更是没法交到她手上了。

却听甄妙叹了口气:"只是这烧猪却给我委屈受了,弄成这个样子带回娘家,哪吃得成呢,到时候别人也会笑的。"

这个笑,却有两重意思了。田氏扫甄妙一眼,不知她这么说是何意。

"世子,有锋利之物吗?"甄妙忽然转移了话题。

罗天理默默递过去一柄匕首。这匕首是他贴身之物,削铁如泥。

甄妙接过掂量了一下,忽然举起,对着猪头就插进去了。

罗天理脸都绿了。她,她拿他心爱的匕首插猪头?插爬满了虫蚁的猪头?

田氏惊呼一声,掩住了口。

倒是老夫人没有变色,见甄妙利落把猪头一劈两半,暗道大郎媳妇倒不是手无缚鸡之力。

镇国公老夫人是上过战场的人,就欣赏胆子大些的姑娘。在她看来,心思玲珑,顶多是管好内宅,可真的遇到什么大事,唯有胆大心细的人才能镇住场面,甚至是在危机之下,保住传承。

甄妙并不知道老夫人对她的看法有了转变,用匕首尖挑了点烧猪内部正中间的淡黄色,转身道:"我就说这些虫蚁是嘴馋的,知道里面有蜂蜜呢。祖母,二婶,你们说的那家张氏卤菜馆,喜欢在猪头里面放蜂蜜吗?要说蜂蜜和卤肉混在一起,味道是极好的,只是这也不能久放呀,不然三朝回门时都带着这样的烧猪回去,满京城该出现多少怨偶啊。"

田氏眼中飞快闪过一抹懊恼。

老夫人细细打量着那团蜂蜜,正好是在猪头内部正中间,那些从七窍爬进来的蚂蚁,可不就是冲了这蜂蜜来的?她并不是老糊涂,要说猪头莫名其妙被虫蚁噬咬,可以说是上天示警,暗示新妇不贞;可有了这蜂蜜,就说明此事是专门针对大郎媳妇了。

见老夫人沉了脸色,田氏立刻请罪:"是媳妇管家不力,老夫人放心,媳妇定会好好查查,到底是哪起子奴才黑了心!"

甄妙一脸震惊:"二婶,您说这是有奴才故意针对我?"

田氏一时被问住,也不知该点头还是摇头。这都是心知肚明的事,哪有这么直白问出来的？

甄妙眨眨眼："可是我连府中半个奴才都没认清呢，又不管家，少发了他们月钱什么的，他们对付我，是为了什么呀？"

这话一出，田氏脸上笑容都维持不住了，看了老夫人一眼。这个甄氏，到底是有心还是无意？说她不管家，不发下人们月钱，这不就是说她这管家发月钱的，能让下人们听话吗？

老夫人似有触动，沉声道："田氏，此事你定要查个明白。"

"是，儿媳定会好好查个清楚。"田氏暗暗松了口气。

还好，这些年来老夫人对她还是信任的。

老夫人由杨嬷嬷扶着退回床榻坐好，淡淡道："杨嬷嬷，二夫人管着家，又一直忙着大郎成亲的事，精力恐怕有些不济，此事你就协助一下二夫人吧。"

"是。"杨嬷嬷恭声应道。

这位杨嬷嬷，甄妙还是记得的，就是当初去过建安伯府府上，原本是国公府派去要教导她的。当时还请她吃了蓑衣黄瓜，说来也算在国公府里难得的熟面孔。

见杨嬷嬷往这边看来，甄妙冲她甜甜一笑。

田氏则是暗暗咬了牙。有杨嬷嬷插手，她就不能把分量轻的替死鬼往外推了，可分量重的，哪个不是她精心培养的！

"好啦，既然又去买了烧猪，你们就快些去吧。"老夫人似乎倦了，挥了挥手。

一屋子人都退了出去。

回建安伯府时，罗天珵陪甄妙坐了马车。

马车吱吱呀呀行了许久，罗天珵才打破了沉默："甄四，你怎么知道猪头里有蜂蜜？"

"闻到的呀。"甄妙笑道。

罗天珵不知道说什么好了，他以为她是推断出来的。凡事有因就有果，他也不相信烧猪会莫名其妙这样。就是甄妙不那样做，他也会查个究竟。只是，他可没打算用自己的匕首！

想起甄妙把匕首还给自己时，原本能照出人影的匕首一层油腻腻的，还沾着几只挣扎的蚂蚁，罗天珵整个人都不好了。

"世子。"甄妙突然唤了一声。

"嗯？"罗天珵望去。

甄妙抿了抿唇，认真问："你说，二婶是不是不喜欢我呀？"

罗天珵有些诧异。他没想到，甄四会如此敏锐。

"你怎么会这么想?"罗天珵收起多余情绪,试探问。

甄妙抚了抚头发,理直气壮道:"这不是很显然的事吗?我一向是福星高照,运气不错的,可是自踏进你家的门就连连倒霉。这肯定不是我的问题,既然不是我的问题,那自然是别人的问题啦。"

还有这样推理的吗?罗天珵抽了抽嘴角,刚要说话,忽然一阵颠簸传来,一个娇软的身子一头扎了进来。

清清淡淡的香味传来,仿佛嗅到了明媚的四月天里樱桃红了的水灵劲儿。罗天珵不自觉就吸吸鼻子,心道怪好闻的,难道是这两日樱桃吃多了?

怀中的人一直没动。

罗天珵心忽然就软了一下,伸手欲拍拍那纤细的身子,外面传来惶恐的声音:"世子,小的该死,惊着您和大奶奶了。"

罗天珵忙收回了手,摆出严肃的表情:"怎么回事儿?"

"是有个小郎突然冲过来,车停得急了。"

"不要紧,继续走吧。"

一声吆喝传来,马车动了动,继续前行。静静的车厢里,能清晰听到车辖辘压过青石路的声音。

甄妙头埋在罗天珵怀里,一动不敢动。哪个倒霉孩子出来坑人啊,把她撞得流鼻血了好吗!怎么办,她的夫君大人会不会恼羞成怒,把她从车窗丢出去?

见甄妙一直埋在怀里不动,头上戴的蝴蝶簪随着马车的前行,翅膀一颤一颤的。

罗天珵掩饰地轻咳一声,道:"甄四,你打算抱到什么时候?"

觉得前襟湿漉漉的,他好笑问道:"你哭什么?"

"我没哭。"传来甄妙低低的声音。

"那你还不起来?"罗天珵更觉好笑,心道女子和男子就是不同,娇气不说,脸皮还薄。不过她这死活不承认的样子,还是挺有趣的。

"我觉得,我起来了,你可能会有那么一点生气。"

"我从来不是爱生气的人。"罗天珵无奈看着怀中人。

甄妙悄悄撇了撇嘴。别开玩笑了,你要是不爱生气,我还不爱吃呢!想着总不能一直埋在人家怀里,甄妙抬起头来,尴尬地笑了笑。鼻子底下那两串红把罗天珵吓了一跳,忍不住伸手擦了擦。甄妙愣了。他居然没生气,还,还给她擦鼻血?

"你怎么这么不禁撞?"

甄妙拿出雪白的帕子擦拭,嘟囔道:"还不是你身板太硬了,跟铁块似的,也不知道怎么练的。"

罗天珵见她这样，也不和她吵，低头看看，就看到前襟红了一片，然后就傻眼了。他要穿着带血的衣裳去老丈人家吗，会不会直接被乱棍打死？

"甄四——"

甄妙自知理亏，眨了眨眼。

"你可真是有能耐！"

甄妙不好意思笑笑，恢复了冷静："世子，和车夫说一下，把车停在路边，然后让后面马车上的阿鸾来一趟。"

罗天珵照着做了，片刻后车门帘掀起。

阿鸾半垂着头问了好，没有往罗天珵那边多看一眼，只等着甄妙吩咐。

"阿鸾，世子衣裳脏了，你去拿身新的来，"说到这儿顿了一下，轻轻道，"别让别人看到了。"

"是。"阿鸾没有多问，退了出去。

不大会儿阿鸾转了回来，带了身颜色花纹和罗天珵身上穿的差不多的衣裳。这也是惯例了，一般来说凡是出门，主人家都会带上类似的衣裳，以备不时之需。罗天珵换了衣服，才算是松了口气。

建安伯府大门前被打扫得干干净净，数个打扮一新的小厮站在门口候着，远远地见了镇国公府的马车，其中一人立刻回去禀告。

罗天珵下了马车，伸了手把甄妙扶了下来。

伯府的下人见了，笑嘻嘻地交换了神色，心道世子对他们家姑娘还是挺不错的。

二人被请去了宁寿堂正堂。

正堂里人都快满了。罗天珵恭恭敬敬给长辈们见礼。老夫人暗暗点头。

甄妙之前不觉得，可回了伯府，才发现真的有种回家的感觉，特别是对老夫人和温氏，早就不知不觉有了感情。请安时，眼圈都忍不住红了。

老夫人忙把她拉到身边坐下。

甄妙定了定神，这才发现角落里坐了个意想不到的人——甄静。数月不见，甄静气色好了许多，眉宇舒展，看来这段时间过得不错。她也正往这边看来，二人目光相触，甄妙觉得都能听到啪啪的火花声。

甄妙收回目光，陪着一屋子女眷随意说了会儿话，就在花厅开了饭。

因为都是很亲近的亲戚，男女客只是分了桌，并没用屏风等物遮挡着。

甄妙就看到那桌的人，挨着个地敬罗天珵酒，就她偷偷数着，都不下十杯了。罗天珵一杯接一杯喝下，面不改色。

老伯爷看着这孙女婿越看越满意，忍痛下了决心："天珵，等席散了，你去我那儿，我有东西给你。"

罗天理有些意外，不过长辈要赏赐东西，这说明对他是很满意的，心中自然高兴，忙起身道谢。

老伯爷嗓门挺大，甄妙听见直觉就不大妙，频频回头。

坐在甄妙身旁的甄妍见状扑哧一笑，打趣道："四妹，你干脆坐到那桌去得了。"

甄妙只得收回目光，老老实实用饭。

时间总是过得很快，临走时，老夫人被甄妙劝住，温氏却送到了二门口，甄妙掀了轿帘频频招手，温氏立在那里一动不动。

甄妙收回了头，又忍不住悄悄掀开帘子，就见温氏抹了抹眼。建安伯府在视线里越来越远了。这住了一年的地方，以后若不是逢年过节，或者有事，平时是难得再回来的。一时之间，甄妙情绪有些低落。

罗天理看出了这点，就清了清嗓子道："甄四，祖父今日送了我一样礼物，你要不要看看？"

虽说他觉得那礼物相当不靠谱，可老伯爷信誓旦旦说甄四也会喜欢，这时候拿出来哄她开心也好，免得这个样子回去，别人还以为她受了什么委屈呢。

"还，还是算了吧，怪麻烦的。"甄妙心中的不妙预感更甚。

"不麻烦，我就挂车辕上了。"罗天理起身出去，片刻提了个蒙着布罩的笼子回来。

"这是什么？"甄妙盯着那笼子，有那么一点心惊。

罗天理把布罩拿起来，就见里面卧着一只肥壮的大白鹅，头埋在翅膀里睡得正香。

似乎是被打扰了，大白鹅抬了头，茫然晃了晃脖子，然后看到了甄妙，扑棱棱就站起来了。

甄妙吓得差点栽倒，死死抓着罗天理衣袖，黑着脸道："罗世子，要不它出去，要不我出去，你火速选一样吧！"

罗天理低笑起来："甄四，你居然怕鹅？"

甄妙恼羞成怒，一字一顿问："罗世子，你是要我尖叫吗？"

看着甄妙决绝的样子，罗天理揉了揉眉头。算你狠！她要是在这里尖叫，他的一世英名，恐怕怎么也捡不起来了。罗天理悻悻把笼子提了出去。

甄妙整个人都不好了。她甚至能看到那白鹅挑衅的小眼神儿！这可是祖父赏的，扔又不能扔，宰又不能宰的，以后就留着吓她吗？

"怎么了？"罗天理进来，见甄妙神色有异，忍不住问。

甄妙咬了咬牙，笑道："世子，我发现你总能给我招些杀伤力强的东西来。"

罗天理皱了眉："乱说，我给你招什么了？"

甄妙抬了抬下巴："比如这白鹅，比如……方柔公主？"

罗天珵愣了愣，不说话了。他在宫里当差，成亲前方柔公主确实跑来找他，孩子气地要他不许成亲。虽说是孩子话，可那位公主脾气大，真的闹起来，杀伤力确实不小。甄四还挺敏锐的啊。

罗天珵不动声色看了甄妙一眼，见她气得脸颊红红的，像熟了的桃子似的，忽然心里美滋滋的。这日子，似乎比以前有趣多了。

成亲过了第三日，罗天珵又开始进宫当差了。

烧猪那事有了结果。

闭月，也就是原本叫绮月的，老子娘在厨房做事，在烧猪上动了手脚。

据交代，因为甄妙未进门前，闭月是唯一受宠的，他们怕大奶奶进了门闺女受了冷落，一时猪油蒙了心才想出这法子，好让世子爷对大奶奶心里存了芥蒂。

最终的结果，闭月的老子娘受杖责而死，包括闭月在内的一家老小都被发卖了，除此之外，厨房的管事亦是丢了位置，顶上去的是老夫人那边的一个陪房家的媳妇。

白芍心细如发，打发几个小丫头舍得花银子套近乎，不动声色打听到不少事。

甄妙就知道了，闭月原本就是田氏给了罗天珵的，她老子娘也是跟了田氏许久的。

田氏为此还向老夫人请了罪，并送了不少东西来清风堂这边。

甄妙觉得这事儿可真玄妙，四个通房，她连模样还没记清呢，就因为一只烧猪折腾没了一个，难道是见她战斗力太渣了，老天才这么向着她？

甄妙是个心宽的性子，稍微感慨一下，就该干吗干吗了。每日一早去给老夫人请安，渐渐熟悉着国公府的一切，日子倒算风平浪静。

很快就过了个把月，天渐渐热了。

这一日，老夫人院里的红福过来了。

红福是老夫人身边的大丫鬟，寻常的事不会让她跑腿的，甄妙见状忙问："红福姐姐可是有什么事儿？"

红福鼻尖上冒了汗，却顾不得擦，福了福身子道："不敢当大奶奶称呼，大奶奶，老夫人叫您赶紧过去，前头来圣旨了。"

"圣旨？"甄妙有些意外。

紫苏在耳边低声道："大奶奶，恐怕是您的诰命文书下来了。"

甄妙听了点了点头，起身对红福道："红福姐姐稍等，我换身衣裳。"

见甄妙转身去了内室，红福暗道这位大奶奶倒是挺沉得住气，不用提醒还记得换衣裳，原本老夫人可是特意叮嘱过的。不多时甄妙换了一身庄重的衣裳出来，随红福去了前面。

果然是她的诰命文书下来了，传旨的正是曾经去建安伯府传过旨的那位魏公公。

宣完旨，魏公公冲甄妙笑笑："恭喜世子夫人了。"

甄妙抿了唇笑："公公辛苦了。"

魏公公笑笑没再多说，转身对镇国公老夫人道："老夫人，咱家还要再给您道一重喜呢，今儿个贵府可是双喜临门。"

"公公这话是何意？"老夫人看起来相当高兴。

魏公公对着上方拱了拱手："罗世子得皇上看重，在新立的锦麟卫中担任指挥佥事，官拜正四品。老夫人，罗世子年方弱冠就身居要职，实在是可喜可贺啊。"

老夫人听了大喜，忙令红福塞了厚厚的红封。

这本就是大喜事儿，魏公公并未推辞，收下后貌似不经意地看了甄妙一眼，才抬脚走了。

"田氏，吩咐下去，府里下人按着过年的例儿把赏银发下去，你们也各做两套衣裳。大郎媳妇就做六套吧，她是新妇，这段日子恐怕少不了应酬。"

田氏面上带着笑连连称是，心中却要滴血了。正四品！她家老爷这么些年兢兢业业的，也不过在兵部任了个五品官！

不提田氏郁闷的心情，满府却是热热闹闹，笼罩在一片喜悦之中。

罗天珲回来时，虽不是初一十五，还是在怡安堂的花厅里摆了酒，府里主子都聚在一起热闹。

大姑娘罗知雅送了罗天珲一个精致的荷包当贺礼，然后笑眯眯问："大嫂要送大哥什么呀？"

府里三位姑娘，大姑娘罗知雅是田氏所出，容貌最出众。虽然相处不多，甄妙却对三房宋氏所出的二姑娘罗知慧更有好感。倒也不是因为两房长辈的关系，甄妙就是纯粹觉得，二姑娘罗知慧更讨喜些。

"大嫂一直不说话，是不是不好意思啊，要偷偷把礼物送给大哥？"罗知雅笑问。

甄妙莞尔一笑："大妹都知道了，还问什么呀？"

罗知雅被噎了一下，不吭声了。

"大哥，这是妹妹送你的。"罗知慧把准备好的画轴拿出来，递给罗天珲就不再多说。其他兄弟姐妹都送了礼物，只是五郎罗秀珲一脸不情愿，显然对这位大哥一点儿也不亲近。

甄妙多少了解了一点，田氏生了三个儿子，二郎和三郎是孪生子，只比罗天珲小三岁，因为自幼就觉得母亲对大哥更偏爱，对他一直不冷不热。五郎多少受了哥哥们的影响，年纪又小，就藏不住心事了。

"五郎，你这是什么样子，再这么无礼，娘可要罚你了！"田氏冷了脸训斥。

五郎委屈地嘟嘟嘴，看罗天珵的眼神更不善了。

罗天珵看得厌烦，淡淡道："二婶，五郎还小，不必太苛责了。"

田氏这才罢手。只是这样一来，二郎、三郎脸色多少都有些不好看，显然是想起以前每次田氏护着罗天珵的事了。

罗天珵借口乏了，向老夫人请了罪，酒席就散了。

回了清风堂，他直接把收到的那些玩意儿丢到一个箱子里，不再看一眼。

二人洗漱一番，就躺下了。

罗天珵忽然翻了个身，状似不经意问："甄四，你准备的礼物是什么？"

"啥？"甄妙睡意一下子跑光了。

罗天珵轻咳一声："你不是要私下给我的吗？"

见他认真的样子，甄妙那句啥都没准备可不敢说出口了，灵光一闪起了身，走到梳妆台前把一个首饰匣子的最下层拉开，拿出一个小巧的荷包来。

罗天珵接过来，提着荷包一倒，一只金黄色的小狐狸滚到手心中间。

盯着精致可爱的小狐狸，罗天珵脸渐渐发黑，咬牙道："我记得你见礼那日，给五郎他们的就是这种小狐狸吧，你也给我这个？"

甄妙忙摇头："不是，不是，你看这根本不一样的。"

"哪里不一样？"罗天珵越看越来气了。

甄妙嘿嘿地笑："那些只有花生大小，这个有手指大小啊，这是狐狸王，不是小狐狸……"

罗天珵已经完全不想说话了，转了身闷头睡着了。

第二日要带甄妙进宫谢恩，罗天珵想了又想，还是把特意去宝华楼买的一对桃花钗甩给了甄妙。

这进宫，甄妙不是第一次了，只是每次似乎都不太愉快，所以心里就有那么一点小小的阴影。

出乎意料的是，赵皇后对甄妙的态度很不错，离去时甚至说："甄氏，我那侄女儿自打守孝就再没进过宫，我这殿里怪清净的。你和飞翠年纪差不多，见了你本宫就像见了她似的，若是无事，就常进宫来坐坐。"

甄妙心里嘀咕，谁像您那侄女儿啊，当然面上是不敢表露的，只得应下，然后去了太后那儿。

太后对甄妙的态度一如既往的冷淡，不咸不淡说了几句就端了茶，淡淡说了一句："太妃那儿，你也该去看看。"

甄妙求之不得，忙道了谢。

太妃似乎早就料到甄妙会过来，已经命宫人在门前候着了。

甄妙随着宫人进去，意外发现六皇子也在这里。

六皇子挑眉笑笑，然后起了身："太妃，我就先回去了，改日再来看您。"错身而过时，他深深看了甄妙一眼。

甄妙行礼，避开了他的目光。

等六皇子离去，甄太妃招招手："过来坐。"

甄妙依言过去坐下。

甄太妃好一番打量，才道："倒是按着我教你的方子养肌肤了，效果还不错。你年轻，现在不觉得，再过上十年就知道好处了。"

"多谢太妃啦，哪用十年后呢？太妃您不知道，去年有段时间，我这额头上总冒红痘痘，自打用了您给的方子，才好的。"甄妙笑眯眯道。

也许是养病时待在甄太妃身边一段时日，对这位太妃，她心里一直是亲近的，说话就露出了小女儿的娇态。

甄太妃显然很满意甄妙这样子，女孩子就该娇憨点，硬邦邦的，那是石头。可随即却皱了眉，目光盯着某个部位不放。

甄妙顺着那视线低了头，就听甄太妃道："妙丫头，看来我该再给你一个方子。你放心，保证除了这儿，哪里都不长肉。"

甄妙目瞪口呆。太妃竟然，竟然直接拍她的胸，直接豪迈地拍她的胸！

"太妃，您，您怎么乱碰……"甄妙强忍着护胸的冲动，尴尬地道。

甄太妃翻了个妩媚至极的白眼："妙丫头，你这前胸后背有区别吗？要是不好意思，就当我拍的是你后背得了。"

甄妙一口血险些喷出来。太埋汰人了啊！

"怎么，不想要啊？"甄太妃涂了蓝色蔻丹的手轻轻拂过琴弦，发出悦耳的声音。

甄妙都快哭了。因为她那小平胸，一次一次地被嫌弃，她能不要吗！甄妙头点得像小鸡啄米似的："太妃的方子，都是无价的宝贝，当然想要啦。"

甄太妃提笔写下了方子，递给甄妙："记下了就毁了吧。"

她小气得很，除非是自己想给。其他人想要，门儿都没有！

甄妙认认真真记下，甄太妃当着她的面把方子撕了丢进了灯罩里，等晚上灯一燃，就化成飞灰了。

"四丫头，你是个有福分的，不过以后，少来太妃这里吧。"甄太妃忽然道。

"太妃？"甄妙愕然。

甄太妃摆摆手："不必多问，我这么说，并不是嫌弃你，自有我的道理。这时辰也不早了，你且回去吧，我就不留你用饭了。"

"太妃——"甄妙不知为何，心里发酸。

"去吧。"甄太妃淡淡道。

等甄妙行了礼退下后，甄太妃静静坐在床榻上久久未动。室内的光线仿佛都暗了下来，衬得那个因为美丽而淡化了年龄的女子更加孤寂。

她活了这把年纪，对男人的心思自负了若指掌，怎么才发觉小六那孩子生了不该有的心思呢？可别因为这个，将来连累妙丫头才好，那就是她的罪过了。

甄太妃起身走到窗边，推开窗子向外望去。远远的是青色的宫墙，上方残阳西坠，把天空渲染了一大片红色，就像大片翻滚的血，和无边的青墙连接在一起。这皇宫，历来是最肮脏的！

甄妙近来发现一件有意思的事：这位罗世子饭量简直奇大无比，且喜欢吃肉食。

遇见了吃中同好，甄妙一下子来了热情，没事就在清风堂的小厨房里鼓捣些吃食出来，叫青鸽给前面书房送去。

青鸽第一次送饭，还闹出了笑话。

当时罗天珵正和幕僚们议事，嘱咐了闲杂人等不得打扰，小厮半夏得了吩咐，远远地坐在台阶上守着，见后院的一个胖丫鬟提着个硕大的黑漆木食盒过来，立刻把人拦下了。

"我是奉了大奶奶的吩咐，给世子爷送饭的。"

半夏上下打量青鸽一眼，怀疑地问："你是大奶奶身边的丫鬟？"

不像啊。他可是听说了，大奶奶带来的姐姐们都是百里挑一的美人儿。已经有不少人求到世子爷那里去了。

"我是大奶奶身边的三等丫鬟，世子爷在里面吗？"

"啊，在。"半夏下意识回道，神情还有些恍惚。我的天，大奶奶身旁的丫鬟这身材啊。好险，我这还没来得及找世子爷呢！

青鸽见半夏有些发傻，绕过他就要上台阶。

半夏回了神，忙拦住："哎哟，青鸽姐姐，你可不能进。"

青鸽认真思考了一下。她想起来了，紫苏姐姐说过，和人打交道，有的时候不能只靠蛮力，该软和的要软和，该给人家好处的要给人家好处。别人得了好，自然不为难你了。

见那身上还没二两肉的小厮拦在面前，青鸽摸了摸，装碎银子的荷包忘了带了。忍痛打开黑漆木匣子，拿出一个白胖胖的大包子递过去。

"给你。"

半夏根本不知道到底发生了什么，瞧着手中的大包子发傻。

青鸽抬脚就走。

"哎，青鸽姐姐，说了不能进啊！"

青鸽拧起了眉头，不满地看了半夏一眼。心道这小厮好贪心，一个包子居然还嫌少！紫苏姐姐还说了，在国公府人生地不熟，尽量不要得罪人。

青鸽再次打开黑漆木食盒，挑了个个头最小的包子又递了过去："给你。"

给完了提着食盒子又往上走，被半夏拦住。

青鸽怒了："你这小哥，怎么这么贪心，都收了我两个大包子，还要拦着我，莫非你想把包子都要走？那世子爷吃什么？"

青鸽人壮，说话中气十足，这一喊半夏差点吓跪了。

门吱呀一声开了，罗天琞走了出来。

"怎么了？"在室内待久了有些气闷，罗天琞站在台阶上揉了揉眉骨，目光一呆。

这不是甄四身旁那个胖丫头吗，和他的小厮半夏拉拉扯扯的在干什么？

罗天琞本来是问半夏的，青鸽却一个箭步冲来，委屈地告状："世子，大奶奶做了些黄瓜馅的包子让婢子给您送来尝尝。那小哥忒贪心，收了婢子两个包子，还不许婢子进去。"

半夏顿时觉得手中两个包子烫手，又有些抓狂。这哪来的傻丫头啊，我说怎么不停往他手里塞包子呢，敢情是贿赂他！这，这太不把他当回事了吧，他再不济，也不能被俩包子收买啊！

看着二人一个委屈，一个抓狂的模样，罗天琞轻笑出声："半夏，以后大奶奶那边再有人来，就去跟我说一下。"这个点儿确实饿了，甄四什么时候这么懂他的心思了？

包子的香味传来，罗天琞目光落到半夏手上，忽然觉得两个包子确实太多了！

半夏差点哭了。什么叫里外不是人，他就是啊！以后只要是大奶奶身边的姐姐，他再也不管了！

"给我吧。"罗天琞接过青鸽手中的食盒，转身进了屋。

屋里有两个身穿文士衫的中年男子，起身行礼："世子。"

"二位坐，一起吃一些再谈。"

罗天琞亲自打开食盒，里面是码得整齐的两盘包子，还有数碟酱菜。

一一拿出来摆在书桌上，罗天琞做出个请的手势，拿出帕子擦了擦手，捡起一个包子吃起来。

一入口就有些惊诧，居然是黄瓜和肉馅的，他长这么大从没吃过这种馅。

还别说，这种热天，素的吃了没力气，吃荤又太油腻了，黄瓜的清香和肉混在一起，味道调得恰到好处，令人食欲大开。

两个中年文士也饿了，不过包子这类的不是精细吃食，本也没当回事，一口吃下眼睛就亮了。秉着食不言寝不语的规矩速度极快地吃完，一人又伸手拿了一个。

罗天琚看了那个心疼。这些包子，他完全都能吃下。早知道就像往常那样，随便弄些茶点给他们吃好了。

两个文士塞了两个大包子下去，打着饱嗝儿赞道："世子，没想到府里还有这样手艺高超的厨子。"

这两个文士是罗天琚当了指挥佥事后招揽的，平日并不住在府上。这二人别看现在落魄不起眼，在梦中数年后，一个给厉王当幕僚，一个为六皇子效力，都是不能小觑的人物。罗天琚早就暗中留意二人动向，升任指挥佥事后招揽，正是最好的时机。

"是内子亲自下厨做的。"

两个文士都是心思透亮的人物，见了暗暗抽了抽嘴角。世子，您那掩饰不住的得意表情到底是怎么回事？

三人就着爽口的酱菜吃完包子，又开始详谈，直到申正时分才散了。

第16章 管家

罗天琟骑了马去了一遭张氏卤菜馆,买了一包卤鸭脖回来。

包子换回卤鸭脖当回礼,甄妙愉快地决定,以后要好好和罗天琟做朋友了。

于是每日当午的时候都打发青鸽去送吃食,不出半月,罗天琟还没什么,两个文士明显胖了一圈。

那边田氏对着这个月的账,特意把清风堂这边的看了又看,然后就笑了。这个甄氏,完全就是个吃货啊,就这样的还想管家?田氏心中存了几分轻视,第二日就对老夫人提出,想把一部分事交给甄妙管着。

"大郎媳妇,你二婶说的也有道理,府里早晚是要交给你管的。"

甄妙忙推了,满脸诚恳地道:"祖母,孙媳愚钝,现在哪能管家啊?您看这样好不好,以后二婶理事的时候,孙媳就跟在一旁学着,学个一年半载的再说,您看成不?"

田氏真没想到对方竟然没上钩,转念一想,这看来是个胸无大志的,倒是好事了。

老夫人觉得甄妙提议不错,就应了下来。从此每日上午甄妙都花上个把时辰跟在田氏身边,吃着自备的零嘴喝着茶水看她理事,把田氏郁闷得不行。

田氏一直窝着火,一日去老夫人那请安,似乎是起身猛了,一下子栽倒。

身边的田嬷嬷手疾眼快把她扶住,屋内响起此起彼伏的惊呼声,还伴着小孩子的大哭声。

"娘,娘,您怎么啦?"五郎扑上去。

"快扶二夫人躺下,红福,快去请大夫!"老夫人扬声道。

"田嬷嬷,二夫人这是怎么回事儿,好端端为何会晕倒?"

"老夫人,这些日子热得厉害,二夫人昨日就说有些头晕,也没当回事,恐怕是中了暑热。"田嬷嬷忙道。

屋里纷乱着,就听一个清脆的声音道:"快闪开,让我来!"

甄妙把田嬷嬷挤到一旁,对着田氏人中就掐了下去。

田氏本来就是装晕,人中被狠狠掐了一下,疼得差点叫出来,忙死死咬着牙关辛苦忍着。

"大郎媳妇,你这是——"老夫人不解问。

甄妙头也未回解释道:"祖母,您别担心,怎么掐人中孙媳特意学过的。要连着掐四十次,二婶一准儿就醒了。"

卧槽!田氏听了,差点一个鲤鱼打挺儿跳起来了。

到底是哪个杀千刀的奴才没拦住,让这个祸害冲过来了啊!因为太愤慨了忘了睁眼,眨眼间人中又被狠狠掐了几下。田氏觉得,她真的要晕过去了!

国公府是养着大夫的,所以人来得挺快。

甄妙见一个留着山羊胡子,提着药箱的中年男子匆匆进来,忙把位置腾了出来,看着一动不动的田氏,暗暗奇怪。刚开始二婶明明还有动静的,掐人中很见效啊,怎么到后来反倒不动了呢?难道是掐的劲头不够?甄妙深刻反省着。

田氏是真的昏过去了。换谁大热的天又怒又疼,一口气上不来也得昏。

大夫把了脉,并不觉得田氏有什么问题,可她昏迷倒是真切的,又因多年来一直仰仗着田氏,就顺着田嬷嬷的话说了一番,开了清热解暑的方子。

田氏总算悠悠醒来,目光越过满屋子人看向甄妙。

甄妙忙露出大大笑脸:"二婶,您可醒了,急坏我们了。"

故意的,故意的,她绝对是故意的。田氏手指动了动想指控,又强行忍了下去。她向来是宽宏大量,对世子比亲生儿子还好的,怎么能为难侄媳妇呢?

大夫交代完起身告辞,老夫人吩咐丫鬟出去煎药,松了口气:"醒了就好,田氏,这几日你就好好歇着吧,管家的事放一放。"

"老夫人体恤媳妇,媳妇是知道的,只是偌大的国公府要是一直没人管,怕出什么岔子。老夫人,大郎媳妇也跟着我学了有段日子了,依儿媳看,不如就让她暂管几日。"

老夫人看甄妙一眼。甄妙忙蹭过来,娇声道:"祖母,孙媳不成的,不成的。"

老夫人皱了眉:"大郎媳妇,你在伯府时,没有学过管家吗?"

田氏暗暗翘了翘嘴角。果然是个烂泥扶不上墙的,老夫人早一日看清才好。

"学过呀,只是孙媳比较愚钝,要是打下手还行,如今咱们国公府上上下下人还没认全呢,要是独自管家,肯定会闹笑话的。"甄妙毫不羞愧道。打肿脸充胖子的事她才不干呢。

一直安安静静跟在三夫人宋氏身边的二姑娘罗知慧好奇多看了甄妙两眼。这位嫂嫂能够坦承自己的不足,倒是挺有趣的。

只可惜方柔公主不喜欢大嫂,对自己的态度忽冷忽热。想着等暑天过去又要进宫伴读,罗知慧叹了口气。

"这样啊。"老夫人沉吟一下，开口道，"大郎媳妇，你不要怕，凡事都是开头难，你只是暂管几日，就让杨嬷嬷协助你吧。至于不认人的事，田氏，你把外院的管事并内院管事媳妇的名册拿来，让大郎媳妇看看。"

"是。"田氏垂了眼帘应下，心中冷笑，她倒要看看，甄氏如何管家！

甄妙回了清风堂，照例练字、练功，午憩过后才让绛珠泡了一壶花茶，坐在摇椅上捧着厚厚的册子悠闲地看起来。

眼见黄昏时分了，她抬了头问百灵："花名册送过来了吗？"

"还没呢。"百灵不满皱了眉，"婢子遣人去要，馨园那边说管着花名册的媳妇子早上告假回了家，不知什么时候回来。另一把钥匙在二夫人那儿，可二夫人一直昏睡着，她们做下人的不敢惊扰。"

说到这儿百灵哼了一声，忿忿道："大奶奶，您说那边，是不是有意为难您啊？"

她倒不是觉得二夫人有什么不好，可今日闹了这一出，却不得不多心了。姑娘本就不是会管家的样子，再拿不到花名册，明日出了丑可怎么办？要说起来，二夫人毕竟不是姑娘的婆婆，管着家等于占着姑娘的位置呢，真有个私心，也是难免的。百灵这样想着，再看甄妙天真不知愁的样子，就有些犹豫要不要提醒一下。

"百灵，不要乱说话，花名册今日那边定会送来的。"甄妙不紧不慢道，又埋头看册子。反正这厚厚的册子她还没看完，急什么？只是如今天热，虽有小丫头拿扇子扇着风，墙角又放着冰盆，甄妙还是觉得有几分燥热，看了一下午的书头有些发昏，不知不觉就睡着了。

罗天珵进了屋，就看到甄妙仰躺着，脸上还盖着一本册子睡得正香。他走到跟前，抬手就把那册子拿了下来。

甄妙醒了，眨了眨还有些迷蒙的眼睛，才彻底清醒："世子，今儿这么早就回来了。"

罗天珵心情不错，含笑点点头道："有个事情忙得差不多了。你这是看什么呢，怎么这样就睡着了？"

"二婶身子不舒坦，我从明日开始要管家呢。"

"病了？"罗天珵心里冷笑一声，把册子还给甄妙，"不要有压力，管不好就请教祖母，实在不成，就跟祖母说请三婶管家也行。"

妇人的眼光永远是拘泥于内宅之中。二婶就算一直管家又如何，只要他在外面混得风生水起，世子之位稳稳当当的，这国公府的主人，永远不会是二叔一家。反倒是甄四，心思单纯，先这样过着也好，再等上几年接手的话，大不了请几位擅长管家的嬷嬷帮着，总会慢慢上手的，好过现在被人算计了。

130

"好，我先试试呗，反正二婶好了，还是要让她管的。"甄妙笑眯眯道。

罗天珵暗暗叹气。这女人是不是心太宽了？

用过了晚膳，馨园那边才送了花名册来。

看着厚厚的花名册，甄妙微怔。

送册子来的丫鬟满脸歉然："大奶奶，我们夫人一直睡着，那管册子的媳妇才回来，连口水都没喝就开了箱子把花名册给您送来了。"

"这么厚？"甄妙看着寸许厚的花名册咋舌。

那丫鬟忙道："这是全府的花名册，只记着管事的册子前不久被二老爷拿去了，今儿个二老爷没回府。不过大奶奶放心，管册子的媳妇说了，这册子上那些管事的信息都有，还更全呢。婢子也不识字，要不您看看？"

"行。"甄妙接过来，笑吟吟道，"有劳这位姐姐了。"

那丫鬟忙道不敢，等了半天没见甄妙打赏，憋着气告辞了。

甄妙撇撇嘴。这么明显的使坏，还想要打赏，当她是傻子啊！

看看厚厚的账册，百灵气得不行："大奶奶，婢子算是看出来了，二夫人分明是为难您嘛，不都说二夫人对世子爷比对自己亲儿子还好吗？看来都是乱说的。"

紫苏瞥百灵一眼，劝甄妙："大奶奶要沉住气，这管家一事，牵扯了很多人的利益，也未见得就一定是二夫人本人的意思。"

姑娘没有城府，怕是藏不住事的，要是认定二夫人没安好心，说不定就显露出来。二夫人虽不是正经婆母，却是长辈，还是管了十多年家的，得罪了她，想拿捏姑娘再容易不过了。

甄妙听着二人的话没有吭声，慢慢翻着花名册。册子上密密麻麻地记载了满府的下人，姓名、年纪、领着什么差事，都记录得清清楚楚。不过这么厚的册子，要把那些管事的信息翻出来也要花不少功夫。

阿鸾见状，又点燃了两盏灯，室内顿时亮堂了许多。

甄妙捧着花名册走到桌案前坐下："阿鸾，去取些黛螺来。紫苏，唤雀儿进来。"

阿鸾是个性子沉静又妥帖的，听甄妙这么说，半点都没迟疑就开了梳妆匣子取黛螺。紫苏亦是沉稳，出去把雀儿叫了进来。

"大奶奶，您叫婢子呀？"雀儿步子轻盈走进来行了礼。

甄妙把花名册放到一边："雀儿，我记得你前段时间做了鹅毛毽子，现在还有剩下的吗？"

"有呢。"雀儿连连点头。

"拿些来。"甄妙吩咐完了，又拿起花名册来看。

不多时，鹅毛和黛螺就拿来了。

甄妙取了一叠罗纹纸，用鹅毛蘸了黛螺，一边翻看着花名册，一边在纸上写着什么。几个丫鬟看了暗暗称奇。

雀儿忍不住问："大奶奶，您怎么用鹅毛写字啊？"

甄妙扬了扬嘴角："这样写出来的字小。今天是阿鸾值夜吧，你们都歇了去吧，阿鸾留下就成了。"

几个丫鬟面面相觑。姑娘这是怎么了，被为难了看起来心情还不错的样子。难道姑娘天生是读书的材料？敬佩之情油然而生，几个丫鬟在紫苏带领下与有荣焉地退下了。

夜渐渐深了，儿臂粗的蜡烛点燃了四根，室内依然亮如白昼。

烛火跳跃，纤细的身影倒映在纱窗上，随着一晃一晃的。

啪的一声烛花爆了，阿鸾拿了灯芯剪剪了烛花，烛火更加亮了，她就默默退到一旁，替甄妙轻轻打着扇。

甄妙停了笔，揉了揉眼睛："阿鸾，要不你也先睡吧？"

"等大奶奶睡了婢子再睡。"阿鸾不急不缓地道。

甄妙见状也不再劝，专心写着东西。轻轻的脚步声传来，接着是帘子掀起的窸窣声。甄妙写得投入，并没有听到。

阿鸾回了头，就见罗天珵走进来了。

他穿了一身天青色直裰，头发简单束起，眉眼冷凝，像是沾了夜间的露气，又像是沁了清冷的月色。

阿鸾就不敢再看，垂了头就要施礼。

罗天珵示意她噤声，走近了站到甄妙身后瞧她在写什么。

甄妙闻到了青草木的味道，回头不由吓了一跳："世子，这时候怎么还回来了？"

罗天珵忙时，一般都是直接在前面的书房睡下了。

罗天珵被问得一愣。他总不能说，是因为今日甄妙无意间帮他解决了一个麻烦，在冷清的书房里，忽然就想回来看看了。

"阿鸾，你先下去吧。"甄妙示意阿鸾退下，放下笔神神秘秘问："世子，回来有什么事？"

罗天珵忍不住抽了抽嘴角。她到底在神秘个什么劲啊，难道为人夫的回个房，还非要有什么事不可？想到这里，对上那双清亮好奇的眼睛，罗天珵忽然起了捉弄的心思："回来……找你睡觉。"话出口，他耳根忍不住泛红，却直直盯着看对方有什么反应。

谁知甄妙闻言只是打了个呵欠："世子先睡吧，我把这些写完再睡。"

罗天琟嘴角笑容一僵，有些无奈。他怎么忘了，这还是个小丫头呢，哪懂得什么？"我去净房洗漱一下。"

罗天琟洗漱回来时，甄妙已经停了笔，把那写得密密麻麻的罗纹纸折成巴掌大，歪在榻上反复看着。

"这是在做什么？"罗天琟凑上来。

甄妙背过身去不给他看。一只温热的大手落到腰上。甄妙惊得差点弹起来，猛然转过身子："世子，你干吗呢？"

"放错地方了。"罗天琟面无表情道。

甄妙目不转睛地盯着那张俊秀无俦的面庞，暗骂了声无耻，偏偏因为这些日子和人家做好朋友，一时又不好意思翻脸，默默起身去熄灯，被罗天琟按住。

甄妙不解地看着他。

罗天琟没做声，手指连连弹动，劲风一出，蜡烛噗的就灭了。

好一会儿，黑暗中响起甄妙震惊兴奋的声音："世子，你会一阳指？"

"什么一阳指？"

"就是能把内力从手指发出去，然后指哪儿打哪儿的功夫。"

那次在皇宫，六皇子不是说草上飞水上飘什么的不存在吗，原来只是六皇子学艺不精啊。

良久，响起罗天琟的声音："你话本子看太多了吧，我手里捏了几粒珠子。"

甄妙不做声了。她还是明日早点起，再复习一遍小抄吧。

不多时身边响起均匀的呼吸声，罗天琟睁开眼，打量着自己的手指。一阳指？内力还能调到手指上从指尖发出吗？忍不住运转内力向指尖逼去，一阵气血翻涌。罗天琟脸色发青。差点走火入魔，他是不是脑子抽筋了，把她乱说的当回事啊！又看一眼睡得正香的人，罗天琟悻悻地睡着了。

第二日，甄妙对着梳妆镜吓了一跳。

"大奶奶，婢子煮个鸡蛋给您滚滚吧，这眼圈也太重了。"夜莺梳着头，有些担忧。

"不用了。"甄妙拒绝，美滋滋看着两个大大的黑眼圈。

有黑眼圈好啊，祖母见了就知道自己昨夜有多认真，这样要是犯了什么错误，至少说明态度是端正的嘛。

去怡安堂请安时，老夫人果然关切问起，听甄妙说看册子太晚了，就叮嘱她不要累着自己，管家的事可以慢慢学。

大姑娘罗知雅笑嘻嘻道："大嫂，我曾听母亲说过，内外管事加起来不过三十余人呢，怎么还看那么久呀？"

甄妙一脸平静从宽大衣袖里抽出一本砖头厚的册子："原来有三十余人吗？我怎么只记了二十九个，看来是落下了。"

那砖头般的册子一出现，室内就诡异地一静。

三夫人宋氏看了甄妙一眼，眼帘一垂，悄悄把几分怜惜遮掩。

她嫁进来也有十多年了，都说二嫂对世子是好的，不但衣食住行照料精细，二伯更是请了名师教导世子读书明理，可她这些年冷眼看着，总觉得不对劲。

若真是好，世子的婚事怎么会一波三折？到最后明明是一等公家的长房长孙，却娶了个三流伯爵家名声不佳的女儿。

若真是好，二嫂的三个儿子却都不和世子亲近，堂兄弟离心离德？

这些事，想着就有些心惊，可她只能烂在肚子里，提都不敢提。

不过倒是没想到，自打甄氏进了门，二嫂似乎有些沉不住气了，老夫人或许也不会没有半点感觉吧。

宋氏飞快看了老夫人一眼。

老夫人目光停留在那册子上的时间明显有些长了，眼中透露着沉思。

罗知雅有几分敏锐，一见甄妙拿出册子，就恼了。她这是在祖母面前给母亲上眼药吗？这人良心都被狗吃了不成？母亲对大哥那么好，为了操办他们的婚事劳神劳力的，如今都累病了。果然嬷嬷说得不错，母亲太难了。

"大郎媳妇，你昨儿个看的是这个？"老夫人缓缓开了口。

甄妙笑盈盈点头："是呀，幸亏是用过晚膳才送来，不然孙媳见了这么厚一本，恐怕愁得连饭都吃不下去了。"

嘎吱一声，椅子摩擦地面的声音传来。

老夫人看着猛然站起来的罗知雅皱了眉："元娘，这是怎么了？"

罗知雅脸色有些难看，声音却是柔和的："祖母，孙女有些担心母亲，昨日母亲总是昏睡，孙女……孙女想早点过去看看……"

老夫人点点头："难为你这孩子有孝心了，去吧。行了，你们也都散了吧，大郎媳妇，今儿个你就在怡安堂的花厅里理完事再回去。"

众人起身，该散的散了。

管事媳妇已经聚在了花厅里，甄妙半只脚踏进花厅时，还听到里面的说笑声。见了甄妙进来，声音停了，可是那种浮躁的气氛压都压不下去。

甄妙偏头对落后半步走进来的杨嬷嬷道："杨嬷嬷，我还担心二婶病了，大家无心做事了呢，没想到还都挺精神的。"

满屋子人听了俱是心中一凛，暗暗瞄着走进来的大奶奶。原本是心存轻视的高谈阔论，大奶奶一句话，就变成了因为二夫人生病她们高兴的，哎哟喂，这要是传出去，等二夫人回来，还不给她们好看！这样一想，那轻狂的心就收了收。

甄妙并没在意气氛的微妙变化。自己几斤几两重还是清楚的，她就是来打几天酱油而已，千万别为难她。

"杨嬷嬷，您也坐吧。"甄妙在主位坐下，先没理会那些管事媳妇，冲杨嬷嬷招呼道。

"老奴只是下人，哪有和主子一样坐着的道理？"

"杨嬷嬷，您是得了祖母吩咐协助我理家的，那就是代表了祖母呀，您要是不坐，我都不敢坐了。"

杨嬷嬷多看了甄妙一眼。这位大奶奶一直给她的印象就是心无城府，没想到有时候还挺出人意料。

那些管事媳妇听了更是心中一惊。杨嬷嬷是老夫人指派来的，那么这位大奶奶就不能小觑了。一些心思活络的人悄悄歇了不该有的心思，规规矩矩报了昨日和今日所管的那一摊子事。只是有几个管事媳妇眼珠打转，不知在想着什么。

甄妙看着一个媳妇递上来的册子，原本是漫不经心的神色，忽然皱了眉，指了一处道："这碧粳米上个月不是买了吗，怎么又要买？"

那媳妇垂手而立，眉眼间却有几分倨傲："大奶奶，已经吃完了，老夫人只爱这碧粳米，一顿不能少的。"

甄妙连连摇头："不对，不对，碧粳米金贵，府里只有主子才吃。上个月初才采买了两石，府里主子满打满算还不到二十人，到现在应该连一半还没吃完呢。"

要说别的，她可能还不记得，可有关吃的方面，她倒背如流！

那媳妇被问得一脸郁闷。这哪来的主子啊，一个多月前买了多少米，她居然还记得清清楚楚！

"啊，难道还有别人吃了？"甄妙惊呼一声，看向杨嬷嬷。

屋里的管事媳妇子，眼光如刀都射向那媳妇子。府里除了主子们，就是她们这些管事的身份高，要真的有人偷吃，岂不是就说她们了！这个挨千刀的，想闹什么幺蛾子也别把她们都拖下水啊！

那媳妇脸上倨傲之色褪尽，吭吭哧哧道："可能，可能是奴婢记错了。"

"这么年轻记性就这么差了？"甄妙有些惊讶，随后一脸骄傲，"我都记得呢。"

大奶奶，您不这么直接，会死吗，会死吗？那媳妇脸色土黄，都快给甄妙跪了。

甄妙还是不满意："我都记得，你一个专门管这个的却不记得，要不是记性差，那就是不用心啊。杨嬷嬷，您说我说的对不对？"

那媳妇扑通一声跪下了:"大奶奶,是奴婢记性差,奴婢万万不敢不用心啊!"

满屋子管事媳妇心中发沉。大奶奶一个年轻面嫩的新媳妇,着实厉害啊,看把钱家的逼成什么样了。

要是咬定了碧粳米吃没了,那就说明下人们偷嘴了;要是不承认记性差,那就是不用心。只是不知大奶奶怎么处置钱家的啊,罚一个月月钱,还是两个月的?

有那隐隐领会田氏心思的媳妇子暗暗笑了笑。大奶奶总是管不久的,等二夫人回来,还不悄悄就补回来了。只是钱家的在大奶奶面前吃了挂落,二夫人恐怕也要嫌她没能耐呢,以后定不会再重用的。这样一想,又觉得大奶奶替她们无意间铲除了一个对手,心里那点紧张都散了。

没想到甄妙没有迟疑地开了口:"这管着采买,总跟数字打交道,记性差可不行。"说着垂了眼,飞快看了宽大衣袖遮蔽下拢在手里的小抄一眼:"管米面采买的副管事是朱家的吧?"

一个身穿酱色对襟褙子的妇人越众而出:"是奴婢。"

甄妙抿唇一笑:"朱家的,从明儿起你就暂代这管事一职,钱家的协助你。"

"大奶奶!"跪在地上的钱家的不可思议喊了一声,激动站了起来,"奴婢,奴婢可是二夫人指派的!"

甄妙又偷瞄小抄一眼,点点头:"原来是二婶陪房家的媳妇子。"

满屋子人都惊了。大奶奶才嫁进来多久啊,又是第一次管家,她,她怎么连这个都记得!难怪不满钱家的记性差呢,原来大奶奶过目不忘!

钱家的松了口气。大奶奶知道就好,要是胡乱发作了,哪怕以后二夫人还把她提上来,她也丢大脸了。

"朱家的,明儿个的采买单子你拿回去重拟吧。"甄妙把那册子递给朱家的。

钱家的眼睛都瞪圆了:"大奶奶——"

甄妙淡淡看她一眼:"钱家的,你可不能坏了我二婶的名声。二婶指派的人,不合适就能占着位置不挪窝?二婶那么公正大度的人,要知道你是这么想的,估计要伤心死了。再者说,二婶待世子和我就如亲儿子亲媳妇一样的,我指派和二婶指派,那不就是一样的吗?"

众人默默吐了一口血。大奶奶,求您快去问一下二夫人,到底一样不一样吧。

"杨嬷嬷,您说我说的对不对?"

杨嬷嬷牵起嘴角:"大奶奶说的是,二夫人当然是疼您的。"

钱家的简直不敢相信,才从采买碧粳米上贪些银钱,后面的心思还来不及动呢,这管事的差事就没了。

就没了？

"大奶奶——"

甄妙揉揉眉："青鸽，带钱家的先出去吧，这还好多事呢。"

五大三粗的青鸽利落拖着面如死灰的妇人走了。

甄妙嘀咕了一句："奇怪，昨儿买的玫瑰香葡萄怎么没见着呢？"

刚刚荣升正管事的朱家的悄悄打了个激灵。明早一定采买最新鲜的玫瑰香葡萄给大奶奶送去。

立在甄妙身后的紫苏强忍着扶额的冲动。姑娘，您居然光明正大地要吃的，要吃的！

杨嬷嬷莞尔一笑，又想起去建安伯府时，初次见面的大奶奶请她吃蓑衣黄瓜的事了。这还是个孩子呢，不过做得比她想象的要好。

甄妙摆出一本正经的神色继续看账册。还好这都是每日的流水账，除了刚才那码子事，倒是和往日的差不多，甄妙翻看一遍，也就放下了。

有个婆子站出来道："大奶奶，奴婢是王家的。冰窖的藏冰不够了，您看各院的用量，该怎么调整？"

富贵人家都有自己的冰窖，每当大寒季节就藏冰于窖，到了夏日享用。因为藏冰不易，冰的价格到了炎炎夏日格外高昂，如果自家贮存的不够用，需要采买的话，那将是一大笔花销，且有的时候，有银子也是买不到的。所以一旦发现存的冰不够支持用到出了三伏天，要么就要大笔开支去买冰，要不就要节省着用了。

杨嬷嬷看了那婆子一眼。这婆子问得很有意思，直接就问大奶奶各院用量该怎么调整，半点不提采买二字，那就是把大奶奶往调整这个方向来引。可大奶奶管家第一天就减少了各院主子们冰的用量，岂不是把主子们都得罪了？

杨嬷嬷得了老夫人暗示，要好好看看大奶奶是怎么管家的，将来能不能用得。她虽说是辅助管家，却要少开口。这样一来，虽然杨嬷嬷对甄妙印象颇好，却只是冷眼看着。

"冰不够用了吗？"甄妙愕然。

这可是个坏消息。冰不够用了，她拿什么做牛乳水果捞，还有冰奶酪呢？

"是的，大奶奶，要是还按照之前的用量，恐怕支撑到八月初就没冰用了。"那婆子规规矩矩道。有了钱家的狼狈在前，她平日再得意此时也不敢表露了。

八月初？一听这个甄妙放心了。到那时她早不用管家了，不够用了那是二婶该发愁的事嘛。

于是伸出手端起小几上放的茶杯喝了一口水，笑眯眯地道："还能用到八月初，现在调整用量干什么呀？等到那时你再禀告。"

那婆子傻了眼，好一会儿才缓过气来："大奶奶，这之后还有家宴的，也说不准还有别府的贵客来做客什么的，这冰哪能用得一点都不留啊？"

"这样啊——"甄妙赞同地点点头，无比痛快地道，"你说得对，那就去采买吧，就买能够用到八月底的分量。"

她说着飞快瞄一眼小抄："我记得冰炭柴耗的账上还有三百两银子呢，足够了！"

那婆子脸色憋得像便秘似的，差点喷出一口老血。大奶奶，不带您这样的啊，您这完全是有一个花俩啊，都花光了以后该怎么过？

甄妙真的没有想过以后怎么过，在其位谋其政，八月底她都不管家了还操心这么多干什么，她最担心的是现在有没有冰做冻奶酪！于是大手一挥："先买两百两银子的冰来放着。"

"大奶奶，这，这不成吧？"那婆子急死了。

到底是怎么回事儿，明明是问大奶奶各院的用冰都该怎么减的，为什么变成了拿那么多银子买冰了？要知道一户普通人家，一年花销也不过十几两银子，国公府虽然富贵，可也不能这么糟蹋啊！

"怎么不成？"甄妙不满了，"冰不够用了，难道要祖父祖母热着吗，万一像二婶那样中了暑热可怎么办？"

说到这里恍然大悟："哎，二婶一定是觉得冰不够用，省着用了，这才中了暑热吧！就说嘛，夏日屋子里都摆着冰盆，寻常又不出屋，好端端怎么就中了暑热了呢？"

她又飞速瞄一眼小抄，长叹一声："二婶看病抓药用了三十两银子呢，这得顶多少冰盆子啊。呃，当然我不是说二婶因小失大啦，二婶是管家的，一心为公节省着是可以理解的，只是你们做下人的该知道做事的分寸。我既然管着家，可不能再让长辈们受罪，你们说是不是？"

"是，是。"一屋子人小鸡啄米似的点着头。

甄妙霸气摆摆手："王家的，赶紧去把冰采买回来吧，可不能再让主子们热着了。"

那婆子直到退下时，还是晕乎乎的。谁能告诉她，为什么只是想让大奶奶减少一下冰的用量，结果变成拿两百两银子去买冰了？她，她到底该怎么和二夫人交代啊！

甄妙扫了满屋子安静下来的管事媳妇们一眼，笑眯眯问："还有谁有事禀告吗？"

"没了，没了。"众人异口同声道，不约而同出了一身冷汗。

"要是没事，大家都退下吧。"

"是。"众人忙不迭退下了。

离得怡安堂远远的，两个媳妇子低声议论。

"啧啧，看不出大奶奶年纪轻轻，又是初次管家，竟然是个高手啊。"

另一个媳妇嘴角抽了抽:"哪里是高手,依我看,应该是杀手。"

"哎,不管是高手还是杀手了,我看咱这几日还是老实点吧。"

"是呢。"

两个媳妇子并肩走远了。

花厅人一走光,甄妙松了口气,对杨嬷嬷笑道:"可算完事了,我还一直担心会出什么乱子呢。还是二婶眼光好,会选人,今日要不是那王家的提醒,等过两日没冰用了,可不是闹笑话了。"

杨嬷嬷眼光微闪:"王家的是老国公长随的儿媳妇。"

甄妙眨眨眼:"还曾经是二婶屋里的二等丫鬟吧?"

杨嬷嬷震惊了。大奶奶昨晚才得到那么厚的花名册子,能把这些管事媳妇们记下已经很出人意料了,她竟然还知道王家的曾经在二夫人院里做过二等丫鬟?要知道这可是十几年前的事了!难道说,大奶奶是管家的天才?

杨嬷嬷惊疑不定着,甄妙却很放松。这就像考试,最难的是考前冲刺,上了考场便听天由命了。居然顺利过关了,除了轻松愉悦,她还需要想别的吗?至于能把王家的知道这么详细,这要得益于小抄打得好了。

既然重点是这些管事婆子,围绕着每一个管事婆子的所有关系都被她理了一遍。别说是王家的曾在田氏那里做过事了,就是王家的闺女在哪儿做事,她都记下来了!

杨嬷嬷回去后,老夫人就问起了管家的事。杨嬷嬷有些踌躇,一时不知怎么说。

"怎么,莫非是大郎媳妇出了什么差错?"

"没有。"杨嬷嬷忙把花厅的事儿说了说,然后道,"不瞒老夫人,大奶奶虽看起来不是精明外露,心里却有数呢。依奴婢看,以后老夫人可以放心了。"

老夫人也笑了:"哦,她不但知道那钱家的是田氏陪房家的媳妇子,还知道那王家的曾当过田氏的二等丫鬟?"

"可不是么?"杨嬷嬷想起甄妙的得意劲儿,也忍不住笑了。

老夫人没再说什么,一个念头却在心里打了个滚儿。这满府的管事,田氏的人似乎太多了些?

馨园那边,亦有个婆子找了田氏说话。

"什么,大奶奶要拿出两百两银子买冰?"

"是呢,二夫人,您看奴婢该怎么办啊,这冰到底买还是不买呢?"王家的一脸为难。

"买,怎么不买呢!"田氏咬了咬牙,"你今儿个就去买!"那小蹄子,是想着把账上银子花光了,弄个大窟窿让她头疼吗?那就让她捅,等柴炭没银钱买了,看她如何！

当日，就有两车冰进了国公府的门。

傍晚罗二老爷回来时，吃着冰碗提醒了一声："田氏，府里冰省着些用吧。"

田氏斜靠在引枕上冷笑一声："省什么，大郎媳妇今儿头一次管家，就让管事买了两车冰回来，用到八月底尽够了！"

罗二老爷听了愣住，脸色变得怪异。

田氏看出不对劲儿，拽了拽罗二老爷衣袖："老爷，怎么了？"

"大郎媳妇买了两车冰？"

"是呢。"

罗二老爷脸色更奇怪，喃喃道："这事倒是奇了，今儿下午藏冰的官窖走了水，整个冰窖都淹了，恐怕今年夏天的冰要价比黄金了。"

"什么！"田氏一阵头晕。

罗二老爷正了脸色："我知道你把管家的事丢给大郎媳妇，是想看她出丑，可如今形势不同，这管家之权，你得给我抓得牢牢的。"

妇人就是短视，在内宅斗来斗去的有什么用？他们最大的障碍是大郎！怎么最近觉得越来越力不从心了呢？明明大郎的婚事是糟得不能再糟的局面，可他们居然没按自己想的路子走，大郎还越发站得稳了。锦麟卫直达天听，管着稽查暗访百官，如今朝官哪个不惧上几分？再这样下去，就不是他算计大郎，该是大郎收拾他了。

清风堂那边，甄妙做好冰奶酪请罗天理吃时，罗天理听了买冰的事同样是不可思议，旁敲侧击了许久才确定这真的是误打误撞，不由长叹。比运气，可真是人比人气死人啊！呃，还好，那是他媳妇儿。

镇国公老夫人听说了，同样是愣了好一会儿才笑道："大郎媳妇真是个有福气的。"

到了她这个年纪，夫君痴傻，大儿早逝，幼子失踪，什么波折荣辱都经过了，许多事已经看得很淡。福泽深厚之人，那可比什么都好。

老夫人满意的结果，就是第二天请安时，甄妙得了两个金元宝当奖励。这老太太，可真实在。甄妙摸着荷包里的金元宝，笑得很甜。

大姑娘罗知雅眼中闪过鄙视，等到了馨园，就当笑话把这事对田氏讲了。

田氏听了有些不安。老爷说得对，她不该把管家的位置让出来的。老夫人要是真的满意甄氏，说不准就好好教她，然后顺理成章让她管家了。田氏越想越懊恼。她可真是糊涂，怎么就给了甄氏机会呢！不行，这管家之权，她一定要收回来。她打理了国公府十几年，倾注了多少心血，凭什么让给别人！

"娘，您怎么了，是不是哪里不舒坦？"见田氏神色不对劲，罗知雅问道。

"没有，娘觉得好得差不多了。"这病，等再过上两天是该要好起来了。

甄妙回了清风堂，就美滋滋地让紫苏把两个金元宝收了起来。

不大会儿，又有管事婆子禀告，说前边送来了玫瑰香葡萄。

瓜果里，甄妙最爱的就是这玫瑰香葡萄，听了忙让人送进来，一看，竟然有两大筐。

"这么多，是分到各院子的吗？"

"回大奶奶，各院的葡萄已经送去了，这是专门送来清风堂的。"管事婆子道。

这管事婆子姓唐，一直管着清风堂。

她带来的几个丫鬟，紫苏和白芍占了一等丫鬟的位置，百灵和阿鸾并清风堂原来的丫鬟云柳、云燕是二等，青鸽、雀儿、夜莺和绛珠是三等。

紫苏、白芍和唐嬷嬷，就是这院子里有头有脸的下人了。

甄妙觉得哪里有些不对。瓜果，讲究的就是吃个新鲜，国公府虽然富贵，也不会每次买上这么多，不说别的，平日分到清风堂的瓜果也就是三五盘。

"阿鸾，你们洗几串葡萄，给我装到篮子里。"

等装好了，甄妙示意青鸽提着，去了怡安堂。

老夫人正和几个大丫头打叶子牌，见甄妙进来，也没放下，招呼道："大郎媳妇，来替我看看牌。"

"祖母，这打叶子牌，孙媳是七窍通了六窍，您让我看，可是找错人了。"甄妙笑眯眯地从青鸽手里接过篮子放到桌案上。

紫黑的葡萄一个挨一个，挤得紧紧的，晶莹透亮，上面还挂着水珠，看着就让人想吃。

老夫人笑了："你这孩子，葡萄我这儿也有的，怎么还特意送来？"

甄妙抿唇一笑："祖母这儿的，是下人们采买来的份例，这些是孙媳孝敬的啊。"

老夫人看了满篮子葡萄一眼，嗔道："那你把份例的葡萄送来，自己吃什么？"

"孙媳那里还有两大筐。"

"呃，两筐？"

甄妙点头："嗯。"

在老夫人这儿打了招呼，不管是不是送错了，那两筐玫瑰香葡萄就都是她的了，想想就开心。

"许是弄错了。"老夫人面上平静，心中却多了几分思量。换了主子管家，下人们有自己的小算盘是正常的。能不能把下人们盘顺了，那也是管家的一项重要本事。可要是陷害主子，那就不能饶了。

"那孙媳把葡萄送回去吧。"甄妙露出肉疼的表情。

老夫人失笑："既然送过去了，你就留着吃吧。"

"多谢祖母。"甄妙露出个大大的笑脸。

两筐葡萄过了明路，甄妙总算放了心，告辞回了清风堂，招呼着丫鬟们一起吃葡萄。

看着葡萄实在太多，这么热的天又不能久放，甄妙想了想道："雀儿，把沉鱼、落雁、羞花都喊来吃葡萄。"

雀儿一脸不愿意："大奶奶，干吗给她们吃啊？"

哼，她们可是通房，要跟姑娘抢世子呢。呸呸呸，她们什么身份，凭什么跟姑娘抢！

"东西放坏了不吃太浪费，快去吧。"

那西跨院如今冷清得麻雀都不落，雀儿站在门口喊了一嗓子："沉鱼、落雁、羞花，快出来，大奶奶喊你们过去啦——"

一阵兵荒马乱，三个如花似玉的美人儿跑了出来，人人都有些激动。自打大奶奶进了门，连她们的请安都免了，别说世子爷了，就是大奶奶的面儿都见不着。绮月因为烧猪的事被赶了出去，更是让她们不敢轻举妄动，整日窝在屋里都快发霉了。

"雀儿姑娘，大奶奶喊我们什么事？"落雁忐忑问。

"喊你们吃葡萄。"雀儿说完，扭头往前走。

于是三个通房更忐忑了。等进了正院门，才发现合欢树下摆了许多木桌藤椅，甄妙领着一群丫鬟婆子坐那儿吃葡萄，不时传来欢笑声。三人面面相觑。原来这吃葡萄，是真的吃葡萄。

"给大奶奶请安。"三人齐齐施礼。

"你们来了，随意坐吧，别拘束。"甄妙笑着指了指随意摆放的小机子。

三人还有些迟疑。

甄妙抿了唇："要是不自在，就端回自己屋里吃？"

话音刚落，三个通房就飞快坐下了。

甄妙拈着一颗葡萄丢进嘴里，把眼睛眯成了弯弯的月牙。看来她低估了这三位想见世子的决心了。不过——哼，也不看这是什么时候，世子现在还在衙门里呢。才不给她们看！

"好热闹。"低醇的声音传来。

甄妙嘴角一僵，抬头一看，罗天理站在月亮门处，一身竹青色直裰，嘴角含笑正望着院里，阳光下越发显得丰神俊朗。

甄妙第一时间居然不是回话，而是飞快瞄了三个通房一眼。果然，三个通房激动得手都哆嗦了，猛地就站了起来，含情脉脉地望着罗天理欲言又止。

几个丫鬟埋怨看了甄妙一眼。姑娘，您这纯粹是引狼入室啊。

罗天珵走了过来，没等三个通房行礼，就皱了眉问："你们怎么在这里？"

三个通房脸色变了，眼中满是失望。

沉鱼哀怨地道："世子爷，是大奶奶叫我们过来吃葡萄。"

"吃完了？"

"还，还没呢，刚吃。"落雁插话道，柔情似水看过去。

罗天珵一副面无表情的模样："那一人一盘，带回房间吃吧。"

三人都快哭了，一人端着一盘葡萄，一步三回头走了。

罗天珵嘴角上扬，走到甄妙身边。丫鬟们见状，忙散了。

"世子怎么这个时候回来了？"

"今日得闲，就早些回来了，哪来这么多葡萄？"

甄妙拿了一串葡萄递给罗天珵："送错了，尝尝，很甜的。"

二人就一起坐在合欢树下，边吃葡萄边随意聊着。

一个迟疑的声音响起："大哥，大嫂——"

甄妙抬眼望去，见身穿浅黄罗裙的罗知雅站在门口，就擦擦手站了起来："妹妹怎么过来了？"

罗知雅走进来见了礼，目光一扫，面色就变了："大嫂，您这儿好多葡萄啊。"

"过来什么事儿？"罗天珵皱了眉。以前，他是很疼爱这个妹妹的，可如今看透了那对夫妻的无耻，他实在生不出手足之情了。

罗知雅眼圈就红了："大哥，我觉得你变了，自从娶了嫂嫂后。"

罗天珵语气更冷淡："元娘，你也不小了，这样的话，说出去让人笑话！"

"大哥——"罗知雅委屈望着罗天珵。

甄妙咳嗽一声："元娘，我想插嘴问问，你过来是有什么事儿？"总不至于是和她抢男人来了吧？

罗知雅强自恢复了镇定："我本来是和大嫂说一声，想出府一趟去天绣阁挑绣线的。不过，现在我倒是想问问，大嫂这里怎么会有这么多葡萄？"

"送来的啊。"

"呵呵，大哥，你知道不，就是刚才，五郎和六郎还因为争葡萄吃打起来了。可大嫂这儿，葡萄多得丫鬟都吃不了。难道说大嫂管了家，这分配也跟着变了吗？我娘管家时，可从来没有这种看人下菜碟的！"

甄妙认真点头："大姑娘说得对，二婶管家时真的没有这种事。"

罗知雅见甄妙满不在乎的模样，跺跺脚，气道："好，既然大哥大嫂觉得没什么，那我就去问问祖母，这是什么道理。"

罗知雅转身走了，甄妙坐下拿起葡萄吃起来。

罗天珵挑眉笑了笑："甄四，不必在意那些不相干的。"只要他摆明了对甄四的在乎，他还不信祖母会为了两筐葡萄责备她。

"我没在意啊，两筐葡萄，多大点事，大姑娘想去祖母那儿说我吃得多，可祖母早知道了呀。"甄妙熟练地吐出了一个葡萄皮。

阳光透过浓密的树叶洒在她脸上，照得面庞仿佛是透明的美玉，唇因为吃了葡萄格外鲜艳。

罗天珵忍不住伸出手指，擦去她嘴角的葡萄汁液，喃喃道："你可真能吃。"

甄妙白了他一眼："一顿能吃八个大包子的人说我能吃？哎，葡萄你还要吗？"

罗天珵笑了："要。"

"老夫人，大姑娘过来了。"红喜站在帘子外喊了一声。

"让她进来。"

天正热，罗知雅额头满是细密的汗珠，一进屋，清凉之气扑面而来。

"给祖母请安。"

"快过来坐，这么热的天，怎么就过来了。"

罗知雅走到老夫人近前坐下，开始告状："祖母，今儿送来的玫瑰香葡萄可真甜。五郎和六郎都没吃够，结果两个小家伙打起来了。"

听说两个小孙子能吃，老夫人挺高兴："五郎和六郎爱吃，元娘你一会儿把这篮子葡萄带回去，这是你大嫂才送来的。"

罗知雅听了更气，故作平静道："原来大嫂给祖母送来了，刚才孙女去大嫂那儿，发现满院子的丫鬟都围在一起吃葡萄呢。祖母，五郎他们葡萄都不够吃，大嫂那儿连丫鬟都吃饱了，您说大嫂怎么管的家啊？"

老夫人听了眯了眯眼："元娘去你大嫂那儿干什么？"

"呃，孙女打算去天绣阁挑些绣线。"

老夫人拍拍罗知雅白嫩嫩的手："那就快些去吧，天不早了。"

"祖母，大嫂她——"

老夫人眼皮也没抬："你大嫂跟我说啦，许是送错了。"

"送错了？"罗知雅声音陡然拔高，"祖母，送错了能送两大筐？"

老夫人收敛了笑意，淡淡瞥了罗知雅一眼。

罗知雅的气势不由降了下来。祖母平日虽是平易近人的模样，可要是沉下脸来，谁都不敢放肆。她可是听母亲说过，祖母当年是随祖父上过战场杀过人的。

"是送错了。"老夫人淡淡道。

"祖母——"罗知雅心有不甘。祖母是怎么了，早先明明是不喜欢大嫂的，怎么短短几个月工夫，竟然处处向着大嫂了呢？

"元娘，快去吧，多买些绣线来，好好练练女红。"老夫人把一个装着银锞子的荷包塞给罗知雅，绝口不提葡萄的事。

罗知雅捏了捏荷包，闷着一口气告辞，可越想越不甘心，站在门口犹豫了一下，就听到隐隐约约的声音隔着水晶珠帘传来。

罗知雅装作整理衣裙，停住了脚步。

"燕江贺家打算来人给我贺寿？这次来的是贺家大房的嫡长孙吧？"

"是的，老夫人。"杨嬷嬷的声音响起。

老夫人叹道："我还以为早几年就该来了，不过来了也好，当年的约定总算有个了结。把我的意思传下去，等贺家来了人，万万不可怠慢了。"

"老夫人放心吧，老奴晓得。"

罗知雅听得云里雾里，直奔馨园而去。

田氏正躺着歇息。也许是装病在床上躺久了，怎么觉得身上越发酸软了呢？听丫鬟禀告大姑娘来了，田氏忙让进来。

罗知雅把满肚子委屈倒出来："娘，您说祖母是不是中了大嫂的迷魂汤？"

"怎么了？"

罗知雅忙把缘由说了一遍，恨恨道："祖母不但不说大嫂，还沉了脸，娘，您说到底是怎么回事呀？"

田氏猛然坐了起来。

不行，她真的不能再病下去了。那个甄氏，完全不按常理出牌啊！五郎和六郎为了葡萄打架，元娘出门，都是她不着痕迹引导的，为的就是引出给清风堂多送葡萄的事。可甄氏居然直接跑去和老夫人说了。她难道就不知道什么叫矜持，什么叫沉稳吗？真是气死她了！

"娘，您怎么了？"见田氏脸色煞白，罗知雅有些慌。

"我没事。"田氏深吸一口气。这个时候，她可不能真的病了，不然甄氏就更得意了。

"元娘，你不是还要买绣线吗？快去吧。"

"都这个时候了，不去了。"罗知雅也觉得有些烦躁，迟疑了一下问，"娘，您知道燕江贺家吗？"

"什么？燕江贺家？"田氏脸色一变，"元娘，你从哪儿听来的？"

"是我无意间听祖母说的，好像那个燕江贺家，要来给祖母贺寿啦。娘，您也知道啊，他们是什么人？燕江离京城远得很，万里迢迢来贺寿，肯定和咱家有很近的关系吧？"

田氏看了花朵般的女儿一眼，下了决心，示意丫鬟们退下。

罗知雅更觉得奇怪了。

"元娘，你可知道这次采选，为何你和二娘都没在名单上吗？"

罗知雅摇摇头。她知道这次采选是给宗室子弟选妃，几位皇子中，六皇子去年在沐恩侯过世百日内与其女赵飞翠定下了亲事，下面两个皇子却都是没娶妻的。以国公府的地位，她要是参选，只要选上，定是许以正妻之位的。想想王妃之位，就免不了有些心热，可女儿家的矜持让她没法问一句为什么。

罗知雅并不笨，听田氏这么说，就有了想法，难道说她没参选，是和燕江贺家有关吗？可二妹也没参选，总不能也和贺家有关吧。世家大族，没有二女许一家的道理。

"娘，您就快告诉女儿到底是怎么回事吧。"

田氏脸色很不好看，喝了口茶才道："这事说来话长，娘就长话短说吧。你祖父和燕江贺家的家主曾是生死之交，贺家家主对你祖父有救命之恩，二人就有了约定，要成为儿女亲家。可谁料到了你父亲这一辈，两家都是男丁，于是这婚约就延续到了你们这一辈。"

罗知雅脸红了："娘的意思是，是——"

田氏黑着张脸："合适的人选就是你和二娘。"

"怎么我和二妹都是呢？难道咱们国公府的姑娘，还让人挑来挑去吗？"罗知雅听了有些不乐意。

田氏嗔她一眼："你这个傻丫头知不知道，要没有二娘和你年龄接近，那婚约就落在你身上了。"

"怎么，这亲事很糟糕吗？"罗知雅忍着羞恼问。

"岂止是糟糕，燕江贺家虽是耕读传家的大族，可那位要结亲的嫡长孙，是个瞎子！本来他家都提出退亲了，偏偏你祖父不答应，要不是娘不要脸面死命拦着，当时就把你的婚事定下来了。没看你三婶平日对人都是淡淡的吗？她心里这是记恨我呢。"

说亲，是长幼有序不错，可她就这么一个女儿，凭什么让她当掌上明珠养大的女儿去嫁给一个瞎子，只因为元娘比二娘长了一岁吗？

她不甘心！

罗知雅已经完全傻了，脸色渐渐发白，手指紧紧抓着田氏衣袖："娘，女儿不要嫁给一个瞎子，绝对不要！"

田氏安抚拍拍罗知雅的背："元娘你不要慌，贺家那位嫡孙不是要来吗，他只有一个，你和二娘可是两个人呢。"

"娘——"罗知雅嘴张了张。想着罗知慧嫁给那个瞎子，有些不忍，可转念一想，若不是二妹嫁，就是她嫁了，到嘴边的话默默咽了下去。

离了馨园，罗知雅一直心神不安，不自觉就在清风堂附近徘徊。

小时候有什么不开心的，都会找大哥说。大哥虽只是堂兄，对她却比亲哥哥还要好。什么时候起，大哥看自己的眼神就冷冰冰没有温度了呢？她才不信什么长大了男女有别呢，兄妹之情会因为长大了就没了吗？哼，一定是大嫂！大哥就是去年落水后才变了的。

清风堂隐约的欢笑声传来。

罗知雅绕着院墙走到某处，隔着菱形雕花窗墙望进去，就见两棵合欢树下，不知何时挂了一架秋千。

一个纤细窈窕的女子站在秋千上，身后两个俏丽的粉衣丫鬟用力推着。

那女子每一次都能荡到最高处，绿色的罗裙在半空瞬间绽放成一朵绿色蔷薇。

粉色的合欢花扑簌簌落下，被风卷着连同欢快的笑声一同送来。

视线游移，就看到青衣男子站在台阶上，静静望着打秋千的女子，嘴角挂着无奈的笑。这画面，美好得可真刺眼。

罗知雅不知不觉握紧了拳头，松开来，手心是细小的半月痕迹。

有脚步声传来，罗知雅转了身匆匆离去，浅黄的裙裾划起优美的弧度，在绿漆窗墙前一闪而逝。

甄妙眨了眨眼，喊道："别推了，让我下来。"等秋千晃动小了，她直接跳了下来，提着裙子跑到罗天理面前。

"怎么不玩了？"罗天理眼底有自己不曾察觉的宠溺。不过是吃葡萄闲聊时，随口提起小时候葡萄架下的秋千，她竟兴致勃勃弄了一架，真跟个孩子似的。

甄妙擦了擦汗，笑容很灿烂："刚才好像看到个人从墙外边走过。"

"谁？"罗天理眼中闪过暗色，明亮的眸子骤然冷下来。

甄妙歪头想了想："好像是元娘，也或许不是，我就是瞥了一眼，没看太清楚。"

"以后元娘再来，你不必多理会。"

"噢。"甄妙老老实实应了下来。

第二日，田氏竟然来请安了。

老夫人看她脸上扑了厚厚的粉，脸色还是不大好看，就道："田氏，等养好了再来请安不迟。"

"媳妇已经好得差不多了，操心了这么多年，这忽然闲下来，还真有些放心不下。"说着眼角余光看向甄妙，却见她坐在那笑眯眯地吃着点心，一句话不接。

田氏不由气结。怎么，这是请神容易送神难了吗？

甄妙嘴角勾了勾。虽然管家很烦很累，但这是她夫君的家呢，才不要主动把管家权交出去呢。贤惠恭顺又不能当饭吃，有本事来要啊。来要，来要就给你好了。不过祖母就知道你想要喽。

甄妙笑得眼睛弯弯，又吃了一大口点心。

田氏旁敲侧击，百般暗示。

甄妙伸出手抓了点心一块接一块吃，盘子很快见了底。呃，她这么单纯，二婶到底在说什么？

田氏都快气岔气了，偏偏不好表现得太明显。

等回了馨园，田氏衣袖一拂把茶盏扫落在地。一个小丫鬟蹑手蹑脚过来收拾满地的碎瓷片。

"滚出去！"

"是！"小丫鬟匆匆退了下去。

"夫人，何必动了火气，气坏自个儿的身体就不值当了。"田嬷嬷替田氏捏着肩膀。

田氏扭了头："奶娘，您是不知道那小蹄子有多可气！才管了两天家，就死死捏着管家权不放了，她怎么也不掂量掂量自个儿的分量！可我偏偏又不能多说什么，要是老夫人看出我想和她争，这么多年的经营不就白费了！"

田氏越说越气，胸口有些发闷，心道莫非那小蹄子和她八字犯冲，怎么一进了门，她就事事不顺了呢！

田嬷嬷不急不缓揉捏着田氏的肩膀，过了会儿才开口："夫人，您急什么，老夫人的大寿不是快到了吗？那可是六十整寿，要大办的。大奶奶年纪轻，老奴就不信她心里不发慌，到时候说不得不用夫人开口，大奶奶就要求着夫人接手了。"

田氏听了脸色好看了些："倒也是，只是甄氏恐怕还不知道老夫人大寿的事。"

说到这儿，田氏又不急着收回管家之权了。甄氏要是一直管着家，等老夫人大寿，有她手忙脚乱，叫天天不应叫地地不灵的时候！反正她病着，出了岔子也推不到她头上！

田嬷嬷似乎猜到田氏在想什么，提醒道："夫人，老爷对老夫人那么孝顺，要是老夫人寿宴出了什么差错，恐怕会不高兴的。再者说，燕江贺家不是来人了吗？有贵客来，还是您有经验，招呼得妥帖些。"

田氏心中一凛，想起二老爷说过的话。这管家之权，必须牢牢抓在手里。至于孝顺，呵呵。还有贺家，必须自己管着家，才方便行事。

想到这儿，田氏赞赏地看了田嬷嬷一眼，心道还是奶娘稳当，无论什么时候说出的话都让人挑不出错去，还总是在自己犯糊涂时提醒。

"那等明日给老夫人请安时，我就把寿宴的事提一下。"

田嬷嬷停住了手，笑道："哪用夫人说，让老奴去一趟清风堂就是了。"

田氏有些迟疑："奶娘去清风堂专门说这个，会不会传到老夫人耳朵里？"

田嬷嬷笑了："夫人放心，老奴怎么会特意说这个呢？是大奶奶这两日管家管得好，夫人高兴，赏了东西让老奴送去呢。"

田氏眼睛眯了眯，笑道："奶娘说得对，就把我不久前新打的那对点翠珍珠簪给大奶奶送去吧。"

便宜那小蹄子了，不过管家好，给你打赏，足以说明这个家谁是主人。想想能恶心甄妙一把，田氏心情大好，那对宝华楼的点翠簪也不心疼了，胸口的郁气都散些。

甄妙理完事回了清风堂，在屋里有些坐不住，吃点心吃撑了。

她揉着肚子起了身："走，去院子打秋千去。"

一群打扮得漂漂亮亮的丫鬟拥着甄妙去了院里的合欢树下。

甄妙把裙子撩起掖在腰间，利落上了秋千架，回眸笑道："青鸽，你力气大，快来推我。"

青鸽运足了力气一推，甄妙高高飞了起来，衣袂迎风翻飞，洒下银铃般的笑声。

白芍看了有些担心："青鸽，小点劲儿，太高了，大奶奶万一站不稳怎么办？"

青鸽露出一脸憨笑："没事，大奶奶力气大，抓得稳呢。"

田嬷嬷到了清风堂，听小丫鬟说大奶奶去打秋千了，就让小丫鬟带她去后院。

小丫鬟有些犹豫："田嬷嬷您在这儿喝杯茶，我去禀告大奶奶一声。"

"禀告什么，我来给大奶奶送东西，见大奶奶一面撂下就走，你直接带我去就是了。"她倒是要瞧瞧，大奶奶私底下是个什么样。

田氏管家十几年，田嬷嬷一直是她的左膀右臂，在府中积威甚重，小丫鬟自然不敢顶撞，点点头道："那田嬷嬷随我来吧。"

田嬷嬷随小丫鬟穿过月洞门进了后院，就见一身浅绿衣裙的甄妙站在秋千上荡得高高的，笑声洒落，颇有些少女不知愁的味道。

田嬷嬷心下顿时就有了几分轻视。

夫人未免太沉不住气了，这分明还是个小姑娘呢，怎么就让她逼得乱了阵脚？

自以为了解了甄妙的性格，田嬷嬷有了应对之策，摆出张笑脸向前走了几步，微微欠身行礼。

正在这时，青鸽大力推了一把，甄妙一下子飞到了半空中。轻微的咔嚓声传来，秋千的半边绳索骤然断了。变故来得太快,甄妙脸上还带着笑,身子就像个断了线的风筝飞了出去。

尖叫声此起彼伏。在大多数丫鬟们都蒙了时,青鸽和白芍拔腿冲了过去。只是人腿哪里追得上那种速度,甄妙在空中划出一条优美的抛物线,看见一张脸离自己越来越近,越来越近。奇怪,这脸哪儿冒出来的啊,怎么有皱纹呢?她的丫鬟们,明明都是如花似玉的大美人儿。

甄妙脑子里诡异闪过这个念头,骤然清醒过来。不对,她飞出去了,要是掉下来非摔成残废不可!啊,这人要是被自己撞上,非替自己残废不可!千钧一发间,甄妙闭上眼睛大喊一声:"别闪开!"呃,喊错了,她明明想喊快闪开的……

电光石火间落了地,柔软的触感传来,甄妙睁开眼,看到被压在身子底下的人,露出自责羞愧的表情。天呐,原来关键时刻,她是这么自私的人。

丫鬟们都围了过来,哭喊道:"姑娘,您没事吧?"

一紧张,从建安伯府陪嫁来的丫鬟们又忘喊大奶奶了。

白芍是个冷静的,斥道:"都哭什么,还不快扶大奶奶起来!"

甄妙手软腿软从田嬷嬷身上爬了起来,一个趔趄不小心踩到一只手,地上的人却一动不动。

甄妙一阵心慌,扬声道:"快,快看看这老太太怎么样了。"

清风堂的土著丫鬟云柳抽动着嘴角提醒:"大奶奶,那是二夫人身边的田嬷嬷。"

白芍和阿鸾上下打量着甄妙,谁都没理田嬷嬷的死活。

青鸽猛然冲了上来抱住甄妙:"姑娘,吓死奴婢了,呜呜呜呜,您没事吧?"

甄妙疼得龇牙,苦笑道:"本来没什么事,不过现在,好像脚崴了。"

"青鸽,你力气大,快把大奶奶背到屋里去。"白芍冷着脸指挥着,"阿鸾,你去看看那秋千是怎么回事儿!"

几个陪嫁丫鬟拥着甄妙往回走,云柳和云燕对视一眼。

谁能告诉她们,被撞得不知死活的田嬷嬷该怎么办?

还是甄妙记得被自己牵连的人,趴在青鸽背上道:"雀儿,你快去请大夫来。云柳、云燕,你们分别去和老夫人还有二夫人说一声。百灵,你在这守着田嬷嬷,在大夫来之前不能乱动。"

嘱咐完,她又悄悄瞥一眼昏迷不醒的田嬷嬷,心情沉重地走了。

回了主屋,紫苏等人见了吓了一跳,听说甄妙脚扭了,顾不得多问,就张罗着给她敷药。

甄妙注意力没在自己的脚上,还是想着田嬷嬷。那老太太,该不会被她压死了吧?

老天，作为一个大宅门里的女人，她这也算手上沾了血了吗？那老太太不是被斗死的，是被压死的？

"田嬷嬷怎么会来我们院子啊？"甄妙终于想起来问了一声。

自觉闯祸的小丫鬟都快哭了，战战兢兢道："大奶奶，田嬷嬷说是奉了二夫人的吩咐，给您送东西来了。"

甄妙听了更尴尬了。都说伸手不打笑脸人，她这把人压得死活不知，这算怎么回事啊？

第 17 章　好运

　　那边云柳和云燕你推我搡，最终云燕争不过，硬着头皮去了馨园。

　　田氏正清点着妆奁。二老爷透露说，这些日子正走动着，看能不能升一升位置，恐怕要不少银钱呢。不过只要能更进一步，花些银子算什么。想着二老爷升官，她这诰命的品级也能跟着升一升，田氏心里就甜丝丝的。

　　这时有丫鬟进来禀告："夫人，清风堂那边的丫鬟云燕过来了。"

　　"让她进来。"田氏把妆奁合上，去了外间榻上坐着，心道甄氏还算懂事，这是让人道谢来了吗？

　　云燕神情不安进了门，向田氏行礼："二夫人，婢子来禀告一声，我们大奶奶刚刚在院子里荡秋千，不知怎么秋千断了，就摔下去了……"

　　"啊？"那一瞬间，田氏差点笑出来，忙狠狠掐了自己大腿一把，努力流露出紧张神色，"你们大奶奶没事吧，人到底怎么样了？你们这些丫鬟，到底是怎么伺候的，大奶奶喜欢打秋千，你们就由着她！"

　　田氏一副关切的表情，噼里啪啦说着，云燕硬着头皮打断："二夫人，我们大奶奶没事，不过——"

　　"不过什么？"

　　"大奶奶正巧摔到了田嬷嬷身上，田嬷嬷到底有没有事，现在还不知道……"

　　"什么？"田氏猛然站了起来，"你再说一遍？"

　　田氏狰狞的表情把云燕骇了一跳，不自觉后退一步。

　　田氏走到云燕面前，难掩怒火："你说大奶奶把田嬷嬷压着了？那田嬷嬷到底怎么样了？"

　　云燕都快吓哭了。难怪云柳死活不来呢，原来平时看着挺温和慈善的二夫人这么凶！

　　"田嬷嬷……一直躺在地上昏迷着，不过二夫人您放心，我们大奶奶已经派人去请大夫了……"

　　田氏快气昏了。她放心个屁啊，甄氏是不是个催命鬼啊，怎么不摔死她，却把奶娘给压着了！那小蹄子，一定是她的克星！憎恨从田氏眼中一闪而逝，云燕见了悄悄打了个哆嗦。二夫人好可怕，她要回清风堂！

田氏担忧田嬷嬷的伤势，强自镇定下来，带了人去清风堂。

正巧大姑娘罗知雅挑了绣线回来，来找田氏说话，见田氏脸色不好看往外走，有些奇怪："娘，怎么了，您往哪里去呀？"

田氏脸色缓和下来："去清风堂。"

听到这三个字，罗知雅心里一跳，隐含着某种期待问："娘去清风堂何事？"

田氏沉了脸："甄氏在院里打秋千摔下来了。"

"啊，大嫂没事吧？"罗知雅眼神闪了闪。

田氏咬牙，偏偏又怕云燕看出她厌恶甄妙而传扬出去，只得死死忍住，缓了口气道："还好没事。"

罗知雅眼帘垂了下来，遮住异样的情绪，唇边含笑道："没事就好。"

"甄氏摔到了田嬷嬷身上，我过去看看情况。"

罗知雅惊讶得忘了遮掩情绪："怎么会？"

怎么会这么巧？

"你也随娘一起过去吧，看看你大嫂。"田氏说出这话，都要恼死了，偏偏田嬷嬷只是个下人，她就算过去也只能是去看甄妙，没有看一个下人的道理。

田氏到了清风堂时，老夫人已经到了，正坐在榻上和甄妙一起说话。

甄妙脸色红润，中气十足："祖母，都是孙媳不好，还累得您过来看，其实孙媳什么事儿都没有，就是脚崴了一下。"

她可不好意思说脚崴了还是因为被青鸽撞的。从秋千上掉下来把别人砸得半死不活，自己却一点事儿没有，实在太过意不去了。

"没事就好，大郎媳妇，这秋千以后可不能再玩了。"老夫人叮嘱着，看到进门的田氏道，"田氏过来看大郎媳妇吗？你身体还不大好，应该多歇着。"

田氏扯出个笑容："老夫人，儿媳身子早好了。听说大郎媳妇摔着了，这心里实在放心不下，就过来看看。"

话音刚落，就听丫鬟禀告："三夫人来了。"

宋氏领着罗知慧进了屋。又是一番寒暄。

四房那边来了个大丫鬟，送了些药材来。

四老爷失踪多年，家里已经给他立了衣冠冢，戚氏算是守寡之人，性子孤僻不愿出门，老夫人向甄妙解释两句。甄妙当然不会计较这个。

田氏终于忍不住问："甄氏，我听说田嬷嬷伤着了？她人在哪儿呢？"

甄妙露出抱歉的表情："二婶，田嬷嬷还在后院躺着呢，刚刚大夫过去了。"

"什么？"田氏气血翻涌。敢情她们坐着聊得热火朝天，她奶娘还躺在地上没人管呢！这个甄氏，小小年纪未免太恶毒了！

田氏再也忍不住："老夫人，田嬷嬷虽然是下人，却是把我奶大的奶娘，大郎媳妇这样，儿媳实在是，实在是……"糟了，装贤惠装久了，忘了说什么了。田氏灵机一动，抽出条帕子抹起泪来。

"二婶，您别着急啊，田嬷嬷伤势不知怎么样，不敢随便挪动的。"

老夫人见田氏抹泪，有些不满："田氏，大夫已经过去了，田嬷嬷到底怎么样马上就知道了。你管了这么多年家，怎么还这么沉不住气？只是一个下人就让你慌了手脚，要是遇到别的事，岂不是更乱了？"

田氏抹泪的动作僵住，尴尬放下了手，心里却气个半死。她一定是和甄氏八字不合！这么多年管家，老夫人都没说过什么，现在居然质疑她管家的能力！

田氏生气，老夫人同样不满。大郎媳妇虽然辈分小，可是长子嫡孙的媳妇，出了事来看看是应该的，可田氏这是怎么回事，明明来看大郎媳妇，怎么为了一个奶娘哭起来了？莫非在她心里，大郎媳妇还没有一个下人重要？这样一想，老夫人不由深深看了田氏一眼。

罗知雅紧挨着田氏坐着，悄悄拉了田氏一把。

田氏这才回过神，讪讪解释道："儿媳一听说大郎媳妇出了事，心里就慌了，她是新媳妇，又才管家，要是有个什么事，可怎么和伯府那边交代。"

甄氏伤了脚，趁着这个机会把管家之权要回来也好。田嬷嬷的伤，就当为此付出的代价吧。

大夫提着个药箱走进来。

"人怎么样了？"老夫人问。

"肋骨断了一根，要卧床慢慢养着。"大夫说到这儿露出庆幸神色，"幸亏没有随便挪动，否则戳伤了心肺，就麻烦了。"

田氏听得脸上一阵红一阵白。这么说她还得感激甄氏了！

老夫人满意看了甄妙一眼。大郎媳妇虽有些孩子心性，关键时刻还是懂事的。反倒是田氏，今日的表现实在让人有些失望。不过大郎媳妇毕竟年轻，脚又伤了，这家还是要田氏先管起来。

等大夫退下，老夫人刚要开口，就见一个青衣丫鬟越众而出跪了下来。

老夫人仔细看这丫鬟一眼。眉目如画，粉面桃腮，这份容色，满府的丫鬟竟是没有一个比得上的。

"你是——"

青衣丫鬟跪得笔直,声音宁静低缓:"婢子叫阿鸾,是大奶奶身边的二等丫鬟。"

"阿鸾,你有什么事?"老夫人暗暗点头,挺欣赏这丫鬟的气度。

阿鸾额头贴地,拜了一下才道:"老夫人,婢子去检查了秋千,发现断了的那绳子有人为磨损的痕迹,请老夫人为大奶奶做主!"

这话一出,满屋子一惊。主子们还好,清风堂的丫鬟们齐刷刷看向田氏。

田氏脸变成了猪肝色,都快骂娘了。太可气了,她搭上个奶娘不说,还要成为嫌疑犯不成?田氏越想越心惊。要真的有人对付甄氏,她还真是最有嫌疑的,谁让她目前和甄氏有明显的利益冲突呢!这,这可真是好大一盆污水。到底是哪个混蛋抢先一步对付甄氏啊,这不是挖个坑把她埋进去了吗!

罗知雅头垂得低低的,拢在衣袖中的手紧紧握着。怎么会变成这样?她不过是让人做了些手脚,要给甄氏一个教训。为什么甄氏一点事情没有,田嬷嬷却断了一根肋骨,还被怀疑到母亲身上来?罗知雅悄悄瞪了跪在正中的阿鸾一眼,心中暗恨。阿鸾吗?以后走着瞧!

"老夫人,府里竟出了这种事,定要好好查一查!"田氏怒道。

罗知雅身子一颤。

老夫人深深看了田氏一眼,见她神色不似作伪,暗道自己多心了。田氏还年轻,就是亲儿媳还要防着夺权呢,对侄媳妇也算不错了。

老夫人把疑虑暂且抛到一旁,点头道:"不错,田氏,大郎媳妇伤了脚,行动不便,从明日起你继续管家,秋千的事就交给你去查了。"

"媳妇知道了。"

管家之权又回来了,田氏却没有那么惊喜了。刚接手就要查这种事,还不能随便敷衍,实在是糟心!

"好啦,大郎媳妇你好好歇着,都散了吧。"老夫人起了身。

罗知雅随田氏去了馨园,屏退了下人就把这事说了。

田氏目瞪口呆:"元娘,你怎么做了这种事!"

罗知雅郁闷:"娘,女儿实在气不过大嫂自进了门就处处压着您,您难道没有发觉吗,就连大哥对您和父亲都没有以往那么亲近了,对女儿也疏远了。"

田氏听了点头。是啊,大郎确实对他们疏远了。难道说,他有所察觉?

罗知雅自顾说着:"不是女儿冲动,是大嫂运气太好了而已。要是她当时受了伤,那些丫鬟慌乱之下谁还注意秋千啊,神不知鬼不觉地把绳子断口磨一磨,还有谁能看出来秋千的手脚?没想到大嫂一点事没有,那些丫鬟报信的报信,请大夫的请大夫,还有人专门守着田嬷嬷,连秋千都记得检查,您说这不是天意么!"

"元娘，你是让谁动的手脚？"

罗知雅附在田氏耳边，嘀咕了两句。

下午，清风堂一个小丫鬟就不见了，一个时辰后尸体从井里捞了出来。

罗天珵下了衙门，一进了府中后院就觉得气氛有些不对。

拦下个匆匆赶路的丫鬟询问，那丫鬟行了个礼有些迟疑地道："回世子爷，今儿上午大奶奶打秋千摔下来了——"

话还未说完，就见一贯冷静的世子爷拔腿向清风堂的方向奔去。

甄妙正捧着个猪蹄吃得香。她家青鸽说了，吃什么补什么，她脚崴了，所以得吃猪蹄。

罗天珵破门而入时，甄妙手中猪蹄差点滑下来，看着气喘吁吁的人呆呆问："世子，出什么事了吗？"

罗天珵神色怪异看着甄妙，同样有些愣了："你不是从秋千上摔下来了？"

"对啊。"甄妙点点头。

"那你——"罗天珵上下打量甄妙一番，看着那双捧着猪蹄白生生油腻腻的手一时不知道说什么好。

"我没事。"甄妙露出个笑脸，随后叹道，"不过田嬷嬷肋骨断了，我摔她身上了。"

罗天珵低下了头，久久不语。甄妙疑惑地盯着，发现他双肩在抖动。

"你在笑？"

被发现了。罗天珵抬起头，收敛了笑意大步走到跟前坐下，正色问道："确认一下，是馨园那位田嬷嬷？"

"嗯。"甄妙有些不好意思。

"哈哈哈。"这一次，罗天珵终于忍不住大笑起来，笑够了，凝视着甄妙久久不语。

"怎么了？"被看得有些忐忑，甄妙把猪蹄放下了，拿放在托盘里的湿帕子擦了擦手。

"甄四。"

"嗯？"

"你可真是个宝。"

甄妙脸一下子红了，颇有些手足无措。他这话，到底是说真的还是说反话啊？

"那个……秋千有人做了手脚。"不知道怎么回应，甄妙转移了话题。

室内气氛一下子冷下来，罗天珵隐忍着怒气，语气冰寒："查出来什么？"

"是阿鸾发现绳子有人为磨损的痕迹，祖母把这事交给了二婶去查，不过下午时

156

咱们院子里有个小丫头投井了,这事,应该不了了之了吧。"

"二婶怎么说?"罗天珵眼中闪过杀意。

"二婶说她会继续查下去的,让我放心。"

罗天珵冷笑一声:"现在又是二婶管家了吧?"

"是的。"甄妙点点头。

罗天珵起了身,对着门外的白芍道:"把院子里的丫鬟婆子都叫到花厅去。"

白芍看甄妙一眼,见她不反对,欠欠身出去了。

罗天珵来到甄妙身边:"走,我们一起去花厅。"

甄妙掀开薄被,露出包裹得像粽子一样的脚:"我脚崴了。"

"不是说没摔着么?"罗天珵脸色更难看了。

甄妙老实地低头:"是没摔着,从田嬷嬷身上起来后才扭的脚。"

话音才落,身子就腾空被抱了起来,甄妙吓一跳:"世子?"

罗天珵叹息一声:"你可真笨。"甄妙有些恼,抿着嘴不说话了。

罗天珵抱着她直接走了出去。一路上,惊掉了无数下巴。甄妙倒是很坦然。

到了花厅,不一会儿就挤满了人。

"人都齐了吗?"罗天珵语气淡淡地问。

"还有一个扫洒的丫鬟、一个烧火的婆子没来。"白芍道。

"那也无妨。"罗天珵环视众人。被视线扫过的人都不自觉低了头。

罗天珵嘴角露出笑意,仿佛温文尔雅的贵公子,说出的话却让所有人大惊失色:"大奶奶带来的人该干吗干吗,剩下的人,都去二夫人那儿,让她重新给你们安排差事吧。"

他早就想清理一下院子了。

整个府中都是二房的人也就罢了,可连自己的清风堂都不知塞了多少人过来,实在令人如鲠在喉。只是一直以来不能打草惊蛇,只得将就着,没想到这次的事倒是有了绝佳理由。更妙的是,甄四还一点事没有。

扑通扑通,屋里瞬间跪了一片,求饶声四起:"世子爷,求您开恩啊!"

这其中云燕、云柳哭得最厉害。

一般来说被主子退回去的丫鬟是没有好出路的,云柳和云燕已经是二等丫鬟,要真的退回去了,那就是天堂和地狱的区别。

罗天珵面无表情,声音带着冷意:"今日大奶奶打秋千能摔下来,明日湖边散步就能落水。既然你们伺候不周到,那就换一批能伺候周到的人来。"

无数丫鬟婆子哭着表忠心:"世子爷,奴婢以后定会好好伺候大奶奶的,求您别赶婢子们走。"

云柳和云燕冲着甄妙砰砰磕头："大奶奶,求您开开恩,留下婢子吧。"

那些丫鬟婆子们似乎开了窍,不再求冷着脸的罗天珵,都冲着甄妙磕头了。

罗天珵也看着甄妙。他忽然很想知道甄妙会怎么说。是会于心不忍,向自己开口求情,还是一切由自己做主呢?不知为何,这两个选择他都不大喜欢。

甄妙有些脑仁疼。这些人真会给她出难题啊。

她清清嗓子道:"都先起来听我说。"

没有一个人起来的,黑压压一片只能看到脑袋顶。

甄妙只得补充一句:"跪着的就去找二夫人吧。"

话音刚落,所有跪着的都站了起来,有几个起得太猛头一晕又栽下去了。其中一个婆子手疾眼快抓住旁边人的裤腿。

被抓住裤腿的那婆子只觉下边凉飕飕的,低头一看,就看到两条白花花的腿。那婆子瞬间呆滞,随后发出杀猪般的叫声:"啊,张三家的,我和你拼了!"

满屋子心情悲壮的人见了这一幕,想笑又不敢笑,一个个低着头,眼角余光扫着那光腿婆子。

罗天珵黑着脸转过身去,咬牙切齿道:"胡闹!"

甄妙也急了,大喝道:"快把裤子提起来!"那么老了,难道还想要她夫君负责不成?

罗天珵看向甄妙,正看到她递来同情的眼神,不由气结。她那眼神到底是什么意思?直觉告诉他,他一点也不想知道!

总算是恢复了平静,只有那两个婆子斗鸡眼似的瞪着对方。

甄妙这才出声:"世子爷说的话,我自然不反对。不过想来不是每个人都不愿意尽心伺候。这样吧,今日秋千的事,谁能提供一点线索,就可以留下来。等会儿呢,我和世子在这花厅里,你们一个一个进来说。世子,你看这样行不?"

罗天珵神情莫名地点点头。

下人们都脸色难看地退了出去。

罗天珵这才问道:"甄四,你是怎么想到这样做的?"

挑拨离间,逐个击破,这些手段,分明是他们锦麟卫常用的。

"这还用想吗?"甄妙讶然,"这么多下人都赶出去,咳咳,一时半会儿的哪有那么多合适的进来?倒不如给她们个机会,留下些得用的。"

"那些得用的,如果不知道什么线索呢?"

"不是说了要她们一个个进来嘛,到时候把谁留下还不是我们说了算,别人又不知道进来的人说了什么。"甄妙狡黠地道。这些困难,她早就替她们想到了呢。

罗天珵惊呆了。敢情她是不忍心都赶出去,还专门想这个法子,自以为体贴地留下一些人。她难道不知道经过此事之后,这些在别人眼中的告密者除了死心塌地待在清风堂,再没有别的出路了吗?罗天珵深深看了甄妙一眼。

甄妙有些忐忑:"世子,是不是我做错了?"

"不,你做得很好。"罗天珵微笑起来。

目前完全可靠的人本来就不足,就算全换了,里面还是会混入一些牛鬼蛇神,如此一来,倒不如这样发作一批,孤立一批。

"世子,世子夫人。"一个丫鬟进来,跪了下来。

一个个进来又出去,白芍飞速记着,紫苏则挑出有价值的,让提供线索的人按了手印。

到最后,秋千的事竟然真的有了进展。

昨晚上一个灶上婆子起夜时,看到那个投井的小丫鬟小红悄悄从后院的狗洞溜了出来,今日发生了这事,因为怕被牵连,那灶上婆子就没敢吱声。

然后还有一个丫鬟说,在小红屋子里搜出的剪刀样式是两年前打的,那时候小红还没进府呢,或许送剪刀的人和这事有关也不一定。

罗天珵和甄妙刚开始只以为这丫鬟是为了留下随意扯了一个情况。没想到后面有个小丫鬟说小红有个干娘,就是针线房的。小红不是家生子,孤零零一人被买进府来,投井后田氏说是追查,其实差不多就算不了了之了,现在突然冒出个干娘来,罗天珵心中一喜。他知道这事定和二房脱不了关系,可知道和有证据是两回事。

"那婆子是小红的干娘这事,你是怎么知道的?"罗天珵问跪在地上的小丫鬟。

小丫鬟头也不敢抬,毫不迟疑地道:"还是一年多前的一日,婢子贪玩躲在花棚里睡着了,醒了后忽然听到有人说话,就是那婆子要认小红当干女儿的事。当时婢子羡慕得很。我们这种外面买来的丫头,在府里无依无靠,要是认个干娘,以后日子就好过多了。后来婢子悄悄注意了,果然小红经常会有我们没有的一些小玩意儿,只是问她,她又不说。"

罗天珵挥挥手,让小丫鬟退下,对甄妙道:"把针线房那婆子叫来。"

甄妙点点头,吩咐道:"青鸽,去一趟针线房,就说前不久送来的线配得挺好,我想见见那配线婆子。"

青鸽走到门口,甄妙又补充一句:"务必把她带来。"

青鸽去了针线房。针线房的管事认识她,堆着笑问:"青鸽姑娘来有什么事?"

"我们大奶奶要见配线婆子。"

159

"呃，春绣，去叫马婆子出来。"

青鸽是个老实的，甄妙要她带配线婆子回去，就一心一意等着那婆子来，并不像许多初次来针线房的人一样喜欢东张西望。

管事婆子悄悄点头。到底是大奶奶身旁的丫鬟，就这么一个看起来痴傻憨胖的大姐儿都懂规矩。

这时一个穿秋香色褙子的俊俏丫头提着一盏灯笼过来。

管事婆子腰都快弯了："哟，这不是朱颜姑娘，什么风把您吹这儿来了？我说今儿早上怎么喜鹊在头顶叫呢。"

这朱颜可是二夫人身边的大丫鬟，年纪虽轻，行事却让人不敢小瞧，是除了田嬷嬷外二夫人身边最得力的了。

"叫配线婆子出来，二夫人喊。"朱颜脸上挂着矜持的笑，腰身挺得笔直。

"行，行。"管事婆子弯着腰连连点头，扭头喊道，"春绣，马婆子作死啊，这么慢？"

一个婆子慌慌忙忙地冲了出来，可能是跑得太急了，头发有些凌乱。

管事婆子有些不满："真是个痨病鬼，还不整理整理，二夫人要见你呢。"

朱颜看马婆子一眼，淡淡道："不用了，走吧。"说罢转了身抬脚就走。

马婆子脸上难掩惊慌，抚了抚鬓发跟上。

青鸽可不乐意了，一下子窜到马婆子面前："你是配线婆子吧？跟我走，我们大奶奶要见你。"

朱颜转了头，入目的是一个胖丫鬟，嘴角挂着讥笑："是青鸽啊，我们二夫人有些事要问马婆子，劳烦你和大奶奶说声，等问完了，就让她过去。"

"是我先来的。"青鸽理直气壮道。

朱颜眼底闪过懊恼。哪来的傻丫头，好不识趣儿！碍于是甄妙的人，目前又是敏感的时候，朱颜耐着性子道："我们夫人找马婆子有急事。"

这事实在有些反常，夫人本来都要歇下了，忽然就命她来叫马婆子。要知道她可是一等丫鬟，什么时候叫一个针线房婆子非要她亲自来了，更何况天都擦黑了。不过越是如此，朱颜越清楚这事的重要性，当然不会退步了。

青鸽却没想这么多，摇摇头道："是我先来的，先来后到。"

朱颜要气死了，强压着怒火看向马婆子："马婆子，还不快跟我走！"

马婆子似乎明白了什么，脸早就比纸还白了，闻言慌乱点头："是，是。"

朱颜得意地瞟青鸽一眼，扭身就走。马婆子自愿跟她走，难道这胖丫鬟还能把人绑了去？

青鸽立在原地不动，喃喃道："是我先来的。"然后深吸口气，冲过去就把马婆子扛了起来。

马婆子尖叫起来。

朱颜转头看到这一幕，都蒙了，随后就见那健壮的青衣丫头扛着马婆子健步如飞。

朱颜急了，一手提着灯笼，一手提着裙角跑上去拦。

青鸽虽然扛着个人，身手却灵活，往旁边轻轻一躲，朱颜就扑了个空，一个趔趄摔到了地上。

恰巧有个小石子磕到额头上，朱颜一阵眩晕，束发的簪子松了，长发披散开来。

描绘着美人图案的灯笼落在地上滚了滚，烛火瞬间把灯罩吞没，火苗蹿了出来，一阵焦臭味传来。

这一切都发生在电光石火间，管事婆子闻到焦臭味尖叫起来："不好啦，朱颜姑娘头发烧着了，快，快，屋里的人快端水来！"

这个时候，针线房的丫鬟婆子们正在洗漱，有个婆子正好端着洗脚水出来准备倒，见院子里一片混乱，其中一个人头发还冒着火，当下也没多想，端着洗脚水就过去了。

哗的一声，一盆水对准朱颜的头泼了上去，火倒是熄灭了，闻到某种奇怪味道的人也晕了。

满院子人鸦雀无声。青鸽回头看一眼情况，淡定转身，扛着马婆子飞快走了。

到了清风堂，青鸽面不改色气不喘："大奶奶，婢子把配线婆子带来了。"

罗天理看青鸽一眼，心道这丫鬟倒是天赋异禀，有机会可以让她练练。

甄妙挑眉："怎么，她不愿意来？"

"嗯，二夫人院里的朱颜过来了，也找她，她就要跟着走。"青鸽有些委屈，"可明明是婢子先去的，她们都不懂得先来后到，婢子就直接把她带回来了。"

"做得好。"甄妙笑眯眯点头。

罗天理眼中闪过深思。哪有这种巧合，这边刚要找马婆子，那边也去找人了，还只慢了一步？这说明要不就是田氏派了人监视针线房那边的动静，要不——就是清风堂这边有人给馨园通风报信。可满院子人，除了甄四的陪嫁丫鬟婆子，其他人已经被勒令不得随意走动了，到底是怎么传递的消息呢？

"进来吧。"罗天理看马婆子一眼，"时候不早了，青鸽，你先服侍大奶奶歇息。"事情紧急，他要尽快让这婆子吐露实情，有些手段不宜让甄四看见。

青鸽走到甄妙身旁："大奶奶，那个朱颜，她来追婢子，不小心跌倒了。"

"无妨。"

"呃……她提的灯笼起了火，把自己头发烧着了。"

161

甄妙："……"

"呵呵。"低沉的笑声响起。

甄妙抬头瞪了罗天珵一眼，忙问："人没事吧？"

青鸽回忆了一下，不确定地道："应该没事吧，婢子看到有个婆子端着洗脚水把火泼灭了呢。"

罗天珵肩膀耸动起来，又不好大笑在下人面前失了威信。

只是他实在有些忍不住了，为何自从甄四进了府，他原以为的步步惊心什么的统统不见了呢？

甄妙小心翼翼问："她怎么跌倒的？"

"她来拉婢子，婢子躲开了，她扑了个空，就跌倒了。"

"那就好。"甄妙长舒口气，"走，去怡安堂。"

"老夫人，大奶奶来了，想要见您。"红喜进来禀告。

老夫人只着了中衣，红福立在身后给她散头发。

"这个时候？"老夫人低头看看，"把大奶奶请到稍间。"

"是。"红喜退了出去。

红福拿起架子上搭着的一件酱色福字不断纹妆花褙子给老夫人穿上，扶着去了稍间。

"祖母。"甄妙扑了过来，拉着老夫人衣袖仰着头，泪眼盈盈地望着她。

"这是怎么啦？"老夫人忍着把手甩开的冲动。

儿子媳妇们就不说了，那些孙子孙女自幼听着她上阵杀敌的故事长大的，别说拉衣袖了，她就没见哪个对她撒过娇！记忆中唯一拉着她撒娇的小人儿，就是她那早逝的长女了。

是的，镇国公老夫人除了四个儿子，还有一个最大的女儿，只是那孩子不过几岁就没了，渐渐就被人遗忘了。

老夫人想起往事心里有些酸，看着甄妙的眼神就不自觉带了怜惜，原本因为不习惯绷得紧紧的身子渐渐放松下来。若是媛姐还在，现在的闺女都比大郎媳妇还大了吧？

"祖母，孙媳可能惹祸了。"甄妙眨了眨眼，一副做错事的样子。

"怎么啦？和祖母说说。"

甄妙抿了唇："因为秋千的事，大郎知道了，就发作了一些下人，就有下人交代说投井的那丫鬟还有一个干娘在针线房做事，孙媳就叫一个丫鬟去叫人了。没想到二婶偏巧也派人去叫那婆子，结果，结果——"

"怎么，两个小丫鬟争执起来啦？"老夫人松了口气。只是下人们淘气，算不得什么。

甄妙低了头："没起争执。只是我那丫头有些憨，记着我的吩咐，就直接把马婆子带来了。二婶那边的丫鬟去追不小心跌倒了，灯笼起火烧了头发。虽然人没大事，可女孩家头发烧了太难看了，我怕，怕二婶会恼了我……"

"怎么会？你二婶不会为了一个下人恼了你的。"老夫人强忍着抽动嘴角的冲动。

"真的？"甄妙一脸欣喜。

"真的。"老夫人重重点头，"时间长了你就知道了，你二婶向来把大郎当亲儿子看待的。大郎才五六岁大时，你二叔就张罗着给他请先生了。"

"二叔二婶真好，这下我就放心了。"甄妙甜甜一笑，抱着老夫人胳膊道，"祖母，明日孙媳给您做荷叶糕啊。"

"好。"老夫人笑着点头。做老人的，最愿意看到的就是儿孙满堂，子孙和睦了。

"老夫人，二夫人过来了。"红喜进来禀告。

"让她进来。"

片刻田氏快步进来，直接就跪了下来："老夫人，这么晚了儿媳还来打扰您休息，实在是对不住了。"

甄妙慌忙避开："二婶，您折煞侄媳了。"

田氏这才发现甄妙也在，眼珠子都快瞪了出来。这小蹄子是催命鬼不成，怎么到哪儿她都在！最恼人的是还向她行了一礼！

田氏有些狼狈站了起来，还没等说话，老夫人就笑道："田氏你来了正好，大郎媳妇还担心你那丫鬟头发被火烧了要恼她呢，你看把这孩子吓得，巴巴就找我来了，你快和她说说。"

田氏胸口仿佛被打了一拳。这还说个屁啊，话都让她说了！田氏只得干笑道："呵呵，不过是个下人，二婶哪会恼你呢。"呵呵呵呵，气死她好吗！

"田氏，这么晚了你过来有什么事？"老夫人问道。

田氏欲哭无泪。她这么晚了过来当然是告状外加要人啊。现在告状不成了，就只剩下要人了。

"老夫人，儿媳查到针线房的配线婆子是投井的丫头的干娘，就想叫她过去问问，看能不能查出什么线索来。没想到大郎媳妇那边也叫马婆子过去了。"

"二婶，我们也是查出马婆子和小红的关系呢。"甄妙露出惊喜的笑容。

田氏额角青筋跳了跳。这种我和你真是心有灵犀的表情到底是怎么回事？她明明是和自己抢人呢，这个伪善的丫头！

田氏露出为难的笑："老夫人，您让儿媳负责查秋千这事，现在这线索就在马婆子身上了，您看——"

甄妙马上露出你赚大了的表情，安慰道："二婶，您别着急，大郎是锦鳞卫的指挥佥事，最擅长问案了，没准等会儿就问出消息来了，您放心吧。"

田氏身子晃了晃，强忍着没有变脸色。她怕的就是这个，那幕后之人是她的亲生女儿！

"田氏，你这脸色还有些难看，是身体还没好利落吧？要不这样吧，这些日子让宋氏给你帮把手。"

田氏白着一张脸，已经有些摇摇欲坠了。合着她大晚上跑来这一趟，所想的两件事一件没办成，管家权还被分走了一半？这么多年除了她怀孕生产的时候，宋氏何曾沾过管家的边儿？田氏猛地想到一件事。燕江贺家要来人！坏了，要是宋氏也管着一半的家，她再想把那门婚事推到三房身上，就没那么容易了。田氏有吐血的冲动。这真是搬起石头砸自己的脚！

"老夫人——"田氏嘴张了张，却实在说不出拒绝的话来。要知道她可是待世子如亲子，一心为国公府打算的二夫人，怎么能为了个管家权争来争去呢？

田氏憋屈得要死，有气无力道："多谢老夫人体恤儿媳了，只是要累着三弟妹了。"

老夫人很满意地笑："宋氏偷闲那么久，也该操操心了。行了，这么晚了你们都回去歇着，有什么事儿明早再说。"

甄妙脚不利落，由青鸽背着飞快消失在夜色中。

田氏由一个丫鬟扶着，前边一个小丫鬟提着灯，主仆三人在满天繁星的夜里深一脚浅一脚往馨园走去。田氏仰头看了看深蓝色的夜幕，长叹一口气，只觉得再这样下去，日子真的没法过了。

回了馨园，正房灯未熄，二老爷一直等着，见田氏黑着脸进来，忙问："怎么样了？"

"怎么样？"田氏一声冷笑，满肚子火终于发出来，"老爷，再这样下去，我等不到当上国公夫人，就得被甄氏那小蹄子气死了！"

田氏竹筒倒豆子般把事情说了一遍，抱怨道："老爷，这可是您当初定下来的亲事，现在可倒好，没有祸害成那位，倒是成了我们的扫把星了！"

二老爷听了也恼了。

自打甄妙进门，罗天珵就高升，他在外面的一些布局也没以往顺利，总好像无形中有什么牵制着一样，好几次针对大郎的事情都莫名其妙地黄了，心里正忌讳着，没想到这蠢婆娘连内宅这点事都处理不好！

"这内宅之事你都处理不好，还妄想着更进一步？就是给你那个位置，你坐得稳吗？"

田氏冷笑："老爷，您后悔了吗？如今后悔也晚了！"

二老爷直视着田氏，神情变化莫测。当初，当初若不是田氏对自己说了那番话，他又怎么会下定决心对大哥唯一留下的儿子出手？可一步步走来，却是不能再回头了！

"大郎要是从那配线婆子口中问出什么来，你打算如何？"二老爷声音低沉。

田氏起了身："老爷您先歇着，我去安排一下。"

馨园正屋的灯终于灭了，一间耳房的灯却亮了起来。

甄妙回了清风堂，等白芍把她头发疏通了，罗天琪才进屋来。

挥挥手让屋里伺候的丫鬟们退下，甄妙笑眯眯地问："世子，问出来什么了吗？"

罗天琪凝视着甄妙的笑脸，心里暗想，怎么她就不知愁呢？

"马婆子交代说，是二房的方嬷嬷授意的。"

"方嬷嬷？"甄妙皱了眉，露出不解的神色，"三姑娘的奶娘？"

罗天琪讶然："你怎么知道？"要知道连他都是特意询问了才知晓方嬷嬷是三妹的奶娘。三妹只是一个庶女，如今才六岁，他哪会关注伺候她的都是哪些人？

甄妙从衣袖里掏出个巴掌大的小册子翻给罗天琪看。

"那本记载着管事媳妇子的小册子已经背完了，这一本是记载各位主子身边大丫鬟和管事嬷嬷的。"

"你背这个？"罗天琪震惊。

甄妙脸皱了起来："好难背，我一共写了十本，这才背到第三本。国公府里人太多了，主子也多。"

她就说嫁个地主家最省心了吧，吃穿不愁，人口还简单，估计背上一本顶够用了。

罗天琪一直盯着甄妙，细微表情难逃他的眼睛，诡异地就明白了对方的想法。他不由气结。喂，这种因为家里人多就被嫌弃了的表情是怎么回事儿？"我用了点手段，马婆子说的应该是实话，所以这事，恐怕就这样了。"

田氏真是好歹毒的心肠，出手还要用三妹的人。想到这里罗天琪嘴角翘了翘。不过三妹也是二叔的亲生女儿，不是吗？看着罗天琪那阴暗的样子，甄妙嫌弃地别开了眼。怎么办，她还是喜欢蒋表哥那种干净清澈的美少年，或者二伯那种谪仙般的美大叔，完全不好这一款啊。

"甄四？"罗天琪眼睛眯了起来，只觉眼前人的反应实在让他很不舒服。

"嗳？"

"想什么呢？"

"呃，我在想等秋天了，就可以请大哥和表哥他们吃火锅了。"甄妙顺嘴回道，随后觉得屋内气氛一冷。

"请你表哥吃火锅？"罗天珵只觉一把怒火在心口烧，猛然站了起来往外走。

"哎，世子，你去哪儿？"

罗天珵一声冷笑："去闭月那儿！"请表哥吃火锅？那他就去睡通房！

甄妙露出诧异的神色："闭月？闭月不是被发卖了吗？"

罗天珵嘴角抽了抽。她都改的什么乱七八糟的名字，弄得他连通房的名字和人都对不上了！

"那就去落雁那儿吧，你赶紧睡吧。"罗天珵绷着脸道。

甄妙脸色猛然一变："不行！"她说着就起身想拉住罗天珵，却忘了脚伤，一触地钻心地疼，不由哎哟一声。

罗天珵一个箭步冲来，弯腰把人抱起，眼底深处喜色涌现，声音不由放柔了："急什么？"

不想让他去就直说嘛，看来还懂得吃醋。罗天珵忽然觉得心情好了不少，看着怀里的人眼神有些深。

甄妙怕摔下去，紧紧搂着罗天珵的脖子，小心翼翼道："世子，那个，沉鱼小日子刚过，您要是想去，就去她那儿吧……"

罗天珵脸色发黑，咬牙切齿地道："知道了，这就去！"说着就把怀中的人往床榻上甩去。

甄妙还紧紧搂着罗天珵脖子，这样一来，身子陡然悬空，下意识就双腿连踢带蹬无比利落地攀住了对方的腰。

罗天珵身子一僵，把她放到床上，死命扒开缠住他的手脚，自己也顺便躺下了，只是背对着人不说话。

甄妙托着腮盯着背对着她一动不动的人，在寂静的夜里，长长叹了口气。

这么久了，她以为这人的神经病已经治愈了，原来还得吃药！

罗天珵回过身来："你叹什么气？"

甄妙觉得有些委屈："世子，你说过只和明媒正娶的妻子在一起，不睡通房的，原来那是在你不生我气的时候。你看我不顺眼了，生气了，就还要去睡通房。"

罗天珵被她控诉的语气打败了。为什么别的女人那藏着掖着的善妒之心，到她这这么理直气壮？

"如果我去睡了呢，你打算怎么办，不让我进房吗？"罗天珵忽然想知道答案。

甄妙垂了眼："不会啊，我不是你的妻子吗，哪有不让你进房门的道理？"

会不会再吐他一身，她可不管了。

沉默了一会儿，罗天珵声音响起："放心，我不是出尔反尔的人。"

"嗯。"

罗天珵叹气："快点长大吧。"

"嗯。嗯？"甄妙反应过来，低头看了看一马平川的胸部，气得翻了个身，闷声道，"睡吧。"

第二日甄妙起了个大早，让夜莺和雀儿去采了新鲜的荷叶来，指挥着青鸽做了荷叶糕，带着去了怡安堂。

天越来越热，走了这么段距离，还是伏在青鸽背上，甄妙脸上就出了汗，抬头看看白花花的天空叹口气。

那匹冰绡碧罗不能压箱底了，好东西不用，就是浪费。

进了怡安堂的门，一股清凉之气就传来，甄妙舒适呼口气，笑眯眯走过去："祖母，孙媳给您请安。还是您这里舒坦，孙媳等会儿都不想走了。"

"不想走就留下吃饭。"老夫人似乎心情不错，放下正在看的帖子笑道。

甄妙瞟了那帖子一眼。浅黄色压海棠花纹图案，看起来就精致贵重。

老夫人开口道："是一个老姐妹下的帖子，邀我去景泉山庄避暑。"说着就忍不住笑了。

她这个老姐妹是将军府的老太君，二人是手帕交，后来所嫁的夫君都是武官，就一直保持着密切的联系，到了这把年纪，就极为难得了。

老太君下帖子请她去避暑，帖子里还抱怨了一件事。

去岁娶的孙媳年纪轻不懂事，管家就出了岔子，藏冰少了，结果如今冰价奇高，且还难买着。她一把年纪屋里冰盆不够，又耐不住热，只得让丫鬟们昼夜不停扇扇子，结果中暑的丫鬟都好几个。

老夫人这个得意啊。她孙媳今年才嫁进来，管家第一天就花两百两银子买了冰！这种在老姐妹面前油然而生的优越感，怎么这么让人开心呢？老夫人已经想好了回信的内容，看着甄妙的神情更加愉悦了。

"祖母，您要去景泉山庄吗？带孙媳去吧。"甄妙最擅长的就是一笑二求三撒娇，现在觉得这技能真管用。

老夫人摇摇头："今年祖母六十大寿，哪里走得开？等来年带你去。"

"好。"甄妙脆生生答应着。

丫鬟禀告三夫人来了。

宋氏带着罗知慧过来了。甄妙发觉这位三婶情绪似乎不大好。

老夫人也看出来了，淡淡道："宋氏，是不是老三又胡闹了？"

甄妙赶紧低了头削弱存在感，老夫人在晚辈面前完全不给三叔留面子啊。

宋氏表情僵了僵，脸上是极力忍耐的表情，可惜最终没忍住，用貌似平静的声音道："老爷他为了画一幅男子画像，跟踪人家整整一天，然后被人家打晕，卖到小倌馆去了。"

甄妙心里尖叫：这是哪儿啊？哪儿啊？人们眼里高大上的国公府？

老夫人声音平静得让甄妙以为听错了："赎回来了吗？别人知道他是谁了吗？"

然后就看到老夫人伸手敲了敲榻上的小桌几。

宋氏身子一颤，道："赎回来了，老爷说他是国公府的管事。"

甄妙听了，脸色飞快扭曲一下。这都是什么人啊！

老夫人习以为常地松了口气，凉凉道："跟那个孽障说，无论他怎么胡闹，别让人知道他是国公府的三老爷，否则我拿小桌几砸死他！"

甄妙头垂得更低了。

不一会儿，四夫人戚氏牵着年仅四岁的六郎进来了，请安后就悄无声息坐着。

甄妙感激地看了四夫人一眼。总算来了个人，不用再听镇国公府这些乱七八糟的秘闻了。四夫人纳闷看甄妙一眼。甄妙回之一笑。四夫人却冷冷淡淡别开了眼，把六郎搂紧了几分。

甄妙悻悻收回目光，老实坐着了。四婶有些古怪倒是可以理解的，任哪个女子年轻守寡，整日憋在后宅里都会默默变态的。

又枯坐了一会儿，二夫人才姗姗来迟，一进来就请罪："老夫人，儿媳今日来迟了，请您原谅则个。"

老夫人自然没有怪罪，闲聊了一会儿就提起让宋氏跟着管家的事。

宋氏眼底闪过惊诧，面上却还平静，大大方方应下了。

甄妙暗想，这位三婶夫君被卖到小倌馆都能保持冷静，也确实没有什么能令她动容的了。

不一会儿，老夫人就要众人散了。

甄妙得了一起用饭的吩咐，又想把昨夜审问马婆子的事和老夫人说说，就没有离去。

田氏也留了下来。

这一次田氏先下手为强，其他人刚出去就扑通一声跪了下来，随后对跟在身旁的三姑娘罗知真并一个年轻仆妇道："跪下！"

"田氏，这是怎么回事儿？"老夫人脸色沉下来。

田氏跪着没有起身，用帕子擦了擦眼角道："老夫人，都是儿媳管教不严，大郎媳妇摔下秋千的事，竟是和我们房有关，儿媳实在惭愧。"

"田氏，你起来，到底怎么回事好好说。"老夫人扫了一眼怯生生跪着的三姑娘和一言不发的年轻仆妇。这仆妇，应该是三娘的奶娘吧？倒是记不大清楚了。

田氏没有动："老夫人，儿媳实在没脸站起来，也没脸说。方嬷嬷，你犯了这么大的错，还是自个儿对老夫人说吧。"

年轻的仆妇缓缓伏下身子额头贴地道："是……是仆妇见三姑娘总是委屈地哭，心疼得厉害，得知是因为给大奶奶当出轿小娘受了辱，一时猪油蒙了心，才，才找了马婆子，要她想法子给大奶奶一个教训的。"

她说着头磕得砰砰响："这事都是奴婢自作主张，和二夫人、三姑娘无关，求老夫人开恩……"

方嬷嬷磕头磕得实诚，青石地面上隐约可见血迹。

三姑娘罗知真扑过来，吓得哭起来："奶娘，奶娘，你别磕了，你流血了。呜呜，都是我不好，我不该讨厌大嫂的……"

年仅六岁的罗知真不明白，为什么她只是和奶娘抱怨了几次大嫂不好，奶娘就做出这种事来。可小小的她已经懂得感动，奶娘是对她最好的人了，除了奶娘，再没有人会因为她几句话就愿意为她出气。

看着罗知真眼中满满的心疼和感动，方嬷嬷眼底深处闪过愧疚和怜惜。她对不起三姑娘。可她，实在没有法子。

田氏嘴角悄悄翘了翘，很快又露出愧疚表情。

老夫人冷厉看着跪在地上的方嬷嬷，转头对甄妙道："大郎媳妇，把马婆子带来。"

"祖母，马婆子就在耳房，由青鸽看着呢。"

片刻后马婆子进来，所述的和方嬷嬷别无二致，说完不停打自己耳光："老夫人饶命，老夫人饶命，是奴婢猪油蒙了心，为了几两银子就做了糊涂事！"

老夫人脸色难看地挥手："把她们两个带下去，该怎么处理就怎么处理。"

"老夫人开恩啊——"

马婆子尖厉的声音久久不散，方嬷嬷直到被带下去都一声未吭，只是踏出门口前回头望了三姑娘一眼。

三姑娘已经哭哑了嗓子，跌坐在地上孤单无助，像一个迷路的孩子。

老夫人皱皱眉，不满地看田氏一眼："田氏，三娘自幼养在你身边，不求你把她教导得像元娘那样大方懂礼，至少也要纯善开朗，不然你这做嫡母的也有责任。"

老夫人当着甄妙的面说这番话已经算重了，毕竟今日这事二房总是有责任的。

田氏虽觉得面上无光，心中却松了口气。两害相权取其轻，比起元娘被发现，如今已经是极好的结果了。

甄妙却不干了，想到就说："祖母，今日之事孙媳觉得很受打击。"

见老夫人望来，她咬着唇委屈道："原来孙媳在那些下人心里，还不如几两银子。"

老夫人想笑没笑出来，再一琢磨甄妙的话，又觉得另有深意。国公府对下人一向不薄，像针线房那种讲手艺的地方，寻常的丫鬟婆子月钱都有一两，那马婆子到底多贪财，为了几两银子就去害府里的大奶奶？如果这事是真的，证明府里下人对大郎媳妇的定位出了问题，可自从甄氏嫁进来，自己并没表现出对她的不喜，这到底是哪里出了问题？如果是假的……只要这样假设一下，老夫人就觉得心里一堵，不愿再深想下去了。

老夫人没有心情再多言，把人打发了出去，在杨嬷嬷耳边低语了几句。

杨嬷嬷点点头出去了。

老夫人坐在榻上，靠着绛紫色引枕出神，放在手边的茉莉花茶已经凉透了也没喝上一口。

过了大半个时辰杨嬷嬷才进来："老夫人，老奴审问过了，马婆子说的应该是实话。至于方嬷嬷……老奴觉得有些不对劲，可偏偏和马婆子的话又能对上，且态度坚决，实在问不出什么了。"

"如此，此事就罢了吧。"老夫人叹口气，淡淡道，"去和田氏说一声，用心教导着三娘，实在不行，就把三娘放到我这儿来。"

"是。"

罗天珵下了衙，听了早上请安的事，莫名其妙拉着甄妙下棋。

不到一刻钟，甄妙就被对方杀得只剩下光杆司令。

"懂了没？"

"什么？"

"做不到擒敌先擒王没什么，一步步蚕食对方的人手，最后只剩下孤家寡人，也很有趣呢。"

甄妙呆呆"哦"了一声。

罗天珵无奈。看来还是没听懂。

他不得不解释道："我指的是早上的事儿，你别往心里去，也别憋闷，有的敌人慢慢玩也没什么，把她身边的人一个个都玩死更有趣。"

甄妙黑了脸："你以棋喻事？"

"嗯。"罗天珵不知道甄妙黑脸干什么，却有些高兴，还好她终于明白了。

甄妙猛地单脚站了起来，黑着脸把棋盘一拍，棋子飞了起来，吼道："有事说事，你下棋做什么！"

这不是吃饱了撑的吗？

秋千的事情就这么过去，甄妙因为被某人逼着下棋过于激动，脚又扭了一下，肿得更厉害了。老夫人免了她的请安，整日窝在清风堂养脚伤，以至于燕江贺家来人时，甄妙并没有出现。

大姑娘罗知雅却是从屏风后面，悄悄见到了那位要与国公府定亲的贺家公子，贺朗。

那人一身青衣，神态从容，仿佛没有什么事能令他动容，竟是个隽秀至极的人物。罗知雅心弦一颤，仔细看了那双眼睛。一层白翳蒙住了黑瞳，形状优美的凤眼显得呆滞无神，衬着他的朗朗风姿，更令人不忍直视。

罗知雅别过了眼，紧紧抿了唇。长得再好又如何？她才不要嫁给一个瞎子！

老夫人倒是和善，拉着贺朗问了许多家中之事。

贺朗从容不迫地答了，虽目不能视，却丝毫不显焦躁，大家公子的温润气质尽显。

老夫人暗暗点头。不骄不躁，是个心境平和的，并没有因为眼疾而性子暴戾，把孙女嫁给他，倒也放心。况且，这是老国公答应的，她无论如何都要帮老国公完成心愿。

老夫人余光不着痕迹地扫了那扇乌木雕花海棠刺绣屏风一眼。原本她觉得元娘大方懂事，二娘虽聪慧，性子却有些痴，像她父亲那般，经常为了作画连基本的人情往来都忘了。可现在，她却对两个孙女有了不同的看法。

她相信，两个儿媳已经把贺家来人的缘由对两个孙女说了。

让她们在屏风后面见见这位贺家公子，元娘几乎不假思索就同意了，而二娘，一边细细描绘着雨打芭蕉图，一边淡淡道："既是祖父定下的亲事，总是要完成的。若是他好，我和姐姐谁嫁了都是幸事；若是他不好，总是会有一个人受累，无论是避开或是得了这门亲事，都没什么可高兴的。既然如此，看与不看有什么区别？祖母觉得谁合适，便是谁吧。"

老夫人从传话丫鬟那里得知了二人截然不同的反应，静默了许久。

她年轻时对后宅疏于打理，或者说并不算擅长这些。

咳咳，那时候她一对锤头一出，什么魑魅魍魉都老实了，哪还用得着这些？

到现在年纪大了，才发觉这识人的眼光似乎不大好。

她一直以为有些痴的二娘，没想到是个性子通透如水晶般的人，反倒是元娘，她的大方懂礼就如所有大家闺秀需要展示给人看的一样，平时觉得还好，到了关键时刻，就从骨子里流露出小家子气来。而往常，她大半的疼爱都给了元娘。

老夫人的心，就在这么一来一回间，在所有人还未曾察觉的时候，又偏了回来。

"田氏，给贺家哥儿好好安排住处，不可怠慢了。"

贺朗起了身，仿佛能看到老夫人在哪里似的，冲她所在的方向行礼："给您添麻烦了。"

田氏抿唇笑道："贺家哥儿真是客气。老夫人您放心，儿媳早就收拾出来了，贺家哥儿不是外人，就住在海棠馆。"

老夫人满意地点点头。海棠馆是连接内院和外院的一处院落，清幽雅致，专门招待近亲贵客的。

贺朗被田氏领了下去。

罗知雅从屏风后走了出来，向老夫人辞行："祖母，孙女也回去了。"

老夫人神色淡淡地点了点头。

罗知雅不觉有异，行礼退了出去。

老夫人别过脸问杨嬷嬷："杨嬷嬷，你怎么看？"

杨嬷嬷是从宫里出来的，她更相信她的判断。

杨嬷嬷跟了老夫人多年，早习惯了这种相处模式，并没有寻常下人的拘束，答道："大姑娘可能并不满意这门亲事。不过这也怪不得大姑娘，贺家哥儿毕竟有眼疾……"

老夫人端了茶喝："看来二娘更适合些，结亲是结的两姓之好，咱家本来就是为了报恩，若是结了怨，反倒不美了。"

杨嬷嬷没有吭声，默默给老夫人续了一杯茶。

罗天珵得知燕江贺家来人，提前下了衙。他想见见那个人。梦中名动天下的贺家玉郎！

那时靖北厉王反叛，大军势如破竹南下，在无数城池风雨飘摇的情况下，唯有燕江在外无援兵的情况下整整守了三个月，虽然最终城破，厉王这边也是损失惨重。

而燕江的运筹帷幄之人，就是贺朗，一个双目失明之人。

那时他是赫赫有名的战将，效力的却是厉王一方，与这位名动天下的贺家玉郎只有一面之缘。

那一面，就是燕江城破之时，一身青衣的贺家玉郎揽着他的堂妹，从高高的城墙一跃而下。当铁蹄踏破城门之时，他仿佛还能听到那舒朗肆意的笑声。

他记得，梦中的这一年，甄四在守孝，他还未成亲，这个时候跟着数位友人远游去了，错过了这次见面。

罗天珵不由加快了脚步。贺朗，是他从心底想结交之人。

一进府，罗天珵就问道："贺家公子安排住在了哪里？"

管事的答道："二夫人安排贺公子住在了海棠馆。"

"海棠馆？"罗天珵转了方向，向海棠馆走去。

贺朗刚安顿好，听小厮说镇国公世子来了，起了身含笑道："请世子进来。"

罗天珵进门，就看到一个青衣男子含笑望来，风华无双，只可惜一双眸子没有丝毫波动。

"贺朗？"

贺朗笑了："罗世兄知道我的名字？"

罗天玘定定看着他，展颜："神交久矣。"

贺朗微怔，随后笑起来，笑声如清风拂过山泉："那罗世兄是来请我喝酒的吗？"

"自然。"

贺朗明明看不到罗天玘，眼睛却正对着他，眉头轻轻皱起，良久才舒展："若不是先知道罗世兄的身份，小弟还以为站在面前的是一位身经百战的将军。"

罗天玘深深看了贺朗一眼，然后笑了："有一日，我会的。贺朗，咱们去聆音亭喝酒。"

"好。"贺朗毫不犹豫应下。

聆音亭是国公府一处极好的景致，贺朗虽目不能视，坐在那里却觉心情舒朗，阵阵花香袭来，还有风吹过亭角厚重铜铃的嗡鸣声。

酒菜上来，二人畅快酣饮，谈笑风生。一个没把自己当瞎子，另一个没把对方当瞎子，竟好似多年的好友。伺候的小厮啧啧称奇，添酒的丫鬟亦是悄悄红了脸。世子和这位新来的贺家公子一起喝酒，真是比画上的人还好看。

而同样觉得此景能入画的还有一人。

罗知慧听说聆音亭旁的玉簪花开了，就起了作画的兴致，带着个小丫头过来坐在了花丛里，刚支起画架就听到了谈笑声。

对专注一物的人来说，有人打扰比嗡嗡的苍蝇还讨厌。罗知慧叹口气站起来要走，愤愤往声音传来的方向看了一眼，然后眼前一亮，迅速坐下来提笔就画。不多时，两个风姿卓然的男子跃然纸上。

小丫头目瞪口呆，小声提醒道："姑娘，您这样，这样不妥吧？"

"怎么不妥？"罗知慧小心翼翼吹着未干的墨迹，"回去裱起来。"

"姑娘！"小丫鬟吓得说话都变调了。

罗知慧有个习惯，画得不满意的随手撕了，可若是满意的，就会珍而重之收藏起来。可姑娘画的是两个年轻男子啊，这怎么行！小丫鬟快急哭了。

罗天玘和贺朗听到了动静，同时扭过头来。

"贺朗，你稍坐片刻，我过去看看。"

罗天玘走过来，神情微讶："二妹，你在这里做什么？"

"画画。"

罗天玘看着怒放的玉簪了然一笑："画玉簪花吗？二妹好雅兴。"

"画你们。"罗知慧实话实说。

罗天琟嘴角抽了抽。为什么，为什么他有一种二妹被甄四附身的错觉？

我的天！小丫鬟捂住了脸，随后补救道："世子爷，我们姑娘是要把这画送给您的。"

罗天琟看了平摊着的画卷一眼，只一眼就认出画上的二人是谁，不由笑了："二妹画得真好，多谢二妹了。"

"大哥客气了。"罗知慧心不在焉地说着，目光还落在画上。这是人物画里她最满意的一幅，父亲见了定要赞的，居然，居然要送给别人了！想想画的是赠画之人，罗知慧含泪忍了。

罗天琟觉得脑仁疼。女人这都是怎么回事啊，明明主动送画给他，这眼神，怎么像自己抢了她夫君似的？罗天琟片刻都不想多待，抱起画就要走。被屋里那一个女人折磨就够了，不能再多了，哪怕是妹妹都不行！

"大哥，别动！"

"嗯？"

罗知雅走过去，心疼地看了画一眼："这画墨迹还未干透，你那样抱着走不成的。再者说，你不是还要和那位公子喝酒吗，把画带在身边污了就不好了。"

"二妹说该如何？"罗天琟嘴快抽筋了。他真的没有主动要啊！

"我直接送到大嫂那里去吧。"

"好。"罗天琟如释重负，赶忙走了。

第 18 章 误会

甄妙一个人对着满桌子菜有些哀怨。这吃饭还是人多了香啊，天天定点回来吃饭的人今天居然门口都没入，就直接找人喝酒去了。她明明告诉他今晚做荷叶鸡的，这完全不科学！

"大奶奶，二姑娘过来了。"百灵进来请示。

甄妙忙让人进来。就见身穿白底水红领子对襟褙子的罗知慧抱着一幅画轴进来了。

甄妙问了来意，罗知慧就把画卷递过来："嫂嫂，给大哥的画，先送到您这里来。"

甄妙接过来打开看看，有些惊奇："这是二妹画的吗？"

"是。"

"画得真像，这个一看就是世子。"甄妙赞道，然后悄悄瞄了画中的青衣男子一眼，咳咳，这气质太符合她审美了，实在不好意思多看。她还是忍不住多看了一眼，盯着那人的眼睛有些困惑，"二妹，这人的眼睛，你画得似乎有些……无神……"

"他是瞎子。"罗知慧很平淡地道，随后兴奋了，"嫂嫂从画上能看得出来？"

甄妙默默为画上的青衣男子点了根蜡。这样的人物，在她这位豆蔻年华的小姑眼里，居然赶不上一幅画？这亭子分明是府里的聆音亭，原来罗天珵就是和这人喝酒才未回。

罗知慧明显来了兴致："嫂嫂对作画也很有研究吧？"

甄妙小心肝颤了颤。为什么这执着的表情，让她想起了重喜县主那个棋痴？

甄妙打了个冷战，猛摇头道："没有，没有，在这方面我没什么灵气。"

罗知慧有些失望，起了身："嫂嫂，这画您收好，我就先回去了。"

"留下一起用饭吧。"甄妙忙道。

"不了。"罗知慧摇头，露出个温雅的笑，"那幅雨打芭蕉图只画了一半，现在正来了灵感，回去把它画完。"

甄妙不敢再多留，叫百灵把罗知慧送了出去。谢天谢地，这作画不像下棋一样，非要两个人来。

甄妙看着满桌子菜有些发愁，忽然眼睛一亮道："青鸽，把这荷叶鸡装了，送到聆音亭去给世子加菜。"

青鸽应了，把荷叶鸡装好，提着去了聆音亭。

日头已经西斜了，大片瑰丽的云给乌木亭顶镀了一层霞光，亭中的人菜已经吃得差不多了，酒还在继续。

青鸽可不懂什么诗情画意，站那行了礼就大声道："世子爷，大奶奶让婢子给您送鸡来。"

罗天珵端着酒杯的手一抖，酒水差点洒了出去。

青鸽已经一脸光荣地走进来，熟练打开食盒取出荷叶鸡放到杯盘狼藉的石桌上，行了个礼："婢子告退。"

等罗天珵反应过来要说点什么时，已经不见青鸽的身影了。

看着那只被荷叶包裹着，散发着诱人香味的鸡，罗天珵只得干笑一声："贺朗，来尝尝，内子做的。"

贺朗顺着荷叶鸡的香味伸出筷子，准确夹起一块鸡肉放到口中，吃下后赞道："好吃。嫂夫人有这手艺，罗世兄好福气。"

罗天珵嘴角忍不住弯了弯。忽然觉得派一个胖丫鬟送鸡还大声嚷嚷的行为也没那么让他想打人了。

吃了一口酥嫩清香的鸡肉，罗天珵有些不是滋味地想，这个是甄四要等着他一起吃的吧，给自己送来了，她吃什么？

想到这儿，罗天珵冲守在亭外的半夏招招手："半夏，我记得五味斋的糯米桂花藕不错，你去买些，送到清风堂。"

半夏看看天色，惊讶看向罗天珵。

罗天珵眼睛一眯。

半夏忙缩缩头，满脸堆笑道："小的这就去。"

半夏办事利落，出了府直奔五味斋，买了糯米桂花藕回来，天还没黑透。

他提着写着五味斋字样包装的糯米桂花藕往里走，就有人打趣："半夏，这个时候了还去五味斋买点心啊，是要哄哪位姐姐开心啊？"

"去去，别乱说，这可是世子爷买给大奶奶的。"

吃着糯米桂花藕的甄妙可不知道，半夏那句话在府中传开了。那些下人对甄妙的敬畏悄悄提了一层。女主人有没有威信，说到底是看男主人的。世子对大奶奶这么疼爱，他们这些做下人的要是轻忽了，那将来死都不知怎么死的。没看已经有好几个例子了？绮月一家子，马婆子，方嬷嬷，呃，还有断了一根肋骨至今躺在床上的田嬷嬷和烧光了头发躲在屋里不敢出来见人的朱颜姑娘。

大姑娘罗知雅听了，气得把那盆摆在窗前的凤仙花揉得碎碎的，纤白的手指染了艳丽的红色。

"姑娘，擦擦手吧。"丫鬟采雪捧了打湿的帕子来。

罗知雅拿过帕子使劲擦了擦，抿唇道："去馨园。"

"元娘怎么过来了？"田氏放下账本，揉了揉眉头。

少了田嬷嬷和朱颜，她明显觉得没有以前方便了。什么都要亲力亲为不说，有时事情多了还难免疏忽。这样一想，她心里又把甄妙骂了个狗血喷头。甄妙真是她的克星！田嬷嬷也就罢了，还能算是为救大奶奶受的伤，可朱颜烧光了头发羞得差点寻了死，到现在还躲在屋里不敢见人呢。就算将来头发长出来了，在下人们面前的威信也得失了大半。这可真是杀人不见血啊！

"你们先下去。"罗知雅冷着脸扫了屋内丫鬟们一眼。

丫鬟们看田氏一眼，见她不出声，默默退了出去。

等屋里没了旁人，罗知雅愤愤道："娘，我讨厌大嫂！"

田氏吓得变了脸色："哎哟，我的小祖宗，你就算这么想，也不能直接说啊。你又不是不知道，秋千那事，娘可是好不容易把你摘出去。"

罗知雅气愤难耐："娘，您到底在怕什么？大伯和大伯娘早逝，大哥算是您养大的。如今大哥娶了妻，按理说大嫂应该更加孝敬您才成，可您看看，大嫂不但没把您放在眼里，还把大哥笼络得死死的。"

她越说越气，眼圈红了："您对大哥比对二哥、三哥还好，可大哥却只想着大嫂，昨儿还让半夏买了五味斋的桂花藕给大嫂送去呢！"

田氏听了，倒没什么可恼的。她自开始就只是算计罗天珲，没有投入感情自然也不觉得受伤害了。

"元娘，你大哥对大嫂好，这是应该的，娘看着还高兴呢，你这丫头，生什么气？"

罗知雅冷着脸说不出话来。她当然不能说，是大哥只给大嫂送了桂花藕，没给她送，她不高兴了。可是以前，分明不是这样的，大哥喜欢和友人出去游山玩水，买的特色小玩意，送到她这里的总是最多最精致的。

田氏正色道："元娘，不管怎么样，你以后不能再糊涂。你是姑娘家，要是传出什么不好的名声，一辈子就毁了，听到没？"

"知道了。"罗知雅郁郁地道，闷不作声回去了。

等罗二老爷回来，田氏叹气道："老爷，大郎对甄氏，未免太好了点儿。"

"那又如何？田氏，我不是说过，甄氏再怎么样都不重要，关键的是大郎。"

"老爷，您怎么忘了，要是大郎和甄氏感情好，那他们……有了孩子怎么办？"

二老爷愣了。最近他谋划的几件对付罗天珲的事都不顺利，为了掩盖痕迹，忙得焦头烂额，竟把这茬忘了。甄氏若是有了儿子，哪怕大郎出了事，爵位也会落在那孩子身上，没他们二房什么事了。这也是他为何千方百计以那种方式设计国公府和建安伯府结亲的原因。以大郎的性子，按理说对甄氏应该深恶痛绝，又怎么会多碰她！

"难道真是美色当前，就不在意品性了吗？"二老爷喃喃道。

田氏眼中闪过寒光："老爷，安排在清风堂的丫鬟打探到，甄氏至今没有换洗过，可她如今已经十五，保不齐哪天就长大了，那时会更麻烦。且大郎借着秋千那事，打发了大半下人，侥幸留下来的和又塞进去的都只做着无关紧要的活儿，连屋子都进不了，清风堂是越来越难以掌控了。"

"是我疏忽了。"二老爷长叹一口气，"田氏，你在内院行事方便，想个法子，最好要甄氏成个摆设！"

"老爷放心，我有分寸。"

日子波澜不惊地过了几天，甄妙收到了一张帖子。

甄宁生了个女儿，邀她去参加孩子的洗三礼。

甄妙想着能在洗三礼上见到温氏和甄妍，脚虽还没好利落，还是决定要去，就去禀告了老夫人。

老夫人叮嘱她照顾好自己，就点了头。

陪甄妙一起去的是三夫人宋氏，田氏则正筹备着老夫人的寿宴，走不开。

两辆马车一前一后，缓缓驶向了昭云长公主府。

长公主府前自然是车水马龙，甄妙和宋氏被打扮簇新的丫鬟迎着，直接领去了设宴的花厅。

甄妙一眼就看到了坐在中间靠左一桌的温氏，不由一喜，迎了上去："娘。"

温氏亦是欢喜："妙儿，你来了。"

她上下打量着，见甄妙脸颊丰润了些，才松了口气。

旁边坐着的是蒋氏和李氏。蒋氏看起来喜色满面，李氏则憔悴了些。

虞氏抱着雷哥儿坐在另一桌，见甄妙来了也走过来。

甄妙一一见礼，宋氏寒暄几句，就去了另一桌坐。

甄妙抱过很有些重的雷哥儿逗弄了一会儿，才坐下来陪温氏说话。

"娘，怎么没见二姐呢？"

温氏眉梢眼角就带了难以掩饰的喜色，压低了声音道："你二姐有了。"

"啊？"甄妙有些惊喜。

"才一个多月。"

甄妙笑得眉眼弯弯："太好了。"

"是呢。"温氏赞同点点头。转眼间甄妍已经出阁快一年了，要是再没动静，她该发愁了。

花厅里的人多了起来，蒋氏和李氏都起了身去应酬。

甄妙就忍不住问："娘，我看二伯娘怎么很憔悴呢？"

温氏冷笑一声："还不是自己作的！有人给你二伯送了一对瘦马，你二伯把人安排在外面，原本想等着送瘦马的同僚离京后就转手送人的，这样既不伤了同僚脸面又省了麻烦。没想到你二伯娘不知怎么得了消息，又要装大度，又怕那对瘦马养在外面把你二伯的魂儿勾走了她鞭长莫及，就这么急吼吼地把人接进了府！后来才知道，那对瘦马连你二伯的面还没见过呢！呵呵，这不就怄死了吗？"

甄妙鬼使神差问了句："二伯把那对瘦马收用了？"

温氏丢了个莫名其妙的眼神，指责道："你这孩子，怎么还操心你二伯这个？"

甄妙张了嘴说不出话来。啊啊啊啊，她只是实在不愿想她那谪仙般的二伯，左手搂个瘦马，右手还搂个瘦马，然后双眼发青……

温氏也有点不忍了，毕竟说了一大通的是她，闺女就随便问了个问题，她就这么义正词严的，有点不大合适，就叹口气道："这个就不清楚了，不过你二伯好久没踏入内院了，都是歇在外院书房里。"

甄妙就不好多问了。

母女二人又闲聊了一会儿，花厅里骚动起来。

昭云长公主在前，甄宁抱着个大红包被在后走了进来。

重喜县主落后二人一些，目光往人群中扫了扫，和甄妙目光相触。

甄妙笑笑打了招呼，重喜县主竟越过人群走了过来，无视他人的目光拉起甄妙的手，轻声道："甄妙，你跟我来。"

甄妙回头。

"去吧。"温氏向人群走去。

甄妙看看围绕在长公主和甄宁身边的人，估计一时半会儿也轮不到自己，就随着重喜县主走了。

重喜县主拐了几下把甄妙带进一个房间。

一进门，就有黑影扑来。甄妙下意识抬脚就踹，就听一声惨叫。

初霞郡主跌坐在地，黑着脸道："甄四，我宰了你啊！"说着就扑上去，挂在了甄妙的脖子上。

甄妙呆呆看向重喜县主。

179

重喜县主淡定把初霞郡主扒拉下来:"别闹,你不是有话找甄妙说吗?"

初霞郡主气呼呼地坐下,瞪着甄妙:"你行啊,甄四,嫁了人,你是不是就在宅子里发霉了,请都请不来!"

甄妙一脸无辜:"郡主,你什么时候请我了?"

初霞郡主怒了,扳着手指头道:"端午那次,邀你出来看龙舟,你没回信。七夕,邀你出去看花灯,你还是没回信。要不是有这场洗三宴,我料定你会来,早就杀到镇国公府上去了!"

初霞郡主越想越恼火。甄妙出了阁,和她们就不算一个圈子了,想要往来本就不像以往那么方便,她可倒好,干脆没消息了。

"甄四,你这是典型的见色忘友吧?"初霞郡主撇了撇嘴,"哼,罗世子也不比我和表姐长得好吧!"

甄妙眨了眨眼,呃,总感觉哪里不对!

"郡主,你给我下了帖子?"

"哼!"初霞郡主继续傲娇。

甄妙默默望着重喜县主。

重喜县主轻轻点了点头。

"可我一张都没收着。"甄妙摊手。

"什么?"二人同时出声。

"难道哪个毛手毛脚的弄丢了!"初霞郡主拍桌子。

重喜县主语气淡淡:"甄妙,你府上有问题!"

"大概是吧。"甄妙想了想,觉得也就这两种可能,"要不就是管家的有问题,要不就是管家的太蠢。"

"什么问题?"初霞郡主并不蠢,转瞬就想到了什么,拍拍桌子道,"甄四,你们府上谁弄什么幺蛾子你跟我说,看我不拍死她!"

甄妙又开始发呆。数月不见,初霞郡主这是怎么了?谁刺激她了?

果然就见重喜县主冷笑道:"别理她,她被自己的亲事刺激到了。"

甄妙豁然转头,差点凑到初霞郡主脸上去。

初霞郡主一下子颓丧起来,有气无力道:"表姐,你不同情不要紧,但也不要在我伤口上撒盐吧?"

"不是撒盐,让你早点认清现实而已。"

"郡主,你那亲事,到底怎么回事儿?"甄妙忍不住问了。

初霞郡主看重喜县主一眼,见她没有开口的意思,抿唇道:"皇伯父有意把我嫁

180

到蛮尾国去！"

蛮尾国在大周以北，传闻蛮尾人力大无比，茹毛饮血，在大周子民看来，还未开化。不过在甄妙看来，这只是以讹传讹的说法罢了。她看过一本风情志，讲述了蛮尾国的人物风情。那边就是不像大周这么礼仪繁琐，因为擅长武力显得有些粗暴而已，女人的地位甚至比大周要高得多。

见甄妙毫无反应，初霞郡主震惊了。到底是她没说清还是对方没听清？那些隐隐知道些消息的人，看向她的目光可是带着掩饰不住的同情或幸灾乐祸呢。自始至终，最淡定的就是重喜县主了，现在又多了个甄妙！

"甄四，我要嫁到蛮尾国去！"

"呃，什么时候，急不急？还好我得了些好东西，不至于给你添妆时太寒酸。"

"甄四，你这是典型的饱汉子不知饿汉子饥，我问你，要是当初让你选，你是嫁进镇国公府，还是蛮尾国？"

甄妙想都没想："蛮尾国。"那时候她还担心罗天理会掐死她呢，比起这个，当然选女子地位略高的蛮尾国。

看甄妙一脸真诚的模样，初霞郡主败了，跺跺脚："我怎么跟你们这两个奇葩要好！"

甄妙和重喜县主俱是一副"我不知道"的茫然表情。

初霞郡主迫不及待想见甄妙，就是要哭诉一番自己的亲事，然后收获一大堆的同情安慰，继续哀伤地等着和亲的事儿。可见了甄妙这反应，奇异地觉得嫁到蛮尾国似乎也不是什么大不了的事情了。

咳咳，到底为什么有这种错觉，她也不知道，只是当唯二的两个好友都表现得很淡定，认为那是个好去处时，剩下那个实在没法要死要活的了。

悠扬的乐声传过来，重喜县主起了身："洗三礼开始了，我们过去吧。"

甄妙重新回到花厅，围观了整个洗三礼，添了对金镯子，然后入席开饭。

刚吃了几口，就有跟着宋氏来的丫鬟上前来，凑到宋氏耳边嘀咕了几句。

宋氏面色有些难看，低声对甄妙道："四郎调皮，从树上摔下来了，我回去看看。"

"三婶，我陪您回去。"

甄妙要站起来，被宋氏按住："应该不大严重，我一个人先回去就成了。这毕竟是长公主府的宴席，你又是这府上大奶奶的娘家妹子，还是留到最后再走吧。"

"三婶——"

"听话。"宋氏难掩忧色，见甄妙不动了，由丫鬟扶着匆匆走了。

宋氏的提前离去并没有引起多少人的注意。

甄妙留到最后，不但多陪了会儿温氏，长公主竟还和她闲聊了一会儿。

甄妙完全想不透自己怎么就得了长公主的青睐了。

不过她有个优点，想不透就不想了，该吃吃，该喝喝，该聊聊，随意起来反倒是话题不断。长公主明显心情不错，其他贵妇看在眼里，暗暗称奇。

甄妙告辞时，已经到了下午。

上了黑漆马车，阿鸾跪坐在甄妙身后给她按摩，紫苏则轻轻替她打着扇。

马车不知行了多久，紫苏忽然掀开了帘子，然后迅速放下，低声道："大奶奶，不对劲儿，这马车行的方向不对！"

甄妙猛然睁开了眼，急忙掀开帘子往外探了探，又平静放下。

紫苏一喜："大奶奶，您认出来了？"

甄妙露出个"你开玩笑"的表情："没，东南西北，我从来没分清过！"

紫苏的面瘫脸差点裂了。姑娘，那您还那么着急掀帘子干吗啊！

阿鸾跪着往前蹭了蹭，掀开帘子久久凝视着车外，脸色猛然变了："姑娘，如果，如果这车子有问题，现在这方向，最有可能去的是……楚潇阁！"

紫苏猛然转头盯着阿鸾，最终，竭力平静地道："你确定？"那句"你怎么知道"到底没有问出来。

阿鸾脸色有些发白："我不确定。可是，这马车莫名其妙转了方向，明显就是针对大奶奶的，如果是这样，我想，最可能的就是那个去处了！"

紫苏看了甄妙一眼，见她有些发愣，弯了腰就要出去，可没到车门口就退了回来，神情凝重："大奶奶，恐怕不能和那车夫说。他既然敢这样做，就是豁出去了，要是知道我们已经发现了不妥，说不定会如何。这闹市中，或许还藏着对您下手的人。退一万步，就算没有暗中埋伏的人，这马车有镇国公府的标志，要是您莫名跳车，名声也就全完了。"

阿鸾咬着唇反驳："可是，这车子要是真把大奶奶拉去那种地方，大奶奶名声更毁了！"

甄妙回过神来，看了看一脸严肃的紫苏，又看看故作镇定的阿鸾，心中叹了口气。这种时候，再理智再聪慧，都不如她家青鸽出去给那车夫来一拳啊。

"紫苏，你是说，这暗处，很可能还有埋伏的人？"

紫苏点点头。

甄妙一言不发从头上取下一支桃花簪，往车门口挪去。

紫苏拦住："大奶奶，您要做什么？"

甄妙挥了挥手中簪子："既然说不准沿途有人下黑手，那就改变行车路线。"

紫苏脸色变了:"大奶奶,您要刺马?可是马惊了很危险。"

甄妙垂下眼帘,没有以往灿烂的笑容,淡淡道:"顾不得那么多了。我相信五城兵马司和锦鳞卫的人不是吃干饭的,一匹惊马还拦得住。"

见紫苏还欲说什么,甄妙苦笑一声:"只能赌一赌,不会比现在更坏了,只是若是赌输了,就连累你们了,抱歉。"

"大奶奶,让婢子去。"阿鸾伸手去拿桃花簪。

"我去。"紫苏按住了阿鸾的手,"你照顾好大奶奶。"

甄妙摇摇头:"你们别争,论力气,你们谁都没我大。机会只有一次,现在不是乱表忠心的时候。"

马蹄踏在青石路面上嗒嗒响着,拉着黑漆马车稳稳前行,人声鼎沸,闹市繁华,俱都隔绝在车帘外,无人知道这辆标志着尊贵的黑漆马车暗藏着怎样的危机。

甄妙悄悄移到车门前,掀开一角车帘。赶车的车夫背影挺直,看年纪,最多三十出头。

甄妙不认识这是哪个,女眷出门,没谁会多看车夫几眼的。

她握紧了桃花簪,屏住呼吸盯着那高大健壮的青骢马一动不动。

紫苏和阿鸾谁都不敢吭声。时间就像凝滞了,格外漫长。

车外的喧嚣和车内的寂静,形成了两个极端,在甄妙眼里,只有那匹青骢马规律的步伐。

忽然,马停了下来。甄妙死死盯着某个收缩的部位。它,它居然要拉屎。甄妙眼神一紧,半点没有犹豫,手中金簪狠狠地掷了出去。

青骢马本来就在办着大事,突然吃痛,后蹄猛地就蹶了起来,厉声长嘶。马车剧烈摇晃,早就守在一旁的紫苏和阿鸾瞬间把甄妙拽了回去。

"该死!"

车夫死死抓着缰绳,咒骂声还没落下,就觉一坨热乎乎湿漉漉的东西糊到了脸上。气味把车夫都熏蒙了,下意识反手狠狠抽了青骢马一鞭子。青骢马在拉屎时遭到偷袭,本来就惊了,再吃了这一鞭子,当下就狂奔起来,被糊了一脸马粪的车夫顿时就被甩了下去。

尖叫声四起,无数摊位被撞翻,东西乱飞。马车风驰电掣般疾行,甄妙主仆三人紧紧靠在一起抓着车厢。可惜马车颠簸太厉害,三人很快就被分开,各自死死抱紧车厢里的固定物。

一身紫衣的六皇子与两位身材高大的男子从一个岔口拐了过来,就看到前方一阵骚乱。慌乱的人群呼喊着:"不好了,惊马了!"

眨眼间，一辆黑漆华盖的马车疾驰而来。

那么远，六皇子不可能看清镇国公府的标志，但这种黑漆华盖马车，满城勋贵能够使用的都没几家。

几乎没多想，六皇子手一挥，隐藏在暗处的侍卫就窜了出来。

"把那马截住！"

这时，站在六皇子身边的一位身穿玄衣的高大男子往前跨了几步，手抬起，袖箭从衣袖中飞射而出。就听噗地一声，锐利无比的袖箭以极快的速度从青骢马眼睛没入。疾驰的青骢马惨叫一声，前蹄高高扬起又落下，后蹄又甩了起来。

车厢剧烈摇晃，东倒西歪。青骢马拽着马车在青石地面上拖曳出一道长长的血痕，然后骤停，庞大的马身轰然倒地。马车惯性之下，后轮飞了起来，前面就这么杵到地上。

女子的尖叫声传来。

一紫、一青两道人影一个从车厢后面甩出，一个从前面狼狈跌落，另有一道碧色身影甩了出来。满大街都是人们惊惶的叫声，更有年幼的孩童吓得嚎啕大哭。

甄妙闭眼苦笑。这已经是短短时间内第二次飞起来了。镇国公府，这是有人想让她升天的节奏吧？忽然跌落一个温暖的怀抱，甄妙骤然睁开眼睛。入目的，是一张棱角分明的脸。

甄妙满头珠钗已经不知掉落在何处，青丝如瀑随着风飞扬，露出一张清丽绝伦的面庞。玄衣男子眼中波光流动，与还处在惊恐中的甄妙对望着。

二人在半空转了个圈，稳稳落下。围观的人猛然爆发出喝彩声。

如瀑青丝随着翻飞的衣裙安静下来，甄妙缓过神，不自觉露出个笑："多谢。"

脚一落地，原本就扭了的那只脚传来钻心疼痛，身形一个踉跄。

玄衣男子没有说话，手上却用力要把甄妙带入怀中。

六皇子不知什么时候靠近，伸手把甄妙稳稳扶住，然后把人往身后一带，似笑非笑看着玄衣男子："多谢二王子了。"

"姑娘——"紫苏和阿鸾顾不得披头散发的狼狈模样，飞奔过来。急切之下，忘了喊大奶奶。

六皇子挡住围观众人的视线，对暗卫道："速去弄一辆马车。"片刻后，一辆小巧的马车就出现在闹市街头。紫苏和阿鸾谁都没说话，扶着甄妙就上了马车。

五城兵马司的人这才赶来。

领头的认出了六皇子，刚要行礼，六皇子微微摇了摇头，那人就站直了身子，道："大人，卑职听闻闹市惊马，车中的人没有伤着吧？"

"无事，这马车和马，都送到锦鳞卫去，交给罗大人定夺吧。"

"是，大人。"领头的迟疑一下道，"赶车的马夫也送去吗？"

"马夫？现在人在何处？"

领头的脸色有些古怪："在医馆。那马夫……伤势倒不算太重，只是糊了一脸马粪，眼睛出了点问题。"

"一起送过去！"六皇子看了看静悄悄的马车，嘴角微翘。

等五城兵马司的人领命走了，六皇子走到马车旁，隔着帘子问："你无事吧？"

还带着少女稚嫩的声音传来："无事，只是脚扭了一下，劳烦六皇子对那位公子说声谢谢。"

"你不用管这个，我派人送你回去。"

甄妙看不到六皇子的脸，却感觉到他似乎有些不大高兴，低低应了声，不再言语。

倒地而亡的马和破损的马车已经被拖走，小巧的马车静悄悄离去，人群渐渐散了。

玄衣男子目光迟迟没有收回来。

六皇子微不可察皱了皱眉，才展颜笑道："大王子、二王子，不是要见识一下京城最著名的风雅之地吗？请随我来。"

玄衣男子收回目光，似是想忍耐，却终究没忍住，问道："六皇子，敢问刚才那位，是哪个府上的姑娘？"

六皇子牵起嘴角，似笑非笑："呃，是镇国公府上的女眷。"

鬼使神差的，没有点明甄妙的身份。不知为何，他想着和太妃容颜相似的人被陌生男子觊觎，心中就是一阵不舒服。

"镇国公府么？"玄衣男子喃喃念着。

一旁的赭衣男子拍着玄衣男子的肩膀大笑："二弟，你要是喜欢，就和大周的皇上提亲，扭扭捏捏可不像咱蛮尾好汉。"

"大哥——"玄衣男子有些恼。想着那青丝飞扬的清丽女子，心中却一片火热。就好像饮了最烈的酒，搏杀了最凶狠的狼，那种激动兴奋带给他美妙无比的感觉。这是蛮尾国那些热烈奔放的女子没有带给过他的。原来他的公主，在这里。

蛮尾国的男子，向来是想要的就争取，从来不屑掩饰，玄衣男子单手按在胸前，冲六皇子行礼："请问六皇子，刚才的姑娘叫什么名儿？"

六皇子嘴角含笑，淡淡道："二王子，我们大周，讲究男女大防，女儿家的闺名轻易不会告诉旁人。本王只知道，镇国公府有三位姑娘。"

"这样么？"玄衣男子不再多问，暗道回来定要好好打探一下那三位姑娘的年纪了。

一直跟着六皇子的小太监深深埋下了头。主子哎，您又给人家挖坑了。

小巧轻便的马车停在了建安伯府门前。赶车的暗卫来到门口，不知和门房低语了什么,马车就直接赶到了侧门。

甄妙脚伤又严重了,紫苏和阿鸢身上都有擦伤,披头散发的三人都有些狼狈。

老夫人见了,半天说不出话来,好久才厉声道:"这是怎么回事儿!红福,快去请大夫来。"

田氏忙搀扶着老夫人:"老夫人莫急。大郎媳妇,好端端的这是怎么了?"

田氏心里得意极了。堂堂的世子夫人,跟楚潇阁沾了边,还弄成这样回来,看你以后怎么抬得起头来!

甄妙抬了眼,目光清冷地看了田氏一眼。

田氏一窒,那一瞬间好像脱光了被人看个正着。

再看去,却见甄妙露出个委屈的表情,蹭到老夫人跟前娇声道:"祖母,孙媳也想知道,好端端的这是怎么了?今日孙媳又飞起来了,直接从马车里飞出去的。"

"大郎媳妇,你慢慢说,到底怎么了?"老夫人面色缓和下来。

甄妙侧着身子,把伤脚挪了挪,疼得眼泪汪汪道:"从长公主府出来,惊了马,翻了车,孙媳就从马车里飞出来了。"

田氏脸色微变。惊马?怎么回事儿,莫非人没拉到楚潇阁?

老夫人听得捏了一把汗,又问:"怎么是六皇子的人送你们回来的?"

田氏彻底愣了。六皇子?这又关六皇子什么事?

甄妙可不知道田氏忽上忽下的心情,坦然道:"惊马被和六皇子一起的人制服了,然后那人救了孙媳。"

老夫人猛地咳嗽一声,看了田氏一眼。

田氏忙道:"谢天谢地,人没事就好,回头儿媳准备好谢礼送过去。"

心中却笑了,被六皇子的侍从救了吗?对堂堂世子夫人来说,这可不是什么好名声呢!也不知大郎知道六皇子的侍从把自己媳妇抱了,是个什么心情呢?田氏这样想着,心情陡然就好了不少。这也算是东边不亮西边亮吧,虽没让甄氏不得翻身,可这事儿也能狠狠打击大郎一下了。她就不信,大郎会不生嫌隙。

"马怎么会惊着了?那车夫呢?"老夫人提起这人,眼中寒光一闪。

国公府驾车的马,平日都精心照料着,别看高大健壮,性情却温顺得很,好端端的断不会受惊的。

甄妙垂了眼帘:"马受惊,是孙媳拿金簪刺的。"

"什么?"这话一出,满室皆惊。田氏像见了鬼似的看着甄妙。闻讯赶来,一脚踏进房门的宋氏更是僵在那里。

甄妙却抬头笑道:"三婶,幸亏您今日提前回了府,不然要跟着受惊了。"

宋氏走了进来，勉强露出个笑："早知道，三婶叫你当时一起回了。"

"四郎没事吧？"

"还好，只是皮外伤。"

老夫人重重咳嗽一声。偏题了好不好！

老夫人本来震惊的心情压了下去，心底反倒升起一种异样，声音就格外平静："大郎媳妇，刺马作甚？"

甄妙抿了抿唇，得意地道："路走得不对啊，从长公主府明明拐了弯上了青雀街一直走就到国公府了，可那马车带着孙媳跑到明樱街去了。儿媳怕那车夫是拐子，就刺了马。"

看着甄妙得意的模样，老夫人瞠目结舌，不知道是该赞她机智，还是骂她鲁莽了。

"大郎媳妇，你也太鲁莽了，惊马是小事吗，要是出了人命可怎么好！"田氏一副后怕表情。

宋氏却淡淡开了口："甄氏刺得好。"

"嗯？"老夫人讶然。

她这位儿媳，向来大方温婉，鲜少会说出这样的话来。

"楚潇阁和泠竹馆都在明樱街。"

泠竹馆是二老爷被卖进去的小倌馆，宋氏才派人去明樱街把人赎回来，对那里敏感得很，一听明樱街下意识就想到了那里，立刻了然了甄妙的举动，说这话时是带着赞赏的。

一句话石破天惊，老夫人勃然变色："那车夫呢？"还是那句问话，声音却陡然拔高了不少。想到某种可能，老夫人手都忍不住抖了起来。这是有人想毁了大郎，毁了镇国公府！

甄妙挽住了老夫人胳膊："祖母，您莫急，车夫被五城兵马司的人带走了。"

田氏表情一僵。带走了？怎么可能！老爷不是说，那车夫有一身功夫吗，又不是府里人，就算事情没办成也能全身而退，断不会查到这头来的。可人怎么会被五城兵马司的带走了，惊了马，难道不会趁乱逃了吗？田氏越想越不解。

她甚至觉得，就是换她赶车，当时那么混乱也能趁机溜了，难道老爷找的是个猪？

"田氏，叫老二给五城兵马司递个话，这事必须查个水落石出！"

"呃。"田氏木愣愣应着。

"祖母，二婶，你们都不用担心，五城兵马司的人把那车夫送到锦麟卫去了，大郎到时候可以亲自审问，他最擅长这个了。"

轰的一声，田氏身子晃了晃，觉得整个人都不好了。

"二婶，您怎么了？"

面对老夫人疑惑的眼神，田氏勉强笑笑："天热，又遇到这事，一着急就有些头晕。"

"呃。"老夫人点点头，"看来之前的病一直没好利落，这些日子又实在辛苦了。宋氏，采买那块以后就由你管着吧，替你二嫂分担点。"

"儿媳知道了。"在田氏越发难看的脸色中，宋氏轻轻应了下来。

"老夫人，大夫来了。"红福站在门口道。

老夫人让人把甄妙主仆移去了隔间，又交代了田氏和宋氏几句就让她们散了，沉思了良久，问杨嬷嬷："到底是谁，对大郎媳妇下这种毒手？"

杨嬷嬷没有立刻出声。

她从宫里出来，看多了那些腌臜事，府里这些日子发生这么多事，隐隐也算看明白了。只是，这个不该由她点破。

老夫人不是精明的妇人，却也不蠢，不过是身在其中，心早就乱了，或者是自己不愿深想罢了。毕竟一旦扯开，就是血淋淋的伤痛。粉饰太平，是人们下意识的选择，尤其对一位习惯了其乐融融、子孙满堂的老人来说。

"杨嬷嬷？"

"老夫人，这个，不如问问大奶奶？这段时日她遇到的事不少，说不定有些感觉。"

等大夫出来，老夫人问了问情况，就走了进去，问了甄妙那个问题。

甄妙几乎没有犹豫，就脱口而出："孙媳倒了霉，要看谁得了好处吧，或者孙媳好好的，谁受了损失？"

老夫人心中一震："你这孩子，怎么想到这些？"

杨嬷嬷却悄悄笑了。大奶奶啊，平日虽看着不谙世事，可有的话，却真的让人豁然开朗呢。只看老夫人愿不愿意拨开迷雾罢了。

看着老夫人失神的模样，甄妙抿了唇笑："不然，孙媳觉得自己还挺招人喜欢的，谁会损人不利己对我出手啊？"

直到甄妙主仆三人被送回清风堂，老夫人还坐在椅子上不说话。

罗天瑾听了属下的报告，看着跪在正中的男子，面似寒冰。不用审问，他就知道这是二叔二婶的杰作了。就这么迫不及待吗？

一想到甄妙差点被送到什么地方，还有惊马后的惊险，罗天瑾死死咬着唇，尝到了血腥味。是他无能，总想着稳妥地一步步来，却忘了一个不提防，毒蛇就会咬人。也是时候还击了，握在二叔手中的国公府明卫，不要也罢。

罗天珵忽然想通了很多。

镇国公府历来都有明暗两卫。明卫的用处不必多说，暗卫却是完全掌握在历任镇国公手里的，只有过世时才会把这支队伍交到新一任镇国公手上。只可惜府里明卫早就被二老爷牢牢握在手里。而暗卫，自从祖父坏了脑子后，却是悄无影踪。他不知道这些人去哪里了，还是早就不在了。是他想多了，没有暗卫又如何？以他如今的势力，难道就没有一拼之力，连自己妻子都护不住吗？

"丁二。"

"属下在。"一个男子从阴影处越众而出。

罗天珵瞥了跪着的人一眼，毫无温度地道："把暗房里的手段都让他尝尝，实在不招也无妨，把他身上的肉割一百刀下来喂狗，人别死了就成！"

跪着的人惊骇欲绝抬头，可惜口中塞着破布说不出话来。

罗天珵站起来，看都未看一眼就离去了，仿佛这人的口供真的无关紧要，他更感兴趣的是那一百刀。

"蛮尾国二王子？"罗天珵笑了笑，招了一人叮嘱了几句。

那人点点头，几个起落就消失不见。

"夫人，夫人，不好啦！"一个绿衣丫鬟冲了进来。

田氏皱眉："慌慌张张成什么体统，说的什么晦气话！"

"夫人，婢子听说，听说外面的人都知道国公府的女眷被蛮尾国的人救啦！"

田氏差点叫好，死死忍了下来，挂上难看的表情。

"还说，还说被那蛮子抱了呢！"绿衣丫鬟都快哭了。

"别慌，我去找老夫人想办法。"田氏心里已经雀跃了。

就听丫鬟来了一句："可，可是，那被救的女眷，都说是大姑娘！"

"大姑娘？什么大姑娘？"田氏不动弹了。

绿衣丫鬟哭丧着个脸，豁出去道："夫人，是咱家大姑娘啊！"

"咱家？元娘？"

绿衣丫鬟拼命点头，心道怎么夫人看起来这么镇定，然后就见田氏翻了个白眼，晕过去了。

"夫人——"绿衣丫鬟惊惶大叫，馨园乱作一团。

不知过了多久，田氏悠悠转醒。大亮的天光刺得她眼睛一闭。

惊喜的声音传来："老爷，老爷，夫人醒过来了。"

一阵凌乱的脚步声，田氏再睁开眼，就看到了罗二老爷。

外头的蝉鸣声让人心烦意乱，田氏恍惚了一下才骤然清醒，面色大变抓住罗二老爷的手:"老爷,甄氏,甄氏是个妖孽!"

田氏双目圆睁,表情惊恐,蜡黄的脸色配上蓬乱的发,倒像是厉鬼般,罗二老爷心里一寒,对着一旁的两个丫鬟喝道:"都出去!"

两个丫鬟吓得忙低着头往外退。

罗二老爷补充一句:"夫人病糊涂了,今儿个这话要是传出去,会如何你们自己想!"

两个丫鬟对视一眼,俱是一颤,慌忙退了出去。

一室寂静,只剩下默不作声的罗二老爷和喘着粗气的田氏。

罗二老爷伸手掰开田氏的手。

田氏手陡然抓紧:"老爷,您听到没?甄氏,甄氏是个妖孽,我们要除了她,除了她!不然她会害死我们一家的!"

"田氏!你真的病糊涂了吗?"罗二老爷冷喝一声。

田氏身子一震,眼神恢复了些许清明。

"外面传的事,我都知道了,元娘虽然闺誉受损,却也没你想得那么严重。蛮尾国的两位王子前来,是求娶公主的。宫里没有适龄公主,皇上早有意封初霞郡主为公主赐婚大王子。等事情成了蛮尾国的王子回了国,再过上个一年半载的,这事也就淡了。元娘是这一辈的嫡长女,到时候凭国公府的地位还愁嫁吗?"

他说到这里冷笑一声:"哼,大郎如今风生水起,在外人眼里也是元娘的助力。田氏,你也掌管国公府十几年了,怎么被一个甄氏吓成这样子?"

听了罗二老爷的话,田氏稍许缓和了下情绪,可脸色依然难看:"老爷,我是觉得这甄氏,实在有些邪门!"

"怎么说?"

"您看,当时那烧猪的事,本是想让老夫人嫌弃她的,结果她人没事,绮月却被打发了,这一年多来,大郎可是只进绮月的屋子。然后是秋千的事,她都摔下来了,却砸伤了田嬷嬷,朱颜只是去叫个人就烧了头发,我好端端一个大丫鬟算是毁了。您再看昨日,明明是想要她清誉受损,结果清誉受损的是元娘!您说,她邪不邪门?"

罗二老爷沉默不语了。

田氏猛然想起了什么:"老爷,那车夫被送进锦鳞卫了,会不会——"

"你放心,那车夫并没和我明面上的人接触过,虽然损失了一个暗线,好歹不会扯到我们身上来。"

罗二老爷心情也很不好。那些暗线都是精心培养的,最难得的是已经有了别的身份掩饰,失去一个,都是不小的损失。如今为了置身事外,却不得不清理了。

"老爷，五城兵马司的人不是向来最后一个赶到吗，怎么那车夫不知道跑呢！"田氏终于问出了心中疑问。

罗二老爷一脸嫌恶："马惊了时，那车夫被糊了一脸马粪，还进了眼睛——"

说到这儿，二人对视，俱是心头一震。

"老爷，我就说甄氏是个妖孽！"田氏不受控制尖叫道。

"你给我冷静点！"罗二老爷黑了脸，"或许，那甄氏是个扮猪吃虎的。你这段时间不要乱出手了，冷眼看着点，也省得娘那里起了疑心。"

昨日下衙去老夫人那里请安，老夫人明显有些不大对劲儿，要说和最近发生的事无关，他自己都不信。

"知道了。"田氏平静下来，拳头却是紧握的。

罗二老爷和田氏再怎么自我安慰，对一个未出阁的姑娘来说，被一个陌生男子当街抱了都是没脸面的事。更何况两个当事人，一位是传说中力大无穷茹毛饮血的蛮尾人，一位是金尊玉贵的国公府姑娘了。

流言越传越烈，已经有平日和罗二老爷不大对付的同僚开始取笑了。

上朝下朝，罗二老爷都能收到似笑非笑的目光，气得心肝发颤。那马车虽有镇国公府的标志，惊马之下又有几人注意？还有二王子的身份又是怎么泄露出来的？到底是六皇子还是平日政敌？或者——是大郎？

罗二老爷想得头发都快掉光了，一回家瞅着田氏的愁云惨淡和罗知雅的寻死觅活更是堵心，一抬脚去了杏花巷。

杏花巷在东西城交界处，比较僻静，大白日的也是家家户户闭着门，格外安静。罗二老爷把跟了他两年的外室安置在这里。

穿堂走巷行至第二户人家门前，罗二老爷敲了门。一个仆妇开了门，悄无声息把罗二老爷引进去。

"淑娘——"罗二老爷站在台阶上喊了一声，有些纳闷。往日这个时候，淑娘早就迎出来了。正想着门开了，一个女子匆匆下了台阶，冲罗二老爷福了福，抬眸又迅速落下，一语未发地走了。

二老爷心头一震，目光不由追随着那女子。那女子明明是青衣银钗，打扮极为素净，却莫名勾得他心头发热。

二老爷抬脚进了内室，就见淑娘由丫鬟扶着正要下床。

"这是怎么了？"罗二老爷大步走过去。

淑娘行了礼："老爷，您来了。妾前几日着了凉，没有大碍。"

看着淑娘憔悴的脸色，罗二老爷莫名就想到刚才的惊鸿一瞥。不施粉黛，乌黑的发,素白的脸,无端就多了几分惊艳。

"怎么随便让外人进来了?"

"老爷,您说嫣娘妹子吗?她就住在隔壁呢。"淑娘笑着解释。

"隔壁?平日怎么没有见过,你也要注意点儿,不要随意和人打交道。"

淑娘垂了眼:"妾知道了。嫣娘妹子几个月前就搬来了,只是很少出门,所以老爷才没见过。妾是端午那日出去看龙舟,人多拥挤滑了一跤,差点落了水,是被嫣娘扶了一把,一来二去就熟了。老爷不想让妾和外人打交道,那妾回头和嫣娘说。"

罗二老爷笑了笑。淑娘是个纯善近乎懦弱的性子,也正是因此,习惯了在朝廷和府中步步算计的他才喜欢十天半月地来这里放松一下。

"倒也不是不许你交友。我问你,那女子什么身份,家中还有什么人?"

问这话时,罗二老爷都说不清自己是什么心思。

"嫣娘是个行商的外室,那行商京城北广两头跑,已经出去一个多月了,家里就一个婆子、两个小丫头伺候着,好像没见过旁的人了。"

"行商?"想着那女子的穿着打扮,罗二老爷恍然。

这杏花巷住的都是些日子还算不错的老百姓,大多都是在西城经营着小生意,和富贵二字是不沾边的,但也饿不着,算是比上不足比下有余的那类人。罗二老爷把外室安置在这里,图的就是便于隐蔽身份。

听淑娘这么一说,他对突然出现在自己院子的美丽女子稍微放下点戒心。

淑娘身体不舒坦,罗二老爷略坐了坐就起身离开,出了门,正看到隔壁的棕色大门一开,一个小丫鬟扶着青衣女子走了出来。

那女子戴了帽帷把脸遮住了,见了罗二老爷微微欠身,就目不斜视走了过去。

风把遮面的轻纱卷起一角,露出精致的下颌。

罗二老爷凝视着那道曼妙的背影。他是个男人,不会为美色迷昏了头脑,但男人该有的乐趣还是有的。这莫名出现的女子,当然要好好查一查。若是有问题就及早解决,若真的只是一个行商的外室——呵呵,一个行商也配?

不提罗二老爷被撩拨起来的心思,国公府那边还不平静。

"夫人,大姑娘一天没吃饭了。"

田氏瞪了那丫鬟一眼:"你们都是吃闲饭的不成?大姑娘不吃东西,就不知道想法子?"话是这么说,到底心疼自己的闺女,抬脚就去了罗知雅那里。

"说了不吃,给我滚出去!"一个青花茶盅在脚边碎开。

田氏示意丫鬟们退下,走了过去。

"娘——"罗知雅张张嘴,委屈红了眼睛。

"我的儿，你这样糟蹋身子可怎么是好？"

不过数日，罗知雅下巴更尖了，田氏心疼得不行。

罗知雅别开眼："娘，女儿闺誉都被糟蹋完了，还要这身子干什么？"

"元娘，娘知道你心里不好受，但也别钻牛角尖。"田氏就把罗二老爷那话说了一遍。

"女儿还是咽不下这口气，分明是大嫂不规矩，外面的人都是瞎的不成，凭什么把脏水往女儿身上泼！"

"元娘，你暂且忍耐一下，等这段风波过去就好了。要细算下来，也不见得是坏事。"

"娘？"

田氏意味深长笑了："你现在这样，正好让那个瞎子娶了二娘，都不用再想别的主意了，还能显得你贞烈。"

听了田氏的低语，罗知雅点了点头。

熙熙攘攘的街上，两个身材高大眉目深邃的男子异常显眼，来往的人总忍不住多看一眼，但他们浑然未觉，自顾走着。

身穿玄衣的男子侧头对一旁不起眼的中年男子道："李少卿，本王让你打听的事如何了？"

被问话的男子闻言面色有些古怪。他好歹是鸿胪寺少卿，却干起红娘的事来了。可又惹不起这位爷。

蛮尾国在大周人心中虽是蛮夷之地，但不可否认，这个小国的战斗力极强，特别是这次来朝，皇上对他们明显重视起来，有意把初霞郡主许配给大王子，就是最佳的佐证。

"二王子，在下已经打听过了，镇国公府的大姑娘正是十四岁。"李少卿说着，有些好笑。

如今京城都传遍了这位王子和镇国公府大姑娘的事，可当事人倒是完全不知情，还托了他去打探。看来，这位二王子对镇国公府的大姑娘是真的有意了。

"她看起来就是十四五岁的样子，还异常美貌，是不是？"二王子不放心，又问了一遍，暗恼大周朝规矩莫名其妙，男女连面都没见过就要成亲，就不怕娶个丑八怪或者嫁个懦夫吗？他们蛮尾国的女子选夫，都是在角斗场上选勇士的，男儿娶妻，更是会在各种载歌载舞的盛会中选择自己心仪的美丽姑娘。

李少卿有些尴尬："在下也没有机会见那位姑娘。不过听内子说，镇国公府的三位姑娘中，大姑娘是最美貌的。"

"那就应该是她！"二王子眼睛一亮，随后有些懊恼，"难道就不能见一面吗？"

李少卿吓了一跳："二王子，这，这可使不得。我们大周男女七岁不同席，讲究的人家里，就是亲兄弟满了十岁还要挪到外院去呢，更何况是外男了。"见二王子相当不满，他忍不住道，"大周和贵国，不一样……"

"是不一样。"二王子皱皱眉，"可比我们蛮尾开放多了，男女连一面都没见过就能一起睡觉了。"

"咳咳！"李少卿剧烈咳嗽起来，嘴唇哆嗦望着二王子。这是父母之命媒妁之言，不是开放，开放！李少卿心中狂吼着，作为与外宾打交道的官员，特别是被皇上授意要好好招待对方官员，只得默默把这口老血咽了下去。

还是大王子拍了拍二王子的肩膀："二弟，我们要入乡随俗，你要是喜爱那位姑娘，就不要让她为难。"

哎哟哟，耳朵聋了。李少卿恨不得掩上耳朵。什么喜爱不喜爱啊，这，这样的话怎么说得出口！

二王子点了点头，不自觉摸摸胸口。

他想她，发疯地想她。她可真是他见过最美丽的姑娘，长发披散拂动着他面颊的样子，就像盛开的最绚丽的格桑梅朵一样，燃烧着他的心。

李少卿默默转头。鸿胪寺真不是人待的地方，总要和未开化的人打交道，他，他不干了！

镇国公老夫人的寿宴临近了，国公府里里外外收拾得焕然一新。

远道而来的客人已经安排在了客房里，族里也来了许多人。

罗氏一族在清河，离京城很近的一个县城。

原本的族长是老镇国公，清河老家那边一直是老镇国公的堂弟代管着。老镇国公痴傻后，代管的人就顺理成章接手了族长之位。

这次来贺寿辈分最长的，就是族长的妻子唐氏。妯娌二人说起来也有数年未见了，老夫人挺高兴，把府里小辈儿都叫来见礼。甄妙脚伤未好，作为新妇这样的场合却不能缺席，甚至可以说，她是着重要介绍的人。

果不其然，唐氏拉着甄妙左看右看，出手就是一对分量十足的金镯子，镯子上还嵌着猫眼大的八颗红宝石。

甄妙拿着手都有些软了。这，这是哪儿来的有钱老太太啊！

随后罗知雅出来见礼，老太太细看了几眼："这是元娘吧，怎么几年不见，瘦成这个样子啊？"

老太太藏不住心事，很有些不满地扫了田氏一眼。

田氏都快跪了。她真是最烦这位老太太来了！分明公公才是镇国公，她一个族长媳妇，比老夫人还会摆长辈谱儿。偏偏老夫人还不见怪，和这老妯娌关系好得很，弄得她们这些晚辈敢怒不敢言。元娘这几日是瘦了，可她模样好，眼睛大，这么一瘦，分明更加动人，这老太太也不知什么眼光！

　　老夫人却是明白的。早年时局不稳，不是没打过仗，守在清河的族人亦是遭过难的，甚至有过三餐不继的日子，唐氏最看不得脸尖体弱的姑娘，总觉得这样的没福气。

　　"姑娘大了，这是抽条了呢。"老夫人给罗知雅解了围。

　　想着孙女无辜受的委屈，老太太终有些不忍。

　　接着罗知慧出来见礼。

　　她只比罗知雅小一岁，鹅蛋脸白白净净，一双眼黑葡萄似的看着就聪慧，加之一身娴静的气质，这副模样最是讨长辈喜爱。

　　果然唐氏打赏的东西虽与罗知雅一样，笑容却多了不少，还直夸宋氏会教养。

　　田氏气得七窍生烟却不敢吱声，只盼着寿宴快点过去这老太太赶快滚蛋！

　　接下来是罗知真。三姑娘只有六岁，自打奶娘被处置了，整日也不出个声，站在那里像个小老鼠似的，半天才说出一句请安的话，然后就不言语了。

　　唐氏皱了眉，当着这么多晚辈的面到底不好多说，拿了朵金珠花赏了就不再多看了。

　　"元娘，带你两位妹妹下去玩吧。"老夫人开了口。

　　罗知雅没动，见众人都看过来，轻轻跪了下去："祖母，今日长辈们都在，堂祖母也来了，孙女有几句话想说。"

　　老夫人端着茶："元娘，有话起来说。"

　　罗知雅没有动，笔直跪着："祖母，这几日的流言，到底是牵扯到孙女身上让国公府蒙了羞。孙女自请闭门抄诵佛经一年，保佑长辈们身体康健，国公府平安如意。"

　　"元娘，你这说的什么话？"田氏惊呼一声，看向老夫人，"老夫人，这事，元娘是无辜的啊，她这样不是耽误了——"

　　老夫人明白田氏的意思，看着地上的罗知雅："元娘，你母亲说得对，你本就是无辜受累，犯不着自罚，祖母也不是那糊涂的人。"

　　罗知雅神情坚定："祖母，您和母亲疼惜我，孙女明白。只是这事情既然扯上了孙女，那么没错也是错。求祖母答应孙女的请求，就当是孙女的错，为此受的责罚吧。"

　　罗知雅说这话的意思，就是把惊马的事揽到了自己身上，算是大义凛然保下了甄妙。毕竟站在国公府的立场，她闺誉受损比甄妙清誉受损要好得多。大周比前朝民风开放，像她这样顶多算是名声微瑕，可要是已婚的妇人当街被陌生男子搂抱了，那可就是笑话了。

罗知雅这番作态，果然让老夫人高看了一眼，心道关键时刻，这个孙女还是拎得清的，这次受的委屈，将来定要好好补偿。

　　田氏瞥见老夫人神色，心中暗笑。换得老夫人的内疚，真说起来，将来到底是不是吃亏还不一定呢。

　　田氏悄悄瞟了眼甄妙，正见到她伸手拿了块桂花糕塞进嘴里，笑眯眯看着。

　　田氏不由气炸了肺。这是多厚的脸皮，元娘都这样表态了，她这个罪魁祸首不说一起请罪，至少坐立不安吧，她居然吃桂花糕！难道，她还真以为当街被抱的是元娘不成！

　　"甄氏，你怎么看？"田氏不自觉问了出来。

　　多道目光都看过来。

　　甄妙眨眨眼，一脸诚恳："二婶，我只是元娘的堂嫂，哪好提什么意见？"

　　田氏一口热血上来。什么叫给元娘提意见，到底是谁犯的错，别人不知道，你自己还不知道啊？

　　老夫人自打心里起了猜疑，见甄妙这样也不觉什么，叹气道："既如此，就依元娘的意思吧。你的委屈，祖母记下了。"

　　"祖母——"罗知雅微微红了眼圈。

　　几个小辈这才退了出去。

　　老夫人把田氏和宋氏留下来："当着你们五婶的面，我们就把老国公早年那件心事了了吧。贺家那孩子来了一段日子了，我冷眼看着是个好的，虽然有眼疾，平日活动并不妨碍。你们两个怎么看？"

　　"儿媳没什么意见，都听老夫人的。"田氏没有迟疑地道。她怕什么，老夫人既然准了元娘闭门一年，把惊马那事揽到自己身上，就不可能还把她嫁给一个瞎子！无论是为了元娘还是贺家，都不能。把国公府姑娘嫁过去，是为了报恩，老夫人断不会把刚刚损了名声的孙女嫁过去让贺家说嘴。而为了元娘的委屈，老夫人也不会让她再受委屈嫁给一个有眼疾的人。

　　宋氏淡淡微笑着："儿媳也听老夫人的。"

　　老夫人轻叹一声："二娘聪慧娴静，和贺家哥儿倒是良配，就给他们定下来吧。"

　　一切落定，宋氏依然挂着微笑，去了罗知慧那里。

　　罗知慧正在研磨，垂着头，神情专注。

　　宋氏静静看了女儿一会儿，才开口："二娘。"

　　罗知慧抬头："娘，您来了，先坐，等我把这一笔画完。"

　　宋氏坐在玫瑰椅上，耐心等罗知慧收了笔放好。

"二娘，娘有话要对你说。"

罗知慧动作轻柔坐下，露出清浅的笑容："娘，是我的亲事定下了吗？"

宋氏怔了怔，望着女儿没有任何异样的神情，轻轻点了点头："嗯，定下了。"

"女儿知道了。"罗知慧平静地道。

"二娘，娘这些日子冷眼看着，贺家公子是个挺好的孩子，娘只希望你不要先怀着偏见去认识他。答应娘，多发现他的好，这样，你才会过得好。"宋氏怜爱地摸摸罗知慧的头发。

作为一个母亲，女儿要嫁给一个眼盲之人，当然不可能心花怒放。可是，她不喜欢只盯着最坏的地方。贺家公子除了眼疾，各方面都是好的。二娘嫁过去，贺家那边定会心里存了几分愧疚，婆母想必不会挑剔她；而贺家公子因为眼疾，也不可能把府里弄得乌烟瘴气。一生一世一双人。或许，女儿会得到大多数女子都得不到的幸福也不一定呢。只是二娘毕竟年纪还小，平日再娴静，心里也可能有不满。

宋氏温柔望着罗知慧。

罗知慧一脸茫然："偏见？女儿干吗对他有偏见？"

宋氏张了张嘴："他有眼疾。"

罗知慧叹口气，眼中闪着同情："是挺可惜的呢，好多美丽的景色和人都看不到，更不能画下来呢。娘您放心，女儿会对他好的。"

宋氏彻底没话说了。做女儿的想得这么通透，当娘的太没成就感了！

甄妙窝在清风堂里，罗天珵挑帘子进来：

"甄四，我给你找了个丫鬟，现在正在外面候着。"

"丫鬟？我这里有等阶的都满了。"

"那就当个小丫鬟，只是以后你去哪儿，让她跟着就行。"

"她身手很厉害？"甄妙眼睛一亮。

罗天珵微怔："你猜到了？"

甄妙撇撇嘴："世子，请用正常眼光看我。"不是身手好保护她，难道是监视她啊？要真是那样，还跟她说干吗，随便安个暗线不就是了？

"咳咳，抱歉。"罗天珵嘴角上翘，"我让她进来了。"

甄妙点点头。

罗天珵手指放到唇边，吹了个清亮悠长的口哨，进来一个十二三岁的小姑娘。

"过来，见过你以后的主子。"

小姑娘走过来，跪下："主子。"

"你叫什么名儿？"甄妙左看右看，也看不出这小姑娘是个会武的。

小姑娘抬了头，声音柔柔的："请主子赐名。"

甄妙忍不住看罗天珵一眼。她都要怀疑罗天珵的话了，要不就是进来错了人，这小丫头看着还没她家锦言战斗力强呢。

罗天珵却肯定地点点头。

甄妙想了想道："就叫青黛吧。"

"青黛多谢主子赐名。"

"以后还是叫我大奶奶吧，你先下去。"

青黛立刻出去了。

甄妙忍不住问："世子，青黛真的会武？"

罗天珵笑了："高手谈不上，放倒几个大汉不成问题。表里不一，不是更好么？"

很快到了老夫人寿宴的前一日，天色暗了，甄妙低头绣着，累了停手揉了揉眉骨。

"姑娘，婢子给您再点两盏灯。"绛珠道。

"不用了，马上就好了。"甄妙又拿起针，绣了一刻来钟，总算长舒一口气，满意看着自己的作品。

她没有那个本事把蝇头大小的字绣出来，这敬献给老夫人的寿礼，就是一首总共五十六个字的藏头祝寿诗。因为字少，所费的时间就少多了，难度也没那么高。用这个做寿礼，出挑不敢说，至少不被人挑剔。对甄妙这么不力求上进的妹子来说，不被挑剔就足够了。

泡了个澡，放下心事的甄妙神清气爽地睡下了，第二日还在睡梦中就被人喊醒。

甄妙睁开眼，就见绛珠跪在地上，几个进来伺候的丫鬟脸色都不好看。

甄妙没了睡意，坐起来："出什么事了？"

绛珠把那幅绣品拿过来，声音涩然："大奶奶，婢子今早儿要把绣品装盒时又仔细查看了一遍，结果，结果发现这里有个小洞！"

"快给我看看。"甄妙心中一沉，接过昨晚才完工的绣品一看，果然在不起眼的一处有个小洞。这洞一看就是溅了火星烧出来的，只是太小，又恰好在黑字的最后一笔上，并不显眼。可当做寿礼的绣品，是绝不可能补的，那是对寿星的不尊重，被人察觉了就是天大的笑话。

甄妙盯着那破洞发愣。昨夜，她真的不记得有没有这个小洞了，到底是新形成的还是早就有的，更是说不清。可自打秋千的事后，她这屋子就只有陪嫁的丫鬟们才能进来。要说这是人为，她实在不想相信。

"姑娘，都是婢子的错，请您责罚婢子吧。"绛珠咚咚磕头。

"绛珠，你起来吧。"甄妙挥挥手。

见绛珠还跪着,她抿了唇:"绛珠,你听话,赶紧起来。这也并不是你的错,再说现在不是追究的时候。"

绛珠站起来,额头紫青一片。

"阿鸾,带绛珠去上药。"

甄妙看着绣得工整的藏头祝寿诗叹了口气。好好的寿礼毁了,这可真愁人啊,难道还是要用吃食来显示她的不同凡响吗?这多不好意思。

"紫苏,去取些萝卜来,青的、紫的、红的都要。"

第 19 章　上风

天很快大亮了，镇国公府的门开着，人来人往没有断过。当红的戏班子梨春班早就在府里东边园子里把戏台搭了起来。隐约的丝竹声传到大堂，更添了喜庆。

老夫人坐在上首，看着满堂宾客心情不错，与相熟的几个老姐妹闲聊着。

很快到了拜寿献礼的时候。

各府的人来拜寿，寿礼都是由管事唱念着入了礼单直接收起来，唯有府中晚辈和关系极密切的后辈才会直接把寿礼呈上来，讨老寿星欢喜。

很快就轮到了甄妙献礼。

甄妙脚并没有好利落，这一走动，别人就看了出来，不由多看几眼。只是这种场合，谁都不好多议论，那眼神别提多好奇了。

甄妙知道自己被围观了，打定主意速战速决，忙跪了下来说了吉祥话，接过紫苏递过来的托盘交给了一个丫鬟。

那丫鬟把蒙着红布的黑漆托盘捧到老夫人面前。

"是什么？打开看看吧。"老夫人笑道。看那高度，像是一株小珊瑚，或是一块奇石。

田氏悄悄笑了。

那礼单上，今日收了不下十株珊瑚了，最大的足足有半人高；至于奇石，以前老国公倒是稀罕，老夫人对这个可没什么兴趣。像田氏这样想的大有人在，三五成群的贵妇们都是自顾轻声攀谈着，不过是随意瞥了几眼。

可随着红布被掀开，那些目光就凝固了。

一棵青松盘根在黑褐色的山石上，松下数只仙鹤姿态各异，奇怪的是它们的翅膀是紫红色的，与青松配在一起，反倒出奇协调瑰丽，竟是不知由什么材质雕琢成的松鹤延年图。

"这是什么玉石？"坐在老夫人旁边的一个老妇人探着头问道。

这老妇人一身福字不断纹酱红褶子，看面容明明和老夫人差不多大，却没有一根白发，人显得极为精神。

"大郎媳妇,快告诉杜老太君。"

甄妙知道,这位杜老太君是欧阳将军府的老夫人,和镇国公老夫人关系相当好。

见众人目光都落到这里,她抿唇一笑:"杜老太君万福,这不是什么玉石,是花瓜。"

她说着又施了个礼,脆生生道:"请祖母品尝。"

"什么,是花瓜?"大厅里的人嗡嗡议论起来。

年长的妇人也就罢了,那些年轻的媳妇和姑娘们,有调皮的已经站了起来探身仔细瞧着。

"不可能吧,那怎么可能是花瓜?"

那山石,青松和白鹤,实在是太真切了,怎么能用瓜果雕刻成这个模样?

随李氏前来的甄玉瞥了那提出质疑的人一眼,道:"有什么不可能?我四姐去岁七夕女儿节时做的花瓜被国子监祭酒骆夫人亲评了绝品,这可是多少年没评出过了。别人做不出,可不代表我四姐做不出。"

见甄玉出头说话,李氏悄悄掐了她一把。甄玉疼得皱眉。

好在因为她这番话,许多人恍悟,纷纷道:"不错啊,我听说后来今上还宣甄大奶奶进宫了呢,可见甄大奶奶花瓜是做得极好的。"

众人纷纷点头,又开始猜测那松鹤延年盆景到底是什么做成的。

见没人注意,甄玉小声抱怨:"娘,您掐得我好疼!"

李氏一脸不乐意:"你一个姑娘家,这种场合多什么嘴,显得牙尖嘴利坏了名声!"

镇国公老夫人的寿宴,来的都是京城有头有脸的贵妇,借着这种场合相看各家小娘子太正常了。不知多少人家的结亲,就是在各色宴会上促成的。两个女儿正是议亲的时候,可不能行差踏错半步。

李氏想到这儿偷偷瞪了甄妙一眼。这个四丫头,自己攀了好人家,不说帮衬妹妹们一把,至少别再带累人!

这样一想,她又忍不住叮嘱两句:"玉儿,你要拿出大家闺秀的样子来,不该说的一个字都不能说,省得被人笑话了去。"

甄玉看了李氏一眼,淡淡道:"娘,我们都是一个府上出来的姑娘,任由别人猜疑四姐,做妹妹的一声不吭,才会让人笑话呢!"

李氏母女二人的私语,被坐在一旁的王阁老家的儿媳萧氏听入耳中,不由多看了甄玉两眼。

她的二子正在议亲,夫君前不久还提过建安伯府的两位姑娘。依夫君的意思,罗二老爷前途无量,人品又是好的,娶他的女儿还是不错的。可罗二老爷的继室李氏,大大小小的宴会她是见过不少次的，虽没说过话，却看得出是个小家子气的。当娘的这样，她对女儿就有些不放心了。这次宴会，她有意坐在了李氏母女旁边，没想到倒是听到了一番出人意料的话。李氏倒真是好福气，没有把女儿养歪。

看着李氏一脸不满盯着甄妙的样子，萧氏讽刺地翘了翘嘴角。

杜老太君一脸不可思议："这真是瓜果雕成的？"

她扭着头对镇国公老夫人道："老姐姐，你说我这眼神不差啊，怎么就看不出来呢？"

老夫人心里得意，笑得越发和蔼："大郎媳妇，你说说这是拿什么瓜果做成的？"

甄妙也不卖关子，笑眯眯道："这青松用的是青萝卜，白鹤用的是紫萝卜，所以这白鹤的翅膀才是紫红色的，取的就是紫萝卜表面那层浅紫色。"

"竟然是萝卜？"许多人惊呼，怎么瞧都不敢相信这么精致的物件只是拿萝卜雕成的。

"那黑褐色的山石呢？总不能还有黑萝卜吧？"杜老太君打趣道。

甄妙笑盈盈道："这黑褐色的山石啊，是用面粉、鸡蛋加了乌梅汁等物烘烤出来的面点。"

"老姐姐，快让丫鬟拿近点，我看看。"杜老太君越看越稀奇。

老夫人心里那个得意："没听杜老太君说吗，还不拿近点？"

捧着托盘的丫鬟走到近前。

杜老太君欠了欠身子，笑道："哎哟，竟是真的呢，远处瞧不觉得，这一靠近，就闻到一股萝卜味。"

甄妙低了头苦笑。自己折腾了一大早上，到现在都是一身萝卜味。

真的确定了这就是由萝卜雕成的，杜老太君啧啧赞叹："老姐姐，你这孙媳真不错，手这么巧，一看就是伶俐的。不像我家那傻丫头，账都算不清呢。"

站在杜老太君旁边的一个年轻圆脸女子嘟着嘴道："老夫人，您看看，老太君这就嫌弃人家了，别回去后处处拿我和甄大奶奶比，那我这日子可就没法过了。"

这么一说，众人都笑了。杜老太君佯装打了那圆脸女子一下："你这丫头，再贫嘴以后可不敢带你出门了。"

接下来是罗知雅献寿礼。只可惜众人还在琢磨用面粉鸡蛋怎么烤出像石头模样的糕点，对罗知雅献上的手绣经书并没多少关注。

田氏暗暗咬牙。大半年前她从大福寺捐了大笔香油钱得了一本手绣经书让女儿仿着绣，为的就是献给老夫人当寿礼。这一日京城贵妇云集，元娘贤良灵秀的名声传出去，将来说一门好亲事就容易多了。没想到，又被甄氏抢了风头！

罗知雅垂着头退到一旁,心中亦是不好受。想着自己数月的辛苦,却抵不过别人一两日的忙乎,就觉得不甘心。

大嫂明明都嫁做人妇了,还这么抢风头干吗?她难道不知道,自己还替她背着黑锅吗?罗知雅越想越不平衡,待赞叹声又响起时,猛然抬头望去。

就见罗知慧立在大堂中央,和刚才捧托盘的丫鬟一人扶着画轴的一边,展示给人们看。

那是一幅雨打芭蕉图,这样的景物入画,是很常见的,想要出彩不容易。可罗知慧这幅画能像甄妙的果雕一样引起众人惊叹,却是因为画得太真了。

是的,不是像,而是真。

站在这幅画前看着,那巨大的芭蕉叶上滚落的水珠,仿佛手一伸就能接住,还有肆意洒落的雨,让人觉得靠近了,雨水就会打在自己身上。

"这是什么画法?"一个刚进门的妇人走过来。

有人低呼:"骆夫人!"

骆夫人这才醒过神来,勉强从画卷上移开目光,冲老夫人行了礼:"老夫人,车子路上出了点问题,来迟了,还望您勿怪。"

"不会不会,你来我就很高兴了。"

骆夫人忙回了头看着那幅画,问道:"这画,是出自何人之手?"

"夫人,是我画的。"罗知慧敛衽施礼,一副宠荣不惊的样子。

骆夫人眼睛一亮,喃喃道:"难怪落笔还有些稚嫩,不过,这种画技倒是令人耳目一新。罗二姑娘,这种画法,是谁教你的?"

"是我闲来无事琢磨的。我就是想着,到底能把一幅景色画得有多像。"

甄妙早就瞪大了眼睛。这姑娘强啊,就这么着把工笔画和油画糅合到一起了,假以时日,完全是一代宗师的节奏啊。

骆夫人显然比甄妙更懂得罗知慧的天赋,深深看了她一眼道:"罗二姑娘,我近来也常常研究作画,你若无事,就常来府上玩,我们一起探讨一下。"

"夫人抬举我了,若是夫人不嫌弃,能不能收下我这个学生?"

"好。"骆夫人满口应下。

这话一出,满堂皆惊,看向罗知慧的眼神便不同了。骆夫人是闻名天下的才女,皇室多次请她给公主们授课。但凡被她肯定的闺秀,无不身价倍增,成为各家争相求娶的对象。罗知慧成为她的学生,那就更是难得了。至少在场的贵妇中家里有适龄儿子的都开始盘算了。

气氛热闹起来。

罗知雅低着头，眼睛都红了。凭什么自己平白无故被泼了一盆污水，她们却一个比一个风光？

田氏悄悄拍了拍罗知雅的手，声音放得极低："元娘，这种场合，大家都看着你呢，要沉住气。"

这么多年，她都贤良大度忍过来了，吃食衣物，无不挑最金贵的给清风堂，生病了请医问药，启蒙了重金聘请名师，若只看做的，就是亲生母亲也不过如此了。但是她不得不忍，不得不这么做。老夫人不是糊涂的，但凡他们夫妇表现出一点养歪了大郎的意思，老夫人都不可能再让她管家，更会把大郎接到身边教养。他们夫妇再想影响大郎，暗暗引导事情变成想要的结果，那就难上加难。现在老夫人似乎起了疑心，这后宅是该平稳一段日子了。

罗知雅却气不过，自嘲道："娘，您多虑了，这个时候，谁还看着女儿呢？都看二妹去了。"

田氏轻笑一声："傻丫头，看她又如何，她的亲事不是已经定下了吗？"

罗知雅眼前一亮。对啊，二妹已经定下了和贺家那个瞎子的亲事，就是再风光又如何？看着罗知慧宠辱不惊的模样，罗知雅心中郁气一扫而光，反倒觉得格外畅快。二妹，希望你越来越出众，给国公府添光增彩，然后在所有人惋惜的目光中嫁给一个眼盲之人。作为培养出你的同一府的姑娘，就沾沾光，寻一位如意郎君吧。

接下来的献礼没有什么出奇的，丝竹声中，宴席很快开始了。

已经有相熟的开始打探罗知慧的情况："老夫人，贵府二姑娘还未定亲吧？"

说来奇怪，这次采选，镇国公府两位适龄的姑娘都未参加，可这些年也从未听说她们定了人家。那罗大姑娘也就罢了，往日虽看着不错，如今名声可不大好，倒是这罗二姑娘，不但是公主伴读，还成了骆夫人的学生，要是能娶进门，那可是件得意事。

老夫人笑得很自然，说的话却让不少人吃了一惊："二娘的亲事已经定下了。"

"不知是哪家的公子有这个福气？"不少人纷纷问道。

"是燕江贺家的公子。"

田氏不着痕迹地抿了抿唇。她越发猜不透老夫人的想法了。这亲事虽是上一辈就有的约定，可现在双方连小定都没下呢，完全可以推托的。

老夫人这么一说，那就成板上钉钉的事了，不用明日，满京城的人就会知道镇国公家的二姑娘已经名花有主。不过这样也好，她本来有些放不下的心总算踏实了，再不必担心出什么变故让元娘顶上去。

"燕江贺家？呀，是那耕读传家，早年曾出过帝师的贺家吧？"一个妇人惊讶道，然后对杜老太君道，"老太君，您的孙媳好像就是燕江人吧？"

"是呢。"老太君点点头,看了那圆脸年轻女子一眼,却发现她脸色有些难看。

"江氏?"

被称作江氏的圆脸女子回神,一笑露出一对酒窝:"哎,祖母,孙媳一听到罗二姑娘要嫁到娘家那边去,有些意外。"

"贺家怎么样啊?"不少人对镇国公府把如此出挑的嫡女远嫁到燕江去,心中很好奇,有沉不住气的就问了出来。毕竟就算出过帝师,也是两代前的事了,如今朝廷上可没贺家的人。

"贺家是当地的望族,对族中子弟约束很多,风评是很好的。"江氏有些支吾,"且有男子四十无子方可纳妾的规矩。"

杜老太君笑着拍她一下:"你这丫头,平日不是挺泼辣的,说起这个倒是腼腆起来了。怎么,怕我和你婆婆多心啊?"

人们都笑起来,纷纷夸罗二姑娘有福气,镇国公府会挑人。气得罗知雅都要翻白眼了。真想看看这些人知道二娘嫁的是瞎子时,都是什么表情。可她却是半点都不敢透露的。在外人面前踩着自家姐妹,那她的名声就不用要了。

田氏心里亦是有火。这起子逢高踩低的人,二娘风头正盛,关注她的亲事也就罢了,可知道她已经定亲了,却绝口不问元娘的亲事,分明是因为惊马的事嫌弃元娘!几杯果子酒下肚,厅里气氛越加热烈。

一个小娘子凑过来:"表姐,怎么不来我们那桌坐?"

罗知雅露出个温婉的笑:"母亲说了,让我好好招呼这桌的客人们,哪能乱走呢?"

有人低笑一声。虽然声音很轻,语气中的嘲讽却是掩不住的。

罗知雅一看,是威远侯府的萧如玉,心中就一阵腻歪。

自打去年,萧如玉就嫉恨上镇国公府了,就是因为给公主选伴读时二娘选上了,而她落了选。四位公主伴读是有讲究的,两位勋贵家的,两位重臣家的。重臣和勋贵各自的两个名额,还要一文一武。镇国公府和威远侯府都是军功起家,罗知慧和萧如玉就是实打实的竞争对手。所以萧如玉落选后,但凡是花会茶会,总有意无意针对着镇国公府的姑娘。

想到这里罗知雅更是郁闷。你嫉恨二娘就嫉恨啊,凭什么把我带上?合着背黑锅时她上,有好事时就是别人的了?想着田氏的叮嘱,她还是忍了下来。

倒是那凑过来的姑娘不乐意了:"萧如玉,你笑什么?"

萧如玉看了看那姑娘,嘴角勾起,抬了抬下巴:"你是哪家的?抱歉,我忘了。"

"萧姑娘贵人事多,难免记不住人,这是我表妹田莹。"罗知雅嘴角含笑,显得格外沉稳大气，却悄悄捏紧了拳头。

她外祖家并不显贵，应该说是才发家的，总有暴发户的嫌疑，还是母亲嫁进国公府，外祖家才渐渐融入了上流的圈子里。不过，她外祖家再不济，她也是国公府的嫡出大姑娘，面对对方的骄纵，没有人认为她的谦让是畏缩，反倒是大度。

"田莹啊，我想起来了。怎么，田姑娘，我堂堂威远侯家的姑娘，笑一笑还要征求你的意思吗？"

这番口角，虽双方都刻意压低了声音，可原本坐在一席的小娘子们都注意到了。

罗知雅是主人，对方虽明显是挑衅，却不想把事情闹大，忙拉了拉田莹："表妹，你先回去坐吧。"

田莹自小也是千娇百宠养大的，后来年纪大些可以参加各种宴会了，才发现不少人对她的出身心存轻视，性子就变得格外敏感尖锐，见她维护的表姐反倒让她走，当下就忘了场合，抬高声音道："表姐，她明明就是笑你！"

热闹的大厅陡然一静，许多人望过来。罗知雅眼前发黑，差点栽倒，眼圈腾地红了。

甄妙托着腮好奇往这边看看。大姑娘这哪儿寻来的猪队友啊？

另一个席面上的小娘子忙过来把田莹拉走。

丝竹声继续响起，将尴尬的气氛遮掩过去。可席面上的姑娘们却是三三两两聚在一起窃窃私语着。贵妇们则挂着心照不宣的笑意。

罗知雅如坐针毡，只觉那些私语都是议论她的，还有那笑容，定是讽刺她。

田氏心疼得不行，大庭广众之下又不能说什么，心中又把甄妙诅咒了百八十次。

这时一个丫鬟急匆匆走进来："老夫人，宫里来人给您送寿礼了。"

满室皆静。

老夫人忙带着人迎出去。

一个内侍走来，先是宣读了天家赐下的礼单，接着又取出明黄圣旨："兹闻镇国公之嫡长孙女品貌出众，恭谨端敏，朕躬闻之甚悦，特许配蛮尾国二王子为妃……钦此。"

所有人像被猛然掐住了咽喉，吐不出一个字来。

罗知雅软倒在地发出一声闷响，因为盛装打扮而特意戴上的玉兰点翠步摇触到青石地面，发出清脆响声。

田氏头脑空白，下意识扑过去，看着双目紧闭面如金纸的罗知雅，撕心裂肺唤道："元娘，元娘你醒醒啊！"

跪在一旁的罗二老爷面色铁青，恨不得冲过去把妻女抽醒。雷霆雨露皆是君恩，接旨时如此失仪，皇上知道了，一怒之下丢官都是轻的。真是被这母女二人害死了！原本罗二老爷听了圣旨的内容，又是震惊又是心痛女儿，可经过这么一出，满腹心事就只剩下恼怒了。

罗天珵跪在不起眼的地方，心情舒畅。二叔二婶，这才刚开始呢，不急，咱们慢慢来。

那传旨的内侍面色已经不大好看了，看着老夫人："镇国公老夫人，您府里这是——"

老夫人年纪大了，今日寿宴本来极为高兴，突然急转直下，大悲大喜之下被痰堵了喉咙，一时竟说不出话来了，听内侍这么问，嘴唇抖个不停。

甄妙就在老夫人旁边，察觉老夫人的异状，不着痕迹从后面扶住，笑意盈盈开口："魏公公，是您啊，真是巧了，每次见您都有喜事。国公府今日三喜临门，我们老夫人激动得都说不出话来了。"

罗天珵一副见了鬼似的表情，还好这种时候没人注意到。

"呃？"魏公公顿了一下，眯起了眼睛，"是甄大奶奶啊，咱家还没机会向你贺喜呢。"对这位甄大奶奶，他还真是有点佩服了。

这一年多来波澜起伏的，连他这习惯了宫廷风云诡谲的都觉得神奇。这样的人，要不就是得天独厚，要不就是心智绝伦。运气？呵呵，反正他相信后者。对这种人，他可不想得罪。再说以镇国公府的地位，再加上罗世子在皇上心中的分量，他也不可能刻意刁难。

不过这国公府的二夫人和大姑娘还真是上不了台面，这婚事搁哪家勋贵身上都不愿意，可至少要等他走了再该晕的晕，该闹的闹啊。他还在这杵着呢，就乱成这个样子，这不是打皇上的脸吗？皇上脸都被打了，镇国公府地位再高，他也不可能什么都不表示，不然等回了宫，皇上就该对他表示了。还是这甄大奶奶会说话，总算有个给他台阶下的人了。

魏公公当下对甄妙印象更好了几分，面上露出笑意："皇恩浩荡，老夫人心情激动咱家是可以理解的，只是这罗大姑娘——"

"大姑娘已经激动得昏过去了……"甄妙面不改色。反正她没说是高兴得昏过去还是郁闷得昏过去，完全不需要脸红。

魏公公心中都要叫好了，这甄大奶奶，没来皇宫混实在是屈才了啊！

甄妙完全不知道魏公公悄悄把她神化了，面对罗天珵抛来的诧异目光，回之一笑。

然后，夫君大人更诧异了。

甄妙收回视线，老老实实低头盯着自己的鞋尖不动了。

魏公公淡淡扫了一眼昏迷不醒的罗知雅，没多说什么。他真的只是需要一个台阶而已啊！谁知道黑压压跪着的这一群人，晕的晕，愣的愣，要不就是惊怒得要抓狂，或者沉默得令人发指的,偏偏没有一个人说句正常场面话的啊!他传个旨容易吗!

魏公公心里疯狂吐槽着,然后冲甄妙笑得更温和了:"三喜?不知贵府还有什么喜事啊?"

甄妙笑道:"祖母的六十大寿是一喜,二姑娘被名满天下的骆夫人收为弟子是一喜,加上大姑娘被圣上赐婚,不正好是三喜吗?"

这时候罗知雅刚刚转醒,一听这话气血上涌,一翻白眼又昏过去了。

把一切尽收眼底的罗天珵差点忍不住冲甄妙竖大拇指。媳妇,你是怎么把插刀做得如此出神入化的?

"原来如此,看来今日咱家是来对了。"

老夫人总算是缓过来了:"公公辛苦了,进去喝杯酒水吧。"

"不了。"魏公公摆摆手,"咱家还赶着回去复命呢。"

魏公公带着几个内侍一离开,气氛总算松懈下来,不少人身子一歪,坐在了地上。

老夫人已经恢复了镇静,对脸色阴沉的罗二老爷交代了几句,率着众人返回了花厅。

只是罗大姑娘被赐婚的消息早像风一样传遍了,接下来就有些冷场,饭后移去东园看戏,勉强看完一场就陆陆续续有人告辞了。

温氏告辞前,握着甄妙的手小声安慰:"别担心,老夫人他们要是不痛快,就少说话。"

甄妙点点头。她当然不担心,又不是她嫁……

府里气氛低沉,除了太小的和还昏迷着的,所有主子都聚到了怡安堂的堂屋里。

"这到底是怎么回事儿?"老夫人盯着罗二老爷,"老二,你在朝中就没听到一点风声?皇上不是要把初霞郡主赐婚给蛮尾国大王子吗,怎么莫名其妙地牵扯上元娘了?"

"儿子哪里知道?"罗二老爷额角青筋都快蹦出来了。

啊啊啊啊,他怎么知道啊,他就是换了个车夫,就把唯一的嫡女换到蛮尾国去了。

要是大王子也就罢了,将来是要继承王位的,有一个女儿在异国当王后,他这个岳丈在朝廷上分量就不同了。可二王子,他,他是哪根葱啊!罗二老爷心都要滴血了。他这纯粹就是把闺女扔水里了,然后连个响儿都没听着!

"大郎呢?"老夫人看向罗天珵。

罗天珵神情平静:"孙儿也不知道皇上怎么会突然赐婚。"

田氏猛然抬头,情绪激动起来:"老夫人,是甄氏,是甄氏啊,我苦命的元娘,是为甄氏挡了灾!"

"住口!"罗二老爷脸色更难看了。

老夫人脸沉下来:"田氏,你是管着家的,怎么却管不住自己的嘴?"

什么叫替甄氏挡了灾？传扬出去，难道让天下人都知道国公府的世子夫人被二王子抱了，二王子想娶的是世子夫人？到时候二王子可以走人了，国公府还有没有脸面？

老夫人是过来人，略一琢磨，就知道定是当日惊马，二王子对甄氏上了心了。不然这赐婚的旨意，哪那么好求的？要知道大王子娶初霞郡主已经成了定局，皇上完全没必要再给臣子添堵，让人家损失一个闺女，尤其是镇国公府这样的地位。那蛮尾国，想必付出了不小代价。除了是那二王子真心看上甄氏了，恐怕再没别的原因了。

老夫人瞥了甄妙一眼。无论如何，弄成这个样子，要说对甄氏一点看法没有是不可能的。不过想到接旨时甄妙及时的应对，心情又缓和了几分。

甄妙坐得笔直，一声不吭。

田氏被老夫人呵斥，清醒过来，看一眼神色淡淡的宋氏，死死咬着牙。早知道，早知道就把元娘嫁到贺家去了，嫁一个瞎子，也比嫁到蛮尾那种苦地方去强啊！

一直没吭声的二郎说话了："祖母，按理孙儿不该开口，可有句话实在不吐不快。无论外面怎么传，咱们心里都知道事实是怎么回事儿，大妹确实是因为大嫂那事才惹出这场风波。可孙儿冷眼看着，大嫂不但毫无愧疚，还直说这是喜事，这无异于往母亲和妹妹心口捅刀子。母亲一时气急说错了话，您教训是对的，可大嫂是不是也该担点责任？"

三郎性子更急些，跟着道："祖母，二哥说得不错，明明是大嫂的错，您却不罚大嫂，这实在是太不公平了！"

罗天珵冷厉的目光扫来。

二郎梗着脖子移开眼，看着甄妙："大嫂，你就不说句话吗？"

见众人都看过来，甄妙乖巧问老夫人："祖母，孙媳也能说句不该说的话吗？"

老夫人点头。她倒是好奇了，甄氏这个时候，会说出什么话来？向元娘道歉吗？和小姑好好相处，是许多新妇都会做的事儿。更何况这事，确实是她连累的元娘。

甄妙抿了抿唇，语出惊人："那就跟二王子说清楚，他救的是我不是元娘，把我嫁过去吧。"

咔嚓一声，罗天珵手按着的花梨木扶手裂了，脸色铁青。

老夫人差点背过气去，好一会儿才道："甄氏，你，你这是胡闹！"

罗二老爷更是气怒："甄氏，你这是要毁了国公府吗？"

甄妙摊摊手："二郎，你看，我是不想别人为我承担什么的，元娘的担当，是为了国公府吧？"

二郎一窒，三郎大怒："大嫂，难道起因不是你乘坐的马车惊了马吗？"

甄妙眨眨眼："呃，这个其实我早就想说了，是马惊了，又不是我惊了……"

众人："……"

"荒谬！"罗二老爷在老夫人面前首次破功，吼了出来。

甄妙像是被吓住了，呆呆看了罗二老爷一眼，拉了老夫人衣角："祖母——"

老夫人原本紧绷的脸色一僵。这丫头，不知道她在生气吗？

"祖母，二叔这么生气，是我说错了吗？"

瞧着甄妙可怜巴巴的样子，老夫人暗吸一口气，才道："你说得也不算错。"然后看着罗二老爷："老二，你是当叔伯的，别像不懂事的孩子一样考虑事情。"

老夫人刚开始被甄妙的话惊住，回过神后再看二房一家的咄咄逼人，就有些不是滋味了。甄氏还是新妇，就是当婆婆的轻易都不该说重话，免得新媳妇脸皮薄受不住，显得国公府苛刻，更别提这当妯子和叔伯的了。

当着一众小辈的面儿，老夫人一番话说得罗二老爷面红耳赤，同时心里一惊。

甄氏这话，乍然一听有些强词夺理，可要是深究起来，却不经意把人往一个方向引去。马惊了，不是马的问题就是车夫的问题，而无论哪一种，管家的都有责任。国公府，可不就是他媳妇田氏管家吗！罗二老爷深深瞥了甄妙一眼，心底发寒。明明说了那种荒唐不羁的话，可真的追究起来，却要把他这一房绕进去，甄氏究竟是无意的，还是扮猪吃虎？无论如何，此事却是深究不得了，这个黄连只能咽下去。

田氏还待说什么，罗二老爷悄悄使了个眼色。

二郎和三郎听出老夫人话中的敲打之意，心中虽不忿，却没敢再说什么，只狠狠瞪了甄妙一眼。

老夫人本就因赐婚的事心烦，见了这番暗潮涌动皱了眉："老二、田氏，我知道，元娘的亲事实在有些出人意料，可圣旨已下，明日还要进宫去谢恩，你们现在就回去准备一下吧。元娘那边，田氏你多照顾些。"

老夫人字斟句酌，哪怕在自己屋里，也不敢对这门亲事表示出半点不满，不然被有心人听去，会给国公府带来许多麻烦。

在场的人并不是蠢的，稍微冷静下来都懂老夫人的意思。

罗二老爷率先道："母亲放心，儿子晓得的。"

老夫人摆摆手："那就都下去吧。大郎媳妇，你留下来，我有几句话说。"

众人退下，临去前神色各异看了甄妙一眼。

甄妙无视其他人眼神，只和罗天琪对视一下，给了他个放心的表情。却不想罗天琪脸色更黑，急急转身走了。

留下甄妙一脸莫名其妙，好一会儿才转过头，干笑着问："祖母，您有什么吩咐？"

看着这张笑靥如花的面庞，老夫人叹口气："大郎媳妇，大郎对你可好？"

甄妙显然没料到老夫人问这个，愣了好一会儿才点点头："好。"

貌似他好久没流露出要掐死自己的意思了。搭伙吃饭还挺愉快的。

看她这表情，老夫人心悬了起来。甄氏不会真的对大郎无意，反倒对那蛮尾国的二王子一见钟情了吧？听听她说的什么话，居然不用元娘担着，自己嫁到蛮尾国去！

"那二王子——"老夫人张口，却实在不知该怎么说。

甄妙诧异看过来。

"那二王子虽救了你，可你毕竟是国公府的世子夫人，以后就把这事忘了吧。"

老夫人决定还是点到为止。

"嗯。"甄妙乖巧点头。

"这段时日就好好待在府里吧。"

"嗯。"甄妙继续点头，态度相当老实。

老夫人心塞，说不下去了："那你回去吧。"

甄妙这才抬了头，笑眯眯问道："祖母，孙媳还做了长寿面，您要不要尝尝？"

老夫人："……"这孩子，到底心有多宽啊！啊？

"那就送一碗过来吧。"

喂，自己到底在说什么？

老夫人觉得自己被这不按常理出牌的孙媳妇带到沟里去了，心底却生出难以言说的暖意。今日是她六十整寿，平地惊雷，多少热闹喧嚣最终只剩下残羹冷炙，人走茶凉，又有谁还记得给她送一碗长寿面呢？

甄妙一离去，老夫人就对红福道："去，把清风堂的云柳叫过来。"

不多时云柳挑帘而入，跪下："云柳见过老夫人。"

"你们先下去吧。"

屋里伺候的丫鬟全都退下，只剩下老夫人和云柳二人。

"云柳，你起来说话。"

云柳站起来，心中有些忐忑。自打秋千那事后，清风堂换了大半的人，自己是少数留下来的，也不知老夫人传唤究竟是何事。

"云柳，世子和大奶奶怎么样？"

"啊？"云柳有些发愣，一时没会意老夫人的意思。

对一个丫鬟，老夫人没什么在意的，直言道："世子平日都是睡在何处，他们夫妻之间——"

云柳一下子懂了，脸涨得通红，结结巴巴道："老，老夫人，自打大奶奶从秋千上摔下来，世子就不让我们这些人进大奶奶屋子了……"

211

老夫人脸一沉:"怎么,非要进屋子才能看出什么么?"

云柳吓得一激灵,豁出去道:"回老夫人话,婢子觉得世子爷和大奶奶还不错,世子爷下衙后要不就是歇在书房,要不就是歇在大奶奶那儿。自打大奶奶进了门,还没去过西跨院。不过——"

"不过什么,别吞吞吐吐的!"

"不过,婢子似乎从没见过大奶奶要水……"云柳脸通红,实在说不下去了。

老夫人眉头紧锁,心里开始翻腾。什么,没要过水?最开始,她曾旁敲侧击问过,知道甄妙天癸未至,可这都几个月了,听这丫鬟的话,大郎只歇在甄氏那里,竟然能一直忍着?老夫人觉得事情严重了。她这大孙子,该不会——

老夫人心情沉重挥挥手:"下去吧。"

等云柳一退下,老夫人立刻叫红福传话给小厨房,亲自点了晚上要吃的菜。

甄妙这边回了清风堂,一进屋,就见罗天珵坐在桌旁喝着茶。

听到动静,罗天珵抬眸看了甄妙一眼,道:"你们都下去吧,没有吩咐不得进来。"

"是。"屋里伺候的丫鬟退下。

"甄四,劳烦把门关一下。"

甄妙关了门。

"过来。"

甄妙有些紧张了。这怎么看都像神经病发的节奏啊!

"怎么,要我过去吗?"罗天珵笑了笑。

甄妙马上走过来了。

手腕猛然被抓住,传来罗天珵刻意压低的声音:"甄四,听说你想嫁给二王子?"

甄妙惊了:"你还听谁说了?"

她当时安慰初霞郡主的话,不会传出来了吧?

罗天珵更惊了,她难道还对别人说了?原来不只是气二叔他们,而是真的愿意嫁给二王子?

感受到风雨欲来的气氛,甄妙张了张嘴。

"别开口,不然我怕一时控制不住掐死你!"

甄妙彻底闭嘴了。

罗天珵去了书房,拿了一本兵书研究起来。他知道,这样的平静不会太久了。

梦中今年秋日狩猎,一只猛虎袭击太子,太子惊慌之下把猛虎引向了皇上,救下皇上的侍卫从此青云直上,太子被废。皇上由于惊吓过度,身体渐渐差了下来。如果说刺杀永王那事是动乱的前奏,这次狩猎,则拉开了大周朝长达数年内争外斗的序幕。

天色渐晚，罗天珵放下书册向门口走去，打开门，正好半夏走过来。

"世子爷，刚刚后院的青鸽姑娘过来，问您是回去用饭吗？"

"不了，我就在书房吃，和大奶奶说一声，今天不过去了。"罗天珵没有犹豫地道。

"嗳。"半夏应了，转身离去，过了一会儿又提着食盒返回，"世子爷，老夫人送了饭菜来。"

罗天珵有些诧异。他院子里的饭菜，都是大厨房按时送来的，因为他如今特殊的体质，胃口大，随时会饿，清风堂还专门设了小厨房。老夫人那边，鲜少会送吃的过来。

他觉得有些不对劲儿，问："老夫人那边送来的？"

半夏懂罗天珵的意思，回道："是红福姑娘亲自送来的。"

这么一说，罗天珵心放下来。

半夏见状，打开食盒把饭菜取出来。食盒足有四层，竟然摆满了桌子。

罗天珵扫了一眼。

葱烧海参、枸杞乳鸽汤、鹿茸羹、红烧狗肉、韭菜鸡蛋饼……

对吃的向来没有什么研究的他，怎么看都觉得有点不大对劲。到底是哪里不对劲呢？从来没敢把自己祖母往某个不良方向想的某人，直到吃个盆干碗净，还是没想起来。

到了晚上，已经冲了两遍冷水澡，罗天珵觉得他总算想起来了！祖母这是什么意思？难道是甄四今日的话引起了祖母的不满，祖母想塞个人过来敲打她？好不容易清静下来的后院，他可不想再多个莫名其妙的女人，将来还要费心思打发！

想到这儿，罗天珵推了门向后院走去。

今日正好是甄妙按着甄太妃养肌肤的方子沐浴的日子，罗天珵进了屋等了足足半个时辰，还没见动静，实在忍不住转进了净房。

甄妙正好起身站出来，由着青鸽换水，然后就傻眼了。

罗天珵也傻眼了。他以为对方在木桶里泡着，可没料到是这么一幅一览无余的景象。罗天珵鼻子一热，流血了。他晚上为什么要吃那么多！

罗天珵黑着脸吼："青鸽，你先出去！"

青鸽完全不受影响地倒着水，问甄妙："大奶奶，婢子要出去吗？"

看着一脸血的某人，甄妙震惊得反应慢了半拍，顺口道："我觉得，还是出去吧。"

三人中最淡定的胖丫鬟轻巧提着大桶出去了。

关门声传来，甄妙彻底清醒，急慌慌地用双手护着胸前，然后又慌不择路地捂了下面，最后急中生智，把脸捂住了。

这次总算没有那么蠢！罗天珵下意识点评一下，走过去拦腰把人横抱起来。

"世子——"

罗天珵抱着甄妙，一言不发转出净房，把人放在拔步床上，一字一顿地道："甄四，今日，我们正式结为夫妇吧。"

他问得这么认真，甄妙只得傻乎乎点了点头。

火热的身子覆上来，甄妙像是置身温泉，又像是踩在春日的云团上，有些惊，有些慌，还有一些茫然。

"甄四……这次，没有什么重要的事了吧？"

"嗯……天癸未至，算吗？"

罗天珵身子一僵，停了下来。

"睡吧。"良久，响起男子低沉的声音。

甄妙暗暗松了口气。

一夜无话。

馨园那边，大清早的闹腾起来。

"女儿不要嫁给一个蛮子，求你们救救女儿，求你们了。"罗知雅跪在地上痛哭。

罗二老爷紧绷着脸："元娘，你素来是个懂事的，怎么现在犯起糊涂来了？这是赐婚，皇恩浩荡，由不得你选择。"

罗知雅眼含一丝希冀地望向田氏："娘——"

田氏不忍地别开脸："元娘，你父亲说得不错。娘知道你心有不甘，可女人遇到这事能有什么法子呢？你且忍一忍吧，你嫁的是二王子，再怎么样也不会过苦日子的。"

听了田氏的话，罗知雅失魂落魄地跌坐在地，茫然望着四周。

这间内室，房门被关得紧紧的，窗子亦是放下来，好像一个牢笼把人豢养着无处可逃，唯有晨光透过糊窗的纱，让人知道外面是个晴天。

罗知雅的心像是被针扎了一下，尖锐的疼反倒让她醒过神来，一下子就站了起来，望着田氏冷笑："忍？娘，您果然又是让我忍一忍。从小到大，明明我是您嫡出的女儿，是国公府大姑娘，可您只会让我忍。对三娘，我明明不喜，为了您的慈爱大度我要忍；对二娘，她时不时地就要犯痴，我还是要忍，忍到最后，我成了整个京城的笑柄，二娘成了名满京城的才女，就连三娘都能安安静静地活着，您还是要我忍！"

罗知雅向田氏走了几步："娘，可如今，女儿要嫁到蛮夷之地去了，那里的人吃生肉喝生血，一个女人嫁了父亲还能嫁儿子，儿子死了还能嫁孙子，您要我怎么忍？怎么忍！"

田氏捂住了脸，喃喃念着："元娘，是娘对不起你，对不起你……"

罗知雅转动着一双绝望的眸子看向罗二老爷："父亲，为什么别的府上，像我这样身份的姑娘可以刁蛮，可以任性，可以活得肆意洒脱，最后找个良人嫁了，而我自幼就要懂事明理，谦让他人，这样憋憋屈屈活到现在，然后为了国公府，为了大周，就这么被推入火坑？"

罗二老爷不敢看女儿的眼睛。他怎么能说，那是因为他从没按一个普通国公府的姑娘教养她，而是想要她担得起镇国公嫡长女的高贵身份呢？

"元娘，你别忘了，初霞郡主也要嫁过去的。"

罗知雅冷笑一声："父亲，您也别忘了，初霞郡主的父亲是王爷，是皇上的亲弟弟。自古宗室女和亲不足为奇，这本就是她们享受世上无上的尊贵要付出的代价。可女儿呢，女儿不过是一个普通勋贵家的姑娘，国公府地位再高，真的算起来，我也只是一个五品官员之女，等大哥袭了爵，这国公府的荣耀和我有什么关系——"

"住口！"罗二老爷厉声道，脸色铁青。

罗二老爷突然的情绪变化让罗知雅怔了怔，随后笑了："父亲，娘，女儿总有一次不愿忍的时候。"

她笑得诡异，田氏心不由提了起来。罗知雅提着裙角猛然向一根立柱撞去。

"元娘——"田氏声嘶力竭喊着，在罗知雅额头刚刚触到柱子之际死死抱住了她的腰。

砰地一声房门被推开，二郎和三郎快步走了进来，看清屋内情景，痛声疾呼："妹妹！"

罗知雅躺在田氏怀里，额头青紫一片，双目紧闭。田氏痛心疾首呼唤着。反倒是罗二老爷双手背立，望着妻女不知道在想些什么。

脾气有些急躁的三郎怒了："父亲，您难道要看着妹妹被活活逼死吗？"

"住口，这是你和父亲说话的态度？"

三郎咬了咬牙，声音低了下来："可是元娘好惨，我们就这么一个妹妹啊，不能保护她，还要看着她跳进火坑——"

二郎赶忙在后面拉了三郎一下。

罗二老爷眼睛眯了起来："三郎，你的意思是，三娘不是你妹妹？"

三郎嘴张了张，没有说出话来。

"田氏，这就是你养的好儿子！"

罗二老爷冷笑一声，心中翻腾。前几日去杏花巷，淑娘没有让他近身，试探之下才吐露，原来是有了一个多月的身子，早先的不舒坦，也是因为此。淑娘也跟了他两年了，原本想着寻个合适的机会把这事和田氏说了，让淑娘进府，也给孩子一个名分。可现在看来，一切还是等孩子出生再说吧。

田氏这几日心一直在油锅里煎着，女儿落得如此下场还气息奄奄地在她怀里躺着，夫君却怒目相向，顿时就失了理智，反唇相讥道："老爷，不都说子不教父之过吗？怎么儿子就成我一个人养的了？再说，三郎说的也不错，三娘怎么能和元娘比，难道老爷您真的觉得三娘和元娘是一样的？"

田氏这话理直气壮，反倒把罗二老爷噎个半死，终于忍不住道："田氏，我给你留脸面，你却像个泼妇般粗俗无礼。难道你以为我真的不知，元娘为什么主动把惊马的事承担下来吗？要不是你自作主张，这婚，又怎么会赐到元娘头上！"

"你——"田氏雪白着脸要反驳。

二郎走过去，从田氏怀中把罗知雅抱起，淡淡道："父亲和母亲有什么事，慢慢商量吧，儿子带妹妹看大夫去。"

众人这才清醒，传丫鬟的传丫鬟，请大夫的请大夫。

这番热闹，到底是没有遮掩住，传到了老夫人耳里。

老夫人端着一杯热茶，袅袅烟气朦胧了面上表情："哦，元娘担下惊马之事，是田氏授意的？"

杨嬷嬷静立一旁，没有做声。

老太太心里不乐意了。孙女为了国公府的名声主动承担，心地纯良，端敏大义，她是欣赏的。可要是为了博一个好名声而这样做，那就实在欢喜不起来了。

罗二老爷今日不用上衙，要进宫谢恩，把罗知雅安置妥当了，就和田氏一起过来怡安堂请安。

看出这对夫妻间微妙的冷凝气氛，老夫人沉下眼皮："元娘怎么样了？"

"额头青了，不过大夫说，人没有大碍，外敷几剂药就好了。"罗二老爷回道。

到底是嫡亲的孙女，老夫人心下微松，随后又不满："今日你们本该带元娘进宫谢恩，现在元娘这个样子，显然不得进宫了，可想好了怎么说？"

"母亲放心，这个儿子自有说法。"

罗二老爷对此倒是不担心。

皇上心知肚明，没有一个大臣愿意把女儿远嫁蛮尾国的，随便寻个理由，皇上不会深究。要是他和田氏表现好些，说不得还会多加补偿。既然已经牺牲了一个女儿，那他只能争取最有利的局面了。

"田氏，你是当娘的，以后要把元娘照顾好了。她有委屈，我们都知道，可事已至此，只得认了。要是再闹出什么来，才是真的害人害己。"

一番话说得田氏心中一凛，诺诺应是。

"行了，时间不早了，你们赶紧进宫谢恩吧。"老夫人头一次，不想多看儿子、儿媳妇一眼。

罗二老爷和田氏这才退下。只是二人心中都有气，同坐着一辆马车快到宫城了，还是没说一句话。

馨园那边，两个小丫鬟一个守着炉子，一个在熬药。

"哎，大姑娘好好的，怎么就想不开了，皇上赐婚，那真是不敢想的荣耀呢，听说嫁的还是王子呢。"

另一个略大点的丫鬟呸了一声："你懂个什么，蛮尾国那是连田地都没有的，听说那里的人吃肉喝血都是生的。这倒也罢了，据说那里绝大多数的老百姓，一辈子只洗三次澡！"

"三次？"

"是呢，出生一次，成亲一次，临死一次！"

"啊，好可怕！"小丫鬟捂了嘴，又有些迟疑，"不过，大姑娘嫁的是王子，洗澡还是能的吧？"

"这个想必是能的。可那里的男子，听说比熊瞎子还壮，还打媳妇。要是大姑娘不如王子的意，王子一巴掌打过来，你想想吧。"

"嘶——"小丫鬟吓得脸都白了，"大姑娘好可怜……"

"谁说不是呢——"

话音未落，门就推开了，一个绿衣丫鬟站在那里，面色冷凝："两个小蹄子乱嚼什么舌呢！"

两个小丫鬟忙站好："见过绿娥姐姐。"

绿娥冷哼一声："别怪我没提醒你们，老爷、夫人可是下了禁口令，你们要是管不住这张嘴，发卖出去都是轻的，有什么下场自己想吧！"

两个小丫鬟白了脸，哀求道："绿娥姐姐饶命，以后我们再也不敢了。"

"药熬好了没？"绿娥心里不痛快，懒得废话。

夫人的意思，大姑娘就暂住在馨园了。

朱颜姐姐自打那事后就一直不露面，她顶了朱颜姐姐的位置，心怀妒意的人处处给她使绊子，都恨不得把她拉下来自己顶上去。双拳难敌四手，害得她已经被夫人训斥了几次了。如今又多了个大姑娘，日后且有得麻烦了。

"绿娥姐姐，药已经熬好了。"年纪稍大的小丫鬟用白手巾垫着把熬药的砂锅拿下来。

"走吧。"绿娥转了身，向罗知雅暂时安歇的屋子走去，到了门口面色微变。

门竟然是开着的！

绿娥快步走进去，就见床榻上空空如也，而原本留在屋里的丫鬟也不见了。

"绿娥姐姐,怎么了?"一个丫鬟端着一碗热粥出现在门口。

"小桃,大姑娘呢?"绿娥脸色沉得吓人。

"大姑娘,不是在里面——"看清屋里情形,小桃手中瓷碗跌落,热粥溅到脚踝上,疼得啊了一声。

绿娥大步走了过来,厉声问道:"不是让你照看大姑娘吗?"

小桃顾不上疼,眼睛都红了:"大姑娘刚刚醒过来了,说肚子饿了,想喝粥,我就去给她端了……"

绿娥急疯了:"蠢货!还不快去,把院子里的丫鬟婆子都叫来,看谁见着大姑娘了。大姑娘要是有个好歹,这院子里的人都别想活了!"

罗知雅从馨园后院被一丛月季遮掩着的洞口钻出来,拍了拍身上的土,拣着僻静无人的小路直奔清风堂。

她不甘心!

"大姑娘?"清风堂守门的丫鬟见罗知雅喘着粗气走来,额头还围着白纱布,骇了一跳。

"我要见你们大奶奶。"罗知雅挺直了身子。

小丫鬟愣了愣,随后道:"大姑娘您稍等,婢子去通禀一声。"

怕随时被人追回去,罗知雅大怒:"怎么,你一个小丫鬟还敢拦着我?"

小丫鬟吓得不敢说话了,身子堵在门口那,迟迟不动弹。

罗知雅气得直喘,头一阵阵眩晕。

她在下人们面前自恃身份惯了,还真做不来飞扬跋扈那一套。

正巧百灵出来,小丫鬟像见到救星似的喊道:"百灵姐姐——"

百灵点点头,然后甜甜一笑:"哟,是大姑娘呀,啊,您,您这是怎么了?"

她错愕的视线落在对方额头上。

此时的罗知雅,心中满是绝望,根本不在乎旁人的目光,抿着唇冷冷道:"我怎么了,还要向你一个丫鬟汇报么?我要见你们大奶奶。"

"大奶奶刚睡下呢,大姑娘,您要不晚点再过来?"百灵半点不受影响,脸上依然挂着甜笑。大姑娘这个样子,她怎么能让她见大奶奶?万一发了狂伤了大奶奶怎么办!

"百灵,你还没去呢?"一个熟悉的声音传来。

百灵笑容一僵,转了头,就见甄妙脚步轻盈走来,身后跟着青鸽和青黛。

"大嫂,你不是睡了吗?"冷冷的声音从百灵身后传来。

甄妙微怔,歪了歪头,才看到被百灵挡住的罗知雅,不由瞥了百灵一眼。

百灵都快哭了:"大奶奶,您这么快就醒了?"然后冲甄妙猛眨眼。

百灵心中不停祈祷：大奶奶，您可千万要懂得婢子的意思，顺着婢子的话说啊。

想着甄妙历来的行事作风，百灵顿时有那么点绝望。

"呃，做梦梦到上次吃的糯米桂花藕了，就醒了。我想着园子里的莲藕也可以吃了，干脆去采几根来，亲自做上一份。"甄妙笑眯眯地道。

百灵大大松了口气。

"大嫂，我找你有些话说。"罗知雅绕过百灵，站到了甄妙面前。

盯着罗知雅额头纱布上那抹暗红，甄妙点头："那妹妹随我吧。"然后吩咐道："百灵，你去忙吧。青鸽，你叫着雀儿一起去采莲藕。青黛，去给大姑娘上茶。"

等人都打发走了，甄妙神情平静问罗知雅："妹妹要对我说什么？"

罗知雅盯着那张脸，心中愤恨越积越多："大嫂，我要嫁到蛮尾国去，你很得意吧？"

"啊？"甄妙吃惊，觉得二房一家奇葩极了。她为什么要得意啊，又不是她嫁过去！呃，也不是她嫌弃偶尔犯病的夫君大人啦，只是蛮尾国啊，想想那边的女子可以纵情在大草原上飞奔，能够看到她这辈子恐怕永远没机会见到的风景，就心痒痒啊。最关键的，那边以肉食为主，羊乳牛乳管够！无肉不欢的某人，不自觉流露出一脸憧憬。

罗知雅气个倒仰："你，你故意摆出这副神情，是幸灾乐祸吗？"

"我没有啊。"甄妙一脸诚恳。

"你！"罗知雅一激动，一阵眩晕袭来，身子晃了晃。

甄妙手疾眼快把她扶住，有些困惑："元娘妹妹，你带着伤过来，就是要问我对你这门亲事的看法吗？那我很认真地告诉你，我真的不得意啊，也没有幸灾乐祸。呃……也绝对绝对没有嫉妒的。"为什么说最后一句话时有那么一点心虚？

罗知雅一把推开甄妙："你不要惺惺作态了。甄氏，别以为我不明白这门亲事怎么来的。你说，要是二王子知道了他真正救的是谁，他会怎么做？"

"我不知道。"甄妙淡淡道。这个世上，最难揣测的是人心，她笨，不想做没用的猜测。

罗知雅走近一步，明明声音很低，却像疯狂的暴雨来临前压抑的平静："那你等着吧。我绝对会想法子让他知道的！"凭什么承担恶果的只有她一人？她就是要说出打算，让甄氏从此时时提心吊胆！

"原来你有这个打算？"甄妙大惊，看着罗知雅的眼神都变了。

罗知雅觉得这眼神有点不对劲，怎么这么像她看外祖家那个傻表弟经常流露的眼神呢？不，一定是对方太害怕了，已经不知道怎么表达自己的意思了。

罗知雅抬起了下巴，冷笑道："不错。大嫂，你说，要是二王子无意间知道他认错了人，会怎么办呢？如果是二王子采取了什么行动，那和我这个无辜的受害者，半点关系都没有吧？"

哪怕是二王子悔婚，她以后只能低嫁了，也绝不要嫁到蛮尾国去！那种不懂礼仪的粗蛮之人，知道了真相说不定要来抢人呢。呵呵，到时候，无论成功不成功，甄氏都没法做人了！罗知雅想着，嘴角翘了起来。

"大嫂，话说完了，那妹妹就走了，省得一会儿找我的人来了，还给你添麻烦。"

"不麻烦，不麻烦。只是，有一件事，我真的很好奇……"甄妙看着对方额头上的伤，纠结着不知道该不该说出来。

"好奇什么？"

"呃，我怕说了，妹妹会激动……"

罗知雅冷笑一声："大嫂有什么话就说，别吞吞吐吐的，最激动的事，我已经经历了！"

"其实我就是不明白，妹妹既然有这个打算，那干吗还要撞柱子呢？"甄妙指指罗知雅的额头，"今早你不是要随二叔他们进宫谢恩吗，二王子见了，不就知道认错了？"

皇上赐婚，男女双方都要进宫谢恩的，虽不会安排到一起，可她以为，这么方便的机会，想见一见自己的未婚妻是人之常情吧？

罗知雅蓦地瞪大了眼睛，然后，就在甄妙担忧的眼神中，猛然吐出一口血来，软软倒了下去。

甄妙忙接住了人。

青黛端了茶过来，有些惊讶："大奶奶？"

甄妙苦恼地揉了揉头发："先把大姑娘扶到屋里去，给怡安堂和馨园那边送个信。"

"嗯。"青黛正欲接过罗知雅，院门口传来一阵喧哗。

甄妙闻声望去，就见二郎和三郎推开守门的丫鬟，闯了进来。

见了嘴角带血软倒在甄妙身上的罗知雅，二郎和三郎面色大变。

三郎脾气急些，红着眼冲过来，抬手就向甄妙打去。

扑通一声，三郎倒了下去。

青黛收回了脚，安安静静立在甄妙身后，盯着走过来的二郎。

二郎镇定些，到了近前冷声问道："大嫂，你把妹妹怎么样了？"

心中却是怒极了。他和三郎特意告假回来，就是不放心元娘。没想到一回来，就得知元娘不见了。要说起来，最了解这个妹妹的是他。以元娘的状况，是绝对出不了府的，可她一醒来就支开丫鬟离开，那么要去见的人，定然是大嫂！可是，大嫂怎么敢这样对待元娘！

"大嫂，今日的事，我希望您能给小弟一个合理的解释！"

三郎爬了起来，脸色铁青地冲来："我宰了你！"这一次，是冲青黛去的。不能动大嫂，打一个小丫鬟她总不敢还手了吧！扑通一声，三郎又倒了下去。

甄妙看看青黛。

青黛面无表情："婢子不知道三爷想打哪个。"

甄妙抽了抽嘴角。

这是典型的宁可错杀不可放过吧？完了，她开始喜欢这个小丫鬟了怎么办？

"三弟，你冷静些，快叫人去请大夫，我把元娘背到祖母那里去！"

三郎再次爬起来，腿肚子却有些打颤，这一次，终于没敢轻举妄动，转身去叫大夫了。

二郎戒备地扫了立在甄妙身后的青黛一眼，伸手去接罗知雅。

甄妙痛快把人推给二郎。

"二弟，那咱们快走吧。"

二郎神色古怪看了甄妙一眼，却没做声。甄氏竟然不怕么？他就不信，祖母见了妹妹这样，会无动于衷！

二郎背起罗知雅，心怀怒气往怡安堂的方向走，奈何身上背了一个人，速度自然快不起来，就见甄妙不紧不慢越过他，带着两个丫鬟走到前面去了。

二郎大急，暗骂甄氏真是狡诈，她这是要恶人先告状？不行，绝不能让她得逞！二郎不由加快了脚步，可惜背着一个人，再快也快不到哪里去。

甄妙听到身后脚步有些乱，回头安慰道："二弟莫急，我先走一步，去告诉祖母一声，免得她乍然见了元娘这个样子吓着。"

于是二郎眼睁睁看着甄妙加快了脚步，带着两个丫鬟一溜烟不见了。

"大郎媳妇，你这时候过来，可是有什么事？"

"元娘刚去了我那里，结果昏倒了，三郎去请大夫了，二郎背着元娘要到您这儿来。我走得快，就先到了。"

"元娘怎么样？"老夫人有些吃惊，随后皱了眉，"元娘身体不适，怎么会去你那儿呢？"

甄妙想了想道："大概就是身体不适，还走了那么远的路，身体才受不住的吧。"

"真是胡闹！"老夫人脸色沉下来。这个时候，她哪还不明白元娘跑去清风堂是做什么。本以为这个孙女是个端庄稳重的，没想到净是一些小聪明，心胸还窄。想当初，若是她把元娘定给贺家哥儿，恐怕不会像二娘那样平静地接受吧。

所以说先入为主的印象是很重要的。甄妙先一步告诉了老夫人元娘去了清风堂，然后昏倒的事，老夫人心中就存了不喜，乃至见到昏迷不醒嘴角带血的元娘，就没有了原本的惊骇欲绝，只是愣了一下，就道："快把元娘背到隔间去。"

二郎把元娘安置好，转过来就跪下了："请祖母替妹妹做主。"

"做主？"老夫人轻吟着这两个字。

这时三郎带着大夫过来了。

"大姑娘在里面，带大夫进去。"老夫人吩咐红福。

那大夫心中稀奇，这大姑娘早上不还额头受伤么，怎么这会儿，又在怡安堂了？

他是国公府一直供养的专属大夫，自然知道什么该说什么不该说，面上半点多余表情都没有就进去了。

三郎却立刻火了："祖母，妹妹被大嫂弄成这个样子，您可不能不管！"

"三郎，你这孩子，毛躁的性子什么时候能改一改！大夫还在隔间呢，你要嚷嚷得都知道不成，这对元娘的名声又有什么好处？"

一番话问得三郎哑口无言。二郎则一直盯着甄妙，目光冰寒。

不大会儿大夫出来了："回老夫人，大姑娘是气火攻心，调养几日就好了，并无大碍的。"

老夫人点点头："辛苦了，红福，带大夫下去。"

得知元娘无事，二郎和三郎松了一口气。

"祖母——"三郎不甘心开口，却被老夫人打断。

"二郎、三郎，祖母还没老糊涂。我且问你们，元娘这副样子跑去清风堂做什么？不用问，我都知道她怎么想的！此事真的深究下去，到底能得什么好儿？"

"就，就这么算了？"三郎愤愤看了甄妙一眼。

"当然不会就这么算了。以后元娘就安置在馨园，出阁前不得随意出门。我不能眼睁睁看着她再出什么事儿，毁了自己！"

"祖母！"二郎和三郎大吃一惊。祖母这是把元娘禁足了？

老夫人扫了二郎一眼："二郎，你是二房的长子，年纪也不小了，以后做事不可这么冲动。"

"是。"二郎郁闷应了一声，越想越不是滋味。明明是要请祖母替元娘做主的，怎么却变成教训他们了？他就知道，定是甄氏先下手为强跟祖母说了什么！

二郎抬头，与甄妙目光对上。那目光轻轻浅浅的，仿佛藏不住任何心事。二郎移开目光，冷哼了一声。果然是会装！大嫂，咱们来日方长！

出宫后，罗二老爷没跟着田氏一起回来，悄悄去了杏花巷。以前还不觉得如何，可如今想着田氏的强势，就越发喜欢淑娘的温顺体贴。只可惜淑娘有了身子，只能看

222

不能动。罗二老爷觉得待着难受，不得不起身离开。

这些日子罗二老爷来得多，淑娘神情喜悦，看起来就更加温柔动人了："老爷，您慢走。"

"嗯，你回去吧，好好歇着，明日得空，我还过来。"

出了大门沿着巷子往外走，迎面就走来一个青衣女子。

这女子不施粉黛，清丽绝伦，只这么款款走着，就有无限风姿，不是住在隔壁的嫣娘又是谁！

她今日没有戴帽帏，素着一张脸，罗二老爷不由多看了几眼。

嫣娘仿佛有些惊讶，错身而过时低了头微微欠身算是打了招呼，匆匆走过去了。

罗二老爷回头，只看到那女子腰间系的丝绦一直垂到裙边，用两颗珠子压着，明明是简简单单的装束，却让人心跳难挨。

罗二老爷深深吸了一口气，加快脚步走出巷子。虽说派人去查，暂时没有发现什么异常，可他还打算再看一看。女人，说到底是有权有财才能享受的。若是为了个女人失了权和财，那就不值得了。

第20章 远行

日头西斜，罗天珵在几个人簇拥下出了衙门。

"大人，今日属下做东，兄弟们一起去天客来聚聚？"

天客来是京城有名的酒楼，价格不菲。

几个人就起哄道："哟，马六，今儿有什么喜事？"

马六嘿嘿笑："反正今儿高兴，喝个酒哪儿那么多废话，去不去吧？"

他才不能说，他媳妇有了一个多月身子了。

"去，去，怎么能不去呢！"都是年轻人，又是一起共事的，有人请客喝酒哪有不应下的道理。

罗天珵却轻咳了一声："各位兄弟，我还有些事，今儿就不陪你们了。"

"大人，少了您可不行啊！"

"我是真有事。"罗天珵手一翻，出现一块银子，"今儿马六请大家吃饭，酒我来请，算是向各位兄弟赔罪了。"

众人就不好再劝了。这位大人下了衙还好，做事时可是冷面的，心里都存着敬畏。

等众人都走了，罗天珵站在街头反倒有些茫然了。送什么礼物给她好呢？罗天珵苦恼地发现，他在这方面的经验显然不够多。要不，还是送首饰吧。这个念头闪过，就想起他之前送的那对桃花簪了。呃，听说，那簪子被她拿来刺马了？罗天珵本来迈向宝华楼的脚步停住了。

街上人来人往，不少小娘子都会悄悄瞥那身穿天青色直裰的男子一眼。

那男子眉如剑，眸似星，神色纠结迷茫，足以击中女子心底最柔软的部分。

"公子可有为难之事，要帮忙吗？"一个娇娇软软的声音响起。

罗天珵回神，就见一个十七八岁的女郎羞红了脸仰望着他。

"多谢姑娘了，在下无事。"罗天珵扔下一句话，赶紧走了。

就听轻笑声传来："罗世子好艳福。"

罗天珵回头，抿了唇："原来是萧世子。"

威远侯世子萧无伤走过来："罗世子，难得巧遇，走，咱们喝酒去。"

"多谢萧世子相邀,只是今日我还有事。"

萧无伤挑眉笑了笑:"原来罗世子真的有事啊,是不是很棘手,要不说来听听,看我帮不帮得上忙?"

要给媳妇挑礼物这种事,罗天珵下意识就要拒绝,话还未说出口,又犹豫了。

这个萧世子,也算是奇葩了。

他的祖父威远侯和老镇国公齐名,终身只娶了夫人孙氏一人,连个通房都没有。孙氏又生了三子二女,两个女儿且不说,三个儿子亦是没有一个纳妾的。这导致孙辈的几个郎君还没长成时,京中有女儿的人家就虎视眈眈盯着。

可谁知这位萧世子还没成年时,风流倜傥的名声就传出去了,现在还没定亲,家中已经有了十几房小妾。要知道哪怕是寻常勋贵家,这样都不多见的,更何况是两代都没纳过妾的人家?

稀奇的是,威远侯家似乎对此相当纵容。有十几个小妾,那……应该是相当了解女人心思的吧?

话在舌尖打了个转儿,罗天珵还是问了出去:"萧世子……那个,如果一个人,不喜欢像她这样身份的人普遍喜欢的东西,那你觉得什么才会让她眼前一亮呢?"

萧无伤挑了挑眉。这位上任不久的指挥佥事,是要给上峰送礼吗?竟然拿这种事问自己?不知怎的,萧无伤觉得有些高兴。呃,这大概是被朋友信任的感觉?

"这人嘛,总有个爱好,你可以投其所好啊。比如我,就爱宝马,你要是送我一匹追风,那我要乐得三天睡不着了。"

你不是最爱美人吗?罗天珵默默地想。

"你先去打探那人对什么最感兴趣呀,然后在他最感兴趣的那方面,挑最好的或者最独特的给他。"

"这样就行了?"

萧无伤大力拍了一下罗天珵肩膀:"当然啊,本来就是很简单的事,别想太复杂。罗世子,看来你果真有事,那兄弟不耽误你了,咱们改天再聚。"

直到萧无伤走了,罗天珵才回神。对啊,是他想太复杂了。她最爱什么,就送她什么好了。甄四,似乎很爱做饭?罗天珵琢磨了一下,又特意招了消息灵通的属下相问,然后跑到城东头挑了一套菜刀回去。

到了清风堂,反倒有些踟蹰了。昨夜,他流鼻血那么丢人,她会不会笑话他?要不,改日再送她好了,今日还是去睡书房吧。罗天珵转头去了书房,不多时看着老夫人那边送来的晚膳,愤愤摔了筷子!这还让不让人好过了!

"世子爷,哎哎,您不吃啊?"

"我去大奶奶那儿吃。"罗天珵黑着脸,"这些都倒了吧。"说完抬脚走了。

半夏看着一桌子好菜,吞了吞口水。

这,这么好的饭菜,哪能倒了啊?

罗天珵过去时,甄妙正吃着。

"世子?"

罗天珵耳根微红:"晚上的饭菜有些不合口味,你做的好吃。"说完又后悔了。她会不会笑昨晚的事?

"也没提前说就过来了,你这饭菜也不够吧,我还是回去好了。"

衣袖被拉住,入目的是一张笑脸:"我习惯做多一些,够吃呢。"

"那,那多谢了。"罗天珵有些尴尬移开了眼睛。

甄妙眨眨眼。夫君大人今日好怪。这么别扭羞涩,也不像病发的样子啊。

甄妙正嘀咕着,就见罗天珵从怀里掏出一把菜刀。甄妙腾地就站起来了,转身就跑。天哪,病什么时候恶化的她怎么不知道,竟然动刀子了!

罗天珵被甄妙的举动吓了一跳,顾不得多想,一把就把她抓住。刺啦一声,衣袖断了一截儿,甄妙一声尖叫。门一下子被推开,轮到今晚值夜的阿鸾冲了进来。看看地上那截衣袖,又看看被罗天珵挡住的甄妙,阿鸾有些不知所措。

"出去!"罗天珵咬牙切齿。

阿鸾默默退了出去。

"你跑什么?"

"那菜刀——"

罗天珵放开了人,用不经意的语气道:"我在街上逛,看着不错,顺手买下来的。"

"真,真看不出,世子还有这爱好……"

"我留着也没用,送你了。"

"啊?"甄妙觉得事情转变太突然,她得捋一捋。

"刚才你为什么跑?"罗天珵问。

甄妙思绪还有些乱,顺口答道:"我见了这菜刀,还以为你要砍我呢。"话说完,甄妙忽然觉得周身一冷。

罗天珵眼睛眯了起来:"你这么想?"

甄妙回过神来了,忙摇摇头,觉得撒谎不好,又点点头。

"我回书房了!"罗天珵甩袖子出去了。

留下甄妙盯着那把菜刀发呆,好一会儿,伸手把菜刀拿起来,才发觉从厚到薄,竟然是三把菜刀叠在一起的。

咦?甄妙眼睛一亮。有那把最薄的菜刀在,她可以切出像雪花片一样的肉片来了,等天再凉些,吃火锅岂不是好?这么说,世子这菜刀,是特意买给她的?甄妙又不傻,总算是明白过来,心里有了几分异样。

"大奶奶,婢子给您拿件衣裳换了吧。"阿鸾走进来。

"嗯。"

等换好了衣裳,甄妙吩咐道:"阿鸾,随我去趟小厨房。"

这个时辰小厨房只剩了一个小丫鬟在看火,见甄妙来了忙施礼。

甄妙仔细看了看,拣了一块用盐腌了的鸭肉细细剁碎,从老坛子里捞出前几日才泡的酸笋,又加了几味作料,用剩下的发面做了酸笋鸭肉馅的包子,又做了一道虾皮冬瓜汤,等包子出笼后一起装好。

"阿鸾,叫上青鸽,把这些给世子送去。"

阿鸾提着食盒出去了,甄妙回了房,沐浴更衣,歪在榻上发呆。

这样,他该不生气了吧?

罗天珵回了书房,发现老夫人那边送来的吃食早不见了,松了一口气的同时又气闷非常。这下可好,只能饿肚子了。

罗天珵胡乱洗了个澡,躺在床上翻来覆去饿得睡不着。这个甄氏,以后再送她礼物,他就是头猪!他饿得心烦意乱,干脆又披上衣服推门而出。

夜色如水,明月如霜,八月的晚上已经有些微凉。罗天珵随意走着,忽见一道人影沿着墙根一闪而过。他悄无声息地跟上,夜色中,勉强看出是一位丫鬟打扮的女子。

罗天珵觉得有些面熟,不动声色跟着,追随了好一会儿才想起,这似乎是元娘身边的丫鬟采雪。

这个方向——

果不其然,就见采雪停在二郎住处门前,轻轻敲了敲门。

门打开,采雪一个闪身进去了。

罗天珵看了看,利落上树,跳墙,躲在了透着灯光的一处房屋窗子下。

女子的声音传来:"二爷,是大姑娘让婢子来找您的。"

"你回去吧,和妹妹说,圣旨已下,由不得她胡闹。"

"二爷,大姑娘要婢子跟您说,如果您不帮她,那么她只有再死一次了。"

沉默了好一会儿,男子声音响起:"妹妹真是这么说的?"

采雪点头:"姑娘确实如此说。二爷,姑娘外柔内刚,她认定的事,改不了的。"

如果可以,她也不想传这个话。可万一姑娘真的寻了短见,她身为贴身丫鬟,一定会被打死的。要是姑娘嫁到蛮尾国,她也要陪嫁。无论是哪个,她都不想,反倒是姑娘的打算要是成了，对她一个丫鬟来说还好些。

"妹妹打算如何？"

"姑娘说，她想出门上香，然后，您想法子引那二王子来。只要他无意间看到大姑娘，发现不是他想要的那个人，到时候不用咱们这边如何，二王子一定会闹的。"

又是一阵沉默。

良久，男子声音才响起："回去和妹妹说，她这个样子想出门还不成，养些日子再和祖母提。"

"是。"

罗天理悄无声息地回了书房，不到片刻，听到敲门声。

"谁？"

"世子爷，婢子是阿鸾，大奶奶让给您送些吃食来。"

罗天理皱皱眉。半夏那小子，到哪里厮混去了？还有甄四这个笨蛋，大晚上的派个年轻貌美的丫鬟来干吗？这是太信任他，还是太不在乎他？怎么想怎么觉得是后者，罗天理心情更加不好了。

"不用了，我吃过了。"

门外静了静，声音响起："那婢子告退了。"

脚步声远去，传来青鸽的欢呼声："太好了，阿鸾姐姐，大奶奶做的酸笋鸭肉馅的包子可好吃了，我要吃五个！"

门一下子被推开了，吱呀一声，在寂静的夜里，显得格外清晰。

还没走远的二人回头，就见罗天理站在门口，背后是一室灯光，映得那张清俊的脸有些发黑。

青鸽疑惑歪着头。

阿鸾却转了身，脚步轻盈地走到罗天理面前，屈膝行礼："世子，还是热的，婢子放进去了。"

她说着也没等回应，径直走进去把食盒打开，一一拿出里面的吃食摆在桌案上，又转身出来，微微屈膝："世子慢用，婢子们告退了。"

阿鸾拉着还有些迷茫的青鸽走出去很远，青鸽不满嘟囔道："阿鸾姐姐，世子不是吃过了么？"

"吃过了又如何？"

"吃过了，不吃，那我就可以吃了。"

"你不也吃过了？"阿鸾好笑地道。

"胃口大，没吃饱。"

阿鸾叹息："你真是个傻丫头。这宵夜世子爷要是不吃,那大奶奶会伤心的,世子爷也会不高兴。"

"真的吗？"

"真的。"

两个婢子渐渐消失在夜色中。

什么真的,他会为了两口吃的不高兴？

耳力甚佳的罗天琨砰地一声把门关上,食物的诱人香气引着他不由自主向桌案看去。白白胖胖的六个大包子,一碟酱黄瓜,一碟萝卜丝,白瓷碗里是散发着袅袅热气的虾皮冬瓜汤。

要是不吃,她会伤心？呃,那他还是勉为其难吃了好了。

拿起一个包子咬了一口,肉香而不腻,笋爽脆酸嫩,仔细看了看,罗天琨嘴角不自觉上翘。这女人,心思还挺巧的。想想再过月余,就能吃蟹了,不知她会折腾什么花样呢？不知不觉把包子一扫而光的某人,托着圆滚的肚子心满意足地睡着了。上香？呵呵,可不是该上香吗？

接下来几日阴雨连绵,罗知雅被安置在馨园,静静养病。

田氏看着女儿乖巧的样子,又是怜惜又是窝火,愤愤道："这样的天,一个两个还往外跑,真不叫人省心！"

老爷总是有应酬晚归也就罢了,怎么二郎、三郎也不着家了？说起来,受罪的还是女人！

"可怜我的乖乖啊,你可别再想不开了,早点好起来,娘也就安心了。"

罗知雅靠着玫瑰紫大引枕,额头纱布去了,刘海遮住了一片红痕,笑容显得脆弱不堪："娘,女儿撞了一次,撞明白了,您放心,女儿不会再做傻事了。"

"那就好,那就好。"

天陡然一暗,接着雨点大起来。

罗知雅扫了一眼窗外洗得鲜绿的芭蕉,喃喃道："娘,等天晴了,您带女儿去上香吧。"

田氏一怔。女儿神色哀戚,低垂着头,脖颈纤细仿佛不堪一折。

"如果这是命,女儿想求菩萨多多怜惜。将来到了蛮尾,也不知那里可有菩萨呢？"

田氏心就像被针扎了一下。她苦命的儿,要嫁到一个连寺庙都没有的地方去了,这是造了什么孽哟！

"依你,娘回来就和你祖母说。"

"嗯。"罗知雅抿唇笑了,又把视线投向了烟雨蒙蒙的窗外。

青雀街上冷冷清清，只有零星的人擎着油纸伞或是疾步匆匆，或是缓缓而行。

"两位公子，还是要藕粉桂糖糕吗？"伙计见到熟客，殷勤招呼着。

"是，还是藕粉桂糖糕。"少年微微一笑。

另一个面貌如出一辙的少年声音大些："称十斤，妹妹喜欢吃。"

"三郎！"先说话的少年轻声呵斥，然后对着伙计笑，"别听他的，还是一斤，这点心就要吃新鲜的。"

"公子您拿好，别淋了雨。"

接过伙计递过来的点心，两个少年转身走入雨中，与两个身材高大的男子擦肩而过。因是孪生子，引得不多的客人好奇注视着。

隐约听到走在左边的少年斥道："在外面，怎么还把妹妹挂在口头上，不是让旁人笑？"

"我，我忘了嘛，只是一想到每次带点心回去，妹妹吃得那么开心我就高兴。"另一个少年有些尴尬解释道，随后声音沉下来，"以后，妹妹想吃也吃不到啦。"

两个孪生少年走远了，却引起了喝茶的人们的好奇。

"爷爷，那位哥哥说他妹妹以后吃不到这点心了吗？为什么呀？这茶铺又不会跑。"一个小童拉着老者的手摇。

老者不好回答。吃不到了，那总是不好了吧。

"爷爷，为什么呀——"小童显然对两个一模一样的人有着旺盛的好奇心。

老者不说，有人却心直口快说了："肯定是那小娘子要远嫁了，或者病了呗！看那两位公子的穿戴，可不像买不起这点心的。"

"老二，哪有这样议论人家小娘子的！"

上茶的伙计笑道："还别说，这位客官还猜着了，他家的小娘子确实要远嫁，而且远得很呢。"

"这你都知道？"有人取笑道。

伙计不干了："小的当然知道，那两位小公子，可是镇国公府的。"

这话一出，人们都来了兴趣。这青雀街上的茶馆，消息总比旁处的灵通些。就有人惊呼道："啊，可是那位被赐婚要嫁到蛮尾国去的小娘子？"

那两个对坐喝茶的高大男子互视一眼。此起彼伏的叹气声响起。

"啧啧，难怪呢，嫁到那种地方去，这点心以后可不是吃不着了。"

伙计就笑了："可不是吗？以往鲜少见镇国公家的两个公子过来的，这几日冒着雨日日来，就是为了妹子呢。"

"你还认识那两位公子啊？"

"小的认识人家，人家不认识小的。"伙计嘿嘿一笑。

他们这家悦来小栈，茶点远近闻名，上到达官贵人下到平头百姓，来吃茶吃点心的数不清，眼睛不放亮点，还能安稳到现在？

"那两位公子都是什么时候来？"一个清朗的声音响起。

众人闻声望去。两个青年，俱是身材挺拔高大，面容有几分相似，一看就是兄弟。

"就是这个时候来啊，喝上一杯茶，买上藕粉桂糖糕就走啦。"小二笑得露出一口白牙。

这两位客官虽穿着寻常服饰，可凭眼力，就觉得非富即贵。

两个男子站起，那问话的手一翻，一块碎银子放在茶桌上，伞都没撑，就迈入了雨帘中。

"真是怪人。"小二嘀咕道，随后笑眯眯地把银子收了起来。

"大哥，她也有两个哥哥呢，那等以后见了我们两个，会不会亲切点？"

看着有些兴奋的弟弟，大王子摇摇头："你个傻子，你是她的夫，又不是她兄长，她亲切什么？没听人家议论，嫁到蛮尾对大周的小娘子来说是多可怕的事情呢。我求娶大周公主是国事，你又是何必呢？"

"她才不会怕呢，那日惊了马，她高高飞到半空，睁开眼，眼睛又黑又亮，一点害怕都没有，笑着看着我。"二王子唇角含着温柔的笑，神色认真，"大哥，她不怕嫁到蛮尾去的，也不怕我，我不会看错的。"

"大哥的是国事，我的，是家事。"

不怕吗？家事吗？大王子微怔。他都不记得那个女子的样子了，不过二弟说她不怕，那真好。

"大哥，明日我们还来悦来小栈吃茶。"

"你想做什么？"

"大哥，你知道的，弟弟想结识她的兄长，让他们看到我的好，然后放心把她交给我。我们蛮尾，也是有好吃的点心的。"

"你还真是费心。"

"在蛮尾，想娶心爱的姑娘，不就要费心吗？不然那姑娘啊，就被别的勇士抢跑啦。"二王子哈哈大笑。

大王子无声笑笑，任雨水冲刷脸上的表情。是啊，他们都费心，只是，他却不能像二弟这样，纯粹只为了心上人费心了。要不，把将来的妻子，变为心上人？向来不愿吃亏的大王子在二王子爽朗的笑声中默默想着。

第二日，天晴。

镇国公府的下人忙忙碌碌起来。

大姑娘要去华若寺上香,路远,又才下了雨,要带的东西可不少。这大姑娘,最近可真折腾。不少下人心里转着这个念头。

"真是没想到,老夫人竟一口答应了,可见心里还是看重你的。"田氏瞧着收拾得焕然一新的女儿,脸上终于带了笑容。

罗知雅垂眸冷笑。她这么乖,又受着这么大的委屈,去求菩萨保佑。祖母为着自己的良心,又怎么会不答应呢?果然撞一次,头脑清醒很多呢。要是当时就这么清醒,何必撞一次!你怎么不随着父母进宫谢恩呢?想起甄妙的话,罗知雅还是忍不住气闷。

天放晴,悦来小栈的茶亭渐渐坐满了人。

茶水续了一杯又一杯,二王子站了起来往外走:

"他们没来,大哥,我要去问问。"

大王子追过来:"二弟,今日没碰到就明日吧,上门问什么?"

二王子神色肃然:"我有点担心。这些日子一直下雨,他们日日来,今日放晴了,怎么会没来?"

"或许有事呢?"

"所以去问问啊。"

看着弟弟坦然的神色,大王子大笑:"对,去问。"

猜测的就去问,喜欢的就开口,这不是挺简单的!

出了城,路有些泥泞。

二郎、三郎并肩骑着马,走在马车旁。

"二哥,他真的会来问吗?"

二郎冷冷一笑:"三弟,你不懂人性。他能见了她一面就开口求娶。担心了,怎么会不直接问?"问了,可不就会追上来了吗?

某处民宅中,妇人惊叫一声,腾地坐起来。

"淑娘,怎么又做噩梦了?"罗二老爷坐在床边,皱着眉。

这些日子,罗二老爷下了衙总会过来待上一段时间,不知道是为了这还没见面的孩子,还是别的什么。不过,对这妇人,他是有些上心的。到底跟着他两年多,且比田氏温和柔顺得多。就像那开着鲜嫩花的小藤似的,缠得人飘飘然。

脑海中一闪而过田氏吵闹的嘴脸,罗二老爷抿抿唇。隐忍委屈,他已经受得够多了,够久了,不需要回了自己的屋子,还得受着!

"老爷,妾没有。"淑娘垂了头,手微微颤。

"淑娘,你跟了我这么久,如今又有了身子,有什么事就说,你这样,是觉得我

232

不管用吗？"

"不是！"淑娘忙道，然后咬了唇，"是妾不懂事，胡思乱想的。"

"到底是什么事？"罗二老爷有些不耐烦了。只是一个外室，若不是跟了他这么久，若不是有了身子，若不是这份温柔可人很合他心意，若不是隔壁有芳邻……

罗二老爷忙回了神，瞅着淑娘。

淑娘犹犹豫豫说起来："老爷，您还记得春日那次，带妾去华若寺么？"

罗二老爷点点头。

"是妾贪心，悄悄和送子娘娘许了愿。没想到菩萨显灵，真的就有了……"

"你是想去还愿？"罗二老爷冷下脸，"真是胡闹，还没出三个月！"

淑娘脸白了："是呢，是妾胡乱想的，妾不去，不去的。"

看着她双手揪着帕子，虽有了身子，人反而更清瘦了，下巴尖尖的，罗二老爷缓了神色："你总是这个样子。还没如何呢，先自己把自己吓着了。又不是说不让你去还愿，只是晚些日子，还怕菩萨责怪，竟吓得日日做梦？"

听到做梦，淑娘身子一颤，声音有些发抖："妾也是想着等生了再去。可不知怎的，就夜夜做梦，梦到菩萨怪我心不诚。老爷，您说，菩萨会不会真的怪我，把这孩子收回去——"

淑娘一下子抓住罗二老爷的手，泪盈于睫。

她跟了老爷两年多了，好不容易求来这个孩子！

她耳边不由响起前几日出门，无意间听来的话。

老杨家的媳妇吊死了。

为啥啊？

她儿子得了怪病，一下子不行了，就去华若寺在菩萨面前许了愿，愿日日茹素，只要儿子好起来。

结果儿子果真好起来了，大好的那一天一家人庆贺，那媳妇高兴得忘了，吃了一块肉。她儿子饭还没吃完呢，就噎死了。

杨家媳妇当晚就上了吊。

"菩萨会把孩子收回去的！"淑娘觉得那些话就像刀子，这几日割得她体无完肤。

"真是胡说。"罗二老爷喝了一声。

淑娘忙擦了眼泪，怯怯望着罗二老爷笑："就是妾整日胡思乱想的呢，说了又让老爷为难。老爷，您今日休沐，天又好不容易放晴了，去透透气喝喝酒吧，别总守着妾了。"

罗二老爷摇头："你啊，就是这个性子，真不知道怎么说你。好了，既然想还愿，就去吧。反正也有两个月了，再雇上一辆好马车，铺厚点，不碍事。"

"当真？"淑娘一脸惊喜。

"自然是真的，正好我休沐，就陪你一起去吧。"

她这胆小性子，不折腾这一回，天天做噩梦也得把孩子折腾没了。

马车停在巷子口，罗二老爷在前，一个丫头扶着淑娘在后上了马车。

车夫吆喝一声，马车吱呀呀远去了。

杏花巷的一户人家这才开了门，一个浑身半点饰物皆无的女子望着马车远去的方向笑了笑，抬脚出了门口。

一座民宅里，听了禀告，罗天珵笑了笑："知道了，下去吧。"

那人恭恭敬敬地退下，眼中闪过畏惧。

"等等。"罗天珵挑眉，"你怕我？"

那人牙有些打颤："不，不怕！"怎么不怕？一个局用两条人命来做，那可是毫不相干的两条人命！他是地痞，也没见过这样不动声色就要人性命的狠人！我的天爷，那日是迷了什么心窍，为了十两银子，他就答应把杨家的消息传了出去，还一直留意着那户人家的动静。这次该不会是两尸三命吧？那人打了一个趔趄，头都不敢回就退下。收钱办事，这跟他一点关系都没有！他要做的只是忘了，对，只是忘了。

看着犹在晃动的门帘，罗天珵摇头笑笑。果然，人都相信自己揣测出来的事实。

一个青衣男子从暗处走出："主子，以后这事，交给属下去办就好了。"

"你又不是这一片的人，又不用你杀人，你去办什么？"

"主子何必亲自动手——"

罗天珵笑了："你说杨家那二人？"

青衣男子默认。

罗天珵似笑非笑："没有杨家的，还有王家的、张家的、朱家的，这么一大片地方，总不可能就没有死人。"

怎么个死法，只要用嘴说，不就够了吗？有银子，还怕不能说成自己想听的？

"行了，你也去做自己该做的事吧。"

罗天珵先走了出去。一年多了，还是缺人啊！不过也还幸运，谁让他还记得，向来不好女色的二叔，偏偏有个还算上心的外室呢。不过那外室进门，是一年后了，带着孩子，进门没多久就去华若寺还愿。呵呵，去上香，上香好啊。罗天珵摸了摸心口。这日子，似乎没有想得那么糟糕，这里面的恨和痛似乎轻些了呢。休沐，还是早点回家去吧，对了，先去悦来小栈买上一斤藕粉桂糖糕，甄四应该爱吃。

日头渐高，因为天才放晴，路上的车马并不多，有着镇国公府徽记的马车就格外显眼。

罗知雅挑了帘子往外看。

田氏按住她的手："元娘，如今天渐凉了，你额头还带伤，少吹风。想看风景，等重阳节娘带你去登山赏菊。"

"嗯。"元娘温顺地把帘子放下来。她不急，反正等会儿，总要下车的。

三郎往后望了望，低声嘀咕道："怎么还没来呢？二哥，会不会错了，人家听说去上香了，干脆改日？"

二郎轻哧一声："笨。"

"二哥，你又说我，到底哪错了，分明是你料错了。"

二郎凉凉瞥三郎一眼："说你笨，还不承认。守在悦来小栈的人怎么说的，那二人开口问了呢。想见未婚妻，你说是去府上看好，还是无意间巧遇好？"

"当然是巧遇好。"

"所以，他们怎么会错过这个机会？"二郎冷笑。

就是大周，动了心思的男子都舍不得错过呢，更何况直来直去的蛮尾人！

"二哥，我听到马蹄声了！"三郎神色兴奋起来。

二郎面露笑意。他们兄弟，他于读书上甚有天分，三弟耳聪目明，是习武的好材料。可偏偏他们头上压着一个大哥，世子之位是他的，将来偌大的国公府是他的，祖母疼爱他，未傻之前的祖父器重他，这些他都可以不在乎，这是命。可是，为什么就连父母也要更疼他，他们兄弟反而要排在后面。凭什么天下的好事让他一个人得了去！

二郎重重咳嗽一声。

车夫把马鞭扬得高高的，打在了一侧的马腹上。

马儿吃痛，条件反射地向另一个方向猛然快走。

马车依着惯性向前，这一拧之下，车辁辘顿时偏离，陷入泥坑出不来了。

车身一斜，传来女子的惊叫声。

"娘，妹妹，别慌，是车轮陷进去了，你们坐好，我们想法子把车拉出来。"

马蹄声渐渐近了。

"不行啊，二爷，马车太重了，拉不出来，您看，要不要让夫人和姑娘——"车夫迟疑地道。

这话，本是意料之中的，可转头看着后面远远而来的马车，那同意的话却说不出来了。

"再试试。"二郎皱眉。

车夫为难看了马车一眼。这怎么试啊？本来路就不好，车上还坐着几个人。

后面的马车渐渐近了，速度慢下来。

淑娘脸色发白，用帕子捂着口。孕吐本来就还没过，车子一快一慢的，更是难受。

罗二老爷冷着脸挑起车帘弯身出来："怎么回事？"

赶车的回了头："老爷，前面车子陷泥里了。"

罗二老爷抬头望去，脸色一僵。

对面望来的二郎和三郎更是像见了鬼似的，失声道："父亲？"

车子半天拉不出来，坐在里面本就气闷的田氏听了，一脸诧异掀起车帘："你们两个乱喊什么——"

她声音陡然拔高："啊，老爷，您怎么在这儿？"

罗二老爷像被雷劈了似的，愣了一会儿才反应过来，火烧似的放下车帘："我，我去拜访一下明真大师……"

养外室，他是不怕的，哪日带回府去，估计也就起个浪花。可带着外室路上偶遇媳妇孩子，那就太可怕了！

可惜罗二老爷被雷劈的时间有些长了，女子遇到这事总是敏感的，田氏早在车帘未放下之际，就瞥见了车里一个袅袅的身影。

她一个箭步蹿下马车，以迅雷不及掩耳的速度冲来，把罗二老爷往旁边一推，就把车帘掀了起来。

马车中的女子挽着堕马髻，钗环疏斜，下巴尖尖，泪光点点，好一幅美人受惊图。

田氏表情僵硬，目光往下移动。那女子双手下意识护住了小腹。

旁边丫鬟穿戴的女子一声惊喝："你这太太好生无礼，我们娘子有孕在身，受了惊吓你担得起吗！"

田氏从呆愣状态回神，扭了头。

罗二老爷刚坐稳了身子，脸色尴尬："田氏，你先把帘子放下来，听我说——"

田氏果断地放下了帘子，然后扑过去了，照着罗二老爷的脸就挠了两下。

罗二老爷措手不及，身子往后一仰，二人就双双从马车上栽了下去。

"父亲——"

"娘——"

罗知雅挑了车帘，看清外面的情形骇然欲绝，尖叫道："二哥，三哥，这是怎么回事儿？"

"你给我说说，这是怎么回事儿！"田氏骑在罗二老爷身上，手刷刷挠着，"拜访明真大师？啊？你骗鬼呢！"

"你给我住手！"罗二老爷被田氏先下手为强，虽是个男子，也受不住这个架势，手脚一用力，总算把田氏甩下去了。

田氏跌到地上，糊了一脸泥。二郎、三郎这才如梦初醒，翻身下马赶紧把罗二老爷和田氏扶了起来。

"父亲，娘——"看着罗二老爷脸上数道血痕，田氏一脸泥，二子一女都不知道说什么好了。

田氏却气疯了："你说，里面那贱妇是谁？"

罗二老爷铁青了脸："泼妇，你别再发疯了，赶紧给我回去，也不看看这是在什么地方！"

这路上车马虽不多，但并不是没有的，这样的热闹早就吸引得后面来的车马停了下来观看。

当然，人家不驻足观看也不行，就这么一条路，一前一后两辆马车堵着，地上还打成一片，想过去也没地方啊。

围观的人越来越多，罗知雅早羞得躲进了马车里。

"什么地方？你也知道这是去华若寺的地方！那我问你，你带着那贱妇是怎么回事儿？好啊，你女儿要嫁到蛮尾去，我带着一家子去上香，求菩萨保佑女儿平安。你可倒好，也带着那贱妇去上香，你还有理了是不？"

田氏气疯了："你偷着养外室，我可以不管；有了野种，我也可以忍，可你千不该万不该，不该带着那贱妇去上香还被我撞见！我给你养了二子一女，你都没陪我去上过香。但凡我是个喘气的，就忍不下这口窝囊气！"

"你够了！"罗二老爷转头大吼，"二郎，三郎，你们都是死的吗？还不快扶你们母亲先上车！"

二郎和三郎这才醒神，忙架着田氏的胳膊把她强行扶回了马车。

"回府！"罗二老爷绷着脸喊了一声。

两辆马车都掉了头，堵在后面围观的纷纷让路，一行人灰头土脸地回去了。

车马里有两匹马异常高大健美，马背上的两个男子神情奇异。

"大哥，真不过去问问要不要帮忙吗？"

大王子摇头："大周人很爱面子的，这是家丑，我们过去帮忙，反而给人家难看，到时候那姑娘就不想见你了。"

"噢。"二王子遗憾看着渐渐远行的马车，悄悄握了拳。

真想见她一见。

镇国公府的二老爷带着外室去华若寺上香，正巧遇上媳妇孩子的事儿很快传遍了大街小巷。那些平头百姓，最爱议论的就是高宅大院的秘闻，更何况此事这么劲爆。

勋贵官宦人家虽不至于专门挤在茶棚里谈笑此事，在家里却也是暗笑的。男人笑罗二夫人泼辣，女人骂罗二老爷无耻。一时间，满城尽谈，镇国公府狠狠出了一把风头。

"胡闹！"看着跪下的一群人，镇国公老夫人丢了个茶盅过去。

碎瓷四溅，无人敢动弹。

这且不算完，老夫人又四处看看，抄起搁在手边的龙头拐杖，挽了个漂亮的枪花，照着罗二老爷就刺去。

拐杖也能这么使？甄妙愕然用帕子掩着口。

三郎冲出来，抱住老夫人的腿："祖母，祖母您别激动。"

老夫人气得身子发抖，狠狠把拐杖往地上一杵："老二，说，这到底是怎么回事儿，这妇人是哪来的？"

罗二老爷还没顾得上换衣裳，身上都是泥，脸上是血痕，这辈子都没这么狼狈过。

"是，是儿子在外养的外室，已经有两个月身子了。"

"然后你带着她去上香，碰到了田氏他们？"

罗二老爷点了点头。

"糊涂！"老夫人把拐杖重重撞了撞地。

青石的地面，发出咚咚的响声。

罗二老爷默然无语。他能说什么。这事，只能用两个字来说：倒霉！或者三个字：太倒霉！养外室的多了，别说上香，拿了媳妇嫁妆为外室一掷千金的都有。可人家没被抓个正着啊！罗二老爷越想越憋闷，眼前有些发黑。

"那么田氏你呢，你就在大路上，就和老二打起来了？"

田氏已经恢复了些冷静，心里有些后悔，抹了抹脸上的泥："媳妇实在是太生气了。"

老夫人冷笑："田氏，老二今日这事，确实可恼，回家关上门，你就是把他打断一条腿，我都不会说什么。可你千不该万不该，不该把脑子忘饭桶里。这样的丑事，你不带着人立刻回家，在路上打什么？生怕满京城的人不知道吗？这下好了，二郎、三郎还没娶亲，看到时候谁家把女儿嫁过来！"

田氏脸色白了白。大郎成亲了，二娘定亲了，满府的孙辈，剩下的年纪都太小，就她两个儿子婚事还没着落，女儿还嫁成那样！这么说，唯一被坑的就是她儿子吗？田氏越想越慌，瘫软在地上。她悔死了，早知如此，早就先把二郎、三郎的亲事定下来！若不是想着等袭了爵，娶的媳妇门第高些……

"都是你，我跟你拼了——"田氏向罗二老爷冲去。

"把二夫人带下去，什么时候不发疯了，什么时候再放出来！"老夫人怒喝道。

这到底是怎么了,好好的媳妇,平日看着也是温婉和顺的,十几年了管着国公府也管得好好的,怎么说犯浑就能浑成这样子呢!

田氏被拖下去,屋子里总算清净了,只有罗知雅的低泣声。

老夫人揉了揉眉头:"元娘,你也下去吧,这些日子好好劝解着你娘,不要再出门了。"若不是非闹着去上香,又哪有这种事!

罗知雅一脸绝望,被丫鬟扶下去了。

老夫人目光落在跪着瑟瑟发抖的淑娘身上,叹了口气:"老二,今日这事,到底是你修身不正惹来的祸事。这女子,你看着处理吧。"

淑娘猛然抬头:"老爷——"

罗二老爷头深深低了下去:"儿子知道了。"

老夫人不愿多看一眼:"赶紧下去收拾一下吧。"

屋里剩下甄妙夫妇和宋氏。

"宋氏,府里暂时由你和大郎媳妇一起管着,你多带带她。"

"是,媳妇知道了。"宋氏规规矩矩行礼。

老夫人看向罗天珵:"大郎,你二叔闹出这事,恐怕会有人弹劾,到时候你多周旋一下。我们国公府,如今就要多靠你担着了。"

"孙儿知道。"罗天珵嘴角翘起一个弧度。他当然要为他的好二叔周旋。

"行了,都散了吧。"老夫人身心俱疲挥挥手。

罗天珵心情甚好地跟着甄妙回了清风堂。

甄妙拈起一块藕粉桂糖糕来吃。

"好吃吗?"罗天珵笑问。

"好吃。"甄妙又拿了一块,递给他。

罗天珵尝了一口:"没有你做的好吃。"

甄妙默默吃完,才道:"世子,我觉得你心情似乎很好。"

"没有的事儿。"罗天珵断然否决,三两口把糕点吃完,"甄四,你会骑马吗?"

勋贵人家的女儿,会骑马的并不少。

"学过的,不过许久没骑,恐怕骑得不好。"甄妙想了想道。

她不确定真正的甄四姑娘会不会骑马。

见她冥思苦想的样子,罗天珵忍不住伸手,在她头上揉揉:"改天我带你骑几遭儿。"

能骑马,甄妙还是挺新鲜的,有些纳闷:"怎么好端端的带我骑马?"

"秋狩要到了,以你的身份也是要跟去的,到时候要是连马都上不去,岂不丢我的脸?"罗天珵说得不客气,脸上却笑着。

"秋狩啊。"

甄妙这才想起，每年的这时候天子都会出行，带着一干人等去狩猎的。

不过随行的多是武官，建安伯府还没有人有机会去过，没想到很快就能领略一番了。

还没到晚饭时，罗天珵就得到消息，罗二老爷亲自叫人把那外室落了胎，唤了人牙子领出去了。

罗天珵冷笑。上了心的人，也不过如此罢了。

第二日，罗二老爷对着镜子照着满脸的血道子，又气又恨，无奈遣人去衙门告了假。

他暗暗庆幸好在不是大朝会，不然顶着这副尊容上朝，那他这官也不用当了。

那边，参镇国公府罗二老爷的折子像雪片似的飞向昭丰帝的书案，御史们个个像打了鸡血，精神抖擞地上朝了。

昭丰帝揉了揉眉头，冷眼看着殿中大臣们的争执。

一方说，罗二老爷修身不正，治家不严，难堪大任，当罢官。

一方说，罗二老爷的嫡长女将嫁入蛮尾为妃，若是罢官，有损大周颜面。

昭丰帝扫罗天珵一眼："罗指挥佥事怎么看？"

罗天珵束手而立，朗声道："陛下若是问的家事，臣身为子侄，不敢妄议叔父。陛下若是问的国事，官员德行有礼部和都察院监督，不在其位，臣不敢妄言。此事但凭陛下圣断。"

昭丰帝面上并无多少表情，缓缓扫了争得面红耳赤的大臣们一眼，心中却是冷笑。多大点屁事，还争成这样。一个五品的官儿，要不是出自镇国公府，他连长什么样都没印象。又刚赐了婚，把这点事闹这么大，这不是没事找事吗？

"朕记得，鸿胪寺还缺人，罗郎中就去鸿胪寺任寺丞吧，日后正好可以多与蛮尾打交道。"

罗二老爷得到消息时，差点喷出一口血来。他铁青着脸回了馨园，照着田氏心窝就是一脚。

田氏一声惨叫，歪倒在床榻边，丫鬟们慌乱尖叫。

罗二老爷还不解气，抬脚又要踹，匆匆赶来的罗知雅冷喝道："父亲，您再踹母亲一脚试试？"

"你说什么？"罗二老爷没想到一向乖顺的女儿会这么对他说话，气得脸色更黑，"混账，你这是对父亲说话的态度吗？"

罗知雅毫不退步："那父亲您呢？这样踹母亲，是想要母亲的命不成？"

她弯腰把田氏扶起来，田氏喘着气瞪着罗二老爷。

"你别瞪我,这下好了,我从正五品一下子降到了从六品,你满意了吧?你可打啊,闹啊!"

田氏捂着心口,疼得说不出话来。我的老天,这么说,她从宜人降为安人了?这是怎么了,一串串倒霉事,像是中了邪似的?不行,她一定要回娘家一趟!

"你这蠢妇知不知道,本来皇上给元娘赐了婚,我这官位是要往上升一升的,现在可倒好——"罗二老爷越说越怒,望着田氏的眼神像看着仇人似的。

罗知雅侧着身子挡住,抬了下巴:"父亲大人,您只记得母亲和您闹,那怎么不想想是为什么和您闹呢?若是您修身正,又何至于惹出今日的祸事来!"

啪的一声,罗二老爷打了罗知雅一个清脆的耳光。

"元娘!"田氏抱住罗知雅。

"混账,你这样和我说话,可知道孝道二字怎么写?"

罗知雅松开手,露出肿得高高的面颊来。她垂下眼帘,嘲弄笑笑。原来相敬如宾的父母,疼她的父亲,傲人的家世,那层遮羞的轻纱一旦扯开,就什么都不是,什么都不是!怎么就一下子变成这样了呢?

一抹浅笑像是初绽的梅,冷凝在罗知雅唇角,声音清清冷冷:"父亲大人,父慈子孝,父慈子孝,先有慈,才有孝!"

"你——"罗二老爷气极,手高高扬了起来。

罗知雅把脸扬起:"父亲大人,你打吧,反正我逆来顺受惯了,你们让我谦让弟弟妹妹,我就让;让我远嫁蛮夷,我就嫁;要打我,那就快打,反正以后想打也打不着了。"

"够了!"田氏揽住罗知雅,"老爷,您有能耐,冲女儿撒什么气。有本事,你休了我啊!"

"你以为我不敢?"

田氏冷笑一声没有说话,心里默默道,你真的敢,才怪呢。

罗二老爷狠狠瞪了田氏一眼,一甩袖子走了。

"元娘,你没事吧?"

罗知雅躲开田氏的手:"娘,女儿先回房了。"

如今她们母女都被禁了足。田氏是不得出自己的院子,罗知雅是不得出府。

回了屋,罗知雅就这么静静坐在窗前,捂着脸,看着窗外梧桐落了一地叶子。

有两个十来岁的小丫鬟扫着落叶,大概是起了童心,二人蹦蹦跳跳踩着落叶,脸上是纯粹的笑容。

罗知雅看得刺眼:"把那两个丫鬟给我叫来!"

两个小丫鬟不明所以地进了屋请安。罗知雅走过去,劈手就各打了一巴掌。

"姑娘?"两个小丫鬟捂着脸,满是惊恐,却不敢哭。大姑娘一向温柔可亲,这是怎么了?

罗知雅心里生起一股邪火,拔了簪子照着离得近些的小丫鬟脸就划去:"谁让你笑,谁让你笑!"

已经吓蒙了的小丫鬟,脸上立刻多出一道深深的血痕,然后尖叫起来。

另一个小丫鬟转头就跑。

"你敢跑?"罗知雅抬脚追去。

小丫鬟在前面跑,罗知雅举着带血的金簪在后面追,回过神来的丫鬟婆子们忙追去。

不知不觉一群人就跑出了院子,路上遇到的下人们大惊失色。

总算是把罗知雅追到了,老夫人那边也听到了消息。

"去把大姑娘带来!"老夫人已经气得不行了,对杨嬷嬷说,"你说二房这是怎么了,一个个的都不省心。元娘向来懂事,我可真不信她居然会做出这种事来。"

刻薄下人的主子不是没有,可那都是关起门来的事,要是哪家姑娘刻薄下人的名声传出去,就是笑话了。

杨嬷嬷没有作声,心中叹了口气。人呐,什么都完满时,举手投足当然是美好的。可一旦有了一连串变故,想要压垮一个人,也许只是一根稻草的事儿。所以一个人顺风顺水时美好不足为贵,要是一个人身临逆境,还能保持一颗平常心,那才是可贵。

"元娘,祖母不想多说了,去祖宗面前跪着吧,什么时候清醒了,什么时候出来。"老夫人扫一眼屋里的丫鬟,"你们,可要把大姑娘照看好了。"

罗知雅脸上是疯狂过后那种令人惊心的平静,一言不发被人扶下去了。

甄妙换了一身大红骑装,早早地就在垂花门口候着,遥遥见了下了衙才回来的罗天珵,招了招手。

明媚的笑容,大红骑装与身后天际西坠的晚霞几乎融为一体,晃得对面看来的人有些睁不开眼。罗天珵只觉心莫名一跳,快步走了过来。

"怎么在这里等着?"

甄妙露出个笑脸:"世子,你不是说要教我骑马吗?看我这身衣裳怎么样?"

罗天珵从上往下看去。因是便于行动的骑装,就格外修身利落。罗天珵一时忘了移开眼睛。

"世子?"

罗天珵移开目光,轻咳一声:"走吧,我带你去练武场。"

镇国公府以军功起家,自然是少不了练武场的,占地还不小,随便跑跑马勉强够了。

罗天琅指着一匹枣红马："这匹马温顺些，你先试试。"

"嗯。"甄妙凑过去，马打了个响鼻。

"它叫什么名字？"

"红云。"

甄妙露出讨好的笑："红云，我很轻的，让我骑一下。"

"咳咳。"罗天琅别了头轻笑。

甄妙才不理，伸出手抓住缰绳，翻身而上。

红云鄙视地扫甄妙一眼，往前走了两步。正上马的甄妙顿时不上不下地挂在了马上。

罗天琅哈哈笑起来。他了解红云，性子温顺，又喜欢作弄人，倒是不会伤着她的。

甄妙就那么斜挂在马上，坐又坐不起来，下又下不去，还听着某人的嘲笑，顿觉脸都光了。她艰难伸手，从衣袖里摸出一块糖："好红云，我请你吃糖。"

红云相当给面子地把糖卷进嘴里，果然不再乱动。

甄妙借此坐直了身子，得意地瞟了罗天琅一眼，一夹马腹，跑了起来。

围了练武场跑了十来圈，甄妙只觉痛快淋漓。她实在太喜欢这种自由自在的感觉了，只可惜是小小的练武场，要是这样奔驰在青山绿水之间，那该多爽快。

二人并肩往回走。

"元娘那边是不是又有什么事儿？"

"嗯，是吧，我没多打听。"

"怎么？"罗天琅不解，在后宅的女人，不就天天盯着这些事嘛。

风吹来，带走身上的汗，甄妙觉得很舒服，笑盈盈道："我要读书，要习字，要练武，还要下厨，事情太多了啊，以后还要骑马呢。"

"是，你事情是挺多的。"罗天琅笑了笑，眼中是不曾见过的温柔。

甄妙被盯得有些不自在。

"快走，出了一身臭汗。"

"你又没骑马，哪出汗了？"

"所以我说的是你。"罗天琅嘴角翘起来。

甄妙笑容一僵，这个混蛋，真是够了，他到底知不知道什么叫怜香惜玉啊！甄妙抬脚愤愤地走了。

大王子是蛮尾国的储君，已经与被封为公主的初霞郡主定下了亲事，自然是要回国的。只等着大周钦天监算出大吉的日子，再遣特使前来迎亲。

"大哥，你真不要见那公主一面，就这么回去了？"二王子只觉不可思议，"万一那公主有什么问题怎么办？"

大王子笑了："和亲公主代表着大周的脸面，能差到哪里去？二弟，你就不要为我操心了，我们再不回去，父王该怪罪了。我看是你想再见那姑娘一面吧？"

二王子嘿嘿直笑。

"上次没见着，现在我们要离开了，正好去国公府拜别一下。"

镇国公府这边，老夫人看着递来的拜帖，觉得整个人都不好了。

"我和王弟不日即将离开，特来拜别。"大王子亲自把礼物呈给老夫人。

怡安堂的待客厅里，老夫人居上位，罗二老爷和田氏坐在下首，目光都落在两位王子身上。

老夫人长长舒了口气。她当然不认为蛮尾人会吃生肉饮生血，不过习性不同，粗犷凶悍还是可能的。但这两位王子，只是个子比寻常人高些，要论相貌，虽不是那种清俊人物，却也算得上仪表堂堂。

"二位王子客气了。老二，你好生招待二位王子吧。"老夫人端了茶。

这是内宅，自然不好多留外男。

罗二老爷脸上血道子结了痂，看起来有些好笑。他也知道这副尊容见人有些丢脸，可没办法，未来女婿登门了，还是异国王子，他这个老丈人没有避而不见的道理。

罗二老爷把二人引去了园子里假山旁的凉亭。

双方代沟实在有点大，虽有酒有肉，还是找不出什么话说。罗二老爷腹诽，果然是不懂礼数的蛮小子，没话说，你可走啊！

二王子终于忍不住，从怀里掏出一把金黄的匕首来。

叮当一声，酒杯翻倒，罗二老爷面色惊恐地往后退去。

大王子和二王子目光呈呆滞状，好一会儿才缓过劲来。

"这是小王的随身匕首，想赠给大姑娘当做离别之礼，还望您成全。"

罗二老爷嘴唇抖着，差点没骂出娘来。果然是蛮夷之地，蛮夷之地！好端端的，有喝着酒忽然掏匕首的吗！

他强扯出个笑脸："那我就替小女谢过了。"

接过匕首，入手颇重，罗二老爷眼睛一眯。竟然是赤金打造的！

二王子抿了唇："大人，依我们蛮尾国的礼仪，离别赠礼要亲自送给本人，方显诚意。"

罗二老爷坐稳了身子，皮笑肉不笑："二王子，我们大周的规矩不是这样，男女不得私相授受。"

二王子困惑："已经请示您了，还叫私相授受吗？"

罗二老爷被噎个半死，嘴张了张才道："总之这不合规矩。"

二王子遗憾端起酒杯，一饮而尽。看来是见不到她了。听说大周对女子很苛刻的，他要强行见她，说不定会害她被长辈责罚。二王子正想着，手上一凉。

"婢子该死！"站在身后斟酒的丫鬟扑通一声跪下来。

打翻的酒杯，酒水顺着流淌到二王子衣襟上。

罗二老爷大怒："这么毛手毛脚，快滚下去领罚！"

"是我刚才出神，没有接稳。"二王子不在意笑笑，伸手把沾了酒的衣裳捏了捏，酒水就顺着手指往下淌。

罗二老爷不忍直视。粗俗，太粗俗了！

"带二王子去换衣裳。"

丫鬟爬起来："二王子，请随婢子来。"

二王子其实觉得弄脏了衣裳不算个什么，但想着去换衣裳就能在这里多待一段时间，虽不能见着她也是好的，就点头答应了。

穿桃红比甲的丫鬟领着二王子七绕八绕，二王子看到一片开阔天地。

"这是——"

"这是我们府上的练武场。"丫鬟恭敬答道。

二王子却被远处跑来的一个火红身影吸引了。

马蹄声渐渐近了。枣红的马，大红的衣裳，随着风飒飒作响，像是一团火云从天边飘来。是她！

二王子觉得刚才饮的酒全化作了蜜，在心底发酵起来，脚下生根，半点动弹不得。

甄妙骑着红云，遥遥见着有人立足观看，也没多想，一拉缰绳，红云熟练转弯，又跑远了。

看着那女子渐渐跑远，然后转圈，又靠近，又跑远，就像他在草原上常见的那些姑娘，到了马背上，能欢快地纵声歌唱。

二王子再忍不住，拇指和食指勾起，抵在唇边吹了个嘹亮悠扬的口哨。

那奔腾的枣红马竟长嘶一声，向着二王子的方向奔来。

甄妙吓了一跳："红云，你往哪儿跑呢？"

却发现这两日已经很顺服的红云居然一点不听她控制了。

很快在那驻足的男子面前停住，红云兴奋扬了扬前蹄。

甄妙差点被甩下来，忙死死抓住缰绳。红云一步一步靠近男子，摇晃着大头，温顺舔舔男子的手心。甄妙总算看清了这人的面庞。

"是你？"甄妙忙从马背上翻下来，屈膝行礼，"一直没机会向您道谢，实在是失礼了。"

二王子失神看着她红晕的脸颊，还有上面滚落的晶莹汗珠。

一个突兀的声音响起："婢子见过大奶奶。"

甄妙看了那丫鬟一眼，抿唇道："起来吧，这是到哪里去？"

"二王子衣裳污了，婢子带他去更衣。"

"更衣啊——"甄妙拉长声音，深深看了丫鬟一眼。

丫鬟忙低了头，心中却有些纳闷。怎么那二王子，听到我叫大奶奶，一点不惊讶呢？事情似乎有些不对劲。丫鬟打死也想不到，二王子光顾着看甄妙了，哪还听得到一个丫鬟说什么啊？

"那就快去吧。二王子，等回来叫世子请您喝酒，聊表谢意。我还要再骑一会儿马，就不耽误您了。"

见甄妙转身要走，二王子急了，上前一步："等等——"

甄妙回头。

那样的容光下，二王子呼吸一滞，偷偷掐了一把大腿，才说出话来："我马上要走了，回蛮尾国去。"

"这样啊——"甄妙抿唇一笑，"以后肯定有机会请您喝酒的。"

二王子连连点头。当然有机会，以后他们有一辈子时间一起喝酒呢。大周的姑娘，说话就是含蓄。可是，都说大周人很怕到蛮尾去，她也怕吗？

二王子忍不住解释道："我们蛮尾，不吃生肉的，喜欢把肉大块串起来烤着吃，也不会打女人，打女人的男人会被骂懦夫的。"

甄妙莞尔："我知道。"

"你知道？"二王子只觉心情飞扬起来。

"是啊，在一本风情志上看到过蛮尾的习俗。"

生活粗犷了点儿，类似于游牧民族，比起这束手束脚的大周，能过那样的日子也算洒脱。

二王子终于放下心来，露出大大的笑容："那你喜欢蛮尾吗？"

甄妙想了想，点头："那里挺好的。"然后迟疑，"可是，我觉得好没用啊——"

又不是她嫁过去。

二王子连连摆手："你觉得好就行，你觉得好就行。你，你骑马吧，我先走了，后会有期。"

听说大周朝孤男寡女在一起是不行的，可不能给她惹麻烦。

"那后会有期。青黛，带二王子出去，省得再走错了路。"

那丫鬟猛然抬头，看向甄妙。

甄妙却没有多看一眼，冲二王子再次施礼，翻身上马奔驰而去。

这次给二王子带路的换成了两个丫鬟。

那丫鬟每次想说起什么，青黛冷冷的目光投去，就冻得她一句话都说不出来了。

"她原来喜欢骑马啊。"二王子主动开口。

那丫鬟遮住眼中的喜色，点头："是的，大奶奶近来每日都在练武场骑马。"

"本王以为大周的姑娘都不许骑马的。"

大周的规矩太多了，和大姑娘还叫大奶奶，好奇怪的叫法。对了，据说他们这边，都把出嫁的姑娘叫姑奶奶的。刚刚把大周语言说纯熟，风情习俗还一知半解的某人默默地想。

那丫鬟神色古怪，硬着头皮道："我们世子爷对大奶奶好，大奶奶想骑马，当然就可以骑了。"听到没，世子爷和大奶奶伉俪情深呢，醒醒吧，二王子！

二王子点头："原来如此。"世子是她大哥吧。有这样的妹妹，要是他也会疼到骨子里去的。

丫鬟彻底没辙了。

二王子换好了衣裳，和大王子一起离开了。

罗知雅得了丫鬟传来的消息，呆坐了许久，喃喃道："怎么会，难道他没有认错人，只是像大王子那样，想求娶大周的姑娘而已？"

罗知雅颓然而坐，只觉多日的挣扎谋划就像一场笑话，而她，就是那惹人发笑的跳梁小丑而已。

"不好啦，大姑娘晕倒啦——"尖叫声打破了小院的寂静。

罗天珲回来，听了甄妙的话，问："你说，那丫鬟在他面前叫你大奶奶？"

"是，所以我想，他是知道了，而且挺平静的。"

虽然总说不出来哪里怪。

"那就好，省得惹出多余的麻烦来。"罗天珲松口气。

他真没想到，千防万防，人家会直接上门来，害得他鞭长莫及。

既然对方知道甄四身份后没有什么反应，看来是早就清楚认错了，已经接受了这门亲事。

"不用练得那么刻苦，到时候只要会骑就行，也不用你狩猎。"

"我有分寸的。世子，我做了锅贴鱼，尝尝不？"

"当然，赶紧的。"

日子总算又恢复了平静，随着两位蛮尾王子的离去，围绕着镇国公府的话题渐渐停歇下来。

皇家猎场在北河，此去路途颇远，以甄妙的身份，只得带两个丫鬟。

甄妙想了想，带上了青鸽和青黛。这两个丫鬟，都不是那种妥帖周到的，但挡不住武力值高啊，绝对是出行必备。

天子出行声势浩荡，走了七八日后，终于到达了北河围场地界。这里的秋意，格外凉些。望着满目萧黄，罗天珵勒紧了缰绳。这天，该变了。

番外　梦里梦外

四周很黑，前方却有一团光亮。

那光亮是惨白的，于无边的黑暗中仿佛幽幽鬼火，令人恐惧，又忍不住靠近。

罗天珵双目紧紧盯着那里，一步步往前走，每迈开一步都用尽了力气。

他听到了沉重的呼吸声，是他自己的。

他很清楚，再往前走上十几步，就能听到对他来说最残酷不堪的话。再然后，他便由名门贵公子沦为阶下囚，开启了悲剧的命运。

停下来吧，心里有个声音不停对他说。

可他的双腿好似被那团光亮控制了，任由那个声音竭力劝说，还是走到了尽头。

尽头是一扇门，有细碎的声音从门内传来。罗天珵如无数次做的那般屏住了呼吸。

他知道将要听到什么，那些令他怒火冲天、心如刀绞的话已经听了千百次。可他却不知道为何又一次站在这里听。

"带我走吧，我一刻也不想待在国公府了。看到那张冷冰冰的脸，我就觉得无法呼吸……"

男子温柔缱绻的声音清晰传入罗天珵耳中："妙儿，你别哭……"

"你可愿八抬大轿，把我从国公府抬走？"

罗天珵死死咬住了唇。

男子的声音再次传来："妙儿，你且忍一忍，再等一等，等一等——"

一声巨响，房门被踹开了。

室内一对男女相拥，神色惊惧地望向门口。

罗天珵一步步走向二人，尚未散去的旖旎气息令他眸中杀意愈盛。

"等什么？"在二人面前站定，罗天珵一字字问。

每个字都似淬了冰，令人胆寒。

二人被这突如其来的状况弄得忘了反应，下意识拥得更紧。

罗天珵怒火冲出胸腔，拔剑出鞘，向男子刺去。

"不要！"女子挡在男子身前，嘶声喊道。

她显然是极怕的,张开的双臂不停颤抖,面无血色。

那刺来的剑一顿,停在她身前。

"让开。"罗天理听到自己冷得没有一丝温度的声音。

女子没有动,声音抖得厉害:"世子,求你放了他……"

"你一个红杏出墙的贱妇,有什么脸要我放了他?"罗天理冷笑,"我倒要看看,他一个死人怎么八抬大轿把你从国公府抬走!"

罗天理伸手,欲把女子扯开。

"不要动她!"男子如梦初醒,把女子抱紧,面上竟没了恐惧,只剩保护心爱女子的急切。

"狗男女!"罗天理气得发抖,抓住女子的手加大了力气。

女子被扯到一旁,又冲过来,护住男子尖声喊道:"罗天理,要杀就先杀我好了!"

罗天理气极反笑:"贱妇,你以为我不会杀你?"

女子死死盯着罗天理,那双寒星般的眸子中盛满的杀意令她终于放弃了侥幸。

在绝望的包围中,她反而平静下来,声音满是讥讽:"世子当然会了。自从我进门,你何曾把我当妻子对待过?你看我,就如看一根草,一张桌,一个半点都不值得你留意的物件。可我是个人啊,是个需要关爱,需要交流的人!有今日是你逼我的,是你逼的!"

她说着,竟然笑了:"还要谢谢你的冷落,让我遇到了他——"

女子侧头,温柔看向身边男子。

气质如阳春白雪的男子对她微微一笑,握住她的手:"妙儿,对不起,连累你了。"

女子摇摇头,重新看向罗天理,眼中没有了惧怕:"你动手吧,我情愿与心上人共赴黄泉,也不想再在冷冰冰的国公府与你相看相厌!"

相看相厌,相看相厌……

这四个字化成了魔咒,催促着罗天理举起手中剑。

心底那个声音急切起来:不要动手,动手了你就完了!

那个声音越来越急,越来越大。

那把剑还是刺了出去。

鲜血在眼前迸溅的瞬间,罗天理被怒火蒙蔽的双眼恢复了一丝清明。

"不值得啊——"心底的声音由急切变为了叹息。

迸溅的鲜血形成了血色旋涡,把罗天理吸进去。

发配,征战,万箭穿心……一幕幕情景从他眼前闪过。

罗天理猛然坐起,大口大口喘气。夜凉如水,清冷的月光从窗子洒进来,映照着他惨白的脸色。

"怎么了？"甄妙被惊醒，睡眼蒙眬望向他。

罗天珵定定看了甄妙一眼，一言不发起身下榻，推门走进了夜色里。

甄妙没了睡意，坐起来皱眉盯着房门。他这是又犯病了？可明明最近相处还算愉快。甄妙拿起搭在屏风上的外衣穿好，推门而出。

秋日的夜有些凉，月色铺了一地冷霜，罗天珵靠着廊下栏杆，望向远处。远处是深深浅浅的黑，影影绰绰。身后轻盈的脚步声令他转过身来。

"你怎么出来了？"看到这张令他心情复杂的面庞，罗天珵下意识皱眉。

"你是不是做噩梦了？"甄妙微抬着头问。

月光落进她眼中，令她的眼神格外明澈。

罗天珵移开视线，随口搪塞："没有。"

他双手搭在冰凉的栏杆上，浑身也是冷的。

那个噩梦，哪怕做了千百次，醒来后还是令他心如刀绞，难以呼吸。

她是他的妻子，怎么能在他撞破她与那个男人私会时，理直气壮指责他、羞辱他，情愿与那个男人一起死？

许是月色太冷清，眼前男人眉眼冷厉，落入甄妙眼里却有些脆弱。甄妙心软几分，伸手拉住他衣袖：

"明明就是做噩梦了，你额头上都是冷汗。"

罗天珵有些意外甄妙这个举动，低头看她。

那是一张熟悉又陌生的脸。分明与梦中一模一样，却让他生出两个人的错觉。

甄妙嫣然一笑："人做了噩梦，消耗很大的。反正现在都睡不着，我做些宵夜一起吃吧。"

"宵夜？"罗天珵喃喃，一时分不清是梦是醒。

"吃鱼羹怎么样？好消化，又鲜美。"甄妙唇畔挂着浅笑，"再煮一碗蜜糖馅的汤圆子吧，据说吃甜食心情会变好——"

话未说完，她便被罗天珵拉进了怀里。

甄妙眨眨眼："世子？"

许久，头顶上方传来男子低沉的声音："吃甜食心情真的会变好吗？"

"会的。"

"那……我要吃两碗。"

罗天珵下颔轻抵着甄妙的秀发，冰冷的心渐渐有了温度。

他拥着的，是愿意给他做蜜糖馅汤圆子想让他心情变好的甄妙，而不是噩梦中那个令他万劫不复的女人。

　　此刻不是梦。或许，他可以试着相信他们会有一个好结果。